CLANNON MILLER

First Night
DER VERTRAG

Roman

Über Clannon Miller

Clannon Miller lebt mit ihrer Familie in Berlin. Sie schreibt Geschichten, seit sie einen Bleistift halten kann, und das kann sie schon ziemlich lange. Sie schreibt erotisch-romantische Liebesromane. Schwungvoll, prickelnd, spannend und geistreich.
Leider vergisst sie beim Schreiben viel zu oft den Rest der Welt, was den Rest der Welt manchmal ziemlich nervt.
Clannons Geschichten sind Märchen für große Mädchen und Jungs und so wahr wie Märchen nur sein können. Wer sie zu ernst nimmt ist selbst schuld.

Kontakt: autorin@clannonmiller.de
Facebook: Clannon Miller
Twitter: Clannon Miller

Clannon Miller
c/o Papyrus Autoren-Club
Pettenkoferstr. 16-18
10247 Berlin

Verlag: Create Space Independent Publishing Platform
Druck: Amazon Media EU S.à r.l., 5 Rue Plaetis, L-2338, Luxembourg
Satz: Belle Époque Verlag, Tübingen
Lektorat: MLG
Korrektorat: SW Korrekturen e.U. http://www.swkorrekturen.eu/
Umschlaggestaltung: Casandra Krammer unter der Verwendung mehrerer Motive aus © Shutterstock / NAS CRETIVES - 172648220 / SP-Photo - 128101766

Kapitel 1

Viertel vor drei am Morgen.

Sie war heute schon wieder zu spät dran und Frau Bunke hatte ihr gestern bereits klipp und klar gesagt: Noch eine Verspätung bei der Arbeit und sie konnte sich eine neue Putzstelle suchen. Julia schnappte sich schnell die hellblaue Kittelschürze mit dem Namensaufdruck der Reinigungsfirma, dann nahm sie noch einen Schluck Kaffee und überlegte, welche Ausrede sie der Bunke heute auftischen sollte. Manchmal waren zweieinhalb Stunden Schlaf pro Nacht einfach zu wenig. Gestern hatte sie ihr etwas von einer Straßenbahnpanne erzählt, aber das hatte sie schon kaum geschluckt.

Oh Gott, nur noch bis September, dann würde alles einfacher werden. Heute würde sie es zur Abwechslung mal mit der Mitleidsmasche versuchen. Vielleicht schlug hinter Frau Bunkes Sklaventreiberbrust ja doch ein Herz, ein kleines wenigstens. Julia stäubte sich hastig etwas Babypuder ins Gesicht, damit sie blass aussah. Sie würde behaupten, dass sie die ganze Nacht gebrochen hätte, vielleicht half es ja.

Bei Männern hatte es Julia viel einfacher. Die glotzten auf ihren Busen und brachten für alles Verständnis auf. Aber die Bunke war eine unerbittliche Zuchtmeisterin. Sie ließ keine Schwächen durchgehen. Der kleinste Patzer, und man war weg vom Fenster. Ungelerntes Personal, das putzen konnte, gab es schließlich wie Sand am Meer. Aber gut bezahlte Putzstellen wie die bei Expiron gab es nur wenige. Julia malte sich mit dem Kajalstift noch dunkle Ränder unter ihre Augen, verschmierte die Farbe ein wenig und fand, dass sie jetzt wirklich grauenvoll aussah. Obwohl sie nach der vergangenen Woche nicht besonders nachzuhelfen brauchte, was die dunklen Augenringe anging.

Diese Woche war die Hölle gewesen. Sie hatte zwei Klausuren geschrieben und abends hatte sie noch jeweils drei Stunden bei Vittorio gekellnert. Ganz zu schweigen von Benni, der zurzeit jede Nacht in ihr Bett kroch und sie mit seinem unruhigen Schlaf wachhielt. Aber nach dieser Woche war sie ihrem Ziel einen Schritt näher gekommen.

Juristisches Staatsexamen, Anwältin, Abrechnung!

Das war alles, was zählte.

Sie warf noch mal einen Blick auf Benni, der quer in ihrem Bett lag und alle Gliedmaßen von sich streckte, als wäre er erschossen worden, und dann rannte sie los. Wenn sie die U-Bahn nahm, schaffte sie es vielleicht noch rechtzeitig.

Sie hasste die U-Bahn morgens um diese Zeit. Entweder der U-Bahnhof war völlig leer und gespenstisch oder es lungerten seltsame Gestalten herum. Betrunkene oder Verrückte, die Leute anpöbelten und manchmal auch ein Messer zückten, nur zum Spaß, nur um anderen Angst einzujagen. Je nachdem, wie sie gerade drauf waren.

Sie stopfte ihr langes, dunkles Haar unter die hässliche gelbe Wollmütze, zog zwei Pullis an und darüber noch die dick wattierte Jacke und schon sah sie aus, als würde sie siebzig Kilo wiegen. Das war gut so, sie wollte nicht auffallen oder hübsch aussehen – nicht in der U-Bahn um diese Zeit. Es reichte ihr schon, wenn sie im Restaurant dauernd angemacht wurde. Jeder Kerl über vierzehn und unter neunzig meinte, weil sie hübsch und heiß und jung war, hätte er ein Recht darauf, sie dämlich anzuquatschen.

Aber auf einem verlassenen U-Bahnhof angemacht zu werden, das war für sie der Horror. Das war ihr einmal vor zwei Jahren passiert. Zwei betrunkene Touristen hatten sie belästigt. Sie waren ganz alleine auf dem Bahnsteig gewesen. Kein Mensch weit und breit und sie hatten Julia gepackt und sich aufgedrängt und dachten auch noch, es würde ihr gefallen. Sie wollten Julia mit in ihr Hotelzimmer nehmen, hatten versucht, sie mit sich zu zerren und hätten es vielleicht auch geschafft, wenn nicht zufällig ein Mann gekommen wäre.

Der war der reinste Muskelberg gewesen, aber ein netter Muskelberg. Er war Türsteher in irgendeiner Disko und wusste anscheinend ganz genau, wie man solche Typen handhaben musste. Sie suchten schnell das Weite und der Türsteher war dann bei ihr geblieben, bis die U-Bahn gekommen und sie eingestiegen war. Er hatte ihr die Adresse von einem Sportstudio gegeben, in dem Kampfsport trainiert wurde. Seither ging sie da regelmäßig hin, aber ihre Angst vor einsamen U-Bahnhöfen hatte sie trotzdem nicht verloren.

An diesem kalten Februarmorgen war der U-Bahnhof völlig leer und in der Bahn lag nur ein einsamer Penner, der vermutlich die Nacht im Warmen verbringen wollte und solange von einer Endstation zur anderen fuhr, bis ihn jemand hinauswarf.

Sie kam fünf Minuten zu spät und Frau Bunke spuckte Gift und Galle. Julias Entschuldigung – von wegen Magenverstimmung und die ganze Nacht erbrochen – tat sie mit einem wütenden Grunzen ab und hätten sich nicht zwei andere Kolleginnen krankgemeldet, dann hätte die Bunke Julia wahrscheinlich an Ort und Stelle gefeuert. Aber so war sie auf Julia angewiesen und schluckte die Verspätung mit einer letzten Ermahnung hinunter.

Gott sei Dank!

Zur Strafe durfte sie für den Rest der Woche die Toiletten ab Etage 10 aufwärts putzen. Toiletten waren wirklich eine Strafe, besonders die Herrentoiletten. Der Geruch, der Dreck und was da sonst noch anzutreffen war, das konnte manchmal selbst einem abgebrühten Latrinenleerer noch den Magen heben.

Julia zog sich an dem Gedanken hoch, dass sie nach dem Sommersemester das erste Staatsexamen machen und dann den Vorbereitungsdienst beginnen würde. Als Referendarin würde sie gerade genügend Geld verdienen, um auf den Putzjob verzichten zu können. Und den Kellnerjob bei Vittorio konnte sie dann auf ein, zwei Abende in der Woche reduzieren.

Morgens um diese Zeit war das 20-stöckige Bürohochhaus beinahe völlig leer, fast tot. Die Pförtner waren da, die Nachtschicht der Hausmeister und der Sicherheitsdienst. Ach ja, und dann gab es da noch den Nerd aus der IT-Abteilung im 10. Stock. Der schien nie zu schlafen und saß auch nachts in seinem Büro.

Julia sah ihn ab und zu, wenn sie in seinem Bereich putzte. Er war ein netter Kerl, denn er war einer der wenigen Männer, der sie einfach gar nicht beachtete, sondern wie in einem Wachkoma auf seinen Bildschirm starrte. Vermutlich nahm er es nicht einmal wahr, wenn sie kurz über seinen Schreibtisch wischte.

Aus diesem Grund war sie auch nicht besonders erschrocken, als sie aus einer der WC-Kabinen der Herrentoilette im 10. Stock seltsame Geräusche hörte. Wirklich seltsame Geräusche. Entweder da holte sich gerade einer einen runter oder er starb. Julia tippte mal auf Runterholen. Wahrscheinlich war das der Computer-Nerd. Der war schließlich auch nur ein Mann und Männer taten das doch angeblich andauernd.

Allerdings erschwerte dieses männliche Hobby die Lage für Julia ein wenig. Sie hatte ein eng begrenztes Zeitfenster, in dem die Toilette geputzt werden musste. Wenn sie länger brauchte, kam die Bunke mit der Stoppuhr angerannt und drohte ihr mit Lohnkürzungen. Und wenn der Kerl da drinnen noch länger brauchte, würde sie entweder die vorgeschriebene Zeit nicht einhalten oder die Kabine nicht reinigen können – beides würde damit enden, dass sie Ärger mit Frau Bunke bekam und das konnte sie sich heute wirklich nicht auch noch leisten.

Julia hatte keine Ahnung, wie lange ein Mann für so eine Angelegenheit brauchte. Wenn sie sich auf das verlassen wollte, was sie aus Filmen kannte, dann sollte er allerdings langsam mal zum Ende kommen. Das Geräusch war auch ganz schön obszön und sie wusste nicht, ob sie einfach die anderen Kabinen putzen und sich nichts aus dem stöhnenden Handwerker nebenan machen sollte oder ob sie lieber ganz aus dem Toilettenraum verschwinden sollte und irgendwo warten, bis der Kerl wieder herauskam.

Das zog sich wirklich hin und sie hatte 3 Toilettenräume à 16 Kabinen pro Etage zu putzen und noch 9 Etagen vor sich. Sie klopfte an die Tür der Kabine.

»Entschuldigung, ich möchte wirklich nicht Ihre Masturbation stören, aber können Sie mir vielleicht sagen, ob es noch lange dauert? Dann würde ich zuerst die Toiletten auf der 11. Etage putzen und später noch mal kommen.«

Es wurde schlagartig still hinter der dunkelgrauen Tür und Julia überlegte kurz, ob sie vielleicht zu weit gegangen war.

Kerle fanden es zwar immer total lustig, wenn sie Frauen mit ihren schmierigen Sprüchen zutexten und in Verlegenheit bringen konnten, aber vermutlich fanden sie es nicht halb so witzig, wenn eine Frau dasselbe in die andere Richtung tat. Dabei hatte Julia absolut freundlich und mit ganz neutralem Tonfall gefragt, oder etwa nicht? Gar nicht schmierig, sondern eher wie ein besorgter Mitmensch.

Gott sei Dank war da eine verschlossene Tür zwischen ihnen. Der Mann konnte sie nicht sehen und sie ihn nicht. So blieb die ganze peinliche Situation immerhin einigermaßen anonym.

»Putzen Sie woanders!«, antwortete eine verärgerte Männerstimme. Sehr dunkel und aggressiv. Eine Stimme, wie sie sie dem mageren Nerd von der IT-Abteilung gar nicht zugetraut hätte.

»Ich bekomme Ärger mit meiner Chefin, wissen Sie. Und so eine Bürotoilette ist doch kein gemütlicher Platz zum ... na ja, Sie wissen schon. Haben Sie denn kein Zuhause? Sie möchten wohl nicht, dass Ihre Frau das mitkriegt? Frauen machen das auch.«

»Ich lebe in Scheidung. Verschwinden Sie! Ich brauche keine Lebensberatung von einer Putze«, kam es aus der WC-Kabine. Der Mann hatte einen über den Durst getrunken. Er lallte schon ein wenig, dabei verschliff er die Endungen seiner Worte und das Wort *Putze* hörte sich an wie *Pusse.*

»Warum machen Sie nicht die Tür auf? Dann kann ich Ihnen helfen.« Julia blieb von der »Putze« unbeeindruckt. Sie war schon Schlimmeres genannt worden und wenn sie den Kerl nicht bald aus der Kabine lotsen konnte, dann würde sich die Bunke um das Problem kümmern und das wäre dann wirklich schlimm.

»Mir helfen?« Er lachte kehlig. »Wie denn? Wollen Sie mir einen blasen? Wissen Sie überhaupt, wer ich bin?«

»Woher soll ich denn wissen, wer Sie sind, wenn Sie sich in dieser Kabine verstecken?«

Er war ganz still. Der Gedanke schien ihm zu gefallen, dass er anonym hinter der Klotür hockte und die Frau auf der anderen Seite nie erfahren würde, wer er war. Natürlich wusste Julia, dass es nur der IT-Freak sein konnte, aber sie musste die Situation ja nicht noch peinlicher für ihn machen, indem sie ihm das auf den Kopf zusagte.

»Wissen Sie, ich verliere meinen Job, wenn ich hier noch länger trödle. Ich putze zuerst die anderen Toiletten und Sie können hier in aller Ruhe Ihr, ähm, Yoga zu Ende bringen. Aber in einer halben Stunde komme ich wieder und es wäre sehr nett, wenn Sie bis dahin vielleicht fertig sind.«

Julia hatte sich schon umgewandt, als sich der Mann hinter der Klotür noch einmal meldete.

»Es stört Sie nicht, wenn ein Mann sich selbst befriedigt?«

»Na ja, wenn er's nicht gerade mitten auf der Straße macht.«

»Und wenn Ihr Mann das tun würde? Wäre das nicht eine Art Betrug an Ihnen?«

Der Kerl hinter der Klotür wurde ihr langsam unheimlich. Jetzt fing er auch noch an, philosophisch zu werden.

»Wie war das mit der Putze und der Lebensberatung?«

»Sie klingen nicht wie eine Putze.«

»Und Sie nicht wie ein Wichser!«

Er lachte laut auf und dann wurde es schlagartig ganz still hinter der Tür.

»Ich muss jetzt wirklich arbeiten. Ich bin auf diese Stelle angewiesen.« Julia nahm den Putzwagen und schob ihn zur Tür.

»Ich hatte seit neun Tagen keinen Sex mehr!«, rief der Unbekannte hinter der Klotür. Halb entschuldigend, halb gekränkt.

Neun Tage? Wow! Julia nahm an, das war eine lange Zeit für einen Mann. Aber er lebte in Scheidung, hatte er gesagt, und da war es ja wohl normal, dass der eheliche Geschlechtsverkehr weggefallen war. Sie hatte alle möglichen lustigen Antworten auf den Lippen. Ihr lag auf der Zunge zu sagen: *Sie sind wohl nicht der Aufreißer-Typ?* Oder *Wohl kein Geld für den Puff übrig?* Aber die geschlossene Klotür schaffte auch für sie eine angenehme Anonymität und das war vermutlich der Grund, warum sie leichthin sagte:

»Trösten Sie sich, ich hatte mein ganzes Leben lang noch keinen Sex!«

Und dann schob sie eilig den Putzwagen hinaus, bevor er noch mehr von seinen intimen Geheimnissen preisgab – oder sie.

***

Thomas wachte am anderen Morgen auf und konnte sich nur noch vage erinnern, wie er in sein Bett gekommen war. Er hatte die Mutter aller Kopfschmerzen und einen grausigen Geschmack im Mund, als ob er sich die ganze Nacht übergeben hätte. Er hatte sich übergeben, fiel ihm gerade wieder ein. Auf der Herrentoilette bei Expiron – nach dem Gespräch mit der Putzfrau und nachdem er die dritte Flasche Whiskey geleert hatte.

Großer Gott, er hatte sich mit einer Putzfrau über Sex und Onanieren unterhalten! Die Erinnerung an die seltsame Unterhaltung brach wie eine kalte Dusche über ihn herein. Sie war klarer in seinem verkaterten Kopf als der ganze Rest der vorangegangenen Nacht.

Die Frau hatte eine sehr sympathische Stimme gehabt, eine junge Stimme. Aber in Stimmen konnte man sich täuschen und Putzfrauen waren üblicherweise eher ältere, ungelernte Frauen und wenn sie doch jung waren, dann stammten sie aus Polen oder Russland und sprachen kein akzentfreies und erstaunlich gewähltes Deutsch.

Ach herrje, war es jetzt schon so weit? Er wachte nach einer durchzechten Nacht auf und sein erster Gedanke galt einer Putzfrau.

Konnte man noch tiefer sinken?

Er musste aufhören, sich in Selbstmitleid wegen seiner Scheidung und seiner Ehefrau, bald Exfrau, zu wälzen. Paare ließen sich jeden Tag scheiden. Die Illusion von ewiger Liebe trug sich genauso schnell ab wie teure Kleidung oder wie die Schönheit einer Frau. Was das anging, trug sich Letzteres oft noch am schnellsten ab, besonders wenn man jeden Tag zusammen ist und anfängt, hinter die Fassade eines schönen Gesichts zu blicken.

Er war nicht wegen seiner Scheidung deprimiert oder weil Ines einen unverschämt hohen Unterhalt verlangte – da hatte sie sowieso keine Chance. Sie waren nur eineinhalb Jahre verheiratet gewesen und es gab einen Ehevertrag, der sie auf sich selbst zurückwarf. Wenn er sich stur stellte, würde sie nicht mehr als ein paar Euro Unterhalt herausschinden können. Er war auch nicht deprimiert, weil sie ihm die große Liebe vorgeheuchelt hatte. Thomas hatte sich diesbezüglich von Anfang an keine großen Illusionen gemacht.

Was die Frauen an ihm liebten, das war sein Geld.

Er hatte Ines schließlich nicht aus Liebe geheiratet, sondern weil sie schön und repräsentativ war. Weil sie ihn schmückte wie sein Porsche oder seine Armbanduhr. Mit dieser Frau an der Seite hatte er jedem anderen Kerl ins Gesicht geschrien: *Sieh her, ich hab die größeren Eier!*

Er war in diesem Punkt ganz Steinzeitmensch.

Kein Wunder also, dass er mit so einem Anspruch auch nicht mehr bekommen hatte als ein repräsentatives Stück Frauenfleisch und ein untreues noch dazu. Und das war es, was ihn deprimierte, dass er genau das bekommen hatte, was er verdient hatte. Also konnte er genauso gut aufhören, sich deswegen selbst leidzutun und sich wie ein Teenie mit Whiskey abzufüllen oder mit irgendwelchen Putzfrauen anonyme Sexgespräche zu führen.

Er hätte seinem Anwalt längst sagen können, dass er Ines eine entsprechende Abfindung anbieten solle. Die würde das Trennungsjahr verkürzen und sie wäre zügig aus seinem Leben verschwunden. Genau das machten Männer seines Kalibers alle naselang. Sie zahlten die alten Schlampen aus und suchten sich ein neues verlogenes Miststück. Aber er gönnte Ines diesen Sieg nicht, denn ihr Betrug war viel tiefer gegangen als nur der gelegentliche Sex mit anderen Kerlen.

Er war ihr jedenfalls treu gewesen, zumindest im ersten Ehejahr, bis er sie einmal in flagranti mit ihrem Fitnesstrainer ertappt hatte. Dann hatte er es ihr aus lauter verletztem Stolz heraus mit anderen Frauen heimgezahlt. Das war natürlich kindisch gewesen, rückblickend betrachtet. Im Geschäftsleben war er eiskalt. Wenn jemand versuchte, ihn über den Tisch zu ziehen, dann machte er ihn ohne mit der Wimper zu zucken fertig. Er hätte das mit Ines genauso handhaben sollen, anstatt sich wie der besagte Steinzeitmensch aufzuführen, dessen Mannesstolz verletzt worden war.

Zumal keine Liebe im Spiel gewesen war.

Nun ja, am Anfang war er von ihr hingerissen gewesen, das wollte er nicht leugnen. Er liebte Blondinen mit großen Brüsten und wenn die auch nur einen Hauch von Intelligenz besaßen, dann rannten sie bei ihm offene Türen ein.

Ines hatte sich immer ein klein wenig unterkühlt gegeben. Das hatte ihn gereizt und herausgefordert. Was ist schon eine Eroberung, für die man nicht kämpfen muss? Der Kampf dauerte allerdings nicht ganz so lange, wie er befürchtet oder vielmehr gehofft hatte. Aber das wollte er ihr nicht als Mangel vorwerfen, denn er konnte sehr einfallsreich sein, wenn er eine Frau haben wollte. Er konnte vor allem ressourcenreich sein. Er hatte alle Mittel, um die Augen einer Frau glänzen zu lassen und ihre Beine dazu zu bringen, sich wie von selbst für ihn zu spreizen.

Er wäre dennoch nie auf die Idee gekommen, ihr einen Heiratsantrag zu machen. Er war nicht der Ehemann-Typ, das hatte er sich zumindest bis dahin eingebildet. Aber dann war sie schwanger geworden und er hatte sich zu seiner eigenen Überraschung sehr darüber gefreut. Er war fast vierzig und der Gedanke, Vater zu werden, hatte ihm ziemlich behagt. Vielleicht war es auch mehr das Gefühl gewesen, dann einen Menschen zu haben, der ihn einfach um seiner selbst willen lieben würde. Er hätte sein Kind geliebt, dessen war er sich sicher.

Leider hatte sie drei Wochen nach der standesamtlichen Trauung eine Fehlgeburt. Sebastian, sein Bruder, hatte sofort konstatiert, dass Ines ihn mit der Schwangerschaft nur in die Ehe gelockt hätte und jetzt, wo sie den Ring trug, sei das Baby überflüssig geworden. Deshalb sei sie es schleunigst losgeworden, weil sie sonst nur ihre Figur mit einer Schwangerschaft ruiniert hätte. Sebastian konnte Ines auf den Tod nicht ausstehen und er hatte nie einen Hehl daraus gemacht, dass er sie für ein eitles und egomanisches Miststück hielt.

Thomas hatte daraufhin mit seinem Bruder einen Riesenstreit angefangen. Sie hatten sich sogar geprügelt und er hatte ihn rausgeworfen. Seither war die ehemals gute Beziehung zu Basti mehr als erkaltet. Sie existierte nicht mehr.

Aber Thomas hatte ihm einfach nicht glauben wollen. Wie auch? Ines war wegen der Fehlgeburt völlig aufgelöst gewesen. Wochenlang war sie in Behandlung bei einem Therapeuten gewesen und er hatte schon Angst gehabt, sie würde sich nie wieder von ihren Depressionen erholen. So reagierte keine Frau, die eine Schwangerschaft absichtlich abgebrochen hatte. Hatte er sich zumindest eingebildet, aber es war alles nur Theater gewesen, wie sich herausgestellt hatte. Lügen, Betrug, Geldgier und grenzenlose Eitelkeit, das war das wahre Gesicht von Ines und das war das wahre Gesicht aller Frauen.

Sie wollte nicht akzeptieren, dass er die Scheidung eingereicht hatte, und behelligte ihn deswegen immer wieder mit hysterischen Auftritten. Aus irgendeinem undefinierbaren Grund hatte sie wohl geglaubt, er würde ihre Seitensprünge endlos tolerieren. Wenn sie sich wenigstens bemüht hätte, es diskret zu machen, wer weiß, dann hätte er sich vielleicht wirklich damit arrangiert und sich mit seinen eigenen Seitensprüngen begnügt. Aber nein, diese eingebildete Kuh musste sich in aller Öffentlichkeit mit ihrem Fitness-Muskelprotz zeigen und sich direkt vor der Linse eines Paparazzo mit ihrem Lover am Strand herumwälzen.

Das hatte das Ende seiner Ehe besiegelt.

»Du bildest dir echt zu viel ein«, hatte sie ihm bei ihrem letzten Gespräch vorgehalten. Ihre Stimme schrill, ihr Blick voller Verachtung.

»Sieh dich doch mal an! Denkst du, auch nur eine Frau würde sich nach dir umdrehen, wenn du nicht maßgeschneiderte Anzüge tragen würdest und dir das Geld nicht aus den Ohren herauswachsen würde?«

Er war kein Adonis, das wusste er auch, aber so abstoßend fand er sich nun auch wieder nicht. Natürlich sah er nicht aus wie ihr muskelbepackter Fitnesstrainer. Er war mit 174 cm auch kein Riese und mit seinen grauen Schläfen eindeutig als alter Sack gebrandmarkt. Viele seiner Freundinnen waren größer als er, besonders wenn sie hohe Schuhe trugen, und sie waren natürlich mindestens zehn Jahre jünger. Aber er war weder übergewichtig noch ein Schwächling und er hatte immerhin noch keinerlei altersbedingte Verschleißerscheinungen, insbesondere nicht, was seine Potenz anging.

Es mochte an seinen Anzügen liegen oder daran, dass er mit seinem Reichtum gerne protzte, aber die Frauen fielen ihm links und rechts seines Weges zu Füßen und er hatte deswegen kein schlechtes Gewissen. Die Natur war bei seinem Aussehen vielleicht etwas sparsamer gewesen, aber dafür hatte sie ihm genügend Verstand verliehen, um ein Vermögen damit zu machen.

Und das war auch Steinzeit!

Ein Gehirn war nämlich auch ein Wettbewerbsvorteil, wenn es darum ging, welcher Genpool der bessere war.

Die Beleidigungen von Ines hatten ihm nicht wehgetan. Er hatte sie keiner Antwort gewürdigt. Wie im Umgang mit Geschäftspartnern war er emotionslos und kühl geblieben, aber dann hatte sie ihm überflüssigerweise verkündet, dass sie ihre Schwangerschaft absichtlich abgebrochen habe, weil sie sich doch nicht wegen eines Kindes Hängebrüste und Schwangerschaftsstreifen einhandeln würde.

Das hatte ihn getroffen. Und zwar hart. Er hätte es nicht für möglich gehalten, dass ihn etwas so sehr verletzen konnte wie ihr eiskalt vorgetragenes Geständnis, dass sie ihn von A bis Z gelinkt hatte und dabei noch ganz en passant sein Kind umgebracht hatte.

Als sie erkannte, welchen Schlag sie ihm damit versetzt hatte, war sie in höhnisches Gelächter ausgebrochen. Es war die übelste Szene seines Lebens gewesen, und er hatte mit Ines bis dahin schon eine ganze Bandbreite an üblen Szenen durchexerziert.

Da hatte er nur noch rotgesehen und völlig die Kontrolle über sich verloren. Er hatte ihr eine schallende Ohrfeige verpasst und dabei war sie so unglücklich über einen Stuhl gestolpert und gefallen, dass sie sich den Arm gebrochen hatte. Das war der Auslöser für eine widerliche Schmutzkampagne gewesen, mit der sie ihn durch die Presse zerrte und dabei vor keiner noch so üblen Verleumdung zurückschreckte.

Und da sollte ein Mann nicht mal Trost in einer Whiskeyflasche finden? Erst recht an einem Tag wie gestern.

***

Nachdem Thomas geduscht und schockiert sein Spiegelbild inspiziert hatte, ging er in die Küche, um nachzusehen, ob Brockmann noch da war und ein Frühstück für ihn bereit stand. Brockmann hatte ihm lediglich Orangensaft und eine Aspirin hingestellt. Offenbar wusste er, in welchem Zustand sein Chef sich befinden würde, wenn er aufwachte, und hatte es deswegen wohl auch vermieden, mit dem Frühstück auf ihn zu warten.

Hatte Brockmann ihn heute Nacht auch aus der Toilettenkabine herausgeholt? Wenn er sich nur erinnern könnte. Nachdem die Putzfrau mit der schönen Stimme verstummt war, war seine Wahrnehmung immer verschwommener geworden. Er hatte sich vorgenommen, auf sie zu warten, bis sie zurückkam. Sie wollte angeblich erst die anderen Klos putzen und dann wieder zu ihm kommen. Er wollte noch einmal mit ihr sprechen, über Sex und über das, was Frauen mit sich selbst anstellten. Und dann wollte er sie fragen, was sie damit gemeint hatte, als sie sagte, dass sie noch nie Sex gehabt hätte? War sie minderjährig oder eine Nonne oder war sie so hässlich, dass kein Kerl sich überwinden konnte? War sie fett? War sie entstellt?

Während er auf die Putze gewartet hatte und sich derweil an seiner Whiskeyflasche gütlich getan hatte – die Lust, es sich selbst zu besorgen, war ihm irgendwie vergangen – musste er dann doch weggedämmert sein und als er wieder zu sich kam, hatte er über der Kloschüssel gehangen und sich übergeben.

Jemand hatte an die Klotür geklopft und gerufen, aber es war nicht die Stimme der Putze gewesen. Es war Brockmann. Weiß der Geier, wie lange Brockmann schon nach ihm gesucht hatte, nachdem er sich irgendwann gegen drei in der Nacht von der schrecklichsten Party seines Lebens weggeschlichen hatte.

Es war die Feier zu seinem vierzigsten Geburtstag gewesen.

Thomas setzte sich an die Theke in der Küche, nippte am Orangensaft und schaute auf sein Handy. Er konnte sich erinnern, dass heute Morgen ein wichtiger Termin war, aber er war absolut nicht in der Verfassung für irgendwelche geschäftlichen Gespräche oder auch private, was das anging.

Der Terminkalender auf dem Handy zeigte: 9:30 Frühstück mit Federer, dem Präsidenten der Corporate Finance Group. Oh Mist, das ging gar nicht. Er rief Cornelia an, die sich wie immer mit einem unerträglich korrekten »Guten Morgen, Herr Mahler!« meldete.

»Conni, warum bin ich heute noch mal mit Federer zum Frühstück verabredet?« Seine Stimme klang versoffen und rau, und Conni räusperte sich, bevor sie in ihrem Lehrerinnentonfall herunterleierte: »Sie möchten den Discounter Sparfox übernehmen und Sie haben den Verdacht, dass jemand aus der CFG Informationen an Sparfox durchsickern ließ.«

Shit! Ein Gespräch, für das er sein ganzes Konzentrationsvermögen brauchte. Das Gespräch war wichtig, heikel und unaufschiebbar. *Pech gehabt, Thomas Mahler!*, sagte er sich selbst. *Wer saufen kann, kann auch arbeiten.*

»Versuchen Sie, den Termin um zwei Stunden nach hinten zu schieben. Wo ist Brockmann?«

»Sehr wohl, Herr Mahler, und ich weiß nicht, wo Herr Brockmann ist. Ich nehme an, er wartet im Auto auf Sie.«

Natürlich Brockmann, sein Bodyguard, sein Fahrer und oft auch seine Haushaltshilfe. Er saß unten in der Tiefgarage, im Audi A8 und las wahrscheinlich zum x-ten Mal einen Roman von Hemingway oder irgendwas von Henry Miller und wartete, bis sein Boss sich von ihm zum Expiron-Center fahren ließ.

»Sonst noch etwas, Herr Mahler?«

»Nein danke, es sei denn, Sie kennen ein Geheimrezept, das einen höllischen Kater innerhalb einer Stunde komplett auskuriert.«

»Nein, leider nicht.«

Conni lachte nicht. Egal, wie gut oder wie billig seine Witze waren, Conni war immer gleichbleibend freundlich, aber niemals überbordend in ihren Gefühlen. Weder besonders lustig noch besonders schlecht gelaunt. Seine Chefsekretärin war ein emotionsloser Fels in der Brandung! Nur einmal hatte er bei ihr eine Gefühlsregung beobachten können, als seine jungvermählte Gattin Ines nach Feierabend in sein Büro gekommen war, um ihn ins Theater abzuholen. Da hatte er die beiden einander vorgestellt, weil sie sich noch nie zuvor gesehen hatten, sondern immer nur per Telefon miteinander gesprochen hatten. Da hatte Ines gelacht und gesagt: »Ach, du meine Güte, Sie sind Frau Blum! Und ich war die ganze Zeit eifersüchtig auf Sie.«

Noch gemeiner hätte sie Conni wohl nicht beleidigen können. Das stets freundliche Gesicht seiner Sekretärin wurde starr, sie senkte den Blick und sagte leise:

»Das hätten Sie wirklich nicht sein müssen!«

Conni war Mitte Dreißig, wog bestimmt hundertzwanzig Kilo und hatte einen Hintern vom Ausmaß einer Regentonne, aber sie war die beste Sekretärin aller Zeiten. Das war das erste Mal gewesen, dass Thomas sich gefragt hatte, ob hinter Ines' perfekten Brustimplantaten auch ein Herz schlug. Aber nicht das letzte Mal.

»Gut, ich bin in zwei Stunden da, Conni.«

»Ich melde mich wegen des Termins noch mal.«

»Danke. Ach Conni, noch was. Wissen Sie, welche Firma bei uns putzt?«

Einen Moment herrschte Schweigen am anderen Ende der Funkverbindung.

»Nein, Herr Mahler, aber ich werde mich erkundigen. Ist irgendetwas mit der Reinigungsfirma? Sind Sie unzufrieden?«

»Nein. Ich dachte nur, wenn Sie es aus dem Stegreif gewusst hätten ... Nichts weiter. Wiederhören.«

Er legte auf und nahm eine Aspirin.

***

Um halb sieben am Morgen war Julia wieder zu Hause. Sie war nicht mehr zurück zu der Toilette im 10. Stock gegangen. Manchmal machte der Facility-Manager Stichproben und wenn es Beanstandungen gab, hagelte es Kündigungen, aber vielleicht kam sie dieses Mal ungeschoren davon und morgen würde sie es doppelt und dreifach nachholen.

Benni war schon aufgestanden, hatte sich gewaschen und die Zähne geputzt und er hatte sogar schon die Brote für sie beide geschmiert. Der Junge war einfach ein Schatz. Sie drückte ihn und lobte ihn, weil er so selbstständig und zuverlässig war, immerhin war er noch nicht mal sieben und dann frühstückten sie zusammen und besprachen den Tagesablauf, wie üblich.

»Ich schreibe heute Staatsrecht, das wird einfach. Dann hole ich dich um zwei vom Hort, und dann gehen wir noch eine Hose und Schuhe für dich kaufen.«

Er kaute hingebungsvoll auf seinem Brot und tat so, als wäre es das leckerste Frühstück aller Zeiten und da wusste sie sofort, er hatte etwas ausgefressen.

»Benni, was ist?«

Er stand auf, ging zu seinem Schulranzen im Flur und holte einen Zettel, den er vor sie auf den Tisch legte.

»Du sollst Herrn Kühn anrufen, er möchte mit dir sprechen.«

»Den Rektor?«

Ein heißer Stich fuhr ihr durchs Herz. Sie hatte so sehr um das Sorgerecht für Benni gekämpft, aber wenn es nur die kleinste Beanstandung von der Schule geben würde, ging der Kampf mit dem Jugendamt wieder von vorne los. Sie seufzte und sah Benni verzweifelt an. Sie hatte versucht, ihm zu erklären, dass er sich ganz brav und unauffällig verhalten musste, wenn er nicht in eine Pflegefamilie kommen wollte, dass er die anderen Kinder nicht ärgern durfte und den Lehrern gegenüber respektvoll sein sollte.

Das Problem war, Benni war einfach zu intelligent. Er langweilte sich endlos. Die anderen Kinder schikanierten ihn, weil er ein Einzelgänger war und die Lehrer förderten ihn nicht ausreichend. Stattdessen nannten sie seinen Unwillen, sich mit Dingen zu befassen, die er längst kannte, Aufsässigkeit.

Julia seufzte aus den tiefsten Tiefen ihres Herzens.

»Ich hab nichts gemacht, ehrlich!«, beteuerte der Junge und riss seine riesigen hellblauen Kulleraugen weit auf, weil er wusste, dass er sie mit diesem Blick regelmäßig rumkriegte. Wo auch immer er diese Augen herhatte, sie stammten jedenfalls nicht aus Julias Familie. Sie mussten von seinem Vater stammen, möge der Drecksack – unbekannterweise – Augenkrebs dafür bekommen.

Sie sah Benni streng mit halb geschlossenen Augen und krauser Stirn an. Solange sie den strengen Blick noch aufrechterhalten konnte, musste sie ihn ausspielen. Sie war viel zu nachgiebig, das wusste sie. Sie schaffte es einfach nicht, die strenge Mutter zu mimen. Wie auch? Sie könnte vom Alter her eher Bennis große Schwester sein. Das hatten die vom Jugendamt auch gesagt. Sie sei zu jung, sie habe kein gesichertes Einkommen, sie sei mitten im Studium und Benni sei bei einer erfahrenen Pflegemutter in viel besseren Händen.

Ihr Professor hatte ihr beim Kampf um das Sorgerecht geholfen. Er hatte für sie zum Jugendamt begleitet und diese Betonköpfe schließlich davon überzeugt, dass Julia Dietrich zwar sehr jung, aber auch sehr verantwortungsbewusst war und dass niemand sich besser um Benjamin kümmern konnte als sie.

Eigentlich ließ sie sich nicht gerne von Männern helfen. Weil die nie etwas Uneigennütziges taten, sondern immer eine Gegenleistung erwarteten. Und wie die Gegenleistung für eine Julia Dietrich - das Mädchen ohne Geld und Einfluss, aber mit großen Brüsten - aussah, das war ja wohl klar. Aber Professor Beier stand kurz vor der Pensionierung, hatte selbst eine Tochter in Julias Alter und er war definitiv uneigennützig gewesen. Sie hatte das Sorgerecht für Benni bekommen und Professor Beier hatte nie eine Gegenleistung von ihr verlangt.

Es gab auch nette Männer.

»Ich hab wirklich nichts gemacht«, beteuerte Benni noch mal.

»Ich ruf ihn an«, seufzte Julia und programmierte die Telefonnummer, die auf dem weißen Zettel stand, in ihr Handy. Sie stand auf und holte Bennis dicke Winterjacke von der Garderobe. Sie half ihm sich anzuziehen, obwohl er das auch sehr gut selbst konnte, aber er genoss es ziemlich, wenn sie ihn ein wenig bemutterte und verwöhnte. Dann drückte sie ihm einen fetten Kuss auf den Mund und dann klatschten sie sich ab, High five: Einmal Hände oben, einmal Hände unten und dann die Fäuste mit den Knöcheln zusammen.

»Und jetzt ab mit dir.«

Sein Schulweg war kurz und so ungefährlich, wie er in dieser Wohngegend eben sein konnte, aber es erstaunte Julia immer wieder, was für Ablenkungen ein Erstklässler auf einem Schulweg von 900 Metern finden konnte und wie lange er infolgedessen brauchte, um die paar Meter zurückzulegen.

»Viel Glück bei der Klausur, Jule!«

Sie strahlte ihn an. Sie brauchte kein Glück. Sie war fit, sie hatte gelernt und Staatsrecht war sowieso ihre Stärke. Hätte sie sich nicht fest vorgenommen, Strafverteidigerin zu werden, wäre ihr zweiter Lieblingsberuf Richterin am Bundesverfassungsgericht.

Die Klausur lief wie geschmiert, das Telefonat mit Rektor Kühn weit weniger. Er klang dringend und drängend, wollte ihr aber nicht sagen, worum es ging. Er müsse unbedingt mit ihr sprechen. Es ginge um essentielle Angelegenheiten Benni betreffend, das konnte er unmöglich am Telefon mit ihr klären, am besten sie kam gleich heute noch im Rektorat vorbei.

»Hat er irgendein anderes Kind geschlagen?«, fragte Julia verzweifelt am Handy. Das war ihre größte Angst, dass Benni ausrastete, weil die anderen ihn hänselten. Benni war unglaublich groß und kräftig für sein Alter und wenn es zu Prügeleien kam, dann steckten die anderen Kinder blaue Augen und blutende Lippen ein und Benni nie. Das fanden die Eltern der betroffenen Blagen meist nicht besonders lustig und Julia lebte stets in der Angst, dass andere Eltern das Jugendamt einschalten könnten, weil Benni ihren Früchtchen die Zähne ausgeschlagen hatte.

»Nein, es ist nichts Derartiges. Machen Sie sich keine Sorgen. Ich bin bis sechzehn Uhr im Rektorat, Frau Dietrich. Bitte nehmen Sie sich die Zeit für Ihren Sohn.«

Mehr war aus dem alten Sack nicht herauszubekommen. Oh Gott, Benni, was hatte er nur angerichtet?

***

»Wie hübsch muss ich mich anziehen für das Gespräch nachher?«, fragte sie Benni, nachdem er unwillig seine Hausaufgaben an dem kleinen wackeligen Küchentisch gemacht hatte. Übersetzt bedeutete das: *Wie groß ist das Unheil, das du ausgefressen hast, und lässt es sich mit einem Minirock und einem engen Pulli wieder ausbügeln?*

»Herr Kühn ist sehr nett«, sagte Benni nur und Julia beschloss, dass sie ihre enge Jeans und ihren schwarzen, engen Rollkragenpulli anziehen würde und das Haar würde sie offen tragen. Der Pferdeschwanz ließ sie streng und älter wirken, aber wenn sie ihr Haar offen trug, das war schon eine Sehenswürdigkeit. Es war lang, beinahe bis zum Hintern, und so voll, dass sie den Haargummi nicht zweimal um den Pferdeschwanz herumschlingen konnte. Es war leicht gewellt, dunkelbraun und ziemlich südländisch. Marie hatte genau dieselbe Haarpracht besessen und ihre Mutter hatte immer behauptet, das käme von irgendwelchen katalanischen Vorfahren aus ihrer Familie.

Julia war es egal, woher sie das Haar hatte. Meist war es ein Ärgernis, weil es ewig dauerte, bis die Haare trocken waren, und Zeit kostete, bis sie frisiert waren, geflochten oder hochgesteckt oder sonst irgendwie adrett aussahen. Aber manchmal war es auch von Vorteil, weil die Männer ziemlich fixiert auf langes Haar waren, warum auch immer. Sie hoffte natürlich, dass sie das alles nicht brauchen würde für das Gespräch mit Rektor Kühn, aber wenn es um Benni ging, dann war sie sich auch nicht zu schade für billige Tricks.

Herr Kühn war wirklich nett. Vor allem war er ziemlich jung für einen Grundschulrektor und ziemlich attraktiv. Er hatte einen süßen Lachmund, braune Augen und ziemlich coole Koteletten.

Sie war sich nicht sicher, mit wem er im Gegenzug gerechnet hatte, sicher nicht mit einer jungen Studentin, die kaum größer war als seine Sechstklässlerinnen. Er wirkte ziemlich sprachlos am Anfang oder verlegen, das war schwer zu sagen. Er bot ihr Kaffee an, den sie dankend annahm – der Tag war noch lang –, dann bot er ihr einen Stuhl an und scharrte nervös in den Unterlagen auf seinem Schreibtisch herum. Er räusperte sich zig Male, bis er anfing zu sprechen. Sie war nicht eitel, aber sie wusste, dass sie attraktiv war. Genügend Kerle gaben ihr das jeden Abend auf mehr oder weniger geistreiche Art zu verstehen. Sie kannte nicht die Finessen der Verführung, aber sie wusste ziemlich genau, welche archetypischen weiblichen Merkmale und Verhaltensweisen bei einem Mann das Denkvermögen beeinträchtigen konnten.

»Ähm, Sie sind aber doch nicht ... sind Sie Bennis Mutter?«

Er hatte sicher nachgerechnet.

Benni würde im Juni sieben werden und sie sah keinen Tag älter aus, als sie war – nämlich dreiundzwanzig – und dazu war sie noch sehr zierlich. Oft wurde sie im Kino oder beim Kauf von Alkohol sogar noch nach ihrem Personalausweis gefragt.

»Nein, ich bin seine Tante. Meine Schwester, also Bennis Mutter, ist bei seiner Geburt gestorben.«

Genauer gesagt hatte sie sich zwei Tage nach der Geburt aus dem Fenster der Entbindungsstation gestürzt. Viertes Stockwerk. Sie war sofort tot gewesen. Die Klinik behauptete, es sei eine Wochenbettdepression gewesen. Julia glaubte es nicht.

Eine Säuglingsschwester hatte gesehen, dass Marie Besuch bekommen hatte von einem älteren Herrn, der eine Sonnenbrille trug und einen Sommerhut, tief ins Gesicht gezogen – wie ein Mafioso. Es hatte offenbar Streit zwischen den beiden gegeben, aber keiner hatte etwas Genaueres mitgekriegt. Der Kerl war wieder gegangen und kurz nach seinem Besuch hatte sich Marie aus dem Fenster gestürzt. Die Säuglingsschwester, die diese Geschichte der Kripo erzählt hatte, arbeitete eine Woche später schon nicht mehr in dem Krankenhaus. Was immer das für Wochenbettdepressionen gewesen sein sollten, Julia war sich sicher, dass da jemand kräftig nachgeholfen hatte.

Der Gedanke, dass sie »nur« die Tante war, schien dem Rektor sehr zu behagen, er entspannte sich sichtlich und sagte mit einem echten Flirt-Lächeln: »Nicht, dass ich Ihnen so ein süßes Kind nicht zugetraut hätte, aber Sie wären dann ja doch in sehr jungen Jahren Mutter geworden.«

Er wollte wissen, wie alt sie war und Julia ließ sich durch die Tatsache, dass er Benni als »süß« bezeichnet hatte, keineswegs einlullen. Sie würde das Flirtspiel mitspielen, soweit es für Benni notwendig und für sie sicher war.

»Ich war sechzehn, als meine Schwester starb. Zuerst hatten meine Eltern das Sorgerecht für Benni, aber dann ließen sie sich scheiden und meine Mutter zog nach Bayern zu ihrem neuen Freund, der selbst drei Kinder und vier Enkelkinder hat. Sie wollte Benni nicht mitnehmen. Na ja, und mein Vater ist leider nicht gesund. Er hat Multiple Sklerose.«

»Also haben Sie das Sorgerecht für Benni bekommen«, konstatierte der Rektor schlau.

Erbittert erkämpft wäre der bessere Ausdruck gewesen, aber Julia nickte nur und lächelte.

»Was sind Sie von Beruf, wenn ich fragen darf?«

Warum sollte er nicht fragen dürfen. Er war Bennis Rektor und wenn er der Meinung war, dass sie ihre Rolle als Vormund nicht gut genug erledigte, dann würde er diese Meinung dem Jugendamt mitteilen und das Jugendamt würde garantiert auf einen Grundschulrektor hören.

Sie erzählte ihm von ihrem Jurastudium, dass sie nach dem Sommersemester das erste Staatsexamen schreiben würde, dann den Vorbereitungsdienst anfangen würde. Dass sie Anwältin werden wollte und so weiter. Sie musste ihn beeindrucken mit ihrem Werdegang und ihm den Anschein vermitteln, dass sie taff, zäh und ehrgeizig war.

Er war offensichtlich sehr beeindruckt. Seine Augen glänzten sie an und er nickte eifrig bei allem, was sie sagte und als sie fertig war mit ihrem aufgemotzten Lebenslauf (ihre Nebenjobs bei Vittorio und als Putzfrau erwähnte sie natürlich nicht), rief er beinahe atemlos: »Kein Wunder, dass Benni ein kleines Genie ist, bei dieser Tante.«

»Ein Genie?«

Julia hatte mit einer Ermahnung gerechnet, weil er im Unterricht nie aufpasste, weil er bei den Schreibübungen nie mitmachte oder den Lesemuttis nicht vorlesen wollte oder weil er seine Rechenhausaufgaben nie machte. Das alles hatte ihr Bennis Klassenlehrerin schon oft genug vorgehalten und Julia hatte immer wieder versucht ihr zu erklären, dass Benni mit fünf schon ganze Bücher ausgelesen hatte und dass er schon multiplizieren und dividieren konnte, bevor er in die Schule gekommen war, und dass er sich deshalb einfach langweilte. Die Klassenlehrerin hatte nicht wirklich viel Verständnis für den Jungen, der immer ausscherte und nie das tat, was die anderen Kinder taten und Benni bekam von ihr immer wieder Strafarbeiten.

»Er ist hochbegabt, das wissen Sie sicherlich, Frau Dietrich.«

»Ach, sagen Sie Julia zu mir!«

Sie wusste, dass Benni ein Schlaumeier war, na klar, nur wenige Kinder konnten mit fünf schon lesen, aber dass man ihn damit gleich als hochbegabt einstufen würde, woher hätte sie das wissen sollen? Der Rektor bekam ein überirdisches Leuchten in die Augen.

»Ich bin Micha!«

Und schon waren sie per du. Das machte alles viel einfacher. Benni sei hochbegabt, erklärte Micha. Er habe einen IQ-Test mit ihm durchführen lassen und es sei ganz klar, Benni brauche eine besondere Förderung. Er könne nicht in der ersten Klasse bleiben, wo er sich nur langweile und die anderen störe. Micha würde ihn zunächst einmal in die zweite Klasse vorversetzen und sehen, wie er dort Fuß fasse, aber er habe den Eindruck, dass das herkömmliche staatliche Schulsystem für Bennis Begabung bald schon nicht mehr ausreichend sei. Benni würde immer wieder anecken, sich langweilen, sich querstellen, weil er unterfordert sei und Julia solle sich überlegen, ob sie ihn nicht so bald wie möglich auf eine spezielle Privatschule für hochbegabte Kinder schicken wolle.

Na toll, Privatschule, das hörte sich teuer an. Mit welchem Geld sollte sie das wohl finanzieren?

»Was ist mit Bennis Vater?«, fragte Micha.

Das würde sie selbst zu gerne wissen. Marie hatte nie gesagt, wer Bennis Vater war. Sie hatte immer behauptet, sie hätte mit so vielen Männern geschlafen, dass sie sich nicht einmal mehr an deren Namen erinnern könne. Julia hatte ihr das nicht geglaubt. Marie war kein Flittchen gewesen, sie hatte einen festen Freund gehabt. Aber einen Freund, über den sie nie sprach, den sie nie mit nach Hause brachte, den niemand je zu Gesicht bekam. Marie hatte ihr einmal anvertraut, dass er ein sehr einflussreicher Mann sei und dass ihre Beziehung ein Geheimnis bleiben müsse, weil zu viel davon abhinge. Julia war sich inzwischen sicher, dass der Kerl ein verheirateter Politiker gewesen war. Was gab es sonst schon für Berühmtheiten, die nicht wollten, dass ihre Affären an die Öffentlichkeit kamen? Schauspieler, Adlige, Millionäre oder Sportler? Denen allen war es doch nur recht, wenn sie mit ihren Affären durch die Presse gezerrt wurden, ein Politiker hingegen musste vorsichtig sein.

Aber aus irgendeinem dummen Grund heraus hatte Marie den Mistkerl schützen wollen und deshalb seinen Namen geheim gehalten. Julia war entschlossen herauszufinden, wer der Typ war und dann würde sie ihn verklagen, ihn fertig machen, seinen Ruf ruinieren und ihn bis an die Armutsgrenze treiben, aber im Augenblick lebten Benni und sie von BAföG und von ihren Gelegenheitsjobs, denn der Unterhaltsvorschuss des Jugendamtes war letztes Jahr schon ausgelaufen.

Julia zuckte die Schultern. »Ich bin alles, was Benni hat.«

So traurig wie wahr.

»Ich ähm ...« Micha raschelte mit seinen Unterlagen auf dem Tisch. »Ich werde versuchen, euch zu helfen. Es gibt staatliche Fördermittel und Programme für Hochbegabte. Vielleicht können wir uns ja mal ... ähm abends treffen und das Thema ausgiebig diskutieren.«

Er baggerte sie an und bat um ein Date, und er machte es noch nicht einmal so plump und dreist wie die meisten anderen Kerle. Aber zum einen hatte sie keine Zeit für Männer und zum anderen roch das verdammt danach, als würde er sagen: Ich helfe dir das Kind zu fördern, aber dafür musst du nett zu mir sein.

Ihre Wohnungsnachbarin, eine gutherzige Alkoholikerin und Hartz-IV-Empfängerin, machte sich immer über Julia lustig und sagte, sie würde aus lauter Angst davor, von Kerlen nur ausgenutzt zu werden, gar nicht merken, wenn ein Kerl mal wirklich in sie verliebt sei und es ernst meinte. Ihre Wohnungsnachbarin hatte vermutlich recht, aber auf Liebe und andere ernsthafte Gefühle konnte Julia wirklich verzichten. Sonst würde sie noch so enden wie Marie, die irgendeinen Hundesohn offenbar so sehr geliebt hatte, dass sie seine Identität mit in den Tod genommen hatte.

»Ich muss abends arbeiten!«, sagte Julia vorsichtig und hoffte, dass Micha das verklausulierte Nein verstand, außerdem war so ein hübscher Kerl wie er bestimmt schon lange verheiratet.

»Am Wochenende dann? Benni hat erzählt, dass er am Wochenende oft bei seinem Opa ist.«

Grrr, warum musste Benni ausgerechnet seinem Rektor das Herz ausschütten? War das üblich, dass ein Rektor genau Bescheid wusste über die Wochenendaktivitäten seiner fünfhundert Schüler?

»Am Wochenende arbeite ich auch.«

Vaters Schwester, Tante Heike, holte Benni jeden Samstagmorgen ab und besuchte mit ihm Julias Vater. Am Samstag- und am Sonntagmorgen ging Julia für je zwei Stunden ins Sportstudio und danach zur Arbeit bei Vittorio. Sonntags am späten Nachmittag fuhr sie dann nach Spandau und holte Benni wieder ab. Ihr Vater hatte genug mit seinen eigenen Sorgen zu kämpfen und auch wenn er Benni wirklich liebte, war er doch jeden Sonntag heilfroh, wenn Julia ihn vom dem Kind wieder erlöste.

Micha nickte und schien zu akzeptieren, dass er mit seinem Date nicht landen würde. Immerhin, er war ein weit besserer Verlierer als so mancher andere Kerl.

Für den Bruchteil einer Sekunde geriet Julia ins Wanken. Was wäre, wenn Micha es wirklich ernst meinte, wenn er nicht verheiratet war und echtes Interesse an ihr und Benni hätte und nicht nur an ihren Brüsten oder sonstigen Geschlechtsteilen? Wie wäre es, wenn ein gestandener Mann wie Micha, der einen guten Job hatte, der sogar Beamter war, sie auffangen würde, mit ihr gemeinsam die Höhen und Tiefen des Lebens meistern würde? Wie wäre es, wenn dieser Mann auch noch gutherzig und gutaussehend war? Wie wäre es, wenn sie keine nächtlichen Putzjobs erledigen müsste, sondern stattdessen Sex haben könnte?

Das wäre wohl zu schön, um wahr zu sein.

»Schönen Abend noch, Micha!«

»Ich gebe Benni Infomaterial über die Christophorusschulen mit.«

Er rief es ihr hinterher, weil sie gar nicht schnell genug zur Tür hinauskommen konnte.

Kapitel 2

Federerer wartete im Penthouse-Casino auf Thomas. Das war ein exklusives Restaurant, nur in Schwarz und Chrom gestaltet und nur für die leitenden Angestellten des Expiron-Mutterkonzerns zugänglich. An diesem Morgen hatte niemand Zutritt außer Mahler und Federer. Conni war in diesem Punkt ebenso umsichtig wie rigoros.

Federer hatte schon ein frugales Frühstück, Kaffee und ein Croissant, vor sich auf dem Teller. Als Thomas auf ihn zukam, erhob er sich und begrüßte seinen Chef mit einem Handschlag und einer knappen ehrerbietigen Verneigung des Kopfes.

»Das war eine sehr schöne Geburtstagsparty gestern, Herr Mahler«, sagte er unverbindlich.

Federer meinte es nicht ironisch, er hatte ja keine Ahnung, wie sehr Thomas seine eigene Party gehasst hatte. Er versuchte sich zu erinnern, was daran schön gewesen sein sollte, vielleicht die beiden blonden Juristinnen aus der Rechtsabteilung, die rücksichtslos um seine Aufmerksamkeit gebuhlt hatten. Eine von beiden hatte sogar, ganz aus Versehen, ihre Möpse aus dem Dekolleté springen lassen, just in dem Moment, als er zu ihr herübergeschaut hatte. Seit er in Scheidung lebte, behandelten ihn alle geschlechtsreifen Frauen wieder wie Freiwild.

Oder meinte Federer etwa die unerträglichen Reden und Vorträge, die das Lebenswerk von Thomas Mahler gerühmt und seinen kometenhaften Aufstieg vom einfachen Betriebswirt, der aus mittelständischen Verhältnissen stammte, zu einem der reichsten Männer der Welt als beispiellos gepriesen hatten?

Lebenswerk, ha, als ob man mit vierzig schon sein Lebenswerk beendet hätte. Er hatte das Leben noch vor sich. Er wollte noch ein paar Discounter aufkaufen, sich ein solides Standbein im Immobilienmarkt schaffen und mit seiner Schweizer Consultant-Group den amerikanischen Unternehmensberatungssektor erobern. Er wollte seine Research-Group zur weltgrößten privaten Forschungseinrichtung machen und einen Sohn oder eine Tochter zeugen, denen er das alles hinterlassen konnte, wenn er vielleicht in dreißig oder vierzig Jahren den Löffel abgeben würde.

Er unterhielt sich mit Federer eine Weile über die Party, fragte ihn, wie er das Catering fand und das Orchester und die Deko. Eigentlich interessierte ihn Federers Meinung dazu nicht im Mindesten. Um all die organisatorischen Details der Feier hatten sich Conni und sein Assistent Dr. Nickel und dessen Team gekümmert. Aber er wollte ein wenig Zeit gewinnen, um seine verkaterten Gehirnzellen zusammenzusammeln und eine Tasse schwarzen Kaffee trinken. Danach gingen sie ans Eingemachte. Es gab eindeutig eine undichte Stelle in der Corporate Finance Group, welche Strategien nach außen sickern ließ, oder genauer gesagt gab es mindestens einen Mitarbeiter, der interne und geheime Informationen an den Sparfox-Vorstand verkauft hatte.

Sparfox war sofort mit der Story an die Presse gegangen und hatte die stille Übernahme damit unmöglich gemacht. Aber darüber war Thomas nicht verärgert. Er würde Sparfox auf jeden Fall kaufen, wenn nicht dieses Jahr, dann halt im nächsten. Was ihn wirklich ärgerte und was er auf keinen Fall ungestraft durchgehen ließ, war die Tatsache, dass ein Mitarbeiter seines Unternehmens ihn hintergangen hatte. Er würde den Maulwurf finden und ihn fertigmachen. Er würde ihn ruinieren und dafür sorgen, dass er nie wieder irgendwo einen Job bekam, außer vielleicht bei der Stadtreinigung.

In dem Punkt war er auch ganz Steinzeitmensch!

Er dachte sich zusammen mit Federer eine Falle aus. Sie würden einen Köder, eine falsche Meldung und ein paar falsche Unterlagen, auslegen und abwarten, wann der Köder von wem aufgeschnappt wurde.

Als das Frühstück mit Federer vorbei war – Thomas hatte nicht mehr als die Tasse Kaffee hinuntergebracht – zog er sich in sein Büro im Penthouse des Expiron-Centers zurück. Conni hatte Anweisungen, bis mindestens ein Uhr kein Telefonat durchzustellen. Um vier Uhr weckte sie ihn. Er hatte sich auf das schwarze Ledersofa gelegt, um das Karussell in seinem Gehirn etwas auszubremsen und da war er leider viel zu tief eingeschlafen. Conni brachte ihm eine Rinderbouillon und nachdem er die intus hatte, ging es rapide aufwärts mit ihm.

Er checkte seine Mails, die wenigen, die Conni überhaupt bis zu ihm durchließ, und regte sich auf. Wieder eine Mail von Ines, in der sie dumme Anschuldigungen erhob und dreiste Forderungen stellte und mit einer neuen Schmerzensgeldklage drohte, obwohl der gebrochene Arm schon vor Monaten verheilt war. Ganz abgesehen davon erweiterte sie mit ihrer Mail sein Repertoire an Schimpfwörtern für männliche Geschlechtsteile um ein paar Worte. Warum tat er sich das überhaupt noch an? Er würde Conni sagen, sie solle alle Mails von Ines ungelesen löschen, dann war Ruhe.

Warum bekam er nie schöne Mails? Zum Beispiel persönliche Mails von Freunden oder erotische Mails, in denen eine Frau ihm nette Dinge schrieb oder mit ihm über Sex redete. Sein Bruder schrieb seit dem Streit nicht mehr und einen Kumpel hatte er nicht. Bis auf Brockmann, der vielleicht einem Freund am nächsten kam – wenn er ihn nicht dafür bezahlen würde. Er funkte zu Conni nach draußen und ordnete an, dass sie die Mails von Ines künftig ungelesen an seinen Anwalt weiterleiten sollte und sie sagte akkurat wie immer: »Sehr wohl, Herr Mahler.«

Das Sehr wohl ging ihm schon seit Jahr und Tag auf die Nerven, aber sie ließ es sich nicht abgewöhnen.

»Ich habe übrigens herausgefunden, wie die Reinigungsfirma heißt, die bei uns putzt. Es ist Gegenberger Facility Management. Soll ich mich mit dem Leiter der Putzkolonne in Verbindung setzen oder möchten Sie gleich den Vorstandsvorsitzenden sprechen?«

»Sie haben heute wohl Ihren humorvollen Tag, Conni!«, sagte er lachend und spürte, wie sein Kopf beim Lachen immer noch schmerzhaft pulsierte.

Nein, Conni meinte das ernst. Entweder Herr Mahler hatte eine Beschwerde über die Reinigungsleistung, vielleicht weil sein Schreibtisch nicht sauber abgestaubt war oder ein Briefbeschwerer ein paar Zentimeter verrückt worden war, dann reichte es, wenn sie den Teamchef der Putzkolonne zur Schnecke machte oder Herr Mahler wollte die Firma aufkaufen, dann schadete es nicht, wenn er sich schon mal mit dem Vorstand unterhielt.

»Nein, Sie sollen nichts dergleichen tun, Conni. Eigentlich wollte ich mich bei einer bestimmten Putzfrau entschuldigen, weil ich ihr heute Nacht vermutlich ziemliche Schwierigkeiten eingebrockt habe, aber ich habe es mir inzwischen wieder anders überlegt. Ich möchte lieber doch ...« ... anonym bleiben. Er sprach das Ende des Satzes nicht aus, schließlich musste er Conni auch nicht alles auf die Nase binden.

»Vergessen Sie, dass ich überhaupt danach gefragt habe.«

»Sehr wohl, Herr Mahler.«

Und genau das würde Conni tun. In dem Moment, in dem sie das Sprechgerät ausschaltete, würde sie vergessen, dass das Gespräch stattgefunden hatte. Aber Thomas hatte es nicht vergessen. Irgendein Wahnwitz musste ihn geritten haben oder der Restalkohol, der noch nicht ganz abgebaut war, auf jeden Fall wartete er, bis Conni abends um halb acht Uhr das Büro verlassen hatte und dann schnappte er sich einen Edding und fuhr mit dem Fahrstuhl in die 10. Etage hinunter. Er schlich sich zum Herrenklo neben der IT-Abteilung. Obwohl er nicht hätte schleichen müssen, denn es war niemand mehr auf den Fluren unterwegs, nur in einem einsamen Büro neben den Serverräumen schimmerte noch Licht durch das Fenster über der Bürotür. Er ging in die Kabine, in der er vergangene Nacht schon gesessen hatte und stellte erleichtert fest, dass sie inzwischen picobello sauber war. Vielleicht war die Putze ja doch noch gekommen, nachdem Brockmann ihn nach Hause gebracht hatte. Oder die Tagesschicht hatte die Reste seiner Privatorgie weggeputzt. Er nahm den Edding und schrieb an die makellosen weißen Keramikfliesen:

Hallo Putze, schreib mir eine Mail! Thomas123@Webb.de, schöne Grüße, Wichser.

Als er es geschrieben hatte, hätte er es am liebsten gleich wieder abgewischt, so erschrocken war er über seinen eigenen Schwachsinn, oder war es Mut? Was wäre, wenn jemand hereinkam, bevor die Nachtschicht anfing zu putzen? Was, wenn jemand seine Handschrift erkannte? Und das alles nur, weil er sich eine Mail von einer Frau wünschte, von der er nur wusste, dass sie eine junge, freundliche Stimme besaß, aber vermutlich hässlich wie die Nacht war. Garantiert gab es für solche Bedürfnisse auch irgendwelche professionellen Mail-Schreib-Center, die für gutes Geld den geilsten Mailverkehr veranstalteten, den ein wohlhabender Mann sich nur wünschen konnte, aber er wollte nichts Professionelles. Er hatte mit Ines schon genug professionell vorgespielte Scheiße erlebt.

***

Am anderen Morgen frühstückte er zusammen mit Brockmann und das war die beste Gelegenheit, den Mann zu fragen, wie man es anstellte, sich ein neues Mailpostfach einzurichten. Eines, von dem Conni nichts wusste. Brockmann fragte mit seiner früher-Morgen-schlechte-Laune-Brummstimme: »Ein kostenloses?«

Erstaunlich genug, dass es irgendetwas Kostenloses auf dieser Welt gab. Thomas reichte ihm den Zettel, auf dem seine Wunschmailadresse stand.

Thomas123@Webb.de

Brockmann blickte von seinem Müsli auf und starrte ihn völlig entgeistert an. Sein Blick sprach Bände. Er wusste genau, dass sein Chef irgendetwas Unanständiges vorhatte, etwas, von dem weder Conni noch sonst jemand etwas wissen sollte.

»So eine Nullachtfünfzehn-Adresse wie die hier ist sicher schon längst vergeben. Ich muss mal nachsehen.«

Brockmann schob seine Müslischale weg und nahm seinen Tablet-Computer, den er immer dabeihatte. Er hatte sich auf das Ding all seine Romane der Weltliteratur heruntergeladen und vermutlich auch diverse Videos, die nichts mit Weltliteratur zu tun hatten. Thomas wollte gar nicht wissen, was der Mann in den Stunden tat, in denen er eben nichts tun konnte, außer im Auto auf ihn zu warten.

»Sie haben Glück, die ist wirklich noch zu haben«, verkündete Brockmann und sah kurz auf. »Eine Mailadresse wie die ist normalerweise nie frei. Was möchten Sie für ein Passwort haben?«

Eigentlich ging das Brockmann gar nichts an, aber andererseits: Was machte er sich vor? Brockmann wusste alles über ihn. Wusste, wann er aufs Klo ging, wie er sein Frühstück aß, wie oft er seine Unterhosen wechselte, wann er Sex hatte und mit wem und ob der Sex gut war.

Ja, selbst das.

»Fette Putze!«, sagte Thomas und wusste nicht, ob er unter Brockmanns schrägem Grinsen vor Scham zusammenzucken oder in Lachen ausbrechen sollte. Während Brockmann das kostenlose und sehr anonyme Postfach für ihn einrichtete, überprüfte Thomas seinen Terminkalender. Um elf Uhr hatte er seinen ersten Termin. Treffen mit dem Vorstand von Green Environment, einem Unternehmen, das sich dem Bau von Solarparks verschrieben hatte, aber immer kurz vor dem Bankrott stand. Thomas wollte wissen, ob es sich lohnte, in das Projekt zu investieren oder ob das alles nur grüne Dünnbrettbohrer waren, die vor lauter Umweltschutz die Gewinnmaximierung vergessen hatten.

»Ich gehe nachher joggen. Haben Sie Lust mitzukommen, Brockmann?«

Was für eine Frage! Wenn sein Chef joggen wollte, dann hatte Brockmann Lust zu haben. Wenn sein Chef den Ärmelkanal durchschwimmen wollte, dann schwamm Brockmann neben ihm. Und wenn der Job ihm nicht gefallen würde, dann wäre er nicht schon seit sieben Jahren Mahlers Bodyguard. Trotzdem erlaubte sich Brockmann immer den Anschein von Freiheit und fragte:

»Wo?«

»Weiß nicht, sagen Sie!«

»Treptower Park!«

Ihre Gespräche liefen immer so ab. Herrlich einfach und unproblematisch. Seit Ines ausgezogen war, hatte Brockmann wieder sein altes Zimmer neben dem Haupteingang der fünfhundert Quadratmeter großen Luxus-Penthouse-Wohnung im sogenannten Mahler-Hochhaus bezogen und damit hatte er den Tagesablauf deutlich vereinfacht. Er machte wieder das Frühstück für sie beide, wie früher. Sie sprachen den Tag und die Termine in aller Ruhe ab, bevor jeder seinem Job nachging, wie früher. Sie redeten über Frauen, meist die, die Thomas hatte, aber manchmal auch über Brockmanns Eroberungen. Sie lachten sich gegenseitig aus, ohne jemals den Respekt voreinander und die Distanz zueinander zu verlieren. In den anderthalb Jahren seiner Ehe mit Ines war das nicht so problemlos gewesen.

Ines wollte den Bodyguard nicht in der Wohnung haben und sie wollte verständlicherweise mit ihrem Mann ungestört und alleine frühstücken. Brockmann hatte sich 10 Etagen tiefer, im Luxushotel, ein Apartment genommen und der ganze Tagesablauf war für sie beide deutlich umständlicher geworden. Gott sei Dank, Brockmann war seit drei Monaten wieder in seinem alten Zimmer, hatte seinen Boxsack dort wieder aufgehängt, obwohl zwei Türen weiter ein riesiger Fitnessraum mit Whirlpool eingerichtet war. Aber der Boxsack war Brockmanns Markenzeichen. Wo das Ding hing, war Brockmann zu Hause.

»Ist das irgendeine Schweinerei«?, fragte er. Thomas wusste zuerst gar nicht, was er meinte. Erst als Brockmann auf die Mailadresse zeigte, ging ihm ein Licht auf.

»Nein!«, beteuerte er viel zu hastig und nach Brockmanns Grinsen fügte er hinzu: »Noch nicht. Aber vielleicht wird ja eine draus. Ich hoffe es ein bisschen.«

Und dann erzählte er ihm von seinem nächtlichen betrunkenen Gespräch mit der Putzfrau, und Brockmann lachte sich schief. Er lachte so laut und so lange, bis sein quadratischer Kahlkopf puterrot war.

»Sie hören sich nicht an wie ein Wichser. Hat sie das echt gesagt?« Brockmann hielt sich den Bauch und rumpelte ein herrlich urtümliches Lachen aus sich heraus. »Und Sie hat keine Ahnung, wer da hinter der Klotür war?«

»Wie auch!«

»Ich wette, die sieht aus wie eine Bulldogge!«

»Oder wie ein Nilpferd.«

Sie lachten jetzt beide aus vollem Hals und in dem Moment fragte Thomas sich, was ihn geritten hatte, diese Mailadresse an die Toilettenwand zu schmieren – wie ein notgeiler Teenie auf dem Schulklo oder wie ein Fernfahrer auf der Autobahntoilette. Selbst wenn er die schönsten und unanständigsten Mails von der Frau bekommen würde, er würde sie auf keinen Fall näher kennenlernen wollen.

Eine Putze, eine alte Jungfer, ein Unikum!

Er war richtig erleichtert, als er am Abend das erste Mal die Mails von seinem neuen Postfach abrief und nur die Begrüßungsmail von Webb.de in seinem Postfach war. Die Frau schien vernünftiger zu sein als er. Das war eine seltsame Episode gewesen, die er vielleicht mal in seinen Memoiren erwähnen würde – falls er je Zeit haben würde, welche zu schreiben –, aber ansonsten am besten für immer unberührt ließ.

Er vergaß das Ganze dann auch wirklich wieder. Erst als er am nächsten Tag in der Mittagspause seine eigene Privattoilette bei Expiron aufsuchte, fielen ihm die Putze und sein geheimes Mailpostfach wieder ein. Er rief die Mails von Webb.de ab, fragte sich genau in dem Moment, warum er das überhaupt tat und hoffte, dass sie nicht geantwortet hatte. Aber als er eine Mail von einer Julia.Mailwitch@gx.com in seinem Postfach sah, machte sein Herz einen Freudensprung und seine Hand zitterte sogar leicht, als er die Maus auf die Mail führte und *Öffnen* klickte.

Es war verrückt. Er war verrückt.

Sie hatte nur drei Sätze geschrieben, gestern Abend um 23:25 Uhr.

»Hallo Thomas, ich nehme an, das ist dein richtiger Vorname!? Ich kann es selbst nicht glauben, dass ich dir wirklich schreibe. Aber die Anonymität unserer Bekanntschaft hat etwas ausgesprochen Reizvolles an sich. Grüße, Julia«

Julia? Welche Putzfrau hieß denn Julia? Putzfrauen hießen Doris oder Birgit und Putzfrauen schrieben nicht so hochgestochene Texte. Die schrieben so was wie: *Na, du Wichser, hast du deinen Suff ausgeschlafen?* Oder *Hast du gut abgespritzt?* Irgendetwas in der Art. Er schaltete seinen PC aus, war enttäuscht und auch ein bisschen wütend.

Die Presseabteilung meldete sich und wollte eine Anweisung, wie mit der neuesten Schmutzkampagne von Ines Mahler-Werth umzugehen sei. Ach, schon wieder eine neue Schmutzkampagne? In der heutigen Tageszeitung hatte jedenfalls nichts gestanden. Vielleicht hatte sie getwittert oder über Facebook gehetzt, das störte ihn nicht sonderlich. Das Internet war zu kurzlebig, um nachhaltigen Schaden anzurichten. Die Presseabteilung schickte ihm ein Video von einer Nachmittagstalkshow, in der Ines aufgetreten war und auf die Tränendrüse gedrückt hatte. Sie mimte die verstoßene, ausgebeutete und misshandelte Ehefrau eines reaktionären Chauvinisten und dabei war sie nur peinlich. War sich diese Frau denn für gar nichts zu schade?

Für den Abend hatte er sich mit der Juristin von der Rechtsabteilung zum Essen verabredet. Diejenige, die an seinem Geburtstag ihre Möpse ausgepackt hatte. Wenn schon, dann wollte er jemanden, der keine halben Sachen machte. Sie war blond wie Ines und aufgedonnert wie Ines, sogar etwas klüger als Ines und weltgewandt. Sie war schon überall gewesen, kannte alles und jeden. Sie war ein Yuppie durch und durch und er hasste sie schon nach der Suppe. Er nahm sie nicht mit zu sich nach Hause, sondern in ein Hotelzimmer im Adlon. Der Sex war ... seltsam. Sie bemühte sich so sehr, ihn zu beeindrucken, dass es ihm zu viel wurde. Nichts davon war natürlich oder entsprang ihrer eigenen Sinnlichkeit oder Wollust. Es war alles nur aufgesetzt, perfekt inszeniert und dosiert. Es war ekelhaft. Er schickte sie weg, nachdem sie anfing, ihm einen zu blasen und ihm dabei auch noch einen eigenen Orgasmus vorspielte.

Er schlief im Prinzip nicht mit Mitarbeiterinnen, das gab erfahrungsgemäß Probleme hinterher, weil sie sich irgendetwas darauf einbildeten und dann plötzlich nicht mehr in ihrer Hierarchie funktionierten. Aber er war an seinem Geburtstag offenbar so betrunken gewesen, dass ihn sein gesunder Menschenverstand in jeder Hinsicht verlassen haben musste und er sie tatsächlich zum Abendessen eingeladen hatte.

Als Brockmann ihn nach diesem sexuellen Desaster nach Hause gefahren hatte und er schon im Bett lag, fuhr er noch einmal seinen Laptop hoch. Die Erinnerung an diesen grauenvollen Fick noch lebhaft vor Augen, antwortete er auf Julias Mail nur mit einer Frage: »Warum bist du noch Jungfrau?«

Er hätte tausend andere Fragen stellen können. Wie alt bist du? Warum arbeitest du als Putzfrau? Willst du mir erzählen, wie Frauen sich selbst befriedigen? Aber nein, unter all diesen weitaus interessanteren Fragen hatte er ausgerechnet die dümmstmögliche herausgepickt. Vielleicht weil er sich wünschte, die missglückte Blondine hätte etwas mehr Unschuld und Natürlichkeit beim Sex besessen.

Julia schien gerade online zu sein, denn ihre Antwort kam postwendend.

»Angst vor der Liebe.«

Oh Mann! Sie hätte doch wirklich zig andere plausible Antworten geben können. Keine Zeit für Männer oder pflegebedürftige Angehörige oder schwere Krankheit seit der Jugend oder traumatisiert durch eine Vergewaltigung. Ja selbst wenn sie geschrieben hätte, dass sie dick und hässlich war und niemand sie wegen ihrer inneren Werte lieben würde, hätte ihn das nicht so vom Hocker gehauen wie diese vier lakonischen Worte. Thomas war versucht, den Laptop herunterzufahren. Das führte zu nichts. Das Gespräch oder besser gesagt der Mailkontakt ging in eine Richtung, die er nicht erwartet hatte und die er auch nicht haben wollte. Über Liebe reden konnte er mit ... mit wem auch immer. Er wollte über schmutzige Sachen reden. Trotzdem tippte er ganz rasant eine Antwort in die Tasten:

»Was hat denn Liebe mit Sex zu tun?«

»Für mich alles!« Sofortige Antwort.

»Du würdest mit keinem Mann schlafen, der dich nicht liebt?«, schrieb er genauso schnell zurück.

»Ich würde mit keinem Mann schlafen, den ich nicht liebe.«

Er starrte fassungslos auf den Bildschirm und schaltete den Laptop aus.

»Was für ein Quatsch!«, murmelte er und schubste das Gerät unsanft von sich.

Was für eine Ansage!

Nachdem er jahrelang mit Frauen geschlafen hatte, die er nicht liebte und die ihn nicht liebten, musste er sich von einer dahergelaufenen Putzfrau sagen lassen, wo eigentlich sein Problem lag.

***

Als sie keine Antwort mehr von Thomas bekam, fuhr sie den PC herunter und schimpfte sich selbst eine Idiotin. Sie konnte den Schlaf dringend gebrauchen und anstatt sich mit einem anonymen IT-Nerd per Mail zu unterhalten, sollte sie sich lieber für morgen ausruhen. Morgen war der letzte Klausurtag in diesem Semester. Sie hatte viel gelernt, auch wenn Arbeitsrecht nicht ihre Stärke war, und dann würden die Semesterferien beginnen und sie würde nächste Woche mit einem freiwilligen Praktikum in der Rechtsabteilung von Expiron beginnen. Es wurde nur ein Anerkennungsbetrag von 12 Euro am Tag bezahlt, was bedeutete, dass sie weder ihren Putzjob noch ihren Kellnerjob aufgeben konnte, aber es machte sich sehr gut bei späteren Bewerbungen und Expiron lag ziemlich verkehrsgünstig von ihrer Wohnung aus gesehen, zumindest wenn sie die U-Bahn nahm.

Die letzte Klausur am anderen Tag lief leider nicht so gut, wie sie gehofft hatte, und ihr war einmal mehr klar, dass egal wo das Leben sie noch hinführte, sie ganz bestimmt keine Arbeitsrechtlerin werden würde. Nachdem sie aus der Uni raus war und mit ein paar Kommilitonen noch einmal die Fälle in der Klausur durchdiskutiert hatte, kaufte sie sich bei C&C noch ein billiges, aber einigermaßen schick aussehendes, schwarzes Kostüm für das Praktikum nächste Woche und holte dann Benni vom Hort ab, um mit ihm Eis essen zu gehen. Das war der letzte Luxus, den sie sich in diesem Monat noch leisten konnte. Es sei denn, Tante Heike tat mal wieder ein gutes Werk und drückte ihr am Samstag einen Fünfziger in die Hand. Wie so oft.

Benni brachte eine Menge Prospekte aus der Schule mit, Flyer und Infozettel, die Micha ihm mitgegeben hatte. Von Schulen und Internaten, die sich nur damit befassten, hochbegabten Kindern die bestmögliche Lernplattform zu bieten, optimale Förderung spezieller Hochbegabungen, Förderstunden, Social Leadership, bla, bla, bla!

Benni war genauso wenig begeistert wie Julia. Er hatte die Prospekte natürlich gelesen. Er war ja nun wirklich nicht auf den Kopf gefallen und hatte sofort Lunte gerochen.

»Muss ich dann weg von dir?«, fragte er und bohrte dabei ein tiefes Loch in sein Schokoladeneis. Sie wusste nicht, was sie sagen sollte.

»Erst mal wirst du in die zweite Klasse vorversetzt und Micha hofft, dass es dann für dich nicht mehr so langweilig ist.«

»Micha?« Er grinste spitzbübisch, weil er genau wusste, wer Micha war. Sie hatte Benni noch nichts von ihrem Gespräch mit dem Rektor erzählt, nicht weil sie es vergessen hätte, sondern weil sie sich vor Bennis Reaktion, vor seiner Angst gefürchtet hatte, wenn sie ihm von dem Internat erzählte.

Es war schon schlimm genug gewesen, als ihre Mutter nach Bayern abgehauen war und Benni einfach zurückgelassen hatte. Er lebte jetzt seit eineinhalb Jahren bei Julia und es war nicht gerade einfach, als Studentin mit zwei Nebenjobs auch noch ein Kind zu haben. Aber es war auch für Benni schwer gewesen, nachdem seine geliebte Omi, die ihn fünf Jahre lang großgezogen hatte, plötzlich auf den Selbstverwirklichungszug aufgesprungen und gen Bayern davongefahren war. Er dachte, es sei seine Schuld und hatte notorisch Angst, wieder verlassen zu werden oder woandershin abgeschoben zu werden.

Sie wollte ihm zu gerne sagen, dass sie ihn nie verlassen würde, dass er sich keine Sorgen machen sollte, dass sie auf ihn aufpasste und bei ihm bleiben würde. Aber wie konnte sie so etwas versprechen, wenn sie nicht sicher war, wann das Jugendamt das Damoklesschwert auf ihre beiden Köpfe herabrauschen lassen konnte.

Jederzeit.

Sie brauchte nur eine Kleinigkeit falsch zu machen und schon würde Benni bei einer Pflegefamilie landen.

***

Bei Vittorio war es an diesem Abend ziemlich leer und das, obwohl es ein Freitag war. Das lag vermutlich daran, dass vor zwei Wochen direkt gegenüber ein Event-Restaurant eröffnet hatte und niemand mehr Lust auf solide Pasta und normale Pizza zu haben schien.

Aber Debby war da, mit ihrem Freund und weil es sonst nichts zu tun gab, erlaubte ihr Vittorio, dass sie sich zu Debby setzte und sich mit ihr unterhielt. Sie kannte Debby vom Taekwondo und weil sie ebenfalls Juristin war, hatten sie sich miteinander angefreundet. Debby war eine ziemlich gute Freundin, auch wenn sie völlig unterschiedliche Lebensläufe und soziale Hintergründe hatten. Debby war eine hübsche Blondine mit einem akkuraten Pagenkopf, auf dem nicht ein einziges Haar in die falsche Richtung strebte. Sie stammte aus einem wohlhabenden Elternhaus. Ihre Eltern waren beide Akademiker und hatten ihrer Tochter auf dem Weg zur promovierten Juristin alle Wege geebnet. Debby war immer schick angezogen, trug wertvollen Schmuck und teure Kleider und war das perfekte Spiegelbild einer guten Erziehung und eines geordneten Elternhauses. Inzwischen war sie Staatsanwältin. Und ihr derzeitiger Freund schien auch aus dem juristischen Metier zu stammen. Er stellte sich als Andreas vor, aber Julia brauchte sich den Namen nicht zu merken. Debby würde nächste Woche schon wieder mit einem anderen Kerl auftauchen. Sie mochte sich nicht festlegen.

»Es ist gut, dass ich dich treffe!«, begrüßte Debby ihre Freundin. »Ich hätte dich sonst angerufen.«

»Gibt es was Neues?«, fragte Julia sofort. Wenn sich die beiden nicht im Sportstudio trafen, sondern Debby außer der Reihe anrief, dann bedeutete das, sie hatte etwas Neues über Maries Tod herausgefunden.

Niemand hatte sich direkt nach Maries Tod um das Offensichtliche gekümmert, nämlich darum, dass es eindeutig mehr als nur ein Selbstmord gewesen sein musste. Julia selbst war damals viel zu jung gewesen und ihre Eltern waren mit Vaters MS und ihrer eigenen Ehekrise sowie der Geburt des Enkelkindes und dem unerwarteten Tod der Tochter so beschäftigt gewesen, dass sie das Unglück als gegeben hinnahmen. Die Kripo hatte den Fall schon einen Tag später abgeschlossen. Tatsächlich hatte Julia erst durch Debby von der Aussage dieser Säuglingsschwester erfahren, die von dem älteren Herrn und dem Streit berichtet hatte und nicht einmal das hätte sie erfahren dürfen. Die Akte war seit sechseinhalb Jahren geschlossen und in der Registratur abgelegt, aber bei einem Glas Wein hatte Julia einmal von dem Selbstmord ihrer Schwester erzählt und auch von ihrem Verdacht, dass irgendein einflussreicher Politiker Bennis Vater sein könnte, und da hatte Debby angefangen, in der alten Akte zu recherchieren und dabei war sie auf die Aussage der Säuglingsschwester gestoßen.

Danach war in Julia der Entschluss gereift, herauszufinden wer Bennis Vater war, wie der Mann hieß, der Marie in den Tod getrieben hatte, und ihn büßen zu lassen.

»Dir ist schon klar, dass man niemanden dafür bestrafen kann, wenn er einen anderen Menschen in den Selbstmord treibt?«, hatte Debby ihr damals gesagt.

Als ob sie das nicht wüsste, sie war selbst Juristin – na ja, noch nicht ganz. Aber sie konnte herausfinden, wer Bennis Vater war, einen DNA-Test verlangen und den Mann auf Unterhalt verklagen. Und sollte sich herausstellen, dass der Drecksack ein bekannter Politiker war, dann konnte sie mit dem Fall an die Presse gehen und den Hundesohn fertigmachen.

»Das bringt zwei Probleme mit sich«, hatte Debby doziert. »Du wirst deinem Neffen irgendwann mal erklären müssen, warum du seinen Vater ruiniert hast.«

»Und das zweite Problem?«, fragte Julia gleichgültig. Sie hatte sich mit dem Gedanken längst auseinandergesetzt, aber sie konnte sich nicht vorstellen, dass Benni es ihr verübeln würde, wenn sie den Mann, der sich nicht um ihn kümmerte, zur Rechenschaft zog. Er hatte schließlich nichts weiter für ihn getan, als sein Sperma zu spenden.

»Wenn der Mann wirklich so skrupellos ist, dass er deine Schwester in den Tod treiben konnte, wird er es nicht zulassen, dass eine kleine Anwältin ohne Geld und Einfluss ihn fertigmacht.«

»Nicht, wenn ich die Presse auf Herrn Minister Bachofer ansetze.«

»Wie kommst du drauf, dass ausgerechnet Bachofer Bennis Vater ist?«, fragte Debby verblüfft.

»Er hat Bennis Augen!«

Debby lachte. Sie war bei diesem Thema natürlich nicht so befangen wie Julia und deshalb war sie eindeutig die bessere Analytikerin.

»Eine Million Männer haben Bennis Augen.«

Debby hatte recht und Julia ermahnte sich selbst zu mehr Objektivität. Sie würde den Schuldigen nicht finden, wenn sie sich von blinden Verdächtigungen oder spontanen Gefühlsregungen leiten ließe. Sie hatte begonnen, mit Debby eine Strategie zu entwickeln. Damals bei dem besagten Glas Wein in dieser Kneipe.

Zuerst würde sie überprüfen, mit welcher Berühmtheit Marie vor ihrem Tod Kontakt gehabt haben könnte. Sie hatte am Flughafen im VIP-Bereich der Airhansa gearbeitet. Dort musste sie den Mann kennengelernt haben. Allerdings war die Fluggesellschaft nicht sehr auskunftsfreudig gewesen und es war nach so langer Zeit auch nicht mehr nachvollziehbar, welcher Prominente im Jahr 2005 mit Airhansa geflogen war.

Julia war sich sicher, dass die entscheidenden Leute bei Airhansa nur auf einen Knopf zu drücken brauchten, um eine Liste aller Fluggäste von 2005 auszudrucken, aber um so etwas zu erreichen, brauchte man einen Durchsuchungsbefehl oder Geld oder Beziehungen oder alles drei.

Nebenher hatte Julia versucht, über gefakte Anrufe bei den Sekretariaten diverser Politiker herauszufinden, ob sich derjenige 2005 im VIP-Bereich der Airhansa in Berlin aufgehalten hatte. Das war noch mühsamer und fruchtloser gewesen. Diese Anrufe waren ungefähr so abgelaufen:

»Guten Tag, ich rufe an, weil ich bei der Haushaltsauflösung meiner Tante Frieda eine Brieftasche von Herrn Minister XY gefunden habe. Da sind 500 Euro drin und eine Rechnung aus dem Jahr 2005 von der Airhansa-VIP-Lounge im Flughafen Tegel, sowie ein Abholschein für die Reinigung. Meine Tante war vor ihrem Tod Putzfrau bei Airhansa und ich vermute, dass sie die Brieftasche beim Putzen gefunden hat und sich nicht getraut hat, sie zurückzugeben. Können Sie mir vielleicht bestätigen, ob Herr Minister XY in dem Jahr wirklich mit Airhansa geflogen ist?«

Obwohl diese Geschichte wirklich tausend logische Lücken hatte, löste sie bei jeder Sekretärin erst mal Bereitwilligkeit aus. Dem Chef einen verlorenen Geldbeutel zurückgeben zu können, noch dazu mit einem Abholschein von der Reinigung aus dem Jahr 2005, das fanden sie irgendwie alle lustig und sie bemühten sich. Aber kaum eine der Sekretärinnen war vor sieben Jahren schon auf diesem Posten gewesen und wenn doch, dann gab es längst keinen Terminkalender mehr aus diesem Jahr, in den man hineinschauen könnte und, und, und. Die einzige Sekretärin, die einen akribisch geführten Terminkalender eines ehemaligen Staatssekretärs besaß, der bis zurück ins Jahr 1996 reichte, konnte die Frage mit einem einfachen »Herr Sindermann hat

Flugangst und ist seit dreißig Jahren auf keinem Flughafen mehr gewesen« abtun.

So weit, so gut. Je mehr Julia recherchierte, desto mehr stellte sie fest, dass ihre Suche nach dem Übeltäter nicht nur sehr viel Zeit, sondern auch finanzielle Ressourcen in Anspruch nahm. Sie konnte sich keinen Privatdetektiv leisten und mit jedem Jahr, jedem Monat entglitt ihr der Schuldige mehr und mehr.

»Es gibt was Neues!«, bestätigte Debby. »Ich habe herausgefunden, wo sich die Säuglingsschwester von damals jetzt aufhält.«

Die Säuglingsschwester, die den älteren Herrn bei Marie gesehen hatte, die einen Streit gehört hatte. Der einzige Anhaltspunkt dafür, dass etwas mit Maries Selbstmord nicht stimmte und gleichzeitig auch ein Unsicherheitsfaktor. Denn wenn der sogenannte ältere Herr eine berühmte Persönlichkeit gewesen wäre, irgendein Politiker, den jeder kannte, dann hätte die Krankenschwester ihn doch auch erkannt und ihn nicht neutral als älteren Herrn, sondern als Minister XY bezeichnet.

Trotzdem, ein Gespräch mit der Frau war ein Riesenschritt vorwärts. Im besten Fall würde sie die Frau überreden können, sich mit ihr persönlich zu treffen. Dann würde sie ihr ein paar Fotos von Politikern zeigen, die zur damaligen Zeit aktiv und bekannt waren. Die Typen wechselten ja ihre Posten wie andere Menschen ihre Unterhosen und wer damals als Minister noch der große Zampano in der Presse war, der konnte sieben Jahre später längst vergessen sein.

»Wo finde ich sie?«, fragte Julia und nickte gleichzeitig Vittorio zu, der ihr ein Zeichen machte, dass neue Gäste eingetroffen waren und dass sie ihre private Unterhaltung zackig beenden sollte.

»Sie ist nach Hamburg gezogen und arbeitet jetzt auf der Entbindungsstation im Albertinen-Krankenhaus.«

Debby gab ihr einen Zettel mit der Telefonnummer des Krankenhauses und Julia stand auf, rückte ihre weiße Bluse zurecht und nahm ihren Notizblock. Vittorio würde niemals auf IT-Technik umsteigen. Für ihn gehörten Notizblöcke aus Papier und von Hand addierte Rechnungen zum Flair eines guten Restaurants. Vielleicht machte er auch einfach nicht genug Gewinn, um sich modernere Erfassungsgeräte und Abrechnungsmethoden leisten zu können.

»Danke, du bist ein Schatz.«

Sie drückte Debby den üblichen schwesterlichen Kuss auf die Wange und nickte deren neuem Freund zu, dann ging sie hinüber zu dem Tisch in der anderen Ecke. Eigentlich war es eine Nische mit einem Zwei-Personen-Tisch, die Vittorio immer Camera obscura nannte, weil sie ziemlich dunkel war und abgeschieden lag und sehr gerne von Frischverliebten besetzt wurde.

Es saßen zwei Schwule in der Nische. Ein langer, dünner Spargel und ein kleiner, dicker Kürbis. Beide bunt gekleidet, auffällig geschmückt und bizarr frisiert. Aber sie schienen selig und nichtsdestoweniger frisch verliebt zu sein. Julia mochte schwule Männer, sie waren feinsinnig, freundlich und baggerten sie nie an. Sie kannte die beiden auch, nicht dem Namen nach, aber vom Sehen her, sie kamen häufiger ins Vittorios und wenn sie es recht überlegte, hatten die beiden sich vermutlich hier sogar kennengelernt. Zuerst war immer nur Spargel da gewesen und dann war irgendwann mal Kürbis aufgetaucht und ein paar Wochen später waren beide zusammen aufgetaucht.

Vielleicht feierten sie ein Liebes-Jubiläum.

Sie bestellten Prosecco und himmelten sich an, als wäre ihre Welt rosa und ihre Herzen nicht groß genug, um das Glück zu fassen. Julia konnte nichts gegen eine heftige romantische Aufwallung tun, die sich wohlig warm anfühlte. Sie mochte die Idee einer großen, ewigen Liebe. In der Theorie zumindest. Sie glaubte nur nicht, dass das wirkliche Leben so etwas für sie bereithielt, oder für irgendjemanden wie sie.

Als Vittorio das Restaurant schloss, waren Spargel und Kürbis die letzten Gäste. Julia schloss hinter ihnen zu und saugte noch schnell durch. Dabei fühlte sie eine herbe Enttäuschung über das magere Trinkgeld an diesem Abend. Normalerweise waren der Freitag und der Samstag ihre besten Tage und das Trinkgeld machte bei ihr oft mehr aus als das, was Vittorio als Stundenlohn bezahlte. Heute Abend hatte sie sich vier Stunden um die Ohren geschlagen und nicht einmal zehn Euro bekommen.

Dabei brauchte Benni noch neue Schuhe für den Sportunterricht – seine Füße wuchsen so schnell, dass man dabei zuschauen konnte, und außerdem wollte er unbedingt ein teures New York-Basecap haben und schließlich konnte sie nicht immer Tante Heike anbetteln. Das war ihr schon peinlich gewesen, als es um die Finanzierung von Bennis Schulranzen gegangen war.

»Du kannst gehen, zu deinem Bambino, ich mache hier fertig!«, sagte Vittorio und tätschelte ihr die Schulter. Der alte Schwerenöter würde sicher auch noch mehr tätscheln, wenn sie sich nicht wehren würde. Aber das hatte sie nach seinem ersten Versuch klargestellt: Sie würde den Job sofort hinschmeißen, wenn er anfing, sie zu begrabschen. Offenbar war ihm eine attraktive Kellnerin lieber als ein paarmal Arschgrabschen.

Julia zog ihre beiden Pullis über, nahm die dicke Jacke, stopfte ihren Pferdeschwanz unter die gelbe Mütze und machte sich schleunigst auf den Heimweg. Aus irgendeinem verdammt verrückten Grund wollte sie unbedingt noch an ihren PC und ihre Mails abrufen. Von Vittorio bis zu ihr nach Hause waren es zwei U-Bahn-Stationen und um diese Uhrzeit war die U-Bahn meist noch rappelvoll, sie brauchte also keine Angst zu haben. Aber sie war noch keine fünfzig Meter weit gegangen, da hörte sie die Stimmen von Kürbis und Spargel. Einer rief »Hilfe!« und der andere rief »Nein!«.

Die beiden steckten eindeutig in Schwierigkeiten, denn sie wurden von drei Neonazis belästigt, die sie als dreckige Schwuchteln und Tunten beschimpften und die beiden zwischen ihrem kleinen Zirkel ständig hin und her schubsten.

Julia konnte zwar Taekwondo, aber sie hatte noch nie in einem echten Kampf gekämpft und sie war definitiv noch nie gegen drei Gegner auf einmal angetreten. Es war wohl eher Wahnsinn als gesunder Menschenverstand, der sie veranlasste, trotzdem auf die Gruppe zuzulaufen und zu brüllen: »Hey, lasst die beiden in Ruhe oder ich rufe die Polizei!«

Zum Beweis, dass sie es ernst meinte, zückte sie ihr Handy. Die Frage war, würden die drei Skinheads sich dadurch abschrecken lassen? Wenn nämlich nicht, dann würde ihr Mut gar nichts nützen. Bis die Polizei sich hierherbemühte, konnte sie schon längst niedergestochen worden sein.

Zwei der drei Neonazis schienen tatsächlich beeindruckt zu sein. Sie ließen Kürbis und Spargel sofort in Ruhe und nahmen die typische Fluchthaltung ein, nur Nummer drei war offenbar ein gefrusteter und streitsüchtiger Zeitgenosse, der für sein kleines Gehirn einen viel zu großen und kräftigen Körper bekommen hatte. Er wandte sich ihr zu und spottete:

»Ey, du dumme Kuh! Warum hast du so ne scheißgelbe Mütze auf?«

»Damit niemand mich mit Rotkäppchen verwechselt!«, rief sie, nahm Anlauf und machte einen Sprung, auf den ihr Trainer stolz gewesen wäre. Sie traf den Kerl mit dem Fuß an der Brust, bevor der überhaupt begriffen hatte, was sie mit ihrer Antwort gemeint haben könnte. Er taumelte drei Schritte rückwärts, schrie auf, fiel hin und die anderen beiden fingen an zu laufen. Kürbis und Spargel waren immerhin geistesgegenwärtig genug und nahmen auch die Beine unter die Arme und rannten in Richtung U-Bahnhof.

Julia war über ihren eigenen Mut erschrocken und über den umwerfenden Erfolg ihrer Aktion sogar noch mehr. Für eine Schrecksekunde lang starrte sie den Riesen an, der auf dem Boden saß und sich die Brust vor Schmerzen rieb, aber dann drehte sie auf dem Absatz um und rannte weg über die Straße und hinunter zur U-Bahn. Irgendwie hatte sie gehofft, die beiden schwulen Männer in der U-Bahn wiederzusehen. Nicht, dass sie ein Dankeschön erwartet hätte. Bestenfalls ein ganz kleines. Die beiden hatten ihr ja nicht einmal ein Trinkgeld gegeben.

Zu Hause angekommen, schaute sie schnell nach Benni. Der lag aber nicht in seinem, sondern in Julias Bett. Also nahm sie ihren Laptop mit in die Küche, setzte sich auf den wackeligen Klappstuhl, der ihr als Küchenstuhl diente, und nahm erst mal einen kräftigen Schluck Tequila, direkt aus der Flasche. Nachdem das Nervenflattern, das ihr nächtliches Tête-à-tête mit einem Skinhead verursacht hatte, ein wenig nachließ, fuhr sie ihren PC hoch.

Da war eine Mail von Thomas!

Ihr Herz hüpfte vor Freude. Wie albern sie doch war, sich so darüber zu freuen. Dieser Thomas war ein onanierender Computerfreak, der nichts Besseres zu tun hatte, als einer Putzfrau Mails zu schreiben. Die Mail war erst vor fünf Minuten abgeschickt worden, also war er gerade online und sie lautete:

»Wie alt bist du?«

Sie antwortete sofort: »Dreiundzwanzig. Und du?«

Sie kannte die Antwort ja irgendwie schon. Wenn er der Computerfreak aus der IT-Abteilung war, dann war er vermutlich Mitte oder Ende dreißig, aber irgendwie musste sie ja mit dem Kerl ins Gespräch kommen. Es vergingen ein paar Minuten ohne Antwort. Es konnte am Server liegen, der so langsam war, oder daran, dass ihn die Antwort schockiert hatte.

Sie zog sich in der Zwischenzeit aus, schlüpfte in ihr Schlaf-T-Shirt und putzte sich die Zähne. Letzteres hätte sie sich allerdings sparen können, denn kaum war sie wieder in der Küche und sah, dass eine Antwort von Thomas eingegangen war, nahm sie noch mal einen kräftigen Schluck aus der Tequilaflasche.

»Ich bin am Dienstag 40 geworden. Bist du hübsch?«

»Herzlichen Glückwunsch nachträglich! Nein!«, schrieb sie und wartete gespannt auf seine Reaktion.

Warum sollte sie schreiben, dass sie hübsch war? Zum einen klang es total eitel und zum anderen würde das dieser Mail-Beziehung eine Richtung geben, in die sie nicht gehen wollte.

Thomas starrte auf das »Nein!« und traute seinen Augen nicht. Warum gab sie das einfach so zu? Wie leicht wäre es gewesen, gerade im Internet, wo alles erlaubt war, wo jeder jeden beschwindelte, einfach zu behaupten, sie sei so schön wie der Morgen, mit dicken Brüsten und schmalen Hüften. Die Welt war doch voll von Filmen und Romanen, in denen sich Internetbekanntschaften gegenseitig belogen und sich mit falschen Fotos in die Falle lockten.

»Willst du wissen, wie ich aussehe?«, fragte er.

»Nein, es ist mir gleichgültig, wie du aussiehst. Du hast eine sehr warme, angenehme Stimme.«

Hatte schon jemals jemand etwas über seine Stimme gesagt? Über sein Geld, ja, seine Anzüge, seine Krawattennadel, seine Uhr, ja, aber seine Stimme? Die Frau machte ihn fertig. Er wollte mit ihr über Schweinekram reden, nicht irgendwelche naiven Komplimente einheimsen.

»Befriedigst du dich selbst?«, hackte er in die Tastatur, wütend und entschlossen. Er lag in seinem Bett, hatte den Laptop auf den Knien und nichts an und wollte auf seine Kosten kommen.

»Manchmal«, schrieb sie, irgendwie schüchtern, sofern man das an einem geschriebenen Wort erkennen konnte. Seine Phantasie ging mit ihm durch: Er sah eine hässliche Dreiundzwanzigjährige vor sich, übergewichtig, pickelig, bleich, glubschäugig, kleinbrüstig und dazu einen surrenden Massagestab. Die Vorstellung turnte ihn so dermaßen ab, dass er den PC ausschaltete, ohne eine Antwort zu geben.

In der Nacht träumte er von ihr. Sie war irgendwie eine Mischung aus einer übergewichtigen Madonna und seiner früheren Grundschullehrerin und sie hielt ihm einen Vortrag über Tugend und zählte ihm jede einzelne seiner Freundinnen und jeden einzelnen seiner One-Night-Stands auf und machte ihm Vorhaltungen, dass er sich nicht zu wundern brauche, wenn er nur Huren abbekäme, weil er selbst ein Hurenbock sei.

Er erwachte schweißgebadet aus dem Traum und hatte das Gefühl, eine wabbelige nackte Putzfrau würde auf seinem Brustkorb sitzen und ihm die Luft abschnüren.

***

Er frühstückte zusammen mit Brockmann. Sie schwiegen sich an. Das war etwas Wunderbares beim Frühstück. Ein unbezahlbarer Friede, den er in Gegenwart von Ines nie genießen durfte. Sie mochte es nicht, wenn er beim Frühstück Zeitung las, sie mochte es auch nicht, wenn er nebenher an seinem Laptop arbeitete. Sie wollte, dass er ihr seine ganze Aufmerksamkeit zuwandte und nur ihr allein, nur, um ihn dann mit ihren Plänen für Shopping und Partys zu langweilen oder mit ihm über Kleinigkeiten zu streiten. Ungefähr so:

»Warum telefonierst du schon beim Frühstück mit dieser fetten Conni?«

»Ich muss meine Termine klären!«

»Conni und Brockmann und Silvio und Nickel! Immer nur die! Deine ganze Welt dreht sich nur um diese vier und bei mir bemerkst du nicht mal, wenn ich eine neue Frisur habe.«

»Hast du eine neue Frisur?«

»Nein!«

»Wie hätte ich es dann bemerken sollen?«

»Du legst es darauf an, mit mir zu streiten!«

»Ganz im Gegenteil.«

»Weil es dir völlig egal ist, ob ich sauer auf dich bin oder nicht.«

»Glaub mir, es ist mir ganz und gar nicht egal.«

»Du fühlst dich also total von mir abgenervt, oder was?«

»Aber nein ...« Oh Gott, und ob er abgenervt war. Ines hatte ihn regelmäßig schon vor dem Frühstück total abgenervt. Wie wohltuend war dagegen Brockmanns Schweigen am frühen Morgen.

Er starrte auf sein Tablet, vermutlich las er gerade irgendwas von Proust. Manchmal erzählte er Thomas von seinen aktuellen Literaturexkursen, aber meistens nicht. Er hielt eine Tasse Kaffee in der Hand und seine Pistole lag neben der leeren Müslischale. Brockmann war ein durch und durch zufriedener Bodyguard. Thomas checkte wie jeden Morgen seinen Terminkalender und ohne sich dessen wirklich bewusst zu sein, rief er auch seine Webb-Mails ab.

Da war noch eine Antwort von Julia eingegangen. Sie musste sie unmittelbar nach ihrer anderen Mail geschrieben haben, just in dem Moment, als er seinen PC ausgeschaltet hatte. Da stand:

»In der Badewanne. Mit der Hand. Weil Benni oft in meinem Bett schläft, muss ich ins Badezimmer gehen.«

Kapitel 3

Er musste ein Japsen oder Röcheln von sich gegeben haben, denn Brockmann blickte von seinem Tablet auf und fragte:

»Ist was?«

Wer zum Teufel war Benni? Wahrscheinlich ein Köter. Ein Mops, das würde zu seinem Bild von der blassen, dicken Pickeljungfrau passen. Bäh! Wie widerlich. Er stand auf und war hundertprozentig entschlossen, sich die grauenvolle Frau aus dem Kopf zu schlagen und sein Mailpostfach einfach nicht mehr zu öffnen. Sein Vorsatz reichte genau eine Viertelstunde, dann rief er Conni auf deren Handy an, weil sie offenbar noch nicht im Büro war:

»Conni, rufen Sie bitte bei Gegenberger FM an. Die haben eine Putzfrau mit dem Vornamen Julia. Ich möchte ihre Adresse und ihren vollständigen Namen wissen. Am besten alles, was Sie über die Frau in Erfahrung bringen können.«

Conni schwieg eine Weile am Telefon. Dann sagte sie mit einem Seufzen:

»Es ist Samstag, Herr Mahler.«

Samstag? Wie hatte ihm das nur entgehen können? Diese Woche war irgendwie einfach weggeflutscht.

»Na und!«, knurrte er ins Telefon. »Gegenberger ist eine Reinigungsfirma, die arbeiten doch rund um die Uhr.«

»Aber ich habe Wochenende, Herr Mahler, und bin gerade beim Geburtstag meiner Mutter.« Die Art, wie Conni das Ich betonte, sagte ihm, dass sie ganz bestimmt nicht wegen einer Putzfrau auch nur zehn Minuten ihres Wochenendes opfern würde.

»Ich kümmere mich gleich am Montagmorgen um diese Angelegenheit, Herr Mahler!«, versicherte sie ihm und legte auf.

Brockmann blickte nur kurz von seinem Tablet auf und zeigte ein fieses Grinsen auf seinem Gesicht.

»Was machen wir heute, Brockmann? Ich hatte vergessen, dass es ein Scheißwochenende ist!«

Thomas stellte fest, dass er die einsamen Wochenenden hasste. Mit Ines war er von einer Party zur nächsten getingelt, das hatte er noch mehr gehasst. Damals hatte er sich gewünscht, er könnte die Wochenenden zu Hause verbringen, ein wenig arbeiten, Sex mit seiner Ehefrau haben, im Pool schwimmen, Sex mit seiner Ehefrau haben, wieder ein wenig arbeiten, dann Sex mit seiner Ehefrau haben und danach wieder ein wenig arbeiten, eben solche völlig harmlosen Sachen, an denen man sich als Ehemann in einer gediegenen Ehe erfreute. Seine Wochenenden hatten sich überwiegend auf das Arbeiten und den Besuch von High Society-Events beschränkt.

»Ich bin heute Nachmittag bei Hertha. Sie haben vorgestern gesagt, dass Sie niemanden brauchen, aber ich kann Silvio verständigen, wenn Sie etwas unternehmen möchten.«

Silvio war der zweite Bodyguard, aber Thomas bevorzugte Brockmann bei Weitem. Silvio war gut und effektiv, aber er hatte manchmal ein Abgrenzungsproblem damit, wer sein Boss war und wo seine Grenzen lagen.

»Nein, ich bleibe heute zu Hause.« In Wahrheit überlegte Thomas, ob er sich nicht schnell noch zwei VIP-Karten für das Hertha-Spiel organisieren sollte, für Brockmann und sich. Brockmann hatte, soweit Thomas wusste, keine Familie, aber wer wusste schon, mit wem er sich sonst noch treffen wollte? Das ging Thomas nun wirklich nichts an. Brockmann war ein ehemaliger Bundeswehrsoldat, der aus einer geheimen Super-Secret-Spezialeinheit ausgeschieden war. Die Gründe kannte Thomas nicht und Brockmann sprach nicht drüber.

Brockmann servierte ihm noch ein Mittagessen aus der Mikrowelle und verschwand dann in Richtung Stadion. Thomas nahm sich vor, sobald Brockmann weg wäre, sich noch einmal die Geschäftsberichte von Sparfox zu verinnerlichen, aber kaum hatte Brockmann seinen blauweißen Schal um sich geschlungen und die Tür hinter sich zugezogen, ging Thomas auf seinen Webb-Account und schrieb eine Mail an Julia.

»Wer ist Benni?«

Sie schien nicht zu Hause zu sein. Es kam jedenfalls keine Antwort, auch wenn er jede Viertelstunde nachschaute. Nach einer Stunde nahm er sich die Geschäftsberichte vor und vergaß die Putze.

Als Brockmann abends zurückkam, setzte er sich zu Thomas ins Wohnzimmer auf das Sofa. Es liefen die Nachrichten, aber es gab nichts Besonderes. Eine entführte Bankiersgattin, ein Aufmarsch von Neonazis, der neue Kanzlerkandidat der Opposition, zwei Politiker, die die neueste Gesundheitsreform schönredeten, ein Piratenschiff vor Somalia, zwei Schauspieler, die heirateten, zwei, die sich scheiden ließen, ein russischer Oligarch, der einem Attentat zum Opfer gefallen war, und das ging nahtlos über in eine Talkshow am späten Abend mit einem Showmaster, den keiner kannte, und als Gast Ines Mahler-Werth, die verschmähte Ehefrau des Multimillionärs und Playboys Thomas Mahler, dazu ein wenig schmeichelhaftes Foto von ihm und eine dermaßen aufgemotzte Ines, dass er sich fragte, was er je an dieser Frau gefunden hatte.

Offenbar hatte sie sich noch mehr Botox unterspritzen lassen. Ihre Lippen wirkten wie Schlauchboote und die künstlichen Brüste hopsten schier aus dem engen Ausschnitt, wenn sie so tat, als würde sie weinen und er Idiot hatte sich einmal eingebildet, sie sei eine repräsentative Frau. Jetzt sah sie nur noch aus wie eine billige Nutte. Er grunzte wie ein Schwein und Brockmann fragte in seiner üblichen Art interessiert, aber niemals aufdringlich: »Was ist?«

»Ich muss doch irgendetwas an ihr gemocht haben. Wie sonst hätte ich auf so eine Frau hereinfallen können?«

»Sie ist eine gute Schauspielerin. Deshalb sollten wir das hier lieber nicht anschauen. Im Pay-TV kommt Kill Bill.«

Er schaltete einfach um, ohne lange zu fragen und mit zunehmender Befriedigung schaute sich Thomas den Rachefeldzug von Kiddo, der betrogenen Frau, an.

Er bekam auch am Sonntag keine Antwort auf seine Mail. Entweder wollte Julia nicht erklären, wer Benni war – aber dann hätte sie den Köter ja gar nicht zu erwähnen brauchen – oder sie war anderweitig beschäftigt. Im Grunde war es wie ein Aufatmen für ihn. Der Mailverkehr hatte ihn emotional verwirrt und gleichzeitig gefesselt. Die meisten ihrer Antworten mochte er nicht, seine Vorstellung von ihr war abstoßend und dennoch fieberte er ihren Mails entgegen.

Vielleicht war er ja ein Fall für einen Psychotherapeuten.

Als er am Montagmorgen um acht Uhr im Büro auftauchte, erwartete ihn Conni bereits mit einem Zettel in der Hand und einem handschriftlichen Text. Da stand:

Julia Dietrich, geb. 25. Oktober 1989 in Berlin-Spandau, wohnhaft in Kreuzberg, Schlesische Str. 123 a, Berlin.

Sie übergab ihm das gelbe Zettelchen ohne Kommentar und ohne eine Miene zu verziehen, aber er wusste natürlich, dass sie trotz ihrer stoischen Mimik neugierig war und wissen wollte, warum ein Thomas Mahler sich für eine Putzfrau von Gegenberger interessierte. Aber noch wollte er ihr nichts davon erzählen. Vielleicht nie. Er sagte nur: »Danke, Conni. Das ging ja schneller als erwartet.«

»Ein Anruf und nach fünf Minuten hatte ich die Daten. Die Leute von Gegenberger machen sich allerdings Gedanken und wollten wissen, ob ihre Mitarbeiterin etwas falsch gemacht hat. Ich sagte ihnen, dass dies nicht der Fall sei und Frau Dietrich zu unserer vollsten Zufriedenheit geputzt habe.«

»Danke, Conni«, sagte er nur und verschwand in sein Büro. Zu viel Dankbarkeit würde ihr Misstrauen nur noch mehr wecken. Kaum war die Tür hinter ihm zu, rief er Brockmann an und gab ihm die Adresse von Julia durch.

»Schauen Sie sich da bitte mal um. Klingeln Sie bei ihr, schauen Sie sich die Frau an, erkundigen Sie sich bei den Nachbarn nach ihr.«

Brockmann lachte nur ins Telefon, aber Thomas wusste, dass er alles genau so erledigen würde und nicht zurückkäme, bevor er die Frau nicht bis in ihre innersten Organe durchleuchtet hatte.

***

»Wohnt hier Julia Dietrich?«, fragte Eric Brockmann und setzte sein harmlosestes Lächeln auf.

»Bist du vom Jugendamt?«

Der kleine Kerl, der die Tür geöffnet hatte, war schon ein Anblick. Er hatte einen Kopf voller schwarzer Wuschelhaare und riesengroße stahlblaue Augen, die selbst einem gestandenen Elitesoldaten das Herz erweichen konnte. Also was ihre Jungfräulichkeit anging, hatte die Putze seinen Chef wohl ordentlich hinters Licht geführt. Aber es hätte ihn auch sehr gewundert, wenn nicht. Das sah doch eher nach einer alleinerziehenden Mutter aus und das würde auch den nächtlichen Putzjob erklären. Es war vielleicht ganz gut, wenn er Mahler enttäuschen musste, was die vermeintliche Unschuld seiner anonymen Klofreundin anging. Eric hatte nämlich das dumpfe Gefühl, dass sich diese Mailkiste mit der jungfräulichen Putze allmählich zu einer ungesunden Besessenheit für seinen Boss entwickelte.

»Ähm ja, vom Jugendamt!«, grummelte er leise. Er hasste es, lügen zu müssen und erst recht, wenn der Belogene so ein Winzling war und ihm arglos die Tür öffnete. Eigentlich sollte mal jemand mit der Mutter des Burschen reden. Der konnte doch nicht einfach jedem die Tür aufmachen.

»Jule ist nicht da!«, sagte der Pimpf. »Sie macht in den Semesterferien ein Praktikum und kommt erst um fünf nach Hause.«

Eric war mit der Information nicht unzufrieden. *Semesterferien* hieß, die angebetete Putze seines Chefs war Studentin, und Praktikum hieß, dass sie neben dem Putzen noch einen weiteren Job hatte.

»Hm, Praktikum, das ist aber gut. Wo macht sie das denn?«

»Sie hat einen Praktikumsplatz in der Rechtsabteilung von Expiron bekommen!« Das Wort Expiron betonte der Kleine mit so viel Ehrfurcht, als würde er von einem Job im Vatikan oder im Buckingham-Palast reden. »Aber nur, weil sie so gute Noten hat. Sonst nehmen die nie Praktikanten. Aber sie war die Beste von allen und der Personaltyp von Expiron hat gesagt, er macht eine Ausnahme. Aber ich glaube, der findet Jule hübsch.« Jetzt grinste der Schelm.

»Deine Mama arbeitet bei Expiron?«, rief Eric halb überrascht, halb amüsiert. Tagsüber in der Rechtsabteilung, nachts auf dem Herrenklo. Die Frau war ein Unikat. Und wenn sein Chef erfuhr, dass seine angebetete Putze jeden Tag acht Stunden lang acht Etagen unter ihm am Schreibtisch saß ... das würde ihn glatt von seinem Bürosessel fegen.

»Du bist nicht vom Jugendamt!«, rief der Kleine auf einmal und sein Tonfall war das krasse Gegenteil von gerade eben. »Sonst wüsstest du nämlich, dass Jule nicht meine Mama ist!«

Rums! Die Wohnungstür knallte ihm vor der Nase zu und ließ einen ziemlich verblüfften Eric Brockmann davor stehen. Ein leises Lachen entstand in seinem Bauch und brach dann in einem vergnügten Grollen aus ihm heraus. Der Bursche war ein Schlauberger und die Jungfrau des Chefs war vielleicht doch noch nicht entjungfert.

***

Am Montagmorgen um acht Uhr meldete sich Julia bei Expiron, zum ersten Tag ihres Praktikums. Alleine bis sie die Pförtnerin am Haupteingang passieren durfte, dauerte es fünf Telefonate und brachte ihr hundert kritische Blicke auf ihr Kostüm und ihre Hochsteckfrisur ein. Sie merkte schon, während sie unten am Haupteingang wartete und all die Expiron-Mitarbeiter an ihr vorbeieilten, dass sie hoffnungslos schäbig angezogen war.

Nachdem sie endlich nach oben gerufen worden war, ins 12. Stockwerk, ging der ganze Papierkram los. Sie erhielt eine Zutrittskarte und musste sich per Unterschrift zur Verschwiegenheit verpflichten. Die Rechtsabteilung war klein gemessen an dem gigantischen Unternehmen, das sie betreute. Es waren drei junge Juristinnen angestellt, eine schöner und schicker als die andere, und ein älterer grauhaariger Abteilungsleiter, der ehemals Richter am Bundesgerichtshof gewesen war. Er war Mitte 50 und sah recht attraktiv aus, war aber auch sehr arrogant. Es gab zwei Sekretärinnen und jetzt noch sie, Julia Dietrich, die Praktikantin mit dem schäbigen C&C-Kostüm.

Die drei Juristinnen zickten sich auf dramatische Weise an, gerade so, als gäbe es den Preis »größte Zicke der Welt« zu gewinnen und schon nach einer Stunde in der Abteilung wusste Julia, dass eine der dreien, die Blonde mit den kalten, schmalen Augen, mit dem Chef geschlafen hatte. Eine Stunde später wusste sie, dass es nicht der Chef war, sondern DER Chef.

Julia durfte sich nicht anmerken lassen, dass sie nicht einmal wusste, wie DER Chef eigentlich hieß. Die beiden Frauen, die gerade bei einer Tasse Kaffee über die dritte abwesende Kollegin lästerten, gingen davon aus, dass jeder Mensch den Konzernchef kannte und alles über ihn aus der Presse wusste, einschließlich seine Kleidergröße und die seiner Ehefrau.

»Na, diese Schlampe von Ehefrau, die ihn betrogen hat!«, bot die Schwarzhaarige als Info-Happen an.

»Ines Mahler-Werth!«, fügte die andere, eine makellos gestylte, aber insgesamt sehr fade Blondine, hinzu. Als ob Julia dieser Name etwas sagen würde. Sie nickte nur und tat so, als wüsste sie genau, wer gemeint sei und was der Konzernchef für ein Schwerenöter war. Eigentlich hätten die beiden auch über irgendeinen Stammesfürsten aus Zentralafrika reden können, das wäre für Julia genauso nichtssagend und belanglos gewesen.

»Und jetzt ist er solo!«, erläuterte die schwarzhaarige Bohnenstange wieder. Sie war die Frau mit einem umständlichen Doppelnamen, den Julia sich nicht hatte merken können.

»Und die Becker hat sich ihm quasi mit gespreizten Beinen in den Weg gelegt«, kam es von der faden Blondine, die sich als »Verena, nur Verena, hihihi!« vorgestellt hatte. Julia folgerte daraus, dass die andere blonde Juristin Becker hieß und dass in dieser Abteilung eindeutig ein Haremsproblem herrschte.

Obwohl sie nicht körperlich arbeiten musste, sondern die ganzen acht Stunden bequem an einem Schreibtisch sitzen konnte und nur irgendwelche alten Akten und Vorgänge sortieren musste, war sie wie gerädert, als sie um fünf zu Hause eintraf.

Benni war das genaue Gegenteil, er war aufgedreht wie eine Spieluhr. Er wollte von der Schule erzählen, denn heute war sein erster Tag in der zweiten Klasse gewesen und die Lehrerin war viel netter und Herr Kühn war zweimal bei ihm gewesen und hatte ihn gefragt, wie es ihm gefallen würde und er soll auch einen Gruß von Herrn Kühn bestellen. Benni fand Herrn Kühn sehr nett und die zweite Klasse war nicht ganz so bescheuert wie die erste und er musste bestimmt gar nicht auf so ein blödes Internat gehen, wenn er einfach nur so tat, als ob er genauso wenig Ahnung von Mathe hätte wie die anderen Kinder in der Klasse.

Als Benni nach dem Abendessen in der Badewanne saß, rief Julia zum hundertsten Mal die Entbindungsstation in Hamburg an. Jedes Mal sagte man ihr etwas anderes. Am Morgen hieß es, Schwester Ingrid hätte erst am Nachmittag Dienst, am Nachmittag hieß es, sie habe Nachtschicht, beim nächsten Anruf hieß es, sie habe Urlaub und als Julia sie jetzt endlich am Apparat hatte, war sie unfreundlich und abweisend. Sie ließ Julia ihre Geschichte noch nicht einmal zu Ende erzählen: Die Frau, die im Juni 2005 aus dem Fenster gesprungen war, der Fremde, der sie zuvor besucht habe. Schwester Ingrid konnte sich angeblich an nichts erinnern und hatte wirklich keine Zeit. Diese Woche waren vierzig neue Babys geboren worden und zwei Schwestern waren ausgefallen, also bitte, nicht immer anrufen, sie hatte wirklich alle Hände voll zu tun.

***

Vittorio hatte normalerweise montags Ruhetag, aber er rief kurz vor sechs an und fragte, ob sie vielleicht spontan kommen könne. Das Event-Restaurant auf der anderen Seite habe heute nämlich Ruhetag und er müsse das ausnutzen. Die Gäste, die dort vor verschlossener Tür standen, kamen dann sehr wahrscheinlich zu ihm herüber. Julia war nach dem Tag wirklich fix und fertig, aber Vittorio war schon so oft großzügig gewesen, wenn Benni krank gewesen war, dass sie ihn jetzt nicht im Stich lassen konnte.

Leider erwies sich Vittorios ausgetüftelter Schachzug als witzlos. Die Stammgäste wussten, dass Montag Ruhetag war und kamen gar nicht erst und andere Menschen wagten sich an diesem reichlich regnerischen Februarabend offenbar nicht auf die Straße.

Benni hatte gemosert, weil sie arbeiten ging. Der Montagabend gehörte immer ihnen beiden. Sie spielten miteinander oder sahen sich einen Film an oder ein Fotoalbum von seiner Mutter und Julia, als sie beide selbst noch Kinder gewesen waren. Marie zehn Jahre älter und immer hübsch und adrett und Julia immer irgendwie schmutzig, mit einem Kratzer im Gesicht oder mit zerzausten Haaren.

Das Schlimme war, Julia wusste nicht, wie sie den verlorenen Abend für Benni wiedergutmachen sollte. Sie hatte Vittorio versprochen, die ganze Woche von acht bis elf zu arbeiten. Wenn sie wenigstens Trinkgeld bekommen würde, dann könnte sie Benni zum Trost das heißersehnte Basecap kaufen, auch wenn natürlich materielle Geschenke nicht die persönliche Zuwendung ersetzten, wie ihr die Betreuerin vom Jugendamt gebetsmühlenartig herunterleierte. Als ob Julia überhaupt die Chance hätte, materielle Geschenke zu machen.

Auf jeden Fall war das Restaurant an diesem Abend so leer wie seit der letzten Bombenräumung nicht mehr. Ein Touristenpärchen saß in der Mitte des Restaurants. Japaner, die Schwierigkeiten hatten, die Speisekarte zu verstehen und weder Englisch noch Französisch verstanden. Während Julia den beiden mit Händen und Füßen erklärte, was eine Pizza war, mussten noch andere Gäste gekommen sein, denn Vittorio rief irgendwann nach ihr und zeigte auf die Camera obscura.

Die Nische hatte anscheinend eine magische Anziehungskraft auf Kerle. Da saßen schon wieder zwei Männer, aber nicht Kürbis und Spargel. Der eine war ein Hüne mit Oberarmen, die dicker waren als ihre Oberschenkel. Er hatte eine rasierte Glatze, dazu einen kleinen Ohrring und ein eher unauffälliges chinesisches Schriftzeichen am

Oberarm tätowiert. Er trug ein eng anliegendes khakifarbenes T-Shirt, das die ganze Pracht seines Brustkorbs zur Geltung brachte und er hatte dabei ein Grinsen auf seinem Gesicht, von dem sie nicht wusste, ob es ihr oder dem anderen Mann neben sich galt.

Der andere war ein Mann mittleren Alters, mit vollem, braunem Haar, das bis zu seinem Kragen reichte und nach hinten aus dem Gesicht gekämmt war. Er hatte graue Schläfen, perfekt manikürte Fingernägel und einen zynischen Zug um die Lippen. Er trug ein Poloshirt, das wie angegossen saß und teuer aussah, auch wenn es kein Markenlogo besaß.

Vielleicht waren die beiden schwul, obwohl sie nicht so aussahen. Der Glatzkopf starrte außerdem ziemlich intensiv auf ihre Brüste. Der vornehme Herr starrte nicht auf ihre Brüste. Er gaffte sie an, mit totaler Fassungslosigkeit im Gesicht, als hätte sie eine sprudelnde Platzwunde an der Stirn oder als sei ihr ein zweiter Kopf gewachsen. Sie legte ganz schnell die Speisekarten vor die beiden und fragte, ob sie schon etwas zu trinken bringen könnte.

Der Glatzkopf bestellte Ginger Ale und für den anderen einen Barolo, den teuersten Rotwein auf der Speisekarte, und dann schlugen sie die Speisekarten auf. Der Glatzkopf vertiefte sich sofort in die Speisekarte, während der Herr mit den grauen Schläfen den Blick einfach nicht von ihr abwandte. Auch als sie schon zurück zur Theke gegangen war, um die Getränkebestellung weiterzugeben, klebten seine Augen noch an ihr.

***

»Das kann sie unmöglich sein!«, japste Thomas atemlos. Atemlos, weil ihr Anblick ihm schlicht die Luft aus der Lunge gesaugt hatte.

Die Putze, seine Putze, sah aus wie eine griechische Göttin. Nicht mehr und nicht weniger.

»Doch, das ist sie. Der Wirt hat ihren Namen gerufen: Julia. Und ihre Wohnungsnachbarin hat gesagt, dass sie abends hier arbeitet.«

»Sie arbeitet als Putzfrau bei Expiron.«

»Sie scheint ein fleißiges Mädchen zu sein.«

»Großer Gott, Brockmann, kneifen Sie mich. Die Frau ist ein echter Stunner. Heißer geht's gar nicht. Wie kann sie als Putzfrau arbeiten?

Oder als Bedienung? Eine, die so aussieht könnte längst ... könnte längst ...«

»... bei irgendeinem Multimillionär im Bett liegen«, ergänzte Brockmann lachend. »Haben Sie nicht gesagt, sie schläft nur mit Männern, die sie liebt?«

»Sie schläft mit gar keinem!«

Thomas fiel die Speisekarte aus der Hand, als die Erkenntnis in ihrem ganzen Ausmaß in ihn einsickerte. Unvorstellbar, eine Frau, die so aussah ... und sie hatte noch nie mit einem Mann geschlafen. Manchmal befriedigte sie sich selbst ... in der Badewanne ... mit der Hand.

»Scheiße!«

»Was ist?« Brockmann sah sofort von der Speisekarte auf, sein geübter Blick schnellte zum Eingang, checkte den Raum, dann wieder zurück zu seinem Chef und der sagte mit einem unterdrückten Krächzen:

»Ich habe einen Ständer.«

Brockmann lachte schallend.

»Kann ich verstehen, aber Sie glauben doch nicht im Ernst, dass DIE noch Jungfrau ist?«

Thomas schüttelte sich wie ein Hund, der das kalte Wasser von sich abzuschütteln versucht.

»Nein, eigentlich nicht. Aber warum hätte sie mich anlügen sollen?«

»Sie hat Ihnen auch erzählt, dass sie hässlich ist. Das sind eben die Spielchen, die man mit anonymen Bekanntschaften im Internet treibt. Wenn die noch Jungfrau ist, bin ich jedenfalls Harry Potter oder glauben Sie etwa auch noch an den Weihnachtsmann?«

»Nein! Ja! Ich weiß nicht. Sie hat es mir ja nicht im Internet erzählt, sondern auf der Herrentoilette.«

Brockmann lachte nur noch lauter. Thomas beschloss, ihn zu ignorieren und wandte seine ganze Aufmerksamkeit wieder ihr zu. Sie war nicht sehr groß und dazu sehr zierlich und feingliedrig gebaut. Nun ja, bis auf ihre Brüste, die waren sensationell. Sie waren genauso üppig und prall, wie ein Mann sie haben wollte, aber nicht so groß, dass er sich davor fürchten musste, und sie waren garantiert genau so, wie der liebe Gott sie geschaffen hatte, ohne Silikon und chirurgische Unterstützung. Ihre knallenge Jeans ließ an der perfekten Form ihres Hinterteils und ihrer Beine auch keinen Zweifel aufkommen. Der Haarknoten, den sie im Nacken trug, hielt nur mit Mühe eine Unmenge dunkelbrauner Locken zusammen. Ach, und dieser lange, weiße Hals! Hmmm! Und ein bildschönes Gesicht, mit großen dunklen Augen, einer schmalen Nase, absolut makelloser Haut und Lippen, die garantiert noch niemals eine Botoxspritze auch nur aus der Ferne gesehen hatten und trotzdem sinnlich und voll waren.

Es gab nicht viel für sie zu tun in dieser Spelunke. Nur zwei schrille Japaner, die offenbar zu doof waren, um Englisch zu verstehen. Ein Handy bimmelte und der Italiener reichte es ihr über die Theke. Sie zog sich mit dem Handy am Ohr etwas zurück und bewegte sich in Richtung seiner dunklen Nische. Sie sprach leise, um niemanden zu stören, aber er verstand sie bestens:

»Nein, ich arbeite heute. Vittorio hat überraschend ...« Sie unterbrach sich. »Ich weiß auch, dass heute Montag ist, trotzdem arbeite ich. Hör mal Debby, ich kann nicht lange reden.« Wieder eine kurze Pause.

»Wie es bei Expiron war?« Sie lachte auf. »Das glaubst du nicht, wenn du es nicht selbst erlebt hast. Da geht es zu wie im Harem von Sultan Süleyman. Es gibt drei hysterische Juristen-Tanten und die haben einen totalen Hau, weil die alle irgendwie auf ihren obersten Chef scharf sind, was weiß ich, mit wem der schon geschlafen hat.« Pause. »Nein, ich kenne den Typen nicht. Und ich bin auch ganz bestimmt nicht scharf drauf, den je kennenzulernen.« Längere Pause und dann ein leises, heiseres Lachen. »Ja, klar! Ausgerechnet ich!«

Thomas war sich durchaus bewusst, dass da gerade über ihn geredet wurde, und das Mädchen wusste wirklich nicht, dass der Betreffende nur drei Meter entfernt saß. Das machte das Lauschen extrem reizvoll.

»Ja, nur alte Fälle ablegen«, sagte Julia und nickte. »Ja, ist mir auch klar, aber ich brauche das Praktikum und ich bin froh, dass die mich überhaupt genommen haben. Ja! Ja!«

Pause, lange Pause, ganz lange Pause.

»Ich muss jetzt wirklich Schluss machen, Debby. Vittorio möchte nicht, dass ich während der Arbeit telefoniere. Kannst du mir die Telefonnummer von diesem Kripobeamten bitte per Mail schicken? Gut, danke! Bis Sonntag.«

Sie steckte das Handy in die Gesäßtasche ihrer knackig engen Hüftjeans und Thomas' Blick blieb unweigerlich an dieser Pracht von einem Arsch haften. Er war so verzückt von diesem Unterbau, dass er gar nicht merkte, wie sie zu seinem Tisch gekommen war und sich mit einem freundlichen Lächeln an ihn wandte:

»Haben Sie schon gewählt?«

Oh ja, er hatte gewählt. Ihm lief das Wasser im Mund zusammen, wenn er sie nur anschaute.

»Was können Sie denn empfehlen?«, fragte Brockmann.

Sie hatten vereinbart, dass Thomas gar nicht sprechen würde. Schließlich hatte Julia in ihrer Mail etwas über seine Stimme geschrieben und er wollte nicht, dass sie ihn an seiner Stimme wiedererkannte. Apropos wiedererkennen. Sie schien ihn nicht zu kennen oder genauer gesagt zu erkennen. Dabei geisterte sein Gesicht doch jede Woche mehrmals durch die Presse. Aber nicht jeder interessierte sich freilich für den Wirtschaftsteil der Zeitung oder für die Regenbogenpresse, soweit es Ines betraf.

»Normalerweise sind unsere Meeresfrüchte eine Spezialität, aber heute würde ich die lieber nicht essen, wir haben nämlich heute außer der Reihe geöffnet und ich bezweifle, dass Vittorio auf dem Markt war.«

»Keine Meeresfrüchte!«, sagte Brockmann und grinste sie an.

Sie lächelte ein niedliches, schneeweißes Lächeln zurück.

Streichelst du dir auch die Brüste? Das würde Thomas sie bei seiner nächsten Mail fragen und sich dann vorstellen, wie er diese Brüste selbst in seinen Händen halten würde.

»Sie sagt, wir sollen die Spaghetti Diavolo nehmen ...«

Brockmann hatte ihn angestoßen. Er war so mit der Betrachtung ihres Busens beschäftigt gewesen, dass er die Unterhaltung gar nicht weiter mitbekommen hatte.

»Sofern Sie es scharf mögen!«, fügte sie mit einem völlig arglosen Lächeln hinzu und der Ständer in Thomas' Hose nahm epische Ausmaße an. Thomas nickte und räusperte sich.

»Wir mögen es beide sehr scharf!«, flirtete Brockmann sie an und sie lächelte immer noch, aber keineswegs mehr so liebenswürdig wie noch vor einer Minute.

»Also Spaghetti Diavolo. Zweimal?«

Vermutlich wurde sie andauernd auf ähnlich dämliche Weise angemacht. Natürlich wurde sie andauernd angemacht. Ein Mann musste schon blind oder schwul sein, wenn er es nicht wenigstens bei ihr versuchte.

»Ja, zweimal scharf und was für ein Dessert bekommen wir danach?« Brockmann ließ sich nicht so schnell entmutigen, auch wenn sie vermutlich Sprüche dieser Art schon zig Mal gehört hatte.

»Nehmen Sie Eiswürfel, die helfen schnell und sind billig«, kam es mit einem honigsüßen Lächeln zurück. Brockmann brach in herzhaftes Lachen aus.

»Und was wäre, wenn wir für das Dessert etwas mehr Geld investieren wollen, sehr viel mehr?«

Thomas kochte innerlich. Dieser Holzkopf! Plötzlich fand er die Idee, Brockmann das Sprechen zu überlassen, saublöde. Wenn er selbst mit ihr sprechen könnte, würde er es jedenfalls nicht so plump anstellen. Er würde ihr zeigen, wie geistreich er sein konnte.

»Dann sind Sie hier an der falschen Adresse, meine Herren!«, antwortete sie und ihr sonniges Lächeln wirkte plötzlich wie eisiger Nachtfrost und dann ging sie, ohne noch eine weitere Bestellung abzuwarten, einfach davon.

»Warum mussten Sie sie so dreist anbaggern?«, zischte Thomas seinen Bodyguard an.

»Ich wollte doch nur sehen, wie keusch die Jungfrau wirklich ist«, sagte Brockmann mit einem schiefen Grinsen. Tatsächlich hatte ihn die Abfuhr ein klein wenig härter getroffen, als er zugeben wollte. Normalerweise standen die Frauen ziemlich auf ihn. »Wenn ich nicht aufpasse, verliebe ich mich selbst in Ihre Putze, Herr Mahler.«

»Dann passen Sie gefälligst auf, das ist meine Putze. Ich kann das immer noch nicht glauben, dass es so etwas überhaupt gibt.«

»Was meinen Sie? Ein hübsches Mädchen, ohne falsches Getue, das nicht gleich ihre Titten auspackt, nur weil Sie in der Nähe sind?«

Brockmann konnte ein Fiesling sein, aber er hatte recht. Sie war wirklich ohne jede Selbstinszenierung.

»Sie hat mich nicht erkannt.«

»Sie reden ja auch nicht.«

»Ich meine, sie hat mich nicht als Thomas Mahler erkannt. Sie weiß nicht, wer ich bin.«

»Anscheinend nicht. Es ist aber auch ziemlich dunkel in dieser Nische. Sind Sie enttäuscht?«

Ein wenig in seiner Eitelkeit verletzt, weil er sich eingebildet hatte, dass jeder wusste, wer Thomas Mahler war und wie er aussah, aber andererseits ...

»Es ist ein faszinierender Gedanke, jemandem zu begegnen, der mich einfach ganz normal behandelt wie jeden anderen Menschen auch.«

»Sie wird denken, Sie wären ein taubstummer Spastiker und ich wäre Ihr Pfleger«, spöttelte Brockmann.

Während sie auf ihr Essen warteten, kamen vier weitere Gäste, vier junge Mädels, nur wenig jünger als die göttliche Kellnerin und setzten sich kichernd an ein Fenster, das sie fortan nicht mehr aus den Augen ließen. Die Göttin ging zu ihnen hin und unterhielt sich genauso locker und entspannt mit ihnen, wie sie mit Brockmann gesprochen hatte. Die Mädels brachen unisono in Kichern und Kreischen aus und Julia zeigte aus dem Fenster und sagte etwas, woraufhin das hysterische Weibervolk Verzückungslaute von sich gab.

Aha, sie flirtete also mit allen Menschen so, nicht nur mit Brockmann. Thomas lehnte sich mit einem zufriedenen Seufzen in den Stuhl zurück und klebte mit seinen Augen an jeder ihrer geschmeidigen Bewegungen.

»Sie ist sportlich! Sieht man an der Art, wie sie geht«, sagte Brockmann und beantwortete Thomas' Gedanken damit laut.

»Und sie hat einen Verehrer!« Brockmann zeigte auf einen kleinen, rundlichen Mann in einem neongrünen Anzugjackett, der soeben hereingekommen war und ihr einen riesigen Blumenstrauß überreichte. Sie wollte ihn gar nicht annehmen, schüttelte den Kopf, winkte ab und nahm ihn dann doch. Der kugelrunde Kerl überreichte ihr daraufhin eine Visitenkarte und sie nickte und während sie die Karte las, nickte sie etwas stärker und dann ging sie dem Mann sogar noch hinterher, obwohl der schon wieder auf dem Weg zur Tür war. Dort sprach sie dann mit ernstem Gesicht mit ihm. Ihr Gesicht wurde immer ernster, todernst, so als würde sie ihm gerade die Abgründe ihres Lebens erzählen und er nickte nur, während sein Gesicht auch immer ernster wurde. Er erweckte den Eindruck, als würde er demnächst in Tränen ausbrechen, aber da ging die Klingel aus der Küche und kündigte an, dass die Spaghetti Diavolo zur Abholung bereitstanden. Sie reichte dem italienischen Maître ihren Blumenstrauß und servierte das Essen.

Es brannten tausend Fragen auf Thomas' Zunge: Was hatte sie mit dem hässlichen kleinen Kugelkerl geredet? Warum, zuallererst, hatte er ihr Blumen gebracht? Was stand auf der Visitenkarte? Was war so ernst in ihrem Leben? Aber er musste die Fragen hinunterschlucken und seine Klappe halten. Er bedankte sich für das Essen mit einem Nicken und mit seinem besten Lächeln und sie lächelte zurück. Freundlich, unverbindlich, sonnig, aber auch desinteressiert.

Nicht wie die Frauen, die wussten, wer er war.

Brockmann machte aus seinem Herzen keine Mördergrube. Er zeigte auf den dicken bunten Blumenstrauß, den der italienische Chef gerade umständlich in eine Blumenvase bugsierte, und fragte frei heraus:

»Von einem Verehrer?«

»Nur ein Dankesgruß!«

»Für das vorzügliche Dessert?«

Sie hob die Augenbrauen und man sah ihr an, dass ihr bereits ein paar bissige Worte auf den Lippen lagen, aber dann schien sie sich plötzlich anders zu besinnen und sagte: »Wenn ich es recht bedenke, ja, das war wirklich ein Dankeschön fürs Dessert!«

»Sie finden gleich morgen heraus, wer dieser rollende Medizinball ist und warum er ihr Blumen bringt«, ordnete Thomas an, nachdem Julia wieder von ihrem Tisch verschwunden war. Brockmann, der diese Art von Detektivarbeit wirklich nicht mochte, verdrehte die Augen.

»Sie tun gerade so, als würde das Mädchen Ihnen gehören.«

»Das tut sie auch, sie weiß es nur noch nicht.«

***

Julia konnte es nicht glauben, als sie den dicken Blumenstrauß ansah. Kürbis und Spargel waren doch nicht solche undankbaren Wichte, wie sie gedacht hatte. Kürbis hatte den Strauß höchstpersönlich vorbeigebracht, sich überschwänglich für ihre Zivilcourage bedankt und davon geschwärmt, wie sie mit einem einzigen Fußtritt so einen großen Kerl außer Gefecht gesetzt hatte und, und, und. Dann hatte er ihr seine Visitenkarte ausgehändigt und ihr beteuert, wenn er jemals im Gegenzug etwas für sie tun könnte, sie brauchte es bloß zu sagen.

Er war schon auf dem Weg zur Tür gewesen, da hatte sie gelesen, was auf der Visitenkarte stand: Raimund Raffke & Peter Schulz, Privatdetektei.

Also wenn das kein Zeichen des Himmels war, dann gab es keine Zeichen mehr. Sie lief Kürbis hinterher, der der besagte Raimund Raffke war und fragte ihn, wie ernst er das mit der Hilfe gemeint habe. Sehr ernst. Also erzählte sie ihm im Telegrammstil von ihrer Schwester und von der Suche nach Bennis Vater und sie verabredeten einen Termin für morgen Abend. Sie hatte erst nach fünf Zeit und musste um acht wieder bei Vittorio sein und dann gab es noch Benni, den sie nicht dauernd vernachlässigen konnte, also versprach Raimund Raffke, morgen Abend pünktlich bei ihr zu Hause vorbeizukommen.

Als Vittorio sein Restaurant schloss, war Julia überglücklich. Nicht nur gab es endlich Hoffnung, dass es mit Maries Fall voranging, sie hatte auch noch fünfzig Euro Trinkgeld bekommen.

Von dem Schweigsamen.

Natürlich hatte sie das Geld nicht angenommen. Das war ja doppelt so viel, wie die Rechnung betragen hatte. Außerdem hatte sie Angst, dass er im Gegenzug irgendetwas von ihr wollte – Männer dachten das immer, wenn sie reichlich Trinkgeld locker machten – zumal die Andeutungen von dem Kerl mit der Glatze ja wohl eindeutig genug gewesen waren. Aber der Schweigsame hatte ihr den Fünfzig-Euro-Schein zweimal aufgedrängt und hatte sogar gesprochen, ein genuscheltes »Ist schon in Ordnung so«.

Sie hatte wirklich mit sich gekämpft. Herrje, sie könnte davon die Turnschuhe oder das Basecap für Benni kaufen. Aber nein, das ging einfach nicht. Sie war hartnäckig geblieben und hatte abgelehnt.

Er zuckte die Schultern und beließ es bei fünf Euro, was immer noch deutlich über dem Durchschnitt lag. Aber als die beiden Männer gegangen waren und sie die Reste vom Tisch abräumte, da lag der Fünfzig-Euro-Schein unter einem Bierdeckel und auf dem Bierdeckel stand eine Notiz mit einer steilen Handschrift, die ihr irgendwie vertraut vorkam. *Danke für Ihr Lächeln.*

***

Thomas seinerseits verstand die Welt nicht mehr. Warum hatte sie sich wegen ein paar läppischer Euro Trinkgeld so geziert?

Herrgott nochmal, wovor hatte sie sich denn gefürchtet? Das waren bloß fünfzig Euro gewesen. Es war ja nicht so, als ob er sie damit kaufen wollte. Nicht mit schäbigen fünfzig Euro. Für eine Frau wie sie wäre eine vierstellige Summe noch zu wenig.

Er war kaum mit Brockmann zu Hause angekommen, da fuhr er schon seinen Laptop hoch. Sie hatte seit seiner Frage Wer ist Benni? nicht mehr mit ihm gemailt und nachdem er sie heute gesehen hatte, wunderte er sich nur noch, dass sie überhaupt mit ihm Mailkontakt unterhielt. Eine Frau, die so aussah ... Hallo, die brauchte keine virtuellen männlichen Freunde. Er warf seine Klamotten kreuz und quer durch die Wohnung, ging hinaus auf den Dachgarten und war froh, dass die eisige Februarluft ihn ein wenig herunterkühlte.

Die Kleine hatte drei Jobs, von denen er sicher wusste, und zwei davon in seinem Unternehmen. Seine Rechtsabteilung war also der reinste Harem, er war Sultan Süleyman und seine Juristinnen hatten einen Hau.

Er hätte nicht mit der Becker schlafen sollen. Das war jetzt klarer denn je und es war auch klar, dass er die Becker loswerden musste, bevor sie das Arbeitsklima mit unangebrachten Allüren vergiftete und die Effektivität beeinträchtigte. Wenn er Conni glauben durfte – und er glaubte Conni immer – dann hatte die Becker gestern sage und schreibe zehnmal versucht ihn anzurufen und Conni hatte sie zehnmal abgewimmelt. Beim elften Mal hatte die Becker ihr dann gedroht, dass sie wohl nicht wisse, wer sie sei und dass sie sich sicher sei, der Chef würde unbedingt mit ihr sprechen wollen und dass Conni bestimmt Ärger mit ihm bekommen würde, wenn sie nicht endlich das Gespräch durchstellen würde.

Was bildete die Frau sich ein? Sie hatte sich wie eine Nutte benommen und da wunderte sie sich, wenn er sie wie eine Nutte behandelte. Aber was war ihre Dienstleistung schon wert gewesen? Ein abgebrochener Blowjob, ein vorgespielter Orgasmus und ein Körper, der ihm rückblickend betrachtet fad und mager vorkam.

Fünfzig Euro?

Er lachte missvergnügt und blickte von seinem Dachgarten aus über die Dächer von Berlin, ungefähr in die Richtung von Kreuzberg. Dabei stellte er sich Julias Körper nackt vor. Hmmm! Was wäre, wenn sich Brockmann irrte und sie war eben doch noch Jungfrau? Allein für die erste Nacht mit ihr – für ihre erste Nacht mit einem Mann – wäre er bereit, mehr zu bezahlen, als er für seinen Porsche bezahlt hatte. Aber natürlich würde sie sich nicht verkaufen. Nicht sie. Es sei denn, er würde ihr sehr, sehr viel Geld anbieten.

So viel Geld, dass sie keine drei Jobs mehr ausüben musste und dass sie sorgenfrei leben konnte. Jeder Mensch war käuflich. Jeder. Es war nur eine Frage des Preises und er stellte fest, dass er für eine unberührte Frau wie Julia einen hohen Preis zu zahlen bereit wäre.

Unberührt war vielleicht der falsche Ausdruck. Immerhin berührte sie sich selbst, in der Badewanne ... aber das machte sie für ihn nur noch viel heißer und attraktiver.

Er musste verrückt sein, überhaupt über so etwas nachzudenken.

Er ging zurück in das Kaminzimmer, wo er seinen Laptop hatte liegen lassen und wo Brockmann sich mit einer Flasche Bier auf dem Sofa niedergelassen hatte und schnappte sich den Laptop. Wenn sie ihm keine Mail geschrieben hatte, würde er sie anrufen. Sobald er ihre Handynummer kannte.

Sie hatte nicht geantwortet.

Seine Laune entwickelte sich von bewölkt zu Gewitterfront und Brockmann, der für so etwas irgendeine verborgene Antenne hatte, stand hastig auf und wünschte ihm eine gute Nacht.

»Am besten Sie duschen noch mal kalt vor dem Schlafengehen!«

Es gab auch bessere Methoden, als kalt zu duschen. Ha! Thomas hockte sich in sein Bett, den Laptop vor sich und starrte den Bildschirm an, auf dem er nichts sah außer einem nervtötenden Bildschirmschoner, aber irgendwie schwirrte ihm das Gesicht von Julia vor den Augen. Ebenmäßig, klassisch, herzförmig, offen, ehrlich und atemberaubend schön. Dunkle Augen, große Lippen, gerade Nase und ein Lächeln wie ein Sonnenaufgang.

Kurz vor zwölf kam endlich eine Mail von ihr. Er hatte sie schon zig Mal gegoogelt und unter Julia Dietrich nichts gefunden. Rein gar nichts. Wobei er unter »Julia« natürlich alles Mögliche gefunden hatte. An erster Stelle alles, was es über Shakespeares Vorstellung einer unsterblichen Liebe zu lesen gab, und fünftausend Bilder diverser Julias, angefangen bei einer Schauspielerin und aufgehört bei einer osteuropäischen Politikerin, wobei keine der Julias seiner Julia optisch auch nur das Wasser reichen konnte. Auf seine Frage von vorgestern *»Wer ist Benni?«* schrieb sie:

»Sorry, dass ich mich jetzt erst melde. Ich hatte so viel um die Ohren. Benni ist mein Neffe. Er wohnt bei mir.«

Das wusste er inzwischen längst. Er wusste sogar aufgrund von Brockmanns Beschreibung, dass der Bursche ein siebenjähriger Wonneproppen war mit einem scharfen Verstand und den himmelblausten Augen der Welt.

»Hattest du einen schönen Tag?«, war ihr letzter Satz.

»Mein Abend war wunderschön!«, antwortete er ihr. Aber er befürchtete, dass ihr das als Antwort zu reizlos war und sie ihm dann nicht mehr zurückschreiben würde, weil sie hundemüde sein musste nach einem Tag mit drei Jobs und weil sie vermutlich tot ins Bett fallen würde. Er schrieb noch eine zweite Mail:

»Ich habe eine Frau kennengelernt.«

»Und? Verliebt?«, kam es postwendend.

»Sie hat mich umgehauen. Was ist mit dir? Hattest du auch einen schönen Abend?« Er fieberte ihrer Antwort entgegen, die aber auf sich warten ließ. Sie würde ihm von ihrer Begegnung im Restaurant schreiben, das hoffte er. Das betete er.

»Ich habe gearbeitet, aber es war in Ordnung. Da waren heute vier Mädels, die dachten, sie hätten Johnny Depp auf der Straße getroffen. Sie haben ihn nach einem guten Restaurant gefragt und er hat ihnen gesagt, das wäre der Italiener, bei dem ich arbeite. Ich habe ihnen erklärt, dass das nicht Johnny Depp ist, sondern Wilko, der Philosophiestudent, der in der Wohnung über unserem Restaurant wohnt, und dass er Johnny ziemlich ähnlich sieht und oft bei uns Pizza isst. Ich schätze, die Mädels sind morgen Abend wieder da.«

Kein Wort von ihm und Brockmann. Hatte er mit seinem Trinkgeld so wenig Eindruck bei ihr hinterlassen?

»Du arbeitest also bei einem Italiener? Vielleicht komme ich mal vorbei.«

Sie antwortete nicht mehr und er hätte sich die Finger abbeißen können, weil er diesen Mist geschrieben hatte. Wie dumm von ihm! War die Anonymität futsch, war auch ihre Offenheit zum Teufel und er wollte nichts mehr als ihre Offenheit. Als nach zehn Minuten noch keine Antwort kam, schrieb er:

»Ich schwöre dir, ich komme nicht vorbei. Ich weiß doch gar nicht, welcher Italiener das ist und außerdem möchte ich ebenso anonym bleiben wie du. Auf diese Weise kann ich mit dir über Dinge reden, über die ich sonst nie mit einer Frau reden würde.«

Nach einer Weile von wenigen Minuten, die ihm endlos vorkam, kam die Antwort.

»Und umgekehrt. Sorry, ich habe nur schnell geduscht.«

»Streichelst du auch deine Brüste, wenn du dich selbst befriedigst?«

Das Bild, das bei dieser Frage unwillkürlich in seinem Kopf entstand, war nicht gerade dazu angetan, seine kolossale Verspannung zu lösen – jetzt wo er wusste, wie sie aussah.

Heilige Scheiße, das Bild von dieser Frau unter der Dusche, wie sie mit ihren Händen ihre Brüste streichelte, das konnte selbst den stärksten Mann umhauen.

»Ab und zu. Aber dabei stelle ich mir immer vor, ein Mann könnte das viel besser handhaben als ich selbst.«

Großer Gott! Und wie er das handhaben könnte. Was für eine Wortwahl! Er würde nicht nur die Hände dazu nehmen, auch den Mund und die Zähne …

»Soll ich dir schildern, wie?«

»Ich muss jetzt schlafen gehen. Vielleicht gehen wir ein anderes Mal ins Detail.«

Er wollte nicht, dass sie schlafen ging. Er wollte die ganze Nacht mit ihr mailen. »Hast du wirklich noch nie etwas mit einem Mann gehabt? Ganz ehrlich?«

»Noch nie!«

»Auch kein Petting? Du bist doch bestimmt schon gestreichelt worden, nicht nur an den Brüsten, auch zwischen den Beinen.«

»NEIN!«

»Hat noch nie ein Mann seine Finger oder seine Zunge in dich gesteckt?« Sag nein, bitte, sag nein!

»Du meinst in den Mund?«

»Oh nein, ich meine in deine Vagina!«

Es kam keine Antwort. Verdammt! Hatte er sie etwa abgeschreckt? So naiv konnte sie doch nicht sein, dass sie nicht zumindest von dieser Art Erotik wusste.

»Hallo? Bist du noch wach? Entsetzt dich die Frage?«

»Ich weiß nicht, ob mir das gefallen würde, wenn jemand seine Zunge in mich steckt. Das ist bestimmt irgendwie komisch.«

»Die meisten Frauen finden das ziemlich geil, wenn man an ihrer Klitoris saugt und sie leckt.«

»Hast du das schon mal bei einer Frau gemacht? Ich meine, mit der Zunge? Wie ist das?«

»Es kommt auf die Frau an. Manchmal hat man das Gefühl, man beißt in ein stinkendes Hammelfell, aber manchmal ist es, als würde man an einem Honigtopf lecken. Ich bin mir sicher, du schmeckst süßer als Honig.«

»O Shit, weißt du, dass ich jetzt ganz feucht geworden bin?«

Er presste seine Hand fest gegen sein Glied. Zwei weitere solche Sätze und er würde kommen, ohne noch viel dazutun zu müssen.

»Weißt du, dass ich schon die ganze Zeit steinhart bin?«

»Ich muss jetzt wirklich schlafen. Leider ist für mich kurz nach zwei die Nacht schon wieder zu Ende.«

Nein, bitte nicht! Bleib noch da.

»Hast du wenigstens ein anständiges Trinkgeld in deiner Pizzeria bekommen?«

»Und ob! Da waren zwei Männer und einer von denen ... Gott, der war seltsam, der hat mir einfach 50 Euro dagelassen. Wenn der wüsste, wie dringend ich das Geld für Benni brauche. Ich hätte ihm um den Hals fallen können, aber das hätte er im Zusammenhang mit seinen 50 Euro sicher falsch interpretiert.«

»Zwei Männer? Aha.«

»Ein desillusionierter Muskelprotz mit zu viel Selbstbewusstsein und ein einsamer Wolf.«

»Einsamer Wolf?« Großer Gott, er wusste nicht, ob er sich geschmeichelt fühlen sollte oder ... oder was? Einsamer Wolf! Hatte er jemals so ein Kompliment bekommen und das von einer Frau, die nicht einmal wusste, dass er Thomas Mahler war.

»Einsamer Wolf: arrogant, einsam, unglücklich und leer. Mit sich und der Welt nicht im Reinen. Irgendwie sah er süß aus und gleichzeitig gefährlich. Er sah Roderick Cavendish ähnlich, in jungen Jahren. Ich muss jetzt echt ein paar Stunden schlafen. Vielleicht morgen wieder.«

»Vielleicht?«

Halt! Warte! Nein, schreib weiter! Schreib mir, wie süß du den einsamen Wolf fandest. Sie antwortete nicht mehr. Thomas schleuderte seinen Laptop vom Bett und rollte sich auf die Seite, um sich zu erlösen, und dabei fühlte er sich wie der einsamste Wolf der Welt.

Nach fünf Minuten sprang er wieder aus dem Bett, hob seinen Laptop auf und hoffte nur, dass er bei dem Wurf nicht kaputtgegangen war. Nicht, dass es ihm etwas ausgemacht hätte, sich morgen einen neuen beschaffen zu lassen, aber er musste jetzt Roderick Cavendish googeln. Er war entsetzt. So sah sie ihn? Ein Shakespearedarsteller mit hageren und viel zu markanten Gesichtszügen, der als Henry V. und Hamlet die Theaterwelt begeistert hatte, vor Jahrzehnten allerdings. Großer Gott, der Mann war ja beinahe sechzig und wirklich kein Adonis. So sah er doch niemals aus, so vergrämt, so einsam, so finster, so charismatisch.

Kapitel 4

Am anderen Morgen beim Frühstück erwartete Eric Brockmann seinen Chef mit Neugier. »Sie haben nicht viel geschlafen!«

In der Tat hatte Thomas die halbe Nacht Filme angeschaut, in denen Roderick Cavendish mitspielte. Er konnte noch nicht einmal erklären, warum. Er war nicht dieser Cavendish-Heini, der vor zwanzig Jahren mal die Massen begeistert hatte, und er hatte es, weiß Gott, nicht nötig, mit einem alternden britischen Schauspieler zu konkurrieren. Er war klüger und reicher und berühmter als Cavendish und attraktiver.

»Haben Sie die ganze Nacht mit Ihrer Putze gemailt?«

»Finden Sie die Bezeichnung angemessen?«

»Nicht für Julia, aber Sie haben die Bezeichnung erfunden, nicht ich.«

»Sind Sie desillusioniert, Brockmann?«

Der schaute von seinem Müsli auf, überrascht und nachdenklich.

»Ja, vielleicht. Die meisten Frauen sind Schrott und was das Leben angeht ... ja, durchaus.«

»Sie verdienen ein Heidengeld als mein Bodyguard. Was fehlt Ihnen zum Glück?«

»Geld ist zweitrangig. Ich mag Sie, Herr Mahler, und ich mag den Job bei Ihnen. Das ist der Grund, warum ich hier bin, nicht wegen der Unmengen an Euros, die jeden Monat auf meinem Konto landen und die ich gar nicht ausgeben kann. Ich hab so viel Geld, ich kann bald meinen eigenen Konzern kaufen.«

»Was fehlt also?«

Brockmann zuckte die Schultern. »Ich weiß nicht, vielleicht so was wie der kleine Bursche gestern. Benni. Ich hätte gerne Kinder gehabt. Aber meine Frau hat sich scheiden lassen, als die Auslandseinsätze bei der KSK anfingen. In dieses Leben passt einfach keine Familie. Und jetzt? Na ja, man wird älter, wählerischer. Wie kommen Sie überhaupt darauf?«

»Julia meinte, Sie seien desillusioniert.«

»Sie ist ein kluges Mädchen.«

»Ich will mit ihr schlafen!«

»Kann ich verstehen, aber ich dachte, sie schläft nur aus Liebe mit 'nem Kerl oder wie war das?« Brockmann wandte sich mit einem zynischen Lachen wieder seinem Müsli zu.

»Ich könnte sie kaufen!«

In dem Moment, als er es aussprach, wurde ihm bewusst, dass er es ernst meinte.

»Das möchte ich sehen.« Brockmann aß bedächtig weiter.

»Das werden Sie. Recherchieren Sie für mich ihren gesamten finanziellen Hintergrund, und alles, was Sie sonst über sie herausfinden können. Ich will einen kompletten Background-Check.«

»Ich kann Ihnen auch so sagen, dass die Kleine arm ist wie eine Kirchenmaus. Der Junge trägt abgetragene Klamotten, die Wohnung ist mickrig und spartanisch eingerichtet und das Haus ist unterstes Niveau. Das Mädchen hat drei Jobs, um sich über Wasser zu halten. Was müssen Sie noch mehr über ihren finanziellen Hintergrund wissen? Sind Sie erst glücklich, wenn Sie auch die letzte anständige Frau auf diesem Planeten mit Ihrem Geld in den Dreck gezogen haben?«

»Wie kann ich sie in den Dreck ziehen, wenn mein Geld dazu beitragen wird, sie genau da rauszuziehen?«

Brockmann zuckte die Schultern, aber sein Blick verriet Thomas, dass er nicht wirklich einverstanden war.

***

Seine erste Frage, als Thomas sein Büro betrat, lautete: »Conni, was verdienen die Praktikanten bei uns?«

»Guten Morgen, Herr Mahler. Ich werde mich erkundigen.«

Es fiel ihr diesmal wirklich schwer, ihre Verwunderung über sein neuerliches Interesse an den einfachen Beschäftigten seines Konzerns zu verbergen, das wusste er. Sie war ja nicht auf den Kopf gefallen, sie war nur ein Ausbund an Diskretion und zeigte es deshalb nicht offen, wenn sie vor Neugier platzte. Apropos Diskretion, noch bevor er die Tür zu seinem Büro öffnete, hielt sie ihn mit einer unscheinbaren Geste zurück.

»Ich muss Ihnen leider sagen, dass eine Dame in Ihrem Büro auf Sie wartet. Ich konnte sie nicht abwimmeln. Es war unmöglich. Sie wurde beinahe handgreiflich.«

Sein erster spontaner Gedanke war Julia und eine heiße Welle der Freude schoss durch seinen Körper, aber dem folgte eine spontane Ernüchterung, denn natürlich war es nicht Julia. Warum auch? Sie wusste nicht, wer er war. Sie wusste nur, dass er ein einsamer Wolf war, und warum sollte sie unter Gewaltanwendung in sein Büro eindringen?

»Wer ist es?«

»Frau Becker von der Rechtsabteilung.«

Das gab seiner freudigen Erregung den Todesstoß.

»Rufen Sie den Sicherheitsdienst.«

Dann holte er tief Luft und öffnete schwungvoll die Tür. Sie war beinahe nackt, die Bluse war bis zum Bauchnabel aufgeknöpft und der weiße BH halb heruntergezogen. Es war fast peinlich, wie sie sich auf dem Sofa räkelte.

»Ich weiß, dass du kaum Zeit hast, Schatz. Aber für einen Quickie reicht es doch. Ich habe kein Höschen an. Sieh mal.«

Sie zog ihren Minirock ein wenig nach oben und spreizte die Beine so weit wie möglich. Vor ein paar Tagen hätte ihn der Anblick einer so freimütig dargebotenen und enthaarten Vagina noch richtig geil gemacht. Jetzt hob es ihm fast das Frühstück aus dem Magen.

»Sie haben zehn Sekunden Zeit, um sich wieder vernünftig anzuziehen und zu gehen. Danach rufe ich den Sicherheitsdienst.«

»Als ich deinen Schwanz in meinem Mund hatte, waren wir noch per du!«

»Eins, ...«

»Du Mistkerl!«

»... zwei ...«

Sie sprang vom Sofa auf und zog wütend ihren Rock herunter.

»Du mieser Hurenbock.«

»... drei ...«

Als er bei sechs war, rauschte sie durch die Tür wie ein geölter Blitz. Conni, die vor der Tür gestanden hatte, schaute ihr mit einem stoischen Gesichtsausdruck hinterher und sagte dann, als wäre nichts gewesen:

»12 Euro am Tag.«

»Was? Für diese Nutte? Nicht mal 2 Euro für eine ganze Woche.«

Conni verzog keine Miene. »12 Euro bezahlen wir den Praktikanten pro Tag, Herr Mahler.«

»Das ist ja wohl ein Witz.«

»Es ist nur ein symbolischer Betrag. Der Zweck eines Praktikums liegt nicht darin, Geld zu verdienen, sondern darin, sich auf die Praxis vorzubereiten, wie der Name schon sagt. Wir haben aber derzeit nur zwei Praktikanten hier am Hauptsitz. Einen Schülerpraktikanten, der Sohn des Lohnbuchhalters, und eine Jurastudentin, eine Frau Julia Dietrich.«

Und während sie das sagte, verlor Conni dann doch die Kontrolle über ihre Gesichtszüge. Ihre Augenbrauen waren wie aus ihrer Spur ausgebrochen und so weit hochgezogen, dass sie beinahe den Haaransatz berührten.

»Was?«, fragte Thomas und tat wie ein Unschuldslamm.

»Darf ich fragen, ob das Absicht oder Zufall ist, dass diese Praktikantin genauso heißt wie die Putzfrau, nach der ich mich gestern erkundigen sollte?«

Thomas hob beschwichtigend die Hände und lächelte Conni an. Sie war ja noch nie so aus sich herausgegangen.

»Ob Sie's glauben oder nicht, Conni, es ist reiner, glücklicher, göttlicher Zufall. Aber es ist kein Zufall, dass ich mich nach den Praktikantengehältern erkundige. Ich möchte, dass Frau Dietrich ordentlich bezahlt wird. Sie hat für ein Kind zu sorgen. Geben Sie der Lohnbuchhaltung entsprechende Anweisung.«

»Und was verstehen Sie unter ordentlich, Herr Mahler?«

»Ich weiß nicht? Was bekommt die Schlampe, die gerade eben hier war, im Monat?«

»Frau Becker ist eine Volljuristin, Frau Dietrich eine Studentin.«

»Julia ist ein Vielfaches von der wert.«

Wieder schnellten Connis Augenbrauen nach oben und Thomas fragte sich, wie viele Überraschungen er ihr noch zumuten konnte, bevor ihr Kinn nach unten schnappte oder sie anfangen würde, nach Luft zu japsen.

»Und verbinden Sie mich mit Doktor Kurz, ich möchte mit ihm über die Zustände in der Rechtsabteilung reden.«

Doktor Kurz war nach einer Minute in der Leitung. Er war ein alter Hase und der beste Jurist, den man für Geld engagieren konnte. Noch bevor Thomas auch nur einen Ton sagen konnte, ging Kurz schon in die Offensive. Er habe seine Rechtsabteilung fest im Griff und er habe noch nie ein Verfahren verloren. Leider herrsche derzeit eine unangenehme Stutenbissigkeit unter seinen Damen, die nicht nur das Arbeitsklima vergifte, sondern auch die Effektivität der Abteilung gefährde, aber er wolle darauf hinweisen, dass er als Abteilungsleiter dieses Problem nicht zu vertreten habe, sondern ihm quasi hilflos ausgeliefert sei.

Was er nicht sagte, war, dass er sehr wohl wusste, wer das Problem zu vertreten habe. Nämlich Sultan Süleyman alias Thomas Mahler, der sich so unprofessionell verhalten hatte und mit seinen Mitarbeiterinnen schlief und damit zuließ, dass eine sich zur Hauptfrau aufschwingen wollte.

»Ich habe die Personalabteilung bereits angewiesen, das Arbeitsverhältnis mit Frau Becker aufzulösen. Ein gutes Zeugnis, eine gute Abfindung und Sie haben wieder Frieden im Harem«, sagte Thomas und merkte gar nicht, dass er wirklich das Wort Harem ausgesprochen hatte. Erst als Kurz verwirrt »Harem?« fragte, wurde ihm der peinliche Versprecher bewusst. Thomas schnitt sofort ein anderes Thema an.

»Wie ist der Stand im Dental-Research-Fall?«

Es war ein Patentrechtsfall, der außer der Tatsache, dass er extrem verzwickt war, weil mehrere internationale Patentrechte betroffen waren, sich auch schon seit Jahren hinzog.

»Das letzte Vergleichsangebot wurde abgelehnt.«

»Geben Sie den Fall bitte mal unserer neuen Praktikantin. Ich möchte wissen, was sie draufhat.«

Kurz hörte bei dieser Anweisung die Nachtigall ziemlich laut trapsen. Es war ja auch kein Wunder, wenn diese Nachtigall schon seit Tagen mit Springerstiefeln durch das Obergeschoss hopste. Kurz wollte natürlich wissen, woran er mit der Praktikantin war – wie er mit ihr umgehen musste, wenn der Chef sich persönlich für ihre Ausbildung interessierte. Wenn Kurz sie kritisierte und sie heulte sich dann beim Konzernchef nachts im Bett die Augen aus, dann hatte er genau den gleichen Ärger, den er jetzt mit einer außer Rand und Band geratenen Juristin hatte.

»Eine Freundin von Ihnen, Herr Mahler?«

»Nein, ganz und gar nicht«, beteuerte Thomas ein wenig zu schnell. »Sie kennt mich gar nicht.«

***

Das Herumgezicke bei Expiron war am zweiten Tag noch schlimmer. Die blonde Juristin, Frau Becker, kam um halb neun durch das Büro gerauscht, das Julia mit der Sekretärin von Herrn Dr. Kurz teilte. Sie schrie mit keifender Stimme herum, dass sie kündigen würde, dass Mahler ein schwanzgesteuerter Drecksack sei, dass sie ihn fertigmachen würde und dann knallte sie ihre Bürotür zu und fing an, laut zu heulen.

Gabi, so hieß die Sekretärin von Kurz, sah Julia an und grinste schadenfroh. Gabi war eine nette und liebenswürdige Frau kurz vor sechzig mit beachtlicher Leibesfülle und aschblond gefärbtem kurzem Stachelhaarschnitt. Sie hatte Julia heute Morgen schon die Fotos ihrer drei Enkelkinder gezeigt und ein paar Urlaubsfotos von ihrer letzten Kreuzfahrt und Julia hatte ihr ein Foto von Benni gezeigt und ihr von seiner Hochbegabung erzählt und geschildert, wie schwierig es für ihn in der Schule war. Dann hatte sie von Gabi hunderttausend Ratschläge über Jungs in dem Alter bekommen.

»Ich bin ja nicht schadenfroh«, wisperte Gabi zu Julia über die beiden Schreibtische hinweg, die einander gegenüberstanden. »Aber das hat die verdient. Du hättest mal sehen sollen, wie die sich beim Geburtstag des Chefs an den rangeworfen hat. Selbst eine Professionelle macht das noch diskreter.«

»Sieht er wenigstens gut aus?«, fragte Julia ohne echtes Interesse an diesem Chef und an seinen Affären. Sie hoffte, dass sie in der Mittagspause endlich den Kripobeamten am Telefon erreichen würde. Debby hatte ihr seine Telefonnummer noch gemailt und sie war ganz unruhig deswegen. Außerdem musste sie nur langweilige und uralte Vorgänge ablegen, anstatt einen richtigen Fall bearbeiten zu können, und sie suchte krampfhaft nach einer Idee, was sie mit Benni zum Ausgleich dafür tun konnte, dass sie am Montagabend hatte arbeiten müssen. Deshalb war sie bis ins Mark erschrocken, als auf ihre beiläufige Frage die Antwort von hinten aus dem Mund von Doktor Kurz kam.

»Das ist Geschmackssache, Frau Dietrich.«

Zuerst begriff sie gar nicht, was er meinte, so unwichtig war ihr die Frage nach dem Aussehen des Oberbosses gewesen und weil sie ihn so verwirrt anschaute, fügte Kurz hinzu: »Meine Frau behauptet, er würde aussehen wie David Bowie! Und sie steht auf David Bowie.«

Das Mädchen wurde puterrot, obwohl es gar keinen Grund dafür gab. Schließlich hatte er sie bei nichts ertappt, wofür sie sich schämen musste. Aber Kurz nahm dieses Erröten mit einer gewissen Befriedigung zur Kenntnis. Sie hatte eine natürliche Unschuld an sich, die ihm gefiel. Nicht nur die Unschuld, das ganze Mädchen gefiel ihm. Sie war hübsch, nein schön, ohne damit zu kokettieren, sie war einfach und klassisch gekleidet, ohne jeden Schmuck und ohne viel Make-up und genau dieses Weniger machte aus dem Rest ihrer Erscheinung so viel mehr.

»Ich möchte Sie kurz in meinem Büro sprechen, Frau Dietrich. Ich habe einen Fall, mit dem Sie sich befassen sollen und ich möchte Ihnen vorher einen groben Abriss über dessen Vorgeschichte geben.« Kurz war mit dem ersten Eindruck von ihr zufrieden. Sie interessierte sich wirklich für das Praktikum und war mit Eifer bei der Sache. Sie hatte vergleichsweise viel Fachwissen im Patentrecht und sie schien Mahler tatsächlich nicht zu kennen.

Die Mittagspause verpasste Julia den Dämpfer des Tages. Sie erreichte den Kripobeamten, einen Kommissar Kühlwein, endlich telefonisch, aber der konnte sich nicht einmal mehr an den Fall erinnern. Sie hakte noch einmal nach, weil sie es einfach nicht glauben wollte, dass ein Kripobeamter wirklich den Todessprung einer jungen Mutter aus einer Entbindungsstation vergessen konnte. So oft kam das im Leben eines Polizisten garantiert nicht vor.

»Marie Dietrich!«, rief sie beinahe verzweifelt in ihr Handy. »Aus dem Fenster im 4. OG vom Sankt Josef gesprungen. Eine Stunde, nachdem ein berühmter Politiker sie besucht hat.«

»Wie kommen Sie denn darauf, dass ein berühmter Politiker Ihre Schwester besucht hat?«, schnaubte der Bulle am anderen Ende und klang verärgert oder vielleicht auch verängstigt.

»Sie können sich also doch noch an den Fall erinnern. Wer war der Mann, der meine Schwester in den Tod getrieben hat?«

Sie wusste, dass sie immer lauter geworden war, aber dieser Kühlwein hatte sich verplappert. Er wusste etwas. Anscheinend wussten alle etwas und keiner wollte ihr weiterhelfen.

»Sie sind ja hysterisch!«, sagte der Kommissar. »Kommen Sie erst mal runter und rufen Sie mich dann wieder an.«

»Ich bin nicht hysterisch!«, rief sie mit überschnappender Stimme. »Warum haben Sie den Fall zu den Akten gelegt? Was hat man Ihnen angedroht oder bezahlt, damit Sie die Augen schließen?«

»Sie sind nicht ganz bei Trost«, sagte Kühlwein und beendete das Gespräch einfach. Dieser unverschämte Knallkopf.

»Das hört sich nach einem gravierenden privaten Problem an«, sagte Kurz hinter ihr. Sie hatte ihn wieder nicht hereinkommen hören, weil seine Bürotür genau hinter ihrem Rücken lag.

»Ich habe mit meinem Privathandy telefoniert. Es ist Mittagspause«, sagte sie entschuldigend und mit rotem Kopf.

Kurz musste schmunzeln. »Es ist nicht verboten, Privatgespräche mit dem Geschäftstelefon zu führen – auch während der Arbeitszeit, solange es sich in Grenzen hält. Das hier ist Expiron, keine Reinigungsfirma.«

Wenn es möglich war, wurde sie noch roter und Kurz war einfach nur hingerissen. Wann hatte er das letzte Mal eine junge Frau so entzückend erröten sehen? Wegen eines Privatgesprächs in der Mittagspause. Kam das Mädchen überhaupt aus Deutschland?

»Ich wollte nicht aufdringlich sein, entschuldigen Sie, Frau Dietrich, aber ich konnte nicht umhin, Ihr Gespräch mitzuverfolgen und das hörte sich irgendwie nach Korruption und Amtsmissbrauch an.«

Er sah, dass sie Tränen in den Augen hatte, und wusste, wenn er weiter drängte, würde er heute die zweite heulende Juristin in seiner Abteilung ertragen müssen.

»Ich ... ich ...« Sie wandte sich ab, wollte ihre Tränen nicht zeigen und er respektierte es.

»Wenn Sie mir davon erzählen wollen, ich bin in meinem Büro. Ich kann Ihnen vielleicht helfen.«

Mehr sagte er nicht, unaufdringlich und effizient, und dann ging er wieder nach nebenan, und Julia konnte sich ungehindert ihren Tränen der Wut und Hilflosigkeit hingeben.

***

Als sie zu Hause ankam, stand Kürbis Raimund Raffke vor ihrer Wohnungstür. Benni hatte ihn nicht hereingelassen, was völlig korrekt war. Sie waren zu 17.00 Uhr verabredet und jetzt war es zehn vor fünf. Sie hätte gerne vorher noch geduscht und zusammen mit Benni Abendbrot gegessen. Sie hatten sowieso viel zu wenig Zeit miteinander. Aber jetzt war Raffke schon da und er war gekommen, um ihr einen Gefallen zu erweisen und dem geschenkten Gaul sollte man bekanntlich nicht ins Maul schauen.

Sie lud ihn ein, mit ihr und Benni zusammen zu essen und kalkulierte im Kopf, ob die vier Scheiben Brot, die sie noch hatte, und der Käse wohl für drei Personen ausreichten. Er lehnte das Angebot mit dem Abendessen Gott sei Dank ab und bat um Verständnis, dass er nicht viel Zeit habe, weil er noch zu einem Klienten nach Nikolassee müsse. Klar, in Nikolassee, da saß ein zahlungsfähiger Klient und sie war mehr oder weniger ein lästiger Gefallen, also bat sie Benni, solange nebenan zu spielen – sie wollte nicht, dass er alles mitbekam, was sie dem Detektiv über seine Mutter und seinen Vater und den Mörder seiner Mutter erzählen musste. Es gab außer der winzigen und schäbigen Küche und dem Bad nur noch ein Zimmer, nämlich das Wohnzimmer, das auch ihr Schlafzimmer war, wobei der Schlafbereich für sie und Benni durch ein Bücherregal und einen Vorhang vom Wohnbereich getrennt war, und der Wohnbereich hatte nur ein einziges durchgesessenes Klappsofa, das sie sich vom Sperrmüll geholt hatte.

Benni nützte es natürlich schamlos aus, dass Julia in der Küche festsaß und spielte auf dem Sofa Trampolin, wohl wissend, dass der alte Griesgram von unten demnächst an der Tür klingeln würde, um sich zu beschweren und wohl wissend, dass sie sich kein neues Sofa leisten konnte, wenn er das alte zugrunde richtete.

Sie erzählte Raimund Raffke alles ausführlich. Alles, was sie wusste, alle Namen, die sie herausgefunden hatte, von Zeugen und auch von Verdächtigen und welche Verdächtigen sie schon als Verdächtige ausgeschlossen hatte. Er schrieb eifrig in seinem Notizbuch mit, fragte ab und zu nach und nickte immerzu und als sie mit ihrer Geschichte zu Ende war, sah er sie ernst an und sagte: »Das wird nicht einfach. Das sieht wirklich nach einer Art Komplott und viel Vertuschung von höherer Stelle aus.«

Julia nickte eifrig, weil sie sich endlich verstanden fühlte.

»Wir sind Ihnen wirklich unendlich dankbar, Peter und ich, deshalb verlangen wir auch kein Honorar, aber Sie müssen uns natürlich die Spesen erstatten. Das ist klar«, sagte Raffke und klappte sein Notizbuch zu.

»Das ist klar?!«, echote Julia und war sich nicht sicher, ob das wirklich so klar war.

»Wir nehmen hundert Euro Spesen pro Tag und ich rechne bei dieser komplizierten Kiste mindestens mit zwanzig Recherchetagen und einen Vorschuss in bar brauchen wir natürlich auch.«

Julia wusste danach nicht mehr, wie sie Raffke vor die Tür komplimentiert hatte. Es war etwas schwierig, ihm nach ihrer ganzen Leidensgeschichte klarzumachen, dass sie ja vielleicht doch keinen Detektiv brauchte und es möglicherweise doch noch mal auf eigene Faust versuchen würde. Als sie die Tür hinter ihm schloss, konnte sie nur mit Mühe den zweiten Heulanfall des Tages unterdrücken.

***

Gleich nach ihrer Schicht bei Vittorio rief sie ihre Mails ab. Da waren schon drei Mails von Thomas in ihrem Postfach. Die erste verfasst am Nachmittag um 13:31 Uhr:

»Es ist jetzt halb zwei. Schreibe mir, was du heute um diese Uhrzeit gemacht hast. Ich sitze gerade hier und überlege, wie ich die Frau, die ich gestern getroffen habe, beeindrucken kann.«

Die zweite Mail war von 20:00 Uhr:

»Du bist wahrscheinlich jetzt bei deinem Italiener und lächelst Johnny Depps Doppelgänger an oder ist heute der einsame Wolf wiedergekommen?«

Die dritte Mail war noch keine zehn Minuten alt, verfasst um 23:40 Uhr:

»Schläft Benni schon? Wenn du deinen Laptop mit in dein Badezimmer nimmst, dann schreibe ich dir, warum Männer so verrückt nach schönen Brüsten sind.«

Als sie den letzten Satz las, musste sie leise lachen. Das war genau das, was sie jetzt brauchte. Nicht noch mal den ganzen beschissenen

Tag wiederkäuen und sich per Mail in Selbstmitleid wälzen, sondern mit einem anonymen Kerl einfach und unkompliziert Mailsex haben.

Sie antwortete:

»13:30 Gespräch mit meinem Chef vom Praktikum. Mensch mit Charakter, guter Fall zur Bearbeitung. Eine Kollegin dreht am Rad. Der Sultan hat sie verstoßen. Statusverlust.

20:00 im Restaurant war fast nichts los. Mein Boss macht sich Sorgen, dass er den Laden bald dichtmachen muss. Der einsame Wolf und sein Freund waren nicht da. Aber das ist auch gut so, noch mehr Trinkgeld und ich muss Benni am Ende noch den teuren Kosmosbaukasten für Kristallzucht kaufen. Wegen dem nervt er mich schon endlos. Benni schläft seit halb acht. Ich bringe ihn zu Bett, bevor ich zur Arbeit gehe, dann darf er noch ein wenig lesen und dann ruft er mich auf dem Handy an, wenn er das Licht ausknipst. Ich gehe jetzt in mein Badezimmer und ziehe mich aus.«

Eine Minute später kam seine Antwortmail:

»ZIEHST DU DICH WIRKLICH AUS?«

»Ja!«

Sie ließ den Laptop auf dem Küchentisch und schaute, ob Benni wirklich schlief. Sie deckte ihn noch einmal zu, nahm den Laptop dann mit ins Badezimmer und schloss sich ein. Sie war verrückt, aber es war schön. Es war das schönste Gefühl seit gestern Abend um dieselbe Zeit. Ihr Herz klopfte und sie spürte zwischen ihren Beinen eine heiße Vorfreude. Dann zog sie sich aus, streichelte einmal vorsichtig über ihre Brüste und kniete sich vor den Klodeckel, auf dem sie ihren Laptop platziert hatte. »Ich bin nackt!«

»Und ich bin steif!«

»Wie groß ist dein Penis?«

»18!«

»Quatsch, das sagen alle Männer.«

»Ich habe ihn noch nie nachgemessen, nur geschätzt. Bist du feucht?«

Sie fasste sich zwischen die Beine und schrieb:

»Und sehr geschwollen.«

Es kam keine Antwort mehr. Sie wartete fünf Minuten und dann stellte sie sich unter die Dusche, ihre Hand zwischen ihren Beinen massierte die besagte Schwellung, ihre Augen hielt sie geschlossen und stellte sich vor, dort wären harte 18 Zentimeter eines Mannes. Irgendwann wurde es besser, aber es wurde nicht gut. Als sie sich abtrocknete und nach den Mails schaute, war eine neue Mail von Thomas da.

»Ich habe das nicht mehr ausgehalten, ich musste mich zuerst etwas herunterfahren. Ich hatte keine Ahnung, dass der Mailkontakt mit dir mich härter macht als die rasierte Muschi einer echten Frau, die mir heute Morgen um acht Uhr schon entgegenlachte.«

»Die Frau, die du gestern kennengelernt hast?«

»Nein, eine Frau, mit der ich vor ein paar Tagen zusammen war. Ach, vergiss es. Es war ein großer Fehler. Aber die Frau von gestern, die ist etwas Besonderes. Ich wünschte, ich könnte sie irgendwie beeindrucken. Aber ich schätze, ich bin zu ...« Da brach die Mail ab.

»Zu was?«

»Zu alt, zu unattraktiv, zu langweilig.«

»Ich dachte, du bist erst vierzig.«

»Findest du vierzig nicht zu alt?«

»Nein. Ich finde Männer in deinem Alter viel interessanter. Die Männer in meinem Alter sind unreif, die meisten sind noch halbe Teenies, die nicht wissen, was sie wollen. Ältere Männer stehen mit beiden Beinen im Leben und wissen, wo's langgeht. Was sollte ich mit einem Kerl anfangen, der noch ein halbes Kind ist, wo ich bereits für ein Kind sorgen muss? Aber da ich im Augenblick keinen Mann brauchen kann, ist die Frage überflüssig. Ich muss jetzt schlafen.«

»Hast du jemals frei?«

Sie antwortete ihm nicht mehr, weil sie wusste, wenn sie sich jetzt nicht zum Aufhören zwang, könnte es spät werden und um halb drei musste sie sich schon wieder auf den Weg machen.

***

Thomas hatte nicht gewusst, dass die Intensität, mit der ein Mann eine Frau begehren konnte, solche Ausmaße annehmen konnte. Alleine die Fantasie davon, wie sie nackt vor ihrem Laptop stand, hatte ihn hart werden lassen und zwei harmlose Worte wie sehr geschwollen hatten ihn beinahe kommen lassen. Das war nicht mehr normal, das war Besessenheit. Er war vierzig und benahm sich wie ein Vierzehnjähriger.

Zweimal hatte er an diesem Tag bei einer Besprechung den Faden verloren, weil er an eine sehr geschwollene Julia dachte und einmal wären ihm dabei fast zwei Millionen durch die Lappen gegangen. Nicht, dass ihn die zwei Millionen geschmerzt hätten – er hätte sie sofort bezahlt, wenn er dafür zwischen die Beine dieser Frau gedurft hätte – aber es ging um seinen Ruf als Geschäftsmann, den noch niemand über den Tisch gezogen hatte. Es ging darum, dass er seinen Konzern nicht den läppischen Befindlichkeiten seines Hormonhaushaltes unterordnen durfte. In einem Anfall von Wahnwitz war er mit dem Fahrstuhl acht Etagen tiefer gefahren und in Richtung Rechtsabteilung gelaufen. Unterwegs war er wieder zu sich gekommen und hatte auf dem Absatz kehrtgemacht.

Was würden die Mitarbeiter denken, wenn Thomas Mahler persönlich in der Rechtsabteilung auftauchte? Er ging nicht zu den Leuten, er ließ die Leute zu sich kommen und im schlimmsten Falle würde die Becker sich durch sein Auftauchen auch noch Hoffnungen machen. Dabei wollte er nur Julia sehen. Wie sie an ihrem Schreibtisch saß. Als er wieder wohlbehalten zurück in seinem Büro war, rief er Kurz an, den Mann mit Charakter, ha! Als ob er das nicht wüsste. Er beschäftigte nur gute Leute.

Kurz lobte die Praktikantin, wenn auch nicht überschwänglich, das war nicht seine Art und das hätte Thomas auch eher misstrauisch, womöglich sogar eifersüchtig gemacht. Aber sie war gut, effizient, klug und kein bisschen prätentiös und es würde eines Tages eine gute Juristin aus ihr werden. Dann ging er auf den Sparfox-Fall ein und tat so, als hätte er nie über die Praktikantin geredet.

Der sogenannte Sparfox-Fall war nur eine Banalität, eine Art Joker, den Thomas als Ass im Ärmel behalten wollte, falls die Sparfox-Übernahme nicht ganz so reibungslos verlaufen sollte, wie er plante. Aber weil Thomas schon den ganzen Tag unter Konzentrationsschwierigkeiten litt, war es kein Wunder, dass er nach einer Weile schon nicht mehr zuhörte. Er hatte kaum den Hörer aufgelegt, da kam Brockmann energisch in sein Büro gestapft. Er setzte sich unaufgefordert auf einen der Stühle an dem großen Besprechungstisch und wartete gar nicht, bis Thomas aufgestanden und um den Schreibtisch herumgekommen war, sondern knallte schon ein Stück Papier nach dem anderen auf den Tisch.

»Diese Infos haben Sie eine fette Stange Geld gekostet!«, sagte Eric, während er den ersten A4-Zettel auf den Tisch legte.

»Kontodaten von Julia, dauernd pleite.«

Dann das nächste, gleich eine ganze Akte.

»Akte vom Jugendamt. Sorgerechtsstreit!« Noch ein paar Papiere. »Zeugnisse, Immatrikulation, Klausuren. Alles topp! Dienstags bis sonntags stundenweise Job beim Italiener, jede Nacht von drei bis sechs in der Putzkolonne von Gegenberger, sechswöchiges Praktikum bei Expiron, Samstag und Sonntag von neun bis elf im Taekwondo-Studio Dangun, nicht vorbestraft und uups ...« Ein Blatt Papier fiel bei der theatralischen Aktion zu Boden und schwebte Thomas vor die Füße.

»Alles über den rollenden Medizinball! Ein erfolgloser und namenloser Privatdetektiv. Schwul!«

Dann blickte er auf und schaute seinen Boss herausfordernd an.

»Möchten Sie vielleicht noch wissen, wer Debby ist oder mit welchen Männern sich Julia in den letzten zehn Jahren getroffen hat und wer von denen mehr als ihre Hand berührt hat?«

»Ich verzichte auf Ihren Zynismus«, sagte Thomas kühl, »und nehme dafür gerne auch noch den Bericht über ihre Männerfreundschaften entgegen.«

Brockmann nickte mit einem schiefen Grinsen: »Keine Verabredungen mit Männern in den letzten eineinhalb Jahren! Keine Herrenbesuche in ihrer Wohnung. Ausnahme gestern Nachmittag: Der rollende Medizinball! Er war genau neunundzwanzig Minuten in ihrer Wohnung, Kind war anwesend.«

»Ist gut. Danke!« Thomas winkte ab, aber Brockmann war so schön in Fahrt und hörte nicht auf, sondern rezitierte weiter:

»Deborah Kessler, eine Freundin, Staatsanwältin bei der Staatsanwaltschaft Berlin. Julias Tante, Heike Krawinkel, wohnt in Köpenick, Stewardess, geschieden. Ihr Vater wohnt in Spandau, Frührentner, hat Multiple Sklerose. Ihre Mutter konnte ich noch nicht ausfindig machen. Ihre Schwester Marie, Mutter von Benni, zwei Tage nach der Geburt gestorben.«

»Herrje, es ist gut! Sie können aufhören!«

Thomas war nun schon etwas ungehaltener und das lag eher an der traurigen Lebensgeschichte des Mädchens als an Brockmanns Tonfall.

»Ich weiß, dass ich ein manisches Arschloch bin, aber die Kleine ist wie ... wie ... eine Droge für mich. Ihr Vater hat MS?«

»Und die Schwester hat Selbstmord begangen. Wenn Sie immer noch den Wunsch haben, das Mädchen zu kaufen, dann seien Sie wenigstens großzügig. Wenn jemand das Geld dringend gebrauchen kann, dann ist sie es.«

***

Mittwochnacht um 23 Uhr schrieb Thomas ihr eine Mail.

»Wie wirbt man um eine Frau, die so schön und heiß ist, so weit über einem steht, dass man unter normalen Umständen gar keine Chance hat, überhaupt von ihr wahrgenommen zu werden?«

Sie antwortete nicht gleich. Wahrscheinlich war sie gerade erst vom Italiener zurück, zog sich vielleicht die Jacke aus und es dauerte noch eine Weile, bis sie es sich gemütlich gemacht hatte und den Laptop hochfuhr. Endlos lange zwanzig Minuten später kam endlich ihre Antwort.

»Was meinst du mit: unter normalen Umständen?«

»Na ja, nicht normal wäre zum Beispiel, wenn ich sehr reich wäre und mir die Frau einfach kaufen könnte.«

»Du spinnst. Warum sollte die Frau sich von dir kaufen lassen wollen?«

»Hast du eine Ahnung! Frauen machen für Geld so ziemlich alles. Es ist nur eine Frage des Preises.«

»Du bist ganz schön bescheuert!«

»Für wie viel würdest du deine Jungfräulichkeit verkaufen?«

»GAR NICHT!«

»Nein, überleg zuerst, bevor du schreist. Für wen sparst du dich auf? Ist da irgendein konkreter Mann, auf den du wartest?«

»Nein!«

»Du hast also noch nicht den Richtigen gefunden! Du hast sogar Angst davor, dich zu verlieben. Vielleicht findest du nie den Richtigen. Jungfräulichkeit ist etwas, was mit zunehmendem Alter der besagten Jungfrau immer reizloser wird. Und was ist heutzutage Jungfräulichkeit überhaupt noch wert? Die meisten Kerle fürchten sich vor Jungfrauen, weil der erste Sex wehtut und ihnen keinen Spaß macht und die Jungs mit einem schlechten Gewissen zurücklässt, und für viele Mädels ist es sogar peinlich, dass sie noch Jungfrauen sind. Aber stell dir vor, da wäre ein Mann, dem das sehr viel Geld wert wäre. Der dir für deine erste Nacht einen richtig fetten Betrag anbietet und dich danach nie wieder belästigt. Was wäre dein Preis?«

»Hallo! Ich verkaufe mich doch nicht wie eine Hure. Der erste Mann mit dem ich schlafe, den möchte ich lieben.«

»Du brauchst offenbar kein Geld, dann ist es vielleicht etwas anderes, das dich locken kann. Was wünschst du dir?«

»Oh Gott, und wie ich Geld brauche. Hast du 'ne Ahnung.«

»Also dann: 10.000 Euro, deine erste Nacht.«

»Du spinnst. Ich glaube, ich geh zu Bett. Das macht heute keinen Spaß mit dir.«

»100.000 Euro. Nur eine Nacht, in einem tollen Ambiente, das teuerste Hotel Berlins, du würdest verwöhnt werden von dem Mann, es würde gutes Essen geben, teure Getränke, er würde dich vorher neu einkleiden und dich wie eine Göttin behandeln, weil er sich nichts Schöneres vorstellen kann, als dich zu haben.«

»Eine schöne Vorstellung, echt. Ein bisschen stockt mir gerade der Atem, wenn ich mir das ausmale, es erregt mich sogar. Wirklich! Aber ich könnte mich am anderen Morgen nicht im Spiegel anschauen, das schwör ich dir. Ich würde mich für den Rest meines Lebens wie eine billige Schlampe fühlen. Na ja, nicht gerade billig, aber Schlampe schon.«

»Dann 500.000 Euro. Stell dir vor, was du mit dem Geld machen könntest. Vielleicht ein besseres Auto kaufen, eine größere Wohnung, Markenklamotten, Schmuck.«

»Ich könnte Benni auf die Schule für hochbegabte Kinder schicken und einen vernünftigen Detektiv bezahlen, der den Mörder meiner Schwester findet und die neue Behandlungsmethode für MS, die die Krankenkasse nicht zahlt, die könnten wir uns dann auch leisten.«

»Dann sind 500.000 Euro dein Preis?«

»NEIN!«

»Eine Million also. Ist das dein Preis? 500.000 im Voraus und 500.000 nach der Entjungferung. Und der Mann würde sich danach absolut diskret verhalten. Als wäre nie etwas gewesen.«

Es kam nicht gleich eine Antwort und Thomas' Hände zitterten über der Tastatur wie die eines Alkoholikers über der Schnapsflasche. Wenn sie ja sagte ... wenn sie ja sagte ... er würde sofort seine Bank anrufen, mitten in der Nacht.

»Das ist absoluter Bullshit, was du da schreibst, das ist dir klar. Aber gesetzt den Fall, ich bekäme wirklich so ein Angebot und gesetzt den Fall, ich würde es annehmen (oh Gott, du hast keine Ahnung, wie nötig ich das Geld brauche), wie sollte ich denn beweisen, dass ich wirklich eine Jungfrau bin? Ich mache Kampfsport, weißt du, da reißt ein Jungfernhäutchen wie nix.«

Thomas' Herz setzte für mehrere Schläge aus. Das war so gut wie ein Ja. Das war ein Ja!

Jetzt musste er es nur noch einfädeln und aus dem hypothetischen Angebot ein reales Angebot machen. Nicht mehr heute Nacht. Heute Nacht würde er in seinem Bett liegen und sich alle Varianten vorstellen, wie er diese eine Nacht mit ihr gestalten würde.

»Du bist wahrscheinlich sehr eng«, schrieb er mit zitternden Fingern und die Vorstellung dieser unberührten Enge machte ihn noch größer, als er sowieso schon war. »Und vermutlich bist du auch nicht sehr erfahren und gewandt – beim ersten Mal. Er merkt es vielleicht auch ohne, dass Blut fließt. Vielleicht reicht dem hypothetischen Mann ja eine eidesstattliche Erklärung von dir.«

»Gott sei Dank ist das nur ein hypothetischer Fall. Ich könnte sonst wirklich in Versuchung geraten. Ich geh jetzt schlafen.«

»Gute Nacht, Süße. Schlaf gut und stell dir im Traum diese eine Nacht vor.«

»Gute Nacht, du Spinner! Ich stelle mir lieber vor, was ich mit dem Geld machen könnte, das ich mit dieser einen Nacht verdienen würde.«

Kapitel 5

Als Thomas am anderen Morgen in sein Büro kam, war er so gut gelaunt wie schon lange nicht mehr. Er hatte die ganze Nacht Strategien entwickelt, wie er weiter vorgehen würde und sein Plan war so einfach und genial. Er würde funktionieren. Connis Augenbrauen waren auch an diesem Morgen wieder sehr weit hochgezogen, als er ihr zur Begrüßung gleich zurief:

»Conni, Frau Dietrich soll mir den Sparfox-Vorgang aus der Rechtsabteilung bringen.«

Die Anweisung war klar und normalerweise hätte Conni niemals nachgefragt, sondern seine Wünsche einfach weitergeleitet, aber zu seiner Verwunderung und vermutlich auch zu ihrer eigenen sagte sie:

»Sie wollen eine Akte aus der Rechtsabteilung? Kann die nicht der Bote bringen?«

»Nein, ich möchte Frau Dietrich sehen, und zwar möglichst bald.«

Und um erst gar keinen weiteren Widerspruch aufkommen zu lassen, marschierte er in sein Büro und schlug die Tür mit Absicht laut zu. Zufrieden mit sich selbst sah er sich in seinem Büro um. 200 Quadratmeter edelste und modernste Büroausstattung, alles von einem Schreiner maßangefertigt, der ökologisch zertifiziert war und nur Tropenhölzer aus zertifiziertem Anbau verarbeitete. Wie das in der Realität funktionieren sollte und ob es zertifizierten Anbau von Tropenhölzern überhaupt gab, das wollte Thomas mal dahingestellt sein lassen. Das Label war alles, was ihm wichtig war.

Und genauso ging es ihm auch mit dem Label »Jungfrau«.

Es war ein einmaliger Luxus. Er hatte noch nie eine Jungfrau gehabt und sich bisher auch nicht vorstellen können, dass ihm das überhaupt Spaß bereiten könnte. Der Sex mit einer unerfahrenen Frau war selbstverständlich mühsam und vermutlich reichlich einseitig. Eine sachverständige Frauenhand hatte er noch nie verachtet – zumindest bis vor Kurzem nicht. Aber der Sex mit einer Jungfrau war wie das ökologisch zertifizierte Tropenholz, etwas Sauberes und Gutes.

Zumal die konkrete Jungfrau allein von ihrer optischen Ausführung her den Makel an mangelnder Professionalität wettmachen würde.

Ah, kein Preis wäre dafür zu hoch.

Er hakte das Thema »Label« vorerst ab, weil er das gelabelte Produkt in Kürze vorgeführt bekommen würde. Sie sollte ruhig sehen, wie reich er war, wie er residierte über dem Expiron-Center, von dem aus er zig andere Konzerne weltweit kommandierte. Sein Penthousebüro war schon zweimal in einschlägigen Fachzeitschriften als Musterbeispiel innenarchitektonischer Kunst abgebildet gewesen.

Er liebte Penthäuser. Privat hatte er ein gigantisches Penthouse mit einem unbezahlbaren Rundblick über Berlin. Natürlich gehörte ihm das ganze Hochhaus, in dem seine Privatwohnung lag. Die ersten zehn Etagen waren an ein Luxushotel vermietet, die anderen acht waren an diverse Botschafter und andere wohlhabende Privatleute vermietet, die den hochkarätigen Sicherheitsstandard des Gebäudes sehr zu schätzen wussten. Für sich selbst hatte er sich natürlich das Penthouse reserviert. Sein Büro besaß immerhin zwei riesige Fensterfronten – eine nach Osten, die andere nach Süden – und einen Dachgarten, der zurzeit mit kleinen Nadelgehölzen begrünt war, den er allerdings in diesem Jahr noch nicht einmal betreten hatte.

Er lief schnell nach nebenan in das Badezimmer, das ganz aus schwarzem Marmor gemacht war und das er bei seinem Job dringend brauchte. Manchmal musste er dreimal am Tag duschen. Er warf einen Blick in den Spiegel. Er sah ausgeschlafen aus und war glatt rasiert und seine Haut war auch glatt. Er hatte nur ein paar Falten um die Augen, ansonsten fand er, sah er jünger aus, als er war.

Jedenfalls nicht älter.

Er ging einmal mit dem Kamm durch sein Haar und dankte Gott, dass es immer noch so dicht wie eh und je war und er nicht unter alterstypischem Haarausfall litt.

Sah er wirklich aus wie dieser Charakterkopf Roderick Cavendish? Quatsch. Er sah aus wie Thomas Mahler. Nicht mehr und nicht weniger. Der Mann, dessen Bild dauernd in der Presse war, der Mann, der überall die Fäden zog, der Mann, dem sich die Frauen reihenweise zu Füßen warfen, der Mann, der Ines fertigmachen würde. Der Multimillionär, der eine junge Frau bald sehr reich und damit sorgenfrei machen würde.

Das Sprechgerät summte und sein Herz hüpfte fast aus seinem Mund, als er zurück an seinen Schreibtisch lief. Er versuchte, eine möglichst lässige Position einzunehmen. Er wollte den Eindruck erwecken, dass er tief in der Arbeit steckte, aber sich dennoch Zeit nehmen würde für eine kleine Praktikantin. Eine heiße Praktikantin.

Julia stand mit der dicken Akte im Vorzimmer von Oberboss Sultan Süleyman und war ziemlich aufgeregt. Sie hatte Angst vor der Sekretärin, die sie mit einem Blick musterte, den sie bestenfalls von einer hasserfüllten Schwiegermutter erwartet hätte. Die große Frau mit dem dicken Matronenhintern ließ ihre Augen über Julia gleiten, als wäre sie eine verschimmelte Scheibe Brot, die sie als ungenießbar eingestuft hatte.

»Guten Morgen!«, versuchte Julia so freundlich wie möglich zu sagen, merkte aber, dass ihre Stimme vor Aufregung trocken war. Sie räusperte sich und erinnerte sich an das Namensschild an der Tür und fügte schnell noch an: »Frau Blum!«

»Guten Morgen. Sind Sie Frau Dietrich?«

»Ja, Herr Doktor Kurz schickt mich, ich soll die Akte hier abgeben.« Julia hielt ihr den schwarzen Aktenumschlag entgegen und hoffte, die gestrenge Frau würde sie möglichst schnell erlösen, die Akte nehmen und sie wieder nach draußen gehen lassen.

»Einen Moment«, sagte sie eisig, drückte auf einen Knopf und sprach ins Sprechgerät: »Frau Dietrich ist jetzt da.«

»Gut, sie soll hereinkommen«, antwortete eine Männerstimme.

Die gestrenge Frau Blum nickte ihr zu. »Sie können jetzt rein!«

Julia rührte sich nicht von der Stelle. Sie hielt die Akte immer noch ausgestreckt von sich und gackerte unglücklich herum.

»Wie rein? Ich soll nur die Akte abgeben.«

»Herr Mahler möchte Sie sehen«, kam es lakonisch von der Sekretärin, die das Thema damit abgehakt hatte und sich wieder ihrem PC zuwandte.

»Ich soll da rein? Oh Gott, warum? Hab ich was falsch gemacht?«

Conni blickte wieder auf und sah Julia Dietrich noch einmal mit anderem Blick an. Sie konnte nicht verhindern, dass ihre Mimik ein winziges Quäntchen Verwirrung widerspiegelte. Das Mädchen schien nett und ganz normal zu sein und vor allem entsprach sie kein bisschen dem sonstigen Frauentyp von Mahler.

»Ich nehme an, Sie haben eher etwas richtig gemacht«, sagte sie eisig und erntete von dem Mädchen nur einen verständnislosen Blick. War es möglich, dass die Kleine noch nicht mit dem Boss geschlafen hatte? Falls ja, dann würde es wohl nicht mehr lange dauern. Nicht so, wie sie aussah. Sie war wirklich süß, nicht so eine aufgetakelte Fregatte wie Ines, aber irgendwie trotzdem oberste Liga.

»Lassen Sie den Chef nicht warten.«

Er blickte nicht gleich auf, als sie hereinkam. Sie blieb direkt hinter der Tür stehen und wartete ab.

»Guten Morgen. Ich bringe die Akte«, sagte sie ganz leise.

»Legen Sie die Akte da hin und nehmen Sie bitte kurz am Besprechungstisch Platz.« Er sprach mit krächzender Stimme. Sie nahm an, dass er eine heftige Erkältung hatte. Sie kam vorsichtig an seinen Schreibtisch heran, legte die Akte schnell auf den Platz, den er ihr mit einer beiläufigen Handbewegung gezeigt hatte, gerade so als wäre der Schreibtisch ein wildes Raubtier, das ihr die Akte aus der Hand reißen würde, und dann trat sie vorsichtig wieder zurück und beeilte sich, auf dem nächstbesten Stuhl am Besprechungstisch Platz zu nehmen. Jetzt hob er den Kopf und stand auf und dann erkannte sie ihn wieder: Der einsame Wolf, der ihr bei Vittorio das fette Trinkgeld gegeben hatte.

Nun, das erklärte wenigstens seine Großzügigkeit. 50 Euro waren für einen Mann wie ihn wahrscheinlich weniger als 50 Cent für jeden anderen. Ansonsten erklärte es gar nichts, sondern warf nur Fragen auf. War es ein Zufall, dass ein Bonze wie er bei Vittorio essen ging? Gab es in Berlin auch am Montagabend nicht hunderte sehr viel exquisitere Restaurants, in denen er sein Trinkgeld loswerden konnte? War es ein Zufall, dass sie ausgerechnet in seiner Firma ein Praktikum machte?

Er blieb eine Weile hinter seinem Schreibtisch stehen und begutachtete sie. Nicht aufdringlich und schon gar nicht so geil, wie viele andere Kerle das taten, sondern eher distanziert und neugierig. Mit diesem Anzug und der hellblauen Seidenkrawatte sah er wirklich sehr gut aus. Wow! Ein Anzug stand ihm auf jeden Fall besser als ein Poloshirt, und meiomei, das Outfit verstärkte den Eindruck des einsamen Wolfs nur noch.

»Sie kommen mir bekannt vor, Frau Dietrich.«

Julia fragte sich für einen winzigen Augenblick, ob er das nur schauspielerte. Aber herrje, warum sollte er ihr irgendetwas vorspielen? Ein Mann wie er sah hunderte von Leuten jeden Tag. Wie schnell vergaß er da eine kleine Bedienung bei einem schäbigen Italiener.

»Ich arbeite bei Vittorio. Sie waren da am Montag zu Gast. Danke noch einmal für das fürstliche Trinkgeld.«

»Ah ja, jetzt fällt es mir wieder ein. Das Mädchen, das sich mit scharfen Gerichten auskennt.« Er lächelte ausgesprochen freundlich und sein Lächeln trug dazu bei, dass ihre Aufregung sich ein wenig legte. Sie lächelte zurück. Er kam um den Schreibtisch herum, nahm die Akte im Vorbeigehen mit und setzte sich dann zu ihr an den Besprechungstisch.

Er starrte sie eine ganze Weile lang an, ohne etwas zu sagen und irgendwie schienen seine Gedanken ganz woanders zu sein. Dann endlich schlug er die Akte auf.

»Herrgott, das ist die falsche Akte. Ich wollte den Dental-Research-Fall mit Ihnen durchgehen.«

Er klang leicht verärgert, seine grauen Augen bohrten sich in ihre und ihr Mund wurde vor Angst strohtrocken. Sie war sich sicher, dass Doktor Kurz gesagt hatte, sie solle die Sparfox-Akte nach oben bringen. Sie hätte jeden Eid darauf geleistet, weil sie sich noch gewundert hatte, warum der Boss ausgerechnet die Sparfox-Akte haben wollte, wo Doktor Kurz den ganzen Fall gestern nach einem Gespräch mit dem Oberboss ad acta gelegt hatte.

»Ich, ähm … Entschuldigung, da muss ich wohl was verwechselt haben.« Sie würde ganz bestimmt nicht wie ein Kindergartenkind mit dem Finger auf Doktor Kurz zeigen und rufen: *Das war aber seine Schuld!*

Thomas hingegen nahm es überrascht zur Kenntnis, dass sie den Fehler, den er höchstpersönlich und absichtlich erzeugt hatte, so großzügig auf ihre eigene Kappe nahm und ihn nicht irgendeinem anderen in die Schuhe schob.

»Sehr ärgerlich!« Er stand auf, zog sein Anzugjackett glatt und ging zu seinem Schreibtisch zurück. »Ich habe jetzt leider nicht die Zeit, darauf zu warten, bis Sie mit dem richtigen Fall wiederkommen. Wie lange sind Sie heute Abend da?«

Julia ächzte innerlich. Vor Fragen dieser Art fürchtete sie sich. Nicht, weil sie dem weltbekannten Sultan und Frauenhelden irgendwelche anstößigen Absichten unterstellte – einer wie er brauchte ganz bestimmt keine kleine Praktikantin zu verführen, um auf seine Kosten zu kommen. Nein, sie musste um fünf zu Hause bei Benni sein und um acht in der Pizzeria. Durfte man das überhaupt? So einem wichtigen Mann sagen, dass man keine Zeit hatte?

»Bis halb fünf!«, antwortete sie unglücklich, halb hoffend, er würde nicht gleich aufbrausen und ihr erklären, dass sie mit dieser Arbeitsmoral besser bei der S-Bahn anstatt bei Expiron arbeiten sollte. Immerhin der Mega-Konzernchef höchstpersönlich wollte einen wichtigen Fall mit ihr beraten. Welcher Praktikant bekam jemals so eine Gelegenheit? Aber er nickte und reagierte überraschend freundlich:

»Natürlich, ich vergaß, Sie arbeiten ja abends beim Pizzabäcker.«

»Es tut mir wirklich leid, ich ... ich ...« Sie würde ihm nicht die Ohren mit privatem Quark volljammern. Es interessierte einen Chef nicht, wann der Hort zumachte und wann das Abendbrot auf dem Tisch stehen musste.

»Schon gut!« Er setzte sich wieder hinter seinen Schreibtisch. »Ich respektiere das, dass Sie offenbar noch Geld dazuverdienen müssen. Ich bin ein Selfmademan und schätze Fleiß über alles. Von nichts kommt nichts. Vielleicht finde ich ja morgen irgendwann im Laufe des Tages ein paar Minuten Zeit, um mit Ihnen über den Fall zu reden. Ich melde mich wieder bei Ihnen. Wiedersehen.«

Er richtete seine Aufmerksamkeit auf die Akten, die auf seinem Schreibtisch lagen, und Julia stand auf – todunglücklich, weil sie es gleich doppelt verdorben hatte. Zuerst hatte sie die falsche Akte dabeigehabt und dann hatte sie noch nicht mal die nötige Flexibilität besessen, um das Problem wieder auszubügeln. Uff, auf eine spätere Karriere bei Expiron brauchte sie nach diesem erbärmlichen Einstiegsgespräch mit dem Chef aller Chefs wohl nicht zu hoffen.

Den nächsten Dämpfer erhielt sie unmittelbar, nachdem sie wieder unten bei Gabi angekommen war. Gabi erwartete sie schon voller Neugier und wollte wissen, wie es »da oben« war und Julia wollte ihr gerade das ganze Desaster des Zwei-Minuten-Gesprächs schildern, da klingelte ihr Handy und ihre Mutter war am Telefon. Der erste Anruf seit Neujahr.

»Hallo Süße, wie geht es dir? Wie geht es Benni?«

Ihre Mutter war, seit sie einen neuen Mann hatte, wie eine Rennmaus. Immer aufgedreht, immer überhappy, immer unter Volldampf.

»Uns geht es gut. Es ist nett, dass du nach sechs Wochen mal wieder nach Benni fragst. Er vermisst dich nämlich.«

»Ach Süße, Benni ist doch ein ganz unabhängiger Junge. Der hat mich längst vergessen. Du machst dir viel zu viele Sorgen. Kinder stecken so etwas viel leichter weg, als man denkt.«

»Mama, ich bin hier gerade bei der Arbeit und möchte nicht endlos lange Privatgespräche führen. Gibt es einen bestimmten Grund für deinen Anruf, oder willst du nur quatschen?«

»Du bist heute aber zickig, Kleines. Wie geht es deinem Vater und Heike, dieser alten Gewitterziege?«

»Mama, ich muss gleich zu einem Gespräch. Kannst du nicht heute Abend anrufen? Um fünf?«

»Ach, leider nicht. Heute Abend bin ich beim Yoga und morgen Abend geh ich mit Peters Enkelkindern ins Kiddieland, da ist eine Aufführung vom Urmel aus dem Eis, Eintritt…«

»Mama, bitte, ich kann jetzt nicht reden!«

Und ich will mir schon gar nicht anhören, was du mit den Enkelkindern anderer Leute unternimmst, während dein einziger echter Enkel hier in Berlin versauert. Aber das sagte sie natürlich nicht laut. Sie hatte ihre Mama trotz allem lieb, auch wenn sie ihr ein paar Dinge absolut nicht verzeihen konnte.

»Ach Süße, du bist viel zu ernst geworden. Viel zu ernst. Du musst leben. Genießen. Aus dir rausgehen. Aber das findest du schon noch selbst heraus. Ich wollte eigentlich auch nur fragen, ob du Maries Tagebücher haben möchtest.«

Julia fiel fast das Handy aus der Hand. »Marie hat Tagebuch geschrieben?«

»Ja, endlos viele. Zehn Stück sind es von 1998 an bis zu ihrem Tod.«

Julias Herz stand still.

»Mama!«, rief sie laut ins Telefon. Sie brauchte eine Sauerstoffmaske und eine Herzdruckmassage. »Du hast Tagebücher von Marie? Warum hast du mir das nie gesagt?«

»Ich sage es doch gerade eben. Ich habe gestern die letzten paar Umzugskartons ausgepackt. Altes Zeug, das ich aus Berlin mitgenommen habe. Damals nach Maries Tod wollte ich die Tagebücher unbedingt lesen. Aber ich habe es dann einfach nicht über mich gebracht. Dann habe ich sie mit nach Bayern genommen und dachte, dass ich vielleicht später mal die Kraft dazu hätte. Aber ich glaube, sie sind bei dir besser aufgehoben. Auch für Benni, später, wenn er älter ist, meine ich.«

»Mama, kannst du mir die Bücher gleich schicken?« Julias Stimme war nur noch ein Krächzen. »Per Eilpost. Ich will sie unbedingt.«

»Ich komme erst am Montag zur Post.«

»Bitte, Mama!«

»Süße, du hast keine Ahnung, was ich alles um die Ohren habe, seit ich die Weight-Loss-Gruppe betreue. Aber die Bücher liegen jetzt schon seit fast sieben Jahren herum, was sind da noch ein paar Tage?«

»Kannst du nicht wenigstens ihr letztes Tagebuch in einen Briefumschlag stecken?« Julia spürte, wie ihr einmal mehr Tränen der Hilflosigkeit in die Augen stiegen.

»Ach Jule, du warst schon immer so ungeduldig. Heute ist Donnerstag. Am Montag bringe ich die Bücher zur Post, dann hast du sie spätestens heute in einer Woche.«

»Ich muss jetzt weiterarbeiten. Tschüss!«

Julia merkte, dass sie nicht weiterkam, allenfalls würde sie wütend auf ihre Mutter werden und irgendetwas zu ihr sagen, was sie später bereute. Ihre Mama hatte es nach Maries Tod nicht einfach gehabt. Welche Mutter sieht schon gerne ihr Kind sterben? Und dann hatte sie im Alter von vierundfünfzig noch einmal für ein Baby sorgen müssen. Dazu kam, dass sich die MS von Vater nach dem Tod von Marie in massiven Schüben verschlechtert hatte. Nein, Mama hatte ein Recht darauf, endlich ihr Leben zu leben und wieder glücklich zu sein.

Julia gönnte ihr das, meistens jedenfalls.

Aber als ihre Mutter ihr überschwängliches »Tschüss, Schatzi!« in den Hörer geträllert und aufgelegt hatte, ließ Julia das Handy auf ihren Schreibtisch fallen und lief zur Toilette, wo sie sich erst einmal gründlich ausheulen wollte. Als sie in die Toilette stürmte, die sie by the way in 18 Stunden putzen würde, da standen die drei erlauchten Juristinnen in trauter Gemeinschaft an einem Waschbecken und steckten die Köpfe zusammen. Als Julia hereinstolperte, fuhren sie auseinander, als wäre ein Fuchs mitten in einen Hühnerstall hineingebrettert. Jede machte sich ganz schnell an einem der Waschbecken zu schaffen und frischte ihr Make-up auf.

»Guten Morgen!«, sagte Julia völlig verdattert, nicht weil sie das untrügliche Gefühl hatte, dass die drei gerade herzhaft über sie gelästert hatten, sondern weil ihr Refugium belegt war und sie damit ihren Frust auf ihre Mutter nicht ungehindert in Form von Tränen herauslassen konnte.

***

Nachdem Julia mit erröteten Wangen wieder aus seinem Büro verschwunden war, musste Thomas erst mal in das Badezimmer nebenan gehen und seine Erektion loswerden. Sie hatte ein schäbiges schwarzes Kostüm getragen. Einen engen Rock, der aber bis über die Knie reichte, ein tailliertes Jackett und darunter eine weiße, sittsam zugeknöpfte Bluse. Die Haare waren ohne Schnickschnack hochgesteckt. Nichts Besonderes, ganz einfach und klassisch. Dennoch hatte er sich vorgestellt, wie er ihr die Jacke abstreifen würde, die Bluse aufknöpfen würde, wie er ihre prallen Brüste aus dem BH herausschälen und damit spielen würde. Das war der Moment gewesen, als er sie gefragt hatte, wie lange sie am Abend arbeiten würde. Das war der Moment gewesen, als er die Kontrolle über das Gespräch verloren hatte und sie ihm entglitten war. Er ärgerte sich über sich selbst. Er hätte es langsamer angehen müssen, nicht mit der Tür ins Haus fallen. Entweder sie war extrem misstrauisch oder so unerfahren, dass sie den Annäherungsversuch gar nicht als solchen erkannt hatte. Oder beides.

Er schrieb, nachdem er im Badezimmer fertig war, seine erste Mail an sie, wohl wissend, dass er erst gegen halb zwölf in der Nacht eine Antwort von ihr bekommen würde.

»Bist du überhaupt schon mal von einem Mann berührt worden?«

Die Antwort kam gut vierzehn Stunden später um 23:39 Uhr.

»Na klar.«

Er hatte schon vor dem Laptop gelauert. Brockmann werkte noch irgendwo im Fitnessraum mit ein paar Hanteln herum. Er hörte ihn gelegentlich stöhnen und ächzen und Thomas hatte sich deshalb an die Theke in der Küche gesetzt, ein Glas Rotwein neben sich.

»An deinen Brüsten?«

»Nein.«

»Ein bisschen fummeln? Ein harmloser Fingerfuck?«

»NEIN!«

Die Antwort behagte ihm. »Wo dann?«

»Am Arm, an der Hüfte, im Gesicht.«

Die Antwort behagte ihm noch mehr. »Ich glaub es einfach nicht!«

»Ich weiß selbst, dass ich ein langweiliges Liebesleben habe. Ja, lach mich nur aus, das ist genau das, was mir noch fehlt, ein Kerl, der Muschis leckt und sich über mich lustig macht.«

»Du hast keine Ahnung, wie ernst mir das ist.«

»Es ist ja nicht so, dass ich mich nicht nach so was sehnen würde. Ich stelle mir das ziemlich aufregend vor und ich habe da manchmal ziemlich intensive Phantasien.«

»Hast du einen Dildo?«

»?«

»Du weißt doch, was das ist?«

»So'n Plastikpenis!«

»Du hast also keinen!«

»Hör mal, ich muss jeden Monat rechnen, damit uns das Geld für Wurst und Käse reicht, da bleibt nicht viel für Sexspielzeug übrig und außerdem habe ich keine Ahnung, wie ich so ein Ding vor Benni verstecken sollte.«

Thomas rutschte unruhig auf dem Barhocker herum und fühlte eine Mischung aus namenloser Faszination und schlechtem Gewissen. Die Kleine war so hochkarätig unschuldig, dass es beinahe schon unmoralisch war, sie einfach zu kaufen. Aber nur beinahe.

»Bist du wenigstens schon mal geküsst worden? Ich meine, richtig?«

»Ja, einmal. Beim Schulball. Ich war in der zehnten und er in der dreizehnten. Es war ekelig. Es sollte ein Zungenkuss sein, aber er hat mit seiner Zunge in meinem Mund herumgerührt, als müsste er Sahne schlagen.«

»Seither nicht mehr?«

»Einmal hat ein besoffener Tourist mich geküsst, nachts um halb drei am U-Bahnhof, der und ein anderer wollten mich vergewaltigen, aber zum Glück kam jemand und hat mich gerettet. Es ist nichts weiter passiert, außer dass ich mir vor Angst fast in die Hose gemacht habe.«

»Wann war das?« Er hackte in die Tastatur, als wären die Tasten dort die bösen Vergewaltiger.

»Vor drei Jahren ungefähr. Inzwischen mache ich Taekwondo. Was ist mit dir und dem Küssen?«

»Frauen nehmen Küssen sehr wichtig. Ich betrachte es als notwendiges Vorspiel zum Sex. Wobei man auf dieses Vorspiel verzichten kann, wenn man stattdessen ein Brillantarmband bereithält.«

»Du und deine Fixiertheit auf käufliche Frauen. Ein Kuss hat etwas mit Liebe zu tun, deshalb küsst diese Hure in dem Film ja ihre Freier auch nicht!«

Ach du liebe Güte, schon wieder ein Film.

»Weißt du was? Ich habe heute den einsamen Wolf wiedergesehen.«

Sein Puls beschleunigte sich.

»Der dir so viel Trinkgeld gegeben hat?«

»Ja, stell dir vor, er ist der große Sultan. Der oberste Boss von dem Laden, in dem ich gerade mein Praktikum mache. Ich hab dir doch von ihm erzählt, oder nicht?«

Er war sich nicht ganz sicher. Er hätte erst die Mails der letzten Tage checken müssen, um zu prüfen, was er über sie aus ihren Mails wusste und was er über sie wusste, von dem sie nicht wusste, dass er es wusste. Er schrieb einfach ein unverfängliches: »Und?«

»Ich hatte total Angst vor ihm.«

»ANGST?«

Mist, was hatte er falsch gemacht? Es war eigentlich geplant gewesen, dass sie von ihm total fasziniert sein sollte. Sie hätte sich von seiner Aufmerksamkeit geschmeichelt fühlen sollen und sie sollte vor Aufregung, ihn morgen wieder sprechen zu können, die ganze Nacht nicht schlafen. Jede andere Frau, die in seinem Konzern arbeitete, hätte sich die Finger nach so einer Gelegenheit geleckt.

»Ja. Der denkt bestimmt, ich bin die dämlichste und faulste Kuh in seinem Laden. Ach, vergiss es! Ich will nicht über ihn reden.«

»Warum nicht! Findest du ihn wirklich so schrecklich?«

»Ein wenig schon.«

»Du kannst dir also nicht vorstellen, Sex mit ihm zu haben.«

»Sex mit IHM. Hackt's oder was? Der hat an jedem Finger zehn Blondinen, die ihm den Speichel von den Lippen lecken und ich will ganz sicher nicht die Nummer Eintausendundeins in seinem Harem sein. Ganz abgesehen davon, was sollte wohl ausgerechnet ein Typ wie der an mir finden?«

Ja, was wohl? Thomas lachte laut auf und Brockmann streckte den Kopf zur Türe herein. Sein Oberkörper war nackt und schweißgebadet und er hatte ein Handtuch um seinen Hals geschlungen.

»Lustige Mails von Fräulein Julia?«

»Sie hat Angst vor mir.«

Brockmann warf den Kopf zurück und lachte schallend. »Hatten Sie nicht beabsichtigt, dass das Mädchen Ihnen heute Abend schon zu Füßen liegt?«

»Sie reagiert etwas unerwartet«, murrte Thomas und wandte ihm abgenervt den Rücken zu. Dann tippte er wieder auf der Tastatur:

»Findest du den einsamen Wolf denn nicht mehr süß?«

»Nein! Der ist gar nicht süß.«

»Also findest du ihn hässlich?«

»Quatsch, ich finde ihn doch nicht hässlich. Ganz im Gegenteil. Er ist attraktiv. Wirklich. Heute fand ich ihn sogar noch attraktiver als am Montag. Aber trotzdem jagt er mir irgendwie Angst ein. Das hängt mit der Autorität zusammen, die er ausstrahlt. Die ist gleichzeitig attraktiv und beängstigend.«

»Macht und Geld machen Männer nun mal attraktiv!«

»Nicht schon wieder die Geld-Schallplatte. Ich muss jetzt schlafen.«

»Schlaf gut. Und träum vom Sex mit dem einsamen Wolf.«

»Nicht in diesem Leben. Gute Nacht!«

Kapitel 6

Die Stimmung in der Rechtsabteilung war seltsam, als Julia am Freitagmorgen auftauchte und wie immer ein freundliches Hallo in die Runde sagte. Gabi schaute ihr kaum in die Augen und der Chef grüßte nur knapp im Vorbeigehen, obwohl er sie die vergangenen Tage immer mit einem Handschlag begrüßt und gefragt hatte, wie es ihr ging. Sie befürchtete, dass ihr Versagen beim Oberchef gestern sich schon herumgesprochen hatte und alle sie jetzt als Loserin ansahen.

Zuerst die falsche Akte mitgenommen und dann noch nicht mal Zeit gehabt, wenn der Chef einen Abendtermin verlangte. Also nein, so konnte man in der freien Wirtschaft ja wohl keine Karriere machen.

Was wirklich hinter der frostigen Atmosphäre steckte, fand sie erst nach der Mittagspause heraus, nämlich als von der Chefsekretärin Blum der Anruf kam, Frau Dietrich solle sich mit der Dental-Research-Akte auf den Weg zu Herrn Mahler machen. Die blonde Becker war schon den ganzen Vormittag wie ein Luchs, oder passender gesagt wie eine hungrige Harpyie, um Julia herumgeschlichen und als der Anruf aus dem Vorzimmer des Konzernchefs kam, stürzte sie sich dann auch wie die besagte Harpyie auf Julia:

»Jeden Tag ein kleiner Quickie!«

Julia hatte nicht einmal ansatzweise eine Ahnung, was die Becker damit meinte. Sie sah sie nur mit einem leicht debilen Lächeln an, während sie aufgeregt nach der Dental-Research-Akte griff, die sie sich schon gleich in der Frühe bereitgelegt hatte.

»Bilden Sie sich bloß nichts darauf ein«, stichelte die Becker weiter und stellte sich Julia sogar in den Weg. »Der entsorgt Sie genauso schnell wie all die anderen.«

»Von wem reden Sie? Ich muss jetzt hoch!«

»Von dem, der einer studentischen Praktikantin mehr Gehalt als einer Volljuristin bezahlt.«

Falls die Becker meinte, sie mit dieser Auskunft irgendwie aufgeklärt zu haben, so irrte sie sich. Julia wurde nur noch verwirrter und versuchte, sich an der Kollegin vorbeizudrängeln.

»Ich muss jetzt wirklich hoch.«

»Halten Sie uns alle für doof, oder was?«

Frau Becker wich keinen Zentimeter zurück.

»Es ist schon durch das ganze Haus, dass Mahler höchstpersönlich die Personalabteilung angewiesen hat, Ihnen das Doppelte meines Gehaltes zu bezahlen.«

Julia lachte und machte ein abfälliges: »Pf! Das ist doch albern, warum sollte er das tun?«

»Eben Honey, warum sollte wohl ein Lüstling wie Mahler seinem neuesten Betthäschen ein fettes Gehalt bezahlen? Blasen Sie ihm auch ab und zu einen? Darauf steht er nicht wirklich, glauben Sie mir.«

Julia wurde über und über rot. Was sollte das? Das doppelte Gehalt einer Volljuristin! Lachhaft! 12 Euro bekam sie pro Tag und das wären in 6 Wochen 360 Euro, das hatte sie sich schon genau ausgerechnet, dafür würde sie für die Küche einen neuen Tisch und zwei richtige Stühle kaufen.

»Ich muss jetzt wirklich hoch!«

Ihre Stimme war nicht mehr ganz so selbstbewusst. Sie verstand die Feindseligkeit nicht, aber ein tief sitzender Instinkt sagte ihr, dass irgendetwas ganz und gar nicht stimmte. Die Becker lachte dreckig und zeigte ihr den Mittelfinger, genauer gesagt schob sie ihren Mittelfinger in ihren Mund und lutschte ihn ab. In Julias Ohren brauste das Blut und als sie bei Frau Blum im 20. Stock ankam, hatte sie vor Aufregung ganz weiche Knie.

»Er erwartet sie!«, sagte die Sekretärin in der gleichen Unterkühltheit und Unfreundlichkeit wie gestern.

»Darf ich Sie mal was fragen, Frau Blum?«, stammelte Julia herum und schluckte zweimal trocken.

»Wenn es nicht zu lange dauert.«

»Ich ähm ... ich habe ... also ich weiß gar nicht, wie ich es sagen soll.«

Frau Blum beobachtete Julias nervöse Finger, wie sie sie knetete und verkrampfte und spitzte die Lippen.

»Frau Becker aus meiner Abteilung hat behauptet ... ich will Sie eigentlich gar nicht mit diesem Dreck belästigen, es ist mir so peinlich und wahrscheinlich ist es einfach nur dummer Zickenterror und ich blamiere mich jetzt gerade bis auf die Knochen, aber ich muss es wissen.«

»Und das wäre?«, fragte Conni mit einem Hauch von Ungeduld in der Stimme.

»Also Frau Becker hat behauptet, dass ich auf Anweisung von Herrn Mahler das doppelte Gehalt einer Volljuristin für mein Praktikum bekommen soll. Ich weiß, das hört sich verrückt an und es ist bestimmt nur ein dummer Scherz von Frau Becker gewesen, Sie wissen ja, wie die Mädels da unten sind, aber ...«

»Es stimmt!«

»Wie, es stimmt?«

»Ich habe auf Wunsch von Herrn Mahler die Lohnbuchhaltung angewiesen, Ihnen das Doppelte von Frau Beckers Gehalt zu bezahlen.«

Wenn Frau Blum geahnt hätte, dass ihre eisige Antwort Julias Blutdruck schier zur Explosion brachte, hätte sie sich vielleicht zu einem innerlichen Kichern hinreißen lassen.

»Aber warum?«

»Das werden Sie selbst wohl am besten wissen, Frau Dietrich«, kam es ganz neutral und kühl zurück.

»Ich kenne den Mann doch gar nicht!«

»Wie Sie meinen!«

Was sollte das? Das ging doch nicht mit rechten Dingen zu.

Frau Blum nickte mit dem Kopf in Richtung der Tür, die in Mahlers Büro führte, und Julia holte tief Luft und stolperte hinein. Sie ließ die Tür offen und blieb abwartend stehen, die Akte vor sich an die Brust gedrückt.

»Setzen Sie sich!«, kam es mit dunkler Stimme von seinem Schreibtisch her.

Er lächelte liebenswürdig und Julia fand, dass er ziemlich gut aussah, wenn er lächelte, aber sie würde sich trotzdem nicht setzen, da konnte er noch so charmant tun.

»Warum schließen Sie nicht die Tür und setzen sich?« Sein Lächeln wurde noch freundlicher.

So muss der Wolf gelächelt haben, bevor er Rotkäppchen verspeist hat, dachte Julia. Er erhob sich hinter seinem gigantischen Schreibtisch und zog sein Jackett glatt, und Julia machte unwillkürlich einen Schritt zurück.

»Was ist?«, fragte er verwirrt und sein charmantes Lächeln fror ein wenig ein. Jetzt stand sie beinahe schon wieder in Connis Büro und sie sah aus, als würde sie lieber davonrennen als näher kommen wollen.

»Wie ... wie kommen Sie dazu, mir ein doppeltes Juristengehalt zu bezahlen?«

Oh, oh, sie klang leider gar nicht so, als ob sie sich über diese kleine Geste freuen würde oder als ob sie ihm in irgendeiner Weise dankbar dafür sein wollte. Ganz im Gegenteil, sie klang verärgert und beleidigt.

»Das scheint Ihnen nicht zu gefallen?«, fragte er verwirrt.

»Nein, natürlich nicht!« Sie holte Luft und presste diese dämliche Akte wie ein Schild an sich. Sie kaute nervös auf ihrer Unterlippe und aus irgendeinem Grund, den kein normaler Mann verstehen musste, hatte seine Großzügigkeit sie nur noch mehr verängstigt.

»Und warum nicht?«

»Weil jetzt alle denken, dass ich mit Ihnen schlafe!«, platzte es laut aus ihr heraus und Thomas wäre dankbar gewesen, wenn irgendjemand die verdammte Tür zu seinem Büro einfach geschlossen hätte. »Ich kenne Sie doch gar nicht.«

»Aber das lässt sich leicht ändern«, antwortete er vorsichtig.

Sie würde es doch wohl nicht ablehnen, wenn er sie ganz harmlos zum Essen einlud. Sie hatte ja schon per Mail zugegeben, dass sie ihn attraktiv fand, also musste er ihr nur die Angst nehmen und sie ein wenig anflirten. Das dürfte doch nicht allzu schwer sein. Alle anderen Frauen säßen an diesem Punkt des Gesprächs bereits auf seinem Schoß und würden es kaum erwarten können, noch mehr von seinen Zuwendungen zu profitieren.

»Was?«, japste sie verblüfft. »Sie bezahlen mir ohne mein Wissen und mein Einverständnis ein riesiges Gehalt und denken, ich würde dafür mit Ihnen ... mit Ihnen ... schlafen?«

»Ich dachte, dass wir zuerst vielleicht essen gehen könnten.«

Er versuchte sein Bilderbuchlächeln und bekam von ihr nur ein fassungsloses Kopfschütteln zur Antwort. Was hatte er denn jetzt schon wieder falsch gemacht? Eine fette Gehaltserhöhung, eine Einladung zum Essen und dazu hatte er ein sonniges Lächeln aufgesetzt.

Wie viel Vorspiel brauchte sie eigentlich noch?

Er machte nur einen kleinen Schritt auf sie zu und plötzlich warf sie die Dental-Research-Akte auf dem Besuchertisch ab und schüttelte wild den Kopf, so dass ihre Frisur völlig aus den Fugen geriet.

»Ich brauche dieses Praktikum wirklich dringend. Aber ich glaube, ich suche besser einen anderen Praktikumsplatz. Es tut mir leid.«

Und dann wirbelte sie auf dem Absatz herum und lief auf ihren hochhackigen Schuhen hinaus, wie ein scheues Reh auf der Flucht. Er schaute ihr verblüfft hinterher und verstand die Welt nicht mehr. Conni schaute um die Ecke und fragte kühl: »Kann ich die Tür jetzt wieder schließen, Herr Mahler?«

Sein trostloser Blick schien sie nicht im Mindesten zu berühren.

»Ja, bitte.«

***

Debby war an diesem Abend wieder bei Vittorio. Es war ziemlich voll und Julia hatte kaum Zeit, sich mit ihr zu unterhalten. Aber zwei Sätze wurde sie doch los:

»Dieser Kommissar Kühlwein wusste genau, worum es ging, aber er hat absolut abgeblockt. Egal, in welche Richtung ich meine Fragen ausdehne. Ich renne immer gegen eine Wand.«

Debby nickte mit ernstem Gesicht.

»Mir geht es genauso. Wo auch immer ich nach dem Fall frage, bekomme ich nur die kalte Schulter gezeigt. Inzwischen ist sogar die Ermittlungsakte verschwunden. Das stinkt zum Himmel und damit kannst du die Politiker-Theorie komplett abhaken?«

»Was? Wie meinst du das?«

»Kein einziger deutscher Politiker, nicht einmal die Kanzlerin höchstpersönlich, hat einen solchen Einfluss, um Akten einfach verschwinden zu lassen. Da gibt es immer ein Leck, einen Beamten, der sich nicht kaufen lässt oder herumplappert.«

»Aber wer soll denn sonst dahinterstecken? Wer hat so viel Einfluss? Die Mafia?«

»Oder ein Nachrichtendienst.«

»Du meinst, so was wie der CIA?«, lachte Julia.

»Oder der BND oder der MAD.«

Julia schüttelte den Kopf. Das war doch Quatsch. Was sollte Marie mit dem BND oder sonst einem Nachrichtendienst zu tun gehabt haben? Sie war eine einfache Serviererin in einer VIP-Lounge gewesen.

»Das ist nicht abwegiger als deine Politiker-Theorie. Mal im Ernst, dieser Fall ist jetzt sieben Jahre her. Keiner, der damals in der Regierung war, hat heute noch was zu sagen. So einen langen Arm hat kein einziger Politiker. Und warum hat sich der Mann nie nach seinem Kind erkundigt? Er muss doch gewusst haben, dass seine Geliebte schwanger war. Hältst du das für normal?«

Julia zuckte unglücklich die Schultern, denn sie hatte sich das genau so zusammengereimt: Ein geiler alter Bock, der ihre Schwester verführt und geschwängert hatte und sie dann aus Angst vor der Presse und vor seiner Ehefrau im Stich gelassen hatte. Und danach hatte er seinen Seitensprung vertuschen wollen. Warum sollte ein Mann, der so tickte, sich wohl für sein außerehelich gezeugtes Kind interessieren?

»Denk einfach noch mal logisch und möglichst emotionslos darüber nach«, riet Debby und wandte sich wieder ihrem Freund zu. Es war ein anderer als in der vergangenen Woche.

Dieses Gespräch verbesserte Julias miserable Stimmung nicht gerade und dieser blöde Casanova Mahler hatte ihr sowieso den ganzen Tag vermasselt. Kaum hatte sie sein Büro verlassen, wäre sie am liebsten wieder umgedreht und hätte alles zurückgenommen, was sie gesagt hatte.

Sie brauchte das Praktikum für ihre Bewerbungsunterlagen. Wo nahm sie eigentlich die Großkotzigkeit her, so ein fettes Gehalt einfach abzulehnen? Sie hatte zwar keine Ahnung, was Frau Becker bei Expiron verdiente, aber garantiert mehr als 360 Euro. Julia wäre es Benni schuldig gewesen, ihren Stolz hinunterzuschlucken, die Zähne zusammenzubeißen und stattdessen »Danke!« zu sagen. Dieser Don Juan hätte sie trotzdem nicht zwingen können, mit ihm zu schlafen. Was störte es sie schon, wenn andere über sie lästerten oder sie für eine Hure hielten. Wichtig war doch, dass sie sich selbst noch im Spiegel anschauen konnte.

Das Blöde war, dass ihr der Blick in den Spiegel keineswegs besser gefiel, nachdem sie dieses Angebot abgelehnt und diesen heiß begehrten Praktikumsplatz aufgegeben hatte. Und mal ehrlich, so eine große Strafe wäre es ja nun auch nicht gewesen, mit Sultan Mahler einmal essen zu gehen. Gott, der Mann sah doch toll aus und nicht zu vergessen: Er war reich, berühmt und mächtig. Andere Frauen waren vermutlich total scharf auf ein Date mit ihm. Aber nein, sie hatte sich ja wie eine spießige, dumme Pute benehmen müssen.

Als sie an diesem Abend nach Hause kam, war sie so niedergeschlagen und unzufrieden mit sich selbst, dass sie ihren Laptop gar nicht einschaltete. Sie wollte nicht mit ihrem anonymen Mailfreund reden.

Sie bestrafte sich selbst und ging ohne Mail-Sex-Talk zu Bett.

***

Als Thomas nachts um zwölf Uhr seine Mails abrief, war er fassungslos, weil er keine Antwort von ihr bekommen hatte. Er hatte ihr drei Mails im Laufe des Tages geschrieben. Die erste hatte er noch vom Büro aus geschrieben, eine halbe Stunde nachdem sie das Expiron-Center mit einem Aufhebungsvertrag in der Tasche verlassen hatte.

»Entschuldigung für die Geld-Schallplatte. Ich werde sie nicht wieder auflegen«, hatte er geschrieben.

Die zweite Mail hatte er verfasst, nachdem er am Abend von einem Besuch bei seinem Bruder zurückkam. Er war mit Brockmann hinaus nach Grunewald gefahren und hatte dann an Bastis Tür geklingelt. Der war ziemlich verblüfft gewesen, seinen Bruder zu sehen, aber Thomas hatte schlicht gesagt: »Bitte verzeih mir meine Dummheit.« Und dann waren sie sich in die Arme gefallen. Basti war Architekt und ein guter noch dazu. Seine Frau Sandra war Webdesignerin. Thomas hatte sich immer gefragt, was sein Bruder an dieser Frau fand. Sie war nicht besonders schön, sondern hatte eher eine herbe, beinahe maskuline Ausstrahlung, aber sie war witzig und liebenswürdig und völlig unkompliziert und sie begrüßte Thomas mit der gleichen ehrlichen Freude, wie sein Bruder ihn begrüßt hatte. Es war, als wären sie nie verkracht gewesen, als hätte es das Zwischenspiel mit Ines nie gegeben.

Sie redeten gar nicht über Ines. Basti fragte nicht nach ihr oder nach der Scheidung und Thomas war ihm unendlich dankbar dafür. Aber er erzählte davon, dass Sandra jetzt endlich schwanger geworden sei. Sie war in der 16. Woche und sie freuten sich sehr darüber. Obwohl sich Thomas auch mit seinem Bruder und seiner Schwägerin freute, konnte er nichts gegen den kleinen neidischen Stich tun, den er empfand, als Basti seinen Arm um Sandra legte und eine Hand auf ihren Bauch. Als er wieder zurück in seiner Junggesellen-Luxus-Penthouse-Wohnung war, fragte er Julia per Mail:

»Möchtest du Kinder haben?«

Die Mail war raus, bevor er bereuen konnte, sie abgeschickt zu haben. Was für eine Frage an eine Frau, die ihre Jungfräulichkeit wie eine Rüstung trug und keinen Kerl an sich ranließ, oder vermutlich nur einen Kerl, der ihr vorher einen Heiratsantrag machte oder eine Million Euro anbot. Und wie um sich zu beweisen, dass er wirklich ein Idiot war, schrieb er eine Stunde später die nächste dumme Mail:

»*Wie muss ein Mann sein, in den du dich verlieben könntest?*« Er meinte natürlich: *Ein Mann, mit dem du schlafen würdest.* Aber aus seiner Sicht war das schließlich dasselbe.

Leider kam keine Antwort von ihr. Auch um halb eins nicht und um ein Uhr auch nicht. Er fing an sich aufzuregen. Er konnte, verdammt noch mal, jede Frau haben, die er haben wollte. Warum musste ausgerechnet die, die er so heftig begehrte wie noch keine zuvor, sich so zieren?

Sein steinzeitlicher Jagdinstinkt war jedenfalls schon ganz leicht überstrapaziert.

***

Tante Heike war am Samstag pünktlich um halb neun bei Julia, um Benni abzuholen. Heike hatte für Julia ein paar ihrer abgetragenen Kleider mitgebracht, was sie oft tat, weil sie meinte, sie als Stewardess sei die Expertin in Sachen Stil. Meist konnte Julia mit dem altbackenen Zeug nicht viel anfangen, aber dieses Mal hatte Heike ein dunkelblaues Kostüm dabei, das wirklich sehr elegant aussah und gleichzeitig sehr sexy geschnitten war und es war aus einem wunderbar weichen Baumwoll-Seidenstoff gemacht.

»Das kannst du während deines Praktikums anziehen. Das ist wirklich der letzte Schrei! Vor allem der hohe Bund am Rock. Ich hab mich nur in der Größe vertan, mir ist das viel zu eng«, sagte Tante Heike munter.

Julia wäre am liebsten im Erdboden versunken. Von wegen Praktikum! Das hatte sie sich selbst versaut. Als Benni verkündete, er würde nur noch schnell Pipi machen, was bei ihm erfahrungsgemäß Stunden dauerte, erzählte Julia ihrer Tante von der Dummheit, die sie gestern begangen hatte, als sie den tollen Praktikumsplatz einfach hingeschmissen und dazu noch das fette Gehalt verweigert hatte. Jetzt wo sie sich selbst erzählen hörte, kam sie sich sogar noch dämlicher vor als gestern.

Tante Heike schaute sie ernst an und sagte dann:

»Du warst nur sauer, weil die anderen dich für ein Flittchen halten. Aber dein Chef, dieser Mahler, weiß es ja wohl besser. Kümmere dich nicht um das, was andere von dir denken. Jeder Mensch denkt immer so schlecht, wie er selber ist.«

Immerhin war Julia durch das Gespräch mit Tante Heike wieder so motiviert, dass sie sich hinsetzte und ihre Mails abrief, nachdem Heike und Benni gegangen waren. Eine Mail war von ihrer Mutter. Ein ellenlanger Text, von dem sie nur das obere Drittel las. Ihre Mutter schilderte in epischen Details ihren Tagesablauf, in dieser und jener Frauengruppe und was sie zusammen mit ihren Enkelkindern, die gar nicht ihre Enkelkinder waren, alles unternehmen wollte. Was die Jungs und Mädels alles konnten und taten und machten, und Julia hörte auf zu lesen. Dann öffnete sie die Mail von Thomas, die erste mit: *Entschuldigung für die Geld-Schallplatte. Ich werde sie nie wieder auflegen.*

Sie antwortete: »Ich bin so eine dumme Kuh, als ob ich nicht wüsste, wie wichtig Geld ist.«

Auf die Frage, ob sie Kinder haben wollte, antwortete sie: »Irgendwann mal, in einer fernen Zukunft, wenn ich dafür nicht aus irgendeinem Fenster springen muss.«

Seine Frage »Wie muss ein Mann sein, in den du dich verlieben könntest?« machte ihr etwas Angst, weil ein paar Alarmglocken leise bei ihr bimmelten und ihr Unterbewusstsein ihr signalisierte, dass hinter dieser Frage mehr steckte als die zwanglose Freude an anonymem Mailsex, dass der Mann am anderen Ende vielleicht mehr Interesse für sie entwickelt hatte, als ihr lieb war. Aber sie beruhigte sich auch wieder. Er war ein Fremder, er wusste nicht, wer sie war und sie wusste nicht, wer er war. Bei wem konnte sie also ehrlicher sein als bei ihm?

Sie schrieb: »Er muss nicht gutaussehend sein, er muss auch nicht reich sein. Allerdings sollte er schon für sich selbst sorgen können, nicht anderen auf der Tasche liegen. Er soll mit beiden Beinen im Leben stehen und wissen, was er will. Er muss ehrlich sein und über sich selbst lachen können und er muss mich lieben, auch wenn es nicht für die Ewigkeit ist.«

***

»Wir sitzen jetzt seit einer Stunde hier!«, brummte Eric Brockmann nach hinten. »Wir könnten genauso gut reingehen und Spaghetti Diavolo essen.«

Sie parkten gegenüber vom Vittorios und beobachteten wie die Habichte jeden, der da hineinging und wieder herauskam, aber sie selbst gingen nicht hinein. Während bei dem Italiener kaum Betrieb war, wuselten die Leute vor dem Eingang des Event-Restaurants wie die Bienen vor dem Bienenstock. Es war laut und wild und Brockmann hatte schon zweimal die Scheibe heruntergelassen und ein paar Jungs, die auf dem Gehweg herumtollten, angedroht, dass er ihnen die Finger brechen würde, wenn sie ihre Flossen nicht von seinem Auto nehmen würden. Brockmann war jemand, der zum Thema Finger brechen durchaus Eindruck schinden konnte und so war die Limousine wie eine Insel inmitten des Gewusels. Im Vergleich dazu war die gegenüberliegende Straßenseite der reinste Friedhof.

Brockmann hasste es, wenn sein Lieblingsauto von Besoffenen und deren Bierflaschen bedroht war, wenn er keinen vernünftigen Parkplatz bekam und sich in einem Stadtgebiet herumtreiben musste, von dem er nicht wusste, ob die Nägel auf der Straße schlimmer waren als die Glasscherben auf dem Gehweg.

»Nein, wir warten, bis sie herauskommt. Da drinnen kann ich nicht mit ihr reden.«

»Ich gehe rein, hole sie raus, setze sie ins Auto und lasse sie nicht eher wieder aussteigen, bis Sie fertig sind mit reden. Das ist einfacher und geht schneller«, schlug Brockmann knurrig vor. Er hatte auf seiner Miese-Laune-Skala bereits den Negativbereich erreicht. Normalerweise dauerte es eine Viertelstunde, bis der Boss eine Frau rumgekriegt hatte, eine halbe Stunde, bis er sie vernascht hatte, und einen Tag, bis er sie wieder loshatte. Bei der kleinen Julia hingegen setzte er seit Tagen Himmel und Hölle in Bewegung und kam keinen Schritt voran.

»Es ist schon elf! Sie hat jetzt gleich Feierabend. In ein paar Minuten kommt sie raus«, sagte Thomas unbeeindruckt von Brockmanns Übellaunigkeit.

»Warum suchen Sie sich nicht eine leichtere Beute? Eine, die zum Beispiel in einer Gegend wohnt, in der ein Mann sein Auto parken kann, ohne um den Lack und die Reifen fürchten zu müssen.«

»Ich will nicht irgendeine andere, ich will sie. Haben Sie je so eine Frau getroffen?«

»Noch nicht oft jedenfalls.« Brockmann ließ gerade eben wieder die Scheibe herunter und warf einen mörderischen Blick auf ein paar Jungs, die es wagten, sich dem Auto zu nähern.

»Ich habe ihr eine Million Euro geboten.«

Der Bodyguard wandte sich mit seinem ganzen Oberkörper langsam nach hinten und sah seinen Chef durchdringend an. Sein Blick sagte eindeutig, was er vom Geisteszustand seines Arbeitgebers hielt.

»Na ja, per Mail. Ich habe sie gefragt, rein hypothetisch, für wie viel sie ihre Unschuld verkaufen würde«, erklärte Thomas und lächelte selbstzufrieden.

»Und?«

»Sie braucht dringend Geld. Für den Jungen, um den Tod ihrer Schwester aufzuklären und um die MS ihres Vaters behandeln zu lassen und sie war bei einer Million nicht mehr so abgeneigt wie bei 500.000. Aber nachdem sie gestern einfach davongelaufen ist ... Was denken Sie? Wird sie sich darauf einlassen?«

»Eine Million? In Euro? Das würden Sie echt bezahlen?«

»Ich habe schon mehr Geld für weit Unwürdigeres ausgegeben!«, kam es entschlossen von hinten.

»Sie wäre dumm, wenn sie das nicht annimmt. Ich würde schon für die Hälfte mit Ihnen schlafen. Ehrlich. Falls Sie Lust drauf haben.«

»Idiot!«

Brockmann lachte nur, dann zeigte er auf die Tür der Pizzeria. »Da kommt sie!«

»Nein, das ist nicht Julia. Julia ist viel zierlicher und nicht so groß und sie geht wie eine Königin und nicht wie dieses Trampeltier.«

Sie war es wirklich nicht. Die Frau kam über die Straße und ging direkt am Auto vorbei, warf einen sehr neugierigen Blick auf die getönten Scheiben, ohne viel dahinter erkennen zu können, und schlenderte dann weiter. Es war eine ganz gewöhnliche Frau, Mitte dreißig. Brockmann verdrehte die Augen. Wie lange mussten sie denn noch warten?

Lieber Gott, betete er im Geiste, *mach bitte, dass die Kleine einfach bald ihre Beine breit macht und den armen Mann von seiner Manie erlöst. Ich lege auf die Million noch mein eigenes Monatsgehalt obendrauf.*

Sie hätten das Mädchen mit der grellgelben Mütze vermutlich gar nicht beachtet, wenn nicht plötzlich auf der anderen Straßenseite vier Kerle aufgetaucht wären, die sie umringten. Als Brockmann die Skinheads sah, wie sie sich um das Mädchen scharten, alle vier mit einem Messer bewaffnet, fuhr seine rechte Hand sofort in die Jackentasche nach seiner Pistole und seine linke zum Türgriff des Autos.

Das Mädchen schien Ahnung von Selbstverteidigung zu haben, denn sie hatte immerhin eine kampfbereite Haltung eingenommen und war einem Messerstich in ihre Richtung sogar geschickt ausgewichen, aber gegen vier so große Kerle hatte sie trotzdem keine Chance.

»Da draußen gibt es Ärger!«, rief Brockmann und sprang schon aus dem Auto.

Bis er über die Straße war, hatte einer der Typen das Mädchen von hinten gepackt, während ein anderer ihre Füße festhielt und ein dritter mit seinem Klappmesser direkt vor ihrem Gesicht herumfuchtelte.

»Na Rotkäppchen, geht dir jetzt die Muffe?«, sagte der mit dem Messer und lachte höhnisch. Dann riss er ihr die gelbe Mütze vom Kopf und ein Sturzbach dunkler Haare ergoss sich über die Schultern des Mädchens.

Verdammt, das war Julia, als dicker Zwerg mit gelber Mütze verkleidet. Brockmann war mit einem Sprung mitten in der Gruppe, zwei Tritte nach hinten, einen Schlag gegen die Brust des Messerstechers und plötzlich war nur noch einer von ihnen übrig. Die beiden Kerle, die Julia festgehalten hatten, stießen sie eilig von sich und rannten fluchend davon. Julia ging von der Wucht des Stoßes in die Knie und konnte sich gerade noch mit den Händen auffangen. Brockmann packte den Verbliebenen an seiner Bomberjacke und hob ihn in die Höhe, so dass seine Füße nicht einmal mehr den Boden berührten.

»Legst dich wohl nur mit kleinen Mädchen an.«

Der Kerl gurgelte und röchelte und wurde sogar blau im Gesicht. Dann schleuderte Brockmann ihn von sich, als wäre er bloß eine Puppe und er flog fast zwei Meter weit, knallte auf den Asphalt, ächzte, fluchte, rappelte sich auf und rannte ebenfalls davon, mehr auf allen vieren als im aufrechten Gang. Thomas war schon bei Julia und zog sie sofort in seine Arme.

Sie hatte keine Ahnung, wo die alle auf einmal hergekommen waren. Erst die bescheuerten Nazis und jetzt auch noch der einsame Wolf mit seinem Prätorianer. Er hatte den Arm um ihre Schultern gelegt und sagte irgendwelche beruhigenden Sachen zu ihr. Sie zitterte am ganzen Körper und hörte seine Stimme wie aus weiter Ferne, hörte das laute Rauschen ihres Blutes in ihren Ohren und verstand kein Wort. Er half ihr auf die Beine, schlang seinen Arm jetzt um ihre Hüfte und führte sie über die Straße und ehe sie richtig begriff, was mit ihr geschah, saß sie schon in seinem Auto auf schwarzen Ledersitzen.

»Brockmann, fahren Sie ins nächste Krankenhaus!«, befahl er.

»Nein, nicht!« Es war ja nichts passiert. Sie konnte nicht in ein Krankenhaus. Nicht auszudenken, was geschehen würde, wenn das Jugendamt davon erfuhr, dass sie in eine Schlägerei verwickelt gewesen war.

»Bloß nicht ins Krankenhaus.«

»Dann bringe ich Sie zu mir nach Hause. Sie zittern am ganzen Körper.«

Zu ihm nach Hause? Zu Mahler, dem Konzernchef, dem Bonzen, dem Sultan mit dem größten Harem Deutschlands, zu dem Typen, der ihr aus irgendeinem obskuren Grund ein horrendes Gehalt hatte bezahlen wollen, in dessen Luxusschlitten sie jetzt saß?

Was zur Hölle machte der überhaupt hier? Stalkte er sie etwa?

»Nein, lassen Sie mich aussteigen. Ich möchte nach Hause.«

»Sie sind nicht in der Verfassung. Sie haben einen Schock!«, erklärte Mahler mit rauer Stimme.

»Es geht mir gut. Ich habe keinen Schock, nur einen kleinen Schrecken. Ich schaffe es alleine nach Hause.«

Der glatzköpfige Riese, der vorne am Lenkrad saß und sie mit zwei hammermäßigen Moves vor diesen Nazis gerettet hatte, drehte sich jetzt nach hinten und bedachte sie mit einem Blick, der die Hölle hätte einfrieren lassen können.

»Einen Teufel werden Sie tun. Herr Mahler hat gesagt, dass wir Sie nach Hause bringen, also bringen wir Sie nach Hause!« Er gab Gas und fuhr los und Julia war mindestens genauso erleichtert wie erschrocken.

»Ich bin Ihnen wirklich dankbar, aber das ist nicht nötig.«

»Diskussion beendet, Fräulein Diavolo!«, knurrte Brockmann nach hinten. Er wartete doch nicht stundenlang vor dieser verfickten Pizzeria, rettete die Kleine aus den Klauen von ein paar Möchtegern-Übermenschen, nur um sie dann am nächsten U-Bahnhof abzusetzen.

»Ich wohne in der Schlesischen Straße«, murmelte sie kleinlaut. »Und mein Name ist Julia, nicht Diavolo.«

Als ob er das nicht wüsste.

Dann fiel ihr auf, dass Mahler ihre Hand zwischen seinen beiden Händen hielt und die Wärme, die ihren Arm hinauf- und in ihren Magen hinunterkroch, war ihr gar nicht recht. Sie zog ihre Hand weg, wusste aber nicht wohin damit, also setzte sie sich einfach drauf.

»Stalken Sie mich?« So naiv war nicht mal sie, dass sie dieses Zusammentreffen noch länger für einen dummen Zufall halten konnte.

»Ich bin hier, um mich für mein Verhalten zu entschuldigen.«

»Sie wollen sich bei einer popeligen Praktikantin entschuldigen?«, krächzte sie ungläubig.

»Es war nicht beabsichtigt, dass meine Anweisung an das Gehaltsbüro dermaßen indiskret gehandhabt wird. Und natürlich sollte auch nicht der Eindruck entstehen, Sie wären meine Geliebte.«

Laber, laber, laber. Der Herr Sultan wollte eindeutig was von ihr. Erst die 50 Euro, dann das fette Gehalt, die Einladung zum Essen mit unverblümtem Hinweis auf das, was danach kommen könnte, und jetzt die Rettung aus der Not. Der Typ war scharf auf sie. Sie verstand nur nicht, warum er gerade sie ausgesucht hatte. Das war doch lächerlich. Sie war ein völlig unbedeutendes Würstchen, trug C&C-Klamotten, keinen Schmuck und sie war die meiste Zeit noch nicht mal geschminkt. Er dagegen konnte jeden Abend zehn Celebrity-Girls gleichzeitig abschleppen. Warum ich?, fragte sie sich mit gefurchter Stirn.

»Wenn ich es richtig verstanden habe, dann sind Sie auf dieses Praktikum angewiesen. Und wenn ich es richtig sehe, ist es meine Schuld, dass Sie nun kein Praktikum machen können. Ich habe mir daher erlaubt, als Wiedergutmachung ein Praktikumszeugnis für Sie ausstellen zu lassen, das bescheinigt, dass Sie die volle Zeit von sechs Wochen in meinem Konzern gearbeitet haben. Das Zeugnis geht Ihnen in den nächsten Tagen per Post zu und ist auf den 1. April vordatiert.«

»Aber ... aber warum?«

»Wie gesagt, es ist meine Entschuldigung.«

»Ooookay!«

Die Falten auf ihrer Stirn, der misstrauische Blick, der verkniffene Mund, das alles sah nicht sehr vielversprechend aus, fand Thomas. Seine Entschuldigung hatte sie nicht nur nicht beeindruckt, sie schien jetzt noch viel misstrauischer zu sein als zuvor.

»Wir sind schon da!«, rief Eric Brockmann von vorne, stieg aus und hielt für Julia die Autotür auf, aber es war Thomas, der schleunigst um das Auto herumkam und ihr beim Aussteigen half. Als sie die Füße auf den Boden stellte, merkte sie, dass ihre Knie weich wie Butter waren und einfach unter ihr nachgaben. Thomas konnte sie gerade noch auffangen, bevor sie zu Boden ging und dann hatte er sie auch schon hochgehoben. Einen Arm unter ihre Kniekehlen geschoben, den anderen um ihren Rücken geschlungen und schon trug er sie zur Haustür, die sperrangelweit aufstand.

»Ich kann alleine gehen!«, protestierte sie mit wenig Überzeugung. Tatsächlich war ihr ziemlich schwindelig und außerdem fühlte es sich gar nicht so schrecklich unangenehm an, dass der große Sultan sie in seinen Armen hielt und sie so eng an sich drückte. Ganz im Gegenteil, es fühlte sich ziemlich gut an und sie schlang ganz freiwillig ihre Arme um seinen Hals, um die Balance nicht zu verlieren. Er roch ziemlich gut, nach einem herben, unaufdringlichen, aber sehr männlichen Rasierwasser. Er strahlte Männlichkeit und Autorität aus und er war auf jeden Fall kein Schwächling. Julia war wider Willen ziemlich angetan von ihm.

»Welche Etage?« fragte er und Brockmann antwortete mit einem spöttischen Grinsen:

»Vierte!«

Das Grinsen hätte Brockmann sich schenken können. Thomas trug sie mit Leichtigkeit die Treppe hinauf, als würde sie nichts wiegen. Er war zwar kein Mister Universum so wie sein Bodyguard, aber er war trotzdem muskulös und sportlich und er stemmte nicht umsonst jeden Tag Gewichte in seinem Fitnessraum. Er war kaum außer Atem, als er mit Julia auf dem Arm vor ihrer Wohnungstür ankam, aber als er sich ungläubig in dem Treppenhaus umschaute, gab das seiner sowieso schon gedämpften Stimmung beinahe den Rest. Was für eine grauenvolle asoziale Bruchbude war das denn? Schmutz und Abfälle auf der Treppe und Graffiti an den Wänden. Seit dreißig Jahren waren hier keine Malerarbeiten mehr gemacht worden. Eine Fensterscheibe im Treppenhaus war sogar eingeschlagen und aus der Nachbarwohnung hörte man Geschrei.

»Wir hätten Sie ins Krankenhaus bringen sollen anstatt hierher«, brummte Thomas und stieß mit dem Fuß nach einem leeren Getränkebecher vom Schnellimbiss, der vor Julias Wohnungstür abgelegt worden war. »Wo ist der Wohnungsschlüssel?«

Als Julia nicht gleich reagierte, zog Brockmann die Handtasche von ihren Schultern und suchte darin nach ihrem Wohnungsschlüssel.

»Holen Sie den Bowmore aus dem Auto, Brockmann, und bringen Sie auch ein paar von den Energieriegeln mit, die hinten in meiner Ablage liegen. Wann haben Sie das letzte Mal etwas gegessen, Julia?«

»Heute Abend um sechs!«, antwortete sie brav, als wäre das ganz normal, dass zwei fremde Kerle sich hier vor ihrer Wohnungstür tummelten, von denen der eine sie auf dem Arm trug und der andere einfach in ihrer Handtasche herumwühlte.

Brockmann schloss die Tür auf und Thomas trat beherzt über die Türschwelle und blieb wie angewurzelt stehen, als er das Apartment sah. Konnten Menschen wirklich drei Jobs haben und so arm sein? Das war doch keine Wohnung, das waren ein winziger Flur und ein kleines Zimmer. Er steuerte das schäbige Sofa an und setzte sie vorsichtig ab. Neben dem Sofa standen eine kleine Kiste Legobausteine und ein paar Modellautos.

»Geben Sie mir Ihre Jacke. Wo ist Ihr Badezimmer? Ich werde Ihnen einen feuchten Lappen bringen.«

Thomas hatte keine Ahnung, ob das half, aber es war besser, als nichts zu tun und sich voller Bestürzung zu fragen, warum sie so arm war und den Hochmut besaß, sein Geld abzulehnen. Sie zog die wattierte Jacke aus. Großer Gott, wie viele Pullis trug das Mädchen denn unter der Jacke? Kein Wunder, dass er sie nicht gleich erkannt hatte, weil sie aussah wie ein Michelinmännchen. Da kam noch ein brauner Fleecepulli zum Vorschein und darunter eine dicke Sweatjacke mit Kapuze und dann kam endlich ein weißes T-Shirt, das ihre exorbitanten körperlichen Vorzüge perfekt zur Geltung brachte.

Er nahm ihre Klamotten und trug sie in den winzigen Flur hinaus. Er hätte nicht nach dem Weg zum Bad fragen müssen. Das war kein Penthouse mit zehn Räumen, vier Badezimmern, einem Fitnessstudio, einem Hallenbad und drei Dachgärten. Das war ein Ein-Zimmer-Apartment mit knapp 40 Quadratmetern, das nur noch zwei weitere Türen besaß, eine Tür zu einer mickrigen Küche, in der kaum Platz für den winzigen Tisch und die beiden Stühle war, und eine Tür, die in einen schmalen Schlauch von Badezimmer führte, mit einer einfachen Badewanne, die durch einen durchsichtigen Duschvorhang verunziert war und deren Anblick nicht gerade dazu beitrug, das aufgewühlte Innenleben von Thomas zu beruhigen. Hier zog sie sich aus und duschte sich und tat sonst noch Dinge, an die er, verdammt noch mal, jetzt absolut nicht denken wollte, wenn er nicht schon wieder mit einer Erektion fertigwerden wollte.

Auf dem Weg zurück durch den kleinen Flur stolperte er über einen Schulranzen, der mit blauen Delphinen geschmückt war und ganz eindeutig das wertvollste Teil in der ganzen Wohnung sein musste. Er war außer sich. So konnte das nicht weitergehen. Es war unwürdig, dass ausgerechnet eine Frau wie sie so leben musste, während billige, verlogene Schlampen sich auf seine Kosten mit Brillanten und Designerkleidern schmückten.

Er reichte Julia den feuchten Lappen, sah, wie sie sich die Stirn abtupfte und das Dekolleté, und versuchte, dabei das Atmen nicht zu vergessen. In der Zwischenzeit klingelte es an der Wohnungstür und er ließ Brockmann mit dem Whiskey herein und von irgendwoher hatte der auch noch ein Sandwich aufgetrieben, das er dem Mädchen anbot.

»Ich habe keinen Hunger, aber danke!«, sagte sie und lächelte Brockmann an, als wäre er ihr Prinz in der schimmernden Rüstung.

In Thomas grummelte es. Vielleicht fand sie Brockmann ja viel attraktiver als ihn. Breitschultrig wie er war und muskulös und fast zwei Meter groß. Er hatte sie immerhin gerettet und vier Skinheads verdroschen. Thomas war noch nie auf einen seiner Bodyguards eifersüchtig gewesen, bis jetzt. Er setzte sich neben sie auf das Sofa, das im Grunde nichts weiter als ein mottenzerfressener Haufen von Schaumstoff war. Er sackte tief ein und musste sich erst einmal ausbalancieren, um nicht das Gleichgewicht zu verlieren.

»Diese Skinheads, treiben die sich etwa häufig in der Gegend herum?«, fragte er und versuchte ebenfalls zu lächeln, so wie Brockmann, und sich nicht anmerken zu lassen, wie verärgert er in Wahrheit war. Wie leicht könnte er sie aus diesem Loch herausholen! Sie brauchte es nur zuzulassen, dass er sich um sie kümmerte.

»Ja, allerdings!« Sie nahm das Glas Whiskey, das Brockmann ihr hinhielt. »Sie pöbeln Leute an und freuen sich, wenn sie denen Angst einjagen können. Meist verletzen sie niemanden, aber ich habe mich letzte Woche mit denen angelegt und das sollte wohl ein Denkzettel werden.«

»Sie haben was ...?«, rief Thomas und sprang aus dem niedrigen Sofa wieder hoch. Der heilige Zorn, der schon die ganze Zeit in ihm brodelte, seit er dieses schreckliche Wohnhaus von außen gesehen hatte, drohte jetzt überzukochen. »Sie haben sich mit Skinheads angelegt? Das kann so nicht weitergehen!«

Sie nahm einen kräftigen Schluck aus dem Whiskeyglas und sah ihn verwundert an. »Was meinen Sie?«

»Sie wohnen in diesem sozialen Brennpunkt, Sie arbeiten in einer schäbigen Pizzeria, Sie werden mit dem Messer bedroht. Das ist untragbar.«

»Aber das ist doch nicht Ihr Problem.«

»Und was ist mit dem Kind? Wie kann ein Junge in so einer Gegend groß werden!«

Jetzt fuhr ihr Kopf hoch und er hätte sich die Zunge abbeißen können. Natürlich konnte er als Mahler nichts von Benni wissen, das wusste er nur als Thomas123.

»Woher wissen Sie von meinem Kind?«

»Ich hab den Schulranzen da draußen gesehen. Und hier das Spielzeug. Sieht nach einem kleinen Jungen aus.«

Sie wurde mit einem Mal weich wie Butter, ihr Gesicht, ihre Stimme, ihr Körper, Sonne, Freude, Liebe.

»Er heißt Benni und wird im Juni sieben!«

»Kein Kind sollte so leben müssen!«, maulte er und schon war ihre ganze Weichheit wieder verschwunden. Sie fühlte sich wie beim Jugendamt, unter Rechtfertigungsdruck.

»Im Sommersemester mache ich mein erstes Staatsexamen und wenn ich Referendarin bin, verdiene ich etwas mehr. Ich brauche dann keine anderen Jobs mehr und habe mehr Zeit für Benni und dann kann ich irgendwann auch eine andere Wohnung suchen. Aber das geht Sie wirklich nichts an, Herr Mahler.«

Er hatte ihr doch nur zu verstehen geben wollen, dass ihr Besseres zustand, dass er es war, der ihr Besseres geben konnte – das Beste. Herrgott, am liebsten würde er sie übers Knie legen, um ihr Vernunft einzubläuen oder sie einfach nehmen, sie über seine Schultern werfen und sie hier herausschaffen. Er merkte selbst, dass er kurz davor stand, einen seiner berüchtigten Wutausbrüche zu bekommen und das wäre nun wirklich das Allerdümmste, was er jetzt noch anstellen konnte. Er holte tief Luft und ermahnte sich selbst zur Ruhe. Dann stand er auf und sagte mit mühsam beherrschter Stimme: »Ich glaube, wir gehen jetzt besser.«

Brockmann nickte seinem Boss zustimmend zu. Er hatte die Zornesader auf Mahlers Stirn gesehen und schon befürchtet, dass er ausrasten würde. Er war es nicht gewohnt, dass er seinen Willen nicht bekam. Im schlimmsten Falle würde er in den nächsten paar Minuten etwas ganz Dummes sagen und sich jedwede Chance bei dem Mädchen für immer und ewig verscherzen. Thomas stand auf und schüttelte ihre Hand zum Abschied, dann kramte er seine Visitenkarte aus seinem Anzugsjackett und reichte sie ihr.

»Das ist meine Privatadresse und private Handynummer.«

Er wollte nicht protzig wirken und ihr sagen, dass es nur sehr wenige Menschen gab, de facto nicht mehr als zehn Leute, die diese Visitenkarte besaßen und seine Privatadresse oder gar seine private Handynummer kannten.

»Wenn Sie Hilfe brauchen, egal wobei, rufen Sie mich an, bitte, ich meine es ernst.«

Sie schaute auf die Hochglanzkarte mit den goldenen Buchstaben und las sie laut und voller Verwirrung vor, als würde sie den Namen zum ersten Mal lesen oder hören.

»Thomas Mahler? THOMAS?«

Ihre Augen wurden groß, ihr Mund klappte auf und sie starrte ihn an, als wäre er ein Monster aus dem All. Und dabei hatte sie den Namen *Thomas* mit einer Überraschung und einem Klang von Begreifen betont, der ihm eiskalte Schauer den Rücken hinunterjagte.

Wie schwer war es wohl für einen normal intelligenten Menschen, zwischen dem Mann auf der Toilette bei Expiron, der Mailfreundschaft mit Thomas123 und dem zudringlichen Konzernchef von Expiron eine Verbindung herzustellen?

***

Als er mit Brockmann eine Dreiviertelstunde später wieder zu Hause war, stand er fünf Minuten vor seinem Laptop und schaute ihn nur an und überlegte sich, ob er ihn überhaupt hochfahren sollte. Er fürchtete sich vor dem, was sie ihm schreiben würde, beinahe mehr als vor einem Kollaps der Aktienmärkte. Und natürlich würde sie ihm schreiben und ihn zur Schnecke machen, das war ja wohl klar. Sie hatte es sofort geschnallt, als sie die Visitenkarte gesehen hatte, und Brockmann hatte ihn im Auto deswegen noch auf die Schippe genommen.

»Das war wohl das Ende von Thomas123! Aber es ist besser so, glauben Sie mir. Sie waren nicht mehr Sie selbst in den letzten zwei Wochen«, hatte er gelacht.

Jetzt stand Thomas an der Theke in seiner Küche und starrte den Laptop an, als wäre der eine tickende Zeitbombe und als könnte er sich nicht entscheiden, ob er den blauen oder den roten Draht durchschneiden sollte. Brockmann schien ein ähnliches Bild vor Augen zu haben, denn er brachte seinem Chef ein randvoll gefülltes Glas Whiskey und sagte:

»Machen Sie es kurz und schmerzlos. Der blaue Draht ist nie der falsche.« Mit diesem Wort zum Sonntag schlenderte er den breiten Flur hinunter in Richtung seines Zimmers. Es waren vier Mails von ihr da. Drei vom Vormittag und eine, die gerade erst fünf Minuten alt war.

Meist war es empfehlenswert, einen Mailverlauf chronologisch abzuarbeiten, damit man nicht den Zusammenhang verlor, aber er wusste natürlich, dass ihre drei Mails vom Vormittag jetzt nichts mehr zu bedeuten hatten. Nicht, nachdem sie nun wusste, wer ihr Mailfreund Thomas123 in Wirklichkeit war.

Er leerte das Glas in zwei kräftigen Schlücken und öffnete die letzte Mail. Er zitterte so sehr, dass das Whiskeyglas fast aus seiner Hand fiel. Er hatte das Gefühl, in der Wohnung wäre die Heizung ausgefallen, und dann las er den einen einzigen Satz, den sie ihm geschrieben hatte:

»Sehr geehrter Herr Mahler, haben Sie Ihr Angebot für den Erwerb meiner Jungfräulichkeit ernst gemeint?«

Thomas spürte, wie ihm das ganze Blut in den Magen sackte. Ihm wurde schwindelig und abwechselnd heiß und kalt. Er schenkte sich das Glas noch einmal randvoll, trank es wieder in wenigen Zügen leer und ging vor Aufregung ein paarmal in der großen Küche auf und ab, bevor er antwortete:

»Ich möchte mit dir schlafen. Um jeden Preis! Nenne mir deine Kontonummer und ich überweise dir wie vereinbart die erste Hälfte der Million.«

Kapitel 7

Am darauffolgenden Mittwoch trafen sich Julia und Thomas in seinem Büro bei Expiron, um Einzelheiten des Vertrages auszuhandeln. Der Vertrag als solcher war zwar sittenwidrig, aber sie handelten dennoch jedes einzelne Detail mit juristischer Akribie aus. Jeder hatte ein Glas Wasser und einen Laptop vor sich und ihre Unterhaltung drehte sich um den Sex, den sie miteinander haben würden, aber die Stimmung zwischen ihnen war ziemlich geschäftsmäßig, um nicht zu sagen frostig. Kein Außenstehender, der das Gespräch aus der Ferne beobachtete und sah, wie Thomas mit scheinbarer Gelassenheit die Vertragsklauseln in seinen Laptop tippte, wäre je auf den Inhalt dieser Klauseln gekommen.

Punkt 1:

Eine Nacht mit Julia Dietrich bedeutet, dass Thomas Mahler von 21:00 Uhr abends bis 8:00 Uhr morgens alles mit ihr tun darf, was ihm beliebt, ausgenommen Gewaltanwendung, es sei denn, sie erklärt sich ausdrücklich damit einverstanden.

Er fragte sie, ob sie Angst habe, dass er irgendetwas von ihr verlangen könnte, was sie nicht tun wollte, und sie antwortete ganz kühl, dass sie für eine Million Euro alles tun würde, was er von ihr verlangte. Sie würde für so viel Geld ihr Bestes geben, auch wenn sie noch nicht genau wusste, was ihr Bestes war.

Punkt 2:

Julia Dietrich muss sich um die Empfängnisverhütung selbst kümmern. Thomas Mahler beabsichtigt, weder Kondome noch andere Methoden anzuwenden, die seinen vollen Samenerguss in ihre Vagina beeinträchtigen. Dasselbe gilt für einen eventuell stattfindenden oralen und analen Verkehr.

Punkt 3:

Es gilt absolute Diskretion, sowohl über den Inhalt des Vertrages als auch über jedes einzelne Detail der Durchführung. Fotos, Film- oder Tonaufnahmen sind strikt untersagt. Der Chauffeur und Bodyguard, Herr Eric Brockmann, wird nur insoweit eingeweiht, als dass das Wissen zur Erfüllung seiner Arbeitspflicht erforderlich ist.

»Du verstehst das hoffentlich!«, meinte Thomas entschuldigend.

Er wollte es nicht so deutlich sagen, um sie nicht zu beleidigen, aber sie musste begreifen, dass ein Mann in seiner Position und mit seiner Bekanntheit auf keinen Fall zwei Tage nach dem Date seinen nackten Hintern bei YouTube wiedersehen wollte.

Julia fixierte ihn mit kühlem Blick.

»Als ob ich auch noch herumerzählen wollte, dass ich mich verkaufe!«

Das war der Moment, als Conni mit dem Kaffee hereinkam, und die Gute hätte wirklich nicht passender kommen können. Thomas atmete erleichtert auf. Julia war schon verkrampft gewesen, als sie in sein Büro gekommen war, ihren Laptop wie ein Schutzschild vor die Brust gepresst und die Verhandlungen hatten ihre Verkrampfung nicht gerade gelöst. Während sich bei Thomas ein paar andere Körperregionen zunehmend verhärtet hatten, war Julia immer nervöser und fahriger geworden. Die kleine Kaffeepause war genau das richtige Intermezzo, um ein wenig Entspannung in das Gespräch zu bringen. Conni stellte die Kaffeetassen ab, die hellgraue Porzellankanne und den Teller mit dem Teegebäck. Sie schenkte Julia sogar Kaffee ein und fragte mit einer stummen Geste auf das Milchkännchen und die Zuckerdose, ob sie Milch oder Zucker haben wolle und Julia schüttelte ebenso stumm den Kopf.

Julia wollte die Sekretärin so schnell wie möglich wieder loshaben. Sie fragte sich, wie viel die Frau über die ganze Angelegenheit wusste, was sie von ihr denken würde und ob die Sekretärin es ihr vielleicht am Gesicht ansehen konnte, dass sie die ganze Zeit an Sex dachte.

Aber natürlich wusste Conni gar nichts. Allerdings hätte sie alles gegeben, wenn sie erfahren hätte, warum die Stimmung zwischen den beiden so frostig war, warum sie sich stocksteif gegenübersaßen und das Mädchen nicht schon halbnackt auf dem Sofa lag. Andererseits war das die kleine Praktikantin, die dem Chef am Freitag Paroli geboten hatte und das war einmalig in der Geschichte von Thomas Mahlers illustrem Liebesleben gewesen. Es war so einmalig gewesen, dass Conni ausnahmsweise sogar mit Doktor Nickels Sekretärin über diese bizarre Situation getratscht hatte. Aber nach Liebesleben sah das im Augenblick nicht aus, sondern nach ernsthafter Arbeit, denn beide tippten eifrig auf ihren PCs und beide machten ein Gesicht, als würden sie über einen Millionenvertrag verhandeln.

Conni klapperte noch eine Weile herum und hoffte, irgendeinen Wortfetzen zu erhaschen, aber Julia und Thomas schwiegen sich an, als wären sie zu Stein erstarrt und erst als Conni die Tür wieder hinter sich zumachte, klärten sie den Punkt 4:

Nach Erfüllung des Vertrages wird die andere Hälfte des vereinbarten Preises überwiesen und Thomas Mahler erklärt sich bereit, Julia Dietrich nie wieder telefonisch oder per Mail oder per Post zu behelligen und sich völlig aus ihrem Leben herauszuhalten. Sollten sich beide zufällig begegnen, so hat er das nicht zu vertreten.

Punkt 5:

Julia Dietrich erklärt, dass sie bis zum Zeitpunkt der Vertragserfüllung noch nie zuvor mit einem Mann geschlafen oder sonstige intime Zärtlichkeiten mit einem Mann ausgetauscht hat.

»Wir können den Punkt auch weglassen. Ich weiß ja, dass es so ist!«, sagte Thomas, ohne hinter seinem Laptop hervorzublicken. »Ich bin überzeugt, dass du in deinen Mails nicht gelogen hast.«

»Ich möchte nicht mit Ihnen über unsere Mails reden! Und ich möchte Sie nicht duzen.« Eisig, eisiger, am eisigsten.

»Ich habe mit dir über meinen Penis gemailt, denkst du nicht, das schafft eine gewisse Basis für das Du?«

Sie war natürlich stinksauer gewesen, als sie begriffen hatte, dass der Mail-Sex mit Thomas123 nur aus ihrer Sicht anonym gewesen war und dass er vermutlich von Anfang an gewusst hatte, wer sie war. Aber ihr Ärger war zu ihrer eigenen Verwunderung erstaunlich schnell wieder verflogen. Es war kaum mehr als eine halbe Stunde vergangen zwischen dem verwunderten Blick auf seine Visitenkarte und ihrer Mail an ihn. Kaum war er zur Tür hinaus, hatte sie ihren Laptop hochgefahren und alle seine Mails noch einmal durchgelesen und dabei hatte sie begriffen, dass er ihr ein ziemlich eindeutiges Vertragsangebot gemacht hatte und sie hatte beschlossen, das Angebot anzunehmen.

Sie brauchte das Geld!

Außerdem schreckte der Gedanke an diese Nacht sie nicht annähernd so sehr ab, wie es sich für ein anständiges Mädchen gehört hätte. Leider hatte der Mann es ihr irgendwie angetan. Spätestens seit er sie die Treppe hinaufgetragen hatte, bekam sie den Duft seines Rasierwassers nicht mehr aus ihrer Nase und das kribbelige Gefühl, das er in ihr verursacht hatte, als er sie so fest an sich gedrückt hatte, verfolgte sie sogar bis unter die Dusche. So merkwürdig es auch sein mochte, aber ihre eigenen Gefühle machten ihr mehr Angst als alles andere. Sie überging das Thema Mails und Penis und Duzen mit kühler Nonchalance und sagte: »Zu Punkt 5: Ich habe mich im Internet mal schlau gemacht. Über die Hälfte aller Frauen haben bei ihrem ersten Mal keine Blutungen und der Hymen kann auch beim Sport reißen und es kann durchaus sein, dass ich keinen Beweis dafür erbringen kann, dass ich wirklich noch nie Sex hatte.«

Er verkniff sich ein Schmunzeln. »Das hatten wir doch schon. Es kann durchaus sein, dass ich keinen Beweis dafür beanspruche.«

All diese Punkte, ja, die ganze Vertragsverhandlung waren sowieso ein Witz. Der Vertrag würde vor keinem ordentlichen Gericht Bestand haben, das wusste niemand besser als die Jurastudentin, die ihm gegenübersaß. Trotzdem hatte er sich gierig auf die Gelegenheit gestürzt, sie zu sehen und mit ihr sprechen zu können, als sie ihm per Mail vorgeschlagen hatte, sie beide müssten die Modalitäten vorher in einem persönlichen Gespräch abstimmen. Natürlich hatte er da noch nicht ahnen können, dass er sich bei diesem Gespräch eine gewaltige Erektion einhandeln würde.

»Eine klare Regelung vorab verhindert, dass hinterher einer von uns beiden behauptet, er wäre betrogen worden«, sagte sie ohne den geringsten Humor.

Er hatte keinen Zweifel, dass sie noch nie Sex hatte. Nicht nur die Mails, die sie ihm geschrieben hatte, waren für ihn Beweis genug. Alles an ihr schrie ganz laut UNSCHULD!

»Die einzige Art, auf die du mich betrügen könntest, wäre, wenn du zwischen heute und Samstag mit einem anderen Mann zusammenkommst. Wir können natürlich auch gleich heute Nacht loslegen, dann ist das Risiko, dass du sozusagen bis Samstag fremdgehst, gleich null.«

Er grinste von einem Ohr zum anderen und sie spürte, wie ihr die Röte ins Gesicht schoss. Je länger sie mit ihm zusammen saß und über Sex sprach, desto nervöser wurde sie. Während er sachlich und gelassen über seinen ungehinderten Samenerguss philosophiert hatte, war ihr heiß und kalt geworden. Sie brauchte sich nichts vorzumachen, das war der Mann, dem sie bereitwillig all ihre erbärmlichen Kleinmädchen-Sex-Phantasien offenbart hatte, der mehr darüber wusste als sonst irgendein Mensch. Das war der Kerl, der sie vier Stockwerke hoch getragen hatte, ohne auch nur außer Atem zu geraten. Da konnte eine Frau ja wohl nicht ganz unbeeindruckt bleiben und außerdem sah er einfach gut aus in seinen perfekt sitzenden Anzügen, mit seiner lässigen Pianistenfrisur und dieser tiefen Dauerfurche zwischen seinen Augen. Kein Wunder, dass die Frauen alle vor der Tür zu seinem Harem Schlange standen.

Und er begehrte sie. Er begehrte sie so sehr, dass er ein Vermögen dafür ausgeben wollte. Also wenn das eine Frau nicht anturnte, was sonst? Sie atmete tief durch.

»Nein, heute geht nicht. Wirklich. Ich muss Benni für unsere Nacht bei meinem Vater unterbringen, das geht nur am Samstag und ich muss bei Vittorio und bei Gegenberger rechtzeitig Bescheid geben, dass ich an diesem Tag nicht zum Arbeiten kommen kann.«

»Wie? Du arbeitest immer noch als Putze? Ist das Geld denn noch nicht auf deinem Konto?«

Er sprang auf und sein Laptop kippte nach hinten um. Die Beule in seiner Hose ragte direkt vor ihrer Nase in den Raum hinein.

»Doch, das Geld ist eingetroffen. Danke. Aber ich werde es nicht anrühren, bevor der Vertrag erfüllt ist und falls Sie nicht zufrieden sind, werde ich es wieder zurücküberweisen. Und bis dahin werde ich meine Jobs nicht kündigen.«

»Julia!«

»Auch Huren haben ihren Stolz!«

»Weiter entfernt von einer Hure kann man wohl kaum sein, als du es bist!«, schrie er wütend und donnerte die Faust auf den Tisch.

Sie lächelte schwach. »Ich hab nur kokettiert. Aber ich verstehe echt nicht, was ein Mann wie Sie ausgerechnet an mir findet.«

»Ausgerechnet?« Wenn er sie ansah, fragte er sich, was er je an irgendeiner anderen Frau gefunden hatte.

»Ist auch egal. Ich möchte auf keinen Fall Ihre Geliebte werden, nicht so wie all die anderen Frauen in Ihrer Sammlung. Daher auch Punkt 4.«

»Daher auch Punkt 4!«, bestätigte er mit trockener Kehle.

»Wir haben noch nicht über den Ort gesprochen, an dem wir die Nacht verbringen«, überlegte sie mit gekräuselten Lippen.

»Punkt 6«, sagte er, setzte sich wieder und tippte es in seinen Laptop. Er wusste genau, wo er diese Nacht nicht verbringen wollte. Nicht in dem schäbigen Rattenloch, in dem sie hauste, und nicht in irgendeinem Hotel, so wie mit all den anderen Frauen, die er bisher gehabt hatte – aus seiner Sammlung, ha! Er war überhaupt kein Sammler. Sie waren ihm alle freiwillig hinterhergelaufen.

Nur Julia nicht, die hatte er jagen müssen.

Er hätte sie gerne mit in seine Penthousewohnung genommen, weil dies ein Ort war, an dem er sich wohlfühlte und der gleichzeitig jeden Luxus zu bieten hatte. Aber das Bett in dieser Wohnung hatte er mit Ines geteilt und er wollte, wenn er mit Julia zusammen war, nichts von Ines um sich haben.

Julia war rein und sie sollte ein unbeflecktes Bett bekommen.

»*Ort der Vertragserfüllung ist die Villa Ghibellini am Luganer See. Sie gehört Thomas Mahler*«, sagte er laut und tippte die Worte dabei in den Laptop. Er war seit einem Jahr nicht mehr in der Villa gewesen, weil Ines die Villa Ghibellini nicht gefiel. Sie war ihr zu schlicht und zu ländlich gewesen. Fakt war, die Villa musste renoviert werden. Es fehlten ein Whirlpool und eine Sauna, was nach Ines' Auffassung die Villa quasi unbewohnbar machte. Der Pool auf der Terrasse, die zum Luganer See hinunterzeigte, war aus den 70er Jahren und sah nicht mehr zeitgemäß aus, ebenso hatte Ines die Küche missfallen, die man Ende der 80er das letzte Mal erneuert hatte und die kaum technischen Schnickschnack aufzuweisen hatte. Den Gipfel von Ines' Missfallen erregte allerdings das Personal, denn es sprach nur italienisch und war unfreundlich und unzuverlässig.

»An den Luganer See?«, rief Julia und sah ihn mit verzweifelten Augen an. »Wie soll ich denn da hinkommen und wie wieder zurück? Ich muss Benni am Sonntagabend wieder bei meinem Vater abholen.«

Thomas tippte in seinen Laptop, während er langsam mitsprach: »*Anreise mit dem Privatflugzeug von Thomas Mahler, Flugzeit ca. zwei*

Stunden, Rückflug ebenfalls mit dem Privatflugzeug von Thomas Mahler. Abflug Samstag 11.00 Uhr. Ist das in Ordnung? Mein Pilot muss sich natürlich nach den Fluglotsen in Lugano richten.«

Natürlich könnten sie auch erst abends um sechs Uhr abfliegen, mit ausreichend Geld ging alles, dann wären sie pünktlich um 21:00 Uhr in der Villa und fünf Minuten später im Bett, aber warum sollte er nicht versuchen, ein paar Stunden mehr herauszuschinden?

Sie hatte den Mund aufgesperrt und wusste offenbar nicht, was sie zu diesem Angebot sagen sollte. Er tippte weiter und sprach laut: »*Rückflug Sonntag 15:00 Uhr und Transfer von Julia Dietrich direkt zu Bennis Aufenthaltsort.* Einverstanden?«

Er fand seinen Plan genial. So hatten sie noch mehr Zeit miteinander, auch am Morgen danach und er könnte das Erlebnis sanft ausklingen lassen, mit etwas Vor- und Nachfrühstücks-Sex.

»Oh Gott«, hauchte sie atemlos und hatte tatsächlich Tränen in den Augen. »Luganer See!« Sie wandte das Gesicht ab, weil er es nicht sehen sollte, wie überwältigt sie war. Sie wischte sich hastig mit der Hand über die Augen und nickte nur.

Oh Gott, dachte er, *wenn ich gewusst hätte, dass sie deswegen weint, hätte ich ihr den ganzen See anstatt einer Million Euro angeboten.* Er räusperte sich unbehaglich. Es gab Frauentränen unterschiedlicher Qualität. Die Liebeskummertränen und die Wuttränen kannte er zur Genüge und auch die Glückstränen beim Anblick von einem 4-Karäter. Er hatte sich abgewöhnt, von Frauentränen betroffen zu sein. Das zehrte zu sehr an den Nerven. Frauen heulten andauernd und er hatte weiß Gott wichtigere Probleme, als alle naselang auf heulende Frauen anzuspringen. Leider sprang er jetzt gerade trotzdem darauf an. Und wie.

»Gut, ich nehme das als Einverständnis«, krächzte er und schlürfte an seinem Kaffee, nur um irgendetwas zu tun, bis sie sich wieder gefangen hatte. »Ich sehe keine unklaren Punkte mehr. Ich schicke dir die Datei mit der Vereinbarung per Mail.«

Er erhob sich von seinem Platz und kam um den Tisch herum, um ihr den Stuhl wegzuziehen, wenn sie aufstand. Wenn schon Steinzeitmensch, dann wenigstens als perfekter Gentleman.

»Was ist … was, wenn …«

Sie kaute auf ihrer Unterlippe herum und schaute mit großen Augen zu ihm hinauf. Wow, jede Schauspielerin wäre neidisch gewesen, wenn sie mit so einem Gesichtsausdruck die gleiche Unbedarftheit hätte ausstrahlen können.

»Hast du noch Fragen? Keine Scheu!«

»Sie sind doch potent, oder? Ich meine, was wenn wir extra nach Lugano fliegen und dann klappt es nicht, und ...?«

Sie konnte den Satz nicht zu Ende sprechen. Er nahm sie an ihrem Arm, zog sie auf die Beine und riss sie heftig an sich. Dabei legte er seine Hand auf ihren Hintern und presste sie mit ihrem Bauch an seine ellenlange Erektion, die sie selbst durch vier Lagen Kleidung noch spüren konnte.

»Du hast überhaupt keine Vorstellung, wie heiß ich dich begehre, oder?«, sagte er leise auf ihre Lippen. Dann kam der Kuss. Kein Schlagsahne-Rühr-Kuss, sondern ein Kuss von einem richtigen Mann, der eine Latte so groß wie ein Baumstamm in seiner Hose hatte und ihr mit seinem Mund ganz deutlich zu verstehen gab, dass da noch mehr war, was man mit einer Zunge tun konnte. Viel mehr.

Sie war völlig überrumpelt und fühlte sich, als würde sie von einem Zwanzigtonner überrollt. Ihre Knie wurden weich und ihr Mund öffnete sich ganz automatisch und hieß seine Zunge willkommen. Ihre Lungen stellten das Atmen ein, dafür arbeitete ihr Herz in doppelter Schlagzahl und ihre Hände gehorchten nicht mehr, sondern griffen nach seinem Gesicht, umfassten es, streichelten es, gruben sich in sein Haar und klammerten sich schließlich an seinen Schultern fest, damit sie den Halt nicht verlor. Während der Rest ihres Körpers Limbo tanzte. Zumindest der untere Teil ihres Körpers, der rieb sich lasziv am Beweis seiner Potenz, in jenem Ur-Rhythmus, den die Natur wohl jedem Menschen in die Gene gepflanzt hatte.

Vielleicht hätten sie den Kuss nie beendet, vermutlich hätte er eine Minute später in seine Hose ejakuliert und wahrscheinlich hätte er ihr eine weitere Minute später trotzdem die Kleider vom Leib gerissen, aber gottlob gab es noch Conni und die meldete sich über das Sprechgerät. Der Weg vom Besprechungstisch zu seinem Schreibtisch betrug zwei Meter und vier extrem schmerzhafte Schritte weg von ihr.

»Ja?«, brüllte er wütend ins Sprechgerät und hoffte, dass Conni nicht hören konnte, wie seine Stimme vor Erregung bebte.

»Da ist Herr Morosow. Er will Sie dringend sprechen. Ich sagte ihm bereits, dass Sie keine Zeit haben, aber er lässt sich nicht abweisen.«

»Morosow? Was will er? Sagen Sie ihm, er soll sich an Federer oder einen Abteilungsleiter wenden. Ich rede doch nicht mit dem Erfüllungsgehilfen von Bodjanski. Wie ist der überhaupt hier hereingekommen?« Thomas nahm seinen Blick nicht von Julia, während er leicht über das Sprechgerät gebeugt war. Sie hatte einen glühenden Kopf, feuerrote Lippen, einen bebenden Busen und eine herrlich wirre Frisur.

Gründlich geküsst! Das war ein Anblick! Wie würde sie erst aussehen, wenn er sie gehabt hatte, ganz und gar und nach allen Regeln der Kunst?

Man hörte durch das Sprechgerät die aufgeregte Stimme eines Mannes mit osteuropäischem Akzent und man hörte Conni beinahe genauso aufgeregt:

»Herr Morosow, ich rufe jetzt den Sicherheitsdienst!«

Im Hintergrund brüllte der Mann: »Sie wissen wohl nicht, wer ich bin? Niemand lässt mich warten! Auch nicht dieser arrogante Pimmel!«

»Ist gut, Conni, ich brauche noch zwei Minuten, dann habe ich Zeit für ihn.«

Zwei Minuten war das Minimum, das er brauchte, um sich wieder herunterzufahren. Der Kuss der süßen Julia, die angeblich erst einmal geküsst worden war, war wie ein Wirbelsturm durch sein Gehirn gebraust und im Augenblick herrschte da gerade eine ziemliche Verwüstung. Er ging zu ihr, nahm ein paar ihrer Haarsträhnen und sortierte sie zurück in ihre Hochsteckfrisur, dann sagte er: »Denkst du, du kannst mich nach diesem Kuss bei meinem Vornamen nennen?«

Er atmete ein paarmal tief durch, wartete, bis sein Ständer nicht mehr in der Hose sichtbar war, und dann ging er zur Tür und hielt sie für Julia auf.

Draußen stand ein Riese von einem Mann in einem hellgrauen Anzug. Er war in Begleitung von zwei anderen Männern, wobei schwer zu sagen war, ob sie Assistenten oder Bodyguards waren, der eine trug eine Aktentasche und der andere einen Laptop und beide sahen ebenso riesig wie gefährlich aus.

»Auf Wiedersehen, Frau Blum!«, piepste Julia und war sich sicher, dass sie Frau Blum nie wiedersehen würde. Sie wollte nichts wie raus hier und an die frische Luft. Nach diesem Kuss fühlte sie sich, als hätte sie eine Flasche Tequila in einem Zug geleert. Sie musste sich etwas umständlich zwischen den drei Riesen hindurchschlängeln und als sie an dem Mann mit dem grauen Anzug vorbeiging, fuhr der ruckartig, beinahe erschrocken, zu ihr herum und sah sie verblüfft an. Es war nicht der übliche Aufreißer-Blick, sondern eher ein Wiedererkennungsblick und als sie für einen kurzen Moment verwundert zu ihm aufschaute, war das Einzige, was sie wirklich wahrnahm, seine Augenpartie mit diesen strahlend blauen Augen.

Roman Morosow fühlte sich wie vor den Kopf gestoßen. Die Begegnung mit der jungen Frau in Mahlers Vorzimmer war wie ein Déjà-vu gewesen und hatte in ihm unwillkürlich Erinnerungen an eine intensive Zeit voller Leidenschaft, aber auch voller Bitterkeit, Enttäuschung und Wut wachgerufen – eine Zeit, von der er glaubte, sie verdrängt und vergessen zu haben.

»Wer war diese Frau?«, rief er, seine Stimme schwer von seinem russischen Akzent. Seine beiden Spießgesellen betraten in einigem Abstand Mahlers Büro und ihnen folgte Brockmann, der sich ganz unauffällig in eine Ecke stellte und sich dabei beinahe unsichtbar machte. Conni hatte schon die Leute von der Sicherheit verständigt – die den Russen zuallererst gar nicht hätten ins Haus lassen dürfen.

Morosow war ein ungehobelter und gefährlicher Mann. Einer von diesen neuen Russen, denen zu viel Macht und zu viel Geld, aber leider zu wenig Gewissen gegeben war. Und Morosow war der Vollstrecker für all die Geschäfte, mit denen der Oligarch Bodjanski sich nicht selbst die Finger schmutzig machen wollte. Soweit Thomas informiert war, wurde Morosow mit Haftbefehl gesucht. Vermutlich war er nur hier, um im Auftrag seines großen Meisters Bodjanski ein paar nutzlose Drohungen auszustoßen.

»Herr Morosow, meine Zeit ist begrenzt. Sie sind doch nicht hier, um mit mir über eine Frau zu reden?«

»Sie kommt mir bekannt vor. Wie ist ihr Name?«

Thomas hob nur die Augenbrauen. Vorher würde er sich die Zunge amputieren lassen, als ausgerechnet mit Morosow über Julia zu reden.

»Was wollen Sie, Herr Morosow?«

»Mein Auftraggeber, Herr Bodjanski, schickt mich mit einem neuen Vorschlag, den Sie nicht ablehnen werden.« Er deutete mit seiner riesengroßen Hand auf den Mann, der den Laptop unter dem Arm trug, aber Thomas grunzte nur herablassend und schüttelte den Kopf.

»Sagen Sie Bodjanski, dass ich mich nicht mit seinem Kettenhund unterhalte und im Übrigen ist die Zeit für Verhandlungen vorbei. Ich habe mich für eine andere Option entschieden, wie Bodjanski sehr wohl weiß.«

»Dieser Kettenhund bestellt Ihnen einen Gruß von Bodjanski und sagt Ihnen, dass er Sie in den Arsch ficken wird, wenn Sie ihm in die Quere kommen!«

Morosow machte einen Schritt auf Thomas zu, aber ehe er sich versah oder einer seiner beiden Begleiter auch nur in das Anzugjackett fassen konnte, hatte Brockmann schon die Waffe gezogen und auf Morosow gerichtet. Er ging sofort wieder zwei Schritte rückwärts und hob beschwichtigend die Hände in die Höhe. Er wollte kein Blutbad provozieren, jedenfalls nicht hier im Büro des Konzernchefs und schon gar nicht, solange die Tat zu ihm und Bodjanski zurückverfolgt werden konnte. Er wollte nur Bodjanskis Warnung loswerden und diesem eingebildeten Lackaffen klarmachen, was ihm passieren würde, wenn er Bodjanskis Geschäfte ruinierte.

»Ihre Botschaft ist angekommen, Herr Morosow! Wenn Sie jetzt entschuldigen, ich habe noch anderes zu tun.«

Thomas zeigte mit der Hand zur Tür und Brockmann trat, mit der gesenkten Pistole in der Hand, neben ihn, was in der Sprache, die auch Morosow verstand, bedeutete, dass er jetzt verschwinden sollte, wenn er die Situation nicht eskalieren lassen wollte. Morosow nickte seinen beiden Schatten zu und sagte etwas, das russisch und wütend klang, dann stampften sie beinahe im Gleichschritt zur Tür. Unter der Tür blieb Morosow noch einmal stehen und blickte zurück.

»Grüßen Sie die junge Dame, die gerade bei Ihnen war, von mir. Doswidanja!«

Sein Akzent war jetzt noch schwerer und vermutlich ahnte er es nicht, aber dieser letzte Satz erschreckte Thomas mehr als seine ganzen direkten Drohungen zuvor. Das bedeutete eine neue Aufgabe für Brockmann. Er durfte Julia bewachen. Solange, bis Morosow und seine zwei Killer das Land wieder verlassen hatten.

Für den Rest des Tages fühlte sich Julia, als wäre sie high. Da sie keine Praktikumsstelle mehr hatte und auch keine Vorlesungen stattfanden, hatte sie viel Zeit für Benni. Am Montagnachmittag war sie mit ihm im Zoo gewesen, am Dienstag im Pergamonpanorama und für heute Nachmittag hatte sie versprochen, mit ihm ins Hallenbad zu gehen. Die Verhandlungen mit Thomas Mahler (oder was auch immer dieses knisternde Geplänkel um das eine Thema gewesen war) hatten länger gedauert, als sie gedacht hatte. Oder war es ihr nur so lange vorgekommen? Besonders der Kuss. Der hatte eine selige, lustvolle Ewigkeit gedauert und hatte alles, was sie je über gute Küsse gehört und gelesen hatte, blass aussehen lassen.

Als sie zu Hause ankam, war es erst kurz vor Mittag und Benni war noch in der Schule. Aber die Nachbarin hatte ein großes Paket für sie angenommen und im ersten Moment dachte Julia wirklich, Thomas Mahler hätte ihr aus unerfindlichen Gründen ein Geschenk geschickt. Aber warum sollte er? Sie hatte gestern auf ihrem Konto einen Eingang von 500.000 Euro zu verzeichnen gehabt und das sprengte ja wohl jeden Rahmen für ein weiteres Geschenk. Das Päckchen war von ihrer Mutter und es enthielt Maries Tagebücher.

Sie waren nicht nach Datum sortiert und unterschiedlich groß. Manche waren in Leder, andere in Leinen gebunden, wieder andere mit schlichtem Pappeinband, mit Blümchen und Herzchen verziert, und einige Aufzeichnungen waren in gewöhnliche Schulhefte geschrieben. Nachdem Julia den Karton endlich geöffnet hatte und die kurze und belanglose Grußkarte ihrer Mutter gelesen hatte, wusste sie nicht, mit welchem Buch sie anfangen sollte. Obenauf lag ein dünnes Heft, das nur ein paar Monate im Jahr 1999 umfasste, das nächste von 2004 war in Stoff gebunden und mit japanischen Kirschblütenmotiven verziert, und das dritte umfasste drei Monate des Jahres 2002.

Julia war fassungslos, dass ihre Schwester so ausgiebig Tagebuch geschrieben hatte und sie nie etwas davon mitbekommen hatte. Sie hatten sich nahegestanden, auch wenn sie zehn Jahre auseinander waren. Bis zu einem für Julia nicht mehr genau definierbaren Zeitpunkt im Spätsommer 2004, als Marie sich immer mehr von ihr und den Eltern zurückgezogen hatte und nichts mehr erzählt hatte, sondern nur noch kryptische Andeutungen über ihre Freizeitbeschäftigung und ihren neuen Freund gemacht hatte.

War es wirklich denkbar, dass sie irgendwie in das Räderwerk eines Geheimdienstes geraten war? Es dauerte fast 20 Minuten, bis Julia endlich das Tagebuch gefunden hatte, in das Marie ihre letzten Eintragungen vor ihrem Tod gemacht hatte. Es war ein schönes dickes Moleskinebuch, in feuerrotes Leder gebunden, und es reichte von

März 2005 bis zwei Wochen vor ihrem Tod. Maries letzter Eintrag am 24. Mai 2005 waren nur ein paar Sätze: »Er hat endlich angerufen und gesagt, dass jetzt alles geklärt ist. Endlich wird alles gut und wir können zusammen sein.« Danach folgten nur noch leere Seiten.

Benni kam nach Hause und rief schon von der Türe her voller Vorfreude: »Wann geht es los?«

Julia stellte ihre Recherchen zurück, bis sie heute Abend von Vittorio zurück war. Sie hatte das Badezeug schon gepackt und auf dem Weg dahin würden sie irgendwo eine Currywurst essen. Mit jener Ausgabe und mit dem Eintrittsgeld für das Hallenbad war ihr Etat für Februar total erschöpft und es war erst der 19. Aber das ließ sie an diesem Tag völlig kalt, denn wenn alles gut ging, würde sie mit Benni nächste Woche sehr wahrscheinlich jeden Tag Schnitzel essen können, bis es ihnen zum Hals heraushing, und sich sogar mit dem Taxi ins Restaurant fahren lassen, ohne dass ihr Etat erschöpft wäre.

***

Eric Brockmann hasste Überwachungsjobs. Wenn er auf das Lauern und Abpassen und das heimliche Beobachten von anderen Menschen scharf gewesen wäre, hätte er ja auch Privatdetektiv werden können statt Bodyguard. Am allerschlimmsten waren Überwachungsjobs, bei denen nichts passierte.

Sein Chef wurde langsam paranoid. Wozu sollte er ein Mädchen bewachen, das keinen Kerl an sich heranließ und vor lauter Arbeit und Kind das langweiligste Leben führte, das eine Dreiundzwanzigjährige nur führen konnte?

Morosow war längst wieder verschwunden, vielleicht nach Österreich oder nach Mallorca weitergereist. Der Mann konnte es sich gar nicht leisten, für längere Zeit in Deutschland zu bleiben. Es gab mehrere Haftbefehle gegen ihn und einen Auslieferungsantrag aus dem eigenen Mutterland. Es wäre absolut dämlich von ihm, wenn er sich aus irgendeiner Laune heraus in der Nähe von Julias Wohnung herumtreiben würde, nur um zu riskieren, dass die Kripo die Schlinge um seinen Hals zuzog. Warum arbeitete das Mädchen überhaupt noch abends und nachts? Seines Wissens hatte der Chef schon ein Vermögen an sie überwiesen?

Mittwoch: Ab 14:00 Uhr ins Hallenbad mit Benni!

Das notierte er für seinen Chef. Er tat das nur, um Mahler zu ärgern, denn natürlich wollte Mahler keinen akribischen Spionagereport über das Tun und Lassen seiner Angebeteten. Er wollte nur, dass Morosow nicht in ihre Nähe kam. Aber wenn Brockmann schon auf sie aufpassen musste, als wäre sie die Mona Lisa im Louvre, und sich dabei zu Tode langweilte, dann konnte er sich ja auch einen Spaß daraus machen und seinen Chef auf dem Laufenden halten. Er wusste genau, was den Mann auf die Palme brachte.

Sieht im Bikini einfach affengeil aus. Hat eine Figur wie eine griechische Amphore. Der Kleine kann ziemlich gut schwimmen.

Restaurant Vittorio um 19:50 Uhr betreten und um 23:15 Uhr verlassen. Licht in der Wohnung bis 2:00 Uhr. 2:30 mit dem Bus zu Expiron gefahren, nehme an, zum Putzen. Zurück 6:15 mit der U-Bahn.

Donnerstag: Mit Benni zur Schule spaziert, unterhält sich auf dem Schulhof mit einem gutaussehenden, jungen Lehrer, bis zum Klingeln, dann geht der Lehrer.

Er hatte zuerst nur Lehrer auf seinem Notizblock stehen, aber dann hatte er mit einer Klammer noch gutaussehend und jung eingefügt. Nur als kleinen Beitrag zu Mahlers guter Laune.

9:30 Uhr Besuch bei einer Frauenärztin. Danach Apotheke. Zurück in ihre Wohnung, sieht nach Fensterputz aus. Am Nachmittag um 14:00 Uhr Kino mit Benni. Abends Vittorio. Nachts Licht bis 3:25 Uhr. Kein Putzjob. Sonst keine besonderen Vorkommnisse.

Freitag: Bringt Benni wieder zur Schule. Hat ausnahmsweise mal nicht die hässliche gelbe Mütze auf. Haare offen. Atemberaubend, hab noch nie so eine Pracht gesehen. Der Lehrer von gestern wartet auf sie am Eingang zum Schulhof. Der ist eindeutig heiß auf sie. Sie wimmelt ihn ab. Er sieht geknickt aus. Wird nicht aufgeben, das wette ich!

Brockmann lachte in sich hinein. Schluck das erst mal, Mahler!

Von 8:30 Uhr bis 9:15 Besuch in der Anwaltskanzlei Raschberg und Partner. Danach im Gebäude der Staatsanwaltschaft. Hübsche blonde Freundin bringt sie gegen 12:00 Uhr bis zur Tür des Haupteingangs. Sie umarmen sich. Nachmittags mit Benni bei Saturius und im Schuhgeschäft. Danach Café Merx: Bubbletea für Benni, Wasser für Julia

Abends keine Arbeit bei Vittorio.

Ende der Überwachung.

Kapitel 8

Eric Brockmann starrte die kleine schäbige Reisetasche an und fragte verwirrt: »Ist das alles?«

Frauen nahmen normalerweise ganze Kleiderschränke mit, wenn sie übers Wochenende verreisten und dazu noch einen großen Extra-Koffer für die Schuhe und einen Kosmetikkoffer und einen Schmuckkoffer und mehrere Sonstnochwas-Koffer. Hatte sie nicht irgendwie kürzlich einen Haufen Geld bekommen? Ging eine Frau, die einen Haufen Geld bekommen hatte, nicht zuerst mal ihren natürlichen Instinkten nach und kaufte ausgiebig neue Schuhe, neue Kleider, neuen Schmuck und neue Koffer?

Er wollte nicht behaupten, Julia wäre nicht hübsch gekleidet. Sie trug ein elegantes blaues Kostüm aus einem anschmiegsamen Stoff. Sehr klassisch und schlicht, nicht übertrieben aufgemotzt wie die Liebschaften seines Chefs üblicherweise aussahen und dennoch sah sie irgendwie ziemlich sexy aus.

»Ist doch nur für … für eine Nacht«, sagte sie verkrampft, während sie ihre Wohnungstür abschloss und seinen Blicken auswich.

»Haben Sie Ihren Bikini dabei?« Er wusste selbst nicht, warum er das fragte. War ja schließlich nicht sein Problem, wenn sie ohne Bikini badete oder gar nicht badete oder nur Sex hatte, zwölf Stunden, nonstop. »Das Haus hat einen sehr schönen Pool.«

»Im Februar?«

»Überdacht und beheizt.«

»Ich weiß nicht, ob ich … ob ich überhaupt zum Baden kommen werde!«

Sie wurde puterrot und wagte nicht ihn anzublicken. Das Thema war ihr offenbar peinlich, was Brockmann ziemlich süß, aber auch reichlich überflüssig fand. Er war für einen kurzen Moment ernsthaft versucht, ihr etwas Ermutigendes zu sagen. Zum Beispiel, wie froh er war, dass sie das Angebot des Chefs angenommen hatte und der sich endlich wieder normal verhielt. Oder dass er vollstes Verständnis für ihre Entscheidung hatte und sie umso mehr dafür respektierte. Oder dass er schon weitaus intimere Details aus dem Leben seines Chefs und dessen Frauen mitbekommen hatte. Aber er sagte nur »Ihre Entscheidung!« und nahm die Reisetasche auf.

»Ich lasse den Bikini hier. Ich bin ja schließlich nicht zum Vergnügen in Lugano.«

»Ehrlich nicht?«

Ihr Kopf verwandelte sich von puterrot zu einem glühenden Feuerball und Brockmann konnte nichts dagegen tun, das Lachen brach einfach laut und herzhaft aus ihm heraus.

»Sie sind ein Schuft!«, murmelte sie, aber sie lächelte dabei und wäre sie nicht so aufgeregt gewesen, hätte sie vermutlich sogar laut losgelacht.

»Hören Sie, Julia«, sagte er plötzlich mit großem Ernst in der Stimme, »er ist ein guter Mann. Er hat nur Pech mit den Frauen gehabt. Sie brauchen keine Angst vor ihm zu haben. Er wird sie wie eine Königin behandeln.«

»Ich habe keine Angst vor ihm«, antwortete sie mit fester Stimme, »ganz im Gegenteil. Das ist es ja, was mich so erschreckt.«

***

Julia hatte extra ihre Schichten bei Vittorio und Gegenberger abgesagt, damit sie ausschlafen konnte und nachdem Tante Heike mit Benni verschwunden war, hatte sie ein ausgiebiges Bad genommen. Sie hatte sich die Beine und Achseln rasiert und nach ein wenig Überwindung dann auch ihren Intimbereich, obwohl sie so etwas noch nie zuvor getan hatte. Aber ihr war Thomas' Mail mit der Zunge und dem Hammelfell noch allzu gegenwärtig und falls er wirklich mit seiner Zunge irgendetwas da unten bei ihr anstellen wollte, dann wollte sie nicht, dass er das Gefühl hatte, in ein stinkendes Hammelfell beißen zu müssen.

Großer Gott, eigentlich sollte sie sich das gar nicht wünschen, dass er sie mit seiner Zunge so dermaßen intim berührte, aber leider ließ schon der Gedanke daran ihre Scheide feucht werden und pochen. O Shit, sie war so aufgeregt, wie eine dumme Jungfrau es nur sein konnte, und je näher der Zeitpunkt rückte, desto mehr zweifelte sie daran, dass sie jemals diesem unglaublichen Honorar gerecht werden konnte.

Niemand wusste von dem abartigen Handel.

Zu ihrer Tante Heike hatte sie gesagt, dass sie übers Wochenende zu einem Patentrechtsseminar der Uni eingeladen wäre, und Debby hatte sie erzählt, dass sie nicht ins Fitnessstudio kommen konnte, weil sie sich den Knöchel verstaucht hatte. Vittorio hatte ihr Urlaub bewilligt, ohne zu fragen warum, aber er hatte gemosert, dass sie für den Untergang der Kneipe verantwortlich sei, wenn sie andauernd fehlen würde. Dabei war es das erste Mal in diesem Jahr, dass sie eine verabredete Schicht absagen musste.

Frau Bunke, die Teamleiterin bei Gegenbauer, hatte ihr sofort die Gehaltskürzungen vorgerechnet, mit denen sie rechnen musste, wenn sie andauernd blaumachte, aber das war ihr nun wirklich egal. Den Putzjob bei Gegenberger würde sie ab nächster Woche sowieso aufgeben. Sie hatte nämlich bei der Anwaltskanzlei Raschberg und Partner ganz überraschend einen neuen Praktikumsplatz bekommen und das Praktikum würde ab Montag losgehen. Da sie zu Raschberg eine viel längere Anfahrtszeit hatte, würde sie es zeitlich einfach nicht mehr schaffen, auch noch in aller Herrgottsfrühe zu putzen.

Nachdem sie sich zwei Nächte um die Ohren geschlagen hatte, um vergeblich Maries Tagebücher nach einem Anhaltspunkt für Bennis Vater zu durchforsten, war sie am Freitagabend sehr früh zu Bett gegangen, um gründlich ausgeschlafen zu sein. Thomas Mahler hatte für sein Geld schließlich Anspruch auf eine Frau, die fit, gesund und ausgeglichen war. Das hatte alles so weit ganz gut geklappt, mit dem Ausschlafen und dem Fit- und Gesundsein, nur mit der Ausgeglichenheit haperte es dramatisch.

Je mehr sie in Maries Tagebüchern geforscht hatte, desto mehr war sie zu der Erkenntnis gelangt, dass da etwas ganz und gar nicht gestimmt hatte in deren Leben, und nicht erst seit Herbst 2005. Ihre Aufzeichnungen aus den Vorjahren waren typische Frauengeschichten, viel Schwärmerei über diesen und jenen süßen Kerl, aber dann war Maries Tagebuch zunehmend zu einem bunten Reigen von verrückten Zukunftsträumen geworden. Sie wollte nach Tahiti und dort eine Bar eröffnen. Sie wollte in der Karibik in einem Clubhotel arbeiten oder auf einem Kreuzfahrtschiff als Animateurin anheuern. Aber letztlich war sie in einer VIP-Lounge am Flughafen gelandet.

Über die ersten paar Wochen bei der Airhansa ab September 2003 schrieb sie noch voll Überschwang und Detailreichtum und schwärmte über den abwechslungsreichen und aufregenden Alltag einer Hostess. Sie schrieb viel über die berühmten Leute, die sie traf und über deren spezielle Eigenheiten. Oft gab sie sogar detaillierte Dialoge wieder, wie zum Beispiel einen Flirt mit Robert di Negro, ein Gespräch über Fußball mit Matthias Bullock oder sonst wem. Sie berichtete, wer von den Großen und Namhaften mit ihr geflirtet hatte, wer ihr wie viel Trinkgeld gegeben hatte und wer ihr eindeutige Angebote gemacht hatte. Aber sie hatte sich nie auf etwas Ernstes eingelassen. Bei einem Hollywood-Schauspieler wäre sie beinahe mal schwach geworden und mit einem Fußballspieler hatte sie tatsächlich zehn Minuten auf dem Klo herumgeknutscht, aber nie mehr als das.

Die Veränderung geschah auch nicht von einem Tag auf den anderen, es waren mehr versteckte Kommentare in irgendwelchen Bemerkungen, die Julia vermutlich gar nicht weiter aufgefallen wären, hätte sie nicht ein paar Tage zuvor mit Debby über das Thema geredet.

Die ersten paar Eintragungen lauteten ungefähr so: »Oh Gott, wenn die wüssten, was ich weiß ...« Und zuerst dachte Julia, ihre Schwester meinte damit ein paar lächerliche Promigeheimnisse, von denen die Presse nichts erfahren durfte. Aber im Laufe der Eintragungen und der verstreichenden Wochen wurden Maries Kommentare immer kryptischer und verschwörerischer wie zum Beispiel: »Wenn ich erzählen dürfte, was ich weiß, das würde mir keiner glauben.«

Und spätestens ab da versagte Julias Promigeheimnis-Theorie. Irgendwann im August 2004 musste Bennis Vater in ihr Leben getreten sein. Sie nannte ihn nie beim Namen, sondern bezeichnete ihn immer nur als *»Er«*.

Sie schrieb *»Ich scheine ihm zu gefallen.«* oder *»Er ist so süß zu mir!«* und *»Er sieht wirklich gut aus, so groß und unglaublich männlich!«* oder *»Er hat mir schon wieder etwas geschenkt!«*.

Am 19. September stand dann der überraschende Eintrag:

»Oh Gott, ich glaube, ich habe mich in ihn verliebt! Was für ein Mist!«

Warum sollte Marie ihr Verliebtsein als Mist empfunden haben? War das nicht immer der schöne Anfang einer Beziehung und erst danach kam der Mist? Genau vier Wochen später schrieb sie dann den nächsten verwirrenden Eintrag:

»Scheiße, ich bin schwanger. Wenn sie davon erfahren, ist es aus.«

Dass Marie über eine Schwangerschaft nicht gerade erfreut war, konnte Julia ja noch nachvollziehen, aber warum schrieb sie *»Wenn sie davon erfahren, ist es aus!«*? Warum schrieb sie nicht er?

Wer waren sie?

Von Oktober bis Januar ging es in Maries Tagebüchern nur um ihren Gesundheitszustand. Die Schwangerschaft hatte ihr sehr zugesetzt, sie hatte jeden Tag gebrochen, hatte öfter vorzeitige Wehen und musste in den letzten acht Wochen im Bett liegen. Ihren Job bei der Airhansa hatte sie vorher schon gekündigt, was eine riesengroße Dummheit war, wie Julia inzwischen mit juristischem Fachverstand wusste. Als schwangere Mitarbeiterin wäre sie unkündbar gewesen.

Es war für Julia schrecklich, Maries Lamento über ihre Schwangerschaft zu lesen. In ihren Eintragungen verfluchte sie andauernd ihr Kind, nannte es einen Eindringling, einen Fremdkörper und Alien in ihrem Bauch. Als Julia in der Nacht von Mittwoch auf Donnerstag diesen Text las, fing sie bitterlich zu weinen an. Sie hatte nicht einmal ansatzweise geahnt, wie schlecht es ihrer Schwester damals gegangen war und wie sehr sie ihre Schwangerschaft gehasst hatte.

Nachts um 2 Uhr kam Julia zu dem Ergebnis, dass Bennis Papa wahrscheinlich irgendein beliebiger Promi war, der nie von Maries Schwangerschaft erfahren hatte, und dass sie wirklich aufgrund einer Wochenbettdepression aus dem Fenster gesprungen war. Das erklärte allerdings nicht den älteren Herrn (es sei denn, der wäre groß und männlich), der sie kurz vor ihrem Tod besucht hatte, und es erklärte gleich gar nicht den Eintrag vom 19. April 2005:

»Er war hier. Er hat herausgefunden, wo ich wohne, und er war außer sich, dass ich ihm nichts von dem Baby gesagt habe. Ich dachte, er bringt mich um. Da habe ich ihm einfach alles erzählt. Er war zuerst stinkwütend, aber dann hat er gesagt, ich brauche keine Angst zu haben. Er kümmert sich um alles. Oh Gott, ich liebe ihn!«

Nein, dieser Eintrag klang ganz und gar nicht nach einem Vater, der sich für sein Kind nicht interessiert, und er klang auch nicht nach einer Frau, die so verzweifelt ist, dass sie ein paar Wochen später aus dem Fenster springt.

Julia hatte die drei entscheidenden Tagebücher eingepackt und sie am Freitag mit zu Debby genommen. Sie hatten eine ganze Weile zusammen darüber gebrütet und gerätselt und Julia hatte ein paar überflüssige, aber sehr befreiende Tränen vergossen. Dann hatte

Debby ihr versprochen, sie würde bei der Airhansa noch mal ein paar unauffällige Hintergrundrecherchen bezüglich deren VIP-Gäste durchführen und damit hatten sie sich bis zum übernächsten Wochenende voneinander verabschiedet.

Nein, Julia war ganz und gar nicht ausgeglichen, als Brockmann sie zum Flughafen brachte, sie war total verwirrt, wegen Maries Tagebüchern und total verunsichert wegen der bevorstehenden Nacht mit Thomas Mahler.

***

Er wartete im Flugzeug auf sie. Natürlich war dieser Privatjet einfach unglaublich. In seinem Passagierraum war er eingerichtet wie ein Luxuswohnzimmer. Es befanden sich vier fette Ledersitze im mittleren Bereich des Flugzeuges, die wie für eine Konferenz angeordnet waren, und im hinteren Bereich war eine Art Sofa oder Diwan mit zwei gegenüberliegenden dicken Sesseln aus elfenbeinfarbenem, weichem Leder. Dort saß Thomas und am Eingang stand ein Steward, der Julia mit einem überfreundlichen Lächeln anstrahlte. Genau wie im Film, dachte Julia und war nur noch mehr irritiert. Brockmann führte sie in das Flugzeuginnere und verschwand dann nach vorne im Cockpit. Thomas erhob sich und begrüßte sie mit einem Handkuss.

»Setz dich und schnall dich an. Wir starten in wenigen Minuten.« Er klang ruhig und freundlich, gerade so, als würde er jeden Tag mit einer gekauften Jungfrau verreisen. Und sie? Sie war so unsäglich nervös, dass ihre Finger zitterten und kalt wie Eis waren, während ihre Kehle völlig ausgetrocknet war.

»Hast du Angst vor dem Fliegen?«, fragte er mit einem Lächeln, wohl wissend, dass das nicht der Grund für ihre zitternden Finger war. Aber er wollte ihr eine Ausrede anbieten, mit der sie nach Herzenslust nervös sein durfte. Sie schnappte nach dem Köder:

»Ja! Nein! Ich weiß nicht, ich bin noch nie geflogen.«

»Sobald wir auf Flughöhe sind, werden wir ein Glas Champagner trinken. Du wirst sehen, das löst die Verkrampfung.«

»Oh ja, gut, das ist cool. Ich danke Ihnen.«

Er griff nach ihrer Hand und als sie dann endlich den Mut hatte aufzublicken und ihm in die Augen zu schauen, fing er an, mit seinem Daumen ihre Handinnenfläche zu streicheln.

»Fällt es dir so schwer, mich bei meinem Vornamen zu nennen?«

Sie schüttelte den Kopf, sein Daumen, der mehr massierte als streichelte, machte sie unruhig und das Gefühl, das er auslöste, prickelte bis in ihre Zehenspitzen.

»Dann sag ihn. Sag: Thomas!«

»Thomas.« Sie sprach den Namen langsam und besinnlich aus, als müsste sie probieren, wie er auf ihrer Zunge schmeckte. »Thomas, ich ... huuuch!«

Das Flugzeug startete durch und mit einem schnellen Ruck hob es vom Boden ab und raste mit dröhnenden Motoren durch die Luft und Julia wurde in den Sitz zurückgepresst und schloss die Augen. Sie merkte nicht, dass er ihre Hand immer noch hielt, sie zuversichtlich drückte und die ganze Zeit grinste. Als das Flugzeug auf Flughöhe ruhig vor sich hin summte, kam der Steward und servierte fachmännisch den eisgekühlten Champagner. Julia hätte auch nicht gemerkt, wenn er es nicht fachmännisch gemacht hätte. Sie hatte noch nie Champagner getrunken und hatte noch nie beim zeremoniellen Öffnen einer Flasche zugeschaut. Sie fand es aber faszinierend und es lenkte sie enorm von anderen Gedanken ab.

Das Getränk war genau das, was sie brauchte. Es war kühl und sinnlich und prickelnd und löste ihre Beklemmung schon nach wenigen Schlucken. Vielleicht lag es an der Tageszeit, sie trank so früh am Tag sonst keinen Alkohol, oder daran, dass sie noch nichts im Magen hatte, denn sie hatte zum Frühstück keinen Bissen hinuntergebracht. Jedenfalls war der Entspannungseffekt enorm.

»Darf ich dich um einen Gefallen bitten?«, fragte Thomas nach einer ganzen Weile, während der sie so getan hatte, als würden ihr die weißen Wolken draußen besser gefallen als das dunkelblaue Interieur des Jets.

»Ja, ja, selbstverständlich.«

Sie sah sich nach dem Steward um, weil sie nicht wollte, dass der zuschaute. Sie nahm an, dass Thomas sie küssen wollte, oder vielleicht wollte er auch, dass sie ihre Bluse aufknöpfte, und das wäre ihr beides viel zu peinlich gewesen in Gegenwart von anderen. Der Steward war aber Gott sei Dank nicht da. Vermutlich hatte er sich in irgendeiner Steward-Versteck-Nische versteckt und das war auch gut so. Sie beide hatten schließlich äußerste Diskretion vereinbart, also mussten Thomas' Leibeigene auch nicht überall herumwuseln.

Thomas fasste vorsichtig in ihre Hochsteckfrisur, zog eine der kleinen Haarnadeln heraus, dann noch eine und dann sagte er:

»Es wäre schön, wenn du dein Haar offen trägst.«

»Wenn's mehr nicht ist«, rief sie leichthin und hätte sich, als sie seinen Blick sah, am liebsten die Zunge abgebissen, denn sein Grinsen und seine gierigen Augen sagten ihr, es würde durchaus noch mehr werden. Viel mehr. Und das Pulsieren zwischen ihren Beinen sagte ihr, dass sie es im Grunde gar nicht erwarten konnte. Ihr Haar fiel herab wie dick wattierte Seide und sie seufzten beide unisono. Der Steward kam wieder und servierte einen Meeresfrüchtecocktail von dem Julia nicht sicher war, ob sie ihn im Magen behalten würde, dann schenkte er noch einmal Champagner nach, bevor er wie ein unsichtbarer Geist wieder aus der Kabine verschwand.

»Ich möchte nicht betrunken sein, wenn wir in Lugano ankommen«, sagte sie und nahm trotzdem noch mal einen kräftigen Schluck von dem Champagner.

»Wir fliegen etwas über zwei Stunden. Vielleicht sollten wir uns die Zeit verkürzen, indem du etwas über dich erzählst.«

»Erzähl lieber du über dich. Ich bin total langweilig.«

»Gut, dann spielen wir. Ich stelle eine Frage, die du wahrheitsgemäß beantworten musst. Dann stellst du eine Frage und ich sage die Wahrheit.«

Sie lächelte, denn der Vorschlag gefiel ihr. »Aber was ist, wenn man eine Frage partout nicht beantworten möchte. Es gibt auch sehr intime Fragen, die niemanden etwas angehen.«

»Sagen wir, jeder hat einen Joker, mit dem er eine Antwort überspringen kann. Nur einen Joker, mehr nicht.«

»Einen Joker! Einverstanden. Wer darf zuerst fragen?«

»Ladies first.«

»Hast du schon öfter mit Jungfrauen geschlafen?«, fragte sie ganz leise.

Komisch, das war eigentlich gar nicht die Frage gewesen, die sie sich ausgedacht hatte, die hatte sich doch tatsächlich aus ihrem Unterbewusstsein direkt auf ihre Zunge geschlichen und die Frage nach seiner ersten Million in die Kategorie belangloses Wissen verdrängt.

»Nein. Noch nie«, flüsterte er zurück und stellte postwendend seine Frage: »Hat dir unser Kuss gefallen?«

»Ja!« sagte sie und hielt den Atem an. Sollte sie ihm sagen, dass der Kuss ihr die Füße weggezogen hatte, dass sie sich den ganzen Tag gefühlt hatte, als wäre sie auf Speed? War das nicht der Sinn des Spiels, sich gegenseitig die Wahrheit zu sagen? »Das war der beste Kuss meines Lebens.«

Er lachte herzhaft. »Ich schätze, dein Teenie-Freund war keine ernstzunehmende Konkurrenz für mich.«

»Ich bin jetzt dran mit fragen. Was ist das Peinlichste, das dir je passiert ist?«

»Als ich von einer Putzfrau beim Onanieren auf der Toilette erwischt wurde.«

Sie brachen gleichzeitig in prustendes Gelächter aus und der Steward erschien und fragte, ob er noch einmal Champagner nachschenken dürfe. Thomas nahm an und Julia lehnte ab und der Steward huschte wieder in sein diskretes Versteck.

»Meine Frage: Was sind deine Lieblingsblumen?«

»Alle, die blau blühen. Was bereust du in deinem Leben am meisten?«

Ohne zu zögern: »Dass ich Ines Werth geheiratet habe. Was bereust du am meisten?«

»Du darfst meine Frage nicht klauen.«

»Selbstverständlich darf ich. Wir hatten nicht vereinbart, dass man nicht die gleiche Frage im Gegenzug stellen darf, Frau Jurastudentin. Du kannst ja deinen Joker nehmen, aber ich kann mir nicht vorstellen, dass so ein junger Mensch wie du bereits allzu viel zu bereuen hat.«

»Ich ... ich bereue, dass ich es nie bemerkt habe, wie schlecht es meiner Schwester ging, in welchen Schwierigkeiten sie steckte, dass etwas in ihrem Leben ganz und gar nicht stimmte. Ich bereue, dass ich sie mit ihren Sorgen alleine gelassen habe, während ich in meiner oberflächlichen Teenie-Welt dachte, es gäbe nichts Schlimmeres auf der Welt als einen Pickel im Gesicht.«

»Ich habe mich mit meinem Bruder verkracht, wegen Ines«, sagte er, ohne gefragt worden zu sein. »Er hat gesehen, wie sie wirklich war, und hat mich vor ihr gewarnt. Aber ich wollte die Wahrheit nicht sehen, habe mich mit ihm sogar geprügelt.«

»Du hast sie eben geliebt. Das ist doch verständlich.«

»Nein! Nein, ich habe sie nicht geliebt.« Er schüttelte den Kopf. »Ich glaube, es ist mir nicht gegeben zu lieben. Ich liebe meinen Beruf, meine Firma, meinen Besitz, schöne Dinge wie Kunst und Schmuck und Autos, aber mit der Liebe zu Menschen, besonders zu Frauen, habe ich so meine Schwierigkeiten.«

»Das ist traurig«, sagte sie und schwieg und sah zum Fenster hinaus auf die weiße Wolkendecke unter ihnen. Und schwieg weiter.

Sie hatten den Faden ihres Fragespiels verloren und er wusste noch nicht einmal genau warum. Wahrscheinlich war das Thema zu ernst geworden. Sie hätten nicht über Liebe reden sollen. Er hätte nicht über Liebe reden sollen. Nicht mit einer Frau, die als Maxime propagiert hatte, dass sie sich einem Mann nur aus Liebe hingeben wollte. Nicht mit einer Frau, der er diese Maxime für eine Million Euro abgekauft hatte.

»Ich bin ein Tölpel! Verzeih!«

»Warum? Weil du die Wahrheit gesagt hast? Es ist mir lieber so, als wenn du Gefühle vorspielen würdest, die nicht da sind, und womöglich würde ich mich noch in dich verlieben. Ich möchte nicht wie meine Schwester enden. Ich habe gesehen, was die Liebe aus ihr gemacht hat.«

»Könntest du dir denn vorstellen, dich in mich zu verlieben?«

»Für diese Frage nehme ich den Joker. Ich bin dran. Stimmt es, dass du keinen Oralsex magst?«

»WAS? Wer behauptet denn so etwas?«, brauste er auf. »Ach, bestimmt die Becker. Stimmt's?«

»Gegenfragen sind nicht erlaubt.«

Der Wechsel im Gesprächsklima von ernst auf schlüpfrig war so schnell vonstattengegangen, dass er sich förmlich überrumpelt fühlte. Sie würde eine gute Anwältin werden. Sie würde den Gegner bei Gericht mit ihrer Zickzack-Rhetorik und ihrem Sex-Appeal in eine emotionale Achterbahn stürzen und ihn dann in Grund und Boden argumentieren.

»Ich mag Oralsex!« Er klang fast ein wenig beleidigt. Wie ein kleiner Junge, dem man den Schokopudding wegnimmt mit dem Argument: Das magst du doch sowieso nicht!

»Natürlich mag ich Oralsex – und wie. Ich bin ein Mann.« Definitiv wie der kleine Junge, der dem veruntreuten Pudding hinterherheult.

»Aaah, Julia! Julia! Ich in deinem Mund! Was könnte schöner sein? Höchstens die Vorstellung, dass ich dich lecken darf, so lange bis du kommst, bis du meinen Namen schreist und mich anflehst, in dich hineinzustoßen.« Oder vielleicht doch nicht so ganz klein, der Junge.

»Uff!« Sie nahm das Champagnerglas und leerte es in einem Zug.

»Macht dich unser Gespräch feucht?«

»Macht es dich hart?«

»Gegenfragen sind nicht erlaubt! Bist du feucht?«

»Ja, ich glaube schon!«

»Und ich glaube, ich bin hart. Ziemlich sogar.«

»Wir haben Nachricht vom Tower in Lugano. Die Landung wird sich um eine halbe Stunde verzögern«, ließ sich Brockmanns volltönende Stimme hinter den beiden vernehmen.

Thomas und Julia zuckten vor Schreck gleichzeitig zusammen und Brockmann schenkte ihnen sein bestes Grinsen.

»Können Sie sich nicht bemerkbar machen, wenn Sie sich annähern?«, schnauzte Thomas ihn an.

»Wo wäre dann der Spaß? Renato lässt fragen, ob Sie heute Abend auswärts zu essen wünschen oder ob seine Frau etwas kochen soll.«

»Sie soll etwas vorbereiten und in der Küche kalt stellen. Aber ich möchte niemanden im Haus haben, wenn wir kommen und das gilt auch für Sie, Brockmann. Suchen Sie sich ein Zimmer für heute Nacht, sonst verliere ich die Geduld mit Ihnen.«

Brockmann grinste von einem Ohr zum anderen. »Ich habe mir bereits ein Zimmer außerhalb der Hörweite der Villa gebucht. Ich brauche schließlich meinen Schlaf.«

Julia wurde rot, Thomas wurde wütend und Brockmann verzog sich mit einem unverschämten Grienen wieder ins Cockpit. Als der Steward kam und freundlich fragte, ob er noch einmal Champagner nachschenken dürfe, riss Thomas ihm die Flasche aus der Hand und schnauzte ihn an:

»Das mache ich selbst. Sie zeigen sich erst wieder kurz vor der Landung. Oder sind wir hier etwa im Voyeuristenverein?«

Allerdings musste Thomas zugeben, die Unterbrechung war kein Fehler gewesen, es war sowieso schon schwer genug für ihn, sich in Julias Gegenwart zurückzuhalten und er wollte sie nicht auf 3000 Metern Höhe entjungfern, nur weil er sich nicht mehr beherrschen konnte. Nein, sie sollte ein Bett unter sich haben und er wollte sie ganz klassisch verführen und sie nach allen Regeln der Kunst in Besitz nehmen. Er schenkte ihr ungefragt noch einmal Champagner ein und sagte dann, um von dem allzu heiklen Thema wegzukommen:

»Erzähl mir von deiner Schwester.«

»Oh Gott, bloß nicht!« Das Thema würde sie herunterziehen und das war das Letzte, was sie ausgerechnet jetzt gebrauchen konnte. »Heute gehöre ich ganz dir. Ich möchte nicht die teuer bezahlte Zeit damit belasten, dass ich dich mit meinem privaten Rotz vollmülle.«

Er hob die Augenbrauen. »Das heißt, ich darf bestimmen?«

»Natürlich!«

»Es ist noch nicht 21 Uhr.«

»Ich bitte dich, was sind ein paar lächerliche Stunden mehr bei diesem Preis?«

Er nahm schmunzelnd ihre Hand und küsste sie ganz sanft. »Du hast ein großes Herz. Und von jetzt an gehörst du mir? Tu tust, was ich sage?«

»Definitiv.«

»Dann zieh deine Jacke aus und rutsch zu mir herüber, ich möchte den Arm um dich legen, deinen Kopf an meiner Schulter liegen haben und dein Haar in meinem Gesicht spüren.«

Die Sitze waren nicht wie bei einem normalen Flugzeug nebeneinander gequetscht und eng, sondern sie waren wie bei einem Sofa über Eck angeordnet und auf seinem Sitz war Platz für mindestens drei Personen.

Erfreut stellte er fest, dass ihre cremefarbene Bluse ebenso figurbetont war wie die Jacke und dass die oberen zwei Knöpfe nicht geschlossen waren. Es war nicht viel, nicht der opulente Einblick, den die meisten anderen Frauen ihm großzügig gewährten, aber das Bisschen, was er sah, war umso kostbarer. Sie setzte sich neben ihn, zog ihre Schuhe aus und schob ihre angewinkelten Beine unter ihren

Hintern. Er zog sie zu sich heran, schlang seinen Arm fest um ihre Hüfte und als sie ihren Kopf auf seine Schulter legte, wallte eine glückselige Wärme in ihm auf.

Was für ein zierlicher, anschmiegsamer Körper! Wie gut sie zu ihm passte. Sie war nicht so groß wie die meisten Frauen und als er sie geküsst hatte, hatte er festgestellt, dass sie trotz ihrer hohen Absätze immer noch kleiner war als er und dass sie den Kopf zum Küssen zurücklegen musste und dass sie zu ihm aufblicken musste, wenn sie ihm in die Augen sehen wollte. Es gefiel ihm ausnehmend gut, dass sie zierlich und klein war und dass seine Macht ihr gegenüber sich nicht nur über sein Geld und seinen Status definierte, sondern ebenso über seine körperliche Dominanz.

Ah, er war wirklich durch und durch ein Steinzeitmensch, mehr als er es je für möglich gehalten hätte. Diese Frau machte ihm das jede Minute deutlicher bewusst.

Julia ahnte nichts von seinen Steinzeitgedanken. Aber selbst wenn, sie hätte sich in dem Moment wohl kaum daran gestört, denn sie fühlte sich, so an ihn gekuschelt und von ihm festgehalten, genau so, wie sich jede Steinzeitfrau in den Armen des mächtigen Stammeshäuptlings fühlen würde: Beschützt und geborgen.

Sie gaben sich beide ihrem Steinzeitgefühl hin und schlossen die Augen und träumten ihre Steinzeitträume, still und zufrieden und so kuschelten sie noch, als Thomas' Handy eine halbe Stunde später bimmelte. Er schaute auf den Anrufer und klickte ihn weg. Er hatte Conni klare Anweisungen gegeben, keinen Anruf durchzustellen, es sei denn, das Expiron-Center stünde in Flammen oder ein Angehöriger wäre gestorben.

Es war Ines. Er notierte sich im Geiste, dass er sich eine neue Handynummer zulegen musste. Nichts war abturnender, als ausgerechnet jetzt einen Anruf von Ines zu bekommen. Und was wollte die überhaupt schon wieder von ihm? Wenn sie hoffte, ihn mit ihren öffentlichen Auftritten und Beleidigungen per Mail oder mit Telefonstalking zurückgewinnen zu können, dann hatte sie ein paar essentielle zwischenmenschliche Punkte nicht verstanden. Was er mit ihr noch zu klären hatte, würde sein Anwalt klären, und zurücknehmen würde er sie noch nicht einmal, wenn sie die letzte Frau auf Erden wäre. Aber wo er das Handy schon mal in der Hand hatte, schrieb er schnell eine SMS und bestellte ein paar blaue Blumen für das Schlafzimmer der Villa. Als er sich gerade wieder wohlig an Julias

Seite schmiegen wollte, kam der Steward und kündigte an, dass sie jetzt landen würden.

»Es war meine Frau!«

Julia nahm wieder ihren Platz ein und schnallte sich an. Er dachte schon, sie würde nicht mehr auf seine Mitteilung reagieren – jeder anderen Frau hätte er das gar nicht erst anvertraut – aber nach einer ganzen Weile sagte sie mit einem humorlosen Lächeln:

»Dabei hatte ich mir einmal fest vorgenommen, niemals mit einem verheirateten Mann zu schlafen. Warum bist du nicht drangegangen?«

»Weil ich ihr nichts zu sagen habe. Mein Anwalt hat vor vier Wochen die Scheidung eingereicht. Wir werden das Verfahren mit allen Mitteln beschleunigen. Im besten Falle bin ich also in ein paar Wochen schon geschieden und ein freier Mann. Aber Ines stellt sich quer und besteht auf der Einhaltung des Trennungsjahrs. Wenn sie nicht zur Einsicht kommt, wird sich das Scheidungsverfahren noch lange hinziehen. Oder ich bezahle die Abfindung, die sie von mir verlangt.«

»Warum erzählst du mir das?«

»Damit du weißt, wie echte Huren sich verhalten und damit du mich nicht für einen Ehebrecher hältst.«

»Ist es dir denn wichtig, was ich über dich denke?«

»Ja, ja, das ist es«, antwortete er und war über sich selbst erstaunt, dass es so war.

Das Flugzeug setzte zur Landung an, es rumpelte kurz und kam langsam zum Stehen und Julia war froh, dass sie ihm nicht mehr zu antworten brauchte.

Die Villa Ghibellini raubte Julia den Atem. Es war ein großer Bungalow aus den dreißiger Jahren, der am Hang über dem See lag und einen atemberaubenden Blick über die ganze Pracht des Tales gewährte. Auch wenn der See an diesem Tag trüb und von Wolken verhangen war, so brauchte Julia trotzdem nicht viel Phantasie, um sich vorzustellen, was für ein romantisches Fleckchen Erde dieser Ort bei strahlendem Sonnenschein und in einer wärmeren Jahreszeit war – dann, wenn alles grünte und blühte.

Brockmann fuhr sie mit einem Mietwagen bis zur Villa und trug den Riesenkoffer von Thomas und die Mini-Reisetasche von Julia in das

Schlafzimmer, welches das einheimische Personal geputzt und mit einer ganzen Flut von blau blühenden Blumen geschmückt hatte. Manche davon waren um diese Jahreszeit eigentlich gar nicht zu haben.

Bevor Brockmann sich verabschiedete, wollte er Julias Handy sehen. Die dachte natürlich, der Bodyguard würde prüfen, ob es irgendwie verwanzt war oder ob sie es präpariert hatte, um heimlich etwas mitzufilmen. Wenn sie ein Bodyguard wäre, würde sie einer Frau, die sich auf so einen Deal einließ, jedenfalls nicht über den Weg trauen und vermutlich könnte ein böswilliger Mensch auch ordentlich Geld aus so einem Sex- und Entjungferungsvideo schlagen.

Aber Brockmann schien Vertrauen in Julia zu haben, denn er tippte nur seine Handynummer ein und speicherte sie unter Eric ab. Dann zeigte er aus dem großen Fenster auf ein rotes Ziegeldach das in etwa 500 Metern Entfernung und versteckt hinter ein paar Zypressen unterhalb der Villa Ghibellini lag.

»Ich schlafe da unten. Das ist meine Handynummer. Wenn etwas ist, anrufen! Ich bin innerhalb von zwei Minuten da.«

Sie war sich nicht sicher, was er damit meinte, wenn er sagte »wenn etwas ist«. Dachte er an den Fall, dass Räuber oder Reporter das Haus überfielen? Oder meinte er etwa den Fall, dass er sie eventuell vor Thomas retten müsste? Sie gab nur ein dumpfes »Ja, ist gut!« von sich und schaute ihm zu, wie er mit einem letzten Nicken zur Haustür hinaushuschte.

Und dann waren sie alleine.

Sie standen beide in dem mit dunklem Holz getäfelten Flur und schauten auf die Tür, die endgültig hinter Brockmann zugegangen war. Julia hatte keine Ahnung, aus welchem Furnier die Täfelung oder das Sideboard waren, aber sie war sich sicher, es war teuer und selten und antik und hatte irgendeinen protzigen Namen, der nach Dekadenz klang. Auch der Boden war dekadent: Rosiger Marmor, der so blank poliert war, dass sie ihre eigenen Beine bis zum Rock widergespiegelt sehen konnte.

»Hast du Hunger?«, fragte Thomas leichthin.

»Nein.« Alles, bloß jetzt nichts essen.

»Möchtest du etwas trinken?«

»Nein!« Ihre Kehle war zwar trocken und eigentlich hätte sie vor Aufregung den ganzen Luganer See leer trinken können, aber ihr

Herz und ihr Magen spielten Pingpong und irgendwo unten in ihrem Bauch breitete sich eine Hitze ganz anderer Art aus.

»Dann vielleicht später.«

»Ja, später!«, krächzte sie.

»Ich darf bestimmen?«

»Ja!«

Oh Gott, ja. Sie hatte sowieso keine Ahnung, was sie als Nächstes tun sollte, und obwohl sie vorher im Internet hunderte von Beiträgen über das erste Mal gelesen hatte, war in diesem Moment alles, was sie gelesen hatte, wie weggeblasen. Sie schloss die Augen und atmete durch. Er sollte sie bloß nicht so lange auf die Folter spannen.

»Dann fangen wir einfach mit einem Kuss an.«

Er trat auf sie zu, zog sie an sich, nahm ihr Gesicht in seine Hände und senkte seine Lippen auf ihre. Er wollte es sanft angehen, wollte sie erregen, bis sie bereit war. Er wollte sie hinhalten, reizen, küssen und streicheln – solange, bis sie ihn von ganz allein bitten würde, es mit ihr zu tun. Aber ihre Lippen hatten sich noch nicht einmal richtig berührt, da kam schon das erste leise Stöhnen aus den Tiefen ihrer Kehle und Thomas verlor die Selbstbeherrschung, als er dieses Geräusch hörte.

Er bemerkte es selbst kaum, dass er wie ein hungriger Wolf über sie herfiel. Plötzlich waren seine Lippen überall, an ihrem Hals, an ihrem Dekolleté, an ihrem Busen, ihre Jacke lag auf dem Boden, ihre Bluse war bis zum Bauchnabel offen. Er hatte ihren Rock nach oben geschoben und seine Hand in ihre Feinstrumpfhose hineingeschlängelt.

Dabei schob er sie küssend und streichelnd immer weiter, bis sie an die Wand neben der Haustür stießen. Dort zwischen der Wand und ihm eingezwängt, schlang Julia ihre Arme um seinen Hals und ihr rechtes Bein um seine Hüften, um sich seiner Hand, die da unten in ihrer Strumpfhose nach einem Weg zu ihr suchte, weit zu öffnen und jetzt war er es, der laut stöhnte. Schon waren seine Finger in ihrem Höschen und spürten sie. Sie war feucht und sie ächzte vor Entzücken.

»Julia! Du bist so heiß! Und du bist schon so bereit für mich«, murmelte er an ihrem Hals – und sie flüsterte heiser: »Hilf mir. Das geht nicht auf.« Und dabei fummelte sie mit ungeübten Fingern an seiner Gürtelschnalle herum.

Da kam er zu sich!

Was taten sie da gerade? War er etwa wirklich dabei, einen Quickie im Stehen mit seiner Eine-Million-Euro-Jungfrau zu haben?

Sie hatte das Himmelbett mit Seeblick noch nicht gesehen und die Blumen im Schlafzimmer und die große Marmorbadewanne. Er würde sie verwöhnen, bevor er sie nahm. Er würde sie zuerst lecken und an ihr saugen und sie ein paarmal kommen lassen. Er zog seine Hand schnell aus ihr zurück und drückte sich von ihr weg, aber sie wehrte sich dagegen. Sie war wirklich sportlich und sie hatte Kraft in den Beinen, besonders das Bein, das seine Hüften umschlang und ihn in dieser wunderbaren Position festklammerte und ihn nicht loslassen wollte.

»Ich bestimme!«, flüsterte er ihr mit rauer Stimme zu und endlich gab sie ihre eiserne Umklammerung mit einem unglücklichen Seufzen auf.

Kaum stand sie wieder auf ihren wackeligen Beinen, hob er sie hoch und trug sie die Treppe hinauf in das blaue Blütenmeer des Schlafzimmers und da setzte er sie vorsichtig auf das weiße Bett.

Kapitel 9

Thomas lag auf dem Rücken, den Blick starr zur Decke gewandt. Er starrte nun schon eine ganze Weile hinauf an den Betthimmel, atmete schwer und sagte nichts.

Und Julia war unglücklich.

»Es tut mir leid«, murmelte sie und drehte sich auf die Seite zu ihm hin. Sie hatte das Bedürfnis, ihn anzufassen und tröstend über seine Stirn zu streicheln oder ihre Hand auf seine Brust zu legen, aber sie traute sich nicht. Er war so seltsam, seit er sich aus ihr zurückgezogen hatte.

»Es tut mir so leid, dass es eine Enttäuschung für dich war«, sagte sie noch einmal und um sich selbst Mut zu machen, tastete sie vorsichtig nach seiner Hand, die schlapp an seiner Seite lag.

Eine Hand anfassen, das war unverfänglich. Wenn er wütend auf sie war und keine Zärtlichkeiten von ihr wollte, konnte er seine Hand ja einfach wegziehen, aber wenn er sie nicht wegzog und es zuließ, dann ... dann würde sie einfach näher an ihn heranrücken und vielleicht ihre andere Hand auf seine Brust legen und ihr Bein über seine Beine legen. Er reagierte auf ihre Berührung sofort und verflocht seine Finger mit ihren. Dann nahm er ihre Hand an seinen Mund und küsste sie lange. Er klang nicht verärgert oder unzufrieden, sondern eher überrascht, als er mit rauer Stimme fragte:

»Du denkst doch nicht wirklich, dass ich enttäuscht bin, oder?«

Sie wusste nicht, was sie sagen sollte. Wie sollte sie den Vorgang ihrer Defloration wohl sonst interpretieren?

Er hatte bestimmt.

Zuerst hatte er sie gebeten, sich auszuziehen, was sie sicher nicht mit der Finesse einer Stripperin getan hatte. Sie hatte es eher so getan, wie Julia Dietrich sich üblicherweise auszog, bevor sie in die Badewanne stieg, ganz normal und untheatralisch. Aber er schien nichts daran zu beanstanden zu haben, denn er hatte genickt und gesagt, sie solle sich auf das Bett legen, und auch das hatte sie getan. Sie hatte sich quer auf das riesengroße mit schneeweißer Seidenbettwäsche bezogene Bett gelegt und er hatte dagestanden am Rand des Bettes und einfach auf sie hinabgeblickt und nichts gesagt. Nach einer Weile hatte er seine Krawatte aufgemacht und sie ausgezogen und weiterhin nur stumm auf sie hinabgeschaut.

Wenn er gesagt hätte: »Spreize die Beine!« oder »Blas mir einen!«, sie hätte es sofort getan, aber er stand nur da und starrte sie mit unergründlichem Blick an. Und natürlich fängt eine junge Frau, die nicht wirklich viel Ahnung davon hat, was hinter der Stirn eines Mannes vor sich geht, irgendwann an, sich zu fragen, ob etwas mit ihr nicht stimmte. Er hätte ja sagen können »Du bist schön!« oder er hätte sie streicheln können und sagen »Deine Haut ist so seidig«.

Das sagten die Kerle in den Liebesromanen immer.

Aber er stand da wie eine Statue, die zu Stein erstarrt war. Irgendwann fing er dann endlich an, sein Hemd aufzuknöpfen, aber langsam, so unerträglich langsam. Es kam ihr vor, als würde er für jeden Knopf eine halbe Stunde benötigen. Falls er die Absicht hatte, sie mit dieser Hinhaltetaktik zu erregen, so gelang ihm das ausgezeichnet. Sie bewegte unbewusst ihre Hüften und wünschte sich, er würde ihre Beine auseinanderzwängen und sie dort berühren, wo sie sich bisher nur selbst berührt hatte und wo es schmerzhaft brannte und pochte.

Vielleicht will er ja, dass ich kreativ bin und ihn verführe!, dachte sie voller Unsicherheit und überlegte sich krampfhaft, was sie an weiblichen Tricks aus Büchern oder Filmen kannte. Aber ihr Kopf war vergleichsweise leer, gemessen an dem Blutgehalt eines menschlichen Körpers. Ganz eindeutig hatte sich ihr gesamtes Blut an einem einzigen Ort zwischen ihren Beinen gesammelt. Und falls es überhaupt irgendwelche Tricks gab, so wollten ihr im Augenblick partout keine einfallen. Das Einzige, was ihr einfiel, war das, was ihre Instinkte ihr sagten, und die sagten ihr, dass sie erregt war und dass dieser Mann ihr eine Abkühlung verschaffen könnte, wenn sie ihn nur dazu bringen konnte, zu ihr zu kommen. Also spreizte sie unwillkürlich ihre Beine und hob ihm ihr Becken einladend entgegen.

Er schnaufte ein seltsames Geräusch aus sich heraus, das wie ein kehliges »Uaaah!« klang oder wie eine Mischung aus einem Urschrei und dem Ausruf grenzenloser Verblüffung. Und danach war es mit seiner Versteinerung schlagartig vorbei. Er riss sich das Hemd förmlich vom Körper. Die Hose flog irgendwo in eine Ecke und unter seiner Unterhose schien die Versteinerung gewaltig und intakt zu sein, aber Julia hatte nicht viel Zeit, um das genauer anzusehen. Die Hose war noch nicht richtig zu Boden gefallen, da lag er schon zwischen ihren Beinen.

Sie hatte nur einen kurzen stechenden Schmerz gespürt, harmlos und schnell vergessen. Sie hatte gespürt, wie sein großer Penis sich in sie schob, bis er sie ganz ausfüllte und dehnte und sie hatte sich mit einem glücklichen Seufzen dem Gefühl dieser warmen, harten Fülle hingegeben. Aber plötzlich fing Thomas an zu fluchen:

»Verdammt! Du bist so eng. Du bist so verdammt eng. Das ist unerträglich.«

Da war sie vor Schreck nur noch enger geworden und er hatte laut gestöhnt oder eher geschnaubt und gerufen: »Es tut mir leid, ich halte das nicht aus.« Dem waren ein paar gewaltige Stöße gefolgt, so hart und tief, dass sie dachte, sein Penis würde zu ihrem Mund wieder herauskommen und dann hatte er geflucht: »Verdammt, Julia! Verdammt! Du bringst mich um.«

Sie hatte ein heißes Pulsieren in sich gespürt und wusste, dass dies der Moment war, in dem er sich in sie ergoss. Sie gab sich diesem Pulsen hin, so lange es dauerte, und seufzte leise, während er im gleichen Moment einen Urschrei hören ließ.

Er blieb noch eine Weile in ihr, murmelte irgendetwas Verworrenes in ihr Haar, aber mit einem Male wälzte er sich von ihr herunter, warf sich mit einer heftigen Bewegung auf seinen Rücken neben sie und starrte zum Betthimmel hinauf.

Natürlich war er enttäuscht, was sollte er wohl sonst sein?

»Hat es sehr wehgetan?« Er hielt ihre Hand immer noch an seine Lippen und sprach die Frage quasi auf ihren Handrücken.

»Nein, gar nicht.«

Er drehte sich ihr zu, stützte sich auf seinen Ellbogen und sah sie skeptisch an. Oder war das eher ein verzweifelter Blick, der an ihr hinunterglitt und zwischen ihren Beinen hängen blieb?

»Aber du blutest.«

Na ja, aber das ist das, wofür du bezahlt hast, wollte sie sagen, verkniff es sich aber gerade noch rechtzeitig. Es gab keinen Grund, ihn zu provozieren. Sie schaute an sich hinab und sah ihr Blut vermischt mit Sperma auf dem Bettlaken. Sie war froh, dass es auf diese Weise wenigstens keine Zweifel an der Echtheit der Defloration geben würde, auch wenn er sich die Durchführung offenbar anders gewünscht hatte. Sie war so verwirrt durch sein seltsames Verhalten, dass sie nur mit einem Schulterzucken antwortete und ihn anschwieg.

»Im Mittelalter haben die Ehemänner nach der Hochzeitsnacht das blutbefleckte Bettlaken aus dem Schlafzimmerfenster gehängt. Jeder sollte sehen, dass ihre Frau jungfräulich zu ihnen gekommen war und dass sie potent genug waren, sie zu nehmen«, erzählte er leise und schaute ihr dabei in die Augen, denn er wollte wissen, wie sie darauf reagierte, aber sie hob nur verwirrt die Augenbrauen.

»Ganz schön schräg!«

»Denkst du? Ich muss gestehen, nie hatte ich mehr Sympathie für mittelalterliche Sitten als gerade jetzt.«

»Du möchtest das Bettlaken aus dem Fenster hängen?«

Er lachte leise und küsste noch einmal ihre Hand. Dann strich er eine Haarsträhne aus ihrem Gesicht und bewunderte ihre ebenmäßige Schönheit – die langen Wimpern, die dunklen Rehaugen, den vollen Mund, die gerade Nase. Er hatte sie zuvor schon bewundert, als sie sich ganz unkokett ausgezogen hatte und damit den Eindruck von Unschuld und Bescheidenheit nur noch untermalt hatte, und dann hatte sie sich wie ein Geschenk für ihn auf das Bett gelegt. Er hatte sie nur ansehen wollen. Genießen, was er da bekommen hatte, wie ein Kunstsammler, der vor seinem neuesten Kunstwerk steht und sich darüber freut, dass es nun ihm gehört. Einer, der sich an seinem Schatz nicht sattsehen konnte.

Genau so hatte er ihren Anblick in sich aufgenommen.

Das war unerträglich schön und erregend gewesen. Ihr dunkle Haarflut aufgefächert auf der weißen Seide und dieser Körper: Als hätte ein Michelangelo die Perfektion der Weiblichkeit in Fleisch gemeißelt. Volle, straffe Brüste, unsäglich schmale Hüften, so zierlich das Becken, dass er für einen Moment befürchtete, er würde sie mit dem, was da in seiner Hose pulsierte, entzweireißen, wenn er in sie eindringen würde. Ihre eleganten Beine, von denen er wusste, wie beweglich sie waren. Wie sie sich um seine Hüften schlingen konnten, um ihn hereinzubitten und genau in dem Moment, als er dieser Vorstellung nachhing und seinen Blick auf ihre Beine fixiert hatte, gab sie ein ungeduldiges Stöhnen von sich, spreizte diese unglaublichen Beine weit für ihn, winkelte sie an, damit sie ihr Becken anheben konnte und gewährte ihm ein rosiges Gemälde, dessen Schönheit ihm schlicht das Blut aus dem Gehirn saugte.

Und dann war es endgültig vorbei mit seinem bisschen mühsam zusammengehaltener Selbstbeherrschung oder der zurückhaltenden Würdigung eines Kunstwerkes. Der Steinzeitmensch in seinem Innern brüllte wie verrückt, schlug sich die Fäuste auf die Brust und wollte endlich zu seinem Recht kommen. Danach konnte Thomas sich kaum noch an Einzelheiten erinnern. Die Begierde überkam ihn mit einer Gewalt, die ihn an eine Naturkatastrophe erinnerte, die er nie für möglich gehalten hätte, und er stürzte sich einfach auf sie und mit der ganzen Länge seines Zaunpfahls in sie hinein. Ohne auch nur einen Kuss, eine liebevolle Berührung oder den Hauch eines Vorspiels.

Und es war so gut gewesen.

So gut, dass er vor Freude brüllen könnte wie ein Gorilla. Seine Hand streichelte sanft über ihre Wange und ihren Hals hinunter:

»Vielleicht nicht das Bettlaken, aber ich möchte es in die Welt hinausschreien, dass ich der Größte bin.«

Seine Hand und seine Augen wanderten weiter zu ihren Brüsten, die zu berühren er sich so sehr ersehnt hatte und es dann aus nackter Wollust heraus einfach vergessen hatte. Ihre Brustwarzen waren groß und hart und würden kaum in den Mund eines Babys passen, aber in seinen Mund, da würden sie perfekt passen. Er legte seine Hand auf ihren Hintern, zog sie ein klein wenig näher zu sich, umfasste ihre Brust und nahm diesen wunderbar harten, spitzen Nippel in seinen Mund.

Julia ächzte auf, als sein starkes Saugen einen beinahe schmerzhaften Stich durch ihre Eingeweide bis hinunter in ihre Scheide jagte.

»Dann war es gar nicht so schlimm für dich?«, wisperte sie.

Vielleicht konnte sie ihn dazu bringen, es ein zweites Mal zu versuchen. Er ließ ihre Brustwarze abrupt los und hob seinen Kopf, um ihr Gesicht ansehen zu können. Das naive Ding!

»Schlimm? Es war der Himmel auf Erden.«

»Aber du hast geschimpft und geflucht.«

Da lachte er aus den Tiefen seiner Kehle und sein Adamsapfel hüpfte dabei an seinem Hals auf und ab.

»Süße, das war der geilste Orgasmus meines Lebens.« Dann vergrub er sein Gesicht in ihrer Haarflut und sprach nahe an ihrem Ohr. »Ich wollte dich dahin mitnehmen, aber als du die Beine geöffnet hast und ich dich gesehen habe, deine rosige Knospe, und gespürt habe, wie eng du bist, da habe ich komplett die Beherrschung verloren. Das ist mir das letzte Mal passiert, als ich sechzehn war.«

»Oh, Gott sei Dank! Ich dachte schon, ich hätte alles falsch gemacht«, seufzte sie erleichtert auf und schmiegte sich unwillkürlich etwas näher an ihn heran. Sie spürte an ihrem Bauch, wie die Spitze seiner Erektion sie kitzelte.

Er lachte leise in ihre Haare. »Nicht du, ich habe alles falsch gemacht. Ich wollte, dass du auch kommst, dass du zusammen mit mir kommst. Stattdessen bin ich über dich hergefallen wie ein Berserker.«

»Aber es geht doch heute um dich, nicht um mich.« Sie wiegte ihren Unterkörper instinktiv an seiner Härte und flüsterte mit einer Stimme, die nichts als Verführung war. »Du weißt doch: Du bestimmst.«

»Ich bestimme, dass wir jetzt baden. Dir wird meine Badewanne gefallen und meine Hand, mit der ich dich anfassen werde, wird dir auch gefallen und dann werden wir etwas essen, einen guten Wein trinken, schöne Musik hören und danach werde ich dich so lange verwöhnen, bis du vor Lust schreist.«

»Aber du bist immer noch hart, einsamer Wolf!« Sie berührte seine Erektion vorsichtig mit ihrer Hand. Sie wollte ihn anfassen und spüren, wie sich dieses Schwert, das so tief in ihr gesteckt hatte, in ihrer Hand anfühlte. Es war noch feucht von ihrem Blut und seinem Sperma und es war riesig und hart und gleichzeitig samtweich.

Er legte seine Hand auf ihre, weil er verhindern wollte, dass sie ihn mit ihrer unschuldigen Erotik ein zweites Mal in ein wildes Tier verwandelte, aber das brachte ihm gar keine Linderung, ganz im Gegenteil.

»Ich bin nicht immer noch hart, sondern schon wieder, Kleines.«

»Kann ich dich noch einmal in mir haben?«

»Damit ich schon wieder abgehe wie eine zu früh gestartete Rakete und du unbefriedigt zurückbleibst? Nein, auf keinen Fall!«

»Aber vielleicht hast du dann den zweitgeilsten Orgasmus deines Lebens.«

»Und ich verletze dich dabei vielleicht. Du blutest und nach dem ersten Mal solltest du … großer Gott, was machst du dahaaa?«

Sie schwang sich einfach auf ihn. In einem blitzschnellen sportlichen Akt, vielleicht war das eine Art Taekwondo-Sex-Trick. Er hatte keine Ahnung, wie sie das so schnell gemacht hatte.

Gerade noch hatte er auf der Seite gelegen und versucht, nicht daran zu denken, dass sie mit sinnlicher Stimme gefragt hatte: *Kann ich dich noch einmal in mir haben?* (kein normaler Mann konnte bei so einer Frage nein sagen) und jetzt lag er auf dem Rücken und sie hockte rittlings auf ihm. Genau positioniert über seinem freudig erregten Penis. Er brauchte nur noch ein wenig seine Hüfte zu heben und schon würde er wieder in sie hineingleiten, in diese heiße feuchte Enge, die sich anfühlte, als würde eine warme Faust sich um seinen Schwanz legen und zudrücken und er würde sich dann an dieser Enge in den siebten Himmel reiben. Nein, nicht reiben, er würde sie aufspießen, sich in sie hineintreiben, mit aller Macht, schnell und gnadenlos, bis er wie ein Wahnsinniger in ihr explodierte. Der gleiche Wahnsinn wie vor einer Viertelstunde.

»Oh Scheiße!«, japste er und noch einmal. »Oh Scheiße! Du weißt nicht, was du mir da anbietest. Du hast keine Ahnung, wie ich dich haben möchte. Hardcore und rücksichtslos und tief und schnell, weil ich so geil auf dich bin. Lass es uns langsam angehen, ich muss vorsichtig mit dir ...«

Sie nahm sein Gesicht in ihre Hände und hielt es ganz fest, zwang ihn, sie anzusehen, als sie sagte:

»Lass mir meinen Stolz. Ich habe nicht viel zu bieten für so viel Geld. Darum lass es zu, dass ich dir wenigstens das gebe, was dir gefällt. Sag mir, wie hardcore du mich haben möchtest. Zeig es mir, wie geil du auf mich bist. Ich gehöre dir.«

»Scheiße, Julia! Wenn du so redest, dann geht mein Verstand komplett über den Jordan.«

Und schon stieß er zu und glitt tief in ihre Scheide hinein und sie senkte sich ihm bereitwillig entgegen und dann riss er sie mit sich herum, so dass sie wieder auf dem Rücken lag und er über ihr war und sie dominierte und bestimmte. Sofort schlang sie ihre Beine um seine Hüften, hob ihm ihr Becken entgegen und er donnerte in sie hinein, als wäre sein Penis ein mittelalterlicher Rammbock, der das Burgtor mit aller Gewalt zum Bersten bringen wollte.

Er kam mit der gleichen schmerzhaften Intensität wie beim ersten Mal. Er gab einen animalischen Schrei von sich und ergoss sich in einem unendlich langen, scharfen Orgasmus in ihr. Er schwelgte ewige Sekunden lang in seiner unsäglichen Befriedigung und Eitelkeit und dann überkam ihn das Entsetzen über sich selbst – dass er es schon wieder getan hatte und es schon wieder genossen hatte.

Er war doch kein Sadist. Er hasste es, Frauen wehzutun, und er hasste es noch mehr, ihr wehzutun, aber er genoss es unendlich, sie mit seiner Manneskraft zu beherrschen und in ihr drin ein ganz und gar ungehobelter Steinzeitmann sein zu können.

Als er sich aus ihr zurückzog und besorgt auf sie hinabblickte, lächelte sie ihn zufrieden und spitzbübisch an, nicht wie eine Jungfrau, die gerade heftig und dominant gefickt worden war, sondern wie eine Frau, die sich ihrer Macht über den schwanzgesteuerten Idioten, der er war, sehr wohl bewusst war, und er verlor allmählich jeden Glauben daran, dass in seinem Gehirn noch eine einzige Zelle richtig funktionierte. Er küsste sie. Wenigstens das konnte er sanft und liebevoll tun und sie stöhnte genüsslich, als seine Zunge ihren Mund mit genau der Sanftheit behandelte, mit der sein Schwanz eigentlich ihre Vagina hätte behandeln sollen.

»Es grenzt an Körperverletzung, was ich mit dir mache. Ich muss jetzt kalt duschen, sonst bringe ich dich noch um, bevor es 21 Uhr ist.«

»Hast du nicht in meine Augen gesehen?«, fragte sie leise.

Natürlich hatte er in ihre Augen geschaut. Die ganze Zeit. Er hasste es, wenn Frauen beim Sex die Augen zumachten, denn er wollte ihre Wollust sehen und wollte genau sehen, wann sie kamen, was sie empfanden, wie wahr ihre Gefühle waren und er hatte in Julias Augen genau das gesehen, was er hatte sehen wollen, ihre uneingeschränkte Unterwerfung unter seine Potenz.

»Hast du etwa Schmerz in meinen Augen gesehen?«

Er stieg von ihr herunter, kuschelte sich neben sie, ein Bein über ihre Beine gelegt, eine Hand auf ihrem Bauch, und sagte mit einem ungläubigen Kopfschütteln: »Nein!«

»Es hat nicht wehgetan, ganz im Gegenteil, es ist unglaublich. Es ist unglaublich, dir zuzusehen. Dein Gesicht zu sehen, wenn du in mir bist. Dein Gesicht ist schön, wenn sich deine ganze Leidenschaft darin ballt und ich mag deinen Oberkörper. Er ist nicht überfrachtet mit Muskelbergen, aber trotzdem muskulös und sehnig und ich mag die Härchen auf deiner Brust und mir gefällt dein Penis, wenn er steht.

Er ist so schön, dass ich ihn anfassen und streicheln möchte. Aber dann, wenn er in mir ist, dann streichelst du mich damit und dieses Reiben ist zum Verrücktwerden. Ich dachte vorhin, jetzt muss gleich etwas passieren, ein Erdbeben oder ein Blitzeinschlag. Alles knisterte in mir.«

»Rede so weiter und man wird mich als Jungfrauenschänder von hier abführen. Fühl mal.«

Er nahm ihre Hand und legte sie an seinen Penis, der gerade noch klein und müde ausgesehen hatte und sich unter ihrer Hand spürbar für seinen nächsten Einsatz wappnete.

»Dann mach noch mal!« Sie klang sehr erfreut und er lachte halb verzweifelt, halb amüsiert.

»Nein, wir geben jetzt der sanften Methode mit ausgiebigem Vorspiel eine Chance, Süßes. Und vergiss nicht, ich bestimme.«

Das war die einzige Nacht, die er mit ihr haben würde – jemals – und er wollte die ganze Bandbreite seiner Phantasie auskosten. Alles, was er sich in den vergangenen Wochen vorgestellt hatte, mit ihr tun zu wollen, all das musste er in diesen halben Tag und diese eine Nacht packen.

Unmöglich!

»Natürlich, du bestimmst«, gab sie mit weicher Stimme zu und tat genau das Gegenteil, nämlich sie streichelte mit ihren Fingerspitzen über sein Kinn, kräuselte seine Brusthaare und umspielte seinen Bauchnabel, während er versuchte, mit einer immer unsicherer werdenden Stimme zu erklären, was er vorhatte: »Ich möchte dein Gesicht sehen, wenn du vor Wollust nicht mehr an dich halten kannst, und ich will hören, wie du meinen Namen sagst und mir sagst, dass ich der Größte bin. Lass dir von mir ein paar Höhepunkte schenken.«

»Meine Freundin Debby hat gesagt, dass sie beim Sex fast nie einen Orgasmus hat. Nur, wenn sie selbst nachhilft.«

»Süße, dieses Problem wirst du nicht haben, das verspreche ich dir.«

Sie war so eine heißblütige Frau. Sie würde in ihrem Leben unglaublich viele wunderbare und laute Orgasmen haben, dessen war er sich gewiss. Schon die Geräusche, die sie machte, wenn er sie streichelte, waren Vorboten für die Art ihrer Höhepunkte und ..., er stockte und hob den Kopf aus ihrer Haarflut. Die Vorstellung, dass sie diese Höhepunkte mit irgendeinem anderen Mann erleben würde, versetzte ihm einen Stich. Er wollte sie am liebsten brandmarken als sein Eigentum. Wollte ihr ein Zeichen auf die Stirn schreiben, das jedem anderen klarmachte: Finger weg!

Ah, verdammt! Verdammt! Welcher Mann würde nicht solche verrückten Wünsche haben, wenn er gerade eine unberührte Frau in Besitz genommen hatte, eine Frau, die noch keinem anderen gehört hatte? War doch klar, dass das an jeden einzelnen seiner fünftausend Steinzeitinstinkte appellierte.

Ihre Finger wanderten langsam von seinem Bauchnabel hinunter zu seinem Penis, und dann streichelte sie zaghaft seine ganze prächtige Länge hinauf und hinunter und sagte mit unschuldiger Stimme:

»Nein, Thomas, dieses Problem werde ich nicht haben, weil du der Größte bist!«

Heilige Scheiße, was sollte ein Mann dagegen tun? Ein einfacher Steinzeitmann war einer solchen Reizüberflutung hilflos ausgeliefert. Wie sie seinen Namen aussprach! Wie sie seinen Penis liebkoste, als hätte sie nie etwas Schöneres gesehen! Wie sie ihn bewundernd anschaute und dann den Blick hob und herausfordernd in seine Augen schaute – dieses Luder. Woher wusste sie überhaupt so schnell, wie man einen Mann in den Wahnsinn trieb?

Er wollte nicht über ihr Honorar und den dämlichen Vertrag mit ihr reden, er wollte nicht, dass das Thema den Tag verdarb, aber es schrie in seinem Kopf: *Du bist jeden einzelnen Cent wert, Süße. Und noch mehr!*

Vielleicht konnte er sie ja wirklich noch einmal – nur noch ein einziges, letztes Mal – so richtig heftig rannehmen, bevor sie beide zum sanfteren Sex übergingen. Sie wollte es doch selbst, sie provozierte es ja förmlich. Er bezahlte schließlich dafür und sie hatte selbst gesagt, er solle ihr ihren Stolz lassen.

»Dreh dich um!«, raunte er mit einer Stimme, in der man das Beben seines rasenden Herzens hörte. »Auf alle Viere!«

»Du bestimmst!«, antwortete sie mit der Unterwürfigkeit einer türkischen Haremssklavin und gehorchte.

Er kniete sich hinter sie, sie passte von der Höhe perfekt zu seiner Anatomie. Er brauchte sich kein bisschen zu verbiegen. »Nimm deine Knie noch weiter auseinander, damit ich alles sehen kann.«

Sie bog ihren Rücken durch, reckte ihr Hinterteil ein wenig höher und machte die Knie weit auseinander. Er brauchte nur noch von hinten in sie hineinzustoßen und er stieß zu, tief und hart, bis es nicht mehr weiterging und sie gab einen leisen Schmerzensschrei von sich, der durch das Brausen in seinen Ohren zu ihm drang und ihn ein wenig ernüchterte.

»Tut es weh?«

Oh Gott, er war nicht ganz bei Trost. Doggystyle mit einer Jungfrau, Beinahe-Jungfrau. Sie hatte noch das Blut zwischen ihren Schenkeln, wie er jetzt sehr deutlich sehen konnte, und er konnte auch seinen Schwanz sehen, wie er in ihr steckte und von ihrer unglaublich engen Vagina umklammert wurde, und er war sich nicht sicher, ob er jetzt überhaupt noch im Stande war aufzuhören.

»Nein, oh nein! Es tut nicht weh«, krähte sie und reckte sich ihm noch mehr entgegen, indem sie sich auf ihre Ellbogen niederließ.

»Es gefällt dir?« Er glitt ein wenig aus ihr heraus und sie gab ein endlos langes »Aaaah!« von sich.

»War das ein Ja?«

Er konnte sich kaum sattsehen an ihr und an sich selbst. Ihr knackiger, kleiner Hintern, der sich ihm darbot, und das schmale Becken, das ihm diese unsäglich geile Enge versprach. Ihre feuchte, rote Rosenknospe und wie sich sein Fleisch in ihres hineinschob und wieder heraus und jedesmal wurde ihr »Aaaah!« ein wenig länger, ein wenig lauter und er spürte, wie er sich langsam auflud und wie sie sich langsam auflud. Er konnte sie dazu bringen zu kommen. Er durfte nur nicht schon wieder zu früh abgehen. Ganz langsam! Reiß dich zusammen!, ermahnte er sich selbst und spielte mit seinen Fingern an ihrer Klitoris, herrlich geschwollen und feucht und so reizbar.

»Sag mir, ob dir das gefällt!« Aber er hätte nicht zu fragen brauchen. Sie miaute wie ein kleines Kätzchen, als er ihre Knospe rieb und drückte und umkreiste und gleichzeitig wieder tief in sie hineinglitt.

Das Bild würde sich für ewig in sein Gedächtnis einbrennen: Ihr weißer Körper nach vorn gebeugt, ihre Brüste berührten die Matratze, ihr Hintern ihm entgegengereckt und sie war so feucht von Lust und Samen und Blut und er war in ihr, ihr Herr und Meister, und seine Finger spielten mit ihr.

Er zog sich beinahe ganz aus ihr zurück, nur um sich selbst noch einmal zu sehen, wie er wieder mit seiner ganzen Länge in sie hineinrammen konnte, und als er ganz in ihr war, da rief sie es mit zitternder Stimme: »Thomas! Oh ja! Ist das gut.«

Sie würde gleich kommen. Nur noch ein paar tiefe langsame Stöße. Seine Finger wurden ein klein wenig brutaler bei seiner Liebkosung, und da war es: »Oooh, Thomas! Oh mein Gott!«

Ja! Er war der Größte.

Er spürte es, wie die Muskeln in ihrer Scheide kontrahierten und ihn massierten und ihr ganzer Körper zitterte. Sie raunte seinen Namen endlose Male ins Kopfkissen und das war sein Signal: Seine Stöße wurden jetzt schnell und hart. Er hörte ihr Fleisch aufeinander klatschen, sah, wie ihr Körper bei seinem gewaltigen Ansturm mitwogte und da explodierte er in ihr mit einer solchen Gewalt, dass er sich fühlte, als hätte ein rasender Strom ihn vom Ufer weggerissen und mit sich fortgespült und Julia war auch mit ihm fortgespült worden. Sie schwamm zusammen mit ihm auf dieser Flutwelle des Wahnsinns, während sie seinen Namen rief und mit ihrem Orgasmus seinen Penis molk.

Vergiss alles, was du bisher für guten Sex gehalten hast, sagte der Steinzeitmann in ihm: *Junge, das war definitiv der allergeilste Fick deines Lebens. Und in den letzten Zuckungen seines Höhepunktes dachte er: Ich lege ihr noch eine Million drauf!*

Und als sie langsam aus dem kleinen Tod, den sie gerade gestorben war, wieder zum Leben erwachte, dachte sie glückselig: *Oh Gott, war das schön! Ich gebe ihm das Geld zurück.*

Kapitel 10

Wie schnell die Frage der korrekten Vertragserfüllung sie beide einholen würde, konnten sie noch nicht ahnen, als sie sich langsam wieder voneinander lösten und versuchten – jeder für sich, aber eng umschlungen –, in der Realität wieder Fuß zu fassen.

Julia kuschelte sich zufrieden und satt an Thomas, während er versuchte zu begreifen, was sie mit ihm angestellt hatte. Es war alles falsch gelaufen, ganz anders als er es geplant hatte, und trotzdem hatte er noch nie besseren Sex gehabt und dabei gab es nichts, was er mit Frauen nicht schon ausprobiert hatte und doch hatte er noch nie einen solchen Kick erlebt, und das ausgerechnet mit einer unschuldigen Frau bei stinknormalem Sex. Er kämmte mit seinen gespreizten Fingern durch ihr langes dunkelbraunes Haar, das wie ein Pantherfell glänzte, und wickelte dann eine dicke Haarsträhne um seine ganze Hand.

»Ist die Farbe echt?«

»Hmhm!«, schnurrte sie.

Natürlich! An ihr war alles echt: Ihre Unschuld, ihre Hingabe und ihre Unterwerfung – genau das war der Kick – und der hatte Suchtpotential, zumindest wenn er seinem unersättlichen Freund zwischen seinen Beinen glauben durfte. Er wollte sich gerade über sie beugen, um sie zu küssen, da kam aus ihrer Handtasche Geigenmusik. Offenbar war es der Klingelton ihres Handys, denn sie richtete sich erschrocken auf und er musste ihre Haarsträhne loslassen und zurückweichen.

»Bist du böse, wenn ich nachsehe, wer das ist?«

Es gab nicht viele Leute, die überhaupt ihre Handynummer hatten. Vittorio, Frau Bunke von Gegenberger, Debby, zwei, drei Leute vom Taekwondo und natürlich ihre Familie, Mutter, Vater und Tante Heike. Vermutlich war es ihre Mutter und dann würde sie einfach nicht drangehen, aber es könnte ja auch etwas mit Benni sein. Vielleicht war er krank geworden oder von der Schaukel gefallen oder er hatte sich wieder mit den Nachbarsjungen geprügelt, dann reichten ein paar beruhigende Worte für ihn.

Bis sie ihre Handtasche offen hatte und sie das Handy unter ihrem anderen Kram gefunden hatte, hatte der Anrufer schon aufgegeben. Überrascht stellte Julia fest, dass es erst halb vier am Nachmittag war, dabei hatte sie das Gefühl, als hätte sie eine Ewigkeit zusammen mit Thomas verbracht und zumindest die letzten paar Minuten dieser Ewigkeit waren der blanke Wahnsinn gewesen.

Aber das sollte ihr letztes schönes Gefühl an diesem Tag sein, denn danach prüfte sie die entgangenen Anrufe und stellte zu ihrem Entsetzen fest, dass ihre Tante Heike in der letzten Stunde bereits viermal angerufen hatte. Julia fiel vor Schreck fast das Handy zu Boden und vor lauter Aufregung schaffte sie es nicht zurückzurufen. Der Anruf ging einfach nicht durch, es kam keine Verbindung zustande und ihr wurde vor Panik schwindelig.

»Was ist?«, fragte Thomas, der nun neben ihr stand und den Arm um sie legte, weil er gesehen hatte, wie sie zitterte.

»Meine Tante Heike … hoffentlich ist nichts mit Benni. Ich komme nicht durch.«

»Du musst die Vorwahl für Deutschland verwenden. Wir sind in der Schweiz.« Er nahm ihr Handy, tippte ein paar Ziffern ein und händigte es ihr wieder aus.

»Gott sei Dank, Julia, da bist du ja endlich!«, rief Heike ohne lange Vorrede. »Du musst sofort kommen!«

»Was ist? Ist was mit Benni?«, brüllte Julia ins Telefon, weil sie ihre Tante nicht richtig hörte und das lag nicht an der Verbindung, sondern weil es in ihren Ohren so laut rauschte. Sie hasste solche Anrufe. Seit sie per Telefon von Maries Tod erfahren hatte, geriet sie beinahe jedes Mal in blanke Panik, wenn unvorhergesehene Anrufe kamen. Sie merkte gar nicht, wie ihre Knie unter ihr nachgegeben hatten und dass Thomas sie festhielt, als sie anfing zu wanken.

»Da war so ein Mann hier. Irgendein Ausländer, oder so, mit zwei anderen Männern. Das waren grauenvolle Kerle, richtige Schlägertypen und der Mann hat nach Benni gefragt, aber Benni war bei Kevin zum Spielen und dann hat der Mann einen Riesenaufstand gemacht, das glaubst du nicht. Julia, ich hatte solche Angst. Ich habe am ganzen Leib gezittert und ich habe ihm gedroht, dass ich die Polizei rufe, wenn er nicht geht und da hat er mich ausgelacht und gesagt, dass er mich fertigmacht, wenn ich ihm Benni nicht gebe.«

»Wo ist Benni? Wo ist Benni jetzt?«, schrie Julia hysterisch ins Telefon.

»Er ist hier bei uns, bei deinem Vater und mir. Aber ich hab solche Angst, wenn der schreckliche Mensch wiederkommt, dass er das Kind vor unseren Augen entführt.«

»Tante Heike, du musst gleich die Polizei verständigen. Lass niemanden ins Haus. Verstehst du? Ich versuche, so schnell wie möglich zu kommen.«

»Ja, aber beeil dich, ich komme um vor Angst. Kannst du nicht einen von deinen Freunden aus dem Taekwondo-Club mitbringen?«

»Tante Heike ...«, Julia hatte das Gefühl, als würde sich eine kilometertiefe Spalte unter ihren Füßen auftun und sie würde in den Abgrund stürzen. »Ich bin in der Schweiz. Ich bin gerade in der Schweiz. Ich komme, so schnell es geht, aber es wird dennoch Stunden dauern. Bitte rufe sofort die Polizei an und schildere denen genau, was passiert ist.«

Nachdem sie die Verbindung unterbrochen hatte, holte sie tief Luft und sammelte all ihre Kräfte und dann sah sie Thomas an und versuchte, nicht zu heulen.

»Ich muss sofort nach Hause.«

»Das habe ich gehört.«

»Wir müssen unsere Nacht verschieben. Es tut mir wirklich sehr leid, dass du nicht ... bitte bestehe nicht darauf, dass ich unseren Vertrag heute noch erfülle.«

»Hältst du mich für ein Arschloch?«, fragte er pikiert, aber insgeheim gestand er sich ein, dass er ein Arschloch war. Weil er ernsthaft überlegte, wie sie reagieren würde, wenn er auf den Vertrag pochen und verlangen würde, dass sie dablieb. Er wollte nicht, dass alles jetzt schon zu Ende war. Verdammt noch mal, er wollte weitermachen, nicht irgendwann einmal, sondern jetzt. Aber natürlich brauchte sie das nicht zu wissen. Sie sollte ihn für einen Helden und nicht für einen Arsch halten.

»Was ist mit Benni?«

»Irgendein Verrückter hat es auf ihn abgesehen. Ich habe das nicht ganz verstanden, was er von Benni wollte, aber meine Tante ist kurz vor dem Durchdrehen. Irgendwie wird Benni bedroht, das denkt sie jedenfalls. Vielleicht ist es nur ein dummer Scherz oder eine Überreaktion von Tante Heike, aber ehrlich gesagt ...«

Sie sprach den Satz nicht zu Ende, denn wenn sie laut aussprechen würde, was sie wirklich dachte, dann würde er sie vermutlich für eine paranoide Ziege halten. Trotzdem, sie konnte nichts gegen das furchtbare Gefühl tun, dass das vielleicht etwas mit dem Tod ihrer Schwester zu tun hatte und dass die gleichen Leute es jetzt auch auf Benni abgesehen hatten.

»Du denkst bestimmt, dass ich hysterisch bin und dass ich überreagiere, aber ich ... ich kann nicht hierbleiben.«

Er schnaubte verächtlich. Sie hatte keine Ahnung von hysterischen Frauen. Er hatte Frauen erlebt, die wegen eines abgebrochenen Fingernagels schon weitaus hysterischer reagiert hatten. Julia verstand sein Schnauben völlig falsch:

»Bitte, Thomas, das ist keine blöde Ausrede, nur um hier wegzukommen. Wir holen alles nach und ich mache alles, was du willst! Falls du dann überhaupt noch Lust auf mich hast. Andernfalls gebe ich dir das Geld zurück, aber lass mich bitte gehen. Ich nehme den Zug. Gibt es einen Bahnhof hier?«

Alles nachholen und tun, was er wollte? Das war gut, sehr gut sogar. Aber Geld zurückgeben, das kam überhaupt nicht in Frage. Er packte sie grob an den Schultern, gröber als er es eigentlich beabsichtigt hatte, und starrte ihr in die Augen.

»Du bist mit mir gekommen und du gehst mit mir zurück.« Dann griff er zu seinem eigenen Handy und rief Brockmann an.

»Brockmann, versuchen Sie eine Starterlaubnis zu bekommen, so schnell wie möglich. Egal, was es kostet. Sonst müssen Sie ein Auto mieten und Julia zurück nach Berlin bringen.«

»War es etwa so schlimm?« Brockmann klang nicht zynisch, sondern fassungslos.

»Irgendwas stimmt mit dem Jungen nicht. Sie muss sofort zurück.«

Julia hatte bereits angefangen, ihre Kleidung aufzusammeln und als sie sich bückte, stellte sie fest, wie wund sie war und dieses Gefühl von Brennen und Feuchtigkeit und plötzlicher Kälte machte ihr ihre Lage schlagartig und in aller Deutlichkeit bewusst: Sie trieb sich in der Schweiz herum, während irgendein Verrückter Benni bedrohte und wenn das Jugendamt erst einmal herausfand, wie sie ihrer Aufsichtspflicht nachkam ... Selbstvorwürfe und Schock mischten sich in ihrem Kopf zu einem Tohuwabohu und mit einem Mal stand sie wie versteinert mitten im Zimmer, völlig nackt und völlig verwirrt und starrte das weiße Spitzenhöschen in ihrer Hand an.

Sie wusste nicht mehr weiter.

Und Thomas starrte Julia an und wusste nicht, ob sein Gehirn es schaffte, auf diesen Input an hocherotischer, weiblicher Hilflosigkeit rational zu reagieren. All seine männlichen Instinkte brüllten danach, sie an sich zu reißen und sie vor jeder Bedrohung von außen zu beschützen, für immer und ewig. Er nahm ihr das Höschen aus der Hand und führte sie ins Badezimmer.

»Du musst duschen, Kleines. Komm!«

Weiß Gott, sie hatte es nötig und er auch.

»Brockmann kümmert sich um alles.« Er drehte den Duschkopf auf und schob sie unter den warmen Strahl.

Während sie duschte, machte er ein paar Anrufe in Berlin, bei der Polizei und bei Conni, deren Mutter schon wieder Geburtstag hatte. War der letzte nicht erst drei Wochen her? Er holte seinen persönlichen Assistenten vom Sportplatz weg und seinen anderen Bodyguard Silvio direkt aus dem Bett seiner neuesten Eroberung. Als Julia aus der Dusche kam, hatte er ihre Kleidung sorgsam aufgesammelt und auf das Bett gelegt.

»Ruf deine Tante an und sag ihr, dass mein Bodyguard unterwegs zu ihr ist. Er heißt Silvio Seidlitz, ist etwa zwei Meter groß, dunkelhaarig und hat eine Narbe unter dem linken Auge. Zu welcher Adresse soll ich ihn schicken?«

Sie schüttelte unsicher den Kopf. »Ich weiß nicht, ich ... ich möchte nicht, dass meine Tante oder sonst jemand von uns und von dieser Sache hier erfährt. Wir haben Diskretion vereinbart.«

»Das war, bevor irgendein Verrückter deinen Neffen bedroht hat. Du glaubst doch wohl nicht, dass ich dich in dieser Situation alleine lasse?«

Er klang unfreundlicher, als er sein wollte, aber er verstand ihr Problem nicht. Warum war sie so widerspenstig und abweisend, jedes Mal wenn er ein wenig mehr für sie tun wollte als das, was ihr nach ihrer kleinkarierten Meinung zustand.

»Außerdem hast du den Vertrag noch nicht erfüllt. Ich habe also ein Recht darauf, auf dich aufzupassen.«

»Ich erfülle den Vertrag so bald wie möglich. Ich gebe dir mein Wort. Aber ich möchte nicht, dass irgendjemand von dieser seltsamen Affäre erfährt und ich glaube, das mit deinem Bodyguard in meinem Elternhaus ist keine gute Methode, um unsere, ähm, Verbindung, geheim zu halten.«

»Verdammt! Was soll die Scheiße?« Er konnte nichts dagegen tun, jetzt fing er an zu schreien. »Andere Frauen können es gar nicht schnell genug in die Welt hinausposaunen und damit angeben, wenn sie von mir gefickt worden sind.«

»Dann solltest du einfach andere Frauen und nicht mich ficken!« Ihre Stimme klang zwar energisch, aber ihr Gesicht war leichenblass geworden und er hätte sich am liebsten selbst in die Fresse geschlagen.

»Es tut mir leid, ich hätte das nicht sagen sollen. Ich verstehe nur nicht, warum du dich so sträubst. Du musst ja niemandem erzählen, dass Silvio mein Bodyguard ist. Sag einfach, er sei ein ..., was weiß ich, ein Bekannter aus deinem Taekwondo-Verein. Ich werde Silvio entsprechend instruieren. Er wird den Jungen beschützen, bis du zu Hause angekommen bist und bis klar ist, was da überhaupt passiert ist.«

Julia schluckte ihren Stolz hinunter. Bennis Sicherheit hatte wirklich Vorrang vor ihrer Selbstachtung und beleidigte Leberwurst konnte sie immer noch spielen, wenn alles überstanden war. Sie nannte ihm ohne einen weiteren Kommentar die Adresse ihres Vaters und danach telefonierte sie mit ihrer Tante.

»Was? Da kommt ein echter Bodyguard? Ist das einer aus deinem Taekwondo-Club?«, fragte Tante Heike verdutzt, aber gleichzeitig auch sehr erleichtert.

»Ja!« *Nein, er ist der Bodyguard des Mannes, den ich für eine Million Euro ficke, ha-ha-ha.*

Lügen waren Mist und zu viele Lügen konnten Menschen sogar in den Tod treiben, wie sie am Beispiel ihrer Schwester erlebt hatte. Sie wollte nicht den gleichen Fehler wie Marie machen und sich in unsägliche Geheimnisse und Täuschungen verstricken, aber offenbar hatte man manchmal im Leben gar keine andere Wahl, als genau das zu tun.

Eric Brockmann hatte Starterlaubnis für 18:00 Uhr bekommen und wenn alles gut ging, war sie spätestens um 22:00 Uhr bei ihrem Neffen in Berlin. Brockmann hielt für Julia die Tür des Autos auf, mit dem sie zum Flughafen fahren würden, und nachdem sie eingestiegen war, ging er wieder zurück in die Villa, um das Gepäck zu holen. Er wusste, dass der Boss noch einmal unter vier Augen mit ihm reden wollte. Er hatte das übliche Handzeichen gemacht, also hatte der Bodyguard zuerst das Mädchen ins Auto verfrachtet, um dann erst das Gepäck zu holen. Sie bemerkte die Unlogik nicht, denn sie war viel zu sehr von ihren Sorgen beansprucht. Brockmann betrat das Schlafzimmer, nahm den Koffer und die Reisetasche auf und warf unwillkürlich einen Blick auf das zerwühlte Bett und auf die untrüglichen Blutflecken.

Scheiße, dachte er halb bestürzt und halb beeindruckt. Das heißt, ich bin jetzt Harry Potter.

Thomas kam gerade aus dem Badezimmer und band sich die Krawatte.

»Julia möchte nicht, dass irgendjemand von uns erfährt«, sagte er ohne aufzublicken. »Das heißt, ich werde sie nicht nach Hause begleiten.«

»Verstehe!«

»Sie ist halsstarrig und übertrieben stolz. Wie soll ich ihr so helfen?«

»Hatten Sie das nicht so vereinbart? Diskretion, meine ich?«

»Ja, aber die Lage hat sich geändert und da ist Diskretion ja wohl nicht mehr angebracht. Sie tut gerade so, als wäre es eine Schande, mit mir zusammen gesehen zu werden. Herrje, keiner anderen Frau musste ich jemals meine Hilfe aufnötigen.«

»Sie sollten Julia vielleicht nicht unbedingt mit Ihren anderen Frauen vergleichen.«

»Das hat sie mir auch zu verstehen gegeben.«

»Sie haben offenbar kein Fettnäpfchen ausgelassen!«

»Nein, offenbar nicht!«

Thomas schüttelte über sich selbst den Kopf. Er war aufbrausend und er nahm kein Blatt vor den Mund. So war er nun mal, aber er konnte sich das schließlich erlauben. Er war Thomas Mahler, nicht irgendwer, und wenn die Frauen deswegen heulend und schluchzend aus dem Zimmer rannten, dann hatte ihn das bisher noch nie gestört, wusste er doch genau, dass sie alle wieder zurückkamen. Er brauchte nur mit dem Finger zu schnippen.

Aber Julias entsetzter Blick hatte ihm fast das Herz abgeschnürt und er hatte in dem Moment glasklar begriffen, eine Frau wie Julia konnte er zwar leicht dazu bringen, aus dem Zimmer zu rennen, aber war sie erst mal weg, würde sie nicht wiederkommen – nicht einmal, wenn er mit der ganzen Hand winkte. Nicht die stolze Julia!

»Ich habe Silvio angewiesen, dass er behaupten soll, er sei ein Freund aus Julias Sportverein. Ich wünschte, dieser Mensch besäße etwas mehr Diskretion und Verstand. Er fand das alles überaus lustig und hat überhaupt nicht den Ernst der Lage verstanden.«

»Silvio ist ein hervorragender Bodyguard.«

»Silvio ist ein selbstgefälliger Frauenaufreißer und wenn er Julia auch nur in Gedanken anfasst, dann mache ich ihn fertig.«

Brockmann hob nur die Augenbrauen und sagte gar nichts. Diese Art von Besitzanspruch und Eifersucht kannte er nicht von Mahler. Es hatte den Chef jedenfalls nie sonderlich gestört, wenn Silvio Ines angeflirtet hatte, ganz zu schweigen von anderen Frauen.

»Ich habe Doktor Nickel auf die Polizei angesetzt«, fuhr Thomas fort. »Wobei Julia mir garantiert die Hölle heiß machen wird, wenn sie erfährt, dass ich mich da eingemischt habe.«

Nickel war sein persönlicher Assistent und ein Prinzipienreiter, der so hartnäckig sein konnte, dass es manchmal sogar Thomas zu viel wurde.

»Vielleicht hätten Sie erst mal abwarten sollen, ob es nicht nur ein Fehlalarm war, bevor Sie den Generalbundesanwalt einschalten.«

»Ich möchte nur, dass Nickel der Polizei auf die Füße tritt.«

Thomas ließ sein Handy in die Anzugtasche gleiten, ordnete seine Krawatte noch einmal und warf einen letzten sehnsüchtigen Blick zurück auf das Bett.

»Scheint ansonsten aber erfolgreich verlaufen zu sein.« Brockmann konnte es nicht lassen, er schaute ebenfalls zum Bett hinüber und grinste vielsagend.

Ist es erfolgreich verlaufen?, fragte sich Thomas leicht verwirrt.

Wenn ein Mann dreimal innerhalb so kurzer Zeit das Gipfelkreuz erstürmt und jedes Mal denkt, so hoch wäre er bisher noch nie gewesen, nur um beim nächsten Mal festzustellen, dass er noch ein wenig höher gekommen war, war das Erfolg oder Schicksal? Ein Schicksal, das ihm eine Frau über den Weg geführt hatte, die wie für ihn geschaffen war.

»Es war sensationell!«, antwortete er kopfschüttelnd. »Aber keine dummen Bemerkungen dazu vor Julias Ohren, dass das klar ist.«

»Ich doch nicht«, sagte Brockmann grinsend und trug die Koffer nach draußen.

Als sie wieder im Flugzeug saßen, redeten sie nicht mehr viel miteinander. Der Steward brachte etwas zu essen, Sandwichs, Kuchen und Schokoladenmousse, aber Julia lehnte ab. Wie sollte sie jetzt einen Bissen hinunterbringen? Thomas blieb allerdings hartnäckig und nötigte ihr mehr oder weniger eine Mousse au Chocolat auf, aß selbst eine und erklärte ihr, dass es nichts Besseres gegen Stress gäbe. Tatsächlich tat ihr das Essen gut und ihr inneres Zittern ließ etwas nach. Vielleicht war sie auch nur unterzuckert gewesen.

Ihre Tante Heike rief noch zweimal während des Fluges an. Einmal um zu sagen, dass der riesige Bodyguard vom Taekwondo eingetroffen sei, und eine Dreiviertelstunde später, um ihr zu sagen, dass jetzt auch die Polizei eingetroffen war.

Thomas telefonierte auch unentwegt und arbeitete nebenher an seinem Laptop. Natürlich, warum nicht? Warum sollte er sich noch länger mit Julia auseinandersetzen? Das Sex-Date war mehr oder weniger gescheitert und der Nachholtermin stand in den Sternen, also konnte Thomas Mahler seine Energien und seine Zeit auf lohnendere Objekte richten.

Geld scheffeln.

Er vereinbarte Termine mit allen möglichen Leuten für den morgigen Sonntag. Das waren Termine, die er wegen seines Lugano-Trips auf Montag verschoben hatte und jetzt wieder zurück auf Sonntag verschob. Er brüllte irgendjemanden an, der ihm für Montag einen Flug nach New York buchen sollte, und er diskutierte mit fünf verschiedenen Leuten über eine Firmenübernahme von Sparfox. Dann hackte er wieder auf seinem Laptop herum, nur um kurz darauf wieder wütend zum Handy zu greifen und irgendeinen anderen seiner Lakaien über irgendwelche Bilanzen und Eigenkapitalrenditen zu befragen.

Julia sah auf die Uhr: Es war Samstagabend 19:10 Uhr und es gab tatsächlich unzählige Leute da draußen in der Welt, die nur auf den Anruf von Thomas Mahler warteten, um seine Befehle entgegenzunehmen und um Geschäfte mit ihm zu machen, und sie war sich sicher, dass Thomas Mahler bei der Landung in Tegel noch ein wenig reicher sein würde als beim Start.

Irgendwann schlief sie vor lauter Erschöpfung über Gewinn- und Verlustrechnungen und Hedge Fonds und Ratingcodes ein.

Thomas telefonierte gerade mit Federer und versuchte dem Mann klarzumachen, dass es ihm gar nicht um den Schaden ging, den der immer noch unbekannte Mitarbeiter in Sachen Sparfox-Übernahme verursacht hatte, sondern dass es ihm ums Prinzip ging und er sich von niemandem über den Tisch ziehen ließ. Nicht ungestraft. In dem Moment sah er, wie Julias Kopf nach vorne kippte und wie sie ganz langsam an der Rückenlehne entlangrutschte, bis sie halb schräg auf der Lehne des Ledersitzes hing, den Arm auf die Lehne gelegt, den Kopf auf den Arm gelegt.

Er unterbrach das Gespräch mit Federer und hielt die Luft an.

Bei allen Heiligen, die Frau war so schön! Sie war schön auf eine Weise, wie kein teures Kleid, kein glitzernder Schmuck, kein Make-up und kein Schönheitschirurg es bewirken konnten. Es war irgendetwas, das aus ihrem Innern kam und nur wenig mit ihrem sanftmütigen Gesicht oder ihren prallen Brüsten zu tun hatte.

Er legte das Handy weg und hob sie vorsichtig aus dem Sessel. Eigentlich wollte er sie nur auf den Diwan legen und sie zudecken. Aber als er sie in seinem Arm hielt und ihre geschlossenen Augen mit den langen Wimpern und den halb offenen Mund sah, als er ihren zierlichen Körper an sich drückte, da war es einmal mehr um seine Selbstbeherrschung geschehen. Er legte sie auf den Diwan, setzte sich zu ihr und legte ihren Kopf in seinen Schoß. Sie maunzte zwar leise über die Störung, wachte aber nicht auf. Ihr Haar war noch ein wenig feucht vom Duschen und fühlte sich klamm in seinem Schoß an, was aber seinen Schwanz nicht daran hinderte, sich freudig in die Höhe zu recken. Er schob seine Hand unwillkürlich in ihre Bluse. Seine Finger glitten ganz vorsichtig unter ihren BH und spannten sich um die volle Pracht. Er spürte, wie sich ihr Nippel aufrichtete und sich gegen seine Handfläche drückte. Sie stöhnte leise und schlief weiter und er schloss genussvoll die Augen und begann sie zu streicheln, ganz sanft, ganz langsam, ganz heimlich.

Julia träumte von Benni und dem Fremden. Benni war auf dem Spielplatz im Hinterhof der Mietskaserne, in der sie wohnten. Ein großer dunkler Mann stand hinter Bennis Schaukel und schubste ihn an, immer höher und höher. Julia schaute aus ihrem Küchenfenster hinaus auf den Spielplatz und brüllte zu Benni hinunter: Er solle sofort aufhören. Das sei gefährlich. Warum war sie nicht da unten bei Benni? Warum war sie so weit weg, wenn er in Gefahr war? Sie wollte hinunterlaufen, um Benni zu holen, aber sie kam nicht voran. Irgendetwas hielt sie fest.

Thomas. Er hielt sie fest. Er hielt ihre beiden Brüste in seinen Händen und ihre Brustwarze war in seinem Mund. Er saugte an ihr und es war göttlich. Sie spürte sein Saugen durch und durch und wollte sich ganz in diesem Gefühl verlieren, nichts anderes mehr denken und spüren.

Aber da war Benni. Sie musste zu Benni. Der Fremde hatte die Schaukel jetzt so stark angestoßen, dass sie sich beinahe überschlug, und dann, während eine Supernova aus nackter Lust in ihrer Scheide explodierte, flog Benni im hohen Bogen von der Schaukel und wirbelte durch die Luft. Julia schrie auf und fuhr mit schreckgeweiteten Augen aus dem Traum hoch.

Sie war im Flugzeug.

Es war nichts passiert. Gott sei Dank. Nur geträumt.

Thomas saß neben ihr. Er hielt beide Hände hoch, als würde ihn jemand mit der Waffe bedrohen und für einen Moment meinte sie, Panik in seinen Augen zu erkennen.

»Schlecht geträumt?«, fragte er mit einer Stimme, die kratzig und aufgewühlt klang. Aber Julia war von ihrem Traum viel zu betäubt, um diese Feinheit überhaupt wahrzunehmen.

Sie spürte eine pulsierende Feuchtigkeit zwischen ihren Beinen und fragte sich, ob sie wirklich nur geträumt hatte. Sie hatte öfter erotische Träume, aber so heftig war ihre körperliche Reaktion noch nie ausgefallen.

Kapitel 11

Brockmann setzte Thomas in der Tiefgarage des Mahler-Hochhauses ab und fuhr dann mit Julia weiter nach Spandau. Der Abschied von Thomas war kurz und ohne viele Worte gewesen. Er bestand darauf, dass sie seine Handynummer auf ihrem Handy speicherte und ihn anrufen sollte, falls sie Hilfe brauchte. Dann gab er ihr einen galanten Handkuss und verschwand mitsamt seinem Koffer im Aufzug des Hochhauses. Ein Gebäude, das natürlich ihm gehörte, wie all die umliegenden Wohn- und Geschäftshäuser auch, und in dem er irgendwo ganz oben eine Luxuswohnung hatte.

Julia stieg aus dem hinteren Fahrzeugfond aus und bei Brockmann auf dem Beifahrersitz wieder ein. Sie hasste es, wie eine Madame hinten zu sitzen und sich chauffieren zu lassen.

»Sie lassen mich am besten in der Querstraße vor meinem Elternhaus aussteigen«, sagte sie zu Brockmann, nachdem er wieder auf der Straße war. »Wenn meine Tante mich aus so einer fetten Limousine aussteigen sieht, wird sie mir Löcher in den Bauch fragen und ich weiß nicht, was ich ihr sagen soll.«

Ihm als Profi widerstrebte die Vorstellung, sie an einer Straßenecke aus dem Auto zu werfen und sie den Rest des Weges unbeaufsichtigt zu lassen. Es war kurz vor zehn und schon stockfinster auf der Straße und wenn die besagte Tante nicht gerade am Fenster lauerte, dann würde sie vermutlich nicht sehen, wie Brockmann mit Julia vorfuhr und sie zur Haustür brachte. Andererseits, wenn Doktor Nickel es wirklich geschafft hatte, die Polizei zu mobilisieren, konnte es durchaus auch sein, dass ein gigantisches Polizeiaufgebot vor der Tür der Dietrichs parkte und das Blaulichtgewitter bis Falkensee zu sehen war. Nickel war in allem, was er tat, extrem gründlich.

»Mal abwarten«, antwortete Brockmann. »Ich werde Sie so aussteigen lassen, dass Sie sicher zu Hause ankommen, ohne dass Ihre Tante Sie mit peinlichen Fragen löchert. Silvio wird Sie allerdings mit Fragen löchern und er ist nicht gerade zurückhaltend. Sagen Sie ihm einfach, Sie sind eine Freundin von mir. Das wird ihn zum Schweigen bringen.«

»Danke!«

Julia lächelte ihn an, denn das war wirklich eine nette Geste. Wenn sie jetzt etwas nicht brauchen konnte, dann war das ein weiterer Bodyguard von Thomas Mahler, der all ihre intimen Geheimnisse kannte.

»Silvio ist ein sehr guter Bodyguard. Der beste nach mir. Sie können seinen beruflichen Fähigkeiten blindlings vertrauen, aber lassen Sie sich nicht von dem Mann anbaggern. Wenn Mahler herausfindet, dass Silvio Sie anflirtet, ist er womöglich seinen Job los.«

Julia schnaufte überrascht aus. Was hatte das denn zu bedeuten?

»Ich lasse mich nie von Männern anbaggern.« *Nur kaufen!*

»Seine Frau hat es mit der ehelichen Treue nicht sehr genau genommen und seither ist er etwas engstirnig in dem Punkt«, versuchte Brockmann zu erklären.

»Aber ich bin keine Ehefrau, ich bin nur ein … nur ein Deal.«

»Nur ein Deal?« Brockmann lachte. »Sie sind sein kostbarster Schatz, Kleines. Oder denken Sie vielleicht, er blättert für jedes Mädchen eine Million Mäuse auf den Tisch!«

»Ich werde das Geld nicht behalten, Herr Brockmann.« Sie sprach in dem Moment nur das laut aus, was sie schon eine ganze Weile überlegt hatte.

»Dann sind Sie dumm!«, brummte er und trommelte unruhig auf das Lenkrad, während er an der roten Ampel wartete.

»Der Handel war von Anfang an geschmacklos und sittenwidrig.«

»Zehntausend Euro wären geschmacklos gewesen. Eine Million, das hat Klasse!«

»Es ist ja nicht so, dass ich das Geld nicht wirklich brauchen könnte, zumindest einen Teil davon.«

»Sie würden ihn zutiefst beleidigen, wenn Sie das Geld zurückgeben. Selbst wenn er unzufrieden wäre – und das ist er nicht. Ein Handel ist ein Handel und das weiß niemand besser als Herr Mahler.«

»Sie sind wirklich lieb, dass Sie das sagen«, antwortete sie lächelnd. »Aber das ist so ein unverschämter Haufen Geld, für … für etwas, das mir auch noch Spaß gemacht hat.«

Brockmann warf den Kopf zurück und lachte schallend. Das Auto hinter ihnen hupte, überholte waghalsig und der Fahrer zeigte den

Mittelfinger in Richtung der getönten Scheiben. Brockmann hatte vor lauter Lachen übersehen, dass die Ampel grün geworden war.

»Sie sind ein … ein …«

»… Hundesohn, ich weiß!« Er gab Gas und sah dabei nicht auf die Straße, sondern nach rechts zu ihr. »Aber bitte, zertrümmern Sie nicht Mahlers heile Welt, indem Sie ihm das Geld zurückgeben.«

Sie wusste nicht, was er genau damit meinte. Thomas Mahler würde sich bestimmt nicht aus dem Fenster stürzen, sollte er sein Geld wiederbekommen, da war sie sich sicher.

»Eine Million ist einfach zu viel. Das ist krank!«

»Er hätte auch zwei Millionen bezahlt, wenn Sie's verlangt hätten. Können Sie sich nicht einfach darüber freuen und sich was Schönes kaufen?«

»Hach!«, seufzte sie und drehte die Augen träumerisch zum Autodach. »Ich laufe schon seit Monaten an einem Paar Pumps vorbei, mit total hohen Absätzen. Die sehen so geil aus. Die möchte ich mir schon so lange kaufen.«

»Sie würden in den Schuhen garantiert noch heißer aussehen.«

»149 Euro!«

»Ein Pappenstiel für eine Millionärin! Und Sie könnten sich eine bessere Wohnung nehmen.«

»Mit einem eigenen Zimmer für Benni!«

»Und ein vernünftiges Sofa.«

»Oh ja, echt!«, seufzte sie noch mal. »Und dieser wollweiße Wintermantel mit den großen schwarzen Knöpfen. So ein Chanel-Imitat, aber total schick. 490 Euro.«

»Und einen richtigen Kleiderschrank, um ihn aufzuhängen, sollten Sie sich auch mal gönnen!« Weiß Gott, das brauchte sie dringend. Er hatte gesehen, wie ihre paar spärlichen Klamotten an einem dünnen Draht hingen, der quer durch ihr Zimmer gespannt war.

»Sie sind echt gemein.«

»Was ich? Sie sind aber wirklich ein Unschuldslamm. Sie haben eine Million zur Verfügung und ein alter Mann wie ich muss Ihnen sagen, was Sie damit machen sollen.«

»Na gut, ich zahle ihm vielleicht nicht alles zurück, nur das, was ich nicht brauche. Ich werde mir ausrechnen, wie viel Bennis Internat kostet und wie viel die neue Behandlungsmethode für meinen Papa kostet und falls ich schwanger von ihm bin, behalte ich auch noch genügend Geld zurück, damit ich das Baby vernünftig groß kriege und nicht auf das Scheißjugendamt oder auf eine peinliche Vaterschaftsklage angewiesen bin, und den Rest kriegt er zurück. Außerdem sind Sie gar kein alter Mann, Sie sind ja sogar jünger als Thom… Herr Mahler.«

Brockmann trat so heftig auf die Bremsen, dass die Reifen quietschten. Er riss das Auto nach rechts und blieb auf der Busspur stehen. Irgendjemand hupte und ein paar Passanten fluchten und Brockmann fluchte auch:

»Verdammt! Was heißt, falls Sie schwanger sind? Waren Sie nicht beim Frauenarzt?«

»Doch, klar!« Sie zuckte die Schultern und sah ihn unverwandt an. Ausnahmsweise waren ihre Wangen nicht puterrot, sondern ziemlich blass. »Aber so einfach ist das nicht. Man kann die Pille nicht einfach von heute auf morgen einsetzen, mittendrin im Zyklus. Das hat mir die Ärztin erklärt. Ich kann mit der Pille erst in zehn Tagen anfangen und ich habe mich nicht getraut, Thomas, also Herrn Mahler, zu fragen, ob er deswegen den Termin noch mal um zwei Wochen verschiebt. Und das ganze andere Zeug, das die Ärztin mir genannt hat, Zäpfchen und Pessare und Spiralen und was weiß ich noch alles, das sind alles … das ist … ich meine, dass dann …«

»Schon gut, schon gut, ich will es gar nicht so genau wissen!«, keuchte Brockmann. »Faktisch haben Sie also nicht verhütet.«

»Faktisch nicht, aber wie wahrscheinlich ist es schon, dass ich von einem Mal oder eigentlich drei Mal schwanger werde?«

»Verdammte Scheiße, Mädel, Ihnen fehlt eindeutig eine Mutter. Hat Ihnen denn niemand erklärt, wie das mit dem weiblichen Zyklus ist? Was ist mit der Pille danach?«

Sie sah ihn verwundert an, als hätte sie noch nie etwas davon gehört, dann zuckte sie verlegen die Schultern.

»Ich … ähm … die Frauenärztin hat gesagt, dass das eine Hormonbombe ist mit ganz vielen Nebenwirkungen und dass ich lieber im Voraus richtig verhüten soll, als mir das hinterher anzutun.«

»Ja, eben!«, rief Brockmann ungehalten und schüttelte dann über sich selbst den Kopf. Warum regte er sich überhaupt auf? Das war ja nun wirklich nicht sein Problem.

»Ja, eben!«, gab sie bissig zurück und verschränkte trotzig die Arme.

Vor der Tür zu Julias Elternhaus standen ein Polizeiauto und Mahlers Porsche, den Silvio natürlich auch privat nutzte. Es war stockdunkel, denn zwei der Straßenlaternen in der kurzen Sackgasse waren kaputt. Brockmann ließ Julia vor der Tür des Hauses aussteigen, wartete, bis sie aufgeschlossen hatte und im Haus verschwunden war, und wendete dann den Wagen. Als er wieder auf der Avus war, rief er Mahler an.

»Sie ist jetzt zu Hause. Ein Einsatzwagen und der Porsche, sonst ist nichts los in der Straße. Falls sich da heute Nachmittag wirklich kriminelle Typen herumgetrieben haben, so sind die längst über alle Berge. Ich habe die Umgebung gecheckt, da ist nichts.«

»Ja, gut!«, sagte Thomas, klang aber völlig unbeteiligt.

»Sind Sie betrunken?«

»Nein, ich bin tierisch angepisst«, kam es mit einem Zischen aus dem Telefon.

»Weil Julia Sie nicht gleich ihrem Papa vorstellen wollte?«, spöttelte Brockmann. Dieser kleine Dämpfer hatte dem unverwüstlichen Ego von Thomas Mahler gar nichts geschadet. Dass eine Frau ausnahmsweise mal nicht mit ihrem Verhältnis zum großen Mahler angeben wollte, war neu für ihn.

»Nein, es geht um Ines, diese Bitch. Ich habe den Fernseher angemacht und wen sehe ich da? Ines bei *Hagen am Abend*. Ich dachte zuerst, da säße irgend so eine billige Nutte vom Blumberger Damm. Ich habe sie kaum wiedererkannt, so schlimm sieht sie aus und dann erzählt sie nichts als unverschämte Lügen. Mein Anwalt kann am Montag erst mal eine Unterlassungsklage rauslassen. Das ist wirklich Rufmord, was diese Frau da treibt. Behauptet die doch glatt, ich hätte sie körperlich misshandelt und sie zur Abtreibung unseres Kindes genötigt.«

»Das ist nicht gut!«, murmelte Brockmann.

»Nein, es ist absolut unter der Gürtellinie. Sie weiß, dass mir diese Abtreibung das Herz gebrochen hat. Dieses Miststück!«

Brockmann fragte sich, warum er dieses Gespräch am Telefon führte und nicht wartete, bis er in wenigen Minuten zu Hause war. Manche Dinge sagten sich von Angesicht zu Angesicht leichter als am Telefon.

Er war sich auch nicht sicher, wie er seinem Boss die Kiste mit Julias nicht stattgefundener Verhütung verklickern sollte. Eigentlich ging es ihn überhaupt nichts an. Er war schließlich nicht Amor, der das verkorkste Liebesleben seines Chefs in Ordnung bringen musste. Aber irgendwann sollte er den Mann vielleicht vorwarnen, dass er möglicherweise einen goldenen Schuss gelandet hatte.

Brockmann interessierte sich wirklich nicht für diese Frauendinge, aber er war schließlich auch mal verheiratet gewesen und soviel wusste sogar er: Die fruchtbaren Tage einer Frau lagen in der Mitte ihres Zyklus' und wenn eine Frau noch etwa zehn Tage bis zur Einnahme der ersten Pille warten musste, dann befand sie sich genau in der Mitte ihres Zyklus'.

Bingo, Boss!

***

Als Julia das Wohnzimmer ihres Elternhauses betrat, herrschte dort ein heilloses Chaos und sie brauchte einige Minuten, während denen sie nur starr dastand und zig verschiedene Geräusche und Eindrücke auf sie einströmten. Da saß ihr Vater auf dem rustikalen Sofa mit Benni auf seinem Schoß und las ihm etwas aus einem Saurierbuch vor. Abgesehen davon, dass Benni seit Stunden im Bett sein sollte, trugen Vaters tiefe und laute Baritonstimme und Bennis hohe Zwischenfragen nur dazu bei, den Geräuschpegel in dem Raum zu erhöhen.

Aus der Küche dudelte ein Radio. In der Essecke lief der Fernseher mit einer penetrant schrillen Frauenstimme, die erbärmlich schluchzte. Ein Liebesfilm? Am Esstisch saß ein dunkelhaariger Schönling von unendlicher Körpergröße, mit Muskeln wie ein Mister Universum und einem so engen T-Shirt, dass seine Muskeln die Nähte des Shirts schier sprengten. Er hatte den Fernseher so laut, dass niemand Julias »Guten Abend!« hörte, als sie eintrat. Sie hatte ernsthafte Zweifel, ob der berühmte Leibwächter bei diesem Geräuschpegel überhaupt bemerken würde, wenn hier ein Amokläufer mit Maschinengewehr hereinstürmen und alle im Zimmer niedermähen würde. Durch die offene Küchentür konnte Julia zwei Polizisten in Uniformen sehen. Die saßen am Küchentisch, hatten Kaffeetassen vor sich stehen und lauschten abwechselnd auf knisternde Unterhaltung aus ihren Funkgeräten und auf ein Lied aus dem Radio, das sich nach einer Kifferparty anhörte.

Die Polizisten warteten offenbar auf etwas und das kam aus dem Badezimmer. Ein Bulle in Zivil, zumindest nahm Julia an, dass er ein Polizist war, denn er sah so typisch wie ein Kommissar aus dem Fernsehen aus, dass sie beinahe über das Klischee seiner Erscheinung gelacht hätte. Er war ein schnoddriger und ungepflegter Mittvierziger mit Drei-Tage-Bart und fettigen Haaren und einem dicken Schnauzer, dazu trug er graue Cordhosen und ein blaues Busfahrerhemd. Seine Krawatte war nicht ordentlich geknotet und hing schief und halb offen an seinem Hals.

Ach, es geht doch nichts über einen maßgeschneiderten Anzug und eine korrekt gebundene Krawatte, dachte sie in diesem Moment und sah Thomas vor sich, wie elegant und überlegen er aussah in seinen dunklen Anzügen und seinen Seidenkrawatten und den blütenweißen Hemden, ganz zu schweigen von seinen gepflegten Händen.

Tante Heike war nirgendwo zu sehen. Der Kripobeamte machte gerade den Reißverschluss seiner Hose zu, als sein Blick auf Julia fiel. Die stand immer noch wie versteinert im Wohnzimmer und eine aufgetakelte Blondine heulte in einer Talkshow über ihren niederträchtigen Ehemann, der ihr alle möglichen Bosheiten angetan hatte und der Thomas Mahler hieß und Julia hätte diese unwichtige Kleinigkeit beinahe überhört, hätte der hünenhafte Bodyguard nicht laut »Geschieht dir ganz recht, du Schlampe!« dazwischengerufen.

Julia konnte wirklich nichts dagegen tun, sie starrte auf die grell geschminkte Blondine im Fernsehen. Sie sah ihre dicken Brüste, so rund und groß wie Honigmelonen, die aus ihrem tiefen Dekolleté schier herauszuspringen drohten, sie sah, wie die Frau mit ihren langen, aufgeklebten Fingernägeln immer wieder an ihrem Dekolleté entlangstrich, sie hörte die Frau heulen, sah, wie deren Wimperntusche die Wangen hinunterlief. Sie hörte, wie sie dabei dem weißhaarigen, braungebrannten Moderator erzählte, dass ihr kaltblütiger Ehemann Thomas sie zur Abtreibung ihres geliebten Babys gezwungen hatte und dass er dafür nicht ungestraft davonkommen würde.

Julia fiel die Reisetasche mit einem lauten Plumps aus der Hand und ein lautes »Oh Gott!« plumpste aus ihrem Mund. Auf einmal sahen alle zu Julia herüber. Benni hüpfte vom Schoß seines Opas herunter und warf sich mit voller Wucht gegen Julia.

»Hey ho! Jule! Endlich bist du da! Warst du echt in der Schweiz? Warum hast du mich nicht mitgenommen?«

Benni hielt seine Hand zum Abklatschen hoch – einmal Hand oben, einmal unten, dann die Fäuste an den Knöcheln zusammen – und dann fing er sofort an zu quasseln, ohne Luft zu holen. Er erzählte von Tobi und dass sie dessen neues Kettcar erst mal mit einem alten Rasenmähermotor aufgepeppt hatten und wie Tante Heike ausgeflippt war, als er nach Hause gekommen war, und dass der Porsche von Silvio 612 PS und eine Beschleunigung von 3,9 Sekunden von null auf hundert hatte und dass die Bullen einen Riesenaufstand gemacht hatten und mit Blaulicht angekommen waren und dass Silvio Armdrücken mit ihm gespielt hatte und dass Opa ihm erlaubt hatte, American Pie auf DVD zu schauen, und, und, und.

»Benni, jetzt muss ich erst mal mit Tante Heike und den Männern hier reden. Merk dir alles, was du sagen wolltest, und erzähl es mir nachher, wenn ich dich zu Bett bringe.«

»Menno! Nie darf ich erzählen!«, murrte er und stopfte beide Fäuste in seine Hosentaschen. »Immer sagt jeder nur: Sei jetzt still. Lass die Erwachsenen reden. Unterbrich nicht! Blöde Erwachsene!«

Er stapfte zurück zu seinem Opa und nahm wieder die Vorlese-Zuhör-Position ein. Eigentlich interessierte er sich kein bisschen für Kinderbücher. Er holte sich lieber Fachzeitschriften aus der Bücherei oder Sachbücher über alle möglichen Themen, für die sich nicht mal Erwachsene interessierten. Im Prinzip hörte er seinem Opa nur zu, um ihm eine Freude zu machen, und die Erwachsenen sollten bloß nicht glauben, dass ihm irgendetwas von den ganzen Aufregungen entgangen war. Er war vielleicht ein Kind, aber kein Idiot. Er ließ es sich nur nicht anmerken, dass er ziemlich Schiss bekommen hatte, als er die Erwachsenen bei ihren aufgebrachten Gesprächen belauscht hatte. Man konnte ihm nicht vormachen, es wäre alles gut, wenn es nicht gut war. Schon gar nicht, wenn das Haus voll war mit Polizisten und ein Bodyguard XXL am Tisch saß, der sogar eine Pistole in der Jackentasche hatte – auch wenn Benni nur einen kurzen Blick darauf erhascht hatte, als der Mann die Jacke ausgezogen hatte. Er wusste ganz genau, dass heute Nachmittag irgendetwas mächtig schiefgelaufen war. Er war nur froh, dass Julia endlich gekommen war. Die nahm ihn wenigstens in den Arm und drückte ihn.

Jetzt natürlich nicht, weil sie mit den blöden Erwachsenen quatschen wollte. Aber später, wenn sie ihn zu Bett brachte, dann würde sie ihn zudecken und ihm einen Kuss geben und ihm alles erzählen, denn Jule war die Einzige, die ihn nicht wie ein Kind behandelte. Dann würde sie solche Dinge sagen wie: »Oh Gott, Benni, du bist ja so mutig. Ich als Kind hätte vor Angst gezittert.« Oder: »Ich hätte mich vor Angst in einem Schrank verkrochen und hätte nachts Albträume gehabt.«

Sie machte das immer so, irgendwie heimtückisch, aber auch ziemlich schlau, denn dann kam er sich immer cool und stark vor und wollte sie unbedingt beschützen und dann sagte er üblicherweise solche Dinge: »Mach dir keine Sorgen, Jule, ich habe keine Angst und ich krieg das schon in den Griff!«

Schließlich hatte Jule wirklich schon genug um die Ohren und er wollte nicht, dass sie ebenso weglief wie seine Oma, nur weil er manchmal ein wenig anstrengender war als andere Kinder.

»Ich dachte, du bist in der Schweiz!«, kam es aufgebracht von hinten. Tante Heike war in der Tür aufgetaucht und den Wasserflaschen in ihrem Arm nach zu schließen, war sie im Keller gewesen.

»Wie bist du so schnell zurückgekommen?«

Tante Heike sah fertig aus. Sie hatte mindestens seit fünf Stunden ihren Lippenstift nicht mehr erneuert und ihre ansonsten perfekt frisierte Jackie-O-Frisur war völlig verwüstet. Ihre Lachfalten sahen aus wie Ackerfurchen und ihre Mundwinkel hingen müde herab.

Julia hob abwehrend die Hände, weil das ausgerechnet eine Frage war, die sie definitiv nicht beantworten wollte, aber da kam nun auch der Kommissar herübergepoltert und baute sich mit bedrohlicher Körperhaltung vor Julia auf. Sein erster Satz zur Begrüßung klang gar nicht vielversprechend:

»Sind Sie Julia Dietrich, Bennis Erziehungsberechtigte? Und Sie waren also in der Schweiz, während das passiert ist? Darf ich fragen, mit wem?«

Abgesehen davon, dass die Frage unverschämt war und ihn gar nichts anging, trug sie ganz bestimmt nichts zur Lösung des Falles bei. Trotzdem fühlte sich Julia angegriffen und ihr ehedem schon brüchiges Nervenkostüm wurde noch ein wenig brüchiger.

»Es war nur ein Kurztrip. Ich hatte geplant, morgen Nachmittag zurück zu sein. Benni ist von Samstag auf Sonntag immer bei seinem Opa. Ich habe ihn also nicht abgeschoben oder vernachlässigt.«

Ihre Stimme war aggressiv und beinahe so laut, wie die der Blondine im Fernseher. Der Leibwächter sah überrascht auf und drückte auf die Fernbedienung. Die Frau im Fernsehen verstummte schlagartig. Man sah nur noch die Bewegung ihrer dicken Botoxlippen.

War das wirklich der Frauentyp, auf den Thomas Mahler stand? Wenn Julia an diese Becker aus der Rechtsabteilung dachte, die war das gleiche Modell, nur noch ein wenig dünner und nicht ganz so nuttig. Angesichts dieser Art von Frauen fragte sie sich verwirrt, was Thomas wohl an ihr gefunden hatte, außer vielleicht ein intaktes Jungfernhäutchen.

Sie riss ihren Blick vom Fernseher los und wunderte sich über sich selbst. Sie hatte keinen Grund, eifersüchtig zu reagieren. Ha! Sie war eine gekaufte Jungfrau, nicht mehr, nicht weniger und die peinliche Heulsuse da im Fernsehen konnte ihr nur leidtun. Wie konnte man sich selbst nur so bloßstellen und die ganze schmutzige Ehe-Wäsche in aller Öffentlichkeit waschen? Aber trotzdem hatte sich Julias Laune beim Anblick dieser aufgetakelten Silikon-Tussi schlagartig verschlechtert.

»Kann mir erst mal einer erklären, was überhaupt passiert ist, bevor ich mit Fragen über mein Privatleben gelöchert werde? Weiß man inzwischen, wer diese Leute waren? Haben Sie schon seinen Namen herausgefunden? Ist eine Fahndung eingeleitet worden?«

Die Laune des Kommissars verschlechterte sich auch schlagartig. Natürlich, so wie man in den Wald hineinrief, so schallte es auch wieder heraus und selbstverständlich fand er es nicht besonders lustig, sich den Abend hier um die Ohren schlagen zu müssen, wo er vielleicht lieber auf dem Revier hocken und ein Fußballspiel anschauen würde und natürlich fand er eine zickige Frau, die ihm auf den Zahn fühlte, am allerunlustigsten.

»Wir konnten gar nichts feststellen, junge Dame! Nichts von dem, was Ihre Tante uns erzählt hat, hat sich nachprüfen lassen«, entgegnete er übellaunig und warf dabei einen wütenden Blick in Richtung von Tante Heike.

Die quittierte den Blick mit einem empörten Wackeln ihres Kopfes und rauschte mit den Wasserflaschen unter dem Arm an ihm vorbei in die Küche. Offenbar hatten der Kommissar und Tante Heike das Thema schon mehrfach durch – und das nicht gerade im gegenseitigen Einvernehmen.

»Der Vorfall ereignete sich heute, angeblich kurz nach zwei. Kinder spielten auf der Straße und ein paar Leute waren in ihren Vorgärten. Wir haben alle Nachbarn befragt, die haben nichts gesehen. Auch Ihr Vater hat nichts von dem Besuch mitbekommen. Ein Besuch, der angeblich Sturm geklingelt und laute Drohungen ausgestoßen haben soll. Der Junge war gar nicht anwesend, kann also auch nichts dazu sagen. Der Busfahrer, der zu der besagten Tageszeit immer zehn Minuten Aufenthalt in der Busbucht am Ende der Straße hat, hat auch nichts bemerkt. Kurz und gut, der angebliche Fremde und seine zwei angeblichen Schlägertypen sind nur von Ihrer Tante gesehen worden.«

»Er stellt mich dar wie eine hysterische alte Schreckschraube!«, bellte Heike wütend aus der Küche. »Ich hab gesehen und gehört, was ich gesehen und gehört habe!«

»Sie denken, meine Tante hat sich das Trio bloß eingebildet?«

Julia war erstaunlich ruhig, als sie sich jetzt wieder an den unfreundlichen Schmuddelkommissar wandte. Sie glaubte es keine Sekunde, dass Tante Heike die Story nur erfunden hatte. Sie kannte ihre Tante und wenn die auch manchmal etwas seltsam war, was ihre Beziehungen zu Männern anging, sie neigte weder zu Hysterie noch zu Halluzinationen. Aber es war Julia auch völlig klar, was passieren würde, wenn sie den Polizisten von ihrem Verdacht erzählte, dass dieser Vorfall vielleicht etwas mit Maries Tod zu tun haben könnte.

Im besten Falle würde sie wie üblich auf die große Mauer des Schweigens treffen und im schlimmsten Falle würde der Kommissar sie für eine paranoide Verschwörungstheoretikerin halten und das Jugendamt darüber informieren, dass sie nicht die nötige geistige Reife besaß, um ein Kind zu erziehen. Die würden sie dann wieder mal vorladen und sie behandeln wie eine Angeklagte beim Strafprozess. Nein danke, die Bullen nützten ihr gar nichts, ganz im Gegenteil.

»Ich denke, hier blasen ein paar Leute mächtig ihre Backen auf und lassen ihre Beziehungen spielen und alles was rauskommt, ist heiße Luft«, brauste der Schmuddelheini auf.

Julia fiel ein, dass sie ihn noch nicht nach seinem Namen gefragt hatte.

»Dann tut es mir leid, dass Sie extra hergekommen sind. Warum sind Sie überhaupt noch hier, so spät am Abend?«

Oh je, damit hatte sie in ein Wespennest gestochen, von dessen Vorhandensein sie gar nichts geahnt hatte.

»Warum wir noch hier sind?«, schnaubte der Kommissar. »Das fragen ausgerechnet Sie, junges Fräulein? Wir sind hier, weil irgendein verfickter Oberbonze den Oberstaatsanwalt angerufen hat und darauf bestanden hat, dass wir hier zu sein haben!«

»Ein verfickter Oberbonze?«, rief Benni von hinten und kicherte höchst erfreut darüber, dass er seinem reichhaltigen Wortschatz noch einen weiteren genialen Fluch hinzufügen konnte.

»Da sehen Sie, was Sie mit Ihrer schlechten Laune anrichten!«, funkte Tante Heike aus der Küche dazwischen. »Uns werfen Sie vor, wir wären nicht imstande, ein Kind großzuziehen, und Sie reden so vor den Ohren eines Sechsjährigen. Kein Wunder, dass Sie keine Frau abgekriegt haben. Mit diesem rüpelhaften Verhalten! Und ich sag Ihnen noch mal, der Riese stand vor mir, so nahe wie Sie jetzt dastehen. Solche Schultern und einen Blick wie ein Gorilla hatte der und dann hat der so russisch geredet, wie die KGB-Leute im Film und mir ist das Herz in die Hose gerutscht. Aber Sie machen sich ja nur lustig über mich.«

»Vielleicht hat ja Ihre feine Nichte nicht nur Beziehungen zum Busenfreund des Oberstaatsanwalts, sondern auch zur Russenmafia!«, giftete der Kommissar lautstark in Richtung Küche. »Vielleicht erzählt uns Fräulein-ich-war-auf-einem-Kurztrip-in-der-Schweiz ja, wo sie sich wirklich herumgetrieben hat, während hier angeblich die Russenmafia eingefallen ist, um ein Kind zu entführen, das quicklebendig hier herumtobt, anstatt im Bett zu liegen und zu schlafen.«

Julia hatte das Gefühl, im falschen Film zu sein.

Offenbar ging der Kleinkrieg zwischen Tante Heike und Kommissar Schmuddel schon seit Stunden und jetzt stellte sich auch noch heraus, dass der Kommissar ganz und gar nicht freiwillig hier war und es war klar, dass der verfickte Oberbonze nur Thomas sein konnte. Julia war sich nicht sicher, ob sie über diese Einmischung verärgert oder dankbar sein sollte, aber da fiel ihr Blick auf seinen überdimensionalen Bodyguard und sie war wirklich froh, dass er hier war, auch wenn offenbar keine Gefahr bestand. Seine Anwesenheit hatte etwas ungemein Beruhigendes.

Es gab einen längeren und unfreundlichen Wortwechsel zwischen Julia und dem Kommissar. Sie überzeugte ihn davon, dass er verschwinden und seinen Bericht schreiben sollte, und der Kommissar erklärte ihr, wenn es nach ihm ginge, würde er nicht einmal die Druckerschwärze für diesen schwachsinnigen Einsatz verschwenden, schließlich habe die Polizei auch Ernsthafteres zu tun, als zwei durchgeknallten Frauen den Abend zu verkürzen.

Durchgeknallt hatte sie wirklich noch niemand genannt, stellte Julia fest, obwohl der Schmuddel-Kommissar im Augenblick der Wahrheit ziemlich nahe kam. Sie stand nämlich kurz davor, dem Mann einen doppelten Faustst0ß in die Eier zu verpassen. Erschwerend kam hinzu, dass sich Tante Heike unablässig aus dem Hintergrund einmischte und sich darüber aufregte, dass niemand ihr glauben wollte.

Nach etwa zehn Minuten an unfreundlichen Sticheleien zog die Polizei endlich ab und der Kommissar sagte zum Abschied mit einem schmierigen Tonfall, der Julia deutlich zu verstehen gab, dass er sie für ein Flittchen hielt: »Und viele Grüße an Doktor Nickel.«

»Doktor Nickel?«, fragte Julia, nachdem sie endlich die Tür hinter den Polizisten zugemacht hatte – es war viertel vor elf. »Wer ist bitte Doktor Nickel?«

Der Leibwächter-Hüne stand jetzt zum ersten Mal auf und faltete seinen Körper wie ein Klappmesser auf. Dann kam er lässig zu Julia herübergeschlendert und schenkte ihr ein hinreißendes Gigolo-Lächeln von ganz oben herab, das ihr sagen sollte, er könne sowieso jede Frau haben und sie könne ihm ruhig dankbar sein, wenn er sich überhaupt für so einen Zwerg wie sie interessierte.

»Doktor Nickel ist der Persönliche von Mahler! Und du bist also meine Taekwondo-Partnerin, was? Hahaha, witzig! Du siehst gar nicht nach Taekwondo aus. Eher nach ein paar anderen heißen Sportarten. Hohoho!«

Er streckte ihr die Hand hin und sie war sich nicht sicher, ob sie Lust hatte, mit ihm Shake-hands zu spielen und sich von ihm duzen zu lassen. Auch ohne Brockmanns Warnung wäre ihr die Anmache dieses selbstgefälligen Kerls sofort auf den Geist gegangen.

»Ich bin eine Freundin von Eric, Eric Brockmann.«

»Oha!«, sagte er und machte tatsächlich zwei Schritte rückwärts und Julia war verblüfft, welche Wirkung der Name *Brockmann* hatte.

»Eine Freundin oder die Freundin?«, fragte er, aber Julia zuckte nur die Schultern. Sie hatte echt keine Lust auf hohles Geplänkel mit einem sich selbst überschätzenden Kraftmeier. Sie würde ihn am liebsten wieder nach Hause schicken, aber sie musste zugeben, dass sie ziemlich froh über seine Anwesenheit war.

»Wie lange können Sie noch bleiben, Herr Seidlitz?«

Sie betonte seinen Nachnamen besonders eisig, damit er Bescheid wusste, dass sie nicht vorhatte, ihn zu duzen. Aber das Gigolo-Grinsen war ihm wohl angeboren. Er wackelte auch noch mit den Augenbrauen, als er antwortete:

»So lange, wie du mich brauchst, Süße.«

Boah, gingen die Anmachsprüche eigentlich noch platter?

»Ich würde mich wohler fühlen, wenn Sie über Nacht bleiben könnten. Ich könnte Ihnen im Kinderzimmer meiner Schwester ein Bett beziehen, wenn es Ihnen nichts ausmacht. Morgen früh nach dem Frühstück fahre ich mit Benni zurück in meine Wohnung.« Sie wartete auf einen weiteren halbseidenen Kommentar des Bodyguards, aber der nickte und sagte:

»Klar, kein Problem, krieg ich alles als Überstunden und Wochenenddienst bezahlt.«

Wie schön für ihn. Wenn er noch weiter so laut herumquatschte, würden selbst ihre abgekämpfte Tante und ihr geistig abwesender Vater kapieren, dass der Mann rein gar nichts mit ihrem Taekwondo-Verein zu tun hatte.

Apropos Tante, die kam jetzt aus der Küche gehastet und brodelte vor Wut, weil Julia die Polizisten einfach weggeschickt hatte und sie nun dastand wie eine Verrückte, die sich alles nur eingebildet hatte.

»Kind, ich schwöre dir! Ich hab den Riesen vor mir stehen sehen, so wie du jetzt vor mir stehst!« Sie hob ihren Arm in die Luft, ungefähr einen halben Meter über sich. »So groß war der!«

Dann schob sie trotzig ihre Unterlippe vor und stemmte die Fäuste in die Hüften. Ihre Frisur war, wenn möglich, noch mehr durcheinander. Tante Heike war keine hässliche Frau, aber ihre klassische Schönheit hatten Julia und Marie eindeutig von ihrer Mutter geerbt. Jetzt gerade sah Tante Heike aus wie eine magere Hexe, nachdem ihr der Kessel mit Hexengebräu um die Ohren geflogen war. Ihre arme Tante war hoffnungslos überfordert mit der Situation und das schon seit Stunden und das auch aus gutem Grund. Julia nahm Heike einfach stumm in die Arme und drückte sie eine ganze Weile, bis sie merkte, dass die sich wieder entspannte, und dann sagte sie:

»Ich bringe jetzt erst mal Benni zu Bett und danach reden wir in Ruhe.«

»Boah, ist das fies!«, rief Benni, der natürlich wie immer alles mitbekommen hatte. »Immer wenn es spannend wird, soll ich ins Bett.«

Julia fand, dass Benni schon genug Spannung für einen Tag gehabt hatte und schon viel zu viele Informationen unkommentiert hatte hinnehmen müssen. Das Schlimme war, sie konnte ihm nicht einmal erklären, was eigentlich passiert war und ob es gefährlich oder harmlos war. Sie wusste es ja selbst nicht. Aber sie konnte ihn wenigstens in den Arm nehmen und ihm sagen, dass sie ihn nicht im Stich lassen würde und dass sie seine Tapferkeit unglaublich bewunderte.

»Freundchen! Es ist bereits nach elf und du solltest schon seit drei Stunden schlafen«, sagte Julia in gespielter Strenge. Dann hob sie Benni auf den Arm. Er war nur noch einen Kopf kleiner als sie. Das lag daran, dass Julia nicht besonders groß und Benni ganz besonders groß war und dazu war er noch höllisch schwer.

»Kann ich in dein Bett, Jule?«

»Hey, kann mir mal einer sagen, warum immer alle Männer in mein Bett wollen?«, fragte sie lächelnd und gab ihm einen gespielten Kinnhaken, während sie ihn die Treppe hinauf in ihr ehemaliges Kinderzimmer schleppte. Gott, entweder war sie jetzt einfach fix und fertig oder Benni hatte über den Tag noch mal zehn Kilo zugenommen. Als sie mit dem schweren Brocken oben ankam, ging sie vor Erschöpfung fast in die Knie.

Silvio folgte den beiden in geringem Abstand. Nicht nur, weil das die geilste Frau war, die er je gesehen hatte, sondern weil es sein Job war, auf den Jungen aufzupassen und wenn der Junge sich für den restlichen Teil der Nacht da oben aufhalten würde, würde Silvio das auch tun.

Schade, dass sie Brockmanns Mädchen war, sonst würde er sie fragen, ob er auch in ihr Bett könnte, obwohl die Kleine ihn gleich mal eiskalt hatte abblitzen lassen. Aber das war für Silvio noch nie ein Hinderungsgrund gewesen, ganz im Gegenteil, je mehr sich die Mädels gegen ihr Glück sträubten, desto mehr reizte ihn die Herausforderung. Aber Brockmann verstand absolut keinen Spaß, wenn es um das Teilen von Frauen ging. Silvio wartete vor der Tür des Kinderzimmers fast eine halbe Stunde, bis Julia wieder herauskam, dann fragte er leise:

»Hat das Zimmer ein Fenster?«

»Nur ein Dachfenster.«

»Wo schläfst du heute Nacht, Süße?« Er rückte ihr ziemlich dicht auf die Pelle und drängte sie mit seiner immensen Körpermasse fast gegen die Wand. Herrgott, der Kerl war zwei Köpfe größer als sie und sogar noch etwas größer als Brockmann. Wie angenehm war dagegen ihr Größenunterschied zu Thomas. Sie konnte zu ihm aufblicken, ohne sich den Nacken verrenken zu müssen. Er war gut gebaut, aber nicht überbepackt mit aufgeblähten Muskeln. Eigentlich war er schon ziemlich perfekt.

Sie war sich sicher, dass sie bei Silvio mit einem Taekwondo-Kick keinen merklichen Schaden anrichten würde. Vermutlich würde sie ihn kurzfristig ziemlich überraschen und diesen Überraschungseffekt würde sie dann dreißig Sekunden später wieder bereuen. Nein, im Falle von Silvio Seidlitz half nur eines: Ganz klare Ansagen.

»Nicht mit Ihnen, Herr Seidlitz!«

Sie schlängelte sich an ihm vorbei und lief die Treppe hinunter. Er blieb oben vor Bennis Tür. Wenigstens nahm er seinen Job ernst. Herr Brockmann vertraute ihm und sie vertraute Brockmann.

Zurück im Wohnzimmer stellte sie fest, dass der Zustand ihres Vaters miserabel war. Sein Gesicht sah schief aus, beinahe wie nach einem Schlaganfall, und das Sprechen fiel ihm schwer. Zusammen mit Tante Heike hievten sie ihn vom Sofa und brachten ihn zu Bett. Das war anstrengender, als Benni zu Bett zu bringen. Ihr Vater brauchte nachts eine Windel und Julia war es unendlich peinlich, ihrem Vater dabei helfen zu müssen sie anzulegen, aber samstags und sonntags kam die Pflegerin nicht und so blieb es nun mal an ihr oder Heike hängen, den Mann, der sie gezeugt hatte und der noch keine sechzig Jahre alt war, in eine Windel zu packen.

Als endlich Ruhe im Haus eingekehrt war und nur noch die völlig zerzauste Tante Heike und die bodenlos erschöpfte Julia im Wohnzimmer zurückgeblieben waren, begann Julia, ihrer Tante alles zu erzählen – alles über ihren Verdacht bezüglich der seltsamen Männer und alles, was sie in Maries Tagebüchern gelesen hatte und was sie über Maries Selbstmord vermutete.

»Ach, du liebe Güte!«, sagte Tante Heike immer wieder. »Du glaubst mir also, dass ich mir die Russen nicht eingebildet habe. Aber was sind das nur für Menschen, die erst unsere Marie in den Tod treiben und jetzt hinter Benni her sind?«

Julia wünschte, sie hätte eine Antwort darauf. Debby hatte ihre Politikertheorie zum Wanken gebracht und jetzt schwirrte das Wort Nachrichtendienst dauernd durch ihren Kopf. Sie wusste nicht, was Marie mit einem Nachrichtendienst zu schaffen gehabt haben könnte, aber die Theorie war angesichts der heutigen Ereignisse auch nicht mehr abwegiger als jede andere.

Sie holte die Schnapsflasche, die sie im Wohnzimmerschrank ihres Vaters gefunden hatte, und auch wenn der Ouzo vermutlich schon dreißig Jahre lang in diesem Schrank stand und sie Ouzo eigentlich gar nicht mochte, schenkte sie sich doch ein Sherryglas voll bis zum Rand und leerte es in einem Zug. Eine Stulle mit Butter und Wurst hätte ihr jetzt sicher mehr genützt als ein zweites Glas Ouzo. Aber sei's drum.

»Tante Heike, erinnerst du dich genau an das, was dieser Mann gesagt hat? Hat er verlangt, dass du ihm Benni übergibst, oder hat er gesagt, dass er nur mit ihm reden möchte?«

»Ach, du liebe Güte! Ich war so erschrocken, als er da in der Tür stand und den ganzen Türrahmen ausfüllte und dann mit diesem russischen Akzent und diesem bösen Blick. Er hat mich angesehen, als wollte er mir die Kehle zudrücken und dann hat er gesagt: Der Sohn von Marie Dietrich, wohnt der hier? Und ich habe gesagt, weil ich dachte, das ist einer von den neuen Nachbarn und Benni hat mal wieder etwas angestellt, da hab ich gesagt: *Nein, Benni wohnt nicht hier. Was hat er denn schon wieder angestellt?«*

»Hast du ihm gesagt, wo Benni wohnt? Dass er bei mir wohnt? Hast du ihm etwa gesagt, wo ich wohne?«

Wenn es ein Nachrichtendienst wäre, wüsste der doch bestimmt, wo sie und Benni wohnten. Ganz abgesehen davon, dass der angeblich russische Akzent des Mannes nicht gerade zum BND passte.

»Nein, um Himmels willen, wo denkst du hin, Julchen? Er wurde dann gleich ganz wütend und sagte: *Ich mach dich fertig, wenn du mir nicht sagst, wo ich den Jungen finde*. Und da habe ich gebrüllt: *Ich rufe die Polizei, was fällt Ihnen ein!* Und dann habe ich die Tür vor seiner Nase zugeschlagen und habe am ganzen Leib gezittert. Am ganzen Leib! Glaub mir! Und Gott sei Dank hat Benni das alles nicht mitbekommen und dein Papa hat geschlafen.«

»Ich weiß nicht, was ich Benni sagen soll. Er fürchtet sich, auch wenn er es nicht zeigt. Ich kann nur hoffen, dass die Typen nicht herausfinden, wo Benni wirklich wohnt«, sagte Julia mit mehr äußerer Ruhe, als sie in Wirklichkeit empfand.

»Du bist so ein gutes Mädchen.« Tante Heike tätschelte ihre Wange. »Es tut mir so leid, dass du all das alleine schultern musst. Deine Mama hätte nicht einfach weglaufen dürfen. Und das auch noch wegen eines anderen Kerls.«

Tante Heike und Mutter hatten sich noch nie gut verstanden. Noch nicht einmal, als die Ehe ihrer Eltern noch intakt gewesen war, aber seit Julias Mutter ihren zweiten Frühling erlebte und entdeckt hatte, dass das Leben einer Frau mehr bieten konnte, als einen MS-kranken Mann zu pflegen und ein anstrengendes Kind großzuziehen, seither ließ Tante Heike kein gutes Haar mehr an ihrer Ex-Schwägerin. Julia war in diesem Punkt ziemlich zwiespältig. Es war nicht die Schuld ihrer Mutter, dass Benni auf die Welt gekommen war. Es waren schließlich Maries Entscheidungen und Irrtümer gewesen, die dazu geführt hatten. Warum sollte ihre Mutter für die Fehler von Marie büßen müssen? Aber natürlich war das alles auch nicht Julias Schuld und dennoch lastete diese schwere Bürde jetzt ganz alleine auf ihr.

Ach, heul doch, dachte sie und schwankte nicht mehr ganz nüchtern ins Bett.

Julia hatte für Silvio das Bett in Maries Kinderzimmer frisch bezogen. Er musste schließlich nicht die ganze Nacht vor Bennis Tür hocken, schon gar nicht, wenn sie selbst hinter dieser Tür schlief. Als endlich alle zu Bett gegangen waren und Julia es sich auf der Schaumstoff-Ausklapp-Matratze einigermaßen bequem gemacht hatte, wollte sich der Schlaf einfach nicht einstellen.

In ihrem Kopf ging es zu wie in einem Bienenstock. Die Gedanken und Bilder und Empfindungen wirbelten chaotisch durcheinander. Sie dachte an diesen Fremden mit dem russischen Akzent und in ihrem nächtlichen Gedanken-Tohuwabohu hielt er ihr eine Kalaschnikow an den Kopf. Sie sah Benni, wie er in ihrem Traum im hohen Bogen von der Schaukel flog. Dann war da wieder Thomas, wie er in ihrem Traum an ihren Brüsten saugte, und sie fühlte ihn in sich, tief und hart. Sie war erregt und wünschte sich, er wäre hier und würde sie streicheln, an ganz bestimmten Stellen.

Holy Shit, sie sehnte sich wirklich nach ihm. Dabei hatte sie sich fest vorgenommen, sich auf keinen Fall in den Mann zu verlieben. Was das anging, wollte sie sich sowieso in gar keinen Mann verlieben, aber in Sultan Thomas Mahler am allerwenigsten. Aber statt sich innerlich zu distanzieren, stellte sie sich vor, er würde sie überall berühren und seinen Penis in ihr reiben und dabei ließ sie jede einzelne Sekunde, die sie an diesem Tag mit ihm verbracht hatte, noch einmal Revue passieren: Jedes einzelne Wort, das er gesagt hatte, jede einzelne Berührung von ihm und jeder Blick und es kam ihr vor, als würden Geigen in ihrem Kopf spielen.

Ach nein, das war gar nicht ihr Kopf, das war ihr Handy, mit einem Klingelton von Vanessa Mae. Sie hechtete zu dem Stuhl, auf dem sie das Handy nebst ihren Klamotten abgelegt hatte.

Oh Gott: 0:28 Uhr und der Anrufer war Thomas Mahler.

»Thomas?«, flüsterte sie heiser ins Telefon und tastete sich im Dunkeln nach draußen. Sie freute sich wie ein dummer Teenager, weil er sie anrief, wirklich. Sie war froh, dass Benni trotz der Aufregungen des Tages so gut schlief, also telefonierte sie besser draußen auf dem Flur. Sie schlich zur Tür hinaus und schloss sie vorsichtig wieder.

»Julia, geht es dir gut?«

»Ja! Danke noch mal für alles. Auch für Silvio und dass dein Assistent die Polizei mobilisiert hat. Falls du überhaupt noch möchtest, können wir unseren Vertrag nächstes Wochenende vollziehen. Benni kann vielleicht bei einer Freundin übernachten.«

Er antwortete eine ganze Weile nicht und Julia stellte sich vor, wie er gerade nach Ausreden suchte, um ihr höflich klarzumachen, dass sein Interesse an einer entjungferten Jungfrau gegen Null ging.

»Falls ich überhaupt noch möchte?«, fragte er verdutzt und schwieg dann wieder.

»Ich kann dir das Geld auch am Montag zurücküberweisen«, schlug sie vor, um es ihm leichter zu machen. Er sollte es einfach sagen, sie würde es verstehen.

»Einen Scheißdreck wirst du tun!«, kam es zornig aus dem Telefon. »Selbstverständlich möchte ich noch. Ich überlege nur, wann es zeitlich am besten passt. Du könntest mit mir am Montag nach New York fliegen.«

»Nach New York? Jetzt am Montag? O Gott, ich ..., ich ...« Sie rutschte langsam an der Wand hinunter und setzte sich auf den Boden.

»Brockmann könnte auf Benni aufpassen, wenn du dir deswegen Sorgen machst. Er sagt, er mag den Jungen. Er bringt ihn zur Schule, holt ihn wieder ab und der Kleine kann während dieser Zeit in meiner Wohnung übernachten.«

»Am Montag fange ich mein neues Praktikum an, bei Raschberg und Partner. Ich kann nicht gleich am ersten Tag freinehmen. Mir wäre das Wochenende wirklich lieber. Bitte sei nicht böse.«

»Was heißt das, ein neues Praktikum? Du hast von uns eine Bescheinigung und ein Top-Zeugnis für dein Praktikum bei Expiron bekommen. Wozu quälst du dich durch ein neues Praktikum?«

War es denn möglich? Sie diskutierte nachts um halb eins mit diesem Mann über ihr Praktikum. Sollten sie nicht lieber über heißen, hemmungslosen Sex reden?

»Ich werde mich aber nirgendwo mit einem gefälschten Zeugnis bewerben. Wenn so etwas herauskommt, kann ich meinen Beruf als Anwältin an den Nagel hängen.«

»Raschberg?«

»Ja!«

»Kann sein, dass ich schon mal was von denen gehört habe. Was ist das für eine Klitsche?«

»Ein Seniorchef und drei Juniorpartner. Spezialisiert auf Grundstücksverkehrsrecht und Immobilien. Ist zwar nicht mein Lieblingsgebiet, aber ich bin froh, dass ich so schnell einen neuen Praktikumsplatz bekommen habe. Ich habe mich am Freitag dort noch vorgestellt und sie haben mir gleich für Montag zugesagt.«

»Ach ja, jetzt weiß ich, wo ich den Namen schon mal gehört habe. Raschberg nervt uns schon lange mit einem Immobilienfonds.«

Holy Shit! Wie konnte sich ein Mensch zu so später Stunde nur in so ein trockenes Thema verbeißen?

»Sollten wir nicht lieber über etwas anderes reden?«

»Du meinst Sex?«

»Ja, zum Beispiel.«

»Was das angeht ...«, er seufzte laut, »weiß ich nicht, ob ich es bis zum Wochenende aushalte.«

»Ohne Sex, meinst du?«

»Ohne Sex mit dir. Ich denke unentwegt daran, wie du dich angefühlt hast, wie es war mit dir und wenn ich an dich denke, werde ich hart, Julia.«

Das war jedenfalls besser als Raschberg und Partner. Viel besser.

»Ich habe auch gerade an dich gedacht, als du angerufen hast«, flüsterte sie, »und mir vorgestellt, wo du mich überall anfasst …«

»Na, klasse! Das ist nicht hilfreich, was du da gerade tust, es sei denn, du willst, dass ich gleich noch bei dir vorbeikomme. Hör zu, ich komme in der Nacht von Mittwoch auf Donnerstag aus New York zurück. Dann rufe ich dich an und wir besprechen, wie es mit uns … mit unserem Vertrag weitergeht. Nimm dir aber am Wochenende auf keinen Fall etwas vor. Sag deinem dämlichen Italiener Bescheid und diese Putzstelle hast du hoffentlich schon gekündigt.«

»Ich halte mir das Wochenende frei!«

»Gut! Sehr gut! Ich … wir machen jetzt besser Schluss, bevor ich es mir anders überlege und ich dich doch noch von dort weghole. Wo ist überhaupt Silvio?«

»Er schläft nebenan im Zimmer meiner Schwester.«

»Und du?«

»Ich schlafe nicht. Ich sitze im Flur auf dem Boden und telefoniere mit Thomas Mahler und habe, glaube ich, ein Glas Ouzo zu viel getrunken.«

»Er hat dich hoffentlich nicht belästigt.«

»Er hat sich wie ein Gentleman benommen.«

Wie ein blöder Aufreißer, der nie über den Aufreißer-Anfängerkurs hinausgekommen ist. Aber das war noch lange kein Grund, ihn bei seinem Chef zu verpetzen.

»Du kannst ihn behalten, solange du ihn brauchst.«

Julia lachte leise. Das hörte sich schräg an. Als hätte er ihr einen Hochdruckreiniger ausgeliehen oder ein Batterieladegerät.

»Danke, aber ich habe deine Hilfsbereitschaft schon überstrapaziert. Ich fahre morgen gleich nach dem Frühstück zurück in meine Wohnung und da werde ich ganz sicher keinen Bodyguard mehr brauchen.«

Thomas war sich dessen gar nicht sicher, aber er wollte nicht, dass sich Silvio unnötig lange in Julias Nähe herumtrieb. Er wollte am liebsten, dass sich gar kein Mann länger in ihrer Nähe aufhielt.

»Na dann ... dann wünsche ich dir einen guten Start am Montag bei Raschberg. Gib Acht, Raschberg Junior ist ein Hurenbock.«

»Du meinst, so einer von der Sorte, der seinen Praktikantinnen die Unschuld abkauft, während seine abgehalfterten Blondinen heulend durch Talkshows tingeln?«

Thomas schwieg und schwieg und schwieg und Julia hätte sich am liebsten selbst einen Knebel in den Mund gestopft, weil sie ihre dumme Klappe nicht hatte halten können. Sie hatte überhaupt keinen Grund zu Zynismus und noch weniger Grund hatte sie, ihn anzugiften wie eine eifersüchtige Mätresse. Denn sie war nicht seine Mätresse und sie wollte es auch niemals sein. Er bezahlte ihr eine fette Million dafür, dass sie genau das nicht war: Eine dumme, eifersüchtige Schnepfe mit eingebautem Klammereffekt.

»Entschuldigung. Das war dumm von mir.«

»Das hab ich wohl verdient.«

Wieder langes Schweigen. Julia nahm das Handy vom Ohr, schaute auf die Uhrzeit. 0:39 Uhr. Entweder er sagte jetzt etwas oder sie würde hier auf dem Flur einschlafen.

Sie sprach zuerst: »Keine Sorge wegen Raschberg. Mich baggern Männer an, seit ich einen BH trage. Ich weiß schon, wie ich sie mir vom Hals halten muss.«

»Ja!«, sagte er mit leiser und rauer Stimme. »Alle, nur mich nicht.«

»Nur dich nicht!«, antwortete sie mit der gleichen leisen und rauen Stimme.

Nachdem sie damit fertig war, ihr Handy anzuhimmeln, als wären es die grauen Augen von Thomas Mahler, beschloss sie, endlich zu schlafen und da ragte wie aus dem Nichts Silvio Seidlitz vor ihr auf. Riesig und bedrohlich und dunkel. Er hatte nur eine Unterhose an und hielt sein Handy ebenfalls in der Hand.

»So, du fickst also den Chef und nicht Brockmann.«

»Und wer sagt, dass Sie das was angeht?«, fauchte sie und hatte überhaupt keinen Bock darauf, auch nur ein einziges Wort mit diesem Mister-ich-habe-meine-sexy-Unterhose-an zu wechseln.

»Ist doch nicht meine Schuld, dass ich alles hören konnte, wenn du draußen auf dem Flur telefonierst. Ich bin ein Bodyguard, Süße, ich habe einen leichten Schlaf und einen steifen Schwanz.«

Sie warf nur einen verstohlenen Blick auf seine Unterhose und konnte von einem steifen Schwanz nicht viel erkennen. Aber sie wappnete sich für den Fall, dass der Idiot sie anfassen würde oder gar noch irgendeinen weiteren dummen Spruch über das sagen würde, was er offenbar mitgehört hatte, denn dann würde er seine Eier drei Tage lang kühlen müssen, darauf konnte er wetten.

Aber als Bodyguard schien er ausreichend Instinkte zu besitzen und zu merken, wann man besser ein paar Schritte rückwärts machte. Sie drängte sich an ihm vorbei zurück in ihr Kinderzimmer und verriegelte die Tür von innen.

Kapitel 12

Der Alltag hatte sie wieder.

Am Montag war sie morgens Punkt acht Uhr bei Raschberg und Partner.

Es gab zum Glück kein Juristinnentrio, das sich gegenseitig die Pest an den Hals wünschte. Dafür herrschte der eiserne Staranwalt Artur Raschberg Senior über ein Trio an jüngeren Anwälten. Einer davon war sein Sohn in den Mittdreißigern, die beiden anderen hätten in ihrer Farblosigkeit und Durchschnittlichkeit Zwillinge sein können. Beide um die vierzig, der eine mit randloser Brille, der andere mit Goldrandbrille. Alle vier hatten sie einen guten Ruf in der Fachwelt, verdienten reichlich Geld an ihren Klienten, trugen die besten Anzüge, fuhren schicke Autos, hatten hübsche Häuser in Potsdam und Umgebung und wussten vor lauter Arroganz gar nicht, wen sie zuerst ignorieren sollten. Sie hielten sich selbst für das intellektuelle Zentrum des juristischen Universums und Julia fand eigentlich keinen der vier besonders sympathisch.

Die Sekretärin, Frau Grube, erinnerte sie ein wenig an ihre Tante Heike. Eine Frau Mitte fünfzig, die einmal sehr attraktiv gewesen war und jetzt mit mehr oder weniger unwürdigen kosmetischen Mitteln gegen den natürlichen Verfall ankämpfte. Sie konnte Julia nicht leiden und machte keinen Hehl daraus. Julia konnte damit leben. Wenn die Frau merkte, dass Julia keinerlei Interesse an ihren Jagdgründen hatte, entspannte sie sich hoffentlich wieder. Dann gab es noch eine junge Auszubildende, die sie Gusti nannten, und eine weitere Anwaltsgehilfin, die ein echter Lichtblick war. Sie hieß Isabel Wiedmann, war knapp dreißig, vielleicht auch etwas jünger, hatte feuerrotes Haar, war extrem hübsch und hatte einen so überbordenden Lebenshunger und Humor, dass Julia sich sofort von ihr anstecken ließ und bereits nach dem ersten Arbeitstag Muskelkater in ihren Lachmuskeln hatte.

Am Dienstag gingen sie zusammen zum Mittagessen raus und Isabel vertraute Julia an, dass die Sekretärin Grube früher mit dem Seniorchef geschlafen hatte, bevor der sich eine jüngere Geliebte gesucht habe, und dass der Juniorchef alles, was zwei Brüste hätte, anmachen würde und es bei jeder seiner Mitarbeiterinnen schon versucht hätte, selbst bei Frau Grube und Gusti. Aber Isabel hatte echt kein Interesse an verheirateten Männern und wartete im Prinzip immer noch auf die große Liebe, an die sie aber eigentlich gar nicht wirklich glaubte. Von gelegentlichen One-Night-Reinfällen abgesehen, hatte sie keinen Freund.

»Was ist mit dir? Hast du einen festen Freund?«, fragte sie Julia, während sie sich frohgemut ein Currywurst-Stückchen in den Mund schleuderte und nebenher alle Männer, die an der Wurstbude vorbeikamen, intensiv auf ihre Brauchbarkeit hin überprüfte. Und aus irgendeinem Grund, den Julia selbst nicht genau verstand – wahrscheinlich weil sie dachte, sie würde Isabel nach den acht Wochen Praktikum sowieso nie wiedersehen – sagte sie:

»Nein, ich habe keinen festen Freund. Ich hatte am Samstag zum ersten Mal Sex!«

»Heilige Scheiße, war es schlimm?«, kam es mitleidsvoll von Isabel.

»Nein, gar nicht. Es war ... es war der Wahnsinn.« *Das war es wirklich,* dachte Julia – oh Mann, sie hatte richtig Sehnsucht nach Thomas.

»Und er? Er war total geschockt, nehme ich an. Er meldet sich nie wieder, was?« Isabel legte ihr schwesterlich den Arm um die Schulter, der Currywurst-Piekser in ihrer Hand ragte direkt vor Julias Nase auf.

»Ich weiß nicht«, antwortete Julia lächelnd. »Ich glaube, es hat ihn ziemlich angeturnt.«

»Bei meinem ersten Mal war ich neunzehn und der Typ war so hammermäßig sexy und wir haben es im Stehen in einem Parkhaus gemacht. Er hat nicht einmal die Hose richtig ausgezogen und ich habe nur das Kleid hochgezogen. Ich hatte nichts drunter an.«

»Wow! War es schlimm?«

»Es war so geil, so übergeil! Aber dann ist er einfach abgehauen, nach Oman.«

»Oman? Wie Oman, in Arabien?«

»Japp. Er war bei irgendeiner Spezialeinheit, die nach Osama Bin Laden gejagt hat.«

»Und er hat sich nie wieder gemeldet?«

»Nope!«

»Du warst verliebt.«

»Wie der Teufel. Ich hab mir ein Jahr lang die Augen ausgeweint, bis ich kapiert hab, dass ich ihn nie wiedersehen werde, weil er nämlich eine Frau in Münster sitzen hatte.«

»Arsch!«

»Seither lass ich die Finger von verheirateten Kerlen.«

***

Am Mittwoch bat der Juniorchef Julia in sein Büro. Sie hatte schon am Dienstag damit gerechnet, nachdem sie bemerkt hatte, wie er sie ansah. Sie konnte mit so was umgehen. Die meisten Männer waren nicht sehr dezent, wenn es darum ging, ihre Brüste oder ihren Hintern zu begutachten. Nur bei Thomas, da hatte sie bis zu seinem ersten Kuss gar nicht gemerkt, wie heiß er auf sie war, bis er sie an sich gezogen hatte.

Oh Mann … sie hatte wirklich Sehnsucht nach ihm.

Raschbergs Blicke wanderten ungeniert über ihre Figur, dann bat er sie, sich zu setzen. Er blätterte in ihren Bewerbungsunterlagen herum, erkundigte sich nach dem Praktikum, das sie letztes Jahr beim Amtsgericht gemacht hatte, weil er irgendeinen Richter dort kannte, und dann kam er zur Sache.

»Ich spiele mittwochabends immer Squash! Ab 20:00 Uhr im Sporty-Club an der Ecke Kochstraße. Danach geht's in die Sauna. Wir haben da einen VIP-Bereich und ich habe eine Mitgliedskarte.«

Falls er ihr irgendetwas Bestimmtes damit sagen wollte, dann war es mal wieder Julias Naivität geschuldet, dass sie nicht auf Anhieb begriff, was er meinte. Sollte das etwa eine Einladung sein, mit ihm in die Sauna zu gehen? Er war ja nicht unattraktiv und vermutlich gab es sogar Frauen, die nach so einer Ansage heute Abend um acht Uhr vor dem Sportclub auf ihn warten würden, aber Julia schaute ihn nur verwirrt an und antwortete gar nicht. Er blätterte wieder durch ihre Unterlagen.

»Jahrgang 1989. Ho, ho, ho! Damals war ich schon in der sechsten Klasse. Süße dreiundzwanzig Jahre alt, ach ja! In Ihrem Alter habe ich das Leben in vollen Zügen genossen. Ich habe damals eine Weltumsegelung mit Freunden gemacht …« Und dann legte er los und erging sich in detailreichen Schilderungen der Yacht vom Vater seines Freundes und berichtete genau über jede einzelne Insel, die sie damals angelaufen waren, und jeden einzelnen Tempel, Straßengraben und Steinhaufen, den er je gesehen hatte, und Julias Gedanken drifteten ab.

Thomas war kein Schwätzer. Er war ein Macher.

Sie dachte sehnsüchtig an die Dinge, die er mit ihr gemacht hatte. Wie sollte sie bloß ihrem eigenen Vorsatz treu bleiben und ihn nie wiedersehen, wenn der Vertrag erfüllt war, nachdem sie schon jetzt an nichts anderes mehr denken konnte als an ihn?

»... es geht doch nichts über die Vorzüge eines Privatgymnasiums.« Raschbergs verbale Ausführungen über sich selbst und seine Großartigkeit drangen nur ab und zu in ihr Bewusstsein.

»Und Sie wissen sicher, dass die Unis in Berlin einen eher mittelmäßigen Ruf haben, was das juristische Studium angeht. Ich bedaure jeden, der nicht die Gelegenheit hat, in Heidelberg zu studieren. Solche Dinge wie Weltreisen, Auslandsaufenthalte und vernünftige Universitäten, die formen eine Persönlichkeit! Nicht Zeugnis- und Klausurnoten.«

Julia hätte diesem Oberschwätzer ja erklären können, dass sie leider nicht das nötige Kleingeld hatte, um ihre Persönlichkeit durch Weltreisen zu formen, dass aber jeder, bei dem sie sich bisher beworben hatte, zuerst auf ihre Prüfungsergebnisse und Noten geschaut hatte und noch nie einer wissen wollte, welche Länder sie schon gesehen hatte. Sogar Herr Raschberg Senior war von ihren Klausurnoten beeindruckt gewesen.

Nachdem ihre Reaktion auf seine epische Selbstdarstellung eher mager ausfiel, stöberte er wieder durch ihre Bewerbungsmappe und suchte einen neuen Anknüpfungspunkt, um sich hervorzutun.

»Sie möchten sich später auf Verwaltungsrecht spezialisieren? Als Verwaltungsrechtler braucht man Beziehungen, das kann ich Ihnen versichern. Schön sein, reicht da nicht. Beziehungen sind überhaupt alles im Leben. Ich zum Beispiel habe ...«

»Ich möchte mich auf Strafrecht spezialisieren.«

»Sie sind wohl hinter den bösen Jungs her? Ho, ho, ho!«

Sie hatte schon dümmere Anmachsprüche gehört, lächelte milde und hoffte, dass er bald zum Ende kommen würde. Sie hatte sich nämlich mit Isabel wieder zum Mittagessen verabredet und ihr Magen knurrte bereits lautstark.

»Wir geben morgen Abend einen großen Empfang für unsere Firmenkunden, hier in unserem überdachten Innenhof. Es wird die Crème de la Crème versammelt sein und vielleicht möchten Sie sich bei der Betreuung unserer Gäste etwas dazuverdienen? Studentinnen können doch immer Geld gebrauchen.«

Ihr Gesichtsausdruck musste wohl verraten haben, was sie von seinem merkwürdigen Angebot hielt, denn er brach in lautes Gelächter aus und freute sich königlich über ihr Entsetzen.

»Aber nein, doch nicht was Sie denken, junge Frau. Ach, was seid Ihr Mädchen heutzutage doch verdorben! Wir erwarten von allen unseren Mitarbeitern, dass sie an diesem Empfang mitwirken. Frau Grube überwacht das Catering und Isabel macht die Power-Point-Präsentation. Sie sollen mit Gusti den Infostand betreuen.«

Sein arrogantes Grinsen sagte ihr, dass er das Missverständnis bewusst provoziert hatte und ihre pikierte Reaktion seine Erwartungen voll erfüllt hatte.

»Wir zahlen unseren Mitarbeiterinnen 100 Euro pauschal für diesen Abend und ab zehn Uhr können Sie gerne noch vom Buffet essen oder Sekt trinken oder ein wenig tanzen, whatever!«

Bei dem Wort tanzen hob er verheißungsvoll die Augenbrauen und lehnte sich lässig zurück. Dann verschränkte er die Arme hinter dem Kopf und legte den rechten Fuß über das linke Knie, um mit dieser Haltung seine ganze körperliche Ausdehnung zur Geltung zu bringen. Da konnte sich jeder Pfau noch eine Scheibe von abschneiden. Julia verdrehte innerlich die Augen und dachte nur, dass der Mann bestimmt noch nie einem Thomas Mahler gegenübergestanden hatte. Der hatte all dieses männliche Aufplustern gar nicht nötig. Wenn der einen Raum betrat, war er einfach nur präsent und alle anderen um ihn herum verblassten.

»Gut. Ich werde jemanden suchen, der morgen auf mein Kind aufpasst.«

Der Hinweis auf *ihr Kind* dämpfte die Begeisterung vieler Männer, nicht so die von Raschberg Junior.

»Nun, dann freue ich mich schon auf heute Abend. In den Sauna-Club kommt man ohne Beziehungen gar nicht rein. Nur handverlesene Kunden. Natürlich alles sehr diskret, das Beste vom Besten.«

Er hätte genauso gut über einen Puff reden können, dachte Julia und stand schnell auf, bevor er noch mehr seltsame Einfälle bekam.

»Ich habe einen festen Freund!«, log sie und hoffte, dass er das als ein Nein akzeptieren würde. Aber bei Raschberg war sie sich nicht sicher, ob ihn das überhaupt abschrecken würde, schließlich hatte er ja auch eine Frau und baggerte trotzdem ganz dreist andere Frauen an. Mistkerl!

***

Natürlich fand sie für Donnerstagabend niemanden, der auf Benni aufpasste. Aber der Kleine war es ja gewohnt, dass sie abends aus dem Haus ging, um bei Vittorio zu bedienen. Also bekümmerte es ihn auch nicht sonderlich, als sie an diesem Abend noch ausging, angetan mit ihren nagelneuen Pumps und einem neuen sandfarbenen Kostüm.

Vittorio war von ihrer Absage hingegen gar nicht begeistert. Sie hätte schon am Wochenende gefehlt, jetzt nehme sie sich auch schon mitten in der Woche frei und sie solle es ruhig sagen, wenn sie im Lotto gewonnen hätte und nicht mehr auf den Job angewiesen sei, dann könne er wenigstens Ersatz für sie suchen. Julia versprach ihm, dafür am Freitag etwas früher anzufangen.

Als sie gerade gehen wollte, klingelte ihr Handy und der Name Eric erschien auf dem Display. Sie erschrak unwillkürlich. Thomas hatte gesagt, er käme Mittwochnacht aus New York zurück und würde sie anrufen. Jetzt war Donnerstagabend und bisher hatte er sich noch nicht gemeldet. Sie hatte den ganzen Tag versucht, nicht an den fehlenden Anruf zu denken und so zu tun, als würde ihr das gar nichts ausmachen, dass Thomas Mahler sie versetzt hatte und sich vermutlich nie wieder bei ihr melden würde. Aber als sie jetzt Eric las, musste sie sich vor Schreck unwillkürlich setzen.

»Herr Brockmann, was ist mit Thomas? Ist ihm was zugestoßen?«

Brockmann lachte nur. »Nein, er ist soeben mit vierzehn Stunden Verspätung gelandet und lässt fragen, ob ich Sie abholen kann. Er möchte Sie gerne zum Essen ausführen.«

»Wie? Jetzt? Heute?« Ihr wurde heiß und kalt. Er war soeben gelandet und hatte nichts Eiligeres vor, als sie zum Essen auszuführen. Verflucht! Ausgerechnet heute!

»Ich muss arbeiten.«

»Ich soll Ihnen von Herrn Mahler ausrichten, wenn der Italiener Ihnen für heute Abend nicht freigibt, dann kauft er die Pizza-Bude und steckt den Alten in die Küche zum Tellerwaschen.«

»Nein, nicht bei Vittorio, bei Raschberg, in der Kanzlei, in der ich das Praktikum mache. Da ist so ein Empfang für Firmenkunden und ich soll den Infostand betreuen.«

Brockmann sagte nur »Aha!« und Julia sagte aus tiefstem Herzen: »Es tut mir wirklich leid, ich wäre gerne mit Herrn Mahler essen gegangen.« Oh Mann, und wie gerne! Sie murmelte »Tschüss, Herr Brockmann« ins Handy, aber er hatte schon aufgelegt.

***

Julia war noch nie bei einem Empfang gewesen und kannte solche Events nur aus dem Fernsehen. In der Realität war das viel langweiliger, als sie sich das vorgestellt hatte. Hier standen jede Menge Leute herum, die sich für unglaublich wichtig hielten und sich auf Kosten von Raschberg die Bäuche vollschlugen. Sie taten so, als würden sie alle und jeden kennen und nebenher die Republik vor dem Untergang retten – und das alles zum Klang einer mittelmäßigen Band, die im Hintergrund öde Schlager schlecht spielte.

Ein echtes Highlight war an diesem Abend allerdings Frau Raschberg Junior. Während Frau Raschberg Senior eine beleibte Matrone war, die zwar Unmengen an fettem Goldschmuck trug, aber ein sehr freundliches Wesen an sich hatte, entpuppte sich ihre Schwiegertochter als wahre Schlange. Sie war eine große, dünne und aschblonde Frau Anfang dreißig, distinguiert gekleidet und sehr attraktiv, zumindest äußerlich. Sie war eine Frau, die es gewohnt war, von anderen Männern bewundert und von ihrem eigenen Mann betrogen zu werden. Sie gab sich als charmante und strahlende Gastgeberin, die für jeden Gast ein paar geistreiche Worte hatte, für die Männer einen heißen Blick und für die Frauen ein freundschaftliches, aber falsches Lächeln.

Leider schien sie eine spontane Aversion gegen Julia gefasst zu haben, noch bevor sie das erste Wort miteinander gewechselt hatten. Ihr prüfender Blick brauchte nur zwei Sekunden, um Julia in die Kategorie gefährliche Rivalin einzuordnen und dabei hätte Julia der Dame wirklich gerne versichert, wie wenig sie an deren Ehemann interessiert war. Aber natürlich sagt man als Praktikantin so etwas nicht zur Frau des Chefs – nicht, wenn man seinen Praktikumsplatz gerne behalten will. Frau Raschberg kam zum Infostand, hinter dem Julia freundlich lächelnd Hand-outs verteilte, und rückte ein paar Broschüren zurecht, indem sie mit ihren perfekt manikürten Fingern die Flyer hin und her schob, sie umdrehte und wieder zurückdrehte, und dann fragte sie:

»Sie machen also ein freiwilliges Jura-Praktikum? In welchem Semester sind Sie denn, Sie sehen ja noch so jung aus?«

Ihr Tonfall klang wie der einer Lehrerin, die sich nach den vergessenen Hausaufgaben erkundigt. Tatsächlich war Frau Raschberg aber keine Lehrerin, sondern ebenfalls Juristin, die aber im Augenblick wegen ihres kleinen Sohnes nicht praktizierte.

Julia antwortete brav und hoffte, dass die Frau sich damit begnügte, wenn sie ihr die Semester, die Klausuren und die bereits absolvierten Praktika aufzählte, aber offenbar fühlte sich Frau Raschberg nicht befriedigt, denn sie schickte Gusti weg und bat sie, von oben aus den Büros noch weitere Flyer zu holen. Kaum war Gusti gegangen, da beugte sich die Anwaltsgattin über den Tisch, beide Hände aufgestützt, ihre Finger mit den langen Designer-Plastik-Fingernägeln bedrohlich auf der Tischplatte aufgespreizt.

»Wenn Sie es mit meinem Mann treiben«, sagte sie mit drohender Stimme, »sollten Sie wissen, dass er jede poppt, die er kriegen kann. Deshalb sind Sie noch lange nichts Besonderes, nur weil er Sie mal kurz mit seiner Gunst beglückt. Er wird sich nicht scheiden lassen, Kindchen! Nicht ihretwegen und auch sonst wegen keiner. Egal, wie viele Flittchen er vögelt, ich bleibe seine Ehefrau und er frisst mir aus der Hand.«

»Wie schön für Sie!«, stammelte Julia.

»Ja, nicht wahr?«, kam es bissig von den knallroten Lippen der Dame. »Ich kläre die Fronten gerne im Voraus. Dann weint nachher keine!«

»Ist gut!«

Julia schüttelte innerlich den Kopf. Was veranlasste eine Frau dazu, die Untreue ihres Mannes einfach so hinzunehmen und sich damit zu arrangieren? Sie würde das nicht aushalten können. Zu wissen, dass der Ehemann *jede poppt, die er kriegen kann.* Sie konnte nicht einmal an diese Ines Mahler-Werth denken, ohne Magenschmerzen zu bekommen, und dabei hatte sie nicht das geringste Recht auf Eifersucht.

Frau Raschberg, die toleranteste Ehefrau der Welt, kratzte mit ihren langen Fingernägeln ganz leicht über den Tisch, so dass ein seltsames Geräusch entstand, und wenn Julia die Geste richtig interpretierte, hieß das so viel wie: *Ich würde dir am liebsten das Gesicht zerkratzen.* Dann sagte sie mit einem hochnäsigen Lächeln »Ich wünsche Ihnen noch einen schönen Abend, Kindchen!« und stakste mit einem sexy Hüftschwung zu einem der Raschberg-Kunden, der einsam an einem Bistrotisch stand.

Kaum war der Infostand geschlossen, kam Isabel zu Julia und schleppte sie zuerst zum Buffet und dann zur Bar. Sie war total aufgedreht und suchte nach Spaß. Julia war unruhig und wäre jetzt am liebsten nach Hause zu Benni gegangen. Immerhin war es gerade erst fünf Tage her, dass ein paar obskure Kerle nach dem Jungen gesucht hatten. Außerdem ließ Frau Raschberg Junior keine Gelegenheit aus, um Julia mit galligen Blicken zu bedenken, wann immer sie gerade in ihre Richtung schaute. Aber Isabel bestand darauf, dass man die *kalte Astrid* (so nannte sie Frau Raschberg) einfach ignorieren müsse, weil die die Nummer mit jeder neuen Frau in der Kanzlei abzog – aus verständlichen Gründen, wenn man so einen Ehemann hatte. Isabel wollte sich jedenfalls nicht den Spaß verderben lassen und nachdem die beiden gut gegessen und ein Glas Sekt getrunken hatten, wurde Julia von Isabel auf die Tanzfläche geschleppt, wo sie sich eine Weile im Freistil vergnügten, bis ein älterer Herr kam, der Isabel zum Walzer aufforderte. Als Julia sich gerade von der Tanzfläche schleichen wollte, stand Raschberg Junior vor ihr und bat um den Tanz. Hätte sie ihn eher kommen sehen, dann hätte sie noch rechtzeitig die Flucht geschafft, aber so blieb ihr kaum eine andere Wahl, als sich von ihm in den Arm nehmen zu lassen und sich von ihm schwungvoll hin und her schieben zu lassen. Die ganze Zeit suchte Julia mit ängstlichen Blicken die Reihen der umstehenden Leute ab, ob irgendwo die Ehegattin stand und die Fingernägel schon wetzte, während Raschberg Junior ausgiebig damit beschäftigt war, über sich selbst zu reden.

»Sehen Sie sich um, wer heute alles da ist. Der alte Lüdke, dann Sumpf vom Umzugsunternehmen, Krünewold vom Kaufhaus, Feinkost-Pantel, Kleinmann, der Immobilienmakler und sogar Prof. Mertens von der Humboldt-Uni. Wenn man so weit gekommen ist, dann hat man es geschafft.«

Unter Einsatz seines ganzen Körpers schwenkte er sie im Kreis und drückte sie dabei unnötig eng an sich. Die gleiche enge Berührung von einem ganz bestimmten anderen Mann, und sie wäre feucht geworden. Bei Raschberg spürte sie nur Widerwillen. Die Namen, die er genannt hatte, sagten Julia überwiegend gar nichts, bis auf Mertens, den Dekan von der juristischen Fakultät.

»Natürlich kommen manche nie so weit. Man muss schon nach Großem greifen, wenn man Großes will, man muss über seinen Schatten springen und auch Unbequemes angehen.«

Julia sah hier nicht viel Großes, wenn sie sich die Leute so anschaute, außer Frau Raschberg vielleicht, die mit ihren Stilettos die meisten Köpfe überragte. Der Rest der Leute, das waren alles durchschnittliche Menschen, die an Selbstüberschätzung litten. Keiner unter denen weckte ihr Interesse.

»Wenn Sie ewig in einer kleinen Kanzlei schrubben, kommen Sie nie so weit.«

Bisher habe ich Toiletten und Büroräume geschrubbt, dachte Julia und schenkte ihm ein strahlendes Lächeln.

»Kontakte und Beziehungen, das ist es, was man braucht. Verstehen Sie? Sie müssen in Golf-Clubs gehen, sich in Sauna-Clubs zeigen und nicht zurückschrecken, wenn jemand Sie fördern möchte. Auf diese Weise steht Ihnen alles offen. Was ist Ihr Vater von Beruf? Ebenfalls Anwalt nehme ich an?«

»Frührentner.«

Und falls er weiter fragen würde, könnte sie ihm ihre ganze Ahnenreihe von einfachen Siemensarbeitern nennen, zurück bis zu ihrem Urgroßvater. Und ihre Mutter war Zahnarzthelferin gewesen, bis sie nach Bayern gezogen war. Jetzt war sie Hausfrau. Das Höchste, was ihre Familie beruflich bisher erreicht hatte, waren Tante Heikes Job als Stewardess und das Autohaus in Kiel, das ihr Cousin mütterlicherseits führte.

Aber Raschberg fragte nicht. Er laberte weiter: »Sie haben den Vorteil, dass Sie recht hübsch sind. Einer schönen Frau kommt man schon mal entgegen.«

Er hatte wohl vergessen, dass er ihr gestern genau das Gegenteil gepredigt hatte, nämlich dass Schönheit schließlich nicht alles sei.

»Da öffnet sich so manche Tür, wie von alleine. Nicht wahr? Ich könnte durchaus etwas für Sie tun. Ich kenne Leute, die Leute kennen, die Einfluss haben, falls Sie verstehen, was ich meine? Ein Wink von mir und Sie sind drin. Nicht nur im Sauna-Club. Ho, ho, ho.«

Julia verstand nur, dass der Mann sie jetzt entschieden zu eng an sich presste und seine Anmache war ihr einfach zu dreist. Sie war froh, als das Lied zu Ende war und die Band eine Pause einlegte. Julia flüchtete eilends zur Toilette, aber Isabel musste sie gesehen haben, denn sie kam kurz darauf nach.

»Hey, was ist los? Hast du keinen Spaß?«

Julia zuckte die Schultern. Ehrlich gesagt nein, aber das lag nicht mal an der Zudringlichkeit von Raschberg oder an den anderen Langweilern, sondern daran, dass sie die ganze Zeit daran dachte, wie viel schöner es gewesen wäre, wenn sie mit Thomas essen gegangen wäre, anstatt hier herumstehen zu müssen und das belanglose Geschwätz dieser Leute ertragen zu müssen. Isabel legte den Arm um sie, das tat sie oft und ausgiebig und es tat Julia auch gut in dem Moment.

»Ach komm! Du musst einfach groß denken.«

Irgendwie kam Julia der Spruch bekannt vor. Schien wohl ein Wahlspruch der Kanzlei zu sein.

»Da draußen, das sind alles kleine Fische ...« Isabel hatte eindeutig ein paar Gläser Sekt zu viel getrunken. Wann war das denn passiert? Sie stützte sich schon schwer auf Julia und sprach ziemlich undeutlich. »Die wirklich großen Fische schwimmen nicht in Raschbergs Teich. Aber du kannst hier die Köder für die großen Fische aufreißen, verstehst du?«

Julia verstand absolut nichts, außer vielleicht, dass Isabel eine Vorliebe fürs Angeln hatte und dass sie auf keinen Fall noch mehr Alkohol trinken sollte.

»Komm, wir gehen wieder rein und tanzen. Dieser Alte mit der Glatze und dem dicken Bauch, mit dem ich gerade getanzt habe, weißt du, wer das ist?«

»Nö!«

»Das ist der Steuerberater von Georg Federer, dem Geschäftsführer der GCFG.«

»Aha!«

»Sag bloß, du kennst Federer nicht: German Corporate Finance Group. Der ist ein ganz, ganz großer Hai. Reich wie Krösus und der absolute Favorit von Mahler und er hat überall die Finger im Spiel und vor allem, der ist noch zu haben, oder wieder zu haben. Ich habe den mal mit der Frau vom alten Braun in der Sauna getroffen. Du weißt schon, der dicke, hässliche Sparfox-Braun, der das dreißig Jahre jüngere Model geheiratet hat. Natürlich war das keine normale Sauna, sondern so ein Edel-Sauna-Club. Ich bin da über einen Studienfreund von Raschberg Junior reingekommen. Mit dem hatte ich mal einen beschissenen One-Night-Stand. Auf jeden Fall hat der alte Federer noch eine ziemlich gute Figur für sein Alter, mit allem was dazugehört, du weißt schon, was ich meine?«

Sie wackelte vielsagend mit den Augenbrauen und Julia fand, dass Isabel entschieden zu viel wirres Zeug redete.

»Soll ich dich nicht nach Hause bringen? Ich glaube, du hast den Sekt mit Schnaps verdünnt.«

Sie nahm Isabel am Arm und führte sie aus der Toilette hinaus. Am besten, sie würde mal mit ihr vor die Tür und an die frische Luft gehen. Sie fürchtete fast, ihre Freundin könnte demnächst dem übergewichtigen Steuerberater des Geschäftsführers von irgendeinem hochgestochen klingenden Bankrottunternehmen das Hemd vollkotzen.

»Verstehst du nicht? Du musst erst die kleinen Fische an Land ziehen, damit sie dich in den großen Teich zu den Haien mitnehmen. Und bist du erst mal dort angekommen, kannst du dir jeden angeln, den du möchtest. So wie du aussiehst, sogar Federer und Co., und ich natürlich auch, ganz ohne falsche Bescheidenheit.«

»Ich verstehe nur Anglerlatein.«

»Ich habe es jedenfalls satt, mir wegen dieser Mistkerle andauernd die Augen auszuheulen oder für 1.100 Euro im Monat öde Akten abzuheften. Ich suche mir einen dicken, fetten Hai und lasse mich von ihm aushalten!«

»Weißt du was? Ich besorg dir mal ein Glas Wasser. Bleib hier stehen.«

Julia deponierte die stark schwankende Isabel direkt neben dem Haupteingang an dem leeren Tisch, der vorher noch der Infostand gewesen war und wollte gerade zur Bar gehen, als Raschberg Junior und Raschberg Senior, in Synchronbewegungen die Arme schwenkend, auf sie zugelaufen kamen.

»Wo sind Knob und Kappe?«

Das waren die anderen beiden Geschäftspartner. Knob, die Goldrandbrille und Kappe, die randlose Brille und offenbar musste etwas ganz Furchtbares passiert sein, denn Raschberg Senior war feuerrot und Raschberg Junior war aschfahl.

Knob war mit seiner Ehefrau an seiner Seite schon den ganzen Abend mit einem seiner Klienten im Gespräch und textete ihn mit der allerlangweiligsten Unterhaltung zu, die man sich nur ausdenken konnte. Es ging um das Grundstücksverkehrsgesetz, Vorkaufsrechte und Auflassungsvermerke. Julia hatte nur fünf Minuten zugehört und wäre fast eingeschlafen. Kappe war ohne Gattin gekommen, obwohl er angeblich eine hatte, die er aber selten zeigte. Er hing an der Bar herum und erzählte dem jungen Mädchen, das den Wein ausschenkte, Anekdoten aus seinem spannenden Juristenalltag, die sich natürlich ebenfalls um Immobiliengeschäfte drehten.

»Suchen Sie Kappe! Holen Sie Knob!«, rief Raschberg Julia zu und er klang dabei gerade so, als hätte es eine Bombendrohung gegeben und alle müssten schnellstens den Luftschutzbunker aufsuchen.

»Sie sollen sofort kommen und ihn begrüßen. Mein Gott, ich schicke seit Jahren Einladungen an die GCFG und es ist noch nie jemand gekommen. Wir haben nicht einmal eine Rückmeldung von denen bekommen, dass überhaupt einer teilnimmt, und dann kommt er gleich höchstpersönlich.«

GCirgendwas, das klang wie der große Hai, von dem Isabel gerade gesprochen hatte, und Raschberg Senior stand offenbar kurz vor einem Herzinfarkt. Obwohl Julia gerne gewusst hätte, was die ganze Aufregung sollte, wollte sie lieber nicht in der Nähe sein, wenn ein weiterer langweiliger und dummschwätzender Raubfisch in den Fischteich hineinspringen würde.

Sie nickte Herrn Raschberg zu, wandte sich um, um Frau Knob vom Geschwätz ihres Mannes zu erlösen und Herrn Kappe von der Bar wegzulocken, da sah sie den besagten weiteren Langeweiler und Dummschwätzer auf sich zukommen, und sie erstarrte.

Thomas!

Sie stach unter allen Anwesenden heraus wie ein schillerndes Juwel unter einem Haufen von Kieselsteinen und sein Herz ging auf. Dabei war nichts an ihr grell oder auffällig. Ganz im Gegenteil. Sie war kaum geschminkt, ihr Haar hatte sie zu einem ganz schlichten Knoten in den Nacken gesteckt und sie trug keinen Schmuck außer einem Paar kleiner goldener Ohrringe. Der Rock des sandfarbenen Kostüms war weder zu kurz noch hatte die Jacke ein auffälliges Dekolleté. Und dennoch saugte ihre Erscheinung ihm einfach den Atem aus den Lungen. Er stellte sich vor, wie er ihren Rock hochschieben würde und wie sich ihre Beine mit diesen hammergeilen High Heels um ihn schlingen würden, während er tief in sie hinein…

Stopp! Das war jetzt nicht der passende Moment, um sich schon wieder mit einer lästigen Erektion Marke Julia herumzuschlagen. Also wandte er den Blick abrupt von ihren Beinen ab und ließ ihn kurz über ihre schreckgeweiteten Augen gleiten. Er zeigte nur die Andeutung eines Lächelns und ging dann auf Raschberg zu, eine Handbreit an Julia vorbei. Er roch ihr Parfum, das nicht zu süß und nicht zu blumig war. Klassisch, schlicht und echt, wie alles an ihr. Er bräuchte nur die Hand auszustrecken, sie an sich reißen und sie küssen, so tief und gründlich, dass ihr die Knie weich würden und dann könnte er sie einfach nehmen und mit ihr diese erbärmliche Veranstaltung verlassen. Dieser ganze bürgerliche Kleinkram interessierte ihn nicht im Mindesten. Er war nur ihretwegen hier.

Aber nein, sie bestand ja auf Diskretion und noch mal Diskretion. Dann sollte sie sie eben bekommen, ihre bescheuerte Diskretion. Aber das würde ihn nicht davon abhalten, sie zu sehen und in ihrer Nähe zu sein, wann er wollte und solange er wollte.

Raschberg Senior überschlug sich beinahe vor Ergebenheit. Wenn man bedachte, was für ein arrogantes Verhalten er normalerweise zeigte, dann war das ein markanter Persönlichkeitswandel. Raschberg Junior hingegen zeigte sich als großes Organisationstalent und hatte sofort ein Glas Sekt parat, das Thomas nicht einmal eines Blickes würdigte. Nein, er wollte auch nichts essen, er hatte bereits im Flugzeug gegessen.

Dann wurden die Ehefrauen vorgestellt, Frau Raschberg Senior war zurückhaltend und sagte nichts weiter als ihre Begrüßungsformel, aber Frau Raschberg Junior war sich natürlich ihrer Attraktivität bewusst und kokettierte sofort. Sie strich sich die Haare zurück, leckte sich die Lippen, öffnete den Mund ein klein wenig und schenkte ihm einen intensiven Blick, der ihm sagte: Jederzeit, wenn du Lust hast.

Er kannte diese Körpersprache. Alle Frauen benahmen sich in seiner Nähe so. Nun ja, fast alle. Julia war wirklich keine Meisterin im Flirten. Sie hielt den Blick meist gesenkt und wollte lieber gar nicht von einem Mann gesehen werden. Ihm war das sehr recht. Sie brauchte mit niemandem zu flirten. Es reichte völlig, wenn sie nur ihm in die Augen schaute, beim Sex.

Kaum hatte er das nonverbale Angebot von Frau Raschberg mit hochgezogenen Augenbrauen quittiert, da fing auch schon der Junior an, wirres Zeug zu plappern. Er redete über sich selbst und darüber, dass er als Referendar mal einen Fall im Zusammenhang mit der Expiron Research Group zu bearbeiten hatte, bei dem es um einen Patentrechtsstreit ging, und das sei genau damals gewesen, kurz nachdem er in St. Moritz zum Sky-Diving gewesen sei und das wisse er zufällig genau, weil sein bester Freund, der jetzt einen sehr einflussreichen Posten in der ... bla, bla, bla.

Thomas sagte wenig und hörte auch kaum zu. Er beobachtete, wie sich seine Königin durch das Gewühl der Menschen schlängelte, um die beiden Partner zu holen. Er sah die beiden bedeutungslosen Partner nicht einmal an, als sie ihn begrüßten, sondern folgte Julia mit den Augen. Sie ging an den Anwälten und an ihm vorbei zu einer Rothaarigen, die in ungefähr fünf Metern Entfernung wie ein Häuflein Elend auf einem Tisch hockte, und redete mit großer Bedachtsamkeit auf die Frau ein.

Der alte Raschberg schwatzte weniger bedachtsam. Er kam jetzt auf das Immobiliengeschäft zu sprechen. Er habe das größte Fachwissen im Grundstücksverkehrsrecht, behauptete er und Mahler habe schließlich das Geld, um es in den Immobilienfonds zu investieren und sein Erscheinen signalisiere ja, dass der schon mehrfach unterbreitete Vorschlag seiner Kanzlei über ein Immobilienkonsortium nun doch endlich beim Vorstand von Expiron angekommen sei ... und noch mehr bla, bla, bla.

Thomas überlegte, wie er näher an Julia herankommen konnte. Er hatte sich bei dem endlos langen Flug ausgemalt, wie er sie zur Begrüßung küssen würde. Er hatte sich vorgestellt, wie er seine Hände in ihrer unsäglichen Haarpracht vergraben würde und seine Zunge in ihrem Mund. Eine Vorstellung, die ihn beinahe genauso erregte wie die Erinnerung an ihren Anblick, nackt auf dem weißen Bett in Lugano.

»Ich möchte tanzen!«, verkündete er und unterbrach damit rüde den Immobilienvortrag von Raschberg Senior. Die junge Frau Raschberg fühlte sich eindeutig angesprochen und machte sich bereit für die Tanzfläche, aber ihr Gesicht fror förmlich ein, als Thomas an ihr vorbei auf Julia zuging. Er verneigte sich knapp vor ihr, nahm ihre Hand und küsste sie unendlich sanft und sagte nur: »Wir tanzen.«

»Das ist der Hai!«, rief ihre rothaarige Freundin erfreut. »Das ist der Hai, von dem ich die ganze Zeit rede!«

Julia sagte gar nichts, sie war angespannt wie eine Bogensehne. Seine warme Hand hielt ihre fest und zog sie zu der überfüllten Tanzfläche, die in der anderen Ecke des Innenhofes lag. Seine körperliche Präsenz brannte in ihr und ihr Herz flippte in ihrer Brust schier aus.

Warum war er hier? War er etwa ihretwegen gekommen?

Die Band spielte zwar irgendeinen wilden Rocksong, aber Thomas zog sie einfach in seine Arme, ganz nah an sich heran, so nah, dass sie ihn riechen und alles von ihm fühlen konnte – alles, was wichtig war, seine Hitze und seine Härte – und er tanzte ganz langsam mit ihr, nicht im Takt zu der Musik, sondern zu seinem eigenen Takt. Sie spürte seine Hand an ihrem Rücken, weder zu tief noch zu hoch, dennoch heiß und verlockend und ihre Knie wurden weich von der Hitze, die diese harmlose Berührung in ihr auslöste. Sie blickte zu ihm auf, sah die gleiche Hitze in seinen Augen und holte tief, tief Luft, um ihrem strapazierten Herzen Sauerstoff zu verschaffen.

»Ich möchte dich küssen!«, sagte er leise in ihr Ohr.

»Auf der Toilette!«

Sie zog ihn mit der gleichen Kraft, mit der er sie drängte, und kaum hatte sich die Tür der Damentoilette hinter ihnen geschlossen, hingen ihre Lippen schon aneinander.

Er wusste in dem Moment, dass es eine dumme Idee gewesen war, als ihre Körper sich aneinanderpressten und ihre Lippen sich berührten. Nicht, weil irgend so eine alte Schachtel gerade aus der Kabine kam und empört schnaubte, als sie das Pärchen am Waschbecken sah, sondern weil der Kuss einfach unerträglich war. Er spürte, wie sie sich an ihn schmiegte, als wäre sie genau sein Gegenstück. Ihre Hände klammerten sich an ihn und ihre Zunge begrüßte seine. Ihr Bauch streichelte seine Härte und er verfluchte diesen verdammten Ort, der weder ein Bett noch die nötige Diskretion bot, um diesen Kuss zu Ende zu bringen.

Sie antwortete mit einem solchen Hunger auf ihn, dass er keinerlei Zweifel haben konnte: Sie begehrte ihn mindestens genauso sehr, wie er sie begehrte. Das Glücksgefühl, das ihn bei dieser Erkenntnis durchströmte, ließ ihn beinahe rückwärts taumeln.

»Das geht so nicht!«, murmelte er auf ihre Lippen und versuchte, sich ein wenig von ihr wegzudrücken, aber sie schmiegte sich nur umso enger an ihn. »Wenn wir hier nicht bei einer Nummer im Stehen überrascht werden wollen, müssen wir jetzt aufhören. Wirklich!« Er sagte es aber ohne echte Überzeugung, weil jeder Nerv in ihm nach ihr lechzte.

Julia überlegte tatsächlich für einen Moment, welche Konsequenzen das hätte, wenn genau das passierte. Sie, gegen die Wand gedrückt, ihre beiden Beine um seine Hüften geschlungen, er die Hosen halb heruntergelassen und tief in ihr und Frau Grube käme zur Tür herein oder noch schlimmer, Frau Raschberg Junior mit den langen Krallen und dem mörderischen Blick.

»Oh Shit!«, sagte sie und atmete tief durch. Langsam und tief. 1, 2, 3, 4, und noch einmal: Einatmen – Ausatmen.

Thomas machte zwei beherzte Schritte rückwärts und rückte seine Hose zurecht, die im Augenblick ziemlich eng saß und Julia strich ihr Jackett und ihren Rock glatt. Eine Haarsträhne hatte sich aus ihrem Dutt gelöst und hing ihr in die Augen. Lieber Gott, sah das sexy aus, dazu noch die rot geküssten Lippen. Thomas drehte sich von ihr weg, nur um dem Anblick nicht länger ausgesetzt zu sein. Er wusch seine Hände am Waschbecken. Sie waren nicht schmutzig, nur heiß.

»Halte dich am Sonnabend ab 15:00 Uhr bereit, Brockmann holt dich ab. Nimm dir Zeit bis Sonntagmittag.«

»Ja!« Ihre Stimme klang rau und sehnsüchtig – genau so, wie die Stimme einer Frau klingen musste, die sich unendlich nach ihm sehnte.

»Hast du jemanden für den Jungen?«

Das Thema war gut genug, um die pulsierende Erregung in ihr ein wenig zu dämpfen.

»Ich werde meine Freundin Debby fragen, ob er bei ihr übernachten kann. Benni kann sie zwar nicht so gut leiden, aber ich möchte ihn vorerst nicht nach Spandau schicken, falls diese seltsamen Russen wiederkommen.«

»Was für Russen?«

»Meine Tante hat behauptet, es seien drei Russen gewesen, sehr große Männer mit russischem Akzent, die sich am Samstag nach Benni erkundigt haben. Aber die Polizei hat die Nachbarn befragt und niemand außer Tante Heike hat die Männer gesehen und so ist alles irgendwie im Sande verlaufen.«

In seinem Kopf schrillten alle Alarmglocken, aber er brauchte noch eine paar Augenblicke, um seinen aufgeheizten Körper herunterzufahren. Das Mädchen war ein Vulkan an Leidenschaft und im Augenblick war die Tatsache, dass sie so leidenschaftlich auf ihn reagierte, entschieden zu heiß für ihn. Er hielt sich mit beiden Händen am Waschbecken fest und atmete ganz langsam und tief. Silvio hatte ihm ausführlich von der Unfähigkeit der Polizei berichtet und über die hysterische Tante und den vorlauten Jungen gelästert, aber das wirklich wichtige Detail hatte er offenbar für sich behalten. Russen!

»Debby nimmt Benni bestimmt. Ist ja nur für eine Nacht.« Allerdings war Debby fast jeden Samstag mit irgendeinem anderen Mann unterwegs. Aber wenn Julia ihr erklärte, wie wichtig der freie Abend für sie war, dann würde sie bestimmt auch einmal ein Date absagen, ihr zuliebe.

Thomas wandte sich wieder zu ihr um. »Es gibt auch professionelle Babysitter, weißt du. Richtige Agenturen. Die schicken dir innerhalb von einer Stunde eine zur Kinderkrankenschwester ausgebildete Nanny, die gleichzeitig auch noch den schwarzen Gürtel hat.«

Julia lachte schallend, aber er sah aus, als hätte er es wirklich so gemeint.

»Das ist alles eine Frage des Geldes«, erklärte er ernst.

Ja, für Thomas Mahler war anscheinend immer alles eine Frage des Geldes. Aber was war mit Freundschaft und Liebe und Familie? Sie seufzte zur Antwort nur und öffnete die Tür, um wieder hinauszugehen, zurück in das Getriebe der Herumsteher, aber da hörte sie die markante Stimme von Frau Raschberg Junior.

»... nein, ich habe sie da reingehen sehen. Ich hole sie!«

Ob sie mit sie, sie beide meinte oder nur Julia, das würden sie nie erfahren, denn Thomas rettete sich mit einem beherzten Sprung in die nächstbeste leere Klokabine und fragte sich in dem Moment, ob es wohl sein Schicksal war, dass er schon wieder diesseits und Julia jenseits der Klotür landete.

»Da sind Sie ja!« Frau Raschberg klang ungehalten und brachte eine dunkle Wolke von Ärger und einen schweren Hauch von Chanel mit sich in die Damentoilette. »Haben Sie gesehen, wo Mahler hingegangen ist?«

»Wer?« Julia versuchte, ihre Haarsträhne zurück in den Haarknoten zu stecken, aber ihre Haarspange war ihr aus den zitternden Händen gefallen und sie bückte sich danach, nur um unter der Toilettentür Thomas' blankpolierte schwarze Schuhe zu sehen. Sie musste unwillkürlich leise kichern.

»Wer? Wer? Der Mensch, mit dem Sie getanzt haben. Mahler! Mahler von Expiron! Stellen Sie sich nicht dümmer, als Sie sind. Sie wussten doch genau, wer er ist, als Sie sich an ihn rangemacht haben. Einfach billig. Dabei war er gerade mitten im Gespräch mit meinem Schwiegervater.«

Julia schaute sie verdutzt an. Also wenn die Frau Augen im Kopf hätte, dann hatte sie ja wohl gesehen, wer sich an wen herangemacht hatte.

»Glauben Sie mir, der ist eine Nummer zu groß für eine kleine Praktikantin wie Sie.«

»Ja, ich glaube Ihnen!« Julia steckte ihre Haarspange zurück ins Haar, wusch sich die Hände und dachte daran, dass Thomas gar nicht zu groß für sie war, sondern dass sie beim Küssen und beim Sex perfekt zusammenpassten – rein körperlich betrachtet, natürlich.

»Halten Sie sich also von Mahler fern. Der ist nicht ihretwegen hier, Kindchen.«

Julia nickte nur und wandte sich zum Gehen. Wenn sie nicht schleunigst das Weite suchte, würde sie vielleicht noch irgendetwas Dummes zur Frau ihres Chefs sagen. Aber Frau Raschberg hielt sie am Arm zurück und bohrte ihre langen Fingernägel grob in ihren Muskel.

»Wenn Sie mir bei Mahler in die Quere kommen, dann kratze ich Ihnen Ihre dämlichen Kulleraugen aus, Sie kleines Flittchen!«

In dem Moment betätigte Thomas aus unerfindlichen Gründen die Toilettenspülung und Frau Raschberg zuckte vor Schreck zusammen. Es war ihr im Eifer des Gefechts gar nicht aufgefallen, dass eine der drei Kabinen besetzt war und natürlich war es ihr peinlich, dass jemand bei ihrem kleinen Zickenterror zugehört hatte. Und da ging die Kabinentür auf und Thomas Mahler trat heraus. Sein Gesicht war völlig emotionslos, als er Frau Raschberg zunickte und eisig sagte: »Bedauerlicherweise sind Sie es, Frau Raschberg, die mir in die Quere kommt.«

Die wurde nun kreidebleich und schnappte nach Luft. Sie wollte etwas sagen, man sah es an ihren lautlosen Lippenbewegungen, aber offenbar fehlten sogar ihr die Worte. Thomas ging auf Julia zu, die schon fast an der Tür stand, bereit zur Flucht vor ihm und der peinlichen Situation. Er nahm ihre Hand und küsste sie noch einmal. Ah, Julia liebte diese galanten und ehrerbietigen Handküsse, mit denen er sie überhäufte, aber in diesem Moment wusste sie nicht, ob sie loslachen oder vor Scham im Boden versinken sollte oder ihm vielleicht doch besser ihre Faust ins Gesicht donnern sollte.

»Liebe Güte, Julia, willst du wirklich in dieser Kanzlei dein Praktikum machen?«

Er warf Frau Raschberg einen wütenden Blick zu. Seine Stimme konnte den Ärger kaum verbergen, der ihn hinter der Tür dieser Klokabine schier zum Ersticken gebracht hatte.

»Ein Anruf von mir und du kannst morgen bei Lawfield anfangen. Das ist eine richtige Kanzlei.«

»Bitte …!«, sagte Julia eindringlich. Sie meinte: Bitte, ich will nicht, dass jemand von unserem seltsamen Verhältnis erfährt. Er wusste, was sie meinte, aber es interessierte ihn nicht. Wenn er wütend war, vergaß er manchmal die Vernunft oder dämliche vertragliche Regeln.

»Was heißt hier bitte? Du glaubst doch nicht, dass ich einfach zuhöre, während man dich beleidigt?«

»Thomas, bitte halte dich da raus«, beschwor sie ihn, »Raschberg ist ein guter Fachanwalt und ich will nicht schon wieder eine neue Praktikumsstelle suchen müssen.«

Er schnaubte wie ein Stier, griff in sein Jackett und holte sein Handy heraus, warf einen kurzen Blick darauf und brummte missmutig.

»Na schön. Dir zuliebe. Dann richte Raschberg Senior aus, er soll ein juristisches Rahmengerüst für den Estate Fund entwerfen und es Federer vorlegen. Ich bin bereit, eine künftige Zusammenarbeit in Erwägung zu ziehen, sofern man dir in dieser Kanzlei nicht die Kulleraugen auskratzt.«

Er riss die Tür auf und stampfte hinaus, rempelte dabei einen Kellner um und schnauzte ihn wütend an, er solle gefälligst aufpassen und nicht vor der Damentoilette herumlungern. Er durchquerte im Eiltempo den Innenhof und steuerte zielstrebig auf den Ausgang zu, ohne auch nur noch einmal Notiz von den Raschbergs und ihren Gästen zu nehmen.

Kapitel 13

»Was für eine verdammte Scheiße!«, wetterte Thomas, als er wieder im Auto saß.

Brockmann hatte draußen gewartet, denn bei solch kleinen Anlässen brauchte der Chef keinen Bodyguard. Aber schon als er ihn aus dem Gebäude kommen sah, war ihm klar: Der Boss kochte vor Wut. Er schlug die Autotür so fest zu, dass die ganze Limousine wackelte und dann schleuderte er sein Handy mit einem unchristlichen Fluch auf den Boden – als ob das Gerät etwas dafür könnte.

»Was ist denn mit dem Mädel jetzt schon wieder schiefgelaufen?«, fragte Brockmann.

»Gottverdammte Scheiße, ich habe dieses Diskretionsgetue satt bis obenhin. Sie muss sich als Flittchen beleidigen lassen und ich soll sie noch nicht mal in Schutz nehmen dürfen. Ausgerechnet diese Raschberg, die sich schon durch die ganze Anwaltskammer geschlafen hat. Die ist es nicht mal wert, Julia die Füße zu küssen, und ich soll tatenlos zuhören! Dabei könnte ich diese jämmerliche Kanzlei zu Staub zermalmen, wenn sie es will!«

Brockmann sagte gar nichts und warf nur ab und zu einen vorsichtigen Blick in den Rückspiegel. Falls der Chef noch mal sein Handy durch die Gegend schleuderte, wollte er lieber gewappnet sein. Der besagte Chef geriet immer mehr in Rage. So hatte ihn Brockmann noch nicht einmal erlebt, als der Eisenbahn-Deal mit der Schweiz geplatzt war. Dem schien ja der Dampf aus den Ohren zu kommen.

»Und dann will ich, verdammt noch mal, wissen, wozu ich Silvio, diesen Idioten, bezahle. Hat er Ihnen etwas von den Russen erzählt?«

»Welche Russen?«

»Es waren drei Russen, die sich am vergangenen Samstag nach Julias Jungen erkundigt haben. Groß gewachsene Russen. Macht's da bei Ihnen Klick?«

Allerdings machte es da bei Brockmann Klick.

»Sie denken, das war Morosow?«

»Wer zur Hölle wohl sonst? Und ich bezahle diesem unterbelichteten Sachsen-Gigolo auch noch extra die Überstunden, damit er eine ganze Nacht lang bei ihr übernachten kann. Aber sein Spatzenhirn reicht nicht dafür aus, mir die wenigen wichtigen Details zu berichten. Ich reiße ihm den Kopf ab!«

Brockmann fand den Gedanken, dass eventuell Morosow hinter Benni her sein könnte, alles andere als beruhigend. Und er verstand auch nicht, warum Silvio diese wirklich wichtige »Kleinigkeit« nicht erwähnt hatte. Er war vielleicht ein Frauenheld, aber er war trotzdem einer der besten Bodyguards und vergaß so etwas nicht. Es sei denn, er wollte die Information bewusst unterschlagen. Aber warum sollte er?

»Ich werde einen Hintergrundcheck zu Morosow machen und klären, was er von Julia und dem Jungen will«, brummte Brockmann und fühlte, wie sich auch in ihm Ärger auf Silvio aufbaute. »Ich muss mir nur ein Zeitfenster und die aktuellen Zugangscodes zum BND-Server besorgen. Das kann etwas dauern und Silvio knöpfe ich mir gleich morgen vor, wenn Sie erlauben.«

Thomas nickte und atmete tief durch. Sein Ärger war zwar nicht verflogen, aber wenigstens konnte er sich auf Brockmann verlassen.

»Und jetzt brauche ich sehr, sehr dringend eine eiskalte Dusche oder einen Boxsack oder am besten beides. Diese Abstinenz bringt mich noch um.«

»Ich kann Sie in den Club Privé fahren, wenn Sie eine Frau brauchen?«

»Ich will nicht irgendeine Frau, ich will Julia.«

»Also dann nach Hause in den Fitnessraum.«

Eine halbe Stunde später stand Thomas nur mit einer Jogginghose bekleidet in seinem Fitnessraum und hämmerte wie verrückt auf den Boxsack ein. Sein nackter Oberkörper war schweißgebadet und sein Gesicht hochrot. Aber es half – wenigstens ein bisschen. Es half, nicht daran zu denken, wie gut sich der Kuss und wie richtig sich die Frau in seinen Armen angefühlt hatte und wie sehr er sie begehrte. Mehr, als er je eine Frau begehrt hatte.

»Sie macht mich wahnsinnig!«, sagte Thomas zu niemand bestimmtem. Der Boxsack schwankte zustimmend und Brockmann, der auf der Hebebank lag und ein paar Kilo stemmte, sagte nur lakonisch:

»In meinen Kreisen nennt man das, bis über beide Ohren verliebt!«

Thomas haute wieder auf den Sack.

»Ach Unsinn, ich bin doch nicht verliebt. Das ist was für Teenies und Liebesschnulzenleser. Ich bin einfach nur rattenscharf auf sie.«

Mann, o Mann, dachte Brockmann, wie konnte ein gestandener Geschäftsmann, der große gefürchtete Zampano der Wirtschaft, sich in Liebesdingen nur so dämlich anstellen? Dabei hatte sein Chef weder eine schlimme Kindheit gehabt noch ein schreckliches Elternhaus. Seine Mutter war eine nette alte Dame und sein Vater war ein humorvoller Mann gewesen. Wie konnten zwei normale Menschen nur so einen Emotionskrüppel zeugen?

»Ganz wie Sie meinen.«

Brockmann lachte und stemmte die Langhantel mit einem Ruck hoch. Links und rechts hatte er jeweils 70 Kilo draufgepackt. Das war lächerlich wenig, aber zum Einstieg in sein nächtliches Workout erst mal ausreichend. Er würde im Laufe der nächsten halben Stunde hüben und drüben noch ein paar Kilo drauflegen.

»Na ja, vielleicht bin ich ja wirklich ein bisschen verliebt, keine Ahnung. Wenn sie in meiner Nähe ist, erkenne ich mich selbst nicht wieder. Waren Sie schon mal verliebt, Brockmann?« Thomas hob die Fäuste mit den dicken schwarzen Boxhandschuhen, lockerte die Arme, indem er sie in Kreisbewegungen vorwärts schwenkte, und schaute Brockmann nachdenklich an. Eric stemmte ohne größere Mühe seine hundertvierzig Kilo.

»Ein-, zweimal!«

»Und?«

»Es war beschissen. Herzklopfen, Magenschmerzen, Samenstau und kein einziger rationaler Gedanke in Wochen.«

Der Emotionskrüppel traktierte den Boxsack mit einem neuen Ansturm an Hieben. Zweimal links, zweimal rechts und dann noch einen Tritt mit dem Fuß als Dreingabe.

»Okay, dann bin ich definitiv verliebt. Und es ist definitiv beschissen. Ich hoffe, das geht vorbei, sobald ich sie ausgiebig genug ... gehabt habe.«

Brockmann stemmte die Hantel erneut und gab dabei ein stöhnendes Lachen von sich. Als die Hantel wieder auf der Halterung lag, richtete er sich auf der Hebebank auf. Er beugte sich weit vor, legte die Arme über sein Knie und schaute seinen Boss mit schmalen Augen an.

»Vermasseln Sie es bloß nicht.«

»Was soll ich denn vermasseln?«

Er trat noch einmal nach dem Boxsack, der mit einem ausladenden Seitenschwung reagierte.

»Ich hab's einmal total vermasselt. Aus lauter Angst vor meinen eigenen Gefühlen bin ich einfach davongelaufen. Ich konnte nicht mit den Gefühlen umgehen, die die Frau in mir ausgelöst hat, und da hab ich die Flucht ergriffen und seither bereue ich es jeden Tag.«

»Das ist also Ihre große Desillusionierung, hm?«

»Ja! Ich hätte die Frau heiraten sollen. Sie war genau die Richtige für mich. So wie Julia die Richtige für Sie ist.«

»Großer Gott, ich habe ja noch nicht einmal das letzte Ehedesaster hinter mir. Ich werde mich ganz bestimmt nicht blindlings in das nächste stürzen.« Er traktierte wütend den Boxsack. Links, rechts, links und noch mal links.

»Sie werden eine Frau wie Julia nicht anders halten können.«

»Ich glaube, sie steht auf mich«, sagte Thomas mit einem selbstbewussten Lächeln. Er wollte nicht mehr Thomas Mahler sein, wenn die Kleine nicht genauso scharf auf ihn war, wie er auf sie. Er hatte schon genug Frauen gehabt und wusste, wann eine Frau ihre Begierde nur vorspielte und wann sie wirklich heiß auf ihn war.

Und die süße, unschuldige Julia war wirklich sehr heiß auf ihn.

»Ja, das glaube ich auch!«, gab Brockmann zu und stand auf, um noch ein paar Gewichtscheiben auf die Hantel zu schieben. »Aber das wird nicht reichen. Was denken Sie, warum sie so großen Wert auf Diskretion legt? Bestimmt nicht, weil sie als eine von Ihren vielen Freundinnen berühmt werden will.«

»Wir werden ja sehen!«, gab Thomas missmutig zurück und war mit einem Male wieder ziemlich schlecht gelaunt. Der Boxsack bekam eine ganze Angriffswelle von wütenden Schlägen ab. Thomas hatte sich einen genialen Plan für den Samstag ausgedacht. Er hatte es genau geplant, wie er Julia mit Haut und Haar erobern würde, bis sie vor Sehnsucht nur noch an ihn denken konnte und dann würde er sie mit seiner Macht und seinem Reichtum und seiner Fürsorge so überhäufen, dass sie sich fragen würde, wie sie jemals ohne ihn leben konnte.

»Ich weiß nicht, wen ich mehr bedauern soll, Sie oder das Mädchen?«, brummte Brockmann. Er legte sich wieder auf die Hebebank zurück und stemmte die zusätzlichen dreißig Kilo mit einem wütenden Knurren.

***

Julia rechnete am anderen Tag damit, dass sie Ärger von Raschberg bekommen würde. Aber der Senior war erstaunlich freundlich, als er sie in sein Büro bat. Was bedeutete, dass Frau Raschberg Junior keinen Ton über den peinlichen Vorfall auf der Damentoilette verloren hatte und Julia würde genau dasselbe tun. Die Angelegenheit verschweigen.

Der Senior wollte natürlich wortwörtlich von ihr wissen, was Mahler mit ihr geredet hätte, als er mit ihr getanzt habe. Julia reimte sich eine hanebüchene Geschichte zusammen, die sie dem Seniorchef auftischte: Herr Mahler habe während des Tanzes einen Anruf auf seinem Handy bekommen und musste danach dringend weg und habe sie nur gebeten, ihrem Chef die Nachricht über den Estate-Fund zu übermitteln. Und nachdem sie ihm diese Geschichte ungefähr zehnmal wiederholt hatte, glaubte sie sie beinahe selbst.

Danach musste sie allerdings zu Raschberg Junior ins Büro, der ihr in einer ähnlichen Wortwahl wie seine Frau am Vorabend vorhielt, dass sie eine Nummer zu klein für Mahler sei und dass sie ihm nicht in die Quere hätte kommen dürfen. Erstaunlich genug, dass die beiden Eheleute sich nach Strich und Faden betrogen und sich dennoch mental so nahestanden. Der Vortrag von Raschberg Junior perlte nahezu ungehört an Julia ab und endete mit dem Hinweis, dass er heute Abend mit dreien seiner Freunde im exklusiven Shakira-Nightclub sei und ihr dort dank seiner unschätzbaren Beziehungen Eintritt verschaffen könnte – vorausgesetzt, sie könnte sich mal einen Abend von ihrem Freund freimachen.

Isabel hatte von Thomas Mahlers wütendem Abgang gar nichts mitbekommen. Denn da hatte sie schon ziemlich betrunken und schlafend unter dem Infostand gelegen, aber dafür bekam sie von Raschberg eine Abreibung, die so lautstark verlief, dass man seine Beleidigungen durch die Bürotür hören konnte. Isabel störte sich nicht daran. Ihr dicker Kopf war für sie schlimmer als die dicke Luft, die der Chef verbreitete.

»Meine Tage bei Raschberg sind sowieso gezählt«, erklärte sie Julia und hielt sich den dröhnenden Kopf mit beiden Händen. »Von jetzt an scheiße ich auf die wahre Liebe und suche nach einem reichen alten Sack, der mir aus der Hand frisst.«

Die beiden gingen wieder zusammen zum Mittagessen zu ihrer Currywurstbude und dabei weihte Isabel sie genau in ihre Pläne ein, wie sie sich vorstellte, die ganz großen Fische aus den heimischen Gewässern zu angeln. Mitten in Isabels Erläuterungen über die Bars und Nachtclubs, in denen man eventuell geeignetes Männermaterial antreffen konnte, rief Debby bei Julia an. Julia hatte Debby gestern Nacht noch eine SMS geschrieben und gefragt:

»Kann Benni von Samstag auf Sonntag bei dir übernachten?«

»Hi, Jule, wie geht's? Ist dein verstauchter Fuß wieder in Ordnung?«, fragte Debby und Julia erkannte schon an dem überfreundlichen Tonfall, dass sie von Debby eine Absage bekommen würde.

»Sag bitte nicht, dass du keine Zeit hast am Samstag.«

»Es tut mir so leid. Aber ich habe gestern einen Typen kennengelernt und er hat immer nur samstags Zeit. Ich nehme Benni aber gerne heute Abend.«

»Nein, ich brauche jemanden für morgen. Ach, schon gut. Ich kann auch ... ich kann auch eine professionelle Babysitterin anheuern.«

Debby, die Julias finanzielle Verhältnisse nur zu gut kannte, lachte peinlich berührt.

»Du bist jetzt aber nicht sauer, oder?«

Julia verneinte dreimal, denn schließlich hatte sie ja wirklich Geld genug, um einen Babysitter anzuheuern. Sie musste wahrscheinlich nur ins Internet schauen.

Julia sagte schon »Tschüss, und bis dann!«, als Debby plötzlich noch etwas einfiel.

»Eigentlich sollte ich dir das gar nicht am Telefon sagen, sondern unter vier Augen, aber ich finde, du musst es einfach wissen. Ich habe nämlich am Montag einen von unseren Azubis nach der Akte deiner Schwester suchen lassen. Die Akte, die ich letztes Jahr schon mal in der Hand hatte.«

Julia hielt die Luft an.

»Bist du noch dran?«

»Ja, was ist mit der Akte?«

»Nicht nur die Akte ist komplett verschwunden, sondern auch die Dateien. Mein Azubi ist so ein Computerfreak, der in seiner Freizeit nur am Computer herumbastelt, verstehst du, und der kennt sich ziemlich gut mit diesem Zeug aus und der sagte, da sind eindeutig mehrere Dateien gelöscht worden.«

»Dateien, die mit dem Tod meiner Schwester zusammenhängen?«

»Glasklar. Er meinte, er könnte die Dateien ganz leicht wiederherstellen, aber ich müsse mir das vom Oberstaatsanwalt absegnen lassen, weil sie auf einem speziellen Laufwerk abgespeichert wären, und was denkst du, was der gesagt hat?«

Julia ahnte es schon. Er hatte die Wiederherstellung der Dateien verweigert, weil irgendjemand von ganz oben nicht wollte, dass die Wahrheit über Maries Tod ans Licht kam. Und so wie es jetzt aussah, war dieser Irgendjemand ziemlich erfolgreich damit. Sie bedankte sich noch mal bei Debby und blieb niedergeschlagen zurück. Sie starrte noch eine Weile auf das Handy in ihrer Hand und kämpfte gegen die Tränen. Sie würde den Tod ihrer Schwester wohl niemals aufklären! Und zu allem Überfluss waren jetzt auch noch obskure Russen hinter Benni her und sie hatte nicht den blassesten Dunst, wie sie sich oder Benni vor diesen Typen schützen sollte. In dem Moment legte Isabel den Arm um Julia, eine Geste, die Julia zunehmend an ihr mochte. Es tat gut, einfach nur mal von jemandem umarmt zu werden.

»Wenn du jemanden für deinen kleinen Neffen brauchst, ich kann meine Verabredung morgen Abend absagen. Das war sowieso nur eine Internetbekanntschaft und eigentlich bin ich froh, wenn ich eine Ausrede habe, um mich nicht mit dem Typen treffen zu müssen.«

»Würdest du das echt machen?«

Julia war sich zwar nicht sicher, ob Benni das auch so toll fand, bei einer völlig Fremden zu übernachten, aber wenn sie eine beliebige Babysitterin engagieren würde, wäre das ja auch eine völlig Fremde.

»Ich gebe dir auch 100 Euro für den Abend.«

»100 Euro? Bist du verrückt? Ich nehme doch nichts dafür. Spendier mir nächste Woche mal 'ne Currywurst und erzähl mir ausgiebig, wie der Abend war. Du triffst dich doch bestimmt mit dem Typen vom letzten Wochenende. Dein aller-allererster Kerl.«

»Ja, mit dem!«, sagte Julia und lächelte verträumt.

Da gab es für Isabel kein Halten mehr. Sie würde auf den Jungen aufpassen, sie liebte Kinder und sie würden viel Spaß miteinander haben, Eis essen und ins Kino gehen und Julia sollte die geilste Samstagnacht ihres Lebens haben und möge der Kerl bloß nicht die Flucht ergreifen.

***

Am Samstagnachmittag stand Brockmann um 14:30 Uhr vor Julias Tür. Sie hatte ihn angerufen und gefragt, ob er vielleicht etwas früher kommen konnte, damit sie auf dem Weg noch Benni bei ihrer Freundin abgeben könnte. Normalerweise hätte sie so etwas nie gemacht, weder die Dienste eines Fahrers beansprucht, den sie nicht bezahlte, noch sich mit einer Luxuslimousine irgendwo vorfahren lassen. Normalerweise hätte sie Benni so rechtzeitig bei Isabel abgeliefert, dass sie noch genügend Zeit gehabt hätte, sich frisch zu machen und zu Hause auf Brockmann zu warten, aber an diesem Sonnabend fand bei Vittorio eine Hochzeit statt und sie hatte ihm hoch und heilig versprochen, dass sie ihm wenigstens bis nach dem Mittagessen beim Servieren helfen würde.

Brockmann hatte nur gesagt »Kein Problem!« und als Julia um kurz nach zwei zu Hause auftauchte, um noch in aller Eile zu duschen und sich umzuziehen, da hatte Benni seinen Rucksack schon gepackt: Zahnbürste, Waschzeug, Gameboy und ein paar Bücher, mehr brauchte er nicht. Er hatte für die Babysitterin unbekannterweise ein Bild gemalt und ihr einen selbstgedichteten Vers über einen Apfelkuchen darauf geschrieben.

Julia hatte sich am Freitagabend noch zu einem Spontaneinkauf hinreißen lassen und dreihundertfünfzig Euro von ihrem überschweren Bankkonto abgehoben. Und jetzt war sie von Kopf bis Fuß neu angezogen.

Sie trug eine neue enge Hüftjeans, dazu ein enganliegendes schwarzes Shirt und ein lindfarbenes Bolerojäckchen aus feinstem Kaschmir und für darunter hatte sie sich ein paar neue Stringtangas aus cremefarbener Spitze gekauft und dazu einen passenden hauchdünnen BH.

Ihr dunkelbraunes Haar flocht sie zu einem lockeren Zopf, der ihr weit über den Rücken reichte, und als einziges Make-up trug sie einen dezenten Lippenstift und etwas Wimperntusche auf und fertig. Das Ganze dauerte keine zehn Minuten und sie war wirklich zufrieden mit dem Ergebnis. Als Brockmann pünktlich an der Wohnungstür klingelte, schlüpfte sie gerade noch in ihre neuen Pumps und steckte sich die beiden Creolen in die Ohren.

Natürlich sah sie nicht aus wie eine dreißigjährige Staranwältin oder wie die distinguierte Frau Raschberg. Sie sah aus wie eine junge Frau, die ziemlich begierig darauf war, all diese Klamotten so bald wie möglich wieder auszuziehen. Ihr Gepäck passte in ihre Umhängetasche. Weil sie ja keine Ahnung hatte, wo Thomas mit ihr hinwollte, hatte sie auch nicht mehr als nur Unterwäsche zum Wechseln und eine Zahnbürste eingepackt.

»Guten Tag, ich bin Eric!«, stellte sich Brockmann dem Jungen vor, aber Benni erinnerte sich natürlich noch genau an den Mann.

»Warum hast du gesagt, dass du vom Jugendamt bist?«

Brockmann fühlte sich ernsthaft in der Bredouille und schaute entschuldigend zu Julia, während er umständlich erklärte:

»Na ja, ich sollte vor ein paar Wochen mal Informationen über deine Tante einholen und da habe ich eben ein wenig geschwindelt. Bist du sauer?«

Obwohl Julia diese Story zum ersten Mal hörte, konnte sie sich natürlich denken, warum Brockmann hier herumgeschnüffelt hatte. Irgendwie musste Thomas ja herausgefunden haben, wer die Putzfrau auf seiner Herrentoilette gewesen war und wo sie wohnte. Was sie viel mehr entsetzte, war die Tatsache, dass Benni ihr rein gar nichts von der Begegnung erzählt hatte. Hielt er noch mehr solche Zwischenfälle geheim? Was wäre, wenn plötzlich ein paar Russen vor der Tür stünden? Sie nahm sich vor, mit ihm ein paar Takte zu reden, morgen Nachmittag, wenn sie wieder zurück war.

»Nö, bin nicht sauer. Ich wusste auch so, dass du kein Böser bist. Weißt du, warum?«

»Nö!«

»Weil du ganz schlecht lügen kannst.«

»Das stimmt sogar!«, gab Brockmann lachend zu. »Aber du solltest dir merken, nicht jeder, der ein schlechter Lügner ist, ist deswegen ein guter Mensch.«

Damit nahm er den Pimpf auf den Arm und trug ihn die Treppe hinunter. Und er trug Benni auch wieder die Treppe hinauf, in die zweite Etage des schönen Altbaus am Prenzlauer Berg, in dem Isabel wohnte. Isabel riss freudig die Wohnungstür auf, sah Brockmann mit dem Kind auf dem Arm und erstarrte. Brockmann erstarrte auch und vor lauter Erstarren sagte niemand ein Wort. Julia hatte das untrügliche Gefühl, dass sich hier gerade zwei Menschen gegenüberstanden, die sich gut kannten, ziemlich gut sogar.

Und dann sagte Isabel »Eric?« und Eric sagte »Isi!« und dann sagte keiner mehr etwas und Julias unbehagliches Gefühl verstärkte sich.

»Ähm, so ein Zufall!«, krächzte Isabel mit einer Stimme, in der man das Wummern ihres Herzschlags hören konnte.

»Ja, ein Zufall!«, stammelte Brockmann. »Das muss Jahre her sein.«

»Elf!«

»Ja ...« Er strich sich über seinen kahlen Schädel und sagte: »Ähm ... du siehst toll aus ... echt. Wohnst du hier?«

Das war genau die Art von saudummer Frage, die man stellte, wenn man nicht wusste, was man sonst sagen sollte oder wenn man vor lauter Oh-Shit-Gedanken keine anderen vernünftigen Gedanken mehr fassen konnte.

»Ja, ich wohne hier. Ich ... ich ...« Sie zeigte mit dem Finger zwischen Julia und Brockmann hin und her. »Seid ihr beide etwa ... seid ihr beide zusammen? Ich meine, ein Paar? Ich meine, geht ihr zusammen aus heute Abend?«

»Neiiiin!«, riefen Brockmann und Julia gleichzeitig. Die peinliche Situation konnte nicht noch peinlicher werden.

»Was hast du mit deinen schönen Haaren gemacht, Eric?«, fragte Isabel unvermittelt. Das war die nächste überflüssige Oh-Shit-Frage, weil wirklich sogar ein Blinder feststellen konnte, dass Brockmann sich nun mal eine spiegelblanke Glatze rasiert hatte.

»Ähm, rasiert. Aber deine Haare sind hübsch. Du siehst gut aus, wirklich gut.«

Julia überlegte, ob sie mit Benni nicht einfach noch mal auf die Straße hinuntergehen sollte und dort warten, bis die beiden ihr obskures

Wiedersehen beendet hatten. Und danach würde sie einen Wettbewerb ausschreiben über die dümmsten Fragen, die man seinem Ex stellen kann, wenn man ihn oder sie nach elf Jahren wiedertrifft, und es war ja wohl klar wie Kloßbrühe, dass die beiden mal ein Paar gewesen waren. Aber Isabel brach den Bann. Irgendwie hatte sie den Oh-Shit-Moment überwunden und sich wieder an ihre Lebensmaxime erinnert, nämlich die, dass alle Männer Arschgeigen waren.

»Tja, ich hab jetzt leider keine Zeit, Eric, du siehst ja: Babysitten, für meine Freundin Julia.«

Sie bückte sich zu Benni hinunter, reichte ihm die Hand und schenkte ihm das allerschönste Lächeln, das eine Frau einem Mann überhaupt schenken konnte. Julia war sich sicher, dass sie in Brockmanns aufgerissenen Augen durchaus Eifersucht erkennen konnte. Benni dagegen strahlte wie ein Honigkuchenpferd. Offenbar mochte er Isabel.

»Hi, ich heiße Isi. Komm rein, Süßer. Deine Tante hat gesagt, dass du Apfelkuchen und Vanilleeis magst. Rat mal, was ich gebacken habe?«

»Ich warte unten auf Sie!«, knurrte Brockmann Julia an und klang dabei, als hätte er gesagt: Ich gehe unten mal ein wenig Amok laufen. Und damit rannte er die Treppe hinunter, zwei Stufen auf einmal, als wäre der Teufel hinter ihm her. Erst als Julia die Haustür knallen hörte, wagte sie es zu sprechen:

»Oh Mann! Das war aber nicht Mister Parkhaus, oder?«

Isabel nickte nur und kämpfte gegen die Tränen an. Großer Gott, sie hatte gesagt, es sei elf Jahre her und der Kerl brachte sie immer noch zum Weinen! Sie umarmte Isabel unwillkürlich und dachte bei sich: *Man darf sich niemals verlieben. Niemals!*

»Ich bin wirklich nicht mit ihm zusammen, Isabel. Er ist der Bodyguard von ... na ja, ist auch egal. Jedenfalls brauchst du dir keine Gedanken machen, dass da etwas zwischen uns wäre.«

Isabel nahm Benni den Rucksack ab und führte ihn an der Hand in ihren Flur, als würde sie ihn schon seit Jahren kennen. Dort zog sie ihm die Schuhe aus und reichte ihm ein paar Pantoffeln mit einem Bärenkopf.

»Und wenn, es wäre mir total egal. Er kann zusammen sein, mit wem er will. Ha!«, schniefte sie.

Spätestens morgen Abend war ein ausgiebiges Mädchen-Gespräch mit Isabel über das Thema Männer im Allgemeinen und Brockmann im Speziellen fällig. Aber jetzt hatte sie leider keine Zeit, Thomas wartete. Sie erklärte Isabel noch die paar Kleinigkeiten, die für die Betreuung von Benni wichtig waren. Wann er spätestens im Bett sein musste, welche Filme er nicht ansehen durfte und dass er keine normale Kuhmilch vertragen konnte. Dann gab sie Isabel ihre Handynummer und drückte sie noch einmal herzlich an sich.

»Morgen reden wir!«, versprach sie und lief die Treppe hinunter und hinaus zur Straße, wo Brockmann hinter dem Lenkrad hockte und ungeduldig darauf herumtrommelte.

Sie stieg auf der Beifahrerseite ein und er fuhr los. Seine Laune war, vorsichtig ausgedrückt, katastrophal und Julia traute sich gar nicht zu fragen, wo er mit ihr hinfuhr oder was Thomas mit ihr vorhatte. Die Stimmung war merkwürdig und wurde immer merkwürdiger. Als Brockmann an einer Ampel hielt und einen älteren Herrn, der sich falsch eingeordnet hatte, bei heruntergelassener Scheibe einen alten Flachwichser nannte, war Julias Mitleid mit Brockmann bereits so groß, dass sie sich nicht mehr zurückhalten konnte.

»Los, fragen Sie!«

»Was fragen?«, schnauzte er sie an.

Oh Mann, wenn schlechte Laune Gestalt annehmen könnte, dann würde das Ding aussehen wie Brockmann hinterm Lenkrad.

»Was sie macht, ob sie einen Freund hat, woher ich sie kenne, ob sie glücklich ist.«

Er sagte nur »Hm!«, was genauso gut eine Ablehnung wie eine Zustimmung sein konnte.

»Sie arbeitet bei Raschberg und Partner als Anwaltsgehilfin. Ich kenne sie erst seit Montag und sie ist der freundlichste, humorvollste und lebenshungrigste Mensch, der mir je begegnet ist. Sie ist großherzig und absolut zuverlässig.«

»Hm!«

Was immer das heißen mochte! Er hatte keine Wahl, er musste zuhören. Sie saß in seinem Auto und er konnte sie wohl schlecht an der nächsten Ampel aussteigen lassen, also konnte sie ihm genauso gut ein paar Takte sagen, diesem Mister Parkhaus! Sie schmunzelte.

Irgendwie hätte sie Brockmann so etwas gar nicht zugetraut, aber andererseits ... er war ein ziemlich stattlicher Mann und wenn er anstatt einer glänzenden Glatze ein paar hübsche Haare auf seinem Kopf wachsen lassen würde, dann wäre er vermutlich ein ziemlich attraktiver Mann, ein ziemlich heißer Mann.

»Sie hat zurzeit keinen Freund. Sie hatte nur Enttäuschungen mit Männern und ist in Liebesdingen sehr unglücklich.«

Brockmanns Kopf fuhr ruckartig zu ihr herum.

»Hat sie über mich geredet?«

»Ja, aber ich wusste nicht, dass Sie derjenige welcher sind. Sonst hätte ich Sie niemals in diese peinliche Situation gebracht und Sie gebeten, mich hierher zu bringen. So intrigant könnte ich nie sein.«

»Derjenige welcher?« Er fuhr an und der Motor heulte auf, als würden gleich die Kolben aus dem Motorblock herausfliegen.

»Ich mische mich besser nicht ein, Herr Brockmann, aber Sie wissen schon, dass Sie ihr damals das Herz gebrochen haben. Einfach abhauen und sich nicht mehr melden.«

Er sagte nur »Hm!« und dann gar nichts mehr und Julia beschloss, dass sie schon mehr als genug gesagt hatte und sich jetzt besser um ihre eigenen Beziehungsangelegenheiten kümmerte.

Brockmann fuhr gerade in die Tiefgarage des Mahler-Hochhauses und Julia war froh, dass die Überraschung, die er geplant hatte, nichts mit einem Privatflugzeug und einer weit entfernt liegenden Villa zu tun hatte. Wenn etwas mit Benni wäre, könnte sie viel schneller zurück sein. Brockmann parkte das lange Auto in der überaus geräumigen Tiefgarage neben fünf weiteren ebenso langen Autos anderer Hersteller.

»Die Pläne von Herrn Mahler haben sich kurzfristig geändert«, sagte Brockmann kurz, bevor er ausstieg, als müsste Julia längst wissen, wie die ursprünglichen Pläne ausgesehen hatten. »Er hat den Geburtstag seiner Mutter vergessen.«

»Er hat was? Das ist wohl 'n Witz.«

»Kein Witz!«, knurrte Brockmann, immer noch der am schlechtesten gelaunte Mann der Stadt. »Es ist ihm erst vor einer halben Stunde eingefallen, dass seine Mutter heute Geburtstag hat! Nachdem er mit seinem Bruder telefoniert hat.«

Er stand draußen an der Autotür und wartete und Julia saß immer noch auf der Beifahrerseite und wusste nicht, warum Brockmann sie dann nicht einfach wieder zurück nach Kreuzberg gebracht hatte.

»Bitte setzen Sie sich nach hinten. Er kommt in ein paar Minuten herunter!« Brockmann konnte aber auch ein Sonnenschein sein, wenn er schlechte Laune hatte. Er starrte sie so lange mit düsterem Blick an, bis sie mit einem Seufzen in den hinteren Fond wechselte. Im Grunde dachte sie sich nichts weiter dabei. Sie ging davon aus, dass Brockmann auf dem Weg zu Mutter Mahler kurz in Kreuzberg vorbeifahren und sie dann wieder aussteigen lassen würde. Thomas stieg mit einem gigantischen Blumenstrauß in der Hand hinten ein und begrüßte sie mit einem kurzen Handkuss.

»Ich bin untröstlich!«, sagte er und meinte den geänderten Plan.

»Das solltest du auch sein!« Sie meinte den vergessenen Geburtstag.

»Ich hab schon letztes Jahr den Muttertag vergessen. Das hat sie mir wirklich übel genommen. Wenn ich heute nicht wenigstens kurz hallo sage und ihr gratuliere, wird sie Monate lang nicht mehr mit mir reden.«

»Zu Recht! Sie sollte dich übers Knie legen. Wie kann man nur den Geburtstag seiner Mutter vergessen?«

Ihre Stimme klang verärgert und ihre Augen funkelten ihn wütend an und er stellte erstaunt fest, dass sie ihm sein Verhalten ernsthaft übel nahm. Nicht wegen der verschobenen Überraschung, sondern weil sie ihn für einen schlechten Sohn hielt.

»Ich manage fünf Großkonzerne!«, antwortete er beleidigt. *Und denke die ganze Zeit nur noch an eine bestimmte Frau.*

»Spätestens wenn du mal eigene Kinder hast und dir die Nächte um die Ohren schlagen musst, weil sie krank sind und Fieber haben, wird es dir leid tun, dass du deine Mama so vernachlässigt hast.«

Aber in dem Moment, als sie es aussprach, wurde ihr bewusst, dass ein Thomas Mahler, wenn er je eigene Kinder haben sollte, vermutlich eine Nanny mit einem schwarzen Gürtel anstellen würde, die sich stellvertretend für ihn und seine Frau die Nächte mit den fieberkranken Kindern um die Ohren schlagen würde. Aber wenn es stimmte, was seine blonde Ehefrau in der Talkshow erzählt hatte, dann wollte Thomas Mahler weder fieberkranke Kinder noch Nannys mit Karategürtel haben. Er ließ seine Kinder lieber abtreiben.

Sie schaute aus dem Autofenster, wunderte sich über die Fahrstrecke und über ihren inneren Aufruhr. Sie fragte sich, warum sie sich überhaupt darüber aufregte. Es ging sie schließlich gar nichts an, wie Thomas seine Mutter behandelte, und er war ihr nicht die geringste Rechenschaft für seinen Charakter schuldig. Er war nur ein Sex-Deal und nicht ihr Freund.

»Es tut mir leid, wirklich!«, sagte er nahe an ihrem Ohr. Er hatte sich etwas zu ihr hinübergebeugt und ihre Hand ergriffen, die leicht verkrampft in ihrem Schoß gelegen hatte. Er wollte, dass sie ihm wieder ihr Gesicht zuwandte und dass sie wieder lächelte. »Aber das hat meine Sekretärin vermasselt, sie führt schließlich meinen Terminkalender.«

Ihr Kopf fuhr ruckartig zu ihm herum und anstatt zu lächeln, sah sie nur noch finsterer aus.

»Ich fasse es nicht. Welcher Sohn braucht denn eine Sekretärin, um an den Geburtstag seiner Mutter zu denken?«

»Wozu bezahle ich die Frau schließlich?«

»Dann schick doch deine Sekretärin zu deiner Mutter!«

Brockmann gab von vorne ein unterdrücktes Grunzen von sich und Thomas kniff betreten die Lippen zusammen.

»Und ich fasse es nicht, dass ich mich mit dir über meine Mutter streite.«

Er hatte jetzt auch Gewitterwolken im Gesicht. Warum musste sie ihn kritisieren? Andere Frauen taten wenigstens so, als würden sie ihn bewundern, selbst wenn sie nur sein Geld bewunderten, und Julia machte ihm Vorhaltungen, weil er seine Mutter vernachlässigte. Seiner Mutter ging es gut. Sie war schließlich die Mutter eines Multimillionärs. Sie hatte alles, was sie sich wünschte und noch mehr.

»Es geht mich wirklich nichts an, wie du deine Mutter behandelst!«, sagte sie und schaute wieder aus dem Fenster.

»Verdammt! Ich habe gesagt, dass es mir leidtut. Kannst du bitte aufhören, mich für einen Mistkerl zu halten?«

»Ich halte dich doch nicht für einen Mistkerl. Ganz im Gegenteil.«

»Du magst mich also ein bisschen?«

»Mehr als gut für mich ist.«

»Ehrlich?« Er nahm ihr Kinn und drehte ihren Kopf noch ein wenig mehr zu sich. Er wollte ihre Augen sehen, wenn sie ihm antwortete. Sein Herz klopfte ihrer Antwort mit Bangen entgegen.

»Ja!«

Er schloss die Augen, nur kurz. Das war einer dieser typischen Momente, den Brockmann Verliebtheit nannte, so ein Moment, wo er diese Frau bis in seinen Magen spüren konnte. Und just in diesem Moment blieb Brockmann an der Ampel stehen und Julias Oberkörper wurde plötzlich starr.

»Herr Brockmann!«, rief sie aufgeregt nach vorne. »Das ist aber die falsche Richtung. Hier geht es doch nicht nach Kreuzberg!«

»Nein, wir fahren nach Potsdam.«

»Nein jetzt! Aber ohne mich!« Panik packte Julia. Er würde sie doch hoffentlich nicht zu seiner Mutter mitnehmen.

»Ich gebe nur schnell den Blumenstrauß ab.«

»Schnell Blumen abgeben? Das ist doch nicht dein Ernst. Deine Mutter erwartet dich bestimmt und freut sich, wenn du endlich mal Zeit für sie hast.«

Seine Mutter war nicht gerade die Frau, die am Fenster saß und sehnsüchtig auf die Besuche ihrer Söhne wartete, aber bevor ihm Julia wieder die Leviten las und ihn für den schlechtesten Sohn aller Zeiten hielt, gab er lieber nach.

»Ist schon gut, wenn du darauf bestehst, dann bleibe ich eben ein wenig länger bei ihr.«

»Natürlich, das gehört sich so. Ich steige hier irgendwo aus. Herr Brockmann, fahren Sie doch einfach rechts ran und ich nehme dann die Straßenbahn zurück nach Kreuzberg. Und du feierst heute mit deiner Mama Geburtstag. Wir können das ... das doch noch mal verschieben.«

Sie wollte sich wirklich nicht um diesen Abend drücken, ganz im Gegenteil, sie hatte der gemeinsamen Nacht mit Thomas förmlich entgegengelechzt.

»Du steigst hier nicht aus!«, rief er und klang überrascht und verärgert. Sie sollte nicht mal daran denken. Sie gehörte ihm bis morgen Mittag und davon würde er jede einzelne Sekunde auskosten und er würde garantiert nicht noch mal eine Woche warten, bis er sie endlich haben konnte. Nicht nach dem Kuss am Mittwoch. Nicht nachdem sie ihn hatte spüren lassen, wie heiß sie auf ihn war.

Brockmann warf einen besorgten Blick in den Rückspiegel, so wie er das Mädchen einschätzte, war es durchaus denkbar, dass sie einfach die Tür aufmachte und während der Fahrt ausstieg und bei seinem Chef war er sich im Augenblick auch nicht ganz sicher, ob der dem Mädchen nicht aus dem fahrenden Auto hinterherspringen würde. Er war als Fahrer schließlich für die Sicherheit seiner Fahrgäste verantwortlich, ganz abgesehen davon, dass eine solche Aktion seinem Auto gar nicht gut tun würde.

»Aber ich gehe nicht mit zu deiner Mutter. Dann warte ich eben im Auto oder gehe so lange spazieren.«

Wer konnte schon sagen, wer alles bei dieser Party eingeladen war? Und natürlich gab es auch einen Vater und vermutlich Geschwister und lauter reiche Bonzenfreunde und alle möglichen wichtigen Leute und die Presse und jeder, der sich eine Einladung erschleichen konnte, war vermutlich da und sie war noch nicht einmal passend angezogen, ganz zu schweigen davon, dass sie nichts weiter als eine gekaufte Ex-Jungfrau war. Sie hatten Diskretion vereinbart.

»Hatten wir nicht vereinbart, dass ich bestimme?«

»Oh bitte, tu mir das nicht an!« Sie rückte etwas näher zu ihm, damit sie flüstern konnte, weil sie nicht wollte, dass Brockmann sie hörte: »Das Bestimmen gilt doch erst dann, wenn wir alleine sind.«

»Ich darf dich selbst zitieren, meine Liebste. Du hast letzte Woche im Flugzeug zu mir gesagt: *Ich bitte dich, was sind ein paar lächerliche Stunden mehr, bei diesem Preis?*«

»Ich werde vor Scham im Boden versinken.«

»Ach Unfug, warum solltest du dich schämen?«

Vielleicht weil ich die gekaufte Sex-Gespielin des verheirateten Sohnes einer alten Dame bin, die mich weder kennt noch mich zu ihrem Geburtstag eingeladen hat. Sie sagte es nicht laut, sondern schluckte die Bemerkung wie einen dicken Kloß hinunter.

Kapitel 14

Als Julia das Haus sah, vor dem Brockmann anhielt, traf sie fast der Schlag. Das war nicht nur irgendeine schicke Villa in der besten Potsdamer Wohngegend, das war ein Schloss mitten in einem ausladenden Park, umgeben von hohen, uralten Platanen und Wegen und Bänken. Und es war so groß, dass zwanzig Mütter da drin hätten leben können, ohne sich je zu begegnen, und so groß, dass Julia vor Panik die Luft wegblieb.

Nein! Da würde sie auf keinen Fall hineingehen.

Was sollte sie dort? Dort war vermutlich selbst die Köchin noch wichtiger und reicher und vornehmer als sie und sie würde sich nur blamieren und was zur Hölle sollte sie den Leuten sagen, wenn sie gefragt würde, wer sie war?

Während Thomas ausstieg und Brockmann ihr die Türe aufhielt, starrte sie fassungslos auf die Türmchen und Erker und den gigantischen Park und spürte, wie eine Lähmung ihr Rückenmark vereiste. Jetzt standen beide Männer am Auto, Brockmann hielt die Tür auf und Thomas streckte ihr die Hand hin und Julia saß im Auto und schüttelte den Kopf.

»Wir haben einen Vertrag, mein Herz!«, sagte Thomas, aber er klang dabei gar nicht herzlich, sondern drängend und ungeduldig, genauso wie er vermutlich bei seinen üblichen geschäftlichen Verhandlungen auch klang, wenn einer seiner Vertragspartner nicht spuren wollte.

Julia hätte ihm am liebsten gesagt, er solle sich seine Million in eine Pfeife stecken und aufrauchen, weil sie nämlich im Auto sitzen bleiben wollte und weil sie in dem besagten Vertrag Diskretion vereinbart hatten und das Wort Diskretion hatte nichts mit der Geburtstagsparty einer Mutter zu tun. Aber sie hatte ihm letzte Woche ihr Wort gegeben, dass sie den Vertrag erfüllen würde und dass sie tun würde, was er verlangte. Er hatte für sie einen Flug zurück nach Hause organisiert und ihr einen Leibwächter zur Verfügung gestellt. Wie erbärmlich wäre es jetzt von ihr, wenn sie kneifen würde, nur weil der Vertrag plötzlich ein paar unangenehme Seiten hatte?

Wer A sagt, muss auch B sagen.

Sie holte tief Luft, verdrängte ihr Schamgefühl und sagte sich selbst den wichtigsten juristischen Grundsatz wie ein Mantra auf: Pacta sunt servanda. Verträge müssen eingehalten werden.

Sie gingen einen gepflasterten Fußweg zum Haupteingang des Schlosses hinauf. Thomas hatte Julias Hand genommen und seine Finger mit ihren verflochten, als wären sie ein gewöhnliches Liebespaar, das im Park spazieren ging. In der anderen Hand trug er den großen Blumenstrauß und Brockmann schlenderte ein paar Schritte hinterher.

Erst als sie in der großen, hohen Empfangshalle angekommen waren und Thomas einen livrierten Pförtner fragte, ob seine Mutter in ihrer Wohnung sei oder wo er sie sonst finden könne, begriff Julia, dass das Schloss nicht ausschließlich von der Familie Mahler bewohnt wurde, sondern dass es sich um eine Seniorenresidenz handelte.

»Ihr Bruder ist vor wenigen Minuten gegangen, Herr Mahler«, informierte ihn der eloquente Pförtner. »Ihre Frau Mutter ist in ihrer Wohnung.«

Aus irgendeinem albernen Grund beruhigte sich Julia ein klein wenig. Eine Frau, die in einer Luxuswohnung in einer Seniorenresidenz lebte, war nun mal nicht halb so beängstigend wie eine Dame, die ein ganzes Schloss für sich alleine bewohnte.

Sie wusste natürlich nicht, dass der Unterschied nur marginal war, weil die ganze Anlage trotzdem Thomas Mahler gehörte, auch wenn andere Leute mit in dem Schloss wohnten. Er hatte es gekauft, nachdem sein Vater gestorben war, und es zur exklusivsten Seniorenresidenz weit und breit umbauen lassen. Seine Mutter hätte sich alleine in diesem Schloss zu Tode gelangweilt, aber im Kreise von anderen gediegenen Leuten ihres Alters fühlte sie sich pudelwohl und jeden Tag hatte sie irgendeinen anderen Tingeltangel mit ihren Freundinnen und Freunden. Es grenzte an ein Wunder, dass sie am heutigen Tag nicht irgendwo herumscharwenzelte oder in der Orangerie saß, die zum Restaurant umgebaut worden war, und mit ihrer Rentnertruppe feierte. Sie fuhren mit dem Aufzug in die oberste Etage des Ostflügels, in dem die große und luxuriöse Wohnung seiner Mutter lag.

Nachdem Thomas geklingelt hatte, öffnete kein Butler und auch kein Stubenmädchen, sondern eine sehr sympathisch aussehende kleine Frau mit schneeweißem, kurzem und akkurat frisiertem Haar die Tür. Sie war schlank und zierlich und sportiv gekleidet und wirkte fast so, als wäre sie gerade eben von ihrer Segelyacht heruntergestiegen.

»Ach, mein Junge!«, rief sie ehrlich erfreut und drückte Thomas an sich. Das war der Moment, als er endlich Julias Hand loslassen musste, damit er seine Mutter angemessen umarmen konnte. Dann murmelte er irgendetwas von Glückwünschen und überreichte das Bouquet. Die besagte Mutter nahm auch Brockmann an ihre Brust und sagte:

»Eric! Wann lässt du dir endlich wieder deine Haare wachsen?«

»Vielleicht bald, Frau Mahler, und herzlichen Glückwunsch! Sie sehen toll aus«, antwortete Brockmann und überreichte ihr eine Schachtel Pralinen.

Leider blieb es nicht aus, dass jetzt die mütterlichen grauen Augen auf Julia fielen und leider blieb es nicht aus, dass Julia den Blick senkte und rot wurde bis zu den Haarspitzen. Sie sagte kaum hörbar »Herzlichen Glückwunsch!« und weil sie leider kein Geschenk dabeihatte, war ihr das alles noch viel peinlicher, als es ihr sowieso schon war.

»Das ist Julia!«, sagte Thomas nur und die Mutter sagte »Aha!« und Julia wünschte sich sehnlichst eine Schaufel, um sich das Loch zu graben, in das sie hineinspringen konnte.

»Kommt rein!«, sagte Frau Mahler und zeigte mit dem Kopf auf den riesengroßen Flur, der ungefähr doppelt so groß war wie Julias gesamte Wohnung.

Von drinnen kam fröhliches Gelächter und Geschnatter und es wurde offensichtlich schon ausgiebig gefeiert. Julia holte tief Luft und spürte, wie sie innerlich zitterte. Pacta sunt servanda sagte sie sich, aber als Thomas ihre Hand ergreifen wollte, um sie in den Raum zu führen, aus dem die lustige Stimmung kam, zog Julia ihre Hand weg und steckte sie in ihre Hosentasche.

Sie kamen in ein helles und großes Wohnzimmer, das mit seiner prachtvollen spätbarocken Möblierung zeitlich genau zu der Entstehungszeit des Schlosses passte. In dem Raum waren viele ältere Leute. Offenbar waren sie alle Mitbewohner der Mahler-Residenz und Freunde von Frau Mahler. Sie hatten viel Spaß und die ungezwungene Stimmung war immerhin so ansteckend, dass Julia dann doch irgendwann wieder anfing zu atmen.

Einige der Anwesenden schienen Thomas und Brockmann zu kennen und riefen Begrüßungen in ihre Richtung, ohne sich aber von ihrem Spaß, was auch immer sie gerade trieben, abbringen zu lassen. Thomas' Besuch war offenbar nicht so wichtig für sie, dass sie in Ehrfurcht erstarrten und ihre Unterhaltung einstellten – im Gegensatz zum Beispiel zu Raschbergs Verhalten. Julia entspannte sich noch ein klein wenig mehr, als sie merkte, dass nicht annähernd so viel Leute auf sie starrten, wie sie befürchtet hatte.

Frau Mahler bugsierte die drei zu einem kleinen Tisch bei einer mit üppigem Blumendekor bestickten Sitzgruppe in einem Erker. Der Erker gewährte einen schönen Blick über den Park und Potsdam und dort saßen bereits zwei Damen im Alter von Frau Mahler bei einem Glas Sekt und unterhielten sich angeregt.

»Setzt euch«, sagte Frau Mahler ohne Umschweife und zeigte auf die Chaiselongue und auf den Barockstuhl, der aussah, als würden seine dünnen, gebogenen Stuhlbeine unter demjenigen zusammenbrechen, der es wagte, sich darauf zu setzen. Brockmann setzte sich auf den Stuhl und überließ die Chaiselongue dem Chef und seiner Angebeteten. Die beiden Damen am Tisch waren hocherfreut über den Zuwachs. Sie kannten Thomas und begrüßten ihn entsprechend.

»Thomas, du bist aber dünn geworden!«, sagte die eine mit dem ausladenden Busen und einem üppigen Doppelkinn. Die andere hatte sehr breite Hüften und saß dennoch ganz ungezwungen auf einem zierlichen Barockstuhl. Sie sagte: »Ach papperlapapp. Der Junge sieht toll aus wie immer. Wer sind deine Freunde, Thomas?«

»Das ist Eric Brockmann, mein Mitarbeiter, und das ist Julia!«

Thomas zog Julia neben sich auf die Chaiselongue und nahm ihre Hand und wenn sie nicht wollte, dass die Szene noch peinlicher wurde, musste sie sich wohl oder übel fügen.

»Dein Schatz?«, fragte Frau Doppelkinn, und Julia wurde schon wieder rot.

»Wollt ihr Kaffee oder Sekt?«, fragte Frau Mahler dazwischen und ersparte ihrem Sohn die Antwort. »Es ist auch noch Kuchen da. Gegen sechs kommt der Caterer mit einem Büffet. Heute ist jamaikanische Küche das Thema. Aber du bleibst sicher nicht so lange, mein Junge, oder?«

»Ich ... äh.« Er sah Julia fragend an, aber die hatte den Blick gesenkt und es tat ihm in dem Moment wirklich leid, dass sie sich so offenkundig unwohl fühlte. Vielleicht hätte er sie wirklich nicht in diese Situation bringen sollen, aber er wollte sie in seiner Nähe haben und seine Mutter war zudem eine unkomplizierte Frau, sie würde Julia vermutlich sogar mögen, wenn sie die Gelegenheit hätte, sie kennenzulernen. Seine Mutter würde Julia sogar sehr mögen, dachte er in dem Moment, als er immer noch in dem gesenkten Blick seiner Angebeteten nach einer Antwort suchte.

»Ich hatte eigentlich nachher noch etwas Wichtiges vor, aber Julia meinte, dass du dich vielleicht freust, wenn ich mir Zeit für dich nehme.«

Frau Mahler lachte und drückte ihrem Sohn einen Kuss auf den Haarschopf. »Da hat Julia völlig recht, aber heute ist hier so viel Trubel, dass ich kaum Zeit haben werde, mich mit dir zu unterhalten. Also Kaffee oder Sekt?«

Brockmann nahm Kaffee, Thomas Sekt und Julia lehnte alles dankend ab. Tatsächlich war ihr just im Moment ziemlich schlecht.

»Brauchen Sie Hilfe in der Küche?«, fragte sie automatisch, weil sie das nicht anders kannte. Bei Geburtstagen bot man der Gastgeberin Hilfe an. Aber ihre Frage war anscheinend ziemlich dumm gewesen, denn Frau Mahler lachte und sagte nur: »Gottchen nein, ich habe für heute eine Küchenhilfe engagiert. Sonst komme ich ja gar nicht nach. Aber nett, dass Sie fragen!«

Aber sie fand es nicht wirklich nett, das konnte Julia an ihrem Blick und ihrer spöttischen Stimme erkennen. Sie fand es unmöglich, dass ihr Sohn eine wildfremde Tussi anschleppte, sie nicht mal anständig vorstellte und diese auch noch meinte, sich anbiedern zu müssen. Wahrscheinlich hatte Frau Mahler letztes Jahr an ihrem Geburtstag noch mit ihrer Schwiegertochter hier gesessen und wahrscheinlich sagte sie sich, dass genau solche Frauen wie Julia schuld daran waren, wenn diese Schwiegertochter jetzt durch Talkshows tingeln musste.

Pacta sunt servanda mahnte sie sich selbst und lächelte Frau Mahler an.

Die Dame mit dem Doppelkinn schien wirklich ein gutherziger Mensch zu sein, denn sie erkundigte sich ganz ungezwungen zuerst nach Eric und seinem Beruf und dann nach Julia und als Julia der

Frau erzählte, dass sie Jura studierte, kamen sie richtig ins Gespräch. Die Frau berichtete, dass ihre beiden Söhne auch Juristen seien, allerdings in Hamburg wohnten und sie die beiden deshalb kaum sah. Die Tischnachbarin mit den breiten Hüften hingegen schien Thomas schon seit vielen Jahren, vielleicht sogar Jahrzehnten zu kennen, sie belegte ihn mit Beschlag und unterhielt sich mit ihm über Leute aus der Vergangenheit, die nur sie beide kannten. Als Frau Doppelkinn Julia gerade die Fotos von ihren beiden Enkelkindern zeigte, kam Frau Mahler mit dem Kaffee und dem Champagner zurück. Sie platzierte Tasse und Glas vor den jeweiligen Herren und musterte dann Julia noch einmal etwas eindringlicher.

»Sie wollen wirklich nichts?«

Die Frage klang nicht unfreundlich, aber sie hätte genauso gut lauten können: *Was willst du eigentlich hier, Mädchen?* Aber Julia hatte schließlich nichts anderes erwartet. Sogar noch Schlimmeres. Die gute Frau Mahler war bei alledem noch ziemlich höflich zu ihr. Sie hätte ja auch eine gealterte Ausgabe von Frau Raschberg sein können.

»Nein, danke«, sagte Julia und senkte den Blick wieder und dabei sagte sie sich einmal mehr: *Verträge sind einzuhalten, aber wenn das alles vorbei ist, dann will ich in meinem ganzen Leben keinen dieser Leute je wiedersehen, Frau Mahler nicht, und am liebsten Thomas auch nicht mehr.*

Thomas hielt immer noch ihre Hand und auch wenn sie sich dessen selbst vermutlich gar nicht bewusst war, spürte er, wie verkrampft ihre Hand war, wie ihr ganzer Körper erstarrt war und als er den Arm um sie legte, versteifte sie sich nur noch mehr. Ihre begierige Anschmiegsamkeit vom Mittwoch war wie weggeblasen und er hätte sich dafür selbst ohrfeigen können. Er hätte sie nicht zwingen dürfen, mit ihm herzukommen. Was hatte er sich nur davon erhofft? Dass sie sah, was er für eine nette Mutter hatte, oder dass seine Mutter sah, was er für ein nettes Mädchen hatte? Beides war nur eine Illusion, der er sich selbst hingab. Seine Mutter war informiert über all seine Frauen und wenn sie auch nicht jede persönlich kannte, so wusste sie doch aus der Presse und dem Fernsehen genau, dass sie alle wertlos waren, eine wertloser als die andere. Sie hatte überhaupt keinen Grund, Julia für etwas anderes zu halten als den Rest seines Harems. Und was hätte er seiner Mutter sagen sollen? *Sieh her Mama, das ist Julia. Sie ist ein anständiges und unschuldiges Mädchen, das ich für viel*

Geld entjungfert habe und das ich jetzt gerne zu meiner neuen Favoritin im Harem machen möchte, vorausgesetzt ich kann sie so beeindrucken, dass sie bei mir bleibt.

Seine Mutter würde ihm die Ohren langziehen.

***

Rita Mahler stand in der Küchentür und beobachtete das Mädchen nun schon eine ganze Weile. Zwischen ihren Augen hatte sich bereits eine tiefe Falte gebildet.

Das Mädchen war in keiner Weise den Frauen ähnlich, mit denen sich ihr Sohn sonst umgab. Sie war zu jung, zu natürlich und bei Weitem zu anständig, um auch nur annähernd in das Beuteschema ihres Sohnes zu passen. Sie errötete sogar noch vor lauter Schamgefühl. Welches Mädchen errötete heutzutage eigentlich noch? Die waren doch alle viel zu abgeklärt, um sich überhaupt einer peinlichen Situation bewusst zu sein und die Kleine war eine echte Schönheit. Gemessen an der Tatsache, dass sie weder chirurgisch verbessert noch kosmetisch aufgemotzt war, war sie mit Abstand das schönste Mädchen, das Thomas je hatte. Und dennoch schien sie kein bisschen eitel zu sein, es sei denn ihr bescheidenes und schüchternes Auftreten wäre eine berechnende Show. Aber das müsste dann schon eine verdammt gute Schauspielerin mit eingebautem Errötungseffekt sein.

Nein, irgendetwas stimmte nicht.

Rita hatte einen Blick für so etwas. Thomas, das konnte sie nur allzu leicht erkennen, wäre jetzt lieber alleine mit dem Mädchen, und zwar in einem Bett und nicht hier bei seiner Mutter, und das Mädchen wäre am liebsten unsichtbar.

Und das war das Seltsame. All die anderen Frauen, mit denen Thomas sich herumtrieb, sonnten sich in seinem Ruhm und seiner Macht und prahlten damit, dass sie sich den großen Thomas Mahler hatten angeln können. Aber dieses Mädchen schien sich beinahe dafür zu schämen.

Rita holte zwei Teller mit Käsekuchen aus der Küche. Eric liebte Käsekuchen und Thomas würde ihr zuliebe einfach ein Stück essen. Aber bevor sie hinüber zum Erker ging, blieb sie noch einmal kurz unter der Küchentür stehen. Thomas hatte seine Hand im Nacken des

Mädchens und streichelte sie zärtlich und begierig zugleich. Er sagte etwas zu ihr, aber sie schüttelte den Kopf und versteifte ihren Körper nur noch mehr, falls das überhaupt möglich war. Die Kleine war völlig verkrampft und Rita Mahler hoffte nur zugunsten ihres Sohnes, dass der sie nicht irgendwie erpresste oder nötigte, denn genauso wirkte sie.

Oh ja, Rita Mahler wollte zu gerne wissen, was da nicht stimmte, aber weder Thomas noch Eric würden ihr ein Sterbenswörtchen davon verraten. Eric wusste zwar über jeden Pups, den ihr Sohn abließ, Bescheid, aber er war verschlossen wie Fort Knox, wenn es um Thomas' Privatleben ging und Thomas redete niemals mit seiner Mutter über seine Beziehungen. Und sie wusste auch genau, warum: Sie waren ihm selbst peinlich.

Eine Viertelstunde später half der Zufall der besorgten Mutter auf die Sprünge. Rita Mahler war gerade auf dem Weg zu einem ihrer Gäste, als sie vor der Gästetoilette auf Julia traf. Die Gelegenheit nutzte sie spontan und schamlos aus.

»Ach Julia, wo ich Sie gerade treffe, vielleicht können Sie mir doch kurz mal helfen und aus dem Keller ein paar Flaschen Sekt heraufholen?« Normalerweise setzte Rita Mahler keinen Fuß in ihren Keller. Für den Nachschub von Sekt oder sonstigen Getränken waren ihre Küchenhilfe und der Cateringservice zuständig. Aber ein Mädchen, das so unbedarft Hilfe in der Küche angeboten hatte, würde sicher auch keinen Verdacht schöpfen, wenn die Hausherrin sie mal kurz in den Keller mitnahm.

Sie schöpfte keinen Verdacht, sondern sagte schlicht: »Ja, gerne!« Und schon hatte Rita Mahler das Mädchen für sich. Als sich die Aufzugtür hinter den beiden geschlossen hatte und Rita Mahler 2. UG gedrückt hatte, legte sie auch ohne lange Umschweife los. Sie war schon immer eine direkte Frau gewesen und seit sie dank ihres Sohnes reicher als Krösus war, nahm ihr niemand mehr ihre Direktheit übel.

»Jetzt mal die Karten auf den Tisch: Was ist das zwischen meinem Sohn und Ihnen?«

»Was meinen Sie?« Julia wurde zwar nicht rot, aber in die Augen schauen konnte sie Frau Mahler auch nicht.

»Sie sehen aus wie ein nettes Mädchen und üblicherweise macht mein Sohn einen großen Bogen um nette Mädchen. Sind Sie die neue Freundin von Thomas?«

Julia gab nur ein knappes »Nein!« von sich und löste noch mehr Verwunderung in Rita Mahler aus.

»Aber Sie haben doch etwas miteinander! Ich bin vielleicht alt, aber nicht blind. Thomas wäre jetzt lieber mit Ihnen im Bett als bei dieser langweiligen Rentnerparty.«

»Er bezahlt mich«, sagte Julia, und anstatt den Blick gesenkt zu halten, hob sie jetzt die Augen und schaute Frau Mahler direkt und unverblümt an. So unverblümt, wie man jemanden nur anschauen kann, dem man gerade die einfache, aber harte Wahrheit gesagt hatte und hoffte, dafür nicht mit einer deftigen Ohrfeige belohnt zu werden.

Der Aufzug war unten angekommen und die Tür ging auf. Frau Mahler blieb aber stehen und schaute das Mädchen mit unverhohlenem Schrecken an. Sie hielt die Hand in die Tür, damit sich der Aufzug nicht schloss und auch nicht wieder nach oben fuhr und auf diese Weise musterte sie Julia eine ganze, unangenehm lange Weile. Dann schüttelte sie den Kopf:

»Nein, Sie sind keine professionelle Hure oder eine Eskort-Lady oder wie man das heutzutage auch nennen mag. Ganz im Gegenteil.«

»Sie sind so eine freundliche Dame, Frau Mahler«, platzte es plötzlich aus Julia heraus und Rita Mahler konnte sehen, dass sie mit aller Macht ihre Tränen niederkämpfte. »Und es tut mir schrecklich leid, dass ich Sie durch meine Anwesenheit in so eine unangenehme Situation gebracht habe.«

»Ha!«, lachte Frau Mahler und warf den Kopf zurück. »Damit sind Sie die Erste von all seinen bezahlten oder unbezahlten Affären, die sich bei mir für ihre Anwesenheit entschuldigt.«

Sie nahm die Hand aus der Aufzugstür und drückte wieder auf die 5, ohne auch nur aus dem Aufzug ausgestiegen zu sein.

»Und dass Sie eine Hure sein sollen, das glauben Sie ja wohl selbst nicht.«

In dem Moment hatte Rita Mahler den gleichen Gesichtsausdruck wie Thomas, wenn er verärgert war und Julia musste unwillkürlich lächeln.

»Das ist natürlich eine Frage der Definition, Frau Mahler. Ich hab mir sagen lassen, dass die besten Huren sogar einen Ehering tragen.«

Frau Mahler lachte schallend. »Sie kennen meine Schwiegertochter?«

Julia war froh, dass sie auf diese Frage nicht antworten musste. Auch wenn es scherzhaft gemeint war, so löste alleine das Wort Schwiegertochter in ihrem Magen Krämpfe aus. Aber das Geigenkonzert, das aus ihrem Handy kam, ersparte ihr jede weitere Reaktion. Es war Isabel und Julia erschrak über den Anruf so heftig, dass sie gegen den Spiegel im Aufzug taumelte.

»Isi, was ist?« Nicht schon wieder Russen vor der Haustür. Bitte! Ihre Stimme klang absolut panisch.

»Ich wollte nur noch mal wegen dieser Laktoseintoleranz fragen. Benni sagt, er darf Eis essen, auch wenn Milch drin ist und ich glaube, der Bursche ist zu schlau für sein Alter und will mich hereinlegen.«

Julia schloss erleichtert die Augen und gab erst mal ein lautes Seufzen von sich. Nur Laktoseprobleme, keine Russen. Gelobt sei Jesus Christus!

»Er soll bitte Fruchteis essen, sonst bekommt er Bauchschmerzen. Es gibt aber bei Maxis-Eis eine Sorte Vanilleeis, die ist laktosefrei. Und ich habe vergessen, dass er noch Hausaufgaben in Mathe machen muss. Ihr könnt die Aufgaben auf der Website der Schule finden. Benni weiß, wo. Er drückt sich immer darum!«

Isabel lachte am Telefon. »Er ist so ein sagenhafter Junge. Ich adoptiere ihn, wenn du ihn loswerden willst.«

»Ganz sicher nicht.« Julias Herzschlag verlangsamte sich nur allmählich wieder und ihr wurde bewusst, wie dämlich dieses Telefonat im Aufzug vor den Ohren von Frau Mahler wirken musste. »Ich muss jetzt Schluss machen, gib Benni einen Kuss von mir.«

Julia verstaute das Handy wieder in ihrer Hosentasche und blickte auf, direkt in die skeptischen Augen von Frau Mahler.

»Sie haben ein Kind?« Es war keine echte Frage, eher ein Vorwurf oder ein Ausruf grenzenloser Überraschung. »Ein Kind, das schon zur Schule geht?«

»Ja, gewissermaßen.«

»Großer Gott, wie alt sind Sie?«

Der Aufzug hielt im 5. Obergeschoss an und die Tür schob sich auf. Julia wunderte sich gar nicht, als Frau Mahler nicht gleich ausstieg, sondern wiederum ihre Hand in die Schiebetür hielt. Sie fragte sich nur, wann die Neugier der alten Dame wohl befriedigt wäre oder ob sie noch einmal mit ihr rauf- und runterfahren würde, bis sie alles wusste, was sie wissen wollte. Am besten Julia brachte es gleich hinter sich.

»Ich bin dreiundzwanzig und Benni ist der Sohn meiner toten Schwester. Ich studiere Jura im achten Semester, fange im September mit dem Referendariat an und wohne in Kreuzberg. Ich komme aus ganz einfachen Verhältnissen, mein Vater ist Frührentner, und meine Mutter ist vor eineinhalb Jahren nach Bayern gezogen, seither sorge ich für Benni. Und ich bin keine professionelle Hure und werde es auch niemals sein. Ich habe im Prinzip nur eine einzige Nacht an Ihren Sohn verkauft, meine erste. Sonst noch Fragen, Frau Mahler?«

Irgendwie war ihr auf einmal sehr viel wohler, nachdem das alles aus ihr heraus war. So herrschte reiner Tisch zwischen ihnen beiden. Frau Mahler wusste, woran sie mit der seltsamen Begleiterin ihres Sohnes war und Julia brauchte sich nicht mehr zu verkrampfen aus lauter Angst, dass alles über sie herauskommen würde, was sowohl sie als auch Frau Mahler einer unerträglich peinlichen Situation aussetzen könnte. Die Wahrheit konnte manchmal ein echter Befreiungsschlag sein.

Rita Mahler sah das Mädchen mit großen Augen an und schüttelte fassungslos den Kopf. Julia machte einen halben Schritt aus dem Aufzug heraus und sagte:

»Und wissen Sie, was das Tragische ist? Er denkt, dass er alles im Leben mit seinem Geld kaufen muss, auch Freundschaft und Liebe und Zuwendung. Und wenn etwas nicht teuer erkauft ist, dann ist es in seinen Augen nichts wert.«

Sie trat aus dem Aufzug und hoffte, dass Frau Mahler sie jetzt einfach in Ruhe lassen würde. Aber sie musste an der Wohnungstür warten, bis Rita Mahler mit dem Schlüssel hinterhergekommen war. Das raubte Julias theatralischem Abgang zwar ein wenig seinen Charme, aber dafür schenkte ihr Frau Mahler an der Wohnungstür ein warmherziges Lächeln, das ihr sagte, dass die alte Dame ihr die Offenheit nicht verübelte.

Rita Mahler schloss die Tür auf und ließ Julia eintreten, aber plötzlich griff sie nach dem Arm des Mädchens und zwang sie noch einmal zum Blickkontakt.

»Wissen Sie, was wirklich tragisch ist, Julia? Dass Sie viel zu schade für diesen Dummkopf sind. Lassen Sie sich nicht das Herz von ihm brechen.«

Julia nickte, aber sie war sich nicht ganz sicher, ob dieser Ratschlag nicht schon eine Woche zu spät kam.

Zwei Stunden später verabschiedeten sie sich wieder von Frau Mahler. Thomas war mit dem Nachmittag zufrieden. Nachdem Julia von der Toilette zurückgekommen war, war sie sehr viel entspannter gewesen und beinahe wieder genauso anschmiegsam wie am Mittwoch. Sie ließ seine verstohlenen Zärtlichkeiten zu und lächelte sogar, wenn er sie am Nacken oder am Rücken streichelte oder mit seinem Daumen ihre Handfläche massierte. Er fand es erstaunlich, wie alleine ein schwaches Lächeln von ihr in seinem Innern die Sonne scheinen ließ. Frauen lächelten ihn ständig an: Gierig, lüstern, freundlich, nervös, selbstgefällig und auch falsch, aber keine lächelte wie Julia.

Seine Mutter hatte ihm beteuert, wie sehr sie sich über seinen Besuch gefreut habe, auch wenn sie kaum Zeit für ihn und seine Freunde gehabt hatte. Tatsächlich hatte sie sich nur für ungefähr zehn Minuten zu ihnen gesetzt und sich dabei hauptsächlich mit Eric Brockmann unterhalten. Sie redeten fast nur über Belangloses, über Brockmanns Fußballleidenschaft und sein Faible für schnelle Autos und Flugzeuge und dann fragte seine Mutter:

»Was gibt es in der Liebe Neues, Eric?« Und dabei sah sie aber nicht Brockmann, sondern Julia an, was Thomas ziemlich seltsam fand. Nicht die Frage als solche – seine Mutter zog Eric ständig damit auf, dass er keine Freundin oder Frau hatte, obwohl er so ein toller Mann sei – sondern, dass sie Julia dabei mit Augen beobachtete, die neugierig und mitleidig zugleich waren. Aber es wurde noch seltsamer, nämlich als Brockmann antwortete, sah er auch nicht Frau Mahler an, sondern er sprach zu Julia, als wäre die Antwort nur für sie gedacht: »Nichts Ernsthaftes, Frau Mahler. Die meisten sind schneller wieder vergessen, als ich Adieu sagen kann.«

Thomas konnte ja nicht ahnen, dass Brockmann hoffte, Julia würde seine Worte irgendwie an ihre Freundin Isabel übermitteln. Er hatte den Schock noch nicht ganz verdaut, sie nach elf Jahren wiederzusehen, schöner und strahlender denn je, aber wenn er es dieses Mal nicht wieder vermasseln wollte, musste er den Mund aufmachen, anstatt die Flucht zu ergreifen.

»Aber manche Frauen kann man nicht vergessen, egal wie viele Jahre vergangen sind. Und man fragt sich, warum man nur so dumm war und ob man den Fehler von damals je wiedergutmachen kann.«

Thomas fand, das war das seltsamste Gespräch, an dem er je teilgenommen hatte. Seine Mutter hatte Brockmann nach der Liebe gefragt, der aber antwortete Julia, als würde er sie meinen, und die nickte Brockmann auch noch lächelnd zu, während seine Mutter ihren erstaunten Sohn mit einem durchdringenden Blick musterte, als würde sie die Antwort eigentlich von ihm und nicht von Brockmann hören wollen.

Thomas war froh, als sich weitere Gäste ankündigten und seine Mutter sich vom Tisch verabschiedete. Dieses Gespräch war ihm unheimlich und er wurde das Gefühl nicht los, dass die anderen am Tisch einen Wissensvorsprung ihm gegenüber hatten. Kurz darauf beschloss Thomas, dass er seine Pflicht als Sohn mehr als genug erfüllt hatte und nun endlich mit Julia alleine sein konnte.

Sie fuhren von Potsdam wieder zurück nach Berlin. Thomas sprach nichts, sondern hielt einfach nur Julias Hand und fühlte sich gut und erleichtert. Er stellte sich den Ablauf des Abends vor, nicht nur, wie er sie ausziehen und nach allen Regeln der Kunst verwöhnen und verführen würde, sondern auch, wie sie auf seine Überraschung reagieren würde und die Vorstellung ließ ihn verschmitzt lächeln. Julia war froh, dass Thomas nicht viel redete. Alles in ihr war wie zum Zerreißen gespannt. Ihr Hormonhaushalt spielte definitiv verrückt, sie sehnte sich nach ihm und seinen Berührungen und gleichzeitig fürchtete sie sich davor – oder genauer gesagt vor dem, was er dabei in ihrem Herzen anrichten konnte.

Vor einem modernen, gläsernen Wohn- und Geschäftshaus am Hackeschen Markt ließ Brockmann die beiden aussteigen. Thomas sagte zu ihm »Bis morgen um 13 Uhr«, und Brockmann fuhr davon.

Thomas nahm Julia an der Hand und verflocht seine Finger wieder mit ihren, als wären sie ein frisch verliebtes Pärchen, das die ersten Sonnenstrahlen im März nutzen wollte, um einen romantischen Spaziergang über den Hackeschen Markt zu machen. Aber sie spazierten nicht weit, nur einmal um eine Hausecke und dann zu einem versteckten Seiteneingang des fünfgeschossigen Gebäudes.

Thomas hatte einen Schlüssel in der Tasche und als er wie selbstverständlich die Haustür aufschloss, fragte sich Julia, ob es überhaupt ein Haus in Berlin gab, das ihm nicht gehörte. Sie kamen in ein geräumiges Treppenhaus und blieben vor einem Aufzug stehen und solange sie auf den Aufzug warteten, sagte er mit einer Stimme, die vor Wollust ganz heiser war: »Du kannst dir nicht vorstellen, wie sehr ich mich nach diesem Moment gesehnt habe.« Und dann nahm er ihre Hand und drückte sie gegen die gigantische Beule in seiner Hose. Und das war der Moment, als Julia alles vergaß: Die Russen, die Benni suchten, den Tod ihrer Schwester und sogar den peinlichen Nachmittag bei Frau Mahler. Sie ertastete mit ihrer Hand den langen, harten Penis hinter dem weichen Stoff seiner Anzughose und als er ein zufriedenes Ächzen von sich gab, schob sie ihre Hand einfach in seine Hose hinein. Der Hosenbund war ziemlich weit oder genauer gesagt, Thomas lockerte soeben seinen Gürtel, um ihr den Zugriff zu ermöglichen, und sie tastete sich vorsichtig weiter in seine Unterhose, bis sie seine seidige Haut spürte und seinen Penis ganz in der Hand hatte. Er wisperte »Oh Gott!« in ihr Haar und hielt sie an ihren Schultern fest, als bräuchte er Halt.

Und Julia dachte auch: *Oh Gott, das fühlt sich so gut an und ich mache bestimmt alles falsch.* »Zeig mir, was ich machen soll!«

»Am besten du nimmst deine Hand da wieder raus, sonst komme ich gleich hier im Treppenhaus.«

Aber entgegen seiner Worte legte er seine eigene Hand auf ihre, nur durch den Stoff der Hose getrennt und drückte sie. Er mochte das Gefühl ihrer warmen kleinen Hand um seinen Penis, er mochte es, dass sie ihn anfasste, aber er hatte sich keine Jungfrau gekauft, um sich einen Handjob machen zu lassen, das konnte er selbst immer noch am besten.

Was er wirklich wollte, war, sich in ihrer engen Scheide zu ergießen und dabei zu wissen, dass noch kein anderer Mann dort gewesen war und dass noch kein anderer Mann die Geräusche gehört hatte, die sie machte, wenn sie kam. Und heute würde er sie kommen lassen, bis sie in Ohnmacht fiel und an nichts anderes mehr denken konnte als nur an ihn.

Ah, die Vorstellung turnte den Steinzeitmann in ihm so an, dass sein Schwanz in ihrer Hand sich noch mehr reckte und streckte und beinahe explodierte. Aber da kam der Aufzug und die Türen schoben sich auf. Ein älteres Pärchen kam heraus und Julia zog entsetzt ihre Hand aus seiner Hose zurück. Aber die beiden Fremden waren so in ihr Gespräch vertieft, dass sie nicht einmal grüßten, als sie an Thomas und Julia vorbeigingen.

Sie waren noch nicht richtig im Aufzug, da nahm er sich den ersten Kuss des Tages. Er hatte damit warten wollen, bis sie in der Wohnung waren, aber es waren noch fünf Etagen und ein paar Meter durch den Flur und Selbstbeherrschung war im Zusammenhang mit Julia nicht gerade seine Stärke.

Er hielt ihr Gesicht zärtlich mit seinen Händen umfangen und senkte seine Lippen ganz langsam auf ihre und der Moment, als sie sich berührten, ihre Lippen, ihre Zungen, ihre Körper, das war wie ein kleiner Orgasmus, als würden elektrische Funken zwischen ihnen hin und her springen und sich tief in ihre Eingeweide bohren. Sie flüsterte »Thomas!« und er flüsterte »Julia!« und sie verschmolzen.

Er hatte keine Ahnung, wie sie in die Wohnung gekommen waren. Aber sie schafften es noch bekleidet aus dem Aufzug heraus. Er schloss die Wohnungstür auf, haute sie mit dem Fuß wieder hinter sich zu und schon streifte er ihr das Jäckchen von der Schulter. Sie versuchte, ihm das Anzugjackett auszuziehen und binnen weniger Augenblicke stand sie in Unterwäsche vor ihm und er hatte schon das Hemd ausgezogen.

Keiner von beiden beachtete die hübsche Wohnung, in der er alles für den Abend hatte herrichten lassen oder den geräumigen Wohnflur mit dem elegant gedeckten Esstisch, das hohe Dachfenster mit Blick über die Dächer des Hackeschen Marktes, das Wohnzimmer mit weißen Ledersofas und einem schönen Kaminofen. Das helle Schlafzimmer, das gleich rechts neben der Wohnungstür lag, oder gar die hübsche Dachterrasse, die man von der Essdiele aus erreichen konnte.

Der Anblick von Julias Körper in Spitzendessous gab ihm den Rest und er musste all seine Pläne leider spontan ändern, weil er sich keine Sekunde länger beherrschen konnte. Nicht dass er nicht schon zig Frauen in Reizwäsche gesehen hätte und manche von diesen Dessous waren hundertmal erotischer gewesen als Julias Stringtanga, aber noch nie hatte ihn der Anblick eines Stringtangas so in die Hemmungslosigkeit hineinkatapultiert. Ah, er liebte diese Dinger schon immer, aber Julia in dieser Mischung aus Unschuld und Sünde, das war einfach nicht zu ertragen! Aus seiner Kehle kam ein dunkles Knurren und schon lagen sie auf dem Boden in der Essdiele. Er hatte die Hose noch nicht einmal richtig ausgezogen, nur halb heruntergelassen, und den String ihres Tangas hatte er auf die Seite geschoben und sich selbst in sie hinein. Gleich nachher, wenn die erste Spannung abgebaut war, würde sie ein fulminantes Vorspiel bekommen, das schwor er sich hoch und heilig, während er in sie hineinpumpte und ihre enge feuchte Scheide ihn umfasste. Aber jetzt konnte er einfach nicht anders. Er war nur von purer Geilheit beherrscht.

Er brauchte nicht lange, bis er kam und er kam mit der gleichen brachialen Urgewalt wie schon die letzten Male und Julia kam erstaunlicherweise auch, mit einem zitternden Aufstöhnen, die Augen tief in seine versenkt. Er spürte ihre Kontraktionen und spritzte in sie hinein, während sich ihre Scheide noch einmal um seinen zuckenden Penis zusammenzog und wieder und wieder und sie lächelte ihn glückselig an und hauchte ein zittriges »Thomas!«.

Da brach er auf ihr zusammen und ächzte fassungslos: »Scheiße, war das geil!«

Er blieb in ihr und schob seine Hand nun zwischen ihre Beine und berührte sie mit sanften Liebkosungen, dort wo sie weich und feucht und geschwollen war und wo er sie hätte schon zum Vorspiel berühren sollen.

»Ja, das war es!«, sagte sie und suchte mit ihren Lippen seinen Mund. Nein, er suchte ihren Mund und er küsste sie hart und besitzergreifend, wollte sie mit seinen Lippen markieren, sich selbst in sie einbrennen. Mit einem Kuss, den sie niemals vergessen sollte, aber kaum hatten sich ihre Lippen und Zungen berührt, war er sich nicht mehr sicher, wer sich eigentlich in wen einbrannte.

Irgendwann wurde der Parkettboden in der Diele ziemlich unbequem und irgendwann fiel Thomas auch ein, dass diese Wohnung ein großes Badezimmer mit Marmorwanne und einem Luxusduschtempel besaß und obwohl er immer noch in ihr steckte und schon wieder halbsteif war, zog er sich nun doch seufzend aus ihr zurück und half ihr beim Aufstehen. Seine Hose hing zwischen seinen Knien und ihre Kleider lagen verstreut um sie herum. Sie trug noch den sexy durchsichtigen Spitzen-BH und diesen unsäglich heißen Stringtanga, der das perfekteste aller Hinterteile mit nichts verhüllte.

Sein Blick fiel auf den gedeckten Tisch: Zwei Gedecke, Wein- und Sektgläser, Kerzen in silbernen Kerzenhaltern und ein gewaltiger Strauß mit dunkelblauen Schwertlilien und im Kühlschrank waren die Zutaten für ein exquisites Abendessen. Alles war perfekt für die perfekte Frau. Er nahm ihre Hand und küsste sie voller Verehrung.

»Wir duschen zuerst und dann essen wir!«

Unter der Dusche konnte er endlich zeigen, dass er wirklich Ahnung von Frauen und ihren geheimsten Wünschen hatte und nicht nur wie ein hormonübersteuerter Steinzeitmensch andauernd bloß über sein Weibchen herfiel. Er verwöhnte Julia genau so, wie er sich das eigentlich von Anfang an vorgenommen hatte. Seifte sie ein, streichelte sie, spielte mit ihr, saugte an ihr und sah zu, wie sie unter seinen Händen schmolz, sich dann aufheizte und schließlich leidenschaftlich explodierte. Sie zitterte, stöhnte, verlangte nach mehr und rief immer wieder seinen Namen. Oh Mann, nichts klang schöner als das.

Er nahm sie mit den Fingern, mit der Zunge und mit seinem Schwanz, der gar nicht mehr weich wurde, und als das Duschen vorbei war, konnte er mit Fug und Recht behaupten, dass er es ihr richtig besorgt hatte.

Und so sah sie auch aus.

Ihre Wangen glühten von der Erregung, ihre Augen waren feucht und groß vor Glück und ihre Lippen waren rot und geschwollen von den wilden Küssen und um ihren Mund spielte das zufriedene Lächeln einer Frau, die nach allen Regeln der Kunst zufriedengestellt worden war.

Kapitel 15

Julia war am Sonntagmorgen schon früh wach und lauschte auf die tiefen Atemzüge von Thomas. Er schlief und sah entspannt und gleichzeitig ziemlich erschlagen aus. Sie fand ihn wunderschön. Seine Gesichtszüge waren markant und männlich, manchmal ein wenig hart, besonders wenn er wütend war, und er neigte zum Jähzorn, das war ihr durchaus schon aufgefallen. Aber wenn er lächelte oder wenn er schlief, so wie jetzt, dann wirkte er beinahe verletzlich. Sie hatte sich schon eine ganze Weile auf ihren Ellbogen gestützt, um ihn anzusehen und dabei fragte sie sich mit einem Anflug von Verzweiflung, was sie nur mit ihm anfangen sollte und wie es mit ihnen beiden wohl weitergehen würde.

Der Vertrag war erfüllt und nach Punkt 4 ihres Vertrages konnte sie verlangen, dass sie beide sich nie wiedersahen. Aber das war, verdammt noch mal, das Allerletzte, was sie wollte. Nicht nach dieser Nacht. Sie hatte gedacht, der Sex in Lugano sei genial gewesen, aber da hatte sie noch nicht mal ansatzweise geahnt, welche Spielarten der Liebe Thomas für sie bereithielt – und zumindest für ihren Part war das, was sie in der vergangenen Nacht gemacht hatten, Liebe und nicht nur Sex gewesen.

Und damit, so stellte sie in Gedanken resigniert fest, *ist der Worst Case eingetreten: Thomas Mahler, ich habe mich verliebt.*

Während sie gestern nach dem Duschen noch ihre Haare geföhnt hatte, hatte Thomas das Abendessen fertig gemacht. Er hatte den Champagner und den Wein geöffnet und das vorbereitete Menü aus dem Ofen und aus dem Kühlschrank geholt. Als sie frisch geduscht und wieder angezogen in die Essdiele zurückkam, hatte er ihr den Stuhl zurechtgerückt, ihr einen ach so ehrerbietigen Handkuss gegeben und sie hatten gegessen.

Es war ein Wahnsinns-Dinner mit vier Gängen gewesen. Es gab Hummercremesuppe und Meeresfrüchtesalat, dann ein zartes Rinderfilet mit Gratin und als Dessert ein Schokoladensoufflé. Zum Fisch tranken sie Champagner und danach Wein und unterhielten sich zwanglos. Julia erzählte ein wenig über Benni, wie stolz sie auf ihn war, weil er so klug war und sie berichtete Thomas von ihrem Gespräch mit dem Rektor und dass sie Benni vielleicht auf ein Internat für hochbegabte Kinder schicken musste. Aber als sie merkte, wie wenig Thomas sich für ihren Neffen interessierte, ließ sie das Thema galant ausklingen und fragte ihn stattdessen nach dem Dental-Research-Fall, den sie kurzfristig in seiner Rechtsabteilung bearbeitet hatte.

Dieses Thema schien ihn hingegen sehr zu interessieren und er begann sofort von dem Patentrechtsstreit in all seinen Finessen zu erzählen und irgendwann schweifte er dann auch auf den sogenannten Sparfox-Fall ab und erzählte von der undichten Stelle, die sie irgendwo in der German Corporate Finance Group vermuteten und die sein gesamtes Übernahmekonzept zunichtegemacht hatte. Bei dem Zusammenklang von German Corporate Finance Group und Sparfox-Fall hatte Julia plötzlich eine merkwürdige Assoziation zu Haifischen und Anglern und sie musste unwillkürlich an die betrunkene Isabel denken, die ihr auf der Toilette genau erklärt hatte, in welchen Teichen sie nach welchen Männern zu fischen gedachte. Julia beäugte die Garnele auf ihrer Gabel skeptisch und sagte dann ganz bedächtig:

»Damals als wir uns zum ersten Mal unterhalten haben, auf der Herrentoilette bei Expiron, da dachte ich, du bist der seltsame Nerd aus der IT-Abteilung. Der arbeitete fast jede Nacht durch und wenn ich zum Putzen in sein Büro kam, hat er jedes Mal ganz schnell den Bildschirm ausgeschaltet.«

Thomas wusste nicht, ob er sich freuen sollte, dass sie ihn an diese Nacht erinnerte oder ob es ihm nicht ein bisschen peinlich sein sollte, dass sie ihn bei der Selbstbefriedigung erwischt hatte. Eines war jedenfalls sicher, hätte ihm in jener Nacht einer gesagt, dass jenseits der Klotür der beste Sex seines Lebens und die tollste Frau der Welt stehen würde, er hätte alles ganz anders angefangen. Oder etwa doch nicht?

»Willst du damit sagen, dieser IT-Heini sei die undichte Stelle? Wir haben die IT-Abteilung schon gecheckt. Die sind alle sauber.«

»Nein, ich will damit sagen, dass ich die ganze Zeit mit dir gemailt habe und dachte, es wäre der Nerd von Expiron. Ich wäre nie auf die Idee gekommen, dass sich hinter all dem der große Chef persönlich verbirgt.« Sie schob die Garnele in den Mund und kaute sie genüsslich. Sie liebte Meeresfrüchte.

»Ich weiß nicht, was du damit meinst, aber ich komme mir vor wie bei diesen amerikanischen Gerichtsfilmen: Gleich lässt die geniale Strafverteidigerin die Bombe platzen und enthüllt den wahren Schuldigen.«

Thomas hatte sich noch nie mit Frauen, mit denen er schlief, über seinen Arbeitsalltag unterhalten. Nach seiner Auffassung waren Frauen und Arbeit zwei strickt zu trennende Dinge, zumal die meisten Frauen, die er abschleppte, weder Ahnung noch Interesse an dem hatten, womit er das Geld verdiente, das sie ausgaben. Am allerwenigsten hatte sich seine Frau Ines dafür interessiert. Und ausgerechnet die Frau, mit der er eigentlich die ganze Nacht nur Sex haben und gar nicht reden wollte, die hatte er jetzt ausgiebig mit seinen beruflichen Sorgen zugetextet. Zugetextet war noch milde ausgedrückt. Ein kurzer Blick auf die Uhr sagte ihm, dass er sage und schreibe eine halbe Stunde lang über seine Firma und seinen Beruf referiert hatte und Julia ihm dabei nicht nur aufmerksam zugehört und nachgefragt hatte, sondern tatsächlich auch verstanden hatte, was er erzählte.

Was war nur in ihn gefahren?

Er hätte ihr sagen sollen, wie heiß sie war, wie schön sie aussah, wenn sie einen Orgasmus hatte, wie unbeschreiblich er sie begehrte und wie oft und auf welche Weise er sie heute Nacht noch haben würde, aber stattdessen redeten sie über den Sparfox-Fall und dabei war ihm noch nicht einmal klar, wo sie mit ihrer Geschichte hinwollte.

»Und der Firmengründer von Sparfox heißt Braun, nicht wahr?«

»Ja! Hermann Braun.«

»Und er hat eine sehr schöne, sehr junge Frau geheiratet!«

»Die sich nicht gerade durch ihre eheliche Treue hervortut.«

»Und die zusammen mit Herrn Federer in einen Sauna-Club geht.«

Für einen kurzen Moment war Thomas völlig erstarrt. Er hatte gerade das Weinglas zum Trinken angesetzt und hielt mitten in der Bewegung inne. Zwei völlig konträre Gedanken tobten durch seinen Kopf. Der eine bezog sich auf Federer und die schlagartige Erkenntnis, dass ihn sein bester Mann womöglich betrogen hatte, und der andere war ein steinzeit-licher und völlig irrationaler Eifersuchtsanfall, der durch das Wort *Sauna-Club* getriggert wurde.

»Wann warst du im Sauna-Club?«, rief er. Er merkte erst, wie dämlich seine Frage war, als Julia lachte.

»Ich war noch nie in so einem Club und das weiß niemand besser als du. Aber eine Freundin von mir hat behauptet, dass sie Federer dort mit der Ehefrau von Sparfox-Braun gesehen hat. Ich würde diesen Federer nicht einmal an der Kasse im Supermarkt erkennen, geschweige denn, wenn er sich splitternackt in irgendeinem widerlichen Porno-Club herumtreibt.«

Thomas stellte sein Weinglas auf den Tisch und holte tief Luft. Natürlich würde er diese Aussage erst nachprüfen lassen, bevor er zur Tat schritt, aber sein Instinkt sagte ihm, dass Julias Bericht stimmte und dass genau das der Grund war, warum sie die undichte Stelle bisher nicht hatten finden können.

Federer war der Verräter!

»Ich habe Federer in allen Dingen vertraut. Ich habe ihm einen ganzen Konzern anvertraut und er betrügt mich. Was hat er davon?«

»Vielleicht tut er es aus Liebe. Liebe lässt die Menschen die verrücktesten Dinge tun.« Zum Beispiel aus dem Fenster springen.

»Ein Mann wie Federer sollte wirklich über solchen Dingen wie Liebe stehen. Herrgott, er ist Mitte fünfzig und schon zigmal geschieden.«

»Und du meinst, das schützt jemanden davor, sich zu verlieben? Ich wünschte, es wäre so einfach und man bräuchte bloß einen Hebel umlegen, um so etwas wie die Liebe abzustellen. Kannst du dich noch an unsere ersten Mails erinnern? Du hast gefragt, warum ich bisher keinen Sex hatte!«

»Und du hast gesagt, aus Angst vor der Liebe. Aber ich sehe nicht, was Sex mit Liebe zu tun hat.«

»Ich weiß, dass du das nicht siehst. Das hast du auch in deiner Mail geschrieben!«

Sie sagte nichts weiter, sondern schenkte ihre Aufmerksamkeit ganz dem Meeresfrüchtesalat, als wäre der das Größte auf der Welt. Er sagte auch nichts mehr, sondern klopfte nervös mit dem Fingernagel gegen das Weinglas. Das Gespräch hatte eine Richtung genommen, die ihm nicht behagte. Er hatte es nicht vergessen, was sie ihm auf seine Mail geantwortet hatte: *Ich würde mit keinem Mann schlafen, den ich nicht liebe.* Der Satz hatte ihn geärgert und gleichzeitig berührt. Zum einen wünschte er sich insgeheim genau so eine Frau, die mit ihm schlief, weil sie ihn liebte, und nicht, weil er sie bezahlte, und zum anderen bezahlte er die Frauen lieber, um ihnen zu beweisen, dass er nicht auf ihre Liebe angewiesen war.

Und was, verdammt noch mal, wollte sie ihm mit ihrer Andeutung zu verstehen geben? Dass sie ab morgen, wenn der Vertrag erfüllt war, nicht mehr mit ihm schlafen würde? Ha! Da täuschte sie sich aber gewaltig, er würde sie bis morgen eines Besseren belehrt haben, dessen war er sich sicher.

Und gleich nach dem Abendessen setzte er seine Belehrung fort. Da trug er sie in das Schlafzimmer, in dem ein großes, weiß lackiertes Futonbett stand und ein riesiger Kleiderschrank und in einer kleinen Nische unter einem hellen Dachfenster stand sogar ein kleiner PC-Tisch mit einem Laptop. Jetzt zogen sie sich langsam gegenseitig aus und er ließ es zu, dass Julia seinen Körper mit Händen und Lippen erkundete. Er war zwar kein Riese und kein Muskelprotz, aber er wusste, dass er gut proportioniert und an den wichtigen Stellen gut ausgestattet war. Dennoch raubte ihm Julias Bewunderung beinahe den Verstand. Sie streichelte über seine Brust, seinen Bauch und vor allem über seinen Penis und murmelte immer wieder »Wie schön du bist!«.

Und er wusste es ganz sicher, dass sie es auch so meinte. Sie meinte nicht sein Geld, seinen Anzug, seine Manschettenknöpfe oder seinen Siegelring. Sie meinte ihn, den Mann. Und welcher Mann würde da nicht vor Stolz anschwellen, wenn so eine zarte Hand und so rote Lippen seinem wichtigsten Körperteil huldigten?

Sie sagte »Zeig mir, was dir gefällt und wie ich es machen soll«, und er nahm ihren Kopf vorsichtig zwischen seine Hände und zeigte ihr genau, wo er ihren Mund und ihre Hand haben wollte.

Sie war auf eine entzückende Weise unbeholfen und ängstlich. Natürlich, sie hatte noch nie einen Penis in ihrem Mund gehabt und das war auch gut so. Dieser Mund gehörte nur ihm, wie der Rest ihres Körpers und es war ihm total egal, wie gut oder wie schlecht sie mit ihrem Mund war. Allein die Tatsache, dass sie an ihm saugte und leckte, als wäre er ein Schokoladeneis, turnte Thomas tausendmal mehr an als der professionelle Blowjob einer jeden Edel-Hure.

Als er merkte, dass er gleich kommen würde, zog er sich vorsichtig aus ihrem Mund zurück und ergoss sich stattdessen auf ihren Bauch, während er sie küsste. Er wollte sie nicht abschrecken, indem er in ihrem Mund kam. Sie war noch viel zu unschuldig und würde sich womöglich ekeln. Irgendwann würde sie es von alleine wollen, dann wäre es früh genug. Und wenn sie es nie wollte, war es auch nicht schlimm. Denn egal auf welche Weise er mit ihr zusammen war, sie turnte ihn so viel mehr an als jede andere Frau. Oh Mann, selbst wenn er noch viele Millionen hinblättern müsste, um sie für sich zu behalten, er würde deshalb nicht einmal mit der Wimper zucken.

Danach waren sie für eine kurze Weile eingeschlafen, Julia lag noch halb auf ihm, so wie er sie auf sich gezogen hatte, kurz bevor er gekommen war, und sein Sperma klebte noch zwischen ihren Körpern. Thomas wachte auf, weil sein Arm eingeschlafen war, wohingegen sein bester Freund hellwach war und sich reckte. Er strich ihr Haar aus seinem Gesicht und schob dann seine Finger zwischen ihre Beine. Sie antwortete mit einem glücklichen Stöhnen, während sich auf ihrem Gesicht ein zufriedenes Lächeln zeigte und sein Penis sprang freudig in die Höhe. Herrgott, seit wann reichte das Stöhnen einer Frau, um einen abgeklärten Mann hart werden zu lassen?

Er küsste sie und drehte sie auf den Rücken. Sie spreizte noch im Halbschlaf ihre Beine und hob ihr Becken für ihn an und drin war er, in ihr. Holy Shit, das war das beste Gefühl der Welt: Sie so weich und eng und heiß. Sie wären morgen wahrscheinlich beide wund und er würde vermutlich tagelang nicht mehr richtig gehen können, aber das war ihm und seinem Penis im Augenblick so was von egal und Julia schien es noch gleichgültiger zu sein.

Mit jedem Mal gab sie ein wenig mehr von sich hin. Er sah es in ihren Augen. Er spürte es in ihrem Körper und er hörte es an ihren Geräuschen, doch er begriff nicht, was ihre Hingabe zu bedeuten hatte. Aber Julia begriff es mit einem schmerzhaften Stich in ihrem Herzen. Als sie kurz nach drei Uhr in der Nacht das letzte Mal zusammen kamen, da wurde ihr klar, dass es schon längst passiert war, dass sie sich verliebt hatte und dass sie nichts dagegen tun konnte. Gar nichts.

Nachdem Julia ihn lange genug beim Schlafen beobachtet hatte, zog sie ihr T-Shirt an und schlich sich in die Küche, wo sie den Kaffeeautomaten inspizierte, dessen Technik komplizierter aussah als eine Raketenabschussbasis in Cape Canaveral. Aber irgendwann schaffte sie es, sich damit eine Tasse Kaffee zu brühen und dann ging sie mit der Tasse in der Hand hinaus auf die Dachterrasse und schaute auf den Hackeschen Markt hinunter. Dort herrschte sonntags um diese

Tageszeit noch absolute Ruhe und sie genoss die Stille, während sie die Augen schloss und sich den eisigen Wind durch das Haar wehen ließ. Wie schön es hier war, über den Dächern dieser schicken Gegend. Irgendwann wurden ihre Füße eisig – es war der erste März – und sie ging wieder hinein und schlenderte neugierig durch die Wohnung und sah sich alles genau an. Das Badezimmer in Marmor und Mahagoni war ja schon der Hammer gewesen, aber als sie gerade eben die helle Küche mit all den technischen Geräten und den geschmackvollen Küchenmöbeln gesehen hatte, war ihr das Herz stehen geblieben. Das war ein Wahnsinn, der Traum eines jeden Menschen, der mehr als nur Fertigprodukte kochen wollte. Es war wirklich verrückt, was es mit Geld alles zu kaufen gab.

Sie hatte sich ein paar Tage lang den Luxus erlaubt, davon zu träumen, was sie mit ihrer Million anstellen würde. Sie hatte sich vorgestellt, dass sie sich eine etwas größere Wohnung in einer etwas besseren Wohngegend mieten würde. Eine Wohnung, die auch eine richtige Küche hatte und nicht nur zusammengestoppelte Möbel vom Sperrmüll, eine Küche, in der es einen richtigen Herd, vielleicht mit einem Glaskeramikkochfeld, gab und einen geräumigen Kühlschrank, womöglich sogar eine Mikrowelle. Aber nach dieser Nacht war sie sich nicht mehr sicher, ob sie ein Recht hatte, das Geld zu behalten. Wie konnte sie sich von einem Mann bezahlen lassen, in den sie sich verliebt hatte? Erstaunlicherweise war sie nicht einmal unglücklich mit ihren Gefühlen. Sie konnte es nicht ungeschehen machen, also musste sie einfach abwarten, was daraus wurde. Im schlimmsten Fall ein gebrochenes Herz, aber deswegen würde sie noch lange nicht aus dem Fenster springen.

Das schwor sie sich.

Sie schlenderte weiter durch die Wohnung und entdeckte neben dem Badezimmer das Luxus-Wohnzimmer mit weißen Ledersofas und einem gigantischen Flachbildschirm, einer Stereoanlage und schönen Aquarellen an der Wand. Auf der Fensterbank standen blau blühende Orchideen und blau blühende Usambaraveilchen und blau blühende Passionsblumen und sie machte erschrocken kehrt und öffnete die nächste Tür, die in ein weiteres großes Schlafzimmer führte, in dem es ein breites Bett und einen weiteren PC-Arbeitsplatz gab und das war der Moment, als sie sich zum ersten Mal fragte, wer eigentlich in der Wohnung wohnte? War die Wohnung von Thomas nicht im Mahler-Hochhaus?

Sie öffnete neugierig den Kleiderschrank und stellte fest, dass er leer war. Es war ihr schon in der Küche aufgefallen, dass alles ganz neu eingerichtet wirkte und die Vorräte wie Kaffee, Milch, Zucker oder Marmeladengläser waren alle noch ungeöffnet, und der Kühlschrank war bis auf die Reste des Abendessens völlig leer. Sie öffnete die nächste Tür und stand in einem Kinderzimmer.

Da stand ein Hochbett mit einer Rutsche und einem kleinen Turm zum Hochklettern. Die Bettdecke und das Kissen waren mit Piraten-Bettwäsche bezogen. Da gab es einen Schreibtisch, auf dem ein PC mit Bildschirm stand. Eine Kiste voller Lego-Bausteine befand sich in der einen Ecke des Zimmers und Spielfiguren in der anderen Ecke und da war so viel anderes Spielzeug, es würde für eine ganze Schulklasse von Jungs reichen. Die Tapete war mit Dinosaurier-Motiven verziert und der Teppichboden war eine Teppichstraße für kleine Modellautos. Unter dem Fenster stand ein großer Baukasten für Kristallzucht. Julia stand wie betäubt da und starrte auf diesen hellblauen Experimentierkasten und versuchte den ersten spontanen Gedanken, der ihr in den Sinn gekommen war, mit aller Gewalt zu verdrängen. Sie hatte gedacht: Oh Gott, das ist für Benni!

Da merkte sie, wie Thomas hereinkam und sich hinter sie stellte. Er war nackt und schmiegte sich an sie. Sein allzeit bereiter Freund drückte in ihre Gesäßfalte. Er legte seine Arme zärtlich um sie. Seine Hand streichelte liebevoll ihren Bauch und sein Mund küsste ihren Hals.

»Thomas, wer wohnt hier?«, fragte sie atemlos und hatte Angst vor der Antwort.

»Du, Geliebte.«

Und mit diesen Worten ließ er den Wohnungsschlüssel einladend vor ihrer Nase baumeln. Sie nahm den Schlüssel aus seiner Hand und umklammerte ihn krampfhaft, wohl wissend, dass sie ihn nicht behalten würde. Aber für ein paar winzige Sekunden kämpfte der Pathos in ihrem Innern gegen den Schweinehund, der ihr sagte, sie sollte Thomas einfach wie wahnsinnig küssen und ihm tausendmal danke sagen und sich nicht länger den Kopf zerbrechen.

Als sie eine ganze Weile nichts sagte und auch nicht so überschwänglich reagierte, wie er es erhofft hatte, sagte er: »Wenn noch irgendetwas fehlt, sag einfach Bescheid.«

Sie hielt den Schlüssel so fest umklammert in ihrer Hand, dass seine Zacken ihre Handfläche schnitten. »Warum?«

»Warum ich dir diese Wohnung schenke?«

Sie nickte.

»Ist das nicht offensichtlich? Damit du nicht mehr in diesem erbärmlichen Rattenloch hausen musst. Damit du aus diesem kriminellen Stadtteil herauskommst und damit wir uns sehen können, sooft wir wollen.«

Sie sagte nichts und er wartete ein wenig ängstlich darauf, dass sie ihre Begeisterung zeigte. Sie hingegen fragte sich, warum sie das Stechen in ihrer Brust nicht abstellen und einfach ganz unkompliziert darauf reagieren konnte.

Warum war sie nicht begeistert?

Was für ein unglaubliches Geschenk und ein Beweis seiner Fürsorge und auch Zuneigung! Wie dumm musste man als Frau eigentlich sein, um angesichts dieser Geste nicht in helle Ekstase auszubrechen? Jeder mit normalem Menschenverstand würde ihr sagen, dass sie sich gefälligst nicht so anstellen solle, sondern sich einfach angemessen bedanken solle – zum Beispiel mit Sex. Aber die Geste schnitt in Julias Herz und tat weh und ein dumpfer, böser Gedanke beherrschte ihren Kopf:

War das nicht ganz eindeutig eine neue Variante, sie zu kaufen?

Eine Wohnung für die Fortsetzung der sexuellen Beziehung!

Verdammt, warum konnte er nicht einfach sagen: Ich mag dich und will mit dir zusammen sein? So wie jeder andere Mann das auch tun würde. Bildete er sich wirklich ein, dass er sie mit materiellen Dingen ködern musste, um das zu bekommen, was sie ihm freiwillig und aus übervollem Herzen schenken wollte, wenn er es nur auf herkömmliche Weise versuchen würde: Mit ein paar Worten der Zuneigung und dem Versuch, ihr treu zu sein?

Oh nein. Es würde keinen neuen Vertrag mehr geben. Auf diese Weise konnte sie nicht mit ihm zusammen sein. Nur gekauft und nicht geliebt zu sein und nie zu wissen, wie viele Frauen er nebenher noch für deren Dienste bezahlte.

Der alte Vertrag war erfüllt. Pactum est servantum. Basta.

»Aber du weißt schon, dass du mir bereits ziemlich viel Geld bezahlt hast?« Und dass sie sich von dem Geld eine eigene Wohnung leisten konnte, wenn sie wollte.

»Sonst hättest du mich doch nie an dich rangelassen.«

Wahrscheinlich nicht, dachte sie. Sie hätte viel zu viel Angst davor gehabt, dass genau das passieren würde, was jetzt auch passiert war. Dass sie sich hoffnungslos in den Mann verliebte.

»Und diese Wohnung ist dafür, dass ich bei dir bleibe?«

Es lag ihr auf der Zunge zu sagen: *Dass ich dich weiterhin ranlasse,* aber das klang so billig und erniedrigend, dass sie es nicht aussprechen wollte, und sie war sich nicht sicher, ob er es wirklich so gemeint hatte.

»Ja!«, sagte er erfreut.

Sie hatte offenbar verstanden und ein Stein fiel ihm vom Herzen. Das war der kritische Moment gewesen, vor dem er sich beinahe genauso gefürchtet hatte, wie er ihm entgegengefiebert hatte. Er hatte Angst gehabt, dass Brockmann Recht behalten würde und sie ihn abweisen würde und gleichzeitig hatte er alles daran gesetzt, um sie mit seiner Großzügigkeit zu überwältigen und sie schien wirklich überwältigt zu sein. Sie sah ihn einfach nur sprachlos an. Schließlich sprach sie mit belegter Stimme und einem schwachen Lächeln:

»Was hältst du davon, wenn ich Frühstück für uns mache?«

Sie versuchte ruhig und freundlich zu klingen, obwohl ihre Kehle sich zugeschnürt anfühlte und ihr Herz wehtat.

»Was hältst du davon, wenn du dich zuerst um mein kleines morgendliches Problem kümmerst?«

Er rieb sich von hinten an ihr und seine warmen Hände umfassten ihre Brüste und ihre Knie wurden weich. Ach Shit, er sollte sich seine Wohnung sonst wohin stecken, der Frühstücks-Sex war noch im alten Vertrag inbegriffen. Der vor und der nach dem Frühstück.

Sie kamen erst kurz nach elf wieder aus dem Bett und Thomas hatte definitiv Probleme beim Gehen. Er konnte sich nicht erinnern, je in seinem Leben so einen Sex-Marathon erlebt zu haben. Er hatte einmal, lange vor seiner Ehe, eine Nacht mit zwei Schwestern verbracht, die er damals für unersättlich gehalten hatte. Inzwischen wusste er, was unersättlich war. Diese kleine unschuldige Katze, die gerade erst anfing, die Welt der Wollust zu erkunden. Großer Gott, wie wäre sie erst, wenn er ihr alles beigebracht hatte, was er wusste?

Sie war in ihre Küche gegangen, um sich nach Zutaten für ein Frühstück umzuschauen. Sie wusste natürlich nicht, dass um halb zwölf ein opulenter Brunch geliefert würde. Sie hatte den Wohnungsschlüssel einfach im Schlafzimmer auf den Boden gelegt und ihn nicht weiter beachtet. Aber ihre leidenschaftliche Dankbarkeit hatte ihn davon überzeugt, dass er genau das Richtige getan hatte.

Das war nun ihr Zuhause, in dem sie sicher und angemessen untergebracht war. Künftig brauchte sie keinen Babysitter mehr zu suchen, wenn sie Sex haben wollten. Sie konnten sich einfach ins Schlafzimmer einschließen, wenn der Junge in seinem Bett eingeschlafen war. Julia würde sich nicht mehr in der U-Bahn vor Vergewaltigern fürchten müssen oder sich in einer schäbigen Pizzeria von geilen Männern anmachen lassen müssen und das Jugendamt würde ihr auch nicht mehr länger auf die Füße treten – dafür würde er sorgen – und ihren geliebten Neffen konnte sie in das teuerste und beste Internat in der Schweiz oder sonst wohin schicken und ihren Vater in die beste Spezialklinik.

Er würde ihr genügend Gründe bieten, bei ihm zu bleiben.

***

Als Brockmann gegen ein Uhr klingelte, um sie abzuholen, zog Thomas sie ein letztes Mal in seine Arme und sagte: »Ich fliege heute Abend noch nach Abu Dhabi und komme Donnerstagnacht zurück. Wenn du Hilfe beim Umzug brauchst, wende dich an Brockmann. Er hat zwar Urlaub, bis ich zurück bin, aber du kannst ihn trotzdem anrufen.« Damit drückte er ihr erneut den Wohnungsschlüssel in die Hand, den sie mit verwundertem Blick anschaute, als hätte sie immer noch nicht begriffen, dass sie ab sofort hier wohnte.

Aber dann küsste sie ihn mit rasender Hingabe und das war ein Dankeschön, das ihm besser behagte als die innigsten Worte, und während er darüber nachdachte, wie lange er Brockmann unten auf der Straße warten lassen konnte, ließ sie den verdammten Schlüssel unbemerkt in die Tasche seines Jacketts gleiten.

Sie gingen zusammen hinunter zur Haustür. Brockmann stand mit dem Auto direkt vor der Tür im Parkverbot und hinter seinem Audi parkte Silvio mit dem schwarzen Porsche, ebenfalls Parkverbot. Thomas verabschiedete sich mit einem Handkuss von Julia und stieg in den Porsche. Er setzte sich hinter das Lenkrad, das Silvio nur mit Widerwillen freigab und brauste ab. Als Brockmann mit Julia vor Isabels Wohnung angehalten hatte, stieg er nicht aus, um ihr die Tür aufzumachen, wie es sonst so seine Art war, sondern er blieb sitzen und umklammerte krampfhaft das Lenkrad.

»Werden Sie Isi das ausrichten, was ich gesagt habe?«, fragte er und klang beinahe flehentlich.

»Wortwörtlich. Aber möchten Sie nicht mit nach oben kommen und selbst mit Isabel reden?«

»Ich ... vielleicht, wenn ich weiß, wie sie auf das reagiert, was ich gesagt habe. Sie hat allen Grund, mich zu hassen.«

»Ihr Männer seid doch alle die gleichen Dummköpfe, wenn es um die Liebe geht«, rief Julia leicht angesäuert. »Fakt ist, dass Isabel Sie wahrscheinlich immer noch liebt, obwohl ich echt nicht verstehe, warum. So wie Sie sich verhalten haben.«

Brockmann griff plötzlich nach Julias Hand und siehe da, er verpasste ihr ebenfalls einen Handkuss. Vor Schreck schnappte Julia nach Luft, aber sie ließ es geschehen und schaute ihn nur fragend an. Als er wieder aufblickte, war sein Blick voller Verzweiflung.

»Sagen Sie ihr einfach, was ich gesagt habe und wenn sie mir noch eine Chance geben möchte ...« Er räusperte sich nervös. »... geben Sie ihr meine Handynummer, sie soll mich anrufen.«

»Mach ich. Und wie wäre es, wenn ich Ihnen Isabels Handynummer gebe? Denn eigentlich sollten Sie derjenige sein, der Isabel anruft.«

Sie reichte ihm ihr Handy, damit er die Nummer von dort ablesen konnte, und nachdem er Isabels Nummer gespeichert hatte und ihr das Handy zurückgegeben hatte, verspürte sie das intensive Bedürfnis, ihn kurz und schwesterlich zu umarmen.

»Sie brauchen nicht auf mich zu warten. Ich werde erst mal eine Weile bei Isabel bleiben und dann mit dem Bus zurück nach Kreuzberg fahren. Vielleicht sehen wir uns ja irgendwann mal wieder!«

»Na klar sehen wir uns wieder«, sagte er und fuhr davon und seine Laune war um 100 % besser als am Vortag.

***

Julia und Isabel tranken noch ein Glas Rotwein, während Benni unbedingt ein aufwändiges Gemälde von einer epischen Schlacht zwischen Zwergen, Marsmenschen und irgendwelchen undefinierbaren Riesenschlümpfen zu Ende malen wollte und sich ihr Aufbruch deshalb schon seit einer Stunde verzögerte.

Benni hatte sich in Isabel verliebt und erklärte, er würde sie heiraten, sobald er achtzehn sei und eigentlich wollte er am liebsten noch länger bei ihr blieben, weil sie so eine tolle Wohnung hatte und er bei ihr sogar ein eigenes Zimmer zum Schlafen bekommen hatte und weil sie einen richtigen Schreibtisch und einen Fernseher hatte und als Benni die durchaus nachvollziehbaren Vorzüge einer vernünftig möblierten Wohnung und eines eigenen Kinderzimmers aufzählte, verspürte Julia einen schmerzhaften Stich von Reue.

Hatte sie überhaupt das Recht, Benni all das vorzuenthalten, nur weil sie so spießig an dem Ideal von Liebe festhielt? Das viele Geld und die wunderschöne große Wohnung mit dem geilsten Kinderzimmer, das man sich nur vorstellen konnte und das alles wollte sie sich und Benni aus lächerlichem Stolz heraus verwehren!

Ich bin eine Vollidiotin!, sagte sie sich und fühlte sich mies.

Sie hatte Isabel natürlich alles erzählt, was Eric Brockmann zu ihr gesagt hatte, das über das Nicht-Vergessen-Können und seine Reue und die Hoffnung, den Fehler von damals wiedergutmachen zu können. Sie beide hatten sich bei dem Gespräch mehrfach heulend in den Armen gelegen. Allerdings gab es ein paar Dinge, die wollte sie nicht vor Bennis Ohren besprechen.

»Ich ruf dich später an, wenn Benni schläft, dann reden wir ausführlich«, sagte sie zu Isabel beim Abschied. Isabel hatte dreimal gefragt, woher Julia Eric Brockmann überhaupt kannte und wie denn ihre Nacht verlaufen sei und das war das Allerletzte, was Julia vor Bennis Ohren ausbreiten wollte: Dass sie ein total abartiges Verhältnis zum berühmten Thomas Mahler unterhielt.

Nachdem sie wieder zu Hause waren und sie Benni zu Bett gebracht hatte, rief sie dann bei Isabel an. Sie schloss sich in ihr mickriges Badezimmer mit der leicht verkalkten Badewanne ein, setzte sich auf die unspektakuläre Toilette und erzählte Isabel von ihrem wohlhabenden Bekannten und seinem Bodyguard. Über Thomas redete sie so wenig wie möglich, nur das Nötigste. Aber es war gar keine Kunst nicht über Thomas reden zu müssen, denn der größte Teil ihres Gesprächs drehte sich nur um Eric Brockmann. Julia wusste gar nicht, wie viel sie über Eric wusste, bis zu dem Zeitpunkt, als sie Isabel alles, was sie wusste, von vorne bis hinten und wieder zurück und zweimal im Kreis erzählen musste. Als sie das Gespräch beendet hatten, schrieb Julia eine SMS an Brockmann:

Lieber Eric, ich an Ihrer Stelle würde jetzt gleich bei ihr vorbeifahren und sie einfach küssen. Liebe Grüße, Julia!

Kapitel 16

Als Julia am Montagmorgen bei Raschberg ankam, hatte sie gerade erst ihre Jacke ausgezogen und ihre Handtasche neben den Schreibtisch gestellt, da klingelte schon das erste Mal ihr Handy. Es war ein Anruf von ihrer Bank. Irgendein Bankmensch wollte unbedingt einen Termin mit ihr vereinbaren, um sie über die diversen Möglichkeiten von steuergünstigen und hochverzinslichen Geldanlagen zu beraten. Julia schloss daraus, dass vermutlich nun auch die zweite Hälfte der Million auf ihr Bankkonto herabgeregnet war und sich die Bankleute ganz bestimmt fragten, ob sie aus diesem Phänomen nicht irgendeinen Profit für sich schlagen konnten.

Profit hin oder her, sie hatte in der schlaflosen Nacht, die sie hinter sich hatte, beschlossen, das Geld zu behalten. Das verpflichtete sie zu nichts, denn sie hatte den Vertrag ordnungsgemäß erfüllt und zwischen ihr und Thomas waren somit keine Forderungen mehr offen (wie kalt sich das anhörte).

Und ganz abgesehen davon: Sie brauchte das Geld. Und natürlich wollte sie das Geld vernünftig anlegen. Also vereinbarte sie mit dem Mann von der Bank einen Gesprächstermin für den Abend. Sie fand es erstaunlich genug, dass er anbot, auch nach den Geschäftszeiten bei ihr zu Hause vorbeizukommen – was so ein gut gefülltes Bankkonto alles bewirken konnte. Vermutlich würde es nicht lange dauern, bis auch das Finanzamt freundlich lächelnd vor ihrer Tür stand.

Dann kam Isabel zur Arbeit und Julia vergaß das Finanzamt und die Bank, denn Isabel fiel ihr heulend und lachend in die Arme, weil sie in der vergangenen Nacht den geilsten Sex ihres Lebens gehabt hatte – nämlich mit Eric.

Mit wem wohl sonst?

Das dritte Erlebnis hing mit Frau Raschberg Junior zusammen. Die schien ihren Schock vom vergangenen Donnerstag inzwischen verdaut zu haben und bestellte Julia in das Büro ihres abwesenden Gatten, um ihr Aufklärungsunterricht über Männer im Allgemeinen und über Thomas Mahler im Speziellen zu erteilen. Das klang dann ungefähr so:

»Im Augenblick sonnen Sie sich vielleicht noch in der Gunst des großen Thomas Mahler, aber Männer wie er wechseln ihre Frauen schneller als ihre Unterwäsche. Also bilden Sie sich nichts drauf ein, dass er Sie gerade mal ein paar Tage lang fickt. Nächste Woche ist es schon wieder eine andere. Und was tun Sie dann, wenn er Sie fallen lässt?«

Es war ja nicht so, dass Julia sich diese Frage nicht auch schon gestellt hätte – in den letzten zwölf Stunden ungefähr tausendmal. Wie würde er reagieren, wenn er entdeckte, dass sie seine Wohnung nicht haben wollte? Sie hatte die letzten Augenblicke ihres Zusammenseins nicht mit diesem Thema belasten wollen und nur deshalb hatte sie den Schlüssel stillschweigend in sein Jackett gesteckt. Aber natürlich war ihr klar, dass sie es ihm irgendwann erklären musste. Eigentlich hatte sie gestern schon fest damit gerechnet, dass Thomas sie am Abend oder in der Nacht noch anrufen und eine Erklärung für den Schlüssel verlangen würde. Doch entweder hatte er den Schlüssel noch nicht entdeckt oder er hatte beschlossen, dass sich mit dieser Geste jedes weitere Gespräch erübrigt hatte und er sich eine neue Jungfrau für seine Zwecke suchen musste.

Der Vertrag war erfüllt und Punkt 4 trat in Kraft.

Sie hatte ein wenig herumgeheult, je später die Nacht wurde, desto mehr, weil sie sich doch tatsächlich tief in ihrem Herzen eingebildet hatte, er würde anrufen und ihr irgendetwas Großartiges sagen, zum Beispiel, dass er sie auch liebte und dass er mit ihr zusammen sein wollte, dass er ihr treu sein wollte und dass ihn andere Frauen von jetzt an nicht mehr interessieren würden. Aber im gnadenlosen Licht des Tages und angesichts der noch gnadenloseren Schilderung von Astrid Raschberg erkannte Julia, wie weltfremd diese Vorstellung war.

Thomas Mahler sah in ihr nur ein weiteres Schmuckstück für seinen Harem und die ach so wohlmeinende Frau Raschberg war offenbar eine Expertin in Sachen Mahler-Harem, denn sie zählte ihr eine ganze Reihe von Frauen auf, die alle einmal Thomas Mahlers Bettgespielinnen gewesen seien oder es möglicherweise immer noch waren. Die meisten Namen sagten Julia nichts und sie wollte sie eigentlich auch gar nicht hören. Einige Namen kannte sie, es waren Schauspielerinnen, Models und Sängerinnen dabei, und mit jedem neuen Namen, den Frau Raschberg aussprach, wurde Julia ein klein wenig trauriger und ein klein wenig entschlossener:

Sie hatte das Richtige getan, als sie die Wohnung abgelehnt hatte. Sie würde sich nicht mit all diesen Frauen auf eine Stufe stellen. Sie und Benni würden es auch so schaffen. Eine Million gehörte ihr und das war ein verdammt solides Fundament für ein gutes, sorgenfreies Leben.

Frau Raschberg hoffte offenbar darauf, dass ihre Praktikantin einen dramatischen Nervenzusammenbruch erleiden würde. Ja, sie lauerte förmlich auf die Tränen, aber irgendwann zwischen einem österreichischen It-Girl, das bekanntlich die längsten Beine der Welt hatte, und einer geschiedenen Fernsehansagerin mit den größten Möpsen derselben, meldete sich gottlob Julias Handy mit dem Geigensolo.

Shitegal wer da gerade anrief, das war ihr Erlöser. Sie würde selbst einen Stromanbieter oder eine Telefonumfrage freudig begrüßen, wenn die sie nur von Frau Raschberg und ihrer Endlos-Aufzählung von Thomas Mahlers Haremsdamen erlösten.

»Hallo, hier ist Rita Mahler. Julia, sind Sie das?«, sagte eine überaus freundliche Stimme.

»Ja?«

»Ich habe Ihre Handynummer von Eric bekommen.«

»Ist irgendetwas mit Thomas?«, keuchte sie aufgeregt und ihre Stimme überschlug sich fast vor Angst. Sie konnte nichts dagegen tun, dass sie bei solchen Anrufen jedes Mal Herzrasen bekam. Das kam noch von damals, als sie vom Tod ihrer Schwester erfahren hatte. Es war ein Anruf vom Krankenhaus gewesen und sie war ans Telefon gegangen. Sie hatte gedacht, es wäre Marie und hatte freudig ins Telefon gerufen:

»Hi Marie, es tut mir so leid wegen gestern. Ich komm dich nachher gleich besuchen.«

Sie hatte winzige blaue Schuhe für Benni gekauft. Ein völlig unpraktisches Geschenk, aber einfach zu süß. Aber anstatt Maries Stimme hatte sich die kalte Stimme einer Krankenschwester gemeldet und die hatte einfach gesagt: »Marie ist soeben verstorben.«

Und Julia hatte es nicht geglaubt.

Sie hatte es tagelang nicht geglaubt. Weil es nicht sein konnte, nicht Marie, nicht nachdem sie gerade so ein süßes Baby bekommen hatte. Julia hatte es auch nicht geglaubt, als sie Marie im Sarg gesehen hatte. Eigentlich wollte sie es immer noch nicht glauben. Und bei jedem Anruf, der nicht in das gewöhnliche Raster passte, spürte sie auch heute noch diesen Anfall von Panik, diese schreckliche Angst, dass jemand ihr am Telefon eiskalt vom Tod eines Angehörigen erzählen würde, und sie konnte noch weniger dagegen tun, dass sie plötzlich um Thomas Angst hatte, auch wenn sie ihn doch eigentlich gerade eben aus ihrem Herzen gerissen hatte.

Frau Mahler war eine Weile still und das verstärkte Julias Panik nur. Sie merkte, wie ihre Hände anfingen zu zittern, aber dann kam ein leises Lachen von der anderen Seite.

»Nein, ich schätze, es geht ihm gut. Ich möchte Sie fragen, ob Sie Lust haben, mich morgen Nachmittag auf eine Tasse Kaffee zu besuchen?«, fragte Frau Mahler.

Julia nahm das Telefon vom Ohr und schaute es so verwundert an, als hätte es sich gerade in Harry Potters goldenen Schnatz verwandelt.

»Ich ... ich würde sehr gerne kommen, Frau Mahler, wirklich«, sagte sie, nachdem sie ihr Handy lange genug ehrfurchtsvoll angestarrt hatte. Und sie stellte fest, dass sie das wirklich gerne tun würde. »Aber ich arbeite zurzeit in einer Anwaltskanzlei und habe erst um halb fünf Schluss, und abends arbeite ich noch in einem italienischen Restaurant und ich habe auch kein Auto, um nach Potsdam rauszukommen. Aber ich könnte am Samstagnachmittag mit der Bahn hinausfahren, wenn es Ihnen nichts ausmacht, dass ich meinen ... dass ich Benni mitbringe.«

Frau Mahler seufzte. »Am Samstag habe ich leider keine Zeit, da bin ich bei einem Golfturnier.«

»Schade!«, sagte Julia und meinte es ehrlich. »Ich muss jetzt wieder arbeiten, Frau Mahler.«

»Ja, sehr schade. Tschüss Julia!«

Julia steckte ihr Handy zurück in ihre Hosentasche und ging aus dem Büro von Raschberg Junior hinaus, ohne sich auch nur noch daran zu erinnern, dass Frau Raschberg an dessen Schreibtisch saß und ihr gerade eine Liste von Schlampen heruntergeleiert hatte.

Beim Mittagessen mit Isabel erhielt Julia eine farbige Beschreibung der vergangenen Nacht.

»Eine halbe Stunde nachdem wir gestern telefoniert haben, klingelt's an meiner Tür!«, erzählte Isabel mit feuchten Augen. »Und was denkst du, wer da vor der Tür stand? Eric! Ich wusste überhaupt nicht, was ich sagen soll. Mir ist das Herz einfach stehen geblieben und er kommt rein und sagt gar nichts. Kannst du dir das vorstellen? Er sagt nicht: *Es tut mir leid oder Lass uns darüber reden* oder *Es gibt für alles eine gute Erklärung.* Er sagt nichts von all dem, was ich mir ein ganzes Jahrzehnt lang ausgemalt habe, was er sagen würde, wenn wir uns wiedersehen. Nein, er reißt mich einfach in seine Arme und küsst mich. Und wie der mich geküsst hat. Du hast keine Ahnung, was ein geiler Kuss ist, wenn du niemals Eric geküsst hast. Und er hatte sooo eine Latte in der Hose, Julia, du kannst dir nicht vorstellen, wie hart der war«, sie machte eine Geste, die ungefähr eine doppelte Currywurst umfasste, »und da bin ich einfach schwach geworden. Kannst du das verstehen? Und wir haben es die ganze Nacht getrieben. Überall ...«

Dann ging Isabel ziemlich ins Detail und Julia wünschte sich, ihre Freundin wäre nicht so unverblümt und würde wenigstens ein paar intime Geheimnisse über Eric Brockmann für sich behalten. Wie sollte sie dem Mann je wieder in die Augen schauen, wenn sie all seine bevorzugten Stellungen kannte und die Art wie und wo er küsste und all die schmutzigen und netten Dinge, die er seiner Angebeteten ins Ohr flüsterte. Aber natürlich konnte Julia verstehen, dass Isabel ihr Glück mit jemandem teilen wollte und sie hoffte von Herzen, dass es lange halten würde, dieses Glück, und dass Eric es wirklich so gemeint hatte, als er sagte, er wolle seinen Fehler von damals wiedergutmachen.

***

Als Julia abends mit Benni nach Hause kam, wartete bereits der Mann von der Bank vor ihrer Wohnungstür. Er war ein ganz typischer Banker, kaum älter als Julia, schlank und gepflegt mit Anzug, Krawatte und Aktentasche und er sah gar nicht glücklich darüber aus, einen seiner Kunden in dieser heruntergekommenen Mietskaserne besuchen zu müssen. Vermutlich fragte er sich insgeheim, wie eine junge Frau, die in diesem furchtbaren Viertel wohnte, überhaupt zu so viel Kohle gekommen war und ob es da mit rechten Dingen zugegangen war.

War es nicht, aber das würde der gute Mann nie erfahren.

Julia vergaß manchmal, wo sie lebte und welche anderen Bewohner in diesem Haus wohnten. Man konnte sich an solche Dinge gewöhnen und mit der Zeit stumpfte man gegen den Lärm und den Dreck und auch gegen die Gefahr ab. Nur ab und zu, wenn ihre Tante Heike maulte, dass sie endlich woanders hinziehen sollte, oder wenn sie die Reaktionen von normalen Leuten sah, so wie jetzt die Panik im Gesicht des Bankers, dann wurde ihr wieder einmal bewusst, dass sie in dieser Gegend und in diesem Mini-Appartement nicht alt werden wollte, selbst wenn die Miete ein Geschenk des Himmels war.

Oder dann, wenn sie einen Schlüssel überreicht bekam für ein Luxus-Liebesnest mit einem vergoldeten Schlüsselanhänger, dann wurde ihr erst recht bewusst, dass es höchste Zeit für einen Wohnungswechsel war.

Sie hatte immer zu Benni gesagt, sie würde eine andere Wohnung suchen, sobald sie mit dem Referendariat begann. Mal abwarten, was das Gespräch mit dem geschniegelten Anlageberater ergab, vielleicht warf ihr kleines Vermögen genug Rendite ab, so dass sie schon bald eine bessere Wohnung mieten konnte.

Der junge Mann wurde auf einem der beiden wackligen Plastikklappstühle in der Küche platziert, wo er auf dem winzigen Tisch gerade genügend Platz hatte, um seine Akten auszubreiten. Nachdem er mit einem Glas Wasser versorgt worden war, begann er über Investmentfonds, Immobilien, Festgeldanlagen, Tagesgeldkonten, Junkbonds und Staatsanleihen zu referieren. Nach fast einer Stunde professioneller Beratung hatte er einen Anlagenmix für sie kombiniert, der ihr, wenn sie dem Mann glauben wollte, eine hohe Verzinsung bei maximaler Liquidität und natürlich fortan ein sorgenfreies Leben, Marke »happily ever after«, erlauben würde. Er legte ihr die Verträge unterschriftsreif vor, aber sie bat sich noch ein paar Tage Bedenkzeit aus. Sie war schließlich keine Betriebswirtin und wollte erst noch einmal jemanden fragen, der sich mit Geldanlagen auskannte, bevor sie blindlings Verträge unterschrieb. Allerdings hatte sie keine Ahnung, wen sie um Rat fragen sollte. Außer Thomas natürlich, der war der Gott der Finanzwelt.

Der Anlageberater war über ihre Bedenkzeit nicht gerade erfreut und erklärte ihr, dass sich schon morgen die Konditionen deutlich verschlechtern könnten, aber als Julia hartnäckig bei ihrer Bedenkzeit blieb, gab er seine Bauernfänger-Argumentation schließlich auf und überreichte ihr seine Visitenkarte. Als er schon beinahe zur Tür draußen war, fragte sie ihn noch: »Sie wissen nicht zufällig, wo ich eine bessere Wohnung finde?«

Wie der Zufall es wollte, wusste er es ganz genau, denn sein Schwager war Makler und der betreute gerade in Friedrichshain und Treptow zwei frisch sanierte Objekte und er würde ihm, wenn sie es gestattete, ihre Handynummer übermitteln, damit er einen Besichtigungstermin mit ihr vereinbaren könnte.

Oh ja, sie wollte die Wohnungen unbedingt besichtigen. Natürlich war eine Altbauwohnung in Treptow oder Friedrichshain nicht mit der Luxus-Dachgartenwohnung am Hackeschen Markt zu vergleichen, aber es wären ihre eigenen vier Wände und sie war niemandem dafür zu Dank verpflichtet oder zu Dienstleistungen.

Ha, Dienstleistungen!

Als ob man diesen Wahnsinns-Sex, den sie miteinander gehabt hatten, zu einer Dienstleistung herabwürdigen konnte und wenn ja, dann stellte sie sich die Frage, wer hier wem Dienste geleistet hatte.

Julia rief Vittorio an, um ihm zu erklären, dass er so bald wie möglich einen Ersatz für sie suchen musste. Sie sagte ihm natürlich nicht, warum und behielt es tunlichst für sich, dass sie jetzt ausreichend Geld besaß, um endlich die Abende mit Benni verbringen zu können und die Nächte mit schlafen. Vorausgesetzt natürlich, der Liebeskummer raubte ihr nicht jede Nacht den Schlaf. Sie sagte ihm, dass sie sich dringend auf das Staatsexamen im nächsten Semester vorbereiten musste und mehr Zeit zum Lernen brauchte – das war schließlich auch keine Lüge. Vittorio war trotzdem stinksauer, dass sie ihm quasi aus heiterem Himmel kündigte. Er schrie sie mit seinem überschäumenden, typisch italienischen Temperament an und beschwor alle Heiligen als Zeugen, dass sie das undankbarste Mädchen der Welt sei.

»Ich will dich nie mehr wiedersehen!«, brüllte er ins Telefon und legte auf. Aber eine halbe Stunde später rief er wieder an und war wieder ganz der charmante Vittorio. Er fragte, ob sie wenigstens am Freitag noch einmal kommen könne, da würde er die Geburtstagsfeier seiner Schwiegermutter ausrichten und brauchte unbedingt eine Bedienung. Sie war froh, dass er nicht mehr böse war und stimmte zu. Das wäre dann wirklich ihr letzter Abend bei Vittorio und so sehr sie den Mann gemocht hatte und dankbar für den Zusatzverdienst gewesen war, sie würde eine Flasche Sekt aufmachen, wenn diese Schinderei in den Abendstunden endlich vorbei war.

Dann fuhr sie ihren Laptop hoch und las ihre Mails.

Es gab nicht viel Neues.

Ihre Mutter hatte ein paar Fotos von ihren angeheirateten Enkelkindern geschickt, und ein Internat für Hochbegabte aus Mecklenburg-Vorpommern hatte eine nette Antwort auf ihre Anfrage geschickt und sie zum Tag der offenen Tür Ende März eingeladen und gleichzeitig darauf hingewiesen, dass sie Kinder erst ab der 5. Klasse aufnehmen würden und dass das Internat kostenfrei sei, sofern ihr Kind die Aufnahmeprüfung bestehen würde. Spenden und jede Form von sonstiger Unterstützung seien natürlich stets willkommen.

Danach las sie noch einmal all die Mails, die sie mit Thomas ausgetauscht hatte, bevor sie gewusst hatte, wer er war. *Ich muss bescheuert sein!*, schalt sie sich selbst, *dass ich mich in dem ganzen Liebeskummer auch noch suhle, wie ein Schwein im Schlamm.* Was versprach sie sich davon? Sie las die Mails trotzdem.

»*... die Frau von gestern, die ist etwas Besonderes. Ich wünschte, ich könnte sie irgendwie beeindrucken*«, hatte er geschrieben und er hatte sie gemeint. Er hatte es geschafft. Sie war beeindruckt. Sie hatte sich mit Haut und Haar in ihn verliebt. Einen Tag später hatte er geschrieben:

»*Wie wirbt man um eine Frau, die so schön und heiß ist, so weit über einem steht, dass man unter normalen Umständen gar keine Chance hat, überhaupt von ihr wahrgenommen zu werden?*«

Als sie das las, kullerten ihr die Tränen aus den Augen und dann öffnete sie den Mailverkehr vom nächsten Tag und las:

»*Frauen nehmen küssen sehr wichtig. Ich betrachte es als notwendiges Vorspiel zum Sex. Wobei man auf dieses Vorspiel verzichten kann, wenn man stattdessen ein Brillantarmband bereithält!*«

»Oder eine Luxuswohnung am Hackeschen Markt!«, sagte sie ärgerlich zu sich selbst und ihre Rührseligkeit war wie weggeblasen. Nein, sie hatte das Richtige getan, als sie diesen dämlichen Wohnungsschlüssel in seiner Jacke zurückgelassen hatte.

Sie wollte gerade ihren Laptop herunterfahren, da trudelte mit einem leisen »Pling« noch eine nächtliche Mail ein und die war von Thomas. Nicht von Thomas123, sondern von Thomas.Mahler@expiron.com.

Sie zitterte am ganzen Körper, noch bevor sie die Mail gelesen hatte:

»Liebste Julia, ich habe den ganzen Tag in einer anstrengenden und ergebnislosen Konferenz der National Oil Company gesessen und immer nur an dich gedacht. Ich wäre jetzt viel lieber bei dir und in dir. Ich stelle mir vor, ich berühre dich und halte dich in meinen Armen, aber da ist nur dieses verdammte Kopfkissen und ein leeres Bett und ich bin der einsamste Wolf auf der ganzen Welt. Ich bin am Freitagabend spätestens um sechs Uhr bei dir. Thomas«

Sie starrte eine ganze Weile auf die Mail und hörte ihr Herz bis zur Schädeldecke klopfen.

Er redete ja doch noch mit ihr und wollte sie wiedersehen und er hatte Sehnsucht nach ihr. Jetzt erst, als sie die Mail sah, wurde ihr bewusst, wie groß ihre Angst gewesen war, dass er sich nie wieder melden würde.

Sie schrieb zurück:

»Geliebter einsamer Wolf, mir geht es genauso. Ich habe bei Raschberg einen ziemlich langweiligen Enteignungsfall bekommen. Der half nicht gerade dabei, mich abzulenken. Ohne dich bin ich leer. Hole mich am Freitag kurz nach dreiundzwanzig Uhr bei Vittorio ab. Julia«

Dann fuhr sie ihren Laptop herunter und schaltete ihr Handy aus, denn alles Weitere, was sie ihm zu sagen hatte, würde sie ihm dann am Freitag sagen und nicht per Mail oder Handy.

***

Der Dienstag war ein ruhiger Arbeitstag für Julia. Sie ließ ihr Handy ausgeschaltet. In Abu Dhabi war es jetzt zwei Stunden später und Thomas saß vermutlich längst wieder in einer anstrengenden Konferenz und würde garantiert vor dem Abend gar nicht mehr an sie denken.

Sie fand, sie hatte das Problem vorerst ziemlich gut umschifft. Isabel erzählte ihr in der Mittagspause wieder delikate Details aus ihrem Liebesleben, in dem der Name Eric ungefähr sechzigmal pro Minute genannt wurde und Julia hörte ihr lächelnd zu. Sie freute sich ganz unbändig für Eric und natürlich auch für Isabel, die plötzlich wieder an die wahre Liebe glaubte, und all ihre Pläne, sich einen reichen

Mann aus dem Haifischbecken zu angeln, mit dem gleichen Enthusiasmus über Bord geworfen hatte, mit dem sie sich darauf gestürzt hatte. Isabel liebte Brockmann, liebte ihn seit elf Jahren und würde ihn in elf Jahren auch noch lieben und das Allerschönste war, Julia wusste zufällig ganz genau, dass Brockmann auch Isabel liebte.

Wie schön die Liebe doch sein konnte!

Weniger schön war allerdings Julias Abend.

Um halb sieben stand Eric Brockmann vor ihrer Tür, riesig und bedrohlich aufgeplustert und stinkwütend.

»Julia, verdammt noch mal, was machen Sie?«, brüllte er sie an.

Sie zuckte leicht verständnislos die Schultern und er polterte wie ein Regiment Orks in ihre Wohnung herein und meckerte gleich lauthals weiter.

»Ich habe eine halbe Stunde vor Ihrer Wohnung am Hackeschen Markt gestanden und Sturm geläutet. Warum sind Sie nicht dort? Warum haben Sie ihr Handy ausgeschaltet? Wissen Sie eigentlich, dass der Chef mich mitten in der Nacht angerufen hat, weil er wissen wollte, warum Sie nicht an Ihr verdammtes Handy gehen? Als ob ich bei Ihnen auf dem Bettvorleger schlafen würde?«

»Apropos schlafen ...«, sagte Julia und umarmte Brockmann erst mal herzlich zur Begrüßung, so wie sie vielleicht einen Bruder umarmt hätte, wenn sie einen gehabt hätte, oder eben den Mann, der Isabel liebte.

»Ich werde dich von jetzt an duzen, weil ich mir sonst ziemlich doof vorkomme, wenn du mit meiner Freundin Isabel ... ähm, also wenn ihr beide euch liebt und ich dich siezen muss!«

Brockmann grinste von einem Ohr zum anderen.

»Das wird dem Chef nicht passen, wenn wir uns duzen, aber ...« Er drückte ihr einen herzlichen Kuss auf die Stirn. »... das ist mir schnuppe. Julia, ich kann dir gar nicht sagen, wie dankbar ich dir bin. Ohne deine SMS hätte ich Idiot wahrscheinlich noch wochenlang gelitten.«

»Ist es also was Ernstes zwischen euch?«

Brockmann schaute kurz auf Benni, der schon in Julias Bett lag, aber noch in einem Buch blätterte. Natürlich konnte man sich in diesem Zimmer nicht unterhalten, ohne dass der Bursche alles mitbekam.

Verdammt, warum war diese Frau nicht längst in ihrer neuen Wohnung?

»Ich weiß nicht, wie lange ich warten muss, bis ich sie fragen kann, ob sie mich heiratet. Ohne dass ich mich lächerlich mache, meine ich. Ich hätte sie am liebsten gleich am Sonntag gefragt, aber dann denkt sie vielleicht, ich bin so ein Psychopath und dann bekommt sie es mit der Angst zu tun oder so«, flüsterte Brockmann.

Julia lachte. Wow, war das romantisch! Der grimmige, einsilbige Eric Brockmann, der mit einem Handgriff ein Genick brechen konnte, hatte eine riesengroße Schwäche und das war Isabel. In diesem Moment wirkte er nicht stärker als ein kleiner Junge. Julia schossen unwillkürlich die Tränen in die Augen, so süß fand sie das.

»Hey, du weinst doch nicht meinetwegen?«, brummte Eric unbehaglich und nahm sie noch einmal kurz in den Arm. »Was ist jetzt mit dir? Warum bist du nicht in deiner Wohnung? Soll ich deine paar Koffer schnell rüberfahren?«

»Ich bin nicht in der Wohnung, weil es nicht meine Wohnung ist, und meine Koffer bleiben deshalb hier«, sagte sie mit einem Seufzen und hoffte nur, dass Benni nicht allzu viel von dem Gespräch mitbekam. Sie hatte keine Ahnung, wie sie ihm das ganze Tohuwabohu in ihrem Leben erklären sollte. Sie flüsterte ganz leise: »Ich werde mich nicht noch einmal kaufen lassen. Erst recht nicht von einem Mann, in den ich mich verliebt habe.«

Eric verdrehte die Augen. Er hatte es ja geahnt und sein Boss würde einen Tobsuchtsanfall bekommen, wenn er davon erfuhr. Der Anruf vergangene Nacht deutete darauf hin, dass sein Boss noch keine Ahnung hatte. Aber Eric würde sich da tunlichst heraushalten. Es gab sicher irgendwelche Gründe für die Ahnungslosigkeit des Chefs, Gründe, die nur eine Frau verstehen konnte. Eric wollte die Gründe jedenfalls nicht wissen. Eher würde die Hölle zufrieren, als dass er sich in das verzwickte Liebesleben von Thomas Mahler einmischte. Allerdings freute er sich nicht gerade auf den Freitag, wenn der Chef zurückkam und feststellte, dass sein ausgetüftelter Plan und die sauteure Hau-Ruck-Aktion mit der Wohnung für die Katz gewesen waren. Dann würde er toben und die Welt nicht mehr verstehen und Eric würde bereuen, dass sein Urlaub schon am Donnerstag zu Ende ging.

Apropos Urlaub, er konnte auch dankend darauf verzichten, dass der Boss ihn heute wieder mitten in der Nacht anrief und ihm Vorhaltungen machte, weil er nicht spontan auf die Frage antworten konnte, welche Probleme Julia wohl mit ihrem Handy haben könnte.

»Gib mir dein Handy!«, sagte er ruppig und sie tat es.

Als sie es aus der Tasche zog und er sah, dass es ausgeschaltet war, fluchte er so laut, dass Benni erneut hinter seinem Buch hervorlinste. Eric schaltete das Handy an und reichte es ihr mit dem lakonischen Befehl: »PIN eingeben!« Er behielt das Gerät in der Hand, während sie ihre PIN eintippte, und kaum hatte es Empfang, da bimmelten die Nachrichten über entgangene Anrufe, eine nach der anderen. Dann erst reichte er ihr das Telefon zurück.

»Du lässt das Ding jetzt an! Ich weiß nicht, wann du Mahler darüber aufklären willst, dass du immer noch hier wohnst, aber glaub mir, einfach nicht ans Handy zu gehen, ist nicht der beste Weg, um ihm das klarzumachen. Zudem verdirbt es meinen Urlaub.«

Julia sagte nur: »Sorry!«

Eric klatschte noch einmal mit Benni ab, fragte ihn, ob alles cool wäre, was Benni mit »Alles easy!« beantwortete, und danach verschwand Eric wieder genauso polternd, wie er aufgetaucht war. Ein klein wenig beneidete Julia ihre Freundin Isabel in dem Moment. Sie konnte sich auf die Liebe von Eric verlassen und darauf, dass sie heute noch guten Sex haben würde.

Als Eric weg war, inspizierte sie die Nachrichten auf dem verdammten Handy. Das treusorgende Ding teilte ihr mit, dass es in der vergangenen Nacht drei entgangene Anrufe von Thomas Mahler zu verzeichnen gegeben hatte. Am frühen Morgen um acht Uhr hatte Eric Brockmann zweimal versucht, sie zu erreichen, und Debby um zehn Uhr, dann waren noch zwei Anrufe von Nummern, die sie nicht kannte, und es war ein fehlgeschlagener Anrufversuch von Frau Salomon um 13 Uhr verzeichnet. Frau Salomon war die Frau von der Caritas, die einmal am Tag nach ihrem Vater schaute.

Der Schreck, den Julia bei diesem Namen empfand, jagte ihr einen heftigen Adrenalinstoß durch den Körper. Sie rief natürlich sofort bei Frau Salomon zurück, aber logischerweise war um diese Uhrzeit kein Mensch mehr bei der Caritas. Sie versuchte, sich selbst zu beruhigen. Wenn irgendetwas Schlimmes mit ihrem Vater passiert wäre, dann wären jetzt wohl auch schon Anrufe von Tante Heike und vermutlich sogar von ihrer Mutter auf dem Handy. Also hatte Frau Salomon vielleicht nur über eine Abrechnungsangelegenheit oder Terminfrage mit ihr sprechen wollen. Bestimmt konnte sie das auch morgen noch mit ihr klären.

Julia war sich nicht sicher, ob sie Debby zurückrufen sollte. Debby würde nur mit neuen schlechten Nachrichten über missglückte Recherchen aufwarten.

Die beiden fremden Anrufer hatten auf ihre Mailbox gesprochen. Der eine war ein Makler, der einen Besichtigungstermin mit ihr vereinbaren wollte und ihr seine Handynummer hinterlassen hatte. Sie rief zurück und vereinbarte gleich für morgen Abend drei Besichtigungstermine in einem sanierten Altbau in Treptow. Der andere Anrufer war Frau Mahler gewesen, die drei Sätze auf die Mailbox gesprochen hatte:

»Hallo Julia, hier ist noch einmal Rita Mahler. Ich bin am Sonntagnachmittag um 15 Uhr im Café am Opernpalais. Wenn Sie Zeit haben, kommen Sie doch bitte vorbei und bringen Sie Ihren Jungen mit.«

Julia war verunsichert über die Beharrlichkeit von Frau Mahler. Sie hatte eine dumpfe Ahnung, was die alte Dame von ihr wollte, und kein gutes Gefühl dabei, wenn sie Benni dahin mitnehmen würde. Aber da sie nicht vorhatte, ihn an den nächsten paar Wochenenden nach Spandau zu lassen, beschloss sie, die Einladung der alten Dame anzunehmen und Benni am Sonntagnachmittag das größte Kuchenbuffet Europas zu zeigen. Benni liebte Kuchen jeder Art und vielleicht würde seine Anwesenheit dazu beitragen, dass Frau Mahlers Predigt über käufliche Frauen, die sich mit ihrem verheirateten Sohn herumtrieben, nicht ganz so heftig ausfallen würde.

Und Thomas?

Den würde sie garantiert nicht zurückrufen. Abgesehen davon, dass ein Anruf nach Abu Dhabi viel zu teuer für sie war, hatte er ihr ebenfalls dreimal auf die Mailbox gesprochen und jedes Mal war er ein wenig ungehaltener geworden.

»Was zum Henker ist mit deinem Telefon?«, war der Kommentar nach seinem ersten fehlgeschlagenen Anruf. Dann eine knappe halbe Stunde später: »Das letzte Wort wegen dieses Pizzabäckers ist noch nicht gesprochen. Ich bin am Freitag um 18 Uhr bei dir und keine Minute später.«

Und wieder eine Stunde später (es war kurz nach halb zwei gewesen) hatte er dann den Vogel endgültig abgeschossen:

»Ich habe das soeben mit diesem Italiener geklärt und ihm für Freitag eine Ersatzkellnerin besorgt. Und ich bezahle sie sogar für ihn. Gute Nacht, Liebste. Und bitte lies die Mails nicht, die ich dir vorhin geschrieben habe. Ich war wohl etwas wütend.«

Nicht dass sie sich nicht freuen würde – natürlich wollte sie am Freitag lieber die ganze Zeit mit Thomas zusammen sein und alles mit ihm bereden und nicht in der Pizzeria bedienen – aber das war wirklich ein bisschen zu viel Einmischung in ihr Leben. Und Eric hatte recht: Offenbar wusste Thomas noch nichts von dem Schlüssel in seiner Jackentasche und nahm sich genau deshalb das Recht heraus, über sie zu bestimmen. Er ging davon aus, dass er sie mit seiner dämlichen Wohnung gekauft hatte und deshalb spielte er immer noch sein geliebtes Spielchen »Ich bezahle – ich bestimme«.

Sie löschte seine Mails tatsächlich ungelesen, denn sie hatte keine Lust, ihren Herzschmerz noch zu vergrößern. Dann versuchte sie, ihren Vater zu erreichen. Vielleicht konnte der ihr sagen, was Frau Salomon von ihr gewollt hatte. Sie ließ es zwanzigmal klingeln und als sie gerade auflegen wollte, meldete ihr Vater sich endlich mit müder Stimme.

»Papa?«

»Marie?«

Shit!, dachte sie. *Es geht ihm nicht gut.* Aber sie war schon froh, dass er überhaupt bis zum Telefon gekommen war. Sie hatte eine Million Euro auf ihrem Bankkonto und damit konnte sie ganz leicht irgendeine Pflegerin engagieren, die sich den ganzen Tag um ihn kümmern könnte und sogar noch im Haus schlief. Sie wusste, dass es viele Polinnen gab, die als Kranken- oder Altenpflegerinnen in Deutschland arbeiteten. Wenn sie so jemanden engagieren würde, wäre ihr Vater nicht gezwungen, nachts alleine zu sein oder sich zum Telefon zu quälen und er bräuchte nicht mehr auf die überarbeitete Pflegerin von der Caritas zu warten. Julia könnte eine nette Frau einstellen und sie einfach in Maries Kinderzimmer unterbringen. Das war alles nur eine Frage des Geldes, wie Thomas Mahler zu sagen pflegte.

»Papa, ich bin es, Julia.«

»Ach gut, dass du anrufst, Marie, du glaubst nicht, wer gestern Abend hier aufgetaucht ist.« Ihr Vater klang sehr aufgeweckt, nur mit der kleinen Ausnahme, dass er sie für Marie hielt. Sie brauchte gar nicht versuchen, ihn vom Gegenteil zu überzeugen. Sie kannte diese

Phasen. Da war es, als hätte ihr Vater die vergangenen sieben Jahre vergessen und als würde Marie in seiner Erinnerung immer noch leben.

»Geht es dir gut, Papa?«

Er schien ihre Frage gar nicht gehört zu haben, denn er redete einfach weiter.

»Es war dieser Roman, du weißt schon, der stattliche Mann aus Russland, der dich letzte Woche besucht hat und sich so aufgeregt hat, weil du schwanger bist und es ihm nicht gesagt hast.«

»Roman?«, fragte Julia atemlos.

»Ja, er war gestern Abend hier und hat nach Benni gefragt. Du hättest es ihm nicht verheimlichen dürfen, Marie. Es bringt so viel Leid und Ärger, wenn man lügt.«

»Roman, der Russe?«, krächzte Julia wie ein dämlicher Papagei, während in ihrem Gehirn langsam die Groschen fielen, alle in die richtige Position rutschten und das träge Räderwerk dort drinnen allmählich in Gang brachten.

»Ich verstehe nicht, warum er dich nicht mitgenommen hat. Er hatte es dir doch versprochen. Hat er doch, oder Marie?«

»Ja, Papa!«, sagte sie schnell, wobei ihre Stimme leicht hysterisch klang. Roman, der Russe. Das musste Bennis Vater sein. Die drei Russen, die vorletzten Samstag nach Benni gefragt hatten ... einer davon war Bennis Vater gewesen. Ihr Vater hatte es die ganze Zeit gewusst und nichts gesagt, nie nach ihm gesucht. Nicht einmal, nachdem Marie gestorben war oder seine Frau ihn verlassen hatte. Ihr Vater war zwar krank, aber die meiste Zeit war er im Vollbesitz seiner geistigen Kräfte und er hatte gefälligst auch eine Verantwortung gegenüber Benni. Oder war der Russe etwa ein Mafia-Killer oder Geheimdienstoffizier oder gab es sonst einen Grund, ihn von Benni fernzuhalten?

»Weißt du noch seinen Nachnamen, Papa? Den Nachnamen von Roman? War er gestern Abend wirklich bei dir? Wann war das? Hat er gesagt, wie man ihn erreichen kann? Hast du ihm gesagt, wo Benni wohnt?«

Es war still am anderen Ende der Verbindung.

»Papa?«

Stille.

»Papa, hat dieser Roman gesagt, ob er wiederkommt? Hat er dir vielleicht eine Visitenkarte oder eine Telefonnummer dagelassen?«

»Jule? Ich gehe jetzt zu Bett. Ich bin so müde. Bis Sonntag dann. Gute Nacht, Julchen.« Ihr Vater hatte aufgelegt. Ende.

Oh Shit!

Shit!

Shit!

Kapitel 17

Julia hatte die ganze Nacht nicht geschlafen. *Roman, der Russe* war ihr unentwegt durch den Kopf gegangen. Der russische Hüne, von dem Benni ganz offensichtlich die Statur und auch die Augen geerbt hatte, und mit einem Mal, als hätte ein Blitz in ihr Gehirn eingeschlagen, fiel ihr die Begegnung mit diesen drei merkwürdigen russischen Geschäftsleuten in Thomas' Büro wieder ein. Die Augen des einen, der Blick, das Wiedererkennen. Ihr Kopf verarbeitete all die Informationen, die sie über Maries Leben und Tod besaß, bewertete sie neu, sortierte sie neu, interpretierte sie neu und am Ende der Nacht hatte sie eine ganz neue These.

Gleich am anderen Morgen rief sie bei Debby an und war kein bisschen überrascht, als die sagte: »Ich weiß jetzt, wer all die Recherchen blockiert. Halt dich fest!«

Julia saß schon am Schreibtisch bei Raschberg und sie hielt sich wirklich fest, mit einer feuchten Hand am Handy und mit der anderen an der Tischkante. Sie hatte den Enteignungsfall fast durch und weil die beiden Raschbergs bei einem Anwaltskongress waren, gab es für sie nicht viel zu tun und sie hatte deshalb kein schlechtes Gewissen, wenn sie ein paar wichtige Privatgespräche führte. Der Anruf ihres Vaters hatte sie so aufgeregt, dass sie mit irgendjemandem darüber reden musste – unbedingt. Isabel war noch nicht da, obwohl es schon kurz nach neun war, und vermutlich würde Frau Grube sie dafür ziemlich zusammenstauchen und es den Raschbergs verpetzen, aber Julia hatte durchaus Sympathien dafür, dass Isabel im Augenblick ein paar andere Prioritäten hatte.

»Wer?«, fragte Julia und kannte die Antwort schon, bevor Debby sie aussprach.

»Es ist der BND. Der Bundesnachrichtendienst.«

Als ob sie noch eine Übersetzung für die Abkürzung gebraucht hätte. Irgendwie war Marie in das Netz des BND bzw. unter dessen Räder geraten, und seit gestern Abend war Julia sich sicher, dass das etwas mit Bennis Vater zu tun hatte. Leider konnte sie sich nicht mehr an den Nachnamen des Russen erinnern. Sie war an jenem Nachmittag, als er in das Büro von Thomas gestürmt war, so betäubt von dem Kuss gewesen, dass sie alles um sich herum wie durch einen Nebel wahrgenommen hatte. Sie wusste nur, der Name hatte sich so ähnlich wie »Moskau« angehört.

»Du kannst deine Versuche, etwas über den Tod deiner Schwester herausfinden zu wollen, einstellen«, sagte Debby mit kalter Endgültigkeit. »Es gibt keine Möglichkeit, an klassifizierte Informationen dieser Art ranzukommen.«

Julia gab ein dumpfes »Ja!« und »Ich danke dir, Debby!« von sich und Debby erzählte noch ein paar Belanglosigkeiten über den vergangenen Samstag und über die Lusche, mit der sie im Bett war. Sie fragte, wann Julia wieder zum Taekwondo kommen würde und ob sie für den Osterbasar einen Kuchen backen könnte. Julia hörte kaum mehr, was Debby redete.

Der BND? Hatten die etwa Marie umgebracht? Warum sonst blockierten sie alle Informationen über ihren Tod? Und welche Rolle spielte dabei der Mann, der Bennis Vater war? Großer Gott, sie musste Eric anrufen.

Der Anruf erwies sich als Fehler.

Sie hatte Angst, dass sie Eric aus dem Schlaf reißen würde und dass er vermutlich keine große Lust darauf hatte, sich so früh am Tag schon mit der Ex-Freundin seines Chefs zu befassen. Vermutlich hatte er seine Hände irgendwo auf oder in Isabel und es gab für ihn jetzt zweifellos Wichtigeres, als Julias Frage nach dem Nachnamen des Russen, der neulich bei Thomas aufgetaucht war. Aber das Gegenteil war der Fall. Eric war schlagartig hellwach und sofort auf hundertachtzig.

»Er heißt Morosow. Roman Morosow. Warum willst du das wissen?«

Er war ziemlich laut am Telefon und vor lauter Schreck konnte Julia nur sagen: »Ich glaube, dass er Bennis Vater ist.«

Das trug auch nicht zur Deeskalation bei. Eric geriet immer mehr in Rage und wurde noch lauter.

»Das ist ein sehr gefährlicher Mann. Du darfst dich auf keinen Fall auf ihn einlassen. Wenn er weiß, wo du wohnst, musst du aus dieser Wohnung verschwinden.«

»Er weiß nicht, wo ich wohne!«

Das hoffte Julia jedenfalls und sie würde sich ganz bestimmt nicht von Eric ins Bockshorn jagen lassen.

»Bleib fern von dem Mann. Schwör es mir.«

Wie konnte sie so etwas schwören? Zumal ihn das nun wirklich nichts anging. Wenn dieser Morosow wirklich Bennis Vater war, dann wusste er vielleicht sogar ein paar Details über Maries Tod. Sie würde Roman Morosow nicht fernbleiben. Ganz im Gegenteil.

»Wer ist dieser Mann?«, fragte sie stattdessen.

»Er ist ein Mitarbeiter von Bodjanski, einem russischen Oligarchen. Und wenn ich Mitarbeiter sage, dann meine ich nicht Assistent oder Sekretär. Morosow ist Bodjanskis Mann fürs Grobe«, knurrte Eric unwillig ins Telefon. Es passte ihm nicht, dass er ihr diese Antwort geben musste und dass seine bloße Warnung nicht ausgereicht hatte, um sie abzuschrecken.

»Bodjanski ist einer von diesen Multimillionären. Er verdient sich dumm und dämlich am Erdgasgeschäft und wenn es sein muss, geht er über Leichen. Und der Mann, der für ihn die Gegner aus dem Weg räumt, ist Morosow. Begreifst du das?«

»Ja!«, sagte sie nur und glaubte ihm auch, aber das änderte nichts daran, dass der Mann vermutlich Bennis Vater war und offenbar alles daransetzte, um seinen Sohn zu sehen.

»Julia!«, kam es noch einmal herrisch aus dem Handy. Erics Stimme war eine Mischung aus Besorgnis und Ärger. »Du solltest, verdammt noch mal, so schnell wie möglich in die Wohnung am Hackeschen Markt wechseln. Da bist du sicherer.«

»Ich passe schon auf mich auf, Eric!«

»Pack deine verdammten Sachen und verschwinde aus der Wohnung!«, schnauzte er und mit einem Male begriff er, warum sein Boss sagte, die Frau würde ihn wahnsinnig machen.

»Ich habe den Schlüssel für die Wohnung in Thomas' Anzugsjackett gesteckt.«

Kein Schlüssel, kein Umzug! Basta.

Eric fluchte laut wie ein Bierkutscher und beendete das Gespräch. Und Julia googelte Roman Morosow – ohne viel Erfolg allerdings. Da gab es nicht einmal nichtssagende Einträge bei Wikipedia, da gab es gar nichts.

***

Der Mittwochabend war vollgepackt mit Terminen. Kurz nach fünf traf sich Julia mit dem Makler, ein kleiner, dicker und kahlköpfiger Mann Ende dreißig, und schaute sich ein paar Altbauwohnungen an. Eine würde zum 1. Mai bezugsfertig werden, die andere zum 1. Juni und noch eine dritte, eine nicht ganz so teure, aber dennoch sehr geräumige 3-Zimmer-Wohnung in der 2. Etage, die wäre zum 1. August fertig. Wenn sie schneller umziehen wollte, könnten sie sich morgen noch einmal treffen und den sanierten Altbau in Friedrichshain anschauen, dort gab es eine Wohnung in der 5. Etage, die in zwei Wochen bezugsfertig wäre, allerdings hatte die keinen Balkon und das Haus hatte keinen Aufzug.

Kurz nach acht war sie zu Hause und da kamen auch gleich hintereinander drei Frauen, die sich als Pflegekräfte für ihren Vater bei ihr vorstellten. Frau Salomon hatte ihr heute die Adresse von einer Agentur gegeben, die solche Pflegerinnen vermittelte. Nachdem sie Frau Salomon endlich kurz vor der Mittagspause erreicht hatte, erfuhr sie den Grund für ihren Anruf. Sie hatte sich Sorgen gemacht, weil Julias Vater gestern so durcheinander gewesen sei und das hing offensichtlich mit dem Besucher zusammen, der am Abend zuvor dagewesen sei.

»Er hat eine Visitenkarte hinterlassen und hinten noch eine Handynummer draufgekritzelt!«, sagte Frau Salomon beiläufig, ohne zu ahnen, wie wichtig diese Information für Julia war. »Ich habe sie zu den Rechnungen auf den Schreibtisch Ihres Vaters gelegt.«

»War der Name auf der Visitenkarte vielleicht Morosow?«

»Sie war in kyrillischer Schrift. Kann auch sein, dass da Gorbatschow draufstand«, lachte Frau Salomon.

Julia hatte daraufhin versucht, ihren Vater anzurufen, in der Hoffnung, der könnte ihr die Handynummer von Morosow durchsagen, aber ihr Vater ging nicht ans Telefon und sie verschob das Ganze auf einen späteren Versuch am Abend.

Jetzt saß gerade die letzte von drei Bewerberinnen auf dem schäbigen Schaumstoffsofa und fragte sich vermutlich, mit welchem Geld Julia ihre Dienste bezahlen wollte. Die ersten beiden hatten dem Braten jedenfalls nicht getraut und waren nicht lange geblieben. Julia begriff, dass sie die Sache falsch aufgezogen hatte. Sie hätte die Frauen nach Spandau in ihr Elternhaus bestellen sollen. Dort hätten sie sehen können, wer der Mann war, den sie pflegen sollten, und wo sie leben würden. So sahen sie nur eine junge Frau, die in einer erbärmlichen Wohnung hauste, und fühlten sich verarscht. Tja, oder wenn diese Vorstellungsrunde in der Bonzenwohnung am Hackeschen Markt stattgefunden hätte, dann hätte sie sich vermutlich vor Interessentinnen nicht mehr retten können.

»Vielleicht können wir uns noch einmal bei meinem Vater in Spandau treffen!«, schlug Julia verzweifelt vor, als sie merkte, dass auch die letzte Kandidatin am liebsten die Flucht ergreifen wollte. Sie sah sehr nett aus, war Mitte vierzig, nannte sich Iadwiga und stammte aus Polen. Sie sprach gebrochenes Deutsch, aber sie hatte einen gutmütigen Gesichtsausdruck und ein sehr sympathisches Lächeln.

»Ich kann wirklich gut bezahlen«, beteuerte Julia der Frau noch einmal und schrieb schnell die Adresse ihres Elternhauses auf. Sie hatte sich zwar nach dem Vorfall mit den Russen fest vorgenommen, nicht mehr so schnell nach Hause zu gehen, aber jetzt, wo sie den Grund für deren »Besuch« kannte, war ihre Angst nicht mehr ganz so groß.

Die Bewerberin seufzte, warf einen letzten Blick auf die Armut, die sie in dieser Wohnung sah, und sagte dann schweren Herzens: »Ich kann nächste Woche Dienstag. Nach Spandau. 19 Uhr.«

Vermutlich sagte sie es nur, damit sie so schnell wie möglich von hier wegkam. Aber Julia würde trotzdem am Dienstag nach Spandau fahren.

»Ja, bitte, treffen wir uns nächsten Dienstagabend bei meinem Vater um sieben Uhr. Er ist ein sehr netter Mann, Sie werden sehen, und Sie können sich dort im Dachgeschoss ein Zimmer aussuchen. Und ich habe wirklich genügend Geld, um Sie zu bezahlen.«

Als Iadwiga gegangen war, war es zwar erst halb zehn, aber Julia fühlte sich wie zermalmt und schaffte es kaum noch aus den Kleidern heraus und ins Bett hinein. Der Tag war furchtbar gewesen, allen voran die Erkenntnis, dass Marie irgendwie in Aktivitäten des BND verstrickt war, über die Tatsache, dass Bennis Vater ein gefährlicher Auftragskiller war, und aufgehört bei dem leicht beunruhigenden Gedanken, dass heute eigentlich ihre Monatsblutungen hätten einsetzen sollen.

Sie schlief schon lange, als der Klingelton ihres Handys ihr verkündete, dass sie eine SMS bekommen hatte. Sie griff schlaftrunken nach dem Ding, das neben ihrem Bett auf dem Boden lag, und fragte sich gleichzeitig, warum man sich das eigentlich antat, mitten in der Nacht, herausgerissen aus dem Tiefschlaf eine SMS lesen zu wollen, die man am anderen Morgen noch genauso gut beantworten konnte, und schlimmstenfalls war es nur eine Nachricht des Netzbetreibers über neue Klingeltöne und tolle Sondertarife.

Sie öffnete die SMS trotzdem, denn sie war von Thomas.

***

Thomas beobachtete das Treiben mit großer innerer Distanz, obwohl die Gastgeber alles aufgeboten hatten, um ihre Geschäftspartner glücklich zu machen.

Die orientalische Pracht des Raums raubte einem normalen Europäer den Atem. Die Düfte, die Geräusche, die Farben, alles war dazu angetan, die Sinne zu betören. Das Essgelage war so verschwenderisch wie aus 1001 Nacht. Sie lagen wie Sultane auf bunten Diwanen und dicken Kissen und wurden von jungen Frauen umsorgt. Die Frauen waren mit Abstand das Schönste, was das Land zu bieten hatte. Drei von den Mädchen umringten Federer. Er ließ sich durch ihre Zärtlichkeiten verwöhnen, favorisierte aber eindeutig die Schwarzhaarige mit der schokobraunen Haut. Thomas hatte sich relativ schnell von den Mädchen, die man ihm zugedacht hatte, befreit. Es waren drei niedliche Blondinen gewesen. Offenbar hatte sich bis nach Abu Dhabi herumgesprochen, dass er auf Blondinen stand, und vor ein paar Wochen hätte er ohne Skrupel die mit den großen Brüsten und den rosaroten Brustwarzen genommen und es sich mit ihr gut gehen lassen. An diesem Abend fragte er sich verwundert, was er je an Blondinen gefunden hatte. Da war eine kleine Braune, die hinter Federer auf dem Diwan kniete und ihm den Nacken massierte. Sie sah ein wenig aus wie Julia. Nur ein klein wenig. Sie hatte nicht die gerade Nase und die runde Unterlippe und auf keinen Fall hatte sie so warme, schwarze Kulleraugen wie Julia, aber sie hatte sehr langes, üppiges Haar und ebenso schmale Hüften, enge Hüften.

Thomas schloss die Augen und war mit seinen Gedanken bei Julia, hielt im Geiste ihren knackigen Po fest, umfasste die besagten Hüften und spürte ihre unschuldige Enge um sich ...

Er hatte das Problem mit diesem verdammten Pizzabäcker vorgestern ein für alle Mal gelöst. Er hatte den Mann nachts aus seinem Bett geklingelt und ihm klargemacht, dass eine Freundin von Thomas Mahler nicht in einer verfickten Pizzeria arbeiten würde und sich von jedem lüsternen Idioten angaffen und angrabschen lassen oder gar um Trinkgeld betteln musste. Der Mann war aus allen Wolken gefallen, denn er hatte natürlich nichts davon gewusst – davon, dass seine Bedienung einen reichen Freund hatte.

Es nervte ihn, dass sie ihre Beziehung immer noch geheim hielt. So sehr, wie es ihn bei all den anderen Frauen genervt hatte, dass sie sofort damit herumgeprahlt und es in die Welt hinausposaunt hatten, so sehr störte es ihn jetzt, dass Julia genau das nicht tat.

Morgen noch! Dann wäre er bei ihr und dann würde er ihr ein paar Einzelheiten über ihre künftige Beziehung nahebringen. Zum Beispiel, dass sie nie wieder solche erniedrigenden Jobs ausüben würde, dass andere Männer für sie tabu waren und dass er sich mit ihr in der Öffentlichkeit zeigen würde, so oft und wann es ihm beliebte. Und während Federer sich die Belohnung für einen harten Verhandlungstag abholte, hatte Thomas seine drei Blondinen mit einem freundlichen Lächeln und einem Klaps auf ihre knackigen Hinterteile weggeschickt. Nur noch morgen. Dann war er wieder bei ihr und dann würde sie ihn ebenfalls belohnen. Nur viel, viel besser.

Silvio stand an der Tür und beobachtete das erotische Treiben mit professioneller Gleichgültigkeit. Er mochte im Privatleben vielleicht ein Frauenheld sein, aber wenn er seinen Job machte, konnte er das gut ausklinken. Nur ab und zu fiel sein anerkennender Blick für einen kurzen Moment auf die hübsche, kleine Julia-Kopie und Thomas schloss daraus, dass Silvio offenbar auch eher auf den südländischen Typ von Frau stand und die Blondinen ihn kaltließen.

Die Gastgeber hatten beteuert, dass in ihren Räumen kein Bodyguard notwendig sei, weil ihre Gäste hier so sicher seien wie in Abrahams Schoß und natürlich wusste Thomas, dass das stimmte. Aber alleine die Tatsache, dass sein Bodyguard dastand, obwohl er ihn nicht brauchte, signalisierte allen: »Don't fuck around with me!« Oder frei übersetzt: »Ich mache, was ich will.«

Thomas schwelgte in Vorfreude und lächelte zufrieden. Er nippte an einem eisgekühlten Scherbet, das nach Melone und Erdbeeren schmeckte, und beobachtete Federer, der gerade von seiner favorisierten Dunkelhäutigen mit Trauben gefüttert wurde. Das war wie ein Gemälde aus dem 19. Jahrhundert, das den berühmten Haremstanz darstellte, oder so wie sich der europäische Maler einen Harem damals vorgestellt hatte. Die Gastgeber taten ihr Bestes, um den Erwartungen ihrer abendländischen Gäste gerecht zu werden und bedienten jedes Klischee, auch wenn es gar nicht der orientalischen Realität entsprach.

Ob Federer wohl, wenn er mit der schokobraunen Schönheit später im Bett war, ein paar essentielle Geschäftsgeheimnisse ausplaudern würde? War er einer von den Männern, die im Bett alles erzählten, um zu prahlen, oder war er wirklich, blind vor Liebe, in eine dämliche Weiberfalle getappt?

Federer merkte, dass er von Thomas beobachtet wurde und wandte ihm lächelnd den Kopf zu. Er wackelte mit den Augenbrauen, als wolle er sagen: *Habe ich mir das nicht verdient?*

Und das hatte er. Der Mann hatte in den vergangenen drei Tagen für den Öl-Vertrag gekämpft wie ein Löwe und er hatte für Thomas ein Milliardengeschäft an Land gezogen. Wäre Federer nicht gewesen, hätte Thomas in seiner verliebten Unkonzentriertheit womöglich den richtigen Moment verpasst und das Geschäft vermasselt. So wie Federer für diesen Deal geschuftet hatte, ackerte kein Mann, der einem in den Rücken fiel und skrupellos Geschäftsgeheimnisse an die Konkurrenz verkaufte.

Irgendwas an Thomas' Blick musste Federer stutzig gemacht haben, er flüsterte seiner dunklen Schönheit etwas ins Ohr und sie nahm ihre Hand aus seiner Hose und schlenderte davon. Federer stand von seinem Diwan auf, lockerte ein wenig die Beine – Thomas kannte das Problem mit der zu engen Hose – und kam zu ihm herüber. Er ließ sich mit einem zufriedenen Lächeln und einem Aufstöhnen in den Kissenberg neben Thomas fallen und sagte jovial:

»Sind Sie nicht in Stimmung, Herr Mahler?« Er zeigte mit dem Kopf in die Richtung, in der sich die drei Blondinen nun zusammen mit der schönen Mulattin räkelten, um den Appetit der Gäste angeregt zu halten, falls sie später wieder zu naschen wünschten. Anstatt zu antworten und zu erklären, dass er durchaus in Stimmung war, dass aber leider die richtige Frau nicht anwesend war, sagte er sehr ernst zu Federer:

»Das war extrem gute Arbeit, Herr Federer. Ohne Ihre Eloquenz und geistige Flexibilität wäre das Geschäft nicht zustande gekommen.«

Der zuckte lässig die Schultern. »Es ist Ihre wirtschaftliche Macht, auf die unsere Geschäftspartner bauen. Meine Eloquenz musste sie nur noch in die richtige Richtung schubsen.«

»Sie sind mein bester Mann. Einer der wenigen, denen ich blind vertraue!«, sagte Thomas und drehte den Kopf, so dass er Federer in die Augen blicken konnte und da sah er den Anflug eines Schuldgefühls, den Ausdruck von peinlicher Berührtheit und der schnelle Blick zur Seite. Da wusste er es sicher. Also sagte er ernst:

»Aber ich weiß nicht, was ich mit Ihnen machen soll, Herr Federer. Sagen Sie es mir. Was machen Sie mit Ihrem besten Mann, wenn Sie feststellen, dass er Sie verraten hat? Sofort feuern und Abstandszahlung? Oder kann ein Milliardengeschäft mit den Vereinigten Emiraten den kleinen indiskreten Schnitzer mit einem mickrigen deutschen Discounter aufwiegen?«

Eines musste man Federer lassen, er war kein Mann, der lange herumdruckste oder sich um seine Verantwortung drückte, das war ja auch der Grund, warum Thomas ihn so schätzte.

»Seit wann wissen Sie es?«, fragte er und seine Stimme klang fest, wenn auch nicht sehr kraftvoll.

Thomas schüttelte den Kopf. Es hatte keinen Sinn, über die letzten drei Tage des Misstrauens zu reden und Federer zu erklären, mit welch zwiespältigen Gefühlen er ihn bei dieser Reise beobachtet hatte, nur um festzustellen, dass Federer der Beste war, der Businesscrack schlechthin, seine Gans, die goldene Eier legte. Nichtsdestoweniger musste er ihn feuern. Verrat ging nicht.

»Es war wie ein Rausch. In der Nähe dieser Frau wusste ich nicht mehr, was ich tat oder sagte«, erklärte Federer und mehr sagte er nicht.

Er hätte von dem Schock erzählen können, als er gemerkt hatte, dass Sonja ihn nur benutzt hatte, als seine Illusion von Liebe wieder einmal zerplatzt war. Aber Mahler hatte selbst schon genug eigene geplatzte Illusionen erlebt. Er wusste zum Thema Falschheit der Frauen alles, was es zu wissen gab.

»Ein Mann in Ihrer Position kann sich so einen Rausch nicht leisten«, sagte Mahler eisig. Wer beim Anblick von Titten und Weiberröcken seinen Verstand abgab, hatte kein Recht darauf, einen Konzern zu führen.

»Sind Sie einverstanden, dass wir sagen, wir hätten uns einvernehmlich getrennt?«, fragte Federer. Er ging gar nicht davon aus, dass Mahler ihm auch nur die geringste Chance zur Rehabilitation einräumen würde. Es ging letztlich nur noch um die Frage, wie verkaufte man das Ausscheiden des hoch platzierten und sehr bekannten Top-Managers in der Öffentlichkeit, und natürlich darum, welche Abfindung Federer bekommen würde.

Thomas blickte nachdenklich an Federer vorbei zum Ausgang. Das würde die schwerste Trennung seines Lebens werden. Härter sogar als die Trennung von Ines. Federer war wenigstens etwas wert gewesen. Er bemerkte – zuerst eher unbewusst –, wie Silvio an sein Handy ging, nickte und erstarrte und wieder nickte und dann, nach einem kurzen Blick auf seinen Chef, schleunigst den Raum verließ. Für einen Moment vergaß Thomas das Problem mit Federer und fragte sich, mehr aus Neugier, denn aus Sorge, welcher Notfall wohl Silvio dazu gebracht hatte, seinen Posten zu verlassen. Nicht, dass er sich in irgendeiner Weise ungeschützt fühlte, aber es musste schon etwas Gravierendes geschehen sein. Vielleicht ein Sicherheits-Breach im Hotelzimmer oder ein Problem mit Reportern. Was auch immer, Silvio würde es in den Griff bekommen. Thomas wandte sich wieder Federer zu, sah ihn eine Weile nachdenklich an und nickte dann.

»Wir ziehen das hier morgen noch gemeinsam durch und danach nehmen Sie offiziell erst mal Urlaub. Ich mache keinen Schnellschuss. Nicht bei einem Mann wie Ihnen. Sagen Sie mir bis Montag, welche Höhe Ihre Abfindung haben soll. Dann reden wir wieder.«

Er wollte Federers Antwort nicht hören und er wollte jetzt auch nicht länger in diesem Pseudo-Harem liegen bleiben und sich vorstellen, um wie vieles schöner und erotischer der Schoß von Julia war. Er stand auf, bedankte sich bei den Gastgebern und verabschiedete sich für die Nacht.

Morgen war noch mal ein anstrengender Tag, wo es ans Eingemachte ging und man die Details des Vertrages aushandelte. Das war hauptsächlich der Job von Federer und seinem Stab. Trotzdem verlieh die persönliche Anwesenheit von Thomas Mahler den morgigen Verhandlungen die notwendige Bedeutung.

Als er seine Suite betrat, hörte er ein Geräusch aus seinem Schlafzimmer und nahm an, dass das Zimmermädchen gerade dabei war, das Bett aufzudecken und die Blumengestecke zu erneuern, deshalb zögerte er gar nicht, sondern spazierte einfach in sein Schlafzimmer und erstarrte, als er Silvio dort vorfand, sein Jackett in der einen Hand und die andere Hand schnellte hinter seinen Rücken, wie bei einem kleinen Jungen, der etwas verstecken musste.

»Und was suchen Sie in meinem Schlafzimmer, Seidlitz?«, fragte Thomas eher amüsiert als schockiert, wobei es aus seiner Sicht wirklich keine plausible Erklärung dafür gab, dass sein Bodyguard seinen Kleiderschrank durchstöberte. Noch nicht einmal, wenn er etwas klauen wollte, würde das Sinn machen, denn in seinen Jacketts gab es nichts zu klauen – einmal abgesehen davon, verdiente Silvio so viel Geld, dass klauen das Letzte war, das er nötig hätte.

»Ich habe nur ... also ich wollte nur ... ach Scheiße!«

Wie sollte ihm so schnell eine Ausrede dafür einfallen, dass er im Auftrag von Eric nach diesem verdammten Schlüssel suchen musste? Warum hatte der Chef das getragene Jackett überhaupt mit nach Abu Dhabi genommen? Normalerweise wurde jeder Anzug nach einem Mal tragen gereinigt und ausgerechnet dieses blöde Jackett mit dem blöden Schlüssel musste sich hier befinden und ausgerechnet in dem Moment, wo Silvio gerade den Wohnungsschlüssel gefunden hatte, musste der Boss hereinkommen.

»Nun?« Thomas verschränkte die Arme und konnte ein Grinsen nur mit Mühe unterdrücken. Silvio war doch tatsächlich rot geworden und das sprach Bände. Der Mann drehte irgendein ganz seltsames Ding und schämte sich auch noch dafür.

»Ehrlich, Herr Mahler, das war nicht meine Idee. Am besten, Sie fragen Eric.«

»Brockmann hat gesagt, dass Sie mein Jackett ... ja was eigentlich? Bügeln sollen? Durchsuchen sollen? Was verstecken Sie da hinter Ihrem Rücken wie ein kleiner Junge?«

Silvio trat einen Schritt zurück, was die ganze Situation nur noch bizarrer machte.

»Wir wollten nur nicht, dass Sie sich aufregen«, brummte er verlegen.

»Mich aufregen, wegen etwas, das in meiner Jackentasche ist? Her damit!«

Silvio nahm die Hand hinter dem Rücken hervor, machte sie auf und sagte ganz betreten: »Eric hat versucht, sie zu überreden, dass sie doch noch einzieht, aber er sagt, dass sie total ...«

»Julias Schlüssel?« Thomas hörte ein fernes Pfeifen in seinen Ohren und wusste nicht, ob das von seinem Blutdruck stammte oder irgendein Warnton auf dem Hotelflur war.

Er begriff auch nicht gleich auf Anhieb, was das bedeutete, dass sich der Schlüssel zu Julias Wohnung im Augenblick in Silvios Handfläche befand – ihr Schlüssel mit dem vergoldeten »J« als Anhänger, der mit kleinen Brillanten besetzt war. Er überlegte, ob er etwa vergessen hatte, ihr den Schlüssel zu überreichen, und erinnerte sich dann aber ganz plastisch, wie er ihr den Schlüssel kurz vor dem Abschied noch einmal in die Hand gedrückt hatte, wie sie ihn ungläubig angestarrt und sich dann mit einem Wahnsinnskuss bedankt hatte. So hatte er es jedenfalls interpretiert und darum hatte er auch sein Jackett anbehalten, selbst auf dem Flug nach Abu Dhabi, weil der Geruch ihres Parfums noch an ihm haftete, weil es ihn an ihren Kuss erinnert hatte.

»Wie kommt der Schlüssel in mein Jackett?«

Silvio hob beide Hände in die Höhe, als würde ihn jemand mit einer Pistole bedrohen.

»Sie wollte die Wohnung nicht. Irgend so ein Ich-bin-ein-anständiges-Mädchen-Scheiß. Rufen Sie am besten Eric an.«

Er ließ den Schlüssel auf das Bett fallen und flüchtete mit großen Schritten an Thomas vorbei hinaus aus dem Raum. Und Thomas stand an dem Bett und starrte fassungslos auf den Schlüssel hinunter. Er wusste nicht, ob er lachen oder schreien sollte. Wollte sie ihm damit zu verstehen geben, dass ihre Beziehung beendet war? Der Vertrag war erfüllt, das Geld überwiesen und jetzt war alles vorbei?

Wie sollte er diese Geste wohl anders interpretieren als das stillschweigende Ende ihrer Beziehung? Aber hatte sie nicht in ihrer Mail geschrieben *»Ohne dich bin ich leer.«* und sich für Freitag mit ihm verabredet? In seinem Kopf ging es drunter und drüber. Ihm fielen Federers Worte wieder ein: *In der Nähe dieser Frau wusste ich nicht mehr, was ich tat oder sagte.* Und er verstand den Mann besser denn je. Er wusste noch nicht einmal mehr, was er dachte. Er hatte tatsächlich Angst davor, Julia anzurufen und sie einfach zu fragen. Angst vor ihrer Antwort.

Also schrieb er eine SMS an sie. Eine SMS, die nichts von seiner Verwirrung, aber alles von seiner Wut verriet.

»Ich scheiße auf Punkt vier dieses Vertrages!«

Es dauerte nur ein paar Minuten, bis ihre Antwort kam, dennoch kam ihm das Warten darauf wie eine Ewigkeit vor. »Ich auch!«

Er verstand immer weniger.

»Warum willst du dann die Wohnung nicht? Was ist dein Problem?«, tippte er hastig ein und nur ein paar Augenblicke später kam ihre Antwort:

»Mein Problem ist, dass ich dich liebe!«

Thomas starrte sein Handy entgeistert an.

Er hatte sich vor nicht allzu langer Zeit geschworen, dass er die nächste Frau, die ihm etwas von Liebe erzählte, an Ort und Stelle strangulieren würde. Sie alle redeten immer von Liebe, aber in Wirklichkeit meinten sie sein Geld und das, was sie sich damit kaufen konnten. Schmuck und Kleidung und Autos und Luxuswohnungen.

Warum lehnte dann diese verdammte Frau sein Geschenk ab? Ausgerechnet mit der Begründung, dass sie ihn liebte!

Eine Stunde und eine Flasche Whiskey später rief er Brockmann an.

»Sie will diese verdammte Scheißwohnung nicht, weil sie mich liebt!«, brüllte er ins Telefon, als ob Eric daran schuld wäre. Dem lag es auf der Zunge, seinem Chef zu sagen, dass er das Problem gefälligst mit seiner Angebeteten und nicht mit ihm klären sollte, aber er verkniff sich den Sarkasmus.

»Sie fühlt sich dadurch gekauft«, sagte er stattdessen so ruhig wie möglich.

Mahler war durch diese Antwort kein bisschen beruhigt, sondern schrie weiter: »Das ist eine verdammte Scheißwortklauberei!«

Eric hatte keine Lust, bei dieser Auseinandersetzung zwischen die Fronten zu geraten, sonst hätte er wohl Partei für Julia ergriffen. Ihre Reaktion auf die Wohnung hätte keine allzu große Überraschung für seinen Chef sein dürfen. Jeder, der Julia auch nur ein bisschen kannte, hätte ihm genau das voraussagen können. Und Eric hatte es ihm vorausgesagt.

»Das habe ich Ihnen von Anfang an gesagt. Julia ist nicht so billig zu haben.«

»Billig? Ha! Sie wissen selbst, was die Wohnung mitsamt der Einrichtung gekostet hat. Sie haben schließlich die Handwerker innerhalb von zwei Tagen da durchgejagt.«

»Sie wissen, was ich mit billig meine, Herr Mahler.« Eric klang jetzt ziemlich ärgerlich. Seine Beziehungskrise sollte sein Chef gefälligst alleine lösen. Eric war selbst kein Experte auf diesem Gebiet. Er hatte elf Jahre für die Lösung seiner eigenen gebraucht und ohne Julia würde er wahrscheinlich immer noch in seinem eigenen Saft schmoren.

»Dann soll sie mir gestohlen bleiben«, sagte Thomas eisig und meinte es auch so. »Wenn sie sich einbildet, dass sie mich durch ihre Sturheit zu irgendeiner abgeschmackten Liebeserklärung nötigen kann oder mir einen Verlobungsring abluchsen kann, dann hat sie sich geschnitten.«

»Nun, dann ist ja jeder zufrieden!«, kam es zynisch von Eric.

Wenn der Boss nicht sein Boss, sondern sein Freund wäre und wenn er zudem noch in seiner Reichweite wäre, dann würde er ihm jetzt einfach die Faust ins Gesicht donnern und ihm sagen, was für ein Vollidiot er war.

Kapitel 18

Als Julia keine Antwort mehr auf ihre nächtliche SMS bekam, war sie sich sicher, dass sie Thomas nicht wiedersehen würde, nicht am Freitag und auch sonst nicht mehr. Wie hatte sie nur so dumm sein können? Ein Liebesgeständnis per SMS! Aber in dem Moment, als sie die SMS geschrieben hatte, war es ihr so viel einfacher vorgekommen, als ihm in die Augen zu blicken und dort seine Ablehnung sehen zu müssen. So war es leichter, sagte sie sich, und es würde nicht so wehtun. Wenn er ihre Gefühle nicht erwiderte, dann würde er einfach nicht mehr reagieren und sie würde wissen, woran sie war.

Es war erstaunlich, wie weh sein Schweigen trotzdem tat.

Es war genauso erstaunlich, dass sie, obwohl sie es besser wusste, jede Stunde auf ihr Handy schaute in der verrückten Hoffnung, sie könnte vielleicht einen Anruf überhört oder eine SMS nicht bemerkt haben.

Die Wohnungsbesichtigung in Friedrichshain war das Highlight des Tages. Sie hatte Benni mitgenommen und der war genauso begeistert wie sie. Die Wohnung war mit drei Zimmern sehr geräumig und hell und hatte eine tolle U-Bahn-Anbindung. Die Miete war maßvoll, was vermutlich an dem fehlenden Aufzug lag. Das Beste daran war aber, dass die Handwerker gerade die letzten Pinselstriche dort erledigten und die Wohnung quasi sofort bezugsfertig war. Und in zehn Tagen konnte sie schon einziehen. Julia unterschrieb den neuen Mietvertrag noch in der leeren Wohnung. Sie rief von dort aus noch bei Debby und Isabel an und fragte, ob sie Zeit hätten und ihr am übernächsten Samstag beim Einzug helfen würden.

***

Der Rückflug am Donnerstagnachmittag von Abu Dhabi nach Berlin war die Hölle gewesen. Thomas hatte immer noch Kopfschmerzen von der vorangegangenen Nacht. Er hatte den halben Vormittag gegen die Symptome eines Jahrhundertkaters angekämpft und versucht, sich nicht anmerken zu lassen, dass der große Konzern-Mogul schlichtweg die Selbstbeherrschung verloren und sich wie ein Teenie ins Koma gesoffen hatte.

Schon wieder.

Wegen einer Frau.

Federer hatte die Abschlussverhandlungen fast alleine geführt und Thomas hatte so getan, als würde er das Ganze mit kühler Distanz beobachten, aber andauernd gingen ihm seine eigenen Worte durch den Kopf, die Worte, die er Federer am Abend zuvor an den Kopf geworfen hatte: *Ein Mann in Ihrer Position kann sich so einen Rausch nicht leisten.*

Was hatte Julia mit ihm gemacht? Warum musste sie sich auf so ein hohes Ross setzen und die Stolze und Keusche spielen? Hatte ihr der Sex mit ihm nicht gefallen?

Oh, er wusste ganz genau, dass es ihr gefallen hatte. Er hatte schon so viele Frauen gehabt, er kannte den Unterschied zwischen echter Leidenschaft und vorgespielter. Er wusste genau, wenn eine Frau unter ihm verging oder wenn sie nur so tat und Julia war vergangen, zig Male, sie hatte ihm gehört mit allem, mit Leib und Seele und er hatte noch nie so eine tiefe Befriedigung beim Sex empfunden wie mit ihr. Warum warf sie diese wunderbare Harmonie einfach weg? Aus dummem scheinheiligem Stolz heraus?

Federer wiederum hatte einen großen Erfolg bei den abschließenden Vertragsverhandlungen eingefahren.

»Ich bin ernsthaft geneigt, den Sparfox-Scheiß zu vergessen und Sie zu behalten.« Das war das Erste gewesen, was Thomas zu ihm gesagt hatte, nachdem sie sich in der First Class des Linienflugzeuges nebeneinander gesetzt hatten. Selten hatte er mehr Verständnis für die fatale Dummheit eines Mannes aufgebracht als im Augenblick. Aber Federer hatte nur genickt und nichts weiter dazu gesagt. Er nahm die Zeitung hoch und tat so, als ob er lesen würde. Aber Thomas sah, dass der Mann nicht Zeitung las, sondern ins Leere starrte. Vielleicht stellte er sich in diesem Moment genau dieselbe Frage wie sein Chef: Waren diese verdammten Weiber den ganzen Ärger wert, den sie einem verursachten?

»Diese Frauen, sie reden immer gleich von Liebe«, seufzte Thomas, als wüsste Federer genau, woran er gerade gedacht hatte. »Und in Wahrheit meinen sie, sie lieben dein Geld oder den Ehering, den du ihnen an den Finger steckst.«

Federer schaute von der Zeitung auf und betrachtete seinen Konzernchef nachdenklich. Wollte er etwa wirklich noch einmal mit ihm über seinen dummen Fehler reden? Das war eigentlich gar nicht Mahlers Art, wie ein Psychologe nach einer Erklärung zu suchen, wenn das Urteil glasklar und schon längst gefällt war. Und was gab es von Federers Seite schon viel zu sagen? Er hatte es verbockt, hatte sich von seinem Herzen anstatt von seinem Verstand steuern lassen. Er wollte dieses Versagen um nichts in der Welt noch einmal wiederkäuen, schon gar nicht vor Mahler, den er bewunderte. Aber andererseits, wenn Mahler ihm wirklich noch eine Chance geben wollte, so war er verpflichtet, die Hosen runterzulassen und sich zu entblößen.

»Es wird mir nie wieder passieren, Herr Mahler. Mein Gott, ich habe zwei erwachsene Kinder. Die sind vernünftiger als ich, wenn es um Beziehungen geht. Ich habe echt den Verstand verloren. Dabei hat sie nie von Liebe gesprochen. Ich war derjenige, der geliebt hat und nicht wiedergeliebt wurde.«

Thomas strich sich nervös die Haare aus dem Gesicht. Er hatte bereits die dritte Aspirin geschluckt und sein Kopf war immer noch nicht frei. Ganz im Gegenteil, alles hinter seiner Stirn schien zu einem heillosen Tohuwabohu aus Alkohol, Frustration und Unverständnis geworden zu sein. Er musste ja völlig verrückt sein, dass er ausgerechnet mit Federer über Julia reden wollte.

»Ich hätte alles für die Frau getan«, murmelte Federer. »Und wissen Sie, was das Schlimmste ist? Ich liebe sie immer noch. Ich weiß, was für ein Miststück sie ist, und trotzdem kann ich nichts gegen diese Gefühle tun.«

Großer Gott, dachte Thomas, *das ist doch ein gestandener Mann, der sich anhört wie ein junges Mädchen, das von romantischen Liebesgeschichten träumt.*

»Liebe hat gar nichts mit Geld oder einem Ehering zu tun!«, sagte Federer mit großer Endgültigkeit und nahm seine Zeitung wieder hoch. »Liebe gibt alles und verlangt nichts.«

***

Am Freitagmorgen lief alles wieder in geregelten Bahnen. Brockmann hatte seinen Dienst wieder aufgenommen, das Frühstück stand an der Bar in der Küche bereit und er wartete bereits im Auto in der

Tiefgarage. Er sagte nichts. Nicht wie sonst, wenn er fragte, ob sein Chef eine gute Woche gehabt hatte und ob die Verhandlungen gut verlaufen waren. Er sagte gerade mal »Guten Morgen, Herr Mahler!« und fuhr dann wortlos zu Expiron.

Seltsamerweise verspürte Thomas den Anflug eines schlechten Gewissens. Das hatte es ja wohl noch nie gegeben, dass sein Bodyguard ihn anschmollte und er auch noch Gewissensbisse dabei verspürte. Dann begegneten sich ihre Blicke im Rückspiegel und da platzte die Wut aus Thomas heraus und er brüllte ein provokatives »Was?« nach vorne.

Er wusste nicht einmal genau, warum er wütend war. Weil sich Julia in ihn verliebt hatte? Weil sein Plan fehlgeschlagen war? Weil sie ihn einfach abserviert hatte, ihn den großen Thomas Mahler! Sie hatte offenbar keine Ahnung, was sie da ausschlug.

»Sie müssen mit ihr darüber reden!«, sagte Brockmann lakonisch, als hätte er ein Recht darauf, ihm Ratschläge zu erteilen.

»Sie hatte die Gelegenheit, darüber zu reden!«, zischte Thomas mit solcher Aggressivität nach vorne, als säße dort Julia und nicht Brockmann. »Stattdessen hat sie mir den Schlüssel stillschweigend in die Tasche gesteckt.«

Sie hätte ihm am Sonntag sagen können, dass sie die Wohnung nicht haben wollte, und er hätte sie sofort vom Gegenteil überzeugt.

»Für mich heißt das, dass alles gesagt ist.«

Brockmann schwieg und darüber ärgerte sich Thomas ebenso, wie wenn er ihm widersprochen hätte. Er wollte sich streiten, mit irgendjemandem, Brockmann war da so gut wie jeder andere. Nein, er war besser, er war einer der wenigen Menschen, die ihm die Wahrheit ins Gesicht sagten und sich nichts daraus machten.

»Sie halten mich wohl für ein Arschloch?«

»Ja, Herr Mahler!«

Thomas schnaubte. Wenn man nach der Wahrheit verlangte, musste man sie auch vertragen können. Aber Brockmann irrte sich. Er war kein Arsch, er war einfach nur ... verletzt.

Mist!

Brockmann holte tief Luft und schaute noch einmal mit finsterem Blick in den Rückspiegel: »Es ist ja nicht so, dass das Mädchen Sie irgendwie bestohlen oder betrogen hätte. Sie hat sich verliebt, mein

Gott! Ist das denn ein Wunder? Sie sind ihr erster Mann! Anscheinend haben Sie es drauf im Bett. Sie haben sie mit Ihrem Charme und Ihrem ganzen Mahler-Brimborium schlichtweg überwältigt. Und das wollten Sie doch auch. Genau das! Was haben Sie denn erwartet? Dass das alles geschäftsmäßig und emotionslos an ihr abperlt wie an einer professionellen Nutte?«

Thomas antwortete nicht, sondern starrte stur aus dem Fenster.

Ja, was hatte er eigentlich erwartet?

Er hatte genau das gewollt. Eine Frau, die unverdorben war, eine, die nicht abgebrüht und kalt war, eine, die nicht jede Nacht einen anderen abschleppte, immer auf der Suche nach dem einträglichsten Fick. Er hatte eine haben wollen, die nur ihm alleine gehörte und ihn anbetete und bewunderte. Und genau das hatte er in Julia bekommen und der Steinzeitmann in ihm hatte laut triumphiert.

Sie standen schon in der Tiefgarage bei Expiron. Brockmann hielt ihm die Tür auf und dann, kurz nachdem er ausgestiegen war, sagte er eher beiläufig:

»Julia denkt, dass Morosow Bennis Vater ist. Und ich denke das ehrlich gesagt auch.«

Thomas erstarrte innerlich. Der Name Morosow bedeutete Gefahr und die Vorstellung, dass der Mann auch nur im Entferntesten etwas mit Julia zu tun haben könnte, schnürte ihm fast die Kehle zu.

»Ich habe in der Nacht von Montag auf Dienstag ein Zeitfenster von einer Stunde auf dem Server des BND, da könnte ich mehr über Morosow herausfinden. Ich kann mir die Zugangscodes über alte Kontakte von damals beschaffen, aber die sind scheißteuer und wenn das jetzt vorbei ist mit Julia und Ihnen, dann kann ich es auch lassen.«

»Nein!«, knurrte Thomas und *NEIN* schrie es in seinem Inneren. »Recherchieren Sie nach diesem Scheißkerl, egal was es kostet.«

***

Thomas sah auf die Uhr. Es war genau 18 Uhr. Es war Freitagabend und eigentlich hatte er geplant, Julia in ihrer neuen Wohnung zu besuchen und sie dort nach allen Regeln der Kunst zu lieben. Er hatte die ganze Woche all die Blondinen an sich vorbeidefilieren sehen und nicht einmal den Anflug von sexueller Erregung gespürt. Aber wenn er an Julia gedacht hatte, an ihr erstes Mal, an ihre unsägliche Enge oder daran, wie er sie von hinten genommen hatte, oder daran, wie sie am Sonntag seinen Penis in ihrem Mund gehabt hatte, dann war er groß und hart geworden und er hatte all seine Wünsche und Träume gebündelt und sich gesagt: Am Freitag!

Und jetzt saß er an seinem Schreibtisch im Expiron-Center und kochte in seinem eigenen Saft. Doch er würde einen Teufel tun und bei Julia angekrochen kommen und ihr irgendwelche halbherzigen Liebesschwüre leisten, nur weil sie an so einen Quatsch wie die große Liebe glaubte. Und auf einen Heiratsantrag konnte sie warten, bis sie schwarz wurde, also wirklich! Die erste und letzte Frau, die Thomas Mahler zu einer Ehe genötigt hatte, war gerade dabei, mit viel Pressewirbel abzutreten.

Brockmann stand in der Tür, bereit zum Aufbruch und sagte wie selbstverständlich: »Soll ich Sie in die Schlesische Straße fahren?«

Dieser Hund, natürlich musste der auch noch Salz auf die Wunde streuen. Was sollte er in Kreuzberg? Dort gab es heute nichts für ihn, außer vielleicht einer emotionalen oder tränenreichen Aussprache. Das war das Letzte, was er wollte. In diesem Rattenloch schlief der Junge im Bett seiner Tante und die musste sich ins Bad einschließen, wenn sie sich selbst befriedigen wollte. Großer Gott ... alleine die Vorstellung machte ihn hart.

»Nein! Zuerst nach Hause duschen, umziehen, dann zum Club Privé!«

Für ein paar Momente hatte er erwogen, Lisa anzurufen. Sie war jung und gut gebaut und natürlich blond und obwohl er seit Monaten nicht mehr mit ihr gesprochen hatte, hatte er auch nicht wirklich Schluss mit ihr gemacht. Sie funktionierte quasi auf Zuruf. Sie würde kommen, wenn er sie anrief, und sie könnten sich irgendwo im Hotel treffen. Sie konnte ganz witzig und einfallsreich sein und sie war unkompliziert. Sie ließ sich verwöhnen und verwöhnte selbst und erwartete keine übertriebenen Geschenke. Ab und zu eine Einladung zu einem guten Essen und ein Foto mit ihm zusammen, das reichte ihr völlig, um ihr Image als zweitklassige Music-Channel-Moderatorin aufrechtzuerhalten. Aber wenn er jetzt an Lisa dachte, guter Gott, das Mädchen war einfach nur billig. Gemessen an Julia war sie eine bessere Nutte.

Gemessen an Julia waren alle Frauen bessere Nutten.

Da konnte er auch gleich in ein Edelbordell gehen, dort ersparte man ihm wenigstens das ganze überflüssige Drumherum und das scheinheilige Getue, dass es irgendeinem der Beteiligten um etwas anderes gehen würde als um einen Fick.

Der Club Privé war sehr exklusiv und absolut diskret und niemand mit einem Jahreseinkommen unter einer Million wurde dort überhaupt hineingelassen. Hier wurde nur absolute Topqualität an Frauen angeboten, eine schöner und makelloser als die andere. Selbst die Dame an der Rezeption war eine Augenweide. Natürlich kannte sie Thomas Mahler und wusste genau, was er wollte.

»Guten Abend«, sagte sie mit einem freundlichen Lächeln, »wünschen Sie Diana oder Thyia für diesen Abend?«

Die Mädchen hier trugen alle die Namen von griechischen Göttinnen. Diana war eine große schlanke Blondine mit einem beeindruckenden Mund, während die ebenfalls blonde Thyia üppige Brüste und breite Hüften hatte und sich sehr unterwürfig geben konnte. Beide waren gut, diskret und schön. Sie waren bislang seine Favoritinnen im Club gewesen. Auch wenn er hier nicht allzu oft verkehrte, so kannten sie ihn doch gut genug und wussten genau, worauf er Wert legte. Er war noch nie unzufrieden von hier weggegangen.

Aber heute wollte er keine von beiden.

»Haben Sie etwas Jüngeres, Dunkelhaariges?«

Natürlich hatten sie das. Hier gab es alles, was ein Mann sich nur vorstellen konnte. Im Zweifelsfall fehlten nur die außerirdischen Frauen mit drei Brüsten und zwei Vaginas.

»Mit prallen Brüsten, aber sie muss trotzdem zierlich gebaut sein und bitte keine ellenlange Bohnenstange. Sie sollte nicht größer als einssechzig sein.«

»Selbstverständlich!«, sagte Erato von der Rezeption und schon zehn Minuten später war er mit einer kleinen Dunkelhaarigen alleine. Sie kam nackt zu ihm, nur geschmückt durch ein Nabel- und ein Nippelpiercing. Es war im Club bekannt, dass er keinen großen Wert auf aufgesetzte Stripteasevorführungen legte oder auf ein langes und ermüdendes Vorgeplänkel. Man wusste hier, dass er am liebsten schnell und hardcore zur Sache kam und dafür aber ziemlich ausdauernd sein konnte.

Die kleine Dunkle war mit Sicherheit entsprechend instruiert worden, aber sie sah kein bisschen aus wie Julia. Sie hatte zweifellos eine tolle Figur, oder zumindest würde ein neutraler Beobachter das so sehen. Aber Thomas gefielen ihre Proportionen nicht. Ihre Schultern waren ein wenig zu breit und ihre Hüften auch. Ach Quatsch, die Hüften waren viel zu breit. Und die Beine waren fleischig, nicht sportlich. Sie hatte natürlich auch keine großen dunklen Kulleraugen. Sie hatte schmale, engstehende Augen, die ihm irgendwie arglistig und gierig vorkamen. Ihre Nase war zu kurz und ihre Lippen zu schmal, sie luden nicht gerade zum Küssen ein.

Ha, als ob er eine Nutte küssen wollte. Im Augenblick wollte er sie nicht einmal ficken. Es regte sich rein gar nichts in seiner Hose.

»Wie alt bist du?«

Persönliche Fragen waren für beide Seiten verboten und die Frauen mussten sie nicht beantworten. Einige von den Mädchen, besonders die jüngeren, hatten neben diesem nächtlichen Job noch ein normales Leben. Sie trugen bürgerliche Namen und hatten ebenso wie ihre Kunden ein Recht auf absolute Diskretion. Aber wenn so eine persönliche Frage mit einem 500-Euro-Schein begleitet wurde, dann wurde sie vielleicht auch beantwortet.

»Zwanzig«, sagte sie mit einer Stimme, die etwas zu hoch und zu hell klang, um jemals warm oder leidenschaftlich zu sein.

Noch ein 500-Euro-Schein und noch eine Frage: »Und du bist Friseurin?«

Er wusste auch nicht, warum er danach fragte, denn eigentlich war ihre Frisur beschissen. Sie hatte einen dämlichen Pagenschnitt wie Mireille Mathieu. Warum hatte er damit gerechnet, dass man ihm ein Mädchen schicken würde, deren dicke, dunkle Haarpracht ihr bis zu den Hüften reichte?

»Ich fange im Herbst mit dem Jurastudium an.«

»Ach, verdammt, auch das noch! Was mache ich hier?«

Thomas hatte gar nicht bemerkt, dass er nach Luft geschnappt hatte oder dass er den Gedanken laut ausgesprochen hatte. Es wurde ihm erst bewusst, als das Mädchen auf ihn zutrat und einladend zu ihm sagte: »Ich kann für Sie eine Friseurin sein, wenn Sie das wünschen.«

»Verschwinde! Hau ab!«, knurrte er sie an. Er hatte absolut keinen Bock auf sie und sie konnte nichts dafür. Sie konnte nichts dafür, dass er die Frau, die er haben wollte, hier nicht finden würde und dass es kein billiges Substitut für sie gab. Dass es gar kein Substitut für sie gab.

Als er den Club Privé wieder verließ, war es erst kurz nach neun. Er hatte die Hure trotzdem bezahlt, auch wenn sie fluchtartig verschwunden war. Und er hatte sich in dem Moment selbst dafür verachtet, dass er überhaupt hierhergekommen war.

Brockmanns Blicke, die sonst immer absolut neutral waren, schienen ihm die Pest an den Hals zu wünschen. Wäre es nicht Brockmann, sondern Silvio gewesen, dann hätte er sich einen Dreck um diese Blicke geschert. Aber Brockmann? Herrgott, der Mann war sein Vertrauter, derjenige, der in seinem Leben einem Freund am nächsten kam.

»Es war nichts!«, sagte er deshalb, als er im Auto saß und immer wieder versuchte, Brockmanns Blick aufzufangen, der wiederum genau das vermied: Seinem Boss, dem Hurensohn, auch noch in die Augen schauen zu müssen nach dieser Tour. »Ich habe sozusagen keinen hochgekriegt.«

»Geschieht Ihnen recht!«, kam es trocken von Brockmann.

»Ja!«

Als sie zu Hause in der Tiefgarage angekommen waren, fragte Brockmann: »Brauchen Sie mich heute noch?«

»Haben Sie Lust auf eine Runde Kickboxen im Fitnessraum?«

»Ich habe eine Freundin und wenn Sie heute nicht mehr wegwollen, fahre ich zu ihr. Wann soll ich morgen früh wieder hier sein?«

Eine Freundin? Brockmann? Wann war das denn passiert? Hatte er nicht neulich erst von seiner großen Desillusionierung gesprochen?

»Letzte Woche haben Sie noch Ihrer verlorenen Liebe nachgeweint«, murmelte Thomas mit leichtem Unglauben und einem großen Haufen an Sarkasmus.

»Und ich habe meine große Liebe wiedergefunden. Sie ist Julias Kollegin bei Raschberg. Das war Schicksal.«

»Oha!« Thomas wusste nicht, ob er sich für Brockmann freuen oder neidisch auf ihn sein sollte. Er räusperte sich ein paarmal, bevor er antwortete. Er wollte Brockmann ganz sicher nicht im Wege stehen, wenn der seine schicksalhafte Frau wiedergefunden hatte. Verdammt noch mal! War das denn irgendeine ansteckende Krankheit, die da gerade um sich griff, dass alle nur noch von der großen Liebe herumschwafelten?

»Ist das der Grund, warum Sie Ihre Haare wieder wachsen lassen?«

Da zeigten sich schon blonde Stoppeln auf Brockmanns Glatze und wenn die Haare mit der Geschwindigkeit weiterwuchsen, würde er bald wieder aussehen wie der Wikingergott, für den er früher problemlos durchgegangen war.

»Sie mochte es, als sie lang waren.«

Was Männer nicht alles taten, um von Frauen gemocht zu werden. Ha! Thomas schaute auf den Terminkalender in seinem Handy und sagte dann:

»Es reicht, wenn Sie morgen Abend kurz vor acht hier sind. Da muss ich zu dieser dämlichen Wohltätigkeitsveranstaltung.«

Und er hatte vorgehabt, Julia dahin mitzunehmen. Natürlich hätte er vorher ein Abendkleid für sie gekauft, ein Kleid, das jedem, der sie angesehen hätte, den Atem geraubt hätte und er hätte mit ihr angegeben wie mit keiner anderen Frau je zuvor. Jeder hätte sofort erkannt, dass seine neue Begleiterin etwas Besonderes war, keine billige Schlampe, sondern eine Göttin.

»Gute Nacht, Herr Mahler!«

Brockmann stieg in sein eigenes Auto, einen rabenschwarzen Ferrari, und fuhr mit einem Hammersound davon. Zu seiner Freundin. Zu seiner Liebe. Zu gutem Sex, die ganze Nacht lang.

***

Als Thomas am Samstagmorgen um halb elf an Julias Wohnungstür klingelte, öffnete ihm nicht Julia die Tür, sondern Benni. Der Junge schaute Thomas misstrauisch an und sagte kein Wort. Thomas stand einfach nur sprachlos da und starrte Benni an. Er hatte damit gerechnet, dass Julia die Tür öffnen und er sie dann einfach in seine Arme ziehen würde, noch bevor sie etwas sagen konnte oder ihm die Tür wieder vor der Nase zuschlagen würde. Jetzt fixierte ihn der Knirps feindselig und er starrte genauso feindselig zurück.

»Ich bin Thomas Mahler«, brachte er irgendwann heraus. Bissig, unhöflich und frustriert. Sicher nicht gerade der richtige Tonfall, um einen kleinen Jungen zu motivieren, einen Fremden in die Wohnung zu bitten.

»Ja!«

»Ist Julia da?«

»Nö!«

Thomas räusperte sich unbehaglich. Er hatte die ganze Nacht wach gelegen und sich überlegt, wie er Julia dazu bringen konnte, heute Abend mit ihm auf den Wohltätigkeitsball zu gehen und danach mit ihm zu schlafen. Aber den zweiten Teil seines Planes hätte er ihr gegenüber natürlich nicht extra erwähnt, das hätte sich von ganz alleine ergeben, denn er wusste genau, wenn sie erst einmal in seiner Nähe war, war sie genauso heiß auf ihn wie er auf sie. Alles, was er tun musste, um mit ihr schlafen zu können, war in ihrer Nähe zu sein. Genau das hätte er gestern Abend schon tun sollen, anstatt in einem Bordell nach einem Ersatz zu suchen, den es nicht gab. Manchmal konnte so eine durchwachte Nacht mit mehreren kalten Duschbädern einfache und ganz naheliegende Erkenntnisse hervorbringen, die man bei Tageslicht vor lauter Helligkeit einfach nicht sah.

Aber jetzt sah es so aus, als würde er kurz vor dem Ziel von einem Siebenjährigen ausmanövriert werden. Er hatte keine Ahnung, wie man mit Jungs in dem Alter umgehen musste, seine eigene Kindheit schien ihm Jahrhunderte entfernt und der Zwerg schien Mumm zu haben, denn er schaute unerschrocken zu ihm auf, ohne mit der Wimper zu zucken.

»Okay, Benedikt!« Er versuchte es noch einmal, etwas höflicher, im Businesstonfall, in dem er auch über Öl-Geschäfte und Firmenzusammenschlüsse sprach. »Ich muss dringend mit deiner Tante sprechen und ich gehe hier nicht weg, bis ich das getan habe, also kannst du mich auch genauso gut hereinbitten.«

Benni kniff die Lippen zusammen, als würde er angestrengt überlegen, und das tat er auch. Der Mann sah ziemlich ärgerlich und finster aus und er war weder vom Jugendamt noch von der Hausverwaltung. Er trug einen schicken Anzug und Benni kannte den Typen aus dem Fernsehen.

»Sie ist einkaufen. Mit Isi und Eric.«

»Mit Eric? Eric Brockmann?«

»Der ist mein Kumpel!«, erklärte der Junge mit einer Inbrunst, als müsste er die Ehre des Mannes mit seinem Leben verteidigen.

»Und ich bin Erics Arbeitgeber. Sein Boss.«

Diese Auskunft schien, wenn auch keinen großen Eindruck auf Benni zu machen, so doch sein Misstrauen ein wenig zu dämpfen.

»Mein Name ist Benjamin, nicht Benedikt. Und ich habe dich schon mal im Fernsehen gesehen.«

»In den Nachrichten?«

»Ja, du willst eine Solarfabrik in Singapur bauen und die deutschen Solarfabriken fertigmachen. Und viele Arbeitsplätze vernichten.«

»Du bist ganz schön schlau für dein Alter«, sagte Thomas und konnte nichts dagegen tun, dass er für den Knirps Bewunderung empfand. »Aber da gab es keine Arbeitsplätze zu vernichten. Das Problem der Politiker war vielmehr, dass sie hofften, ich würde neue Arbeitsplätze schaffen, und das habe ich nicht getan.«

»Weil die Lohnkosten in Deutschland zu hoch waren?«

»Sozusagen!«

Gute Güte, wie alt war der Bursche? Welcher Junge in dem Alter schaute sich Nachrichten an und interessierte sich auch noch für deren Inhalt?

»Ich kann dich nicht reinlassen«, kam es eisern von dem Burschen, der die Wohnungstür bei diesen Worten ein klein wenig weiter zumachte, so dass sie nur noch einen halben Meter offen war.

»Jule hat's mir verboten. Da waren so komische Männer bei meinem Opa in Spandau und haben nach mir gefragt, und seither dreht sie voll am Rad und flennt nachts nur noch rum!«

»Du hörst sie nachts weinen?«, fragte Thomas mit trockener Kehle.

»Sie geht dann immer aufs Klo und denkt, ich schlafe schon. Heute hat sie auch die ganze Nacht rumgeheult.«

Thomas fühlte sich, als hätte ihm jemand die Faust in den Magen gerammt.

»Das nervt echt. Und deswegen kann ich dich auch nicht reinlassen. Weil sie dann noch mehr Psychokrise kriegt, wenn ich so was mache.«

Thomas schaute sich den Jungen zum ersten Mal etwas genauer an.

Benni war groß und stämmig für sein Alter und höchstens noch einen Kopf kleiner als Julia. Er würde ihr über den Kopf wachsen, bevor er zehn war. Das war offensichtlich. Und wenn er erst in der Pubertät war, dann würde er ihr vermutlich nach Herzenslust auf der Nase herumtanzen oder sie mit seinen himmelblauen Augen um den Finger wickeln oder beides.

Sie musste den Jungen wirklich lieb haben, warum sonst hatte sie sich das Kind aufgebürdet? Junge Frauen in Julias Alter hatten das Recht, in erster Linie an sich selbst zu denken, an ihre Jugend und Schönheit, an gleichaltrige Jungs, an ihre Karrieren, an Klamotten und Autos, Lifestyle und all den anderen Schnickschnack, der das oberflächliche und süße Leben einer jungen, schönen Frau ausmachte.

Liebe gibt alles und verlangt nichts, hatte Federer gesagt, und Benni war der lebende Beweis dafür, dass es stimmte. Dieser Glückspilz.

»Könnte sein, dass die Psychokrise von Julia nichts mit dir zu tun hat, Benni«, murmelte Thomas. Dann machte er auf dem Absatz kehrt und stürmte die Treppe wieder hinunter.

Es war sicher nicht besonders durchdacht von ihm gewesen, im dunklen Anzug und mit Krawatte in die Schlesische Straße zu fahren und den Mercedes SL direkt vor der Tür auf der Straße zu parken. Aber das klare Denken war in letzter Zeit nicht gerade seine Stärke und nach der vergangenen Nacht hatte er einfach nur seinem Instinkt nachgegeben und sich in das nächstbeste Auto gesetzt, um zu Julia zu kommen. Was sich rückblickend als fataler Fehler erwiesen hatte, weil er nach seinem Gespräch mit ihrem Neffen nur noch verwirrter war als zuvor. Wäre Brockmann da gewesen, hätte der ihn sicher gescholten und ihm gesagt, dass diese Ecke in Kreuzberg nicht der geeignete Ort war, um mit einem Auto des Klassenfeindes vorzufahren, da man solche Autos in dieser Gegend normalerweise abfackelte. Und Brockmann hätte vor allem darauf bestanden, ihn zu begleiten, was die Kräfteverhältnisse an diesem Vormittag etwas ausgewogener gemacht hätte, denn an Thomas' Auto lehnten drei junge Kerle, genauer gesagt saß einer sogar auf der Motorhaube und kratzte gerade mit einem Schlüssel Arabesken in den Lack, und alle drei schienen in der Stimmung für eine Schlägerei zu sein. Thomas war ebenfalls in der Stimmung für eine Schlägerei. Sogar in Hochstimmung.

Als Brockmann kam, hatte Thomas bereits ein blaues Auge und eine aufgeplatzte Lippe. Zwei der Typen hatten schon das Weite gesucht, nachdem Thomas einem einen Tritt in den Magen verpasst hatte und dem anderen zweifellos den Kiefer gebrochen hatte. Zumindest fühlte sich seine rechte Hand so an. Der Dritte fuchtelte mit seinem Messer vor Thomas' Gesicht herum. Er erweckte nicht den Eindruck, als würde er wirklich ernsthaften Schaden anrichten wollen, vermutlich hatte er nur Angst, dass der Bonze die Polizei rufen könnte – wegen der zerkratzten Kühlerhaube – und wollte deshalb einen möglichst ungeschorenen Abgang für sich herausschinden. Ein paar Neugierige standen in respektvollem Abstand um die Schlägerei herum, wahrscheinlich hatten sie noch nie gesehen, wie ein geschniegelter Snob im Anzug drei Rapper vermöbelte.

Erics Eingreifen wäre nicht mehr nötig gewesen, trotzdem sprang er noch bei laufendem Motor aus seinem Auto und hatte den Mann mit dem Messer im Bruchteil einer Sekunde auf dem Boden liegend unter sich begraben.

Am Ende war Thomas dann doch noch in Julias Wohnung gekommen und sei es auch nur, um sich von ihr verarzten zu lassen. Er hockte auf einem der beiden wackligen Klappstühle in ihrer Küche, die Einkaufstüten hatte sie in aller Eile auf dem Herd abgestellt, eine davon war umgekippt und Tomaten und ein Päckchen Nudeln waren herausgefallen, eine kleine Apothekentüte war auf den Boden geplumpst, aber Julia hatte sich nicht darum geschert. Sie war so besorgt um ihn, dass er sich wünschte, er hätte noch mehr blutende Wunden an anderen Körperstellen, die sie verarzten könnte.

Brockmann, seine rothaarige Freundin und der Junge hatten sich diskret ins Wohn-Schlafzimmer zurückgezogen bei dem Versuch, bloß nicht zu stören. Brockmann hatte die Küchentür hinter sich zugezogen und Thomas noch mal mit einem Blick zugenickt, der laut schrie: Vermasseln Sie es bloß nicht!

Aber Thomas hatte keine Ahnung, was er vermasseln könnte, angesichts der Zuneigung und Fürsorge, mit der Julia ihn verarztete. Sie stand dicht vor ihm, quasi zwischen seinen Beinen, und tupfte wortlos, aber sehr zartfühlend eine rote Jodlösung auf seine aufgeplatzte Lippe. Ach, er wünschte sich, es wäre nicht das Wattestäbchen, sondern ihr Mund, der diese behutsamen Berührungen ausführte. Er atmete ihren süßen Duft ein, legte seine Hände unwillkürlich auf ihre schmalen Hüften und schon war der Herr in seiner Hose groß und erfreut.

»Warum fragst du mich nicht?«, murmelte er zwischen dem Wattestäbchen und ihren Fingern.

»Was?« Sie hatte wirklich geschwollene Augen vom Weinen und ihre Stimme klang rau. Wie dumm er doch gewesen war! Er hätte gestern Abend einfach bei ihr klingeln und mit ihr reden sollen. Sie sah nicht aus wie eine Frau, die ihn zurückweisen wollte, sie sah aus, wie eine Frau, die ihn mit Haut und Haar haben wollte. Scheiß auf die Luxuswohnung am Hackeschen Markt, wenn sie sie nicht wollte, dann eben nicht. Sie hätten gestern auch Sex in ihrem Badezimmer haben können oder in dieser Küche, oder gar keinen Sex, er hätte auch noch ein oder zwei Tage warten können. Zur Not.

»Frag mich, warum ich gestern nicht gekommen bin.«

Er schob seine Hände unter ihre Bluse und war sich dessen nicht einmal bewusst. Er wollte nur ihre zarte, nackte Haut spüren.

»Weil ich dich mit meinem Liebesgeständnis in die Flucht getrieben habe«, antwortete sie mit zittriger Stimme und er wusste nicht, ob es Erregung war, die ihre Stimme zittern ließ – er war jedenfalls verdammt erregt – oder ob es die Angst vor seiner Antwort war.

»Ich kann es nicht ändern, Thomas. Es ist einfach passiert, dass ich mich verliebt habe.«

Das klang, als wäre die Liebe für sie ein Riesenmalheur – und das war sie natürlich auch. Sie hatte sich genau deshalb von allen Männern ferngehalten: Aus Angst vor der Liebe und dann war er gekommen, hatte sie überwältigt und genommen und es war passiert. Brockmann hatte recht, sie hatte doch gar keine Chance gehabt, sich nicht zu verlieben.

Sie erwähnte die Wohnung nicht einmal, sprach nicht über ihre Zurückweisung seines Angebots oder über die Tatsache, dass sie etwas anderes von ihm wollte als eine Wohnung, nämlich Worte der Liebe und Versprechungen der ewigen Treue.

Seine Hände wanderten höher und umspannten ihre Brüste. Er freute sich königlich, als er unter ihrem dünnen Spitzen-BH ihre harten Brustwarzen spürte und sie bog automatisch ihren Rücken durch. Ah, sie war so empfänglich für seine Berührungen und er war so empfänglich für ihre Reaktionen. Wenn er sich nicht zusammenriss, würden sie gleich hier, gleich jetzt auf diesem wackligen Klappstuhl Sex haben, mit Brockmann und seiner Freundin und dem Jungen direkt nebenan, keine zwei Meter entfernt, in Hörweite ...

»Ich wollte dir mit der Wohnung eine Freude machen. Ich wollte dich nicht damit kaufen!«, murmelte er. Die unverletzte Seite seines Gesichts drückte er an ihren Bauch, während er seine Hände vorsichtig von ihren Brüsten nahm und langsam an ihr hinabgleiten ließ, bis sie wieder ihre Taille umspannten. Natürlich war es nur die halbe Wahrheit. Er hatte ihr selbstverständlich eine Freude machen wollen und diese Freude hätte dazu führen sollen, dass sie sein Angebot dankbar annahm. Aber es schadete nichts, wenn er das Ganze jetzt mit ein paar unverfänglichen Worten in ein besseres Licht rückte.

»Ich will mit dir zusammen sein. Ich wollte, dass du nicht länger in dieser armseligen Bruchbude leben oder jeden Cent zweimal umdrehen musst, während ich all diese Bagatellen mit einem Fingerschnippen für dich lösen kann. Ist das so unnatürlich für dich?«

»Nein! Ja! Ich ... Du hast mir bereits eine ganze Million überwiesen. Es fällt mir schon schwer genug, dieses Geld zu behalten, weil es einfach nicht korrekt ist, dass ich mich ... dass ich mich für Sex mit dir bezahlen lasse.«

»Wage es ja nicht, das Geld zurückzuzahlen. Oder willst du mich etwa beschämen?« Er sprang erbost auf die Beine und der Klappstuhl kippte nach hinten weg. Seine Hände packten sie jetzt an den Schultern. Er würde zur Not Vernunft in sie hineinschütteln, falls sie nicht einsichtig war.

»Nein, ich behalte das Geld, denn ich brauche es dringend.« Sie lächelte verlegen. »Und jetzt setz dich wieder, ich hole dir noch schnell einen kalten Waschlappen aus dem Bad. Dein Auge sieht schon ganz dunkelrot aus, in ein paar Stunden ist es blau.«

Sie ging hinaus, um die Ecke, er folgte ihrem Hüftschwung mit seinen Blicken, bis sie nebenan im Badezimmer verschwunden war, dann hob er den Stuhl wieder auf und gleichzeitig auch die Apothekentüte, die direkt daneben lag, und platzierte sie neben den Tomaten auf dem Herd, und da sah er es und es traf ihn beinahe der Schlag.

In der kleinen knisternden Tüte mit dem großen roten Apothekenzeichen steckte ein Schwangerschaftstest. Das Blut sackte ihm in den Magen, dann schoss es schlagartig wieder in seinen Kopf zurück, wo es in seinen Ohren brauste und allerlei verrücktes Zeug mit seinem Gehirn anstellte.

Sie ist schwanger?, dachte sein Gehirn. *Sie denkt, dass sie schwanger ist. Aber sie kann nicht schwanger sein. Warum sollte sie schwanger sein? Weil du sie geschwängert hast! Du hast dich darauf verlassen, dass sie verhütet und munter in sie hineingespritzt. Verdammtes Miststück! Sie hat mich reingelegt!*

Das verdammte Miststück kam mit einem kühlen, feuchten Waschlappen zurück und legte ihn vorsichtig auf sein geschwollenes Auge. Sie sagte irgendetwas zu ihm in ihrer warmen, rauen Stimme, aber er hörte es nicht wirklich. Er schluckte ein paarmal trocken, als sie ihm eine Haarsträhne aus der Stirn strich. Seine Stirn glühte und sein Kopf drohte zu platzen. Er musste hier raus. Weg von ihr. Weit weg von ihr, von ihrem Duft, von ihren Brüsten und ihren verdammten unschuldigen Kulleraugen. Irgendwie schaffte er es noch, mit relativ fester Stimme Brockmann anzusprechen, kurz bevor er die Wohnung fluchtartig verließ.

»Fahren Sie den Mercedes nachher gleich in die Werkstatt. Ich nehme Ihr Auto mit nach Hause.«

Brockmann reichte ihm ohne Worte den Schlüssel zu seinem Golf. Er war natürlich klug genug gewesen und war nicht mit dem Ferrari hierhergefahren, sondern mit dem Golf. Ein Auto, das sich natürlich auch besser zum Einkaufen eignete. Hatte Brockmann Julia zur Apotheke gefahren? Hatte sie ihm gesagt, was sie dort holen wollte?

Auf der Heimfahrt überfuhr Thomas mindestens vier rote Ampeln und hätte beinahe eine Oma vom Fußgängerüberweg gefegt. Als er in der Tiefgarage seines Hauses angekommen war, blieb er hinter dem Lenkrad sitzen und gab einen lauten, wütenden Schrei von sich. Einen Schrei, den man bis nach Kreuzberg hätte hören können.

Aber der Schrei half, um sein analytisches Denken wieder in Gang zu setzen und zu überlegen, wie es weitergehen würde.

Sie würde warten, bis Brockmann und seine Freundin gegangen wären. Dann würde sie den Test machen und wenn er positiv ausgefallen war, würde sie ihn anrufen. Vielleicht nicht sofort, sie würde vermutlich eine Weile überlegen, wie sie es ihm am besten sagen sollte, aber spätestens heute Abend würde er wissen, dass er Vater wurde.

Oder vielleicht auch erst morgen. Vielleicht würde sie noch eine Nacht lang auf dem Klo sitzen und heulen und ihn dann morgen anrufen und es ihm unter Tränen beichten. Seltsamerweise hatte er nicht den geringsten Zweifel daran, dass der Schwangerschaftstest positiv ausfallen würde.

Wie lange war sie über die Zeit? Wie lange wartete eine Frau, bis sie einen Test machte? Eine Frau, die es darauf abgesehen hatte, sich einen reichen Ehemann zu angeln, wusste ganz genau, dass der Test nur noch das bestätigte, was sie von langer Hand geplant hatte.

Er konnte nicht glauben, dass er zum zweiten Mal auf diesen Trick hereingefallen war. Alleine die Tatsache, dass er schon wieder von einer Frau hereingelegt worden war, und auch noch von Julia, der ach so Guten und Keuschen, drehte ihm fast den Magen um. Sie sollte ihm bloß nie wieder etwas von Liebe vorplappern, dieses durchtriebene, kleine Miststück. Sie hatte ihn einfangen wollen mit ihrem Unschuldsgehabe und ihrem Unbestechlichkeitsgetue, und sie hatte sich den Fang mit einer Schwangerschaft absolut solide abgesichert.

Raffiniert und wirkungsvoll. Sehr wirkungsvoll!

Er würde sie heiraten. Natürlich.

Er würde gleich am Montag seinem Anwalt freie Hand für die Verhandlungen mit Ines geben. Sie sollte die Abfindung bekommen, die sie verlangte, und dann war es nur noch eine Frage von wenigen Wochen, bis die Scheidung durch wäre. Er würde mit Julia verheiratet sein, bevor man ihr die Schwangerschaft überhaupt ansah. Er wollte Kinder und der Gedanke, ein Kind mit Julia zu haben, war alles andere als abschreckend.

Ganz im Gegenteil.

Sie würde absolut geil aussehen mit einem schwangeren Bauch, das wusste er. Alleine die Vorstellung von ihrem geschwollenen Bauch, in dem sein Kind heranwuchs, machte ihn hart. Und sie würde eine liebevolle Mutter sein, das wusste er auch. Außerdem wäre sie mit Abstand die beste Ehefrau, die er je haben konnte, eine die vor Leidenschaft und Lust kaum zu bändigen war, und eine, die nur ihm allein gehörte, von ihrem ersten Mal an bis zu dem Tag, an dem er seinen letzten Atemzug tat. Da war er sich sicher.

Aber sie hatte ihn hereingelegt.

Und Verrat ging gar nicht.

Kapitel 19

Alle Reden waren gehalten, alle Honoratioren geehrt, alle bedeutenden Spender gewürdigt und Thomas, in seinem perfekt sitzenden Smoking, hatte den millionenschweren Scheck für die Kinder-in-Not-Stiftung überreicht und irgendeine der anderen Schirmherrinnen der Stiftung hatte das rote Band durchschnitten und damit die neue Tagesstätte, die zum größten Teil von Expiron finanziert worden war, eröffnet. Und dann hatte man das Buffet eröffnet, das Tanzorchester hatte den ersten Walzer gespielt und Thomas hatte versucht, sich durch das Gewühle der Gäste bis zu einer der entlegenen Bars durchzuschlagen. Brockmann folgte ihm dicht auf den Fersen, unauffällig, aber auch unerbittlich.

Von den betreffenden Kindern in Not war keines eingeladen, aber dafür alles, was in der Stadt Rang und Namen hatte, oder was von sich dachte, Rang und Namen zu haben und alleine in der letzten Viertelstunde war Thomas ungefähr vier Ex-Freundinnen und deren Gatten oder neuen Liebhabern begegnet. Im Vorbeigehen hatte er Lisa am Arm eines Bezirksbürgermeisters gegrüßt und sogar Ines war irgendwo in einem Klüngel von anderen Celebrities erschienen, in Begleitung eines Kerls, der aussah wie der Klon ihres Fitnesstrainers, mit dem sie ihn betrogen hatte.

Er staunte über sich selbst, wie kalt ihn das ließ. Vor wenigen Wochen hätte er den Veranstalter dazu gezwungen, Ines aus seinem Sichtfeld und von dem Ball zu entfernen. Jetzt sah er sie an und sie tat ihm beinahe leid, der jämmerliche Mensch, der aus ihr geworden war, oder der sie schon immer gewesen war, er hatte es nur nicht erkannt.

Federer war ebenfalls da, in Begleitung seiner Tochter, die ungefähr in Julias Alter sein musste. Und irgendwie hatten sogar die Raschbergs es geschafft, sich Karten zu besorgen. Raschberg-Junior war mit seiner Gattin vertreten und der Senior mit seiner Geliebten, die deutlich jünger und heißer war als seine Schwiegertochter.

Thomas kannte sonst kaum jemanden von den Gästen. Trotzdem wurde er von allen überschwänglich gegrüßt, als wäre er seit Jahren ihr bester Freund und Bekannter. Besonders anstrengend waren natürlich die Frauen, wie immer. Und wie immer, wenn Thomas ohne weibliche Begleitung war, und oft auch, obwohl er in weiblicher Begleitung war, bildete sich relativ schnell eine Traube von Frauen um ihn herum, eine heißer als die andere und sie alle versuchten mehr oder weniger aufdringlich, seine Aufmerksamkeit auf sich zu lenken.

Es war für ihn eine altbekannte Übung. Meistens scannte er die Gruppe nach einer Blondine mit großen Titten und wenn sie in der Lage war, zwei zusammenhängende Sätze zu sprechen, dann zog er sich, sobald es die Höflichkeit erlaubte, mit ihr zurück und kam zur Sache.

Dieses Mal scannte er den Schwarm um sich herum nach anderen Kriterien. Wäre unter all den perfekt gestylten Schönheiten wohl nur eine einzige, die die Größe und den Stolz besessen hätte, seine Wohnung am Hackeschen Markt einfach abzuweisen? Wäre da auch nur eine einzige, die sich nachts seinetwegen die Augen ausheulen würde?

Was für ein erbärmlicher Haufen Frauenfleisch!, dachte er. *Und warum hat Julia noch nicht angerufen? Sie muss den Test längst gemacht haben.*

Er hatte sich schon ein paar Worte für sie zurechtgelegt, für den Fall ihres Anrufes. Und es waren nicht gerade freundliche oder tröstende Worte, die er sich ausgedacht hatte. Er würde ihr sagen, dass er ein Ehrenmann sei und sie natürlich heiraten würde und dass sie damit ihr Ziel erreicht hätte und jetzt aufhören konnte, ihm etwas von Liebe vorzulügen. Nicht, weil er es wirklich so meinte, sondern weil sie ihn verletzt hatte und er sie auch verletzen wollte.

Aber sein Handy ruhte an seiner Brusttasche, stumm wie eine Auster.

Ab und zu nahm er es heraus, um zu sehen, ob er ihren Anruf vielleicht bei dem ganzen Lärm nicht gehört hatte oder ob eine SMS von ihr gekommen war.

»Ich melde mich!«, hatte er zu ihr gesagt, bevor er aus ihrer Wohnung geflohen war.

Aber sie würde doch ganz gewiss nicht auf seinen Anruf warten, wenn sie ihm etwas Wichtiges mitzuteilen hatte, wie zum Beispiel die Tatsache, dass er Vater wurde. Er hatte schon nachgerechnet. Das Kind würde im November kommen. Und wenn er einen Sohn bekam, würde er ihm ein paar wichtige Boxhiebe beibringen, damit er nicht vor dämlichen Idioten kuschen musste, nur weil sie größer oder stärker waren, und er würde ihm klarmachen, was es heißt, ein Mann und kein Feigling zu sein. Und seine Tochter würde er in Samt und Seide kleiden, weil sie das schönste Mädchen weit und breit wäre, so wie ihre Mutter, und wenn sie erwachsen wäre, würde er auf sie aufpassen wie auf das Gold in Fort Knox, damit nicht irgendein dahergelaufener, schwanzgesteuerter Idiot sie verführen und ihr das Herz brechen würde. Weil Männer das üblicherweise mit unschuldigen Mädchen so machten.

Er war fast erleichtert, als Astrid Raschberg an seiner Seite auftauchte und ihn fragte, ob er Lust hätte zu tanzen. Er hatte zwar keine Lust, aber es erschien ihm die einfachste Möglichkeit, dieser Rotte von Frauen zu entkommen, die es auf ihn abgesehen hatten. Und außerdem musste er sich dann nicht andauernd fragen, warum Julia nicht anrief.

Vielleicht war der Test ja doch negativ ausgefallen und sie würde es bei ihrem nächsten Zyklus versuchen, von ihm schwanger zu werden. Zu seinem eigenen Erstaunen stellte er fest, dass er nichts dagegen hätte. Oh ja, er würde sie, verdammt noch mal, schwängern, bis ihr schwarz vor Augen würde, sooft sie es wollte. Jedes Jahr, wenn sie es verkraften konnte.

Frau Raschberg war mit ihren hohen Stöckelschuhen und ihrer Hochsteckfrisur einen halben Kopf größer als er und während ihn das bis vor wenigen Wochen kein bisschen gestört hatte, fand er es auf einmal unpassend, mit einer Frau tanzen zu müssen, die ihn überragte.

Sie versuchte, die Unterhaltung in ihrem Sinne zu lenken, und weil es ihm piepegal war, was sie zu sagen hatte, ließ er sie plappern. Sie redete eine Weile über den Immobilienfonds, für den die Raschberg-Kanzlei das juristische Gerüst erarbeitet hatte, während sie sich mit ihren Brüsten aufreizend an ihm rieb.

Es war ihm nicht ganz klar, ob sie sich selbst als Werbeagentur für die Kanzlei sah und deshalb meinte, er bräuchte für seine geschäftliche Entscheidung Unterstützung durch ihre Titten, oder ob sie den Annäherungsversuch in eigener Sache unternahm, aber letztendlich war es auch egal. Tatsächlich turnte es ihn ab. Verdammt! Die Frau war verheiratet, gab es denn gar keine treuen Ehefrauen mehr?

Sie drückte sich noch ein wenig mehr an ihn und fragte, wie er zu den Blutergüssen unter dem Auge und zu der geschwollenen Lippe gekommen war, und er sagte ihr, es sei beim Sex passiert. Sie tat so, als fände sie das amüsant, und lachte dreckig, aber in Wahrheit hatte sie das Gewäsch seiner Ex-Frau gehört und die Gerüchte aus der Presse, dass er angeblich ein gewalttätiger Liebhaber sei. Diese dumme Schnepfe! Warum grinste sie so vielsagend, als könnte ausgerechnet sie ihm das geben, was er begehrte?

»Ihre Vernarrtheit in unsere kleine Praktikantin ist wohl schon wieder vorbei?«, fragte sie mit der größten Beiläufigkeit, zu der sie fähig war. Tatsächlich brannte ihr das Thema unter den Nägeln. Nach der unglücklichen Szene auf der Toilette hatte sie bei ihm einiges wiedergutzumachen. Thomas gab keine Antwort, sondern sah ihr gelangweilt in die Augen, aber sie verstand seinen Blick natürlich falsch und laberte weiter.

»Na ja, sie ist kaum mehr als ein Kind. Ein Mann wie Sie braucht eine erwachsene Frau.«

Thomas lachte.

Wenn er je eine erwachsene Frau erlebt hatte, so war das Julia. Sie zog den Sohn ihrer Schwester groß. Sie hatte zeitweise drei Jobs und ganz nebenher studierte sie auch noch ziemlich erfolgreich, ihren Noten nach zu schließen. Ach ja, nicht zu vergessen, dass sie die Million auf ihrem Konto für die Behandlung ihres Vaters und für die Schule ihres Neffen verwenden wollte, anstatt sich mit ihrem neuen Wohlstand zu schmücken. Und seine Wohnung? Hatte sie ihm einfach stolz vor die Füße geworfen.

Ja! Das war eine Frau!

»Sie lachen?«, fragte die Raschberg etwas irritiert.

»Ich staune immer wieder, wie viele Frauen angeblich genau wissen, was ich brauche, und wie wenige in der Lage sind, mir das zu geben, was ich will.«

»Sagen Sie mir, was Sie wollen, Sie würden sich wundern, zu was ich in der Lage bin«, forderte sie ihn mit Lüsternheit in ihrer Stimme heraus.

»Ich mag es von hinten, mit einer Jungfrau, brutal und blutig, falls Sie verstehen, was ich meine.«

Er sagte es nur, weil er sich an ihrem absolut dämlichen Gesicht ergötzen wollte, nicht weil er auch nur einen Buchstaben davon ernst meinte. Zweifellos war das erste Mal mit Julia der geilste Sex seines Lebens gewesen, bis dahin, aber der darauffolgende Sonntag mit ihr war nicht brutal und blutig gewesen und hatte sich dennoch unauslöschlich in sein Gedächtnis gebrannt. Es war Julia, die sich in ihn eingebrannt hatte, in sein Gedächtnis, in seine Haut, in seinen Schwanz und in seine Seele.

Frau Raschberg kicherte albern und öffnete den Mund, um etwas zu sagen. Er hörte es nicht mehr, denn in dem Moment brummte sein Handy in seiner Brusttasche und er erstarrte mitten im Tanz. Seine Hände zitterten, als er nach dem Gerät tastete, Frau Raschberg war vergessen. Er ließ sie einfach auf der Tanzfläche stehen und lief mit großen Schritten in die Vorhalle und die Treppe hinunter zu den Garderoben. Brockmann war dicht hinter ihm.

Aber es war nicht Julia, verdammt. Es war eine Handynummer von einem Idioten, den er nicht kannte, ein Oberidiot sogar, der sich verwählt hatte und dumme Albernheiten in das Handy gackerte, bis er endlich kapierte, dass da nicht Rolli, sein Kumpel war.

»Alles okay, Herr Mahler?«, fragte Eric, der gesehen hatte, wie sein Chef kreidebleich geworden war.

Der Chef hatte sich heute Morgen schon reichlich seltsam benommen. Nicht nur die völlig überflüssige Schlägerei vor dem Haus, sondern auch die plötzliche Flucht aus Julias Wohnung. Er hatte sie alle stehen lassen, als hätte er just in dem Augenblick das Gedächtnis verloren und wüsste nicht mehr, was er eigentlich bei Julia gewollt hatte. Während der Fahrt zum Ball in der Orangerie hatte er nicht einen Mucks von sich gegeben, auch nicht, als Eric ihm gesagt hatte, dass der Mercedes komplett neu lackiert werden müsse und er mit einem fetten Kostenvoranschlag am Montag rechnen könne. Thomas Mahler liebte diesen Mercedes mehr als den Porsche und die Audis und eigentlich hätte es ihm das Herz brechen müssen.

»Nichts ist okay, Brockmann!«, zischte Thomas ihn an und hielt das Handy dabei hoch, als würde Eric auf Anhieb verstehen, was er damit sagen wollte.

»Ich fahre Sie nach Hause. Eine Ibuprofen und ein Eisbeutel und morgen sind Sie wieder fit. Sie hätten sich nicht gleich mit drei Kerlen auf einmal anlegen sollen.«

Auch wenn er sie alle drei so gründlich vermöbelt hatte, dass die sich das nächste Mal gut überlegen würden, ob sie noch einmal eine

Motorhaube zerkratzten. Aber wozu bezahlte der Mann sechsstellige Monatsgehälter an seine Bodyguards, wenn er dann trotzdem ohne Schutz aus dem Haus ging, nur um sich mit Antifas anzulegen?

»Ja. Ich habe keinen Bock mehr auf diesen Scheißhaufen von verlogenen Fotzen. Eine wie die andere, alles falsche Schlangen.«

Eric hob nur verständnislos die Augenbrauen und fünf Minuten später fuhr er das Auto vor. Thomas verabschiedete sich nicht einmal von den Veranstaltern. Eigentlich war er der Schirmherr und hätte bis zum bitteren Ende durchhalten müssen, aber die einzigen Gäste, die ihn wirklich vermissen würden, wären die geldgeilen und eingebildeten Weiber da drin.

Als er zu Hause war, führte sein erster Weg zum Schrank, in dem die Whiskeyflaschen standen, aber Eric hatte eine ziemlich nachdrückliche Art, ihm das Whiskeyglas aus der Hand zu nehmen, als wäre er ein kleiner Junge und Brockmann sein strenger Vater. Stattdessen drückte er ihm eine eiskalte Kompresse in die Hand, die er in ein weiches Handtuch eingepackt hatte, und nickte ihm mit dem Kopf zu, er solle sich das Ding gefälligst auf sein Auge halten. Dann bugsierte er den Boss auf den Barhocker in der Küche, machte eine Tasse Espresso für ihn und setzte sie ihm mitsamt dem silbernen Zuckerdöschen vor.

Der Espresso tat wirklich gut und die Kompresse auch. Thomas war seinem Bodyguard dankbar. Der Whiskey hätte nur eine kurzfristige Betäubung gebracht und morgen früh hätte er es wieder bereut. Herrgott, aus dem Alter, wo man sich besinnungslos betrinkt, war er wirklich raus – erst recht, wenn es wegen einer Frau war.

»So, jetzt raus mit der Sprache: Was ist los?«, fragte Brockmann und sein Tonfall sagte ihm, dass er keine Ruhe geben würde, bevor sein Boss nicht erklärt hatte, welche Laus ihm über die Leber gelaufen war.

»Sie hat einen Schwangerschaftstest gekauft!«, antwortete der und hatte das Gefühl, dass seine Stimme, gemessen an seiner Wut auf Julia, gerade ziemlich weinerlich klang.

Brockmann sagte eine Weile gar nichts, dann murmelte er: »Das war zu erwarten.«

»Ja, natürlich war das zu erwarten«, brauste Thomas laut auf. »Nur ich Idiot habe es nicht erwartet. Ich kann es kaum glauben, dass ich schon zum zweiten Mal in die dämlichste Falle tappe, in die man einen Mann nur locken kann.«

»Falle?« Brockmann verzog leicht angesäuert das Gesicht.

»Wie nennt man das, wenn eine Frau dich mit einer Schwangerschaft einfangen will?«

»Meine Fresse, Herr Mahler, haben Sie's denn immer noch nicht kapiert? Julia wird sie nicht einfangen. Sie wird es Ihnen nicht einmal sagen, wenn sie wirklich schwanger sein sollte.«

»Natürlich wird sie!«, zischte Thomas und schob sein Handy, das dicht neben ihm lag, nervös hin und her. »Damit hat sie den Ehering doch schon sicher am Finger.«

Brockmann schnaubte laut und schüttelte den Kopf. Boah, es gab Tage, da wuchs ihm die ganze Beziehungsscheiße aus den Ohren heraus und nicht nur die seines Chefs, auch seine eigene.

»Wenn es nicht so ernst wäre, würde ich Ihnen eine Wette anbieten. Aber ich habe zu viel Respekt vor Julia und kann nur hoffen, dass Sie sich ihr gegenüber anständig verhalten und nicht so'n Scheiß quatschen von wegen, sie hätte Sie hereingelegt. Sie ist doch keine von diesen Promi-Chicks, deren ganzer Lebensinhalt darin besteht, schön zu sein und reiche Männer zu fangen. Julia macht im Sommer ihr Staatsexamen, sie fängt im Herbst mit dem Referendariat an, sie hat schon ein Kind an der Backe. Glauben Sie denn im Ernst, dass sie so unglaublich begierig auf ein weiteres Kind ist?«

»Warum hat sie dann, verdammt noch mal, nicht verhütet?«

Thomas stellte fest, dass er schon wieder schrie. Er schrie, weil ihn der Gedanke, dass an Brockmanns Worten auch nur ansatzweise etwas dran sein könnte, ziemlich erschreckte.

»Zum Verhüten gehören immer noch zwei, nach meiner Erfahrung.«

»Ich werde mir doch kein Kondom anziehen, wenn ich es mit einer Jungfrau treibe. Das wäre so, als würde ich Whiskey ohne Alkohol trinken oder Muscheln öffnen, in denen nichts drin ist.«

Brockmann haute seine flache Hand mit einer Wucht auf den Tisch, dass sogar die Espressotasse hüpfte, und Thomas erschrak – nicht, weil die Tasse hüpfte, sondern weil er Brockmann noch nie so wütend erlebt hatte.

»Sie wollen kein Kondom anziehen, wenn Sie es mit einer Jungfrau treiben? Ist das irgendein archaisches Reinigungsritual für Ihren Schwanz? Einmal ungeschützt in die Jungfrau hinein und der Gestank von all den Huren, der noch da dranklebt, ist damit abgewaschen?«

Thomas war wirklich beeindruckt von der Ansprache. Was zum Henker war mit Brockmann los? Es war ja nicht so, dass der Mann nicht schon öfter Klartext mit ihm geredet hätte, aber der Tonfall und die Wortwahl waren schon grenzwertig für einen Arbeitnehmer. Allerdings musste Thomas zugeben, dass Brockmann ein ganz klein wenig recht damit hatte.

Oder ziemlich recht.

Der Sex mit Julia hatte etwas Reinigendes an sich gehabt, oder war der bessere Ausdruck vielleicht etwas Reines? Jedenfalls hatte er sich bei ihr nicht wie ein Hurenbock gefühlt, sondern wie ein Gott.

Kleiner Unterschied.

»Nein ... es ist ... das ist ... verdammte Scheiße! Warum hat sie die Pille nicht genommen, ich dachte, sie war beim Frauenarzt?«

»Mann ob Mann, ihr seid doch beide sowas von bescheuert. Echt! Sie kann die Pille nicht von heut auf morgen einsetzen, nur weil ein Thomas Mahler einen Fick-Termin anberaumt hat. Wenn Sie eine Jungfrau ohne Kondom vögeln wollten, dann hätten Sie sich vorher mal ein paar Gedanken über das Wann machen sollen. Sie planen doch sonst alle Eventualitäten bis ins kleinste Detail durch.«

»Mist!«, sagte Thomas und dann war es eine Weile still.

Brockmanns Atem ging schwer, er regte sich wirklich auf, und Thomas' Gehirn arbeitete langsam.

»Mist!«, sagte er noch mal, als ihm klar wurde, dass Brockmann völlig recht hatte.

Er kannte sich mit diesem ganzen Verhütungszeug nicht aus und es hatte ihn bisher einen feuchten Dreck interessiert. Bei jeder anderen Frau hatte er Kondome verwendet, auch wenn sie ihm heilige Eide geschworen hatten, dass sie die Pille nahmen, unfruchtbar oder sterilisiert seien, sogar bei Ines.

Nur nicht bei Julia.

»Es gibt doch auch andere Verhütungsmethoden außer Pille und Kondom«, sagte er trotzig.

»Man könnte meinen, Sie hätten in der Schule nicht aufgepasst: Zäpfchen, Pessare, Diaphragma, Knaus-Ogino, Coitus Interruptus.«

»Bäh, pfui! Das hätte mir gerade noch gefehlt!«

»Pille danach.«

»Danach? Wenn da schon ein Kind ist? Nein, auf keinen Fall!«

»Na, sehen Sie. Und es ist ja nicht gerade so, als ob die Kleine wirklich viel Erfahrung im Umgang mit Verhütungsmethoden gehabt hätte oder mit Männern, die keinen Bock auf Kondome haben.«

»Ich hab sie also gleich beim ersten Mal geschwängert?«

Er konnte nichts dagegen tun, aber jetzt schlich sich sogar ein ziemlich zufriedenes Grinsen auf sein Gesicht.

»Sehr wahrscheinlich.«

»Sie hätte es mir wenigstens vorher sagen können, dass sie nicht verhütet.«

»Hätte das wirklich etwas geändert?«

Thomas blickte auf und schaute in das ärgerlich gefurchte Gesicht von Brockmann. Ah, der Mann kannte ihn besser, als er sich selbst kannte.

»Keine Ahnung, ich wäre vermutlich nur noch geiler gewesen«, antwortete er wahrheitsgemäß und lächelte.

***

Julia hatte sich wirklich sehr hübsch gemacht, fand Benni. Zuerst hatte sie nur die Jeanshose angehabt und die Bluse, und er fand das Outfit sah einfach cool aus. Aber dann hatte sie einen Rock und eine andere Bluse anprobiert und nach einer Weile hatte sie dann doch das enge, schwarze Kleid angezogen. Er fand das Kleid total langweilig, weil sie darin aussah wie seine Mathelehrerin Frau Weber und die sah aus wie Michelle Obama bei der Sommerparade am Weißen Haus. Gott sei Dank entschied sich Julia am Ende doch wieder für die Jeanshose und die schöne Seidenbluse, die Benni so mochte, weil sie sich so gut anfühlte, wenn er sich an Julia kuschelte.

Benni durfte anziehen, was er wollte, seine Jeans und sein Lieblingssweatshirt mit Albert Einstein und seiner Formel drauf. Er hatte keine Ahnung, wen sie in diesem Café treffen wollten, aber nach Julias Verhalten zu schließen, war es mindestens die Frau des Bundeskanzlers, ach halt, der war ja selbst eine Frau, aber es war auf jeden Fall jemand, der für Julia wichtig sein musste, und Benni nahm sich deshalb vor, seine Tante auf keinen Fall zu blamieren.

Sie fuhren mit dem doppelstockigen Bus und er saß oben, ganz vorne und war glücklich.

Als sie im Opernpalais ankamen, war Benni bereits so aufgeregt, dass Julia sich sicher war, er würde mindestens zwei Tassen zerdeppern und ein Stück Kuchen auf den Boden werfen. Sie waren pünktlich und da kam ihnen auch schon ein Kellner entgegen, der in eine entlegene Ecke des großen alten Kaffeehauses deutete und sie bat, ihm zu folgen. Das ist ja wie im vorletzten Jahrhundert, dachte Julia, und da sah sie auch schon Frau Mahler an einem Tisch sitzen und zu ihnen herüberwinken.

Sie war in Begleitung eines vornehmen Mannes mit schneeweißem Haar, der einen schick gebundenen, weinroten Krawattenschal in seinem weißen Hemd trug. Er hatte ein sonnengebräuntes und zerfurchtes Gesicht und konnte auf den ersten Blick durchaus als Indiana Jones im Rentenalter durchgehen. Frau Mahler sah schon aus der Ferne absolut adrett gekleidet und perfekt frisiert aus. In dem Moment dachte Julia verunsichert: *Ich hätte doch das schwarze Etuikleid anziehen sollen.* Doch gleich danach dachte sie: *Es kann mir doch egal sein, was Frau Mahler von mir denkt.*

»Benimm dich bitte, Benni!«, sagte sie stattdessen laut und marschierte beherzt dem Kellner hinterher.

Frau Mahler stand auf und begrüßte Julia mit einer herzlichen Umarmung, als würden sie sich schon seit Jahren kennen und wären die besten Freundinnen.

»Julia, ich freue mich riesig, dass Sie gekommen sind. Und wer bist du?« Sie reichte Benni die Hand und der antwortete brav: »Benjamin Dietrich und Julia ist nicht meine Mama!«

Er stellte das Fremden gegenüber immer sofort klar. Nicht, weil er sich nicht gewünscht hätte, dass Julia seine Mama wäre, sondern weil die Leute immer ziemlich doof auf Julia reagierten, wenn sie mit so einem großen Kind ankam, und jeder dachte, sie wäre selbst erst achtzehn oder so. Benni tat das nur für Julia, aber manchmal dachte er, es wäre toll, wenn Julia seine Mama wäre und nicht die Frau, die er nie gekannt hatte, und die sich seinetwegen das Leben genommen hatte.

Das sagten die Erwachsenen natürlich nie direkt zu ihm. Sie taten immer ganz geheimnisvoll und dachten, er würde es gar nicht mitkriegen. Aber er wusste es ganz genau. Seine Mutter hatte sich umgebracht, weil er geboren worden war.

Der Mann mit den weißen Haaren reichte ihm und Julia nun die Hand und stellte sich als Walter Fröhlich vor und Benni fand ihn auch fröhlich. Sie beide verstanden sich auf Anhieb. Der Weißhaarige sprach Benni gleich auf sein Sweatshirt und auf Albert Einstein an und er hatte sogar ziemlich viel Ahnung von Einstein. Und von Leuten, die von Einstein eine Ahnung hatten, war Benni grundsätzlich beeindruckt. Julia und Frau Mahler hörten den beiden Männern lächelnd zu, wie sie sich über Physik und Einstein und Gott und die Welt unterhielten, und Julia war auf Benni mindestens genauso stolz wie Frau Mahler auf Walter stolz war.

»Komm, wir schauen uns mal das Kuchenbuffet an, Benni! Weißt du, dass es das größte Kuchenbuffet Europas ist?«, sagte Walter irgendwann und erhob sich von seinem Platz.

»Mit zwanzig verschiedenen Sorten Schokoladenkuchen«, ergänzte Benni und mit diesen Worten schlenderten die beiden Männer davon und Frau Mahler ergriff sofort das Wort.

»Benni ist ein erstaunlicher Junge. Mein Gott, wie alt ist er? Ich kann gar nicht glauben, dass Sie ihn ganz alleine großziehen.«

Julia antwortete brav und erzählte ein klein wenig von der Vorgeschichte. Vom Tod ihrer Schwester noch auf der Entbindungsstation – dass es ein Selbstmord gewesen war, verschwieg sie natürlich. Sie musste Frau Mahler ja nun wirklich nicht in Familientragödien einweihen, die sie nicht betrafen. Dann erzählte sie, wie ihre Mutter nach Bayern gezogen war, und versuchte dabei eine Frau zu schildern, die nach dem Tod ihrer Tochter und der Krankheit ihres Mannes doch noch einmal das Glück für sich gefunden hatte.

Ach ja, die Krankheit von Papa hätte sie Frau Mahler gegenüber besser nicht erwähnen sollen. Die überbordende Anteilnahme der Frau war ihr fast peinlich und deshalb spielte sie das dann so gut es ging herunter. Sie war doch nicht hergekommen, um der Mutter von Thomas irgendetwas über ihr Leben vorzuwinseln. Noch erbärmlicher ginge es ja wohl nicht. Aber warum hatte sie die Einladung denn sonst angenommen? Warum hatte sie sich dreimal umgezogen, wenn sie nicht wenigstens ein bisschen Eindruck auf Frau Mahler hätte machen wollen?

»Sie fragen sich sicher, warum ich Sie eingeladen habe?«, sagte Frau

Mahler, als ob sie ihre Gedanken gelesen hätte.

Julia hatte ungefähr hundert Ideen, warum Frau Mahler sie eingeladen hatte und die naheliegendste war, weil sie ihr sagen wollte, dass sie ihre Finger gefälligst von ihrem Sohn lassen sollte, weil der bereits verheiratet war und allemal etwas Besseres kriegen konnte als sie und dass sie nur ein kleines, armseliges Mädchen aus der Arbeiterklasse war und dass Thomas Mahler ein einflussreicher Milliardär war und dass sie gefälligst das Kind abtreiben lassen sollte, von dem sie zwar noch nichts wusste, aber wenn sie es wüsste, würde sie ihr das auch noch um die Ohren hauen.

Oh nein, sie fragte sich gar nicht, warum Frau Mahler sie eingeladen hatte, sie fragte sich nur, wie feinfühlig die sympathische alte Dame es ihr wohl beibringen würde.

Julia nickte trotzdem und schluckte trocken.

»Es ist nämlich so, dass ich eine Verbündete brauche«, sagte Frau Mahler und rührte nervös in ihrem Kaffee herum, während ihr Blick in Richtung Kuchenbuffet ging, wo Benni und Walter jeden einzelnen Kuchen offenbar genau auf seine atomare Beschaffenheit hin untersuchten.

»Thomas' Vater ist vor sechs Jahren gestorben. Er war ein toller Mann, humorvoll, geistreich und eloquent und Thomas hat ihn wirklich sehr verehrt und geliebt. Aber er hatte nicht nur sonnige Seiten. Er konnte sehr jähzornig und ungerecht sein und er war absolut dominant. Trotzdem habe ich ihn geliebt und nicht erwartet, dass ich mich je wieder verlieben könnte.«

Julia schaute nun auch zum Kuchenbuffet und begriff. Walter war die neue Liebe von Frau Mahler. Die Frau nickte Julia ein lächelndes »Ja!« zu.

»Er ist ein pensionierter Hochschulprofessor und er sagt nicht ein Wort, das nicht Hand und Fuß hat. Das mag ich an ihm, dass er kein elender Schwätzer ist, aber vor allem ist er gut im Bett.«

Julia, die gerade an der heißen Schokolade nippte, hätte sich beinahe verschluckt und Frau Mahler gab ein glockenhelles Lachen von sich, das so schön und natürlich klang, dass Julia auch lachen musste.

»Es ist nicht selbstverständlich, dass Männer in dem Alter noch so potent sind, falls Sie verstehen, was ich meine!«, flüsterte Frau Mahler und beugte sich weit über den Tisch. »Und es ist nicht so, dass eine Frau in meinem Alter nicht genauso Lust auf Sex hätte wie eine in Ihrem. Ganz im Gegenteil. Die Freude daran nimmt zu mit dem Alter, glauben Sie mir.«

Sie hielt sich die Hand vor den Mund, als würde sie es selbst nicht glauben, dass sie ihre intimen Geheimnisse mit einer Fremden teilte.

»Wir sind jetzt seit einem halben Jahr zusammen«, fuhr Frau Mahler fort und schaute Julia nun direkt in die Augen. »Und ich habe immer noch nicht den Mut aufgebracht, es Thomas zu sagen.«

»Haben Sie Angst, dass er es nicht versteht?«

»Ich weiß, dass er es nicht versteht.«

»Oh Gott, Frau Mahler, Sie denken doch nicht etwa im Ernst, ich hätte so viel Einfluss auf Ihren Sohn, um ihn vom Gegenteil überzeugen zu können?«

»Ich denke, wenn überhaupt jemals jemand Einfluss auf ihn haben könnte, dann sind Sie das!«

Sie sagte das so ruhig, als gäbe es nicht den geringsten Zweifel daran.

Julia lachte auf. »Ausgerechnet ich.«

Frau Mahler fasste über den Tisch, ergriff ihre Hand und drückte sie fest. »Wenn er so klug ist, wie ich immer von ihm dachte, dann wird er Sie festhalten und nie wieder gehen lassen. Und ich weiß zufällig, dass er überaus klug ist, sonst hätte er nicht so ein Imperium aufgebaut.«

»Er hat leider eine ziemlich seltsame Vorstellung von Liebe, oder genauer gesagt vom Nichtvorhandensein der Liebe.«

»Das kommt von seinem Geld. Überall wittert er Leute, die nur hinter seinem Geld her sind.«

»Ist mir schon klar, aber das macht es nicht einfacher für diejenigen, die ihn wirklich lieben, oder?«

Die Männer kamen zurück und erstatteten voller Stolz Bericht über ihre Kuchenforschungsreise und beendeten damit das Gespräch zwischen Frau Mahler und Julia, worüber Julia sehr froh war. Was hätte sie Frau Mahler wohl sagen sollen? Sie hatte keinen Einfluss auf Thomas, ganz im Gegenteil, er wurde für sie immer rätselhafter. Und vermutlich würde er ihr nur ins Gesicht lachen, wenn sie ihm von seiner verliebten Mutter erzählte.

Die Art und Weise, wie er gestern Morgen schlagartig verschwunden war, mit einem eisigen »Ich melde mich!«, war für sie genauso verwirrend gewesen wie sein Katz-und-Maus-Spiel davor:

Am Freitag nicht zur Verabredung kommen, dann am Samstag mit Bluterguss unterm Auge vor ihrer Tür stehen, in der Küche seine Hände unter ihre Bluse schieben und etwas von Zusammensein erzählen und fünf Minuten später wütend aus der Wohnung poltern, als wollte er nie wiederkommen. Walter riss Julia aus ihren tristen Gedanken.

»Sie haben in Benni ein richtiges Juwel, Frau Dietrich. Das wissen Sie sicher schon, dass er hochintelligent ist.«

Es war nett, dass er das sagte, aber Julia war sowieso schon die stolzeste Tante der Welt.

»Ich weiß es schon, seit ich ihm das erste Mal in die Augen geschaut habe, als er gerade neu geboren war. Er hatte die Augen weit offen und schaute mich total wach und aufmerksam an, als wollte er sagen: Ey Tantchen, wie ist das Leben so?«

Benni kicherte. Jule hatte ihm das schon oft erzählt und er konnte es trotzdem gar nicht oft genug hören.

»Ach, ich mag Babys«, sagte Frau Mahler mit einem Seufzen. »Und ich bin so glücklich, dass ich bald Oma werde.«

»Woher wissen Sie ...« Julia wäre beinahe die Tasse aus der Hand gerutscht, aber sie konnte sie gerade noch auffangen. Der Kakao spritzte auf das Tischtuch und sie beschäftigte sich mit hochrotem Kopf und rasendem Herzen damit, die Kakaoflecken mit der Serviette aufzutupfen.

»Sebastian, mein jüngerer Sohn, wird Ende August Papa«, sagte Frau Mahler scheinbar unbeeindruckt von dem Malheur. Aber sie nahm die Szene mit scharfen Augen auf und wusste Bescheid.

»Er hat so eine nette Frau und sie haben es schon seit Jahren probiert. Ich freue mich so, dass es endlich geklappt hat.«

Nachdem der Kuchen verspeist war und Walter mit Benni noch ein paar Denk- und Rätselspielchen gespielt hatte, verabschiedete sich Julia wieder. Frau Mahler drückte sie innig ans Herz und sagte leise zu ihr: »Legen Sie bei Thomas ein gutes Wort für mich und Walter ein, mein Schatz.«

***

Thomas hatte am Sonntagvormittag gejoggt, das Handy in der Jogginghose. Am Nachmittag hatte er versucht, die Öl-Verträge, die Federer ausgehandelt hatte, noch mal durchzulesen, das schweigsame Handy neben sich auf dem Schreibtisch. Er hatte zweimal kalt geduscht, das Handy direkt auf der marmornen Ablage neben der Dusche. Das gottverdammte Ding hatte noch nie so wenig gebimmelt wie an diesem Sonntag. Gegen Abend ging er in den Fitnessraum, mit dem Handy in der Tasche. Silvio hatte Dienst und hielt sich auf Abruf bereit. Er saß im Aufenthaltsraum neben dem Eingang und schaute fern. Im Gegensatz zu Brockmann wohnte Silvio nicht im Penthouse, sondern er hatte ein Apartment im Hotel, 10 Stockwerke tiefer. Obwohl Silvio ein hervorragender Bodyguard war, war Thomas niemals warm mit ihm geworden. Nicht so wie mit Brockmann, der beinahe wie ein Freund alles mit ihm teilte, ohne jemals die Grenzen zu überschreiten.

Oder eher selten.

Gestern Abend hatte Brockmann eindeutig seine Grenzen überschritten und in einer Offenheit mit ihm geredet, dass Thomas für ein paar Augenblicke versucht war, ihm das Du anzubieten. Er konnte sich doch nicht von seinem Bodyguard dermaßen die Leviten lesen lassen und ihn weiterhin siezen. Brockmann hatte eindeutig einen Affen an Julia gefressen, sonst hätte er nie so Partei für sie ergriffen.

Und Brockmann hatte eindeutig in allen Punkten recht.

Thomas hatte zu Silvio gesagt, dass er heute noch wegfahren müsste – natürlich erst, nachdem Julia angerufen hatte und ihm gesagt hatte, dass sie schwanger war oder dass sie mit ihm reden müsste.

Brockmann hatte frei und das nervte Thomas. Er war wieder bei seiner verdammten großen Liebe, anstatt jetzt an seiner Seite zu sein, wo er ihn wirklich gebraucht hätte. Schließlich hörte man nicht jeden Tag, dass man Vater werden würde. Wenn sie doch endlich anrufen würde. An manchen Tagen stand dieses Scheißding nicht still und wenn man wie verrückt auf einen Anruf wartete, dann schien es, als ob der Akku leer sei. Er hatte schon fünfmal nachgeschaut, der Akku war geladen.

Julia musste ja wohl den ersten Schritt machen, wenn sie wollte, dass er sich um ihr kleines Schwangerschaftsproblem kümmerte, oder etwa nicht? Um acht Uhr abends klingelte endlich das Handy, zum ersten Mal an diesem Tag.

Es war seine Mutter.

Die Enttäuschung, dass es nicht Julia war, war schon nach ihrem ersten Satz wie weggeblasen. »Es ist ein Wunder, dass es Frauen wie sie überhaupt noch gibt und das weißt du!«

Er wusste zufällig genau, wen seine Mutter meinte und fragte sich, ob Brockmann es wirklich gewagt hatte, seine Mutter auf ihn anzusetzen. Das wäre wirklich mies von ihm. Wenn Brockmann ihm nicht mehr Mumm zutraute und meinte, er bräuchte seine Mutter, um die Dinge mit Julia ins Reine zu bringen, dann kannte er ihn schlecht.

»Guten Abend, Mama, ich nehme an, es geht dir gut«, antwortete er ziemlich frostig, da er wirklich keine Lust hatte, mit seiner Mutter über seine Beziehungsprobleme zu reden. Gute Güte, er war vierzig!

»Nein, es geht mir nicht gut, nicht mehr seit ich heute Nachmittag Julia getroffen habe. Ich hoffe, du weißt, was du zu tun hast.«

»Mama?« Seine Stimme wurde nur noch frostiger.

»Ein unschuldiges Mädchen zu verführen und sie schwanger zu machen und da sitzt sie mit gebrochenem Herzen und verheulten Augen. Dein Vater würde dir ein paar Takte zu so einem Verhalten sagen.«

»Das kannst du mir überlassen!«, sagte er barsch. »Ich bin alt genug.«

Und dann beendete er das Gespräch ohne ein Wort des Abschieds.

Eine halbe Stunde später läutete er Sturm an Julias Tür. Die helle Freude in ihrem Gesicht erlosch schlagartig, als sie die nackte Wut in seinem sah.

»Was ist?« Ihre Kehle war trocken, ihre Stimme brüchig.

»Komm mit runter, ich möchte hier nicht herumschreien in der Wohnung vor dem Kind, aber ich möchte herumschreien.«

»Du möchtest herumschreien?«, fragte sie konsterniert.

Er packte sie am Arm und zerrte sie mit sich aus der Wohnung heraus und die vier Etagen durch das Treppenhaus hinunter. Dort unten vor der Tür stand seine fette Limousine, in die er sie regelrecht hineinstieß. Silvio saß am Lenkrad und fuhr sofort an, kaum dass Thomas neben ihr auf dem Rücksitz Platz genommen hatte.

»Du hast meiner Mutter die Ohren über mich vollgeheult!«, brüllte er so laut, dass selbst Silvio den Kopf einzog. »Was maßt du dir eigentlich an, meine Mutter da mit hineinzuziehen?«

Julia schüttelte nur den Kopf und stammelte ein verwirrtes »Was?«.

»Du hast ihr vorgeflennt, was für ein Arsch ich bin, einer der Jungfrauen schändet und sie schwängert und sie dann sitzen lässt.« Er brüllte nur noch lauter.

»Hab ich gar nicht. Was soll das?«

»Du dachtest, du versuchst es gar nicht erst bei mir, sondern machst gleich richtig Druck über meine Mutter. Sicher ist sicher!«

Er zitterte vor Wut und Julia spürte, wie ihr vor Schreck und Angst das Blut aus dem Kopf wich und sich irgendwo sammelte, allerdings musste das ein Ort außerhalb ihres Körpers sein. Sie merkte nur, dass ihr schwindelig war.

»Ich mache Druck? Was?«, japste sie.

»Damit ich dich auf jeden Fall heirate!«

»Warum sollte ich dich heiraten wollen?«

Ihre Stimme war nur noch ein Flüstern.

»Weil du, verdammt noch mal, schwanger von mir bist und unbedingt einen Ehering von mir haben willst.«

»Herr Seidlitz, lassen Sie mich bitte raus«, krächzte sie nach vorne und als er nicht gleich anhielt, griff sie nach der Tür und versuchte, sie während der Fahrt zu öffnen.

Silvio fuhr rechts ran. Er musste anhalten, wenn sie unbedingt aussteigen wollte, alles andere grenzte an eine Geiselnahme. Thomas packte sie grob am Handgelenk und zwang sie, sich ihm zuzuwenden. Julia wehrte sich mit aller Kraft, sie wollte nur noch raus hier, aus dem verflixten Auto und weg von diesem Mistkerl, der ihr mit Worten mehr wehtun konnte, als wenn er ein Messer in ihr Herz gestochen hätte.

»Warum rennst du zu meiner Mutter? Habe ich das Kind gemacht oder sie?«

»Ich bin nicht zu deiner Mutter gerannt. Du Arsch!« Sie wehrte sich jetzt mit ihrem ganzen Körper gegen seinen stählernen Griff, aber all die blödsinnigen Taekwondo-Übungen waren nicht für den hinteren Fond einer Limousine geeignet, das wurde ihr jetzt auch klar.

»Sie hat mich letzte Woche zweimal angerufen und wollte sich unbedingt mit mir treffen. Ich dachte, sie will mir klarmachen, dass ich die Finger von dir lassen soll, weil du verheiratet bist und ich nur ein

… ein …« Der Rest des Satzes erstickte förmlich in ihrer Kehle.

»Aber das wollte sie nicht?«

Er schrie jetzt nicht mehr. Vielleicht hatte er wirklich etwas überreagiert. Seine Mutter hatte sich noch nie mit einer seiner Freundinnen getroffen. Da wäre sie sich viel zu gut dafür gewesen. Aber bei einem Mädchen wie Julia? Die war genau nach Mutters Geschmack. Oh ja, er konnte sich wirklich zu gut vorstellen, dass seine Mutter sich mit Julia treffen wollte. Das passte zu ihr, sich hier und da einzumischen und ein bisschen Schicksal zu spielen und ihren Knallkopf von Sohn ein bisschen in die richtige Richtung zu stoßen.

»Lass mich los. Ich möchte raus. Ich muss raus. Mir ist schlecht.«

Er ließ sie los und Julias Hand langte sofort nach dem Türgriff.

»Was wollte meine Mutter von dir? Warum hast du ihr gesagt, dass du schwanger bist und nicht mir? Warum wissen es alle, nur ich nicht?«

»Ich habe deiner Mutter nichts davon gesagt, genauso wenig, wie ich es dir je gesagt hätte. Sie hat mir erzählt, dass sie Oma wird, und da ist mir vor Schreck die Tasse aus der Hand gefallen und ich … sie muss es sich selbst zusammengereimt haben.«

Julia schüttelte den Kopf. Frau Mahler hatte ihr wirklich keinen Dienst erwiesen, indem sie ihrem Sohn gleich alles brühwarm erzählt hatte. Er hätte es nicht wissen sollen, zumindest jetzt noch nicht. Sie würde sich von ihm auf keinen Fall zwingen lassen, das Kind abzutreiben.

»Sie hat mich eingeladen, weil sie sich nicht traut, dir von ihrem Freund zu erzählen, und weil sie sich einbildet, ich könnte dir schonend beibringen, dass sich auch eine Witwe noch einmal verlieben kann. Ausgerechnet ich! Ich kann dir ja nicht einmal klarmachen, dass ich dich liebe.«

»Du hättest es mir nicht gesagt, dass du schwanger bist?«, murmelte er ungläubig und tief verletzt.

»Damit du mich zu einer Abtreibung zwingst, wie du deine Ehefrau gezwungen hast? Damit du mir vorwerfen kannst, ich hätte es auf einen bescheuerten Ehering von dir abgesehen?«

»Julia, das stimmt nicht, ich habe …«

Er wollte sie an sich ziehen und ihr erklären, dass er sich in Wahrheit über das Baby freute. Warum hatte er Idiot das nicht zuallererst gesagt, anstatt sich wie ein pikierter Gockel aufzuplustern? Aber Julia schlug ihre beiden geballten Fäuste mit erstaunlicher Kraft gegen seine Brust, so dass ihm die Luft wegblieb und ihm für ein paar Sekunden Sterne vor den Augen schwammen.

»Geh weg. Ich will keinen Ehering von dir. Das wäre das Letzte. Ich gebe zu, ich hätte alles dafür getan, wenn du irgend sowas Bescheuertes wie *Ich liebe dich* zu mir gesagt hättest, aber was bitte schön soll ich mit dem Ehering eines Mannes, der mich wie ein Flittchen kauft und mich wie eine falsche Schlange behandelt?«

Sie riss jetzt die Autotür auf und war mit einem Sprung draußen.

»Und damit du es gleich weißt, ich behalte das Kind. Und ich will auch kein Geld von dir, nicht für das Kind und schon gar nicht für eine Abtreibung«, rief sie durch die offene Autotür zu ihm hinein und dann fing sie an zu laufen und rannte, so schnell sie ihre Beine tragen konnten.

Silvio drehte sich in seinem Sitz um und verkniff sich tunlichst das Grinsen, das sich während des unseligen Streits ganz allmählich in seinem Gesicht aufgebaut hatte.

»Das nennt man einen doppelten Fauststoß!«

Das nennt man einen Vollidioten, der's vermasselt hat!, dachte Thomas. Er sprang ebenfalls aus dem Auto und rannte ihr hinterher. Aber sie waren nur ein paar hundert Meter von ihrem Wohnhaus entfernt und als er sie fast eingeholt hatte, verschwand sie bereits im Haus. Er drückte alle Klingelknöpfe, bis irgendeiner die Tür öffnete, dann war er im Treppenhaus. Er hörte ihre Schritte die Treppe hinauftrampeln und auch ab und zu einen vereinzelten Schluchzer. Er brüllte die Treppe hinauf: »Julia!« und »Warte!« und »Bitte verzeih!«, aber ihre Wohnungstür knallte direkt vor seiner Nase zu und auch sein Klingeln, und noch mal Klingeln und zehnmal Klingeln brachte sie nicht wieder an die Tür.

Kapitel 20

Wenn Julia sich einen Tag hätte aussuchen können, dem sie das Prädikat *beschissenster Tag meines Lebens* hätte verleihen können, dieser Montag wäre garantiert unter ihren Favoriten gelandet.

Nachdem sie die ganze Nacht herumgeheult hatte, hatte sie morgens noch vor dem Frühstück alles ausgekotzt, was sie in den letzten acht Wochen gegessen hatte, oder zumindest in den letzten acht Tagen.

Ihre Augenlider waren dick geschwollen, während ihre Tränensäcke bis zu ihrem Kinn herunterhingen. Außerdem hatte sie absolut keine Lust darauf, sich schon wieder mit einem Enteignungsfall bei Raschberg zu befassen. Hätte Benni nicht zur Schule gemusst, sie wäre garantiert im Bett geblieben und hätte sich noch mindestens einen halben Tag lang in Selbstmitleid geaalt.

Natürlich würde sie früher oder später darüber wegkommen. Über Thomas, den Mistkerl, genauso wie über die Schwangerschaft. Allerdings platzte diese Schwangerschaft sowas von unpassend in ihr Leben, dass es fast schon zum Lachen war, wie dumm sie sich angestellt hatte. Warum hatte sie sich auch nicht ernsthafter um die Verhütung gekümmert? Sicher hätte es niemandem geschadet, wenn der besagte Entjungferungstermin einfach zwei Wochen später stattgefunden hätte. Sicher hätte sogar ein Thomas Mahler das leichter verschmerzt als die Tatsache, dass er sich nun mit einem ungewollten Kind herumschlagen musste.

Und wie der sich herumgeschlagen hatte.

Heiliges Kanonenrohr, hatte der vielleicht gebrüllt! Dabei war sie sich nicht einmal sicher, ob er wegen der Schwangerschaft sauer war oder wegen der Tatsache, dass sie ihm nichts davon gesagt hatte. Liebe Güte, sie hatte den Test erst am Samstagvormittag gemacht und hatte erst mal selbst mit sich ins Reine kommen müssen!

Aber egal, warum er gebrüllt hatte, er konnte von ihr aus Purzelbäume im Weltall machen, das Baby blieb in ihrem Bauch. Sie würde nach der Staatsprüfung aussetzen müssen, bis es geboren war und das Referendariat würde sie dann eben erst ein Jahr später beginnen. Zum Glück hatte sie jetzt das nötige Geld für so eine Auszeit.

Bis zehn Uhr war es noch einigermaßen ruhig in der Kanzlei. Frau Salomon rief an und sagte, sie sei gerade bei Julias Vater zu Hause und fragte, ob sie ihr vielleicht die Handynummer durchgeben sollte, die hinten auf der Visitenkarte des Russen stand – nur weil Julia doch danach gefragt hätte. Natürlich! Julia war begierig auf die Nummer. Sie bedankte sich überschwänglich bei Frau Salomon. Sie hatte bei all dem Tohuwabohu der vergangenen Tage vergessen, noch einmal bei ihrem Vater anzurufen. Aber als Julia die Nummer wählte, kam nur der Zur-Zeit-nicht-verfügbar-Satz. Es schaltete sich auch keine Mailbox ein, so dass sie etwas hätte darauf sprechen können.

Isabel war an diesem Montag auch ziemlich mies drauf. Sie hatte zwar keine verheulten Augen, war aber sehr einsilbig und Julia war sich nicht sicher, ob das an ihr lag oder ob Isabel irgendein Beziehungsproblem mit Eric hatte. Sie waren beide schon in seltsamer Stimmung gewesen, als sie sich von Julia am Samstag verabschiedet hatten. Und wenn sie jetzt genauer darüber nachdachte, musste der Stimmungsumschwung stattgefunden haben, solange sie Thomas in ihrer kleinen Küche das Blut von den Lippen getupft hatte.

Während ihres gemeinsamen Einkaufsbummels durch Supermärkte und schwedische Möbelhäuser waren sie alle drei nämlich noch ausgelassen gewesen und Eric hatte seine Hände ständig irgendwo auf und an Isabel gehabt und seine Lippen auch, aber kaum war Thomas abgerauscht wie ein davonziehendes Gewitter, verabschiedeten sich auch Eric und Isabel mit beinahe dem gleichen Gewitterwolken-Gesichtsausdruck.

Julia musste viermal nachfragen, was eigentlich los sei, bis es endlich aus Isabel herausplatzte:

»Keiner hat mir gesagt, dass Erics Chef Thomas Mahler ist. Ich bin am Samstag wie der Volldepp aus allen Wolken gefallen, als ich plötzlich vor Thomas Mahler stehe. Leibhaftig! Eric hat mir keinen Ton davon erzählt. Der Hundesohn! Er hat nur gesagt, dass er der Fahrer von deinem Freund ist, und ich dachte, na ja, das ist vielleicht irgend so ein Möchtegern-Politiker oder ein Gebrauchtwagenhändler. Keine Ahnung. Und du hast immer nur von einem Thomas geredet. Ich hatte doch absolut keine Ahnung, dass dein Thomas DER Thomas Mahler ist.«

»Aber Eric hat es bestimmt nicht bewusst verschwiegen«, versuchte Julia, Partei für ihn zu ergreifen. »Ihr hattet sicher über genug anderes zu reden als über Erics Beruf. Und außerdem wollte ich meine Beziehung zu Thomas nicht an die große Glocke hängen.«

»Ja, Scheiße, aber ich habe doch ein Recht darauf zu wissen, was Eric beruflich macht. Thomas Mahler zu beschützen, das ist ja wohl etwas ganz anderes, als auf irgendeinen Hanswurst aus dem Kanzleramt aufzupassen. Bodyguard von Mahler zu sein, ist ein verdammt gefährlicher Job, weißt du. Es wurden schon zwei Anschläge auf ihn verübt, und stell dir mal vor, so ein Bodyguard wirft sich vor seinen Chef, dann wird er stattdessen erschossen.«

Als Isabel merkte, dass Julia kreidebleich geworden war, schlug sie sich schnell die Hand vor den Mund.

»Ups! Ich meine ja nicht, dass niemand deinen Thomas beschützen soll. Aber eben nicht mein Eric! Verstehst du?«

»Zwei Anschläge?«, gackerte Julia und ärgerte sich, dass ihr Herz vor Schreck wie verrückt klopfte und ihr Magen so widerlich rumpelte, als hätte er noch mehr auszuspucken.

»Das kam doch in allen Nachrichten! Hast du das denn nicht mitgekriegt? Irgendein autonomer Linker hat auf ihn geschossen. Aber es ist nichts passiert. Der Bodyguard, also das wäre dann Eric gewesen, hat ihn rechtzeitig zu Boden gerissen. Und ein halbes Jahr später ist eine Autobombe in seinem Auto explodiert und es war nur Zufall, dass er an diesem Tag ein anderes Auto genommen hat. Eric sagt, es war kein Zufall und sie hätten die Bombe bewusst hochgehen lassen, aus ermittlungstechnischen Gründen oder so. Aber ich will nicht, dass Eric in einem Auto fährt, das in die Luft fliegt.«

Julia sprang auf und rannte zum Klo und stellte fest, dass ihr Magen durchaus noch mehr Zeug loswerden konnte als das Essen der letzten acht Wochen.

Und dann kam Frau Raschberg und fügte der Definition von beschissener Tag noch eine weitere Dimension hinzu. Offenbar hatte sie genügend Zeit mitgebracht, um in Julias und Isabels Büro vorbeizuschauen und Julias Contenance ein wenig zu erschüttern. Sie steuerte gleich zielstrebig auf Julia zu und die ahnte schon, dass ihr ein paar Gemeinheiten drohten, sie ahnte nur noch nicht, wie hart die sie treffen würden.

»Raten Sie mal, wen ich am Sonnabend auf dem Orangerie-Ball getroffen habe.«

Julia hob nur die Augenbrauen und tat so, als würde sie der Enteignungsfall mehr als alles andere auf der Welt interessieren.

»Thomas Mahler, umringt von lauter kleinen Flittchen, die es alle auf ihn abgesehen hatten.«

Sie brauchte es nicht auszusprechen, Julia sah es in ihrem zynischen Blick, was sie dachte: *Lauter kleine Flittchen, so wie Sie!*

»Wir haben miteinander getanzt und uns gut unterhalten. Er ist ja ein ungemein witziger Mann – vorausgesetzt, er hat eine Frau, die seinen Verstand anspricht.«

Julia schluckte und nickte und wusste eigentlich nicht, warum sie nickte. Sie hatte nämlich faktisch keine Ahnung, ob Thomas witzig war oder auf den Verstand einer Frau ansprach, denn wenn sie es richtig bedachte, hatten sie beide bisher kaum über etwas anderes als über Sex gesprochen.

»Er hat mich in seine diversen sexuellen Vorlieben eingeweiht.«

Julias Augen waren jetzt riesig, aber das lag vermutlich daran, dass ihr Magen schon wieder irgendwelche Säfte produzierte, die er loswerden wollte. Das konnte ja wohl nichts mit der Schwangerschaft zu tun haben, so weit war sie noch gar nicht. Im Grunde wusste sie es erst seit zwei Tagen, und kaum dass sie es wusste, wurde ihr schlecht? Wenn das mal nicht bloß eine blöde Psychomacke war.

Reiß dich zusammen!, ermahnte sie sich selbst und versuchte, Frau Raschberg und den sexuellen Vorlieben von Thomas Mahler mit einem Lächeln zu begegnen. Isabel räusperte sich. Offenbar wollte sie Frau Raschberg mit einem drängenden Blick zu verstehen geben, dass sie mit Julia besser nicht über Thomas Mahler reden sollte, aber diese Mühe konnte sie sich sparen. Sie brauchte Frau Raschberg nicht zuzuzwinkern oder ihr Zeichen zu geben, damit sie bloß nicht Julias Gefühle verletzte.

Sie war ja genau aus diesem Grund hier.

»Demnach hatten Sie nie eine besonders große Chance bei ihm, schätze ich.«

Julia riss sich wie verrückt zusammen, aber ihr Magen sagte ihr, dass er es nicht nur scheiße fand, wenn auf Thomas Mahler Mordanschläge verübt wurden, sondern dass er es mindestens genauso scheiße fand, wenn andere Frauen über seine sexuellen Neigungen schwadronierten. Sie unterdrückte den Würgereiz und schaute unglücklich zu Frau Raschberg auf.

»Er steht auf Jungfrauen! Auf kleine, enge, blutige Jungfrauenlöcher und was sagen Sie nun?«

Jetzt war es raus und Frau Raschberg fühlte sich wirklich obenauf. Sie verschränkte sogar die Arme und schaute auf Julia herab. Was immer es ihr auch geben mochte, auf einer kleinen Praktikantin herumzuhacken, es war ihr gelungen. Julia fühlte sich abgrundtief gedemütigt und bloßgestellt und heiße Tränen brannten in ihren Augen. Dieser Hundesohn! Warum musste er ausgerechnet mit dieser Frau über so etwas reden? Über sie reden. Und sie dabei auch noch so herabwürdigen.

Nachdem sie ihren verbalen Atomschlag ausgeteilt hatte, rauschte Frau Raschberg wieder hinaus. Zum Glück sah sie nicht mehr, wie Julia ihren Kopf auf den Schreibtisch legte und den Tränen freien Lauf ließ. Just in dem Moment meldete sich ihr Handy mit einem Anruf von Thomas. Sie drückte ihn weg. Es würde ihr wohl keiner verdenken können, dass sie ausgerechnet jetzt keinen Bock darauf hatte, mit ihm zu reden, und auf seine anderen sieben Anrufe an diesem Tag hatte sie auch keinen Bock.

Das Mittagessen mit Isabel ließ sie ausfallen, weil sie ihrem Magen etwas Schonung gönnen wollte und alleine der Gedanke an Currywurst sie schon zum Würgen brachte. Die Mittagspause war total bescheuert und endete genauso, wie sie angefangen hatte: Mit verheulten Augen. Zwischendrin führte sie ein ziemlich deprimierendes Telefongespräch mit Frau Mahler und ein ziemlich merkwürdiges Gespräch mit Roman Morosow.

Frau Mahler klang noch ganz überschwänglich und energiegeladen, als sie sich meldete.

»Julia! Wie geht es Ihnen?«

Sie meinen, bis auf die Tatsache, dass Ihr Sohn ein Mistkerl ist und ich ihn nie wiedersehen will? Laut sagte sie: »Danke, gut.«

»Wir treffen uns heute Abend. Thomas und Walter und ich. Er hat mich vorhin angerufen und hat gesagt, er kommt vorbei, um Walter kennenzulernen. Er war ... er war total einsichtig und interessiert und kein bisschen verärgert, ganz im Gegenteil, ich hatte den Eindruck, er freut sich wirklich für mich. Ich bin Ihnen so dankbar. Was immer Sie mit ihm gemacht haben, ich habe ihn noch nie so zahm erlebt wie vorhin am Telefon.«

Pah, zahm! Julia war sich nicht sicher, ob sie und Frau Mahler über den gleichen Mann sprachen. Sie hätte ihren feinen Sohn gestern mal hören sollen, wie der herumschreien konnte.

»Sie sind so ein Schatz! Ich könnte Sie endlos an mich drücken!«, seufzte Frau Mahler.

Ich könnte es vertragen, dachte Julia und sagte kurz angebunden:

»Ich muss jetzt wieder arbeiten, Frau Mahler.«

Dass Frau Mahler so nett war, machte es nicht gerade einfacher für Julia. Eigentlich wollte sie sauer auf die Frau sein, wegen ihrer ungebetenen Einmischung und wegen dem, was sie damit angerichtet hatte, aber wenn sie es genau bedachte, war Frau Mahler die Oma ihres Kindes – und vielleicht die einzige Oma, die sich je für das Kind interessieren würde.

»Noch eine Frage, Julia, dann sind Sie mich los!«

Sie gab ein banges »Ja?« von sich. Sie hatte wirklich keine Lust, mit Frau Mahler über Thomas zu reden und noch weniger würde sie mit ihr über ihre Schwangerschaft reden.

»Walter ist hin und weg von Benni. Er hat ihm wohl versprochen, dass er ihn mit zur Sternwarte nimmt. Er kennt da viele Leute und hat schon nachgefragt. Die beiden könnten in der Nacht von Freitag auf Samstag das Teleskop besichtigen und natürlich auch die Sterne anschauen. Wenn Sie einverstanden sind.«

»Ja, ähm, das ist wirklich sehr nett. Das ist toll.«

Oh Mann, Benni würde sich wie verrückt freuen. Wer hatte schon jemals die Gelegenheit, durch ein Radioteleskop zu schauen? Und außerdem könnte sie dann am Freitagabend schon mit dem Umzug beginnen. Sie könnte die Wohnung putzen und ein paar Gardinen aufhängen und auch gleich ein paar Sachen mit rüber nach Friedrichshain nehmen.

»Wir holen Benni am Freitag bei Ihnen ab und er könnte dann bei mir in Potsdam übernachten, weil es sicher ziemlich spät in der Nacht wird, bis die Sternegucker fertig sind. Und Sie könnten Benni am Samstagnachmittag wieder bei mir abholen, dann trinken wir noch ein Tässchen Kaffee zusammen.«

»Ich ziehe am Samstag um, da werde ich es erst am Abend schaffen.«

»Sie ziehen bei Thomas ein?«

Großer Gott, die Frau hatte das Gemüt einer Klosterschwester.

»Nicht in diesem Leben, Frau Mahler!«, sagte sie und versuchte, so hart zu klingen, wie sie gerne wäre, oder sich zumindest nicht anmerken zu lassen, dass ihre Augen schon wieder in Scheißtränen schwammen. Sie wartete darauf, dass die Erkenntnis bei Frau Mahler einsickerte, dass es nichts zwischen Thomas und ihr gab und dass sie deshalb auch nicht die Ersatzoma für Benni zu spielen brauchte. Aber ihr Interesse an Benni schien offenbar echt zu sein und unabhängig von den Beziehungskonstrukten ihres Sohnes zu bestehen, denn sie wollte Julias Adresse wissen, stimmte die Uhrzeit ab und verabschiedete sich dann mit deutlich weniger Enthusiasmus als bei der Begrüßung.

Sie war immer noch dabei, diesen Anruf zu verdauen, da versetzte ihr das Gespräch mit Roman Morosow noch einen weiteren Tiefschlag. Als sie den Mann nach drei Versuchen endlich erreichte, war er zunächst gar nicht angetan von der Tatsache, dass irgendjemand es gewagt hatte, ihn auf diesem Handy anzurufen. Julia musste ihm in aller Eile erklären, wie sie überhaupt zu der Nummer gekommen war und wer sie war. Sie hatte das Gefühl, wenn sie nicht ganz schnell sprach und sich nicht sehr kurzfasste, dann würde der Mann einfach wieder auflegen. Aber er legte nicht auf. Nachdem sie ihm im Telegrammstil erklärt hatte, dass sie die Tante und die Erziehungsberechtigte von Benjamin war, schwieg er erst einmal eine lange Zeit mit russischer Schwermut ins Telefon und als Julia schon dachte, sie würde nie mehr eine Reaktion von ihm bekommen, antwortete er schließlich mit rollendem R und einer unglaublich tiefen Brummbärenstimme.

»Ich weiß es wieder. Sie waren im Büro von Mahler. Ich dachte zuerst, Sie sind Marie. Aber Marie war größer. Wo ist der Junge?«

Ganz so einfach würde sie es dem Mann nicht machen. Sie musste vorher erst wissen, was er von Benni wollte und was er über Maries Tod wusste.

»Gehe ich recht in der Annahme, dass sie Bennis Vater sind?«

Als Antwort kam ein röchelndes Lachen aus dem Hörer. »Süße, darüber reden wir nicht am Telefon.«

»Nein, das ist klar. Wir sollten uns treffen, Herr Morosow.«

»Kommen Sie heute Abend ins Grand Hyatt und bringen Sie den Jungen mit.«

»Nein!«

»Sie sind die Frau von Mahler?«

Er klang tatsächlich ein wenig verunsichert und diese Frage war der Versuch abzuklopfen, wie viel Gewicht ihr Nein tatsächlich hatte. Es musste wohlüberlegt sein, bevor man einem Thomas Mahler in die Quere kam.

»Nein, aber ich bringe Benni nicht mit. Ich möchte zuerst alleine mit Ihnen reden. Benni weiß noch gar nichts von Ihnen und ich muss versuchen, es ihm schonend beizubringen.« Außerdem würde sie einen Teufel tun und sich in irgendeinem anonymen Hotelzimmer mit diesem Mann treffen. Nur weil sie bereit war, sich mit Morosow zu unterhalten, hieß das noch lange nicht, dass sie lebensmüde war und alle Warnungen von Eric in den Wind schlug.

Der Russe schwieg wieder. Vielleicht konnte er nicht gut genug Deutsch und hatte nicht alles verstanden, vielleicht versuchte auch irgendeiner seiner Mitarbeiter nebenher, ihr Handy per GPS zu lokalisieren, um zu sehen, von wo aus sie anrief. Sie hatte das schon in Agentenfilmen gesehen. Da telefonierte das arme Opfer noch arglos in seiner Badewanne und fünf Minuten später stürmte ein Sondereinsatzkommando herein und die Wanne war plötzlich voller Blut. Sie fühlte sich mit ihrem Telefonat von der Kanzlei Raschberg aus allerdings ziemlich sicher.

»Sie wollen dem Jungen beibringen, wer ich bin?«, fragte der Russe ungläubig.

»Wenn Sie wirklich sein Vater sind, hat er ein Recht, es zu wissen. Und Sie haben ein Recht, Ihren Sohn kennenzulernen.«

Vielleicht klang das zu geschwollen oder zu unglaubwürdig für ihn, denn er lachte wieder und das hörte sich an wie ein fernes Donnergrollen.

»Dann machen Sie mir einen besseren Vorschlag, Süße.«

Sie überlegte krampfhaft. Morgen wollte sie sich mit der polnischen Pflegekraft sowieso bei ihrem Vater in Spandau treffen. Diese Adresse kannte Morosow schon. Es wäre also unverfänglich, wenn sie sich dort trafen. Ein Restaurant oder sonst ein öffentlicher Ort würden zu viel Aufsehen erregen. Die kleinbürgerliche Siedlung und das Wohnzimmer ihres Elternhauses waren der bestmögliche Treffpunkt, fand Julia.

»Ich bin morgen am Abend in Spandau, bei meinem Vater. Können Sie zwischen acht und neun kommen? Sie kennen die Adresse ja. Kommen Sie bitte alleine.«

»Süße, ich komme nie alleine!«, sagte er und sein Tonfall war so merkwürdig, dass Julia nicht wusste, ob er seine Bodyguards meinte oder etwa eine unterschwellige sexuelle Anspielung gemacht hatte.

Als das Gespräch beendet war, war Julia über ihren eigenen Mut erschrocken und sie musste den spontanen Wunsch unterdrücken, Eric anzurufen und ihm zu gestehen, was sie gerade ausgefressen hatte. Er würde wahrscheinlich meckern. Nein, er würde rumschreien wie sein bescheuerter Boss. Aber Eric hatte im Augenblick mit Isabel genug Sorgen und sie wollte ihn auch nicht in einen Interessenkonflikt mit seinem Arbeitgeber bringen. Zwischen Thomas und ihr gab es keine Verbindungen mehr, also konnte sie auch nicht über dessen Bodyguard verfügen, als würde sie ihn selbst bezahlen.

Und außerdem: Sie kam um das Treffen mit Morosow nicht herum, selbst wenn Eric sie tausendmal davor warnte. Schließlich konnte sie nicht aussuchen, wen sie als Bennis Vater gerne haben wollte. Sie musste versuchen, das Beste daraus zu machen. Was auch immer das war.

Am späten Nachmittag holte sie Benni vom Hort ab und ging mit ihm auf dem Heimweg noch bei Sparfox vorbei, wo gerade Leinwände und Acrylfarbe im Angebot waren. Sie war von Bennis kunstvollem Schlachtengemälde, das er bei Isabel gemalt hatte, schwer beeindruckt gewesen. Wenn sie ihm schon das perfekt eingerichtete Kinderzimmer am Hackeschen Markt verwehrt hatte, so konnte sie ihm jetzt doch wenigstens mit kleinen Sachen eine Freude machen. Bei Sparfox an der Kasse trafen sie Micha Kühn, Bennis Rektor, und als er sah, wie viele Leinwände Julia gekauft hatte, bot er freudig seine Hilfe beim Tragen an. Es war ein ganzes Stück von der Sparfox-Filiale bis zur Schlesischen Straße und Julia hatte nichts gegen ein bisschen Hilfe einzuwenden. Tatsächlich war Bennis Schultasche schon schwer genug und sie spürte die fatale Erschöpfung, die eine durchweinte Nacht und ein durchkotzter Tag mit sich brachten bis ins Mark.

Noch bevor sie ihre Wohnungstür erreicht hatte, wusste Julia, dass irgendetwas nicht stimmte. Die Fußmatte lag nicht so wie sonst und Bennis Gummistiefel, die er immer pedantisch vor der Tür aufstellte, lagen umgeworfen an der Treppe. Als sie die Türklinke berührte, öffnete sich die Tür mit einem leisen Quietschen nach innen und Julias Herz rutschte in die Hose. Micha legte sofort die Leinwände ab und war an Julias Seite.

»Ein Einbruch. Wir sollten sofort die Polizei rufen!«

Julia war sich gar nicht so sicher, ob hinter der Tür nicht drei hünenhafte Russen standen und mit Kalaschnikows im Anschlag auf sie warteten. Unwillkürlich griff sie nach ihrem Handy und drückte ohne nachzudenken die Nummer von Eric. Wen sollte sie sonst um Hilfe bitten? Die Polizei ganz bestimmt nicht. Gleichzeitig stieß sie die Wohnungstür noch ein wenig mehr auf und machte das Licht in dem kleinen Flur an. Er war leer. Wenn sich hier tatsächlich drei Riesen aufhalten würden, wäre der Flur jetzt überfüllt.

»Benni, du gehst besser eine Etage tiefer und wartest da, bis wir wissen, was passiert ist«, sagte Micha Kühn und Julia fand das sehr umsichtig von ihm.

Sie hatte vor lauter Schreck gar nicht daran gedacht, Benni erst mal in Sicherheit zu schaffen. Er musste sich ja zu Tode fürchten. Bei Eric meldete sich die Mailbox. Vermutlich war er längst mit Isabel im Bett und hatte Versöhnungssex und deshalb war sein Handy ausgeschaltet. Sie sprach irgendetwas total Konfuses auf seine Mailbox.

Sie wolle nicht stören und wenn er vielleicht zurückrufen könne, sobald er Feierabend habe, weil bei ihr eingebrochen worden sei, aber bitte nicht während er im Dienst war, damit Thomas nichts davon erfuhr und sauer werden würde und wenn er es nicht schaffen würde anzurufen, dann wäre es auch nicht schlimm. Sie würde vielleicht ja doch besser die Polizei verständigen und eigentlich sei alles nur halb so schlimm.

Aber in Wahrheit war alles doppelt so schlimm. Sie hätte in diesem Augenblick alles dafür gegeben, einen Leibwächter an ihrer Seite zu haben, der einfach nur da war, damit sie nicht gezwungen war, alleine in diese Wohnung hineinzugehen. Aber Micha erwies sich als echter Held. Er schob sie vorsichtig zur Seite und sagte:

»Lass mich vorgehen.«

Und das tat er auch, beherzt und mit Todesverachtung.

Es stellte sich heraus, dass niemand mehr in der Wohnung war und wer immer auch eingebrochen hatte, der hatte nichts mitgenommen. Es gab ja auch nichts mitzunehmen. Jeder Einbrecher, der sich die Mühe machte, diese Tür aufzubrechen, konnte nur enttäuscht wieder herauskommen. Sie hatte nicht einmal Bargeld hier. Abgesehen von Bennis magerem Sparschwein besaß sie nur billigen Modeschmuck, von dem kein Stück mehr wert war als 20 Euro. Ihre wertvollsten Besitztümer waren ihre Schönfelder- und Sartorius-Gesetzesbände, ihr Laptop und ihre neue Winterjacke, aber all das war noch unberührt an seinem Platz. Und als sie gerade zu dem Ergebnis kam, dass das wohl eher ein dummer Streich als ein echter Einbruch gewesen war, fiel ihr Blick auf das Paket, das ihre Mutter geschickt hatte, das Paket mit den Tagebüchern von Marie. Sie hatte es neben das Sofa gestellt, weil sie jeden Abend ein wenig in den Tagebüchern gelesen hatte, ohne jedoch irgendeinen brauchbaren Anhaltspunkt auf Maries Tod zu finden. Das Paket lag umgekippt auf der Seite und es war leer.

Alle Tagebücher von Marie waren verschwunden.

Damit war klar, dass die Einbrecher keine gewöhnlichen Diebe gewesen waren. Die Frage war nur, wer hatte Interesse an Maries Tagebüchern? Julia hatte wirklich nicht viele brauchbare Informationen darin finden können. Nichts über ihre möglichen Auftraggeber, nichts über Bennis Vater und schon gar nichts über Maries möglichen Mörder. Wenn Julia also davon absah, dass ihr mit den Tagebüchern ein wichtiges persönliches Stück ihrer Schwester gestohlen worden war, war der Diebstahl ansonsten leicht zu verkraften. Trotzdem musste irgendetwas in den Tagebüchern stehen, vor dem sich jemand fürchtete.

Etwas, vor dem sich vielleicht der BND fürchtete?

Oder war es Morosow gewesen?

Aber wenn Morosows Leute hier gewesen wären, dann wüssten sie ja, wo sie mit Benni wohnte, und dann bräuchte er sich wohl kaum mehr zu einem Treffen mit ihr verabreden.

Es musste der BND sein, der Maries Tagebücher beseitigen wollte, genauso, wie er alle Dateien und Akten über sie beseitigt hatte. Und genauso, wie er Marie beseitigt hatte. Und die Skrupellosigkeit, mit der die Leute vorgingen, machte Julia Angst.

Richtige Angst.

Micha blieb noch den ganzen Abend. Er blieb zum Abendessen und auch noch nach dem Abendessen und Julia war ihm wirklich dankbar dafür, weil sie sich vor dem Alleinsein fürchtete. Sie wollte nicht, dass er die Polizei rief, und sie wollte ihm auch nicht von den gestohlenen Tagebüchern erzählen oder überhaupt von ihrer Schwester. Als Micha sie fragte, ob irgendetwas in dem Karton gewesen sei, das wertvoll war, hatte sie deshalb verneint und es darauf beruhen lassen, aber sie bot Micha immer wieder Cola an und als die Cola alle war, auch Wein, in der Hoffnung er würde noch bleiben.

Ihre Notlage und ihre Angst waren die optimale Gelegenheit für Micha. Sie zitterte am ganzen Körper und er hatte bereits zweimal gefragt, ob er gehen solle und sie hatte jedes Mal voller Angst »Nein!« gesagt, fast darum gebettelt, dass er blieb.

Sie war einfach die hinreißendste Frau, die er je kennengelernt hatte, also zog er sie in seine Arme und versuchte, sie zu küssen. Benni war schon vor einer Stunde eingeschlafen und Micha wollte nichts weiter von ihr als einen Kuss. Einen Kuss von diesen Lippen, von denen er nachts träumte ... er träumte nicht nur von den Lippen, aber er würde sich natürlich mit einem Kuss begnügen. Sie sollte nicht denken, dass er ihre Notlage schamlos ausnützen wollte, nicht schamlos, nur ein bisschen.

Sie versteifte sich sofort, als sie merkte, was er vorhatte, und sagte auch gleich: »Bitte nicht!«

Aber er wollte es nicht glauben. Sie fühlte sich so perfekt an in seinen Armen, so weich, so zerbrechlich, so schutzbedürftig. Sie sehnte sich nach Zärtlichkeiten, das wusste er. Er spürte ihre Traurigkeit und er war sich sicher, dass er diese Traurigkeit wegküssen und wegstreicheln konnte. Sie musste es nur zulassen. Es würde ihr gut gehen mit ihm, es würde ihr gefallen, er konnte unsäglich zärtlich sein.

»Komm, ich weiß, was dir gefällt«, flüsterte er, aber sie war jetzt nicht nur starr, sie war panisch und sprang auf die Beine, um einen möglichst großen Abstand zwischen sich und ihn zu bringen. Aber wohin sollte sie in dieser kleinen Wohnung schon fliehen? Er sprang ebenfalls auf und kam ihr hinterher in den Flur.

»Nein, lass das!«, rief sie und stieß ihn so kräftig von sich, dass er gegen die Wand taumelte. »Warum machst du das? Du bist Bennis Lehrer, er schläft hier direkt nebenan.«

Micha hob beschwichtigend die Hände, als Zeichen, dass er nicht vorhatte, ihr etwas zu tun. Ganz im Gegenteil, er wollte doch nur gut zu ihr sein. Zärtlich und liebevoll. Natürlich wollte er sie haben, das war ja kein Wunder und daran war sie selbst schuld. Warum trug sie so wahnsinnig enge Hüftjeans und diese Bluse, die sich über ihren Brüsten spannte? Warum zeigte sie sich immer so abweisend und stolz? Warum gab sie nicht einfach zu, dass sie auf ihn stand?

»Du bist so unglaublich schön und du weißt schon lange, was ich von dir will!«

Er machte noch einen Schritt auf sie zu.

Oh Shit, das war zweifellos der perfekt-beschissene Ausklang für einen perfekt-beschissenen Tag. Jetzt musste sie sich auch noch Bennis Rektor vom Hals halten und wenn Worte nicht halfen, dann würde sie ihm einen schmerzhaften Fußtritt verpassen müssen, und das wäre garantiert schlecht für Bennis Schulnoten.

»Micha, es tut mir leid, wenn der Eindruck entstanden ist, dass ich Interesse an dir habe. Ich hatte nur solche Angst, alleine zu sein. Du ...«

»Ich kann dich glücklich machen«, murmelte er mit drängender Stimme und drückte sie mit aller Kraft gegen die Wand. Hier in diesem Haus um Hilfe zu rufen, das war, als würde jemand in der Hölle nach einem Feuerlöscher verlangen.

»Lass mich!«

»Alles, was du brauchst, ist ein Mann, der dich die Traurigkeit vergessen lässt.«

Seine Lippen suchten ihre, sie drehte den Kopf zur Seite und versuchte, ihre Fäuste freizubekommen, um ihm einen Kinnhaken zu verpassen, der sich gewaschen hat. Aber genau in dem Moment wurde er zurückgerissen. Sein Mund war weg von ihrem Gesicht, der Druck seines Körpers war weg von ihrem und der ganze Mann kniete plötzlich vor ihr auf dem Boden. Sie sah die Bewegungen kaum, so schnell waren sie. Da stand plötzlich Silvio im Flur, ein Berg von einem Mann, wie aus dem Boden gewachsen und er hielt Micha fest, den Arm nach hinten auf den Rücken gebogen und drückte ihn damit auf die Knie und sein Gesicht presste er so weit nach unten, dass Michas Wange auf den Boden gequetscht wurde.

»Die Dame sagte, dass sie in Ruhe gelassen werden möchte.«

Micha fing an zu winseln und zu ächzen und Julia hatte Angst, er könnte Benni mit diesen gruseligen Geräuschen aufwecken. Das fehlte noch, dass Benni nach so einem Erlebnis wie diesem Einbruch auch noch eine Schlägerei miterleben musste und seinen Rektor gedemütigt am Boden liegen sah. Was wollte sie dem Jungen eigentlich noch zumuten?

»Lassen Sie ihn los, Herr Seidlitz!«, bettelte Julia mit beschwörender Stimme und mit einem ängstlichen Blick in das Zimmer, in dem Benni hinter dem halb offenen Vorhang schlummerte. Was machte Silvio überhaupt hier? Hatte Eric ihn etwa geschickt, nachdem er seine Mailbox abgehört hatte? Oder Thomas?

»Sind Sie einverstanden, wenn ich ihn vor die Tür setze?«

Silvio wartete die Antwort gar nicht erst ab, sondern packte Micha am Nacken, so, wie man ein Karnickel hochhob, und ließ ihn quasi auf den Zehenspitzen zur Tür hinausmarschieren. Dann machte er die Wohnungstür in aller Ruhe zu und stellte sich breitbeinig davor, was ein ganz klein wenig so wirkte, als würde er auch für sie den Fluchtweg blockieren. Jetzt verschränkte er auch noch die Arme vor seinem muskelbepackten Oberkörper und sah Julia abwartend an.

»Danke!«, sagte sie nur, weil sie zu perplex war, um irgendetwas anderes zu sagen oder zu denken. »Wie sind Sie hereingekommen? Hat Eric Sie geschickt?«

Silvio sah sie eine Weile stumm an. Abschätzend und auch ein wenig abfällig und dann sagte er:

»Ich könnte jetzt sagen, dass Ihr geliebter Thomas Mahler mich damit beauftragt hat, auf Sie aufzupassen, weil er sich Ihretwegen vor Sorge beinahe ins Hemd macht, aber das wäre nur die Hälfte der Wahrheit. Ich bin hier, weil wir beide jetzt ungestört sind.«

»Oh nein, nicht noch einer, der mich trösten will!«, krächzte Julia und sprang sofort drei Schritte rückwärts.

Es konnte ja wohl nicht sein, dass der eine Schwerenöter den anderen zur Tür hinausbefördert hatte. Silvio mahlte ein wenig mit seinem Kiefer, bevor er antwortete. Offenbar kostete er den Schrecken in ihrem Gesicht genüsslich aus.

»Daran habe ich allerdings auch schon gedacht. Nicht nur einmal. Sie sind eindeutig der erste Preis für den Schwanz eines Mannes, das steht fest. Aber es wäre ziemlich unprofessionell von mir.«

Oh Mann, wenn es schon Scheiße regnete, dann aber gleich aus Fässern. Sie überlegte, wo ihr Handy war, ob sie es schnell genug erreichen und irgendeinen Notruf absetzen konnte, bevor dieser Gigant ihr irgendetwas tun konnte. Er hatte ihre Absicht offenbar an ihrem Blick erraten, denn er schüttelte den Kopf, als wollte er ihr zu verstehen geben, dass es absolut sinnlos war, ihm entkommen zu wollen.

»Wir beide haben ein gemeinsames Problem und das heißt Morosow. Und ich frage mich, ob wir nicht zusammenarbeiten können, um es zu lösen.«

***

Silvio saß auf dem Plastikklappstuhl in der Küche, der unter seinem gewaltigen Körper bedenklich nachgab, und Julia lehnte am Herd, einen guten Meter von Silvio entfernt. Sie brauchte den größtmöglichen Abstand zu dem Mann und die Küche war im Prinzip viel zu klein, um diesen Abstand zu gewährleisten. Aber wo hätte sie sonst mit ihm reden sollen, ohne dass Benni dabei wach wurde?

Bei dem Namen Morosow war ihr das Herz in die Hose gerutscht.

»Also, lassen Sie hören!«, sagte sie, nachdem sie Silvio auf den Stuhl bugsiert hatte. Sie bot ihm nichts zu trinken an. Micha hatte ihren Rotweinvorrat leer getrunken und Silvio wollte sie auf keinen Fall das Gefühl geben, dass er hier willkommen sei und sich wohlfühlen sollte. Ganz im Gegenteil. Der Kerl machte ihr beinahe mehr Angst als Morosow.

»Ich arbeite für den BND.« Silvio blickte nur kurz auf, um ihre Reaktion aufzunehmen, und als er sah, dass sie nicht einmal mit der Wimper zuckte, sprach er weiter: »Ihre Schwester hat auch für uns gearbeitet. Der BND hat sie damals angeworben, weil sie im VIP-Bereich der Airhansa direkt an der Quelle saß. Sie hatte den Auftrag, sich an einflussreiche Männer, Wirtschaftsbosse, Politiker und so heranzumachen. Sie sollte denen spezielle Informationen abluchsen oder sie erpressbar machen, je nachdem, um wen es sich handelte. Eine altbewährte und ziemlich effektive Methode von Geheimdiensten.«

Er blickte noch einmal auf und schaute ihr kurz in die Augen, die keineswegs überrascht wirkten, eher angewidert – von ihm. Es nützte nichts, wenn er sich dadurch gekränkt fühlte. Also versuchte er, so distanziert wie möglich weiterzuerzählen.

»Ich kannte Ihre Schwester nicht. Ich habe damals in einer anderen Abteilung gearbeitet und war auf einem Einsatz im Ausland, aber wenn Ihre Schwester Ihnen auch nur ein bisschen ähnlich sah, dann gehe ich davon aus, die Männer sind ihr reihenweise verfallen. Ich nehme an, sie war das Sahneschnittchen der Abteilung.«

Julia spürte, wie der Herd hinter ihrem Rücken anfing zu schwanken, und sie musste beide Hände in die Arbeitsplatte graben, damit sie Halt hatte. Ihre Schwester hatte also für den BND gearbeitet. Hieß dieses Arbeiten etwa, dass sie mit Männern ins Bett gegangen war, im Auftrag ihres Vaterlandes?

»Marie wurde auf Bennis Vater angesetzt?«, fragte sie und wunderte sich über sich selbst, wie fest und entschlossen ihre Stimme klang, obwohl der Boden unter ihr schwankte und der Herd wackelte und ihre Ohren brausten.

»Ja, sie wurde auf Morosow angesetzt! Er ist schon lange eine primäre Zielperson des BND, aber wir sind ums Verrecken nicht an ihn herangekommen. Er ist überparanoid, er traut niemandem, nicht mal seiner Frau oder seiner Mutter, vermutlich nicht mal seinem eigenen Spiegelbild.«

»Und Marie hatte Erfolg bei ihm?«

Julia kannte die Antwort inzwischen. So machten die Tagebucheinträge von Marie endlich Sinn. Marie hatte nicht nur Erfolg gehabt, sie hatte sich auch noch in den Mann verliebt.

Verdammte Scheißliebe!

Silvio nickte knapp, ohne aufzublicken.

»Sie hatte einen Bombenerfolg. Er war hin und weg von ihr. Er hat nicht nur seine Hosen runtergelassen, sondern auch all seine Vorsichtsmaßnahmen. Ihre Schwester hat ein paar Dinge über ihn erfahren, die ihm das Genick gebrochen hätten, wenn wir sie an die richtigen Adressaten in seiner Heimat weitergeleitet hätten.«

»Es war sicher nicht geplant, dass Marie schwanger wird?«

»Natürlich nicht. Es gab gewisse Unsicherheiten und Bedenken, ob Ihre Schwester wegen der Schwangerschaft überlaufen würde und was man von Seiten des BND dagegen unternehmen sollte. Man musste ihre Schwester irgendwie aus dem Verkehr ziehen und sie vor allem von Morosow fernhalten.«

»Also hat man sie aus dem Fenster gestoßen!«

»Sie glauben doch nicht im Ernst, der BND würde seine eigenen Leute umbringen, wie das in diesen dämlichen Agentenfilmen immer suggeriert wird!«, brauste Silvio auf und wurde zum ersten Mal laut.

»Was soll ich denn sonst glauben?«

»Als klar war, dass Ihre Schwester von Morosow schwanger war, hat man sie sofort aus der VIP-Lounge abgezogen. Sie durfte Morosow auf keinen Fall wiedersehen und er durfte auf keinen Fall etwas von der Schwangerschaft erfahren. Damit war Marie auch einverstanden. Sie wusste ganz genau, dass Morosow ein Killer ist, der in mehreren Ländern per Haftbefehl gesucht wird. Selbst in seinem eigenen.«

Julia nickte. Das Szenario deckte sich mit ihren Erfahrungen von damals. Maries plötzliche Kündigung bei der Airhansa und die Tatsache, dass sie um keinen Preis sagen wollte, wer Bennis Vater war.

»Aber Morosow hat sie dann doch irgendwie ausfindig gemacht«, stellte sie laut fest. Maries Tagebucheintrag vom 19. April 2005 hatte sich unauslöschlich in Julias Gedächtnis gebrannt: *Er war hier. Er hat herausgefunden, wo ich wohne, und er war außer sich, dass ich ihm nichts von dem Baby gesagt habe. Ich dachte, er bringt mich um. Da habe ich ihm einfach alles erzählt. Er war zuerst stinkwütend, aber dann hat er gesagt, ich brauche keine Angst zu haben. Er kümmert sich um alles. Oh Gott, ich liebe ihn!*

»Und irgendwie hat er Marie rumgekriegt. Sie ist übergelaufen!«, ergänzte Silvio überflüssigerweise.

»Und dann habt ihr sie aus dem Fenster geschmissen!«

»Verdammt noch mal, NEIN!«, brüllte Silvio und Julia zuckte vor Schreck heftig zusammen. Obwohl sie krampfhaft versuchte, sich Silvio gegenüber nichts anmerken zu lassen, lagen ihre Nerven nicht nur blank, sie hingen förmlich an allen Enden lose aus ihr heraus.

»Nachdem Morosow erfahren hat, dass Marie für den BND gearbeitet und ihn ausspioniert hat, hat er sich mit einem hohen Beamten des BND in Verbindung gesetzt.«

»Was heißt das? Das verstehe ich nicht.«

»Morosow hat einen Deal mit Maries Abteilungsleiter ausgehandelt. Der hat Morosow zugesagt, dass er das Kind haben kann. Er hat ihm eine neue Geburtsurkunde und eine neue Identität für das Baby versprochen. Auf der Geburtsurkunde hätte als Mutter der Name von

Morosows Ehefrau gestanden. Morosow sollte dem BND dafür ein paar Leute ans Messer liefern, hinter denen man schon seit Jahren her ist. Von Ihrer Schwester war bei den Verhandlungen nie die Rede.«

Julia sagte gar nichts. Sie versuchte, das Atmen nicht zu vergessen und ihre Überlegungen zu sortieren, nicht einfach nur den Tornado von Gedanken durch ihren Kopf toben zu lassen, sondern ihn zu irgendeinem sinnvollen Ideenstrom zu formen.

»Haben Sie verstanden, was das bedeutet?«, fragte Silvio.

»Nein.« Sie schüttelte heftig den Kopf. Tief in ihrem Unterbewusstsein hatte sie durchaus verstanden, was das bedeutete, sie wollte es nur nicht wahrhaben. »Nein!«

»Morosow war es völlig egal, was aus Ihrer Schwester wurde. Er wollte nur das Kind. Er ist verheiratet, wissen Sie, und seine Ehe ist kinderlos.«

»Oh Gott, ich muss gleich kotzen! Morosow hat Marie umgebracht, damit er sich ihr Baby holen kann?«

»Wollen Sie sich setzen?«

Silvio war aufgesprungen, als er bemerkt hatte, dass Julias Gesichtsfarbe von kreidebleich auf hellgrün gewechselt war, aber sie streckte den Arm aus, wie um ihn abzuwehren. Eine Geste, die sagte: Bleib mir bloß vom Leib.

»Aber Benni ist noch hier!«, flüsterte sie nach einer Weile mit heiserer Stimme. »Was kam dazwischen?«

»Maries Selbstmord. Irgendjemand aus den Reihen des BND muss ihr etwas von dem Deal gesteckt haben. Ihre Schwester hat genau gewusst, was sie tat, als sie aus dem Fenster sprang. Ihr Selbstmord rief sofort die Kripo auf den Plan und das Jugendamt und alle möglichen anderen Behörden wurden involviert und damit war Bennis Geburt aktenkundig, bevor irgendwelche Urkunden für Morosow gefälscht werden konnten. Und Morosow wurde wie gesagt per Haftbefehl gesucht. Raub, Mord, Drogenhandel, Menschenhandel und, und, und … er kam nicht mal in die Nähe des Krankenhauses.«

Julia schüttelte wieder den Kopf. Nicht, weil sie es nicht glauben konnte, sondern weil es einfach zu viel war, um all das fassen zu können. Sie musste es für sich selbst noch einmal zusammenfassen:

»Der ältere Mann, der kurz vor Maries Tod bei ihr war, war also jemand vom BND. Und der hat ihr verraten, dass Morosow ihr das Baby wegnehmen möchte. Und daraufhin hat Marie beschlossen, dass ihr Selbstmord die einzige Möglichkeit ist, um Benni aus Morosows Klauen zu retten.«

Sie merkte nicht, dass ihr die Tränen in hellen Strömen über die Wangen liefen oder dass ihre Stimme nur noch ein Schluchzen war.

»So sieht's aus. Mit Sicherheit war sie bitter enttäuscht. Verraten von Morosow, den sie liebte, und von ihrem eigenen Abteilungsleiter, dem sie vertraut hat. Das ist schon hart. Ich kann mir vorstellen, dass ihr das den Rest gegeben hat.«

Marie hatte sich umgebracht, um Benni zu schützen und weil Morosow ihre Liebe verraten hatte? Hatte sie denn wirklich keine andere Lösung gesehen? Sie war mutterseelenallein gewesen, in der schwierigsten Lage ihres Lebens, verraten von all jenen, denen sie vertraut hatte.

»Der BND hat das Problem Morosow gegenüber kaschiert, indem man ihm gesagt hat, Marie und das Baby seien bei der Geburt gestorben.«

»Und das hat er geglaubt?«

»Nach ein wenig nachrichtendienstlicher Aktenbereinigung, ja. Zumindest bis zu dem Zeitpunkt, als Sie angefangen haben, wegen Maries Todesursache zu recherchieren. Seit ungefähr drei Wochen hat er seine Drecksfinger tief in die Eingeweide des BND gesteckt und rumort auf unseren Servern und Datenbanken herum.«

»Ich habe Morosow auf Bennis Spur gebracht?«, krähte Julia mit einer Stimme, die von einer Neunzigjährigen hätte stammen können.

»Mehr oder weniger. Und jetzt komme ich zu dem Grund, warum ich Ihnen das alles erzähle ...«

Er sah sie forschend an. Sie erweckte nicht den Eindruck, als könnte sie noch mehrere solcher Offenbarungen verkraften. Sie zitterte schon am ganzen Körper und kämpfte wacker gegen eine Hysterie an, das war leicht zu erkennen. Aber er konnte sie trotzdem nicht verschonen – nicht, wenn er sie da haben wollte, wo er sie brauchte. Und er brauchte sie.

»Morosow hat es nicht nur auf Benni abgesehen, sondern auch auf Mahler.«

»Was?« Julia starrte ihn an, als ob er sich soeben in einen tentakelarmigen, schleimigen Alien verwandelt hätte.

»Alles deutet darauf hin, dass Morosow einen Anschlag auf Mahler plant. Mahler hat Bodjanski mit seinem Erdöl-Deal aus dem Gasgeschäft gefegt wie einen Schuljungen und Morosow hat den Auftrag, das Problem für Bodjanski zu lösen.«

Julia hörte gar nicht richtig zu. Alles, was sie verstand, war Anschlag auf Mahler und sie fing an zu hyperventilieren.

»Wenn wir uns dem Drecksack auch nur auf zehn Meter nähern könnten, hätten wir ihn schon längst hinter Schloss und Riegel gebracht. Aber er ist wie ein glibberiger Aal und uns immer zwei Schritte voraus. Sie sind im Augenblick die Einzige, die an ihn rankommt. Helfen Sie uns, Morosow zu Fall zu bringen, denn wenn nicht, wird er Thomas Mahler töten und sich Benni holen. Und Sie lieben doch beide, nicht wahr?«

Sie hörte den Bodyguard nur noch aus weiter Ferne. Er klang, als würde er durch ein Tuch sprechen, und dann gab der Boden unter ihr nach und sie versank in einem schwarzen tosenden Abgrund.

Silvio konnte sie gerade noch auffangen, bevor sie mit dem Kopf gegen die Arbeitsplatte knallte. Er fluchte über sich selbst, während er ihren schlaffen Körper an sich drückte.

Hätte es irgendeine Möglichkeit gegeben, es ihr schonender beizubringen?

Wohl kaum, denn sie musste begreifen, wie ernst die Lage war und wie dringend der BND ihre Hilfe brauchte. Sie war die Einzige, die im Augenblick Zugang zu Morosow hatte. Und wenn sie nicht schnell handelten, dann war es zu spät.

Er wusste zwar, dass Schwangere keinen Alkohol trinken sollten, aber ihm fiel wirklich nichts Besseres ein, als nach der Tequilaflasche zu greifen, die im Küchenschrank stand, und ihr einen kräftigen Schluck davon einzuflößen. Er war noch nicht zu Ende mit ihr.

Jetzt ging es an die Details eines perfekt ausgeklügelten Plans, um Morosow zur Strecke zu bringen.

Kapitel 21

Thomas saß schon kurz nach sechs beim Frühstück über seinen Laptop gebeugt und versuchte, sich nicht aufzuregen. Er hatte sich am Sonntagabend geschworen, nie wieder ungeduldig oder laut zu werden, wenn es um Julia ging. Aber irgendwie hatte er gehofft, dass Julia vielleicht doch auf eine seiner Mails antworten würde. Er hatte ihr vergangene Nacht fünf davon geschrieben. Aber es war keine Antwort von ihr gekommen. Sie hatte alle seine Anrufe weggedrückt und vermutlich alle Mails ungelesen gelöscht und Silvio hatte sich auch nicht gemeldet. Obwohl er Silvio ausdrücklich angewiesen hatte, ihn auf dem Laufenden zu halten, darüber wie es ihr ging und was sie tat.

Er hatte auf keinen Fall vor, Julias Schweigen als gegeben hinzunehmen. Wenn sie sich einbildete, sie könnte ihm einfach davonlaufen und damit sei alles erledigt, dann kannte sie ihn noch lange nicht.

Ja, er hatte es vermasselt, so gründlich, wie nur er es konnte, weil er immer alles gründlich machte, aber das bedeutete nicht, dass nun alles rettungslos verloren war. Er hatte ihr den ganzen Montag Zeit gegeben und hatte Silvio abgestellt, damit der auf sie aufpasste. Aber jetzt hatte sie lange genug geschmollt und er hatte lange genug geschmort.

Noch länger würde er das Theater nicht mitmachen.

Er rief bei Conni an, die um diese Uhrzeit zu Hause gerade aus ihrem Bett kroch, und versuchte, die Termine, die seinen ganzen Tag belasteten, zu verschieben, damit er wenigstens eine Stunde für Julia frei hatte. Wenn sie nicht ans Handy ging, nun, dann würde er eben zu ihr gehen. Er würde einfach bei Raschberg vorbeifahren und wenn es sein musste, würde er sie dazu zwingen, ihm zuzuhören und seine Entschuldigung anzunehmen und er würde sie auf jeden Fall küssen.

Er würde sie, verdammt noch mal, so rasend küssen, wie ein Mann eine Frau nur küssen konnte, die sein Kind trug und die er heiraten würde.

Der Anwalt hatte gestern schon alles mit Ines geklärt. Wie schnell es doch plötzlich gegangen war, nachdem das Geld keine Rolle mehr spielte. In spätestens vier Wochen war er ein freier Mann. Und nichts, was Julia sagte oder dachte oder tat, würde ihn davon abbringen, ihr so lange den Hof zu machen, bis sie nicht mehr anders konnte, als Ja zu sagen. Und er hatte einen ziemlich langen Atem, was das anging, und unerschöpfliche Ressourcen und außerdem hatte er gleich zwei Trümpfe im Ärmel: Sie war wirklich heiß auf ihn und sie liebte ihn. Er musste ihr nur beweisen, dass er es wert war.

Conni war unglücklich mit dem ganzen Terminwirrwarr, den er so früh am Tag schon anrichtete. Die Schweden auf 10 Uhr vorzuziehen, das ging nicht, die reisten erst um 11 Uhr an, und den Termin mit den beiden Bereichsleitern aus der Schweiz konnte sie auch nicht nach hinten schieben, weil die um 15 Uhr schon wieder zurückflogen. Und dann war da noch die Personalversammlung, da musste er wenigstens fünf Minuten sprechen, die ließ sich gar nicht verschieben. Morgen könnte sie ihm, wenn er wollte, gleich vier freie Stunden am Stück verschaffen, aber heute? Unmöglich. Bestenfalls eine halbe Stunde, von halb vier bis vier – maximal.

»Ah, ich scheiß auf die Termine!«, fluchte er ins Telefon und trieb damit das letzte bisschen Gelassenheit aus Conni heraus. Er hätte schließlich Vorstände und die hätten Prokuristen und Abteilungsleiter, alles hoch bezahlte Hohlköpfe, die ihn vertreten könnten.

»Beschaffen Sie mir bis nachher ein Paar Babyschuhe!«

»Babyschuhe?«, krächzte Conni und die Kontrolle über ihre Stimme war ganz dahin.

»Jaaa! So winzige Dinger, die man Neugeborenen auf die Füße zieht.«

»Rosa oder hellblau?«

»Das ist mir doch egal, Hauptsache gesund!«

»Sehr wohl, Herr Mahler.«

»Und einpacken lassen, in Geschenkpapier natürlich, mit Schleife und dem ganzen Kram!« Er beendete das Gespräch, weil alles gesagt war und er keine Lust darauf hatte, Nachfragen zu beantworten.

»Guten Morgen, Herr Mahler!« Eric kam gerade aus der Dusche, nur das Handtuch um die Hüften gewickelt.

»Morgen!«, knurrte Thomas und knallte sein Handy wütend auf den Tisch. Er hasste es, wenn ihm Termine aufdiktiert wurden. »Erfolg gehabt beim BND?«

Brockmann hatte die halbe Nacht bei Expiron an den Rechnern gesessen, um das vorgegebene Zeitfenster zu nutzen. Es hatte eine Menge Bestechungsgeld gekostet und Brockmann hatte darüber hinaus noch alte Kontakte aus seiner Militärzeit aktivieren müssen, um auf den BND-Server zugreifen und nach Morosow recherchieren zu können.

»Ich hab ein paar ziemlich unangenehme Details herausgefunden und ehrlich gesagt keine Ahnung, wie wir das Julia schonend beibringen sollen.« Er ging an der Obstschale vorbei und pickte sich einen gritzegrünen Apfel heraus. Dann griff er nach dem Zettel, den Silvio gestern Nacht auf die Arbeitsplatte gelegt hatte.

»Seit wann kann Silvio denn schreiben?«, lästerte Eric und biss in den Apfel, während er Silvios Nachricht auffaltete und las. Mitten im Kauen spuckte er vor Schreck den Bissen wieder aus.

»Dein Handy ist anscheinend im Arsch, du Idiot. Beim Küken ist eingebrochen worden und irgendein blöder Wichser hat sich an sie rangemacht. Ruf mich an, wenn dein dämliches Handy wieder geht, dann erkläre ich dir alles. Wollte nicht, dass der Boss einen Herzinfarkt bekommt. S.«

»Mist! Haben Sie Silvios Brief schon gelesen?«

Thomas schüttelte verwirrt den Kopf. Er hatte nicht einmal bemerkt, dass da ein Zettel gelegen hatte. Wer schrieb denn heutzutage noch auf richtiges Papier? Er sah, wie Brockmann beim Lesen des Briefes zur Salzsäule erstarrt war, und dachte daran, dass Silvio sich gestern Abend nicht mehr gemeldet hatte und bekam Panik.

»Was ist mit Julia?«

Eric reichte den Brief an den Chef weiter und lief in sein Zimmer, um nach seinem Handy zu schauen. Das war gar nicht möglich, dass es kaputt war. Er hatte gestern noch mit Isabel telefoniert, kurz bevor er mit dem Chef nach Potsdam zu seiner Mutter gefahren war. Sein Handy war wirklich defekt, und zwar richtig defekt. Es sah aus, als hätte jemand mit einem Hammer auf das Gehäuse geschlagen. Mist! Wann war das denn passiert? Egal! Es gab im Haushalt von Thomas Mahler zum Glück genügend Ersatzhandys. Der Mann zertrümmerte beinahe monatlich seine Handys bei seinen berühmten Wutanfällen. Während Eric die SIM-Karte in ein neues Handy setzte, starrte Thomas entsetzt auf den mit einer fürchterlichen Klaue und mit Bleistift hingekritzelten Brief von Silvio.

Der Satz *»Beim Küken ist eingebrochen worden und irgendein blöder Wichser hat sich an sie rangemacht«* löste in Thomas eine Kaskade von glühend heißen Adrenalinstößen aus.

»Sie muss aus der Scheißwohnung raus. Sofort!«, brüllte Thomas, während Eric gerade seine Mailbox abhörte und versuchte, den konfusen Text zu verstehen, den Julia gestern Abend darauf gesprochen hatte.

»Warum ist Seidlitz, dieser Idiot, nicht bei ihr in Kreuzberg, anstatt hier seine dämlichen Briefe zu deponieren? Er hat gefälligst vor ihrer Tür zu pennen, wenn es sein muss. Er soll sofort seinen Arsch dahin bewegen und Julia aus dieser Wohnung holen und wenn er sie an den Haaren herausziehen muss. Hat der denn überhaupt nichts in seinem Spatzenhirn?«

Thomas wurde zunehmend lauter und Brockmann hob beschwichtigend die Hand, das Handy immer noch am Ohr.

»Ich bin gerade dabei, Silvio anzurufen. Julia hat mir irgendwas Wirres auf die Mailbox gesprochen. Die scheint fix und fertig zu sein.«

»Wann? Wann war das? Warum hat Seidlitz mich nicht verständigt? Was soll das dämliche Geschwalle von wegen Herzinfarkt, als ob ich nicht belastbar wäre? Und wer ist dieser Wichser, der sich an meine Frau ranmacht?«

Wie zur Antwort hörte er plötzlich ein merkwürdiges Geräusch, eine Mischung aus Würgen und Krächzen und das hörte sich gerade so an, als käme es direkt aus Thomas' Schlafzimmer. So schnell konnte Thomas gar nicht von seinem Hocker springen, da hatte Eric schon das Handy weggelegt, war mit Riesenschritten in sein Zimmer gehechtet und mit der Pistole im Anschlag wieder herausgestürmt. Dann rechts den Flur hinunter und hinein in den Master Bedroom. Er stieß dabei mit dem nackten Fuß die Tür so brutal auf, dass sie mit einem lauten Krachen gegen die Wand donnerte. Im Schlafzimmer war niemand und Eric stürmte in das angrenzende Badezimmer, als hätte sich dadrin eine ganze Einheit Taliban verschanzt.

Es war nur Julia, die vor der Kloschüssel kniete und lauthals ihre Eingeweide aus sich herauswürgte.

»Woha! Fuck! Fuck!«, schnaubte Eric, um seinem Adrenalinflash erst mal Luft zu machen. Dann nahm er die Pistole herunter, sicherte sie und lehnte sich mit einem dritten »Fuck!« und einem erleichterten Aufatmen gegen die kalten Fliesen an der Wand. Er war sich nicht sicher, ob Julia ihn überhaupt bemerkt hatte. Sie war wirklich hingebungsvoll damit beschäftigt, sich zu übergeben und am ganzen Leib zu zittern, dabei war sie fast nackt – abgesehen von diesem geilen Stringtanga, von dem Eric aus seiner Perspektive allerdings nicht wirklich viel erkennen konnte, weil er Julia nur von hinten sah. Ihr Haar war offen und verdeckte den Großteil ihres Oberkörpers, aber lange nicht genug.

»Ähm …« Er räusperte sich und war unentschlossen, was er tun sollte.

Vermutlich wäre es gar nicht schlecht, wenn jemand dem Mädchen eine Jacke um die Schultern legte oder ihr die Haare etwas aus dem Gesicht hielt oder ihr den Rücken streichelte, irgendwas eben. Aber der Chef würde ihm die Kündigung in die Haut ritzen, wenn er sich der Frau auch nur auf zwei Schritte näherte. Zumal Eric nur ein Badehandtuch um die Hüften gewickelt hatte und auch nur ein gewöhnlicher, sterblicher Mann war, der ebenso auf Stringtangas stand wie jeder andere gewöhnliche, sterbliche Mann.

Das Problem mit den Reflexen der gewöhnlichen, sterblichen Männer löste sich Gott sei Dank schnell. Der Boss kam in das Badezimmer gestürmt und war sofort neben Julia auf den Knien. Und er tat all die richtigen Sachen, die man als werdender Vater tun musste. Er ließ sich nicht von diesem Kurven-Körper und dem Stringtanga beeindrucken, sondern nahm ihr vorsichtig die Haarsträhnen aus dem Gesicht, strich über ihren Kopf und ihren Rücken und sagte all die Dinge, die einem hilflosen Mann in so einer Situation durch den Kopf gingen.

»Julia, was fehlt dir?« und »Liebste, Gott sei Dank bist du hier!« und »Sag mir, was ich für dich tun kann, Küken!« und »Es wird alles gut, meine Süße, Hauptsache, du bist hier!« Und als seine Hilflosigkeit ihren Höhepunkt erreicht hatte, schrie er Brockmann an: »Rufen Sie, verdammt noch mal, einen Notarzt und verschwinden Sie hier.«

»Kein Notarzt!«, würgte Julia in die Kloschüssel. »Es ist gleich vorbei! Nur eine Magenverstimmung.«

Es ging nicht ganz so schnell vorüber, wie sie gehofft hatte, aber als es endlich vorbei war, fand sie sich eng an Thomas geschmiegt wieder. Er kniete irgendwie neben ihr und hatte sie an sich gezogen und murmelte lauter nette Sachen in ihr Haar. Er streichelte ihre Wangen, ihren Rücken, ihren Bauch, er streichelte irgendwie alles und sagte irgendwie alles: Wie froh er war, dass sie hier in Sicherheit sei, dass alles gut werden würde, dass sie sich keine Sorgen zu machen brauchte und dass er sie beschützen würde, für immer.

Sie war nackt, weil sie gestern Nacht, nachdem Silvio sie und Benni hierher gebracht hatte, gerade noch so viel Kraft gehabt hatte, um die Hose und das T-Shirt auszuziehen und dann war sie wie tot ins Bett gefallen. Sie wusste nicht, ob sie wegen der lauten Stimmen wach geworden war oder weil ihr Magen schon wieder rebellierte. Sie kannte sich in der Wohnung nicht aus und hatte in ihrer Not, rechtzeitig eine Kloschüssel zu finden, einfach die nächstbeste Tür aufgerissen und war in ein riesiges Badezimmer aus schwarzem Marmor gestolpert.

Sie hatte keine Zeit gehabt zu staunen, wie groß und kalt und hässlich der schwarze Raum war, oder gar sich zu fragen, ob das wohl in Ordnung wäre, wenn sie ungeniert in diese Luxus-Kloschüssel reihern würde. Sie tat es einfach und verschob ihre Sorgen über die Reaktion von Thomas Mahler auf später.

Sie hatte nicht hierherkommen wollen, um nichts in der Welt.

Aber Silvio hatte ihr gar keine andere Wahl gelassen. Sie war sich sicher, dass er auch vor körperlicher Gewalt nicht zurückgeschreckt wäre, wenn sie sich geweigert hätte. Er hatte keinen Zweifel daran gelassen, dass sie aus der Wohnung verschwinden musste, und zwar sofort.

Und wenigstens in diesem Punkt war sie sich mit Silvio einig. Die Vorstellung, ungeschützt in ihrer Wohnung bleiben zu müssen, verursachte ihr Panik. Also hatte sie noch mitten in der Nacht für sich und Benni das Nötigste zusammengepackt und den Rest Silvio überlassen. Der hatte Benni geweckt, nicht einmal unsanft, und ihm erklärt, dass er ihn jetzt in eine andere Wohnung bringen würde, wo er vor bösen Einbrechern sicher sei.

Julia hätte Silvio gar nicht so viel Feingefühl zugetraut, aber andererseits hätte sie ihm auch nicht zugetraut, dass er für den BND arbeitete. Benni hatte sich im Halbschlaf seinem Schicksal gefügt. Silvio hatte ihn im Schlafanzug die Treppe hinuntergetragen und in das Auto verfrachtet. Und während der Fahrt war Benni auf Julias Schoß wieder eingeschlafen. Als sie Silvio fragte, wo er sie überhaupt hinbringen würde, hatte er gesagt: »In die Wohnung vom Chef. Da gibt es einen hochqualifizierten Wachschutz rund um die Uhr, perfektes Security Monitoring, Alarmanlagen und eine Einbruch- und Überfallmeldeanlage. Hab ich selbst konstruiert.«

Großer Gott, wenn sie das alles vorher gewusst hätte, sie hätte nie im Leben an Maries Vergangenheit gerührt. Lieber hätte sie sich die Finger abgebissen. Aber nun war es zu spät. Sie hatte den schlafenden Löwen geweckt und wenn sie wollte, dass Benni und Thomas nichts passierte, dann musste sie dabei helfen, diesen Löwen zur Strecke zu bringen.

»Muss es denn ausgerechnet die Wohnung von Thomas sein?«, hatte sie gejammert. »Was wird er sagen, wenn Sie mich einfach ungefragt in seine Wohnung einquartieren?« Außerdem hatte sie im Augenblick keine Ahnung, wie sie beide zueinander standen. Redete er noch mit ihr? Redete sie noch mit ihm? Sie wusste nur, dass sie es nie verschmerzen würde, wenn Morosow ihm etwas antun würde.

Silvio antwortete ihr mit einem wütenden Grunzen.

»Sparen Sie sich die Scheinheiligkeit, Chica. Sie wissen doch ganz genau, dass Mahler Ihnen aus der Hand frisst. Sie brauchen doch nur einmal tief Luft zu holen, da kriegt der schon einen steifen Schwanz. Warum wollt ihr Weiber immer Kerle haben, die vor euch im Staub kriechen? Denken Sie, Mahler wäre so mächtig und reich geworden, wenn er ein Weichei wäre? Er ist ein Kerl, kein Waschlappen, verdammt noch mal! Er regt sich auf, wenn er denkt, dass jemand ihn linken will. Und er schreit, wenn er wütend ist. Und er will alles kontrollieren. Er bestimmt und andere tun, was er sagt. So läuft es nun mal.«

»Ich will gar nicht, dass Thomas vor mir kriecht!« Julia klang kleinlaut und völlig überrumpelt. »Aber er denkt, dass ich hinter seinem blöden Geld her bin und ich lasse mich nicht wie eine … ach, vergessen Sie's. Er kann mich nicht dazu zwingen, das Kind abzutreiben.«

Den letzten Satz hatte sie geflüstert, weil sie nicht wollte, dass Benni wach wurde und etwas von diesem heiklen Thema mitbekam.

»Ach, glauben Sie doch den Scheiß nicht, den seine Alte im Fernsehen quatscht! Das ist totaler Müll, was die Frau erzählt. Die Alte hat ihn doch von A bis Z betrogen. Sie hat ihn von Anfang an gelinkt und ob das Kind wirklich von ihm war, will ich mal bezweifeln. Mahler hätte sie nie geheiratet, wenn sie nicht schwanger gewesen wäre. Ich habe da über meine Dienststelle ein paar Sachen mitgekriegt, von denen Mahler und Eric nichts wissen. Und manchmal hätte ich der Alten am liebsten den Hals umgedreht, weil ich genau wusste, was für 'ne verlogene Schlampe sie ist.«

Julia verkniff sich den Hinweis, dass ein Bodyguard, der von Mahler bezahlt wurde und in Wahrheit für den BND arbeitete, nach ihrer Weltanschauung auch nicht gerade besonders aufrichtig war. Aber Silvio war ziemlich geladen und sie wollte den allerbeschissensten Tag ihres Lebens nicht dadurch krönen, dass sie sich von einem Zwei-Meter-Bodyguard auch noch eine Ohrfeige einhandelte.

»Er hat seine Frau gar nicht zur Abtreibung gezwungen?«, stammelte sie unsicher.

»Machen Sie sich um den kleinen Burschen in Ihrem Bauch mal keine Sorgen. So wie ich Mahler kenne, strotzt der nur so vor Stolz. Der wird den Bengel mit einem Bodyguard und einem gepanzerten Mercedes ausstatten, noch bevor er geboren ist. Sofern er die Geburt seines Kindes erlebt.«

Julia schnappte nach Luft und spürte einmal mehr einen tiefen heißen Stich mitten in ihr Herz. Sie kam sich plötzlich so dumm und kleinlich vor. Wie unwichtig war doch dieser Streit gemessen an der Tatsache, dass jemand nach Thomas' Leben trachtete, dass er vielleicht sterben könnte und sie sich nie wieder küssen oder lieben würden. Sie hätte ihm sagen müssen, dass sie schwanger war, und abwarten, wie er darauf reagierte, anstatt von vorneherein das Schlimmste anzunehmen.

»Ich hab am Sonntag wohl ganz schön blöd reagiert, oder?«

»Nicht blöder als der Chef«, sagte Silvio.

»Und er ist wirklich nicht sauer auf Sie, wenn Sie mich heute Nacht einfach ungefragt in seine Wohnung schleppen?«

»Ganz im Gegenteil. Er würde mir den Kopf abreißen, wenn ich es nicht tue.«

»Ich ziehe am Samstag in eine andere Wohnung nach Friedrichshain …«

»Bis Samstag kann noch eine Menge passieren.«

Ja, dachte Julia und ihr Magen verkrampfte sich erneut. *Zum Beispiel eine Begegnung mit Morosow.*

Und jetzt lag sie in den Armen von Thomas und fühlte sich warm und geborgen und stellte fest, dass Silvio recht gehabt hatte: Er war nicht sauer, dass sie sich in seiner Wohnung aufhielt. De facto schien er sogar ziemlich glücklich darüber zu sein. Und er war lebendig und gesund und atmete und sie hielt sich einfach nur an ihm fest. Dankbar und erleichtert. Als er sie küssen wollte, drehte sie den Kopf weg und versuchte aufzustehen.

»Ich muss zuerst Zähne putzen!«

Thomas half ihr auf die Beine, die ziemlich wackelig waren, und während sie am Waschbecken stand und die Zähne schrubbte, hatte er zum ersten Mal Gelegenheit, ihren Anblick in sich aufzunehmen.

Ein Fehler, wie er feststellte, weil selbst die dunklen Schatten unter ihren Augen und ihr blasses Gesicht nichts gegen den Orkan der Erregung tun konnten, den ihre nackten Brüste und ihre knackigen Pobacken bei ihm bewirkten. Ach, ganz zu schweigen von diesem Tanga-Ding. Heilige Scheiße, dafür brauchte sie eigentlich einen Waffenschein. Ihre verstrubbelten Haare wallten über ihren Rücken bis hinunter zur Hüfte und er musste wirklich die Hände zu Fäusten ballen, um sie nicht tief in diese seidige Flut zu vergraben und ihre Beine zu spreizen und …

Sie spülte den Mund aus und wandte sich zu ihm um und es war, als würde in dem Moment jeder zusammenhängende Gedanke aus seinem Gehirn gesaugt.

Verzeih mir! Ich war ein Idiot. Heirate mich! Das alles toste wild durch seinen Kopf, aber er brachte nur ein gekrächztes »Julia!« heraus.

Anscheinend war Silvio doch nicht so ein großer Schwachkopf, wie er gedacht hatte. Möglicherweise hatte er sich eine Gehaltserhöhung verdient.

Dafür!

Wow!

Sie kam auf ihn zu, mit wiegenden Hüften, ihre Augenlider waren halb geschlossen. Ihre Nippel waren hart und rot wie Mohnblüten, und er war auch hart. Oh Mann, war er hart. Er hatte das Gefühl, sein Penis würde die Hose demnächst zerreißen, wenn er nicht herausgelassen wurde.

»Du bist nicht sauer, dass ich einfach hier übernachtet habe?« Sie kannte die Antwort schon. Sie sah es an seinen riesengroßen, gierigen Augen.

»Ich bin so dermaßen nicht sauer ...« Er streckte die Hand nach ihr aus, zog sie den letzten halben Meter zu sich heran, nahm ihre Hand und legte sie zum Beweis seiner absoluten Unverärgertheit auf die Riesenbeule in seiner Hose.

»Wie war das mit dem Kuss?«

Plötzlich kam ihr jede Berührung von ihm wie eine Kostbarkeit vor. Sie wusste nur zu gut, wie schnell man einen geliebten Menschen verlieren konnte, und hinterher überlegte man sich verzweifelt, warum man dieses oder jenes nicht gesagt oder getan hatte. Sie hatte am Tag vor Maries Tod noch mit ihr telefoniert und sie hatten sich angezickt. Es war um die Frage gegangen, wer Bennis Patentante werden würde und Julia hatte sich kindisch verhalten. Als Marie sagte, sie wolle lieber Tante Heike als Bennis Patin haben und nicht ihre 16-jährige Schwester, da hatte Julia einfach aufgelegt und sich nicht einmal mehr von Marie verabschiedet. Sie hatte keine Gelegenheit mehr bekommen, sich von Marie zu verabschieden. Das würde ihr nie wieder passieren, dass sie die kostbare Zeit mit einem Menschen, den sie liebte, durch persönliche Eitelkeiten verdarb. Sie würde jede einzelne Zärtlichkeit von Thomas wie ein Geschenk des Himmels annehmen und ihm all die Zärtlichkeit geben, zu der sie fähig war.

Er nahm ihr Gesicht in seine Hände und spürte eine Welle des Glücks über sich hinwegspülen.

»Und du bist nicht mehr sauer, dass ich so ein Volltrottel bin?«, flüsterte er auf ihre Lippen, wartete ihre Antwort aber gar nicht erst ab, sondern nahm ihren Mund mit einem offenen Kuss und sie schmiegte sich fest an ihn, mit ihrem nackten Körper. Er hätte sich am liebsten das Hemd und die Hose wieder vom Leib gerissen und sie über das Waschbecken gebeugt und von hinten genommen, hart und tief, und dann noch mal von vorne im Stehen und danach im Bett noch ein drittes Mal, sie oben, damit er ihre Brüste anfassen konnte.

Er hatte das Gefühl, seit Jahren auf Sexentzug gewesen zu sein, aber wenn er bedachte, dass er noch viele Jahre Zeit haben würde, an denen er jeden Morgen mit ihr Sex haben könnte, war das womöglich nicht der beste Zeitpunkt, um ihre Versöhnung mit einer Sexorgie zu feiern.

Vielleicht sollten sie sich erst mal richtig aussprechen.

Beginnend mit einer Entschuldigung für sein Verhalten und dann müsste eine ausgiebige Klärung aller Missverständnisse erfolgen. Er musste ihr den ganzen Quark, der Ines betraf, erklären, obwohl er am liebsten nie wieder über die Frau reden wollte, aber Julia musste es wissen. Und sie musste unbedingt wissen, wie sehr er sich über das Baby freute. Sie musste wissen, dass er sie schon bald heiraten würde, gleichgültig, ob sie wollte oder nicht, und sie musste wissen, dass er der beste Vater und der treueste Ehemann der Welt sein würde.

Aber sie erweckte überhaupt nicht den Eindruck, als ob sie sich aussprechen wollte. Ganz im Gegenteil, sie erweckte den Eindruck, als ob sie sehr viel lieber eine Sexorgie feiern wollte. Sie wiegte ihren Bauch gegen seinen Hammer und im gleichen Rhythmus streichelte ihre Zunge seine und ihre Brüste pressten sich gegen seinen Körper, mitsamt den zwei harten Knöpfen, die er durch sein Hemd spüren konnte.

Heiliges Kanonenrohr, die Frau war so nackt wie schön und er war schließlich nur ein Sterblicher und entweder er schob sich jetzt bis zum Anschlag in sie hinein oder er würde ohnmächtig vor Schmerzen und Sehnsucht. Seine Hand glitt zwischen ihre Beine, während er mit der anderen seinen Gürtel aufmachte, und da spürte er, wie nass sie war, und sie stöhnte auch noch dieses Oh-Gott-ist-das-schön-Stöhnen, das jeden Mann zur Raserei bringt, und jeder gute Vorsatz, den er in den vergangenen vierundzwanzig Stunden gefasst hatte, war wie weggeblasen.

Er hob sie hoch, setzte sie auf den schwarzen Marmorwaschtisch und spreizte ihre Beine. Sie befand sich genau in der richtigen Höhe, er brauchte nur noch die Hose aufzumachen.

Sein Penis sprang ihr förmlich entgegen, prall und aufrecht wie eine Rakete und pulsierend vor Begierde. Sein Mund saugte hart an ihrer Brustwarze und sein Schwanz trieb sich tief in ihre feuchte Enge hinein, er straffte den String ihres Höschens, rieb ihn zusammen mit seinem Finger über ihre Klitoris und sie stöhnte zur Antwort laut und lustvoll und sagte irgendetwas, das sich anhörte wie »Härter! Tiefer!«. Es hätte aber auch sein können, dass sie seinen Namen rief oder einfach nur vor Lust wimmerte. Er hatte keine Ahnung, weil sein Gehirn gerade aus den Ohren dampfte und er bei jedem Stoß ein wenig mehr von sich verlor und ein wenig mehr mit ihr verschmolz.

Er rief ihren Namen, als er kam, immer wieder, rief ihn wie ein Gebet. Es war sein Mantra. Sein Wort für Liebe.

***

»Warum kann ich da nicht reingehen?«, fragte Benni, das Kuschelschäfchen vor sich an die Brust gedrückt. »Julia schreit doch!«

Er hatte einen Superman-Schlafanzug an und fühlte sich ganz eindeutig berufen, der sterbenden Tante zur Hilfe zu eilen. Eric versperrte ihm trotzdem mit der ganzen Masse seines Körpers den Zugang zum Badezimmer, zumal er den leisen Verdacht hatte, dass das Bürschchen ganz genau wusste, warum er da jetzt nicht hineingehen durfte und was die Geräusche bedeuteten. Benni war ziemlich pfiffig und Eric war sich sicher, dass der Junge in seinen tausend Büchern und Zeitschriften, die er sich täglich aus der Bücherei holte, schon alles gelesen hatte, was es über Sex und den Fortpflanzungstrieb der Menschen zu wissen gab.

Eric hatte gerade mit Silvio telefoniert und sich von ihm schildern lassen, was gestern passiert war und warum er beschlossen hatte, Julia in Mahlers Wohnung zu bringen.

»Und hat es geklappt?«, fragte Silvio.

Er hatte Julia ganz bewusst in das Zimmer einquartiert, das direkt neben dem Master Bedroom lag, und den Jungen hatte er weit entfernt davon im Gästezimmer direkt neben Brockmanns Zimmer zum Schlafen hingelegt. Als er die beiden in die Wohnung gebracht hatte, war Eric noch nicht zu Hause gewesen und der Chef hatte tief und fest geschlafen und rein gar nichts davon mitbekommen, dass seine heißersehnte Geliebte im Zimmer direkt neben ihm schlief.

Silvio war wirklich nicht zum Kuppler geeignet, zumal er die Frau selbst so geil fand, dass ihn die Vorstellung, wie Mahler sie fickte, ziemlich ankotzte, aber er wusste auch, dass er keine Chancen bei ihr hatte. Sie war viel zu sehr verknallt in den Chef und ein Mann musste erkennen, wann er chancenlos war, sonst machte er sich nur lächerlich. Außerdem wäre es unprofessionell gewesen, etwas mit ihr anzufangen, selbst wenn sie gewollt hätte. Oberste Priorität hatte der Auftrag, und die Verquickung von Pflicht und Gefühl konnte tödlich sein.

»Es klappt gerade!«, brummte Eric und wusste nicht, ob er lachen oder fluchen sollte. Eigentlich hatte er ein paar wirklich wichtige Dinge mit dem Chef zu besprechen, betreffend Morosow, und außerdem fand er, dass eine Schwangere, die sich gerade erst die Seele aus dem Leib gekotzt hatte, nicht fünf Minuten später schon nach allen Regeln der Kunst gevögelt werden musste, und in dem Moment kam Benni angetapst, die Augen verschlafen und die Füße nackt und wollte wissen, wo Julia ist.

»Ich muss jetzt aufhören, Benni ist wach!«, knurrte er ins Telefon. »Kannst du den Jungen nachher zur Schule bringen und am Nachmittag wieder abholen? Der Chef hat um neun den ersten Termin.«

Nachdem, was er heute Nacht über Morosow herausgefunden hatte, fragte sich Eric ernsthaft, ob ein einzelner Bodyguard für Benni überhaupt ausreichte. Er rechnete eigentlich damit, dass Silvio meckern würde, wenn er als Babysitter fungieren sollte, aber er nahm den Auftrag ohne Widerspruch an und Eric wunderte sich, was mit Silvio los war. Machte er gerade einen Persönlichkeitswandel durch oder stimmte sonst etwas nicht mit ihm?

Eric legte Benni die Hand auf die Schulter und drehte ihn um 180 Grad in Richtung Essküche. »Auf geht's, Kumpel, frühstücken!«

Benni war zwar nicht wirklich damit einverstanden, dass er den Ort des Geschehens verlassen sollte, aber Eric war ziemlich groß und stark und Benni hatte auf jeden Fall einen Heidenrespekt vor ihm. Und als Eric die Cornflakes-Packung auf den Tisch stellte, war Bennis wissenschaftliches Interesse an den Vorgängen im Badezimmer verflogen.

Bei Julia gab es nie Cornflakes, immer nur Stullen.

»Julia, wir müssen unbedingt reden«, sagte Thomas und hüpfte in Julias Schlafzimmer herum, während er eine neue Hose anzog. Ein Bein steckte schon in der Hose, das andere versuchte er gerade vorwärtshüpfend in das Hosenbein zu bugsieren.

Thomas konnte sein Glück immer noch nicht fassen. Julia war hier! In seiner Wohnung und was auch immer ihren Sinneswandel bewirkt hatte, es musste etwas absolut Radikales gewesen sein. Sie hatte sich ihm nicht einfach nur hingegeben, sie hatte ihn verführt und mit Haut und Haar verschlungen.

Silvio hatte sie in das Zimmer direkt neben seinem Schlafzimmer einquartiert. Kaum zu glauben, dass der Mann so weitsichtig war. Andererseits würde Julia ab heute Nacht und alle Nächte für den Rest ihres Lebens sowieso in seinem Bett schlafen. Sie hatte kurz geduscht und suchte sich jetzt aus ihrer Reisetasche eine Feinstrumpfhose und einen dunkelblauen Rock heraus. Offenbar hatte sie vor, zu Raschberg zu gehen. Er würde das Thema Praktikum bei Raschberg ein anderes Mal klären. Jetzt gab es Wichtigeres.

»Ja, wir müssen reden«, sagte sie und setzte sich auf das Bett, um ihre Strumpfhose anzuziehen. Sie hatte tolle Beine, perfekt geformt, mit süßen, kleinen Füßen, schönen Waden und schlanken, muskulösen Schenkeln. Beine, die einen Mann umschlingen konnten und die sich endlos spreizen konnten.

»Wir gehen heute Abend zusammen essen und reden in aller Ruhe. Ich will, dass du weißt, was Sache ist. Ich will, dass du weißt, wie sehr ich dieses Baby haben möchte.«

Sie stand auf, zog den Rock an und schlüpfte in die beige Seidenbluse. Er nahm sie in seine Arme und zog sie eng an sich. Ihren Rücken an seine Brust, seine Wange an ihr Haar geschmiegt und dann legte er seine Hände auf ihren Bauch, der sich hoffentlich schon bald wölben würde, befruchtet von ihm.

»Ich bin in Wahrheit ein scheißreaktionärer Bastard und platze schier vor Stolz, weil ich es geschafft habe, dich auf Anhieb zu schwängern.« Er würde ihr rote Rosen und Babyschuhe schenken und ihr einen Verlobungsring an den Finger stecken.

»Na, wie schön für dich. Ich hätte mir durchaus einen besseren Zeitpunkt vorstellen können, um deinen männlichen Stolz mit einer Schwangerschaft zu befriedigen.«

»Aber du hättest dir einen Zeitpunkt vorstellen können, nicht wahr? Einen Zeitpunkt, an dem wir zusammen Kinder haben, nicht nur eines, sondern eine ganze Schar?«

»Ich habe noch gar nicht über so etwas nachgedacht!«, sagte sie und legte ihre Hände jetzt auf seine und wiegte sich ein wenig in dieser wohltuenden Umarmung. »Zuerst dachte ich, dass es sowieso nur einmal passiert und wir uns dann nie wiedersehen. Du hättest ja auch irgend so ein perverser Spinner sein können. Oder es hätte ja auch sein können, dass mir der Sex mit dir nicht gefällt. Aber es war so unbegreiflich schön. Und bis ich kapiert habe, was mit mir geschieht, hat mir schon das Herz wehgetan.«

»Es braucht nicht wehzutun, Liebste, dein Herz ist bei mir gut aufgehoben. Ich schwöre es dir. Heute Abend beweise ich es dir.«

»Ich muss heute Abend nach Spandau zu meinem Vater!« Sie hörte sich an, als würde sie gerade von ihrer drohenden Hinrichtung berichten.

»Gut, dann begleite ich dich!«, sagte er mit gedämpftem Enthusiasmus. »Ich kann gegen acht Uhr hier sein. Dann reden wir eben nach dem Besuch bei deinem Vater.«

»Ich habe um sieben einen Gesprächstermin mit einer Polin, die ich als 24-Stunden-Pflegekraft für Papa engagieren möchte.«

»Ich kann eine Agentur beauftragen, die die besten Pflegekräfte für dich aussucht und den ganzen Verwaltungskram mit Lohnsteuer und Versicherung auch gleich für dich abwickelt.«

Sie drehte sich zu ihm herum, sah zu ihm auf und dann schmiegte sie ihren Kopf an seine Brust, schlang ihre Arme um seinen Oberkörper und hielt ihn so fest, als wollte sie ihn nie wieder loslassen.

»Danke, aber ich schaff das schon. Ich bin schon eine ganze Weile erwachsen.«

Ah, es nervte ihn, dass sie sich nicht helfen lassen wollte. Und es machte ihn auch stolz.

»Julia, das hat nichts damit zu tun, dass ich dich kaufen möchte, weil ich dich sowieso heiraten werde. In spätestens zwei Monaten.«

Sie warf den Kopf in den Nacken und lachte, und er war sich nicht sicher, ob ihre Antwort auf seinen Heiratsantrag »Ja!« lauten würde, wenn er sie jetzt fragen würde.

Kapitel 22

Eine Stunde später erschien Silvio wieder zum Dienst und holte Benni ab, um ihn zur Schule zu bringen. Und obwohl Julia wirklich sehr dankbar für Bennis Schutz war, hatte sie absolut keine Lust darauf, selbst von einem Chauffeur zur Arbeit gebracht zu werden. Leider bestand Thomas darauf, dass sie mit Silvio mitfuhr und sich von ihm direkt vor der Tür der Kanzlei absetzen ließ.

Sie hatte sich immer gewünscht, dass sich jemand um sie sorgen würde und dass sie sich ab und zu einfach nur fallen lassen konnte und jemand da wäre, der sie auffing. Aber offenbar hatte der liebe Gott es zu gut gemeint und ihr gleich Thomas Mahler über den Weg geschickt. Der machte niemals halbe Sachen. Nein, er versuchte sofort, die absolute Kontrolle über all ihre Sorgen zu erlangen.

Wenn er wüsste, dass er selbst im Augenblick ihre größte Sorge war.

Beim Frühstück hatte er ihr einen Vorgeschmack darauf gegeben, wie ihr Leben an seiner Seite ungefähr aussehen könnte: Sie würde diese Woche auf jeden Fall noch zu einem Frauenarzt gehen, ordnete Thomas an, und zwar zum besten, den es in Berlin gab. Und sie würde auf keinen Fall mehr einen Fuß in diese unsägliche Wohnung in Kreuzberg setzen. Silvio würde heute den Rest ihrer Sachen dort abholen und öffentliche Verkehrsmittel waren von jetzt an auch tabu für sie. Das wäre ja noch schöner, dass sie in eine verkeimte U-Bahn einstieg, und wenn sie unbedingt ein Praktikum machen musste, so gäbe es zig hochkarätige Kanzleien. Seine Frau hatte es wohl kaum nötig, für einen so verlotterten Haufen wie die Raschbergs zu arbeiten.

Julia versuchte nicht hinzusehen, während Thomas genüsslich zwei Spiegeleier mit Speck aß und Benni seine dritte Schüssel Cornflakes mampfte und dabei so tat, als würde ihn das Gespräch kein bisschen interessieren.

Dabei interessierte es ihn brennend. Er hatte natürlich sofort kapiert, dass zwischen dem Bonzen aus dem Fernsehen und Jule etwas lief, was eindeutig mit Sex und dem ganzen Liebeskram zu tun hatte.

Er war schließlich nicht auf den Kopf gefallen. Es war ja auch klar, dass die nette alte Dame vom Sonntag nicht rein zufällig Mahler hieß und garantiert hatten die und sein Kumpel Walter auch noch die Finger im Spiel und wahrscheinlich würde es bald so eine bescheuerte Hochzeit geben, wie in diesen dämlichen amerikanischen Liebesschnulzen. Er hoffte bloß, dass Jule nicht herumknutschen würde mit dem Mann. Zumindest nicht, solange er dabei war. Das wäre absolut eklig.

Als Julia dann endlich, endlich mal in diesem Badezimmer fertig war und Zeit hatte, sich um Benni zu kümmern, ließ dieser Mann einfach nicht ihre Hand los. Aber als Julia Benni in die Arme nahm und ihn kräftig drückte, musste er sie dann doch mal freilassen. Ha! Der sollte sich bloß nicht zu viel einbilden. Julia hatte ihn nämlich viel lieber. Das hoffte Benni jedenfalls mit leichtem Bangen.

»Benni, wir bleiben erst mal hier. Hier sind wir in Sicherheit«, sagte Julia.

Oh nein, Benni hatte wirklich keinen Bock, in dieser komischen Wohnung zu wohnen und in der Nähe des Bonzen zu bleiben. Der Typ hatte ja schon wieder seine Hand auf Julias Rücken, der blöde Grabscher, obwohl sie immer noch Benni umarmte. Benni hatte seinen großen Unglücksblick aufgesetzt und zu Julia gesagt:

»Können wir nicht in unsere eigene Wohnung? Oder in die neue nach Friedrichshain?«

Julia hatte auch ihren Unglücksblick aufgesetzt und geantwortet:

»Da ist es jetzt echt zu gefährlich. Leider. Ich erkläre dir später alles in Ruhe.«

»Jaaaa, das sagst du immer!«, quengelte Benni und wusste ganz genau, dass er es Julia gerade unnötig schwer machte, weil es ihr gestern schon so dreckig gegangen war. Aber er konnte einfach nichts dagegen tun. Er hatte auch Angst und er wollte nicht, dass Julia einen Freund hatte und ihn dann auch verlassen würde, so wie Oma.

»Ich schwör's! Ich erkläre dir alles in Ruhe. Heute Abend, wenn ich von Opa zurück bin.«

Pah! Wenn!

Und wenn nicht? Dann war nur dieser blöde Bonze schuld. Benni konnte den Mann nicht leiden. Er hasste ihn genau genommen. Nicht nur, weil er ihm Jule wegnehmen wollte. Die im Fernsehen hatten gesagt, er sei ein Kapitalist und würde keine Arbeitsplätze schaffen, und so wie Benni das sah, stimmte das auch, und außerdem hatte er schon graue Haare an den Schläfen, fast wie Opa, und dann kommandierte er immer alle herum, und alle taten immer sofort, was er wollte, sogar Jule.

Benni fand Eric jedenfalls tausendmal cooler und Micha Kühn auch. Aber dieser Thomas war absolut uncool. Der machte ihm Angst, auch wenn er Julia andauernd mit »Mein Herz« und »Meine Liebste« anredete und auch sonst einen Haufen geschwollenes Zeug quatschte. Und dabei hatte er einen Tonfall drauf, als wäre das selbstverständlich, dass ihm immer alle gehorchten. Und wehe, wenn nicht! Wie jetzt gerade eben:

»Es kommt gar nicht in Frage, dass meine Frau für diese moralisch verlotterte ... bla, bla, bla ...« Benni verdrehte die Augen und versuchte, sich auf den Strudel in seiner Cornflakes-Schale zu konzentrieren. Das war immerhin ein interessantes physikalisches Phänomen. Eric war in sein Zimmer gegangen, um sich anzuziehen, und Benni wünschte sich, er hätte ihn mitgenommen und nicht hier am Tisch in der Küche sitzen lassen.

»Ich bin aber nicht deine Frau«, antwortete Julia erstaunlich ruhig.

»Das ist nur noch eine Formsache!«

»Und außerdem, wenn Astrid Raschberg gut genug ist, um in deine intimen Vorlieben eingeweiht zu werden, dann ist die Kanzlei Raschberg auch gut genug für mich, um dort mein Praktikum zu absolvieren.«

»Meine ... meine Vorlieben?«

Thomas warf einen Blick auf Benni, der dem Gespräch gar nicht zuzuhören schien, aber Thomas traute sich trotzdem nicht, konkreter nachzufragen. Hatte diese blöde Raschberg etwa brühwarm das Gespräch vom Samstagabend weitergetratscht? Wenn ja, dann konnten sie beide das wohl schlecht vor den Ohren des Jungen klären, und wenn ja, dann würde er dieser Scheißkuh ihren dürren Hals umdrehen. Das hatte er doch nur aus lauter Frust gesagt und um die Frau zu provozieren, weil Julia nicht angerufen hatte, weil er stinkwütend war, weil er ... Hätte er doch besser seine Klappe gehalten.

»Es ist nicht, wie du denkst. Gib mir die Chance, dir das unter vier Augen zu erklären, später.«

Sie seufzte und lächelte sogar. Sie würde keinen Streit mit ihm beginnen. Nicht an einem Tag wie heute, nicht wenn sie um sein Leben bangen musste.

»Ja, manchmal sind die Dinge anders, als man denkt.«

Nicht jede Frau, die schwanger ist, will einen Heiratsantrag hören und nicht jeder, der intime Details seiner Geliebten ausplaudert, will diese damit abgrundtief demütigen. Thomas verstand Julias Anspielung auf Anhieb und er war froh, dass sie im Augenblick nicht weiter auf dem Thema herumritt. Ines hätte ihm schon längst eine höllische Szene gemacht. Gott, wie ihn das jeden Morgen genervt hatte, ihr Gezicke und Genörgel, und immer hatte sie irgendetwas auszusetzen gehabt, an dem, was er tat oder sagte oder nicht tat und nicht sagte. Nichts war ätzender, als einen anstrengenden Arbeitstag mit dem Gezeter einer streitsüchtigen Frau zu beginnen.

Ja, er war ein Steinzeitmensch, verdammt noch mal, und deshalb wollte er morgens von seiner Frau angespornt und bewundert werden, bevor er zur Jagd ging. Er legte sein Besteck weg und griff über den Tisch nach ihrer Hand und küsste sie ehrerbietig.

»Danke!« Er meinte: *Danke für deine Nachsicht und deine Sanftmut,* aber sie sah ihn nur verwirrt an.

Sie frühstückte nicht, hatte sich nur einen Kamillentee gekocht und den trank sie jetzt nicht einmal. Sie sah erschöpft aus und zerbrechlicher denn je. Ihr Haar hatte sie mit kleinen Haarklammern hochgesteckt und ein paar Strähnen hatte sie herausgezupft oder sie hatten sich von selbst wieder gelöst, sie sah jedenfalls atemberaubend aus. Als hätte sie gerade gründlich Sex gehabt und noch keine Zeit, um die Frisur wieder in Ordnung zu bringen.

Oh Mann, sie hatte gerade gründlich Sex gehabt …

Er versuchte nicht an das Bild zu denken, das sie abgegeben hatte auf dem Waschtisch mit gespreizten Beinen. Ihre purpurnen Nippel, die sich ihm einladend entgegenreckten und das schwarze Stückchen Seide zwischen ihren Beinen, feucht von ihrer Begierde.

Er versuchte, sich auf das Spiegelei zu konzentrieren. Er hatte Hunger wie ein Wolf. Ob Brockmann ihm wohl irgendetwas damit zu verstehen geben wollte? Sonst briet er nie Spiegeleier zum Frühstück. Meist gab es nur eine Scheibe Vollkornbrot oder Müsli oder bestenfalls Cornflakes mit Magermilch. Manchmal machte Conni im Büro noch ein zweites Frühstück für ihn. Er würde auf jeden Fall künftig deutlich mehr Kalorien verbrauchen mit dieser Frau im Bett.

Thomas schaute auf die Uhr – es war kurz vor halb acht – und er überlegte allen Ernstes, ob er mit Julia noch einmal kurz in seinem Schlafzimmer verschwinden konnte, bevor der anstrengende Tag begann. Aber eigentlich sah sie aus, als ob sie ein paar Stunden Schlaf und ein Stärkungsmittel dringender gebrauchen konnte als Sex.

Zum Glück kam Silvio in diesem Moment, um Julia und Benni abzuholen. Zuerst würde er Benni bis zur Tür des Schulgebäudes eskortieren und dann würde er bei Raschberg vorbeifahren und Julia dort abliefern.

Thomas kämpfte mit seinem inneren Schweinehund. Natürlich musste sie irgendwo ein Praktikum machen, das sah er ja ein. Und natürlich würde sie ihr Referendariat absolvieren, ihr Studium mit dem zweiten Staatsexamen abschließen und in zwei Jahren wäre sie Volljuristin und wenn sie es wünschte, würde er ihr sogar eine eigene Anwaltskanzlei kaufen. Aber es fiel ihm schwer, sich vorzustellen, dass sie wirklich einem Beruf nachgehen wollte. Natürlich war sie nicht so ein Typ wie Ines, die von einem Kosmetikstudio zum nächsten tingelte und nicht wusste, wie sie die Zeit totschlagen sollte, aber irgendwie musste der Erzreaktionär in ihm erst einmal die Vorstellung verdauen, dass seine Frau ebenfalls jeden Morgen hinausziehen wollte, um zur Jagd zu gehen, anstatt zu Hause das Feuer zu bewachen.

Er zog sie zum Abschied noch einmal in seine Arme und küsste sie so tief und hart, dass sie im Laufe des Tages bloß nicht vergessen sollte, dass sie nur ihm gehörte. Benni brüllte ein angewidertes »Igitt!« durch die Wohnung und Silvio wartete mit verschränkten Armen und tappte ungeduldig mit dem Fuß.

Und Julia küsste Thomas zurück. Und wie! Als wäre das der letzte Kuss ihres Lebens, als würde sie sich für immer von ihm verabschieden. Sie hielt seinen Kopf mit beiden Händen fest, schmiegte sich an ihn, als wollte sie mit ihm verschmelzen, und ihre Zunge streichelte ihn mit süßer Zärtlichkeit. Großer Gott, diese Frau wusste, wie man jeden einzelnen Moment des Lebens in eine Kostbarkeit verwandelte.

»Ich rufe dich später an, also drück mich nicht weg!«, flüsterte er auf ihre Lippen und dann wandte er sich an Silvio und registrierte dessen feindselige Körperhaltung.

»Gibt's ein Problem, Seidlitz?« Schon alleine der Tonfall reichte, um Silvios Pose zu verändern. Er legte seine Arme seitlich an und nahm eine gerade Haltung an.

»Soll ich Julia heute Abend nach Spandau zu ihrem Vater fahren?«

»Nein, das macht Brockmann.«

Und wenn Brockmann sie dort wieder abholte, dann würde Thomas mitkommen und egal, wie spät es werden würde, sie würde das romantischste Candle-Light-Dinner und den perfektesten aller Heiratsanträge bekommen. Woher wusste Silvio überhaupt, dass sie heute Abend zu ihrem Vater wollte? Er sollte sich bloß nicht zu viel herausnehmen, nur weil er einmal in seinem Leben eine gute Idee gehabt hatte.

»Kümmern Sie sich darum, dass Bennis Kinderzimmer vom Hackeschen Markt hierher umzieht. Mit Möbeln und Spielzeug und allem.«

»Hat Eric schon veranlasst«, grummelte Silvio.

»Gut, und im Übrigen können Sie sich das abgewöhnen, meine künftige Frau beim Vornamen anzureden oder sie Küken zu nennen. Ich bin der Einzige, der sie so nennt. Verstanden?«

»Ja, Herr Mahler.« Silvio stand jetzt stramm wie ein Gefreiter, es fehlte nur noch, dass er salutierte.

»Und noch was.«

»Ja?«

»Danke, dass Sie sie hergebracht haben! Das vergesse ich Ihnen nicht.«

***

Als Julia vor der Kanzlei aus dem Auto aussteigen wollte, fuhr ausgerechnet Raschberg Senior vor und sie ging in Deckung. Sie wollte nicht von ihm in einem fetten S-Klasse-Mercedes gesehen werden und hinterher unangenehme Fragen beantworten müssen.

Silvio lachte kopfschüttelnd. Er hatte wirklich schon zu viele Jahre als Bodyguard für die Upper-Class fungiert und ganz vergessen, wie erfrischend eine normale Frau sein konnte. Nachdem Raschbergs Auto in der Tiefgarage verschwunden war, machte er ihr ein Zeichen und sie richtete sich auf dem Vordersitz wieder auf. Als sie gerade aussteigen wollte, hielt er sie am Handgelenk fest und zwang sie, ihn anzusehen.

»Sie brauchen keine Angst vor heute Abend zu haben«, sagte er etwas unwirsch.

Es war nicht seine Art, jemandem das Händchen zu halten oder irgendeiner Tussi Mut zuzusprechen. Aber sie war nun mal nicht irgendeine Tussi und in Wahrheit sagte er es mehr zu seiner eigenen Beruhigung als zu ihrer. Wenn ihr etwas zustoßen würde, dann würde Mahler ihm bei lebendigem Leibe die Haut abziehen, und zwar ihm wahrsten Sinne des Wortes.

»Ja, ich weiß!«, antwortete sie und schaute ihn ungerührt an. Aber sie hatte Angst.

Sie hatte sich vor dem Treffen mit Morosow schon gefürchtet, bevor sie die Wahrheit über Maries Tod gekannt hatte. Aber jetzt, nachdem sie alles wusste, hatte sie abgrundtiefe Angst.

»Machen Sie alles ganz genau so, wie wir es besprochen haben, dann kann Ihnen gar nichts passieren.«

»Ja!«

Das hatten sie alles schon gestern Abend besprochen und es wurde nicht besser, nur weil er es noch einmal mit ihr durchkaute. Heute Abend musste sie nichts weiter tun, als Morosow zu einem zweiten Treffen überreden, bei dem er angeblich Benni treffen würde, bei dem er aber stattdessen in die Falle des BND tappen sollte. Das hörte sich so einfach an, dass eigentlich nichts schiefgehen konnte. Zumal sie genau das ja sowieso vorgehabt hatte.

»Sie sind eine mutige, kleine Frau!«, sagte Silvio, einen Tick zu gönnerhaft für ihren Geschmack.

»Und Sie sind ein verlogener, riesiger Mistkerl!«, antwortete sie kühl.

Er arbeitete seit Jahren für Thomas Mahler und gleichzeitig für den BND.

»Einen Mann, der so mächtig ist wie Mahler, kann man nicht unbeobachtet handeln lassen, zumal er viele Kontakte in den Nahen Osten und in Länder der ehemaligen Sowjetunion hat. Und außerdem geht es dem BND in diesem Falle darum, ihn zu schützen und nicht, ihm zu schaden.«

Er wusste gar nicht, warum er sich überhaupt verteidigte. Er diente nur seinem Land und es war ja nicht so, dass er Mahler notorisch betrog und hinterging. Er erledigte seinen Job als dessen Bodyguard nach bestem Wissen und Gewissen und er würde Mahler im Ernstfall auch mit seinem Leben beschützen. Was konnte man mehr verlangen?

»Sie hintergehen ihn trotzdem. Egal, welche Gründe Sie sich dafür ausdenken. Verrat ist Verrat«, sagte sie giftig zu ihm. »Haben Sie wenigstens ein schlechtes Gewissen?«

»Ich muss die Ethik eines Nachrichtendienstes nicht mit Ihnen besprechen, Chica!«

»Nein, da kann ich auch drauf verzichten. Aber Sie brauchen meine Hilfe und deshalb erlaube ich mir, Ihnen zu sagen, was ich von Ihnen halte.«

Nichts! Das hatte sie ihm gestern schon zu verstehen gegeben, und es nervte ihn. Obwohl er das ungern zugab, aber er wollte nicht, dass sie schlecht von ihm dachte. Vielleicht weil sie so ein treuherziges Naivchen war, das alle anderen neben sich wie Charakterschweine aussehen ließ. Ah, er hasste solche Leute, solche Möchtegern-Gutmenschen, die sich an ihrem eigenen Gutsein aufgeilten, bis sie schier einen Orgasmus kriegten vor lauter Selbstgefälligkeit.

Aber er hasste nicht Julia. Er hatte es versucht.

»Egal, was Sie von mir halten, wir sitzen im gleichen Boot. Und Sie müssen Ihren angebeteten Mahler ebenfalls täuschen, wenn Sie ihn retten wollen. Oder was denken Sie, was passiert, wenn er erfährt, dass Sie sich heute mit Morosow verabredet haben?«

Sie wusste genau, was passieren würde.

Wenn Thomas davon wüsste, würde er mit aller Macht verhindern, dass sie sich mit Morosow traf, und wenn sie sich nicht mit ihm traf, dann konnte sie ihn nicht in die Falle locken, die der BND für ihn vorgesehen hatte. Und wenn der Hundesohn nicht in die Falle ging, wären weder Benni noch Thomas sicher.

»Wir sitzen im gleichen Boot, weil Sie mir keine andere Wahl gelassen haben, aber Sie sitzen freiwillig dadrin und das schon viel zu lange«, antwortete sie frostig. »Und wenn das mit Morosow vorbei ist, wird Thomas Mahler von mir erfahren, wer Sie sind.«

Silvio spürte, wie sich unprofessioneller Ärger in ihm aufbaute.

»Sie selbstgerechtes, überhebliches Miststück!«

Er quetschte vor Wut ihr Handgelenk, bevor er sie losließ. Er hatte damit gerechnet, dass sie ihn an Mahler verpetzen würde – und auch wieder nicht. Er hatte ihr gegenüber seine Tarnung preisgeben müssen, sonst hätte er sie nie dazu bringen können, die Aktion zu unterstützen. Das Risiko waren er und seine Vorgesetzten bewusst eingegangen. Im schlimmsten Fall würde Mahler ihn mit einem schmerzhaften Fußtritt vor die Tür befördern und er würde irgendwo anders eingesetzt werden. Aber gleichzeitig hatte er auch insgeheim gehofft, es würde nicht so weit kommen. Er liebte den Job bei Mahler. Er respektierte den Mann, mehr als jeden anderen Chef, den er bisher hatte. Er hatte schon bei Promis gearbeitet, für die er nur Verachtung aufbringen konnte, aber Mahler war ein Mann mit Format und Silvio wollte nicht wie ein Verräter davongejagt werden, nicht von Mahler.

»Und außerdem möchte ich die Tagebücher meiner Schwester zurückhaben.«

»Ich habe die Tagebücher Ihrer Schwester nicht. Ich wusste gar nicht, dass sie welche geschrieben hat.«

Sie lachte ungläubig. »Und das soll ich Ihnen glauben? Die Tagebücher sind das Einzige, was gestohlen wurde, und der BND hat ein großes Interesse daran, alles über Maries Tod zu vertuschen.«

»Und Morosow hat ein noch größeres Interesse daran!«

Sein Tonfall wurde nur noch schnippischer, falls das möglich war. Er hätte die Frau am liebsten an beiden Schultern gepackt und sie durchgeschüttelt und dann geküsst und dann gefickt. Shit, es half rein gar nichts, dass er ausgerechnet jetzt daran dachte.

»Woher sollte Morosow meine Adresse kennen? Wenn er wüsste, wo ich wohne, würde er sich wohl kaum mit mir in Spandau treffen wollen, oder?«

»Was glauben Sie, wie schwer es für jemanden wie Roman Morosow ist, die Adresse der kleinen Julia Dietrich herauszufinden? Natürlich weiß er, wo Sie wohnen. Dafür muss er nicht mal 100 Euro ausgeben.«

Julia schnappte erschrocken nach Luft und eine käsige Farbe überzog plötzlich ihr Gesicht. Sie würde doch nicht in das Auto kotzen. Nicht in den wunderschönen SL.

»Mann, Süße, ich dachte, das wäre klar, dass der Sie gecheckt hat«, schnauzte Silvio abgenervt. Morosow wusste, dass Julias Wohnung in Kreuzberg vom BND überwacht wurde, und er wusste, dass ihr Elternhaus in Spandau inmitten einer Wohngegend ziemlich ungeeignet war für einen Zugriff. Daher war ihm der Treffpunkt gelegen gekommen.

»Werden Sie jetzt bloß nicht hysterisch.«

»Ich werde nicht hysterisch!«, rief sie hysterisch. »Sie sind ein Arschloch! Sie sind ein Oberarschloch! Sie wussten die ganze Zeit, dass Morosow meine Adresse kennt? Wie oft habe ich Benni abends allein gelassen? Wie oft ist er alleine vom Hort oder von der Schule nach Hause gegangen und Morosow hätte ihn sich nur zu schnappen brauchen?«

»Hey, beruhigen Sie sich! Sie kotzen mir gleich das Auto voll!«

Sie würde demnächst austicken, das sah er ihr an. Sie schien kaum noch Luft zu bekommen, ihre Bluse platzte fast, weil ihr Atem so schnell ging, und ihre Titten würden bald die Knöpfe wegsprengen.

»Er weiß es erst seit gestern Nachmittag. Nachdem er mit Ihnen telefoniert hat, hat er Sie sofort checken lassen. Aber dank der Überbesorgtheit von Mahler passe ich schon seit Sonntagabend auf Sie auf.«

»Wie konnte dann der Einbruch überhaupt passieren, wenn Sie angeblich aufgepasst haben?« Sie spuckte immer noch Gift und Galle, aber sie klang schon nicht mehr so hysterisch.

»Vielleicht weil ich Ihnen von Raschberg zur Schule und von der Schule zu Sparfox gefolgt bin und diesem blöden Elvis-Verschnitt dabei zugeschaut habe, wie er seinen steifen Schwanz hinter irgendwelchen Leinwänden und Bilderrahmen versteckt hat.«

»Wenigstens hat er ihn versteckt!«, zischte sie ihn an und warf nur einen kurzen Blick auf seine Hose. Dann war sie draußen aus dem Auto, dieses selbstgerechte Miststück, die Handtasche über die Schulter geschwungen blickte sie nicht mehr zurück.

***

Als Thomas in sein Büro kam, erwartete ihn Conni bereits mit einem ganzen Packen Tageszeitungen, einer Tasse Kaffee und vier verschiedenen Paaren von Babyschuhen. Rosa, blau, weiß und ein winziges Pärchen, das aussah wie zwei kleine Kätzchen. Er musste unwillkürlich lächeln, als er die Kätzchenschuhe sah.

»Sie sollten einen Blick in die Tageszeitung werfen!«, begrüßte ihn sein Assistent Dr. Nickel.

Er hatte das Gespräch mit den Schweden vorbereitet und die Rede für die Personalversammlung geschrieben und er hatte alle wichtigen Unterlagen dabei. Die klitzekleinen Babyschuhe wirkten ganz unwirklich zwischen den Tageszeitungen, den ganzen Akten und Dr. Nickels knappen Ausführungen zu den Pressereaktionen auf den Erdöl-Deal. Er zeigte auf die Schlagzeile der Berliner Post, die neben dem Frankfurter Morgen lag, und die beide beinahe gleich lauteten:

Mahlers Milliarden-Deal mit den Emiraten kappt die Gaspipeline.

Und im Süddeutschen Boten stand: *Russischer Gasriese schaut nach Milliardengeschäft in die Röhre.*

»Ich habe schon eine Presseerklärung vorbereitet. Wir müssen diese Berichterstattung etwas relativieren«, erläuterte Nickel und legte seine Presseerklärung gleich mit vor. »Wir geben ein Interview. ZDF und ARD haben schon nachgefragt. Ich kann für heute Abend ein Gespräch im ARD-Studio arrangieren.«

Merkwürdig, dachte Thomas, während er die Kätzchenschuhe zwischen seinen Fingern hin und her drehte und sie begutachtete. *Wie unwichtig manche Dinge von einem Tag auf den anderen werden können.* Er dachte an das Baby, das vermutlich erst ein paar Millimeter groß war und bereits das Leben seines Vaters und den Magen seiner Mutter auf den Kopf stellte. Sein Herz machte Sprünge in seiner Brust und eine warme Welle durchströmte seinen ganzen Körper.

Er war glücklich!

Oh Gott, ja! Er war richtig glücklich.

»Federer soll das Gespräch bei der ARD übernehmen!«, sagte er nur. Er selbst verabscheute Fernsehauftritte und Publicity und er gab nur dann persönlich Interviews, wenn es sich absolut nicht vermeiden ließ.

»Sie haben mich doch gebeten, einen Auflösungsvertrag für Herrn Federer vorzubereiten.«

Dr. Nickel hatte nicht einmal zu fragen gewagt, warum Mahler sich von Federer trennen wollte, auch wenn er natürlich ausgiebig darüber spekuliert hatte.

»Habe ich. Aber noch hat er ihn nicht zur Unterschrift bekommen, also ist er immer noch mein Mann. Schicken Sie Federer zur ARD und den Auflösungsvertrag durch den Schredder.«

»Wir müssen angesichts der Hetzkampagne in der Presse und des massiven Schlags gegen die GAZ-Trans-Energon Ihre Sicherheitsstufe erhöhen.«

Das bedeutete noch zwei Bodyguards mehr, noch weniger Bewegungsfreiheit und ein höheres Risiko für seine Familie, die just an diesem Morgen um zwei unschätzbare Menschen größer geworden war – zweieinhalb. Thomas rief Conni über das Sprechgerät und ließ Nickels Bemerkung zur Sicherheitsstufe unkommentiert. Nickel funktionierte wie ein Uhrwerk, und wenn er der Meinung war, dass Thomas ab heute einen besseren Personenschutz brauchte, dann würde er sich mit Brockmann zusammensetzen und geeignete Männer auswählen.

»Conni, lassen Sie diese Kätzchen-Babyschuhe einpacken! Und organisieren Sie mir für heute Abend 100 langstielige, rote Rosen.«

»100 Rosen? Das wird ein großer Strauß!«

Also ob er das nicht selbst wüsste. Er hatte lange überlegt, wie er Julia seine ernsten Absichten zeigen konnte, ohne dass sie ihn missverstand. Sein erster Gedanke war gewesen, ihr einen hochkarätigen Diamantring an den Finger zu stecken.

Und ihre Augen leuchten zu sehen.

Das war das, was bei Frauen normalerweise funktionierte. Das war das, was bei Ines beinahe eine Glücks-Ohnmacht verursacht hatte und jede andere Frau feucht werden ließ. Aber es war eher unwahrscheinlich, dass der Trick bei Julia klappte. Da könnte es ihm durchaus passieren, dass sie ihm eine Ohrfeige verpasste. Immerhin hatte er es am Sonntagabend total verpfuscht mit seiner dämlichen Unterstellung, sie wäre auf genau diesen Ring scharf.

»Sie können auch 200 Rosen bestellen, wenn die sich noch binden lassen.«

»Und eine Karte dazu?«

Ah, sieh an, Conni war neugierig. Thomas schmunzelte nur, denn ihre Neugier würde sie bezwingen müssen, bis Julia »Ja!« gesagt hatte und er die Verlobung offiziell bekannt geben konnte. Denn ganz tief in seinem Innern wurde er das mulmige Gefühl nicht los, dass sie womöglich »Nein!« sagen würde. *Ich will keinen Ehering von dir. Das wäre das Letzte.*

»Nein, keine Karte.«

Das, was sie von ihm hören wollte, würde er ihr heute Abend persönlich sagen.

»Sehr wohl, Herr Mahler. Da ist übrigens eine Dame von der Kanzlei Raschberg in der Leitung. Sie sagt, Sie würden ihren Anruf erwarten.«

»Stellen Sie sie durch, sofort!«, brüllte Thomas ins Telefon und winkte Nickel mit dem Kopf zu, er solle verschwinden. Aus irgendeinem Grund hatte er angenommen, die Dame aus der Kanzlei Raschberg könne nur Julia sein. Aber natürlich war es nicht Julia, die hätte ja nicht in seinem Vorzimmer, sondern auf seinem Privathandy angerufen.

»Hallo, hier ist Astrid. Astrid Raschberg«, kam ihre erotisch angehauchte Stimme aus dem Hörer.

Wut und Enttäuschung mischten sich zu einem bitteren Geschmack auf seiner Zunge. Er brachte keine Antwort aus seiner trockenen Kehle heraus.

»Mein Mann ist für ein paar Tage auf einer Auslandsreise und ich habe mich gefragt, ob wir beide uns vielleicht die Einsamkeit etwas vertreiben sollten.«

Er räusperte sich nur und glaubte einfach nicht, dass er dieser Frau wirklich von sich und Julia erzählt hatte.

»Hallo, Herr Mahler? Thomas?«

»Ja?«

»Ich bin ab elf in der Kanzlei!«

Verdammt, die Frau war ja die Pest. Er musste sie aufhalten, bevor sie Julia noch mehr Schwachheiten über ihn erzählte.

»Dann werde ich zur Mittagszeit dort vorbeischauen, um etwas gegen meine Einsamkeit zu unternehmen«, brummte er und hatte schon einen ziemlich konkreten Plan, was er dagegen unternehmen würde.

»Wie schön! Ich werde da sein.« Sie kicherte zufrieden ins Telefon und er knallte den Hörer auf die Station.

»Conni!«, brüllte er ins Sprechgerät. »Ich brauche die Rosen nachher um elf, und Brockmann soll sich bereithalten. Und finden Sie heraus, wem der Häuserblock gehört, in dem die Kanzlei von Raschberg eingemietet ist.«

Er würde Julia keine Minute länger mit dieser Hündin alleine lassen. Wenn die es schon wagte, bei ihm im Vorzimmer anzurufen, dann bildete die Frau sich entschieden zu viel ein. Und von diesem Höhenflug würde er sie ganz unsanft herunterholen und Julia beweisen, dass das Geschwätz dieser Frau nichts zu bedeuten hatte. Und dann würde er diese Kanzlei dem Erdboden gleichmachen. Er würde alle Immobilien, auf die Raschberg spekulierte, aufkaufen, mitsamt dem Gebäude, in dem diese erbärmliche Kanzlei eingemietet war, und nachdem er mit Raschberg fertig war, würde der sich bei ihm dafür bedanken, wenn er überhaupt noch einen Job bei der Müllabfuhr bekam.

»Und was ist mit den Schweden?«, wollte Conni wissen.

»Das wird Nickel zusammen mit Doktor Schwabe von der Research Group erledigen.«

Herrje, die verdienten beide einen Haufen Geld. Er musste nicht alles alleine machen.

***

Langsam entwickelte sich Frau Raschberg zur Landplage, fand Julia. Sie konnte ja verstehen, dass die Frau sich um die Kanzlei ihres Mannes kümmern wollte, zumal sie selbst Juristin war, aber warum konnte die Frau sie nicht einfach in Ruhe lassen?

Warum musste sie jedes Mal, wenn sie in der Kanzlei auftauchte, bei ihr im Zimmer vorbeischauen und irgendwelche Gemeinheiten absondern? Sie hatte der Frau doch wirklich nichts getan.

Und natürlich kam Astrid Raschberg auch an diesem denkwürdigen Dienstag völlig unpassend in Julias Büro geschneit. Isabel hatte nämlich immer noch eine Beziehungskrise mit Eric und Julia war gerade dabei, sie deswegen in den Arm zu nehmen und zu trösten.

Eric war vergangene Nacht gar nicht bei Isabel gewesen und hatte ihr auch nicht gesagt, wo er die Nacht verbracht hatte, und für die kommende Nacht hatte er auch schon angekündigt, dass er leider keine Zeit haben würde. Und nun glaubte Isabel allmählich, dass da eine andere Frau dahintersteckte, zumal Eric ihr nicht sagte, warum er keine Zeit hatte, er sagte nur, DASS er keine Zeit hatte. Julia versuchte gerade, ihr zu erklären, dass Eric sehr wahrscheinlich die ganze Nacht in Thomas Mahlers Wohnung gepennt hatte – zumindest war das eine logische Schlussfolgerung, wenn er am frühen Morgen halbnackt dort herumlief – und dass sein Boss ihn angewiesen hatte, sich heute Abend bereitzuhalten, um sie aus Spandau abzuholen.

Kurz und gut, sie versuchte Isabel zu erklären, dass es ihre Schuld war, wenn Eric heute Abend wieder nicht bei seiner geliebten Isabel sein konnte.

Julia hatte das gar nicht gewollt. Sie wäre sehr viel lieber mit dem Bus aus Spandau zurückgefahren, so wie immer, aber es hatte ihr nichts gebracht, mit Thomas zu argumentieren. Er hatte gesagt, wenn sie nicht anrufen würde, dann würde Eric eben einfach vor der Tür stehen bleiben und im Auto warten, bis sie wieder herauskäme. Und wenn es Stunden dauern würde. Sie wollte auf keinen Fall, dass Eric vor der Tür wartete, wenn ausgerechnet Morosow auftauchte. Also hatte sie zugestimmt, Eric anzurufen, sobald er sie wieder abholen konnte.

»Er macht seinen Job!«, versuchte Julia zu erklären.

»Ich will, dass er diesen Job aufgibt, bevor ihn jemand in die Luft jagt!«, antwortete Isabel pikiert.

»Aber ich glaube, er liebt seinen Job!«

»Wenn er mich liebt, dann gibt er diesen Job auf.«

»Und wenn du ihn liebst, dann stehst du zu ihm, trotz seines Jobs.«

Als sie Isabels entsetztes Gesicht sah, hätte sie sich am liebsten einen Knoten in die Zunge gemacht. Hätte sie nur den Mund gehalten! Es ging sie doch wirklich nichts an. Sie hatte genug eigene Probleme mit der Liebe. Letztlich mussten Eric und Isabel das unter sich klären. Und sie kannte Eric schließlich gar nicht gut genug, um überhaupt beurteilen zu können, wie sehr er seinen Job liebte. Aber anstatt ihre Klappe zu halten, setzte sie noch einen drauf und sagte beinahe vorwurfsvoll zu Isabel:

»Da liebst du einen Menschen, weil er ist, wie er ist, und kaum bist du mit ihm zusammen, dann willst du ihn ummodeln und in einen anderen verwandeln.«

Isabel nahm die Einmischung gar nicht gut auf und antwortete mit ziemlich pikiertem Tonfall: »Bin mal gespannt, ob du das auch noch so stehen lässt, wenn der Erz-Macho, mit dem du zusammen bist, dich jede Woche mit einer anderen betrügt.«

Und wie zur Bestätigung, dass Isabel völlig recht hatte, spazierte aufgedonnert wie zum Galadinner und geschminkt bis unter die Haarwurzeln Astrid Raschberg in das Büro der beiden Frauen und rief mit überfreundlicher Stimme: »Ratet mal, mit wem ich gleich zum Essen verabredet bin?«

»Mit einem Schönheitschirurgen?«, schlug Isabel bissig vor.

Aber ihr Humor war bei Astrid Raschberg völlig verfehlt. Sie drehte sich einmal im Kreis vor den beiden, um ihnen Gelegenheit zu geben, ihr Aussehen zu begutachten und zu beneiden, und dann sagte sie mit einem überheblichen Lächeln: »Mit M-A-L-E-R! Und nach dem Essen gibt es einen kleinen Mittagsfick.«

Julia konnte die Buchstaben gar nicht schnell genug zu einem Namen zusammenziehen, um darüber entsetzt zu sein, da erklang schon von der Tür her die eisige Stimme von Thomas.

»Mahler schreibt man mit H, Frau Raschberg.«

Er war hinter einem gigantischen Strauß roter Rosen verborgen und Julia wusste nicht, ob sie heulen oder lachen sollte, als er direkt auf sie zukam und dabei Astrid Raschberg keines Blickes würdigte, obwohl die sich ihm direkt in den Weg stellte.

Er legte den Busch – von Strauß konnte man bei dieser Größe wirklich nicht mehr reden – einfach auf Julias Schreibtisch, zog sie vom Stuhl und in seine Arme und hielt sie so fest an sich gedrückt, dass ihr fast die Luft wegblieb.

»Kann ich dich überreden, mit mir Mittagessen zu gehen?«

»Essen?« Julia war völlig sprachlos und überrumpelt und ihr Herz polterte wild, während ihr Adrenalinspiegel in die Höhe schoss.

Er war da! Mit einem galaktischen Strauß und er war zu ihr gekommen, nicht zur kalten Astrid, und wenn es je ein geniales Timing in ihrem Leben gegeben hatte, dann war es das Auftauchen von Thomas just in diesem Augenblick. Wow, wie ein Ritter in einer schimmernden Rüstung, der gekommen war, um sie vor dem bösen Drachen zu retten.

»Wir können das Essen auch überspringen.« Er küsste galant ihren Handrücken und schaute ihr dabei so tief in die Augen, dass sie die Hitze seines Blicks bis in ihr Höschen spürte. Feucht und heiß.

»Ich ... ich ähm, hab nur eine halbe Stunde Mittagspause.«

»Dann lass uns gehen! Isabel, stellen Sie die Rosen ins Wasser?«

Isabel sprang sofort auf, als wäre er ihr Boss, und fragte sich verwundert, wie es möglich war, dass er sich noch an ihren Namen erinnerte. Als sie Mahler am Samstag bei Julia begegnet war, hatte Eric es noch nicht einmal für nötig befunden, sie seinem Chef vorzustellen. Trotzdem schien er irgendwie ihren Vornamen zu kennen. Sie konnte nicht leugnen, dass sie sich geschmeichelt fühlte, zumal die blöde Raschberg-Ziege im wahrsten Sinne des Wortes aus allen Wolken fiel.

Sie hatte sogar die Arme leicht erhoben, als müsste sie sich vor dem freien Fall, den sie gerade erlebte, schützen oder als müsste sie wild um sich schlagen. Und ihre Augen sahen aus, als ob sie unter atmosphärischem Unterdruck leiden würde.

Thomas half Julia in den hellen Wollmantel und legte dann beschützend den Arm um sie, bevor er sich ein letztes Mal zu Astrid Raschberg umwandte.

»Ich weiß wirklich nicht, woher Sie die Zuversicht nehmen, irgendetwas an Ihnen könnte mich interessieren, außer vielleicht der Tatsache, dass ich wiederholt mitanhören musste, wie Sie meine künftige Ehefrau demütigen. Es ist Ihnen vielleicht nicht klar, aber ich habe das unstillbare Bedürfnis, Sie dafür fertigzumachen.«

Seine Stimme wurde mit jedem Wort eisiger, was seine Worte nur noch bedrohlicher wirken ließ. Oh ja, er hatte einen Auftritt in dieser Art geplant und war ziemlich zufrieden mit sich selbst, als Frau Raschbergs Gesicht sich in eine steinerne Fratze verwandelte. Aber er wusste natürlich sehr wohl, dass es im Grunde seine eigene Schuld war, wenn die Frauen sich ihm so aufdrängten. Die ganze Zeit hatte er seinen Ruf als Frauenheld genossen und zelebriert, aber auf einmal kam er sich damit genauso liederlich vor wie die Frauen, die sich ihm an den Hals warfen.

»Übrigens, Isabel ...« Brockmanns rothaariges Mädchen hatte schreckgeweitete Augen und fürchtete sich eindeutig vor ihm. »Sie sollten sich nach einem neuen Job umsehen, ich bezweifle, dass Raschberg noch lange imstande sein wird, Gehälter zu bezahlen.«

Und mit diesen Worten reichte er ihr seine Visitenkarte über den Schreibtisch, vor der sie förmlich zurückzuckte.

»Melden Sie sich morgen in der Rechtsabteilung bei Expiron und sagen Sie, dass ich Sie schicke.«

Er zwinkerte Isabel verschwörerisch zu, bevor er Julia zur Tür hinausschob, an einer versteinerten Astrid Raschberg vorbei.

Julia fielen alle möglichen Dinge ein, die sie Thomas angesichts dieses Wahnsinnsauftritts gerne um die Ohren gehauen hätte. Allen voran, dass er nicht so hätte übertreiben sollen und dass er sich gefälligst nicht in ihr Praktikum einmischen sollte und dass er doch nicht einfach mir nichts, dir nichts eine renommierte Anwaltskanzlei plattmachen konnte und dass sie vor allem ganz bestimmt nicht seine künftige Ehefrau sei. Aber all das sagte sie nicht, weil ein anderer Gedanke in ihr viel zu übermächtig war und den musste sie einfach loswerden.

»Oh! Mein! Gott! Das war so cooool!«

Sie warf die Arme um ihn und gab ihm einen stürmischen Kuss auf die Wange. Ja, das entgleiste Gesicht der Raschberg war wirklich unbezahlbar gewesen und er fand sich selbst ziemlich cool. Zumal damit bei Julia hoffentlich jeder Zweifel ausgeräumt war, was ihn und diese grauenvolle Frau anging. Er streichelte ihren Nacken und lächelte zufrieden, während der Steinzeitmann in seinem Innern laut und übermütig jubelte.

»Sie sollten besser nicht vor die Tür gehen, Herr Mahler!« Eric stellte sich ihnen beiden in den Weg. »Da draußen hat sich ein ganzes Rudel an Reportern versammelt. Irgendwie müssen die mitgekriegt haben, dass Sie hier sind.«

War es möglich, dass die Raschberg in ihrer Selbstüberschätzung auch gleich noch die Presse verständigt hatte, um ihren vermeintlichen Mittagsfick zu feiern? Oder wohl eher, um die Kanzlei ihres Mannes mit seinem Namen in Verbindung zu bringen und damit Werbung machen zu können. Diese Kuh! Aber wie auch immer, er würde sich ganz sicher nicht mit Julia in dieser Kanzlei verschanzen.

»Nein, wir bringen das hinter uns, und dann geh ich mit Julia essen.« Und mit diesen Worten schob er Julia auf den Haupteingang zu.

»Ich hab keinen Hunger!«, beteuerte sie schnell.

Sie hatte nicht nur keinen Hunger, sie hatte eine Heidenangst davor, mitten in einen Schwarm von Reportern hineingeschoben zu werden, ganz zu schweigen von dem Risiko für Thomas. Was wäre, wenn dort irgendwo ein Scharfschütze von Morosow lauerte, der nur auf eine solche Gelegenheit wartete?

»Kugelsichere Weste an?«, fragte Thomas mit scherzhaftem Tonfall an Eric gewandt, aber vor Schreck wurden Julia die Knie weich und hätte Thomas sie nicht festgehalten, wäre sie garantiert gestolpert und gefallen.

»Keine Angst«, flüsterte er ihr zu, »das ist in ein paar Minuten vorbei.«

Er nahm ihre Hand und verflocht seine Finger mit ihren und dann stieß er die Glastür nach draußen auf wie ein Cowboy, wenn er den Salon betritt, um eine zünftige Schießerei anzufangen. Sie waren sofort von Kameras und Mikrofonen umringt und zwanzig verschiedene Stimmen riefen: »Herr Mahler! Herr Mahler!« oder »Herr Mahler, eine Frage!« oder »Herr Mahler, ein Satz zu Ihrem Erdöl-Deal!«

Eric scannte mit seinem Blick die Umgebung und wünschte sich, Silvio wäre hier. Ein einziger Bodyguard war auf offener Straße und in dem Gewühle von Menschen zu wenig. Julias ängstlicher Blick tat genau dasselbe, auch wenn sie ungeübt war und keine Ahnung hatte, worauf sie überhaupt achten musste, um einen möglichen Attentäter in dieser Meute an Menschen erkennen zu können, so schaute sie doch jeden einzelnen Reporter genau an, schaute jedem Passanten hinterher und ließ ihre Augen über die gegenüberliegende Häuserzeile gleiten und folgte jedem vorbeifahrenden Auto. Und dabei fühlte sie sich so hilflos und ausgeliefert wie noch nie.

Wenn sie je noch einen winzigen Zweifel daran gehabt hatte, ob ihr Treffen mit Morosow richtig war, so waren diese Zweifel in diesem Moment komplett beseitigt. Solange dieser Morosow frei herumlief und Thomas oder Benni bedrohte, konnte sie nicht tatenlos zusehen und abwarten.

Aber Gott sei Dank passierte nichts Schlimmes. Die Kameras und Mikrofone waren alle direkt auf Thomas gerichtet und er gab ein paar nichtssagende Antworten zu seinem Erdölvertrag. Wenn es Fragen zu dem geplatzten Gasgeschäft mit Bodjanski und der GAZ-Trans gab, wich er ihnen gekonnt aus oder er redete wie ein geübter Politiker so lange um den heißen Brei herum, bis die Reporter hinterher selbst nicht mehr wussten, was sie eigentlich gefragt hatten. Einer wollte wissen, wo der Bluterguss unter seinem Auge herkam, und er antwortete, er sei gegen seinen Boxsack gelaufen. Alle lachten, weil keiner ihm glaubte, aber jeder mit der Antwort zufrieden war.

Als die gierige Meute mehr oder weniger zufrieden war und die Kameraleute schon anfingen, ihr Equipment wegzupacken, rief noch irgendein Journalist aus den hinteren Reihen:

»Wer ist die schöne, junge Dame an Ihrer Seite, Herr Mahler?«

Und direkt vor Julias Nase tauchte ein riesiges Mikrofon mit einem roten Schaumstoppknubbel und dem Emblem des Senders auf. Thomas überlegte nicht eine Sekunde, sondern verkündete zu Julias blankem Entsetzen der gesamten Welt:

»Das ist meine Verlobte, Julia Dietrich.«

Heilige Scheiße, sie wollte nicht im Fernsehen gezeigt oder durch die Presse geschmiert werden. Schon gar nicht als Verlobte von irgendjemandem, der Mahler hieß.

»Ihre Verlobte? Herr Mahler, wann ist die Hochzeit?«, rief nun ein anderer und winkte seinem Kameramann, er solle noch mal auf das Paar halten. Thomas nahm Julias Hand, die immer noch mit seiner verwoben war, und küsste sie innig.

»Sobald ich Julia davon überzeugt habe, dass ich es wert bin.«

Ein paar der Reporter lachten, während Julia über und über rot wurde.

»Frau Dietrich!«, rief irgendeiner. »Was sagen Sie zu den Anschuldigungen, die Frau Mahler-Werth gegen ihren Noch-Ehemann erhebt?«

O Mann! Was war das denn für eine bescheuerte Frage? Was sollte sie wohl von einer Frau halten, die ihre schmutzige Wäsche vor laufenden Kameras wusch? Dabei hatte sie selbst erst vorgestern noch jedes Wort geglaubt, das die Frau erzählt hatte. Wäre Silvio nicht gewesen, der ihr ein paar deutliche Takte dazu gesagt hatte, würde sie diese Lügen vermutlich immer noch glauben.

»Manchmal ist es klug, wenn man sich ein eigenes Urteil über einen Menschen bildet, und nicht auf das hört, was die Medien berichten«, antwortete sie leise und spürte, wie Thomas ihre Hand aufmunternd drückte. Eric bahnte sich einen Weg zum Auto und Thomas zog sie hinter sich her. Irgendeiner der Reporter rief ihr noch etwas nach.

»Und wie beeinflusst das Bankkonto von Herrn Mahler Ihr Urteil, Frau Dietrich?«

Selbst wenn sie eine Antwort auf diese dreiste Frage gewusst hätte, Thomas ließ ihr keine Gelegenheit zum Antworten. Er schob sie in das Auto und stieg hinter ihr ein. Eric fuhr bereits los, da waren sie noch nicht mal richtig angeschnallt.

»Es tut mir leid, dass du da durchmusstest«, entschuldigte sich Thomas, weil er sah, wie sie zitterte. »Aber du hast das wirklich gut gemacht. Perfekt.«

»Ich möchte nicht durch die Presse gezerrt werden wie all die anderen Frauen, mit denen du dich umgibst, und ich ... ich bin nicht deine Verlobte.«

Er nahm ihr Gesicht in seine Hände und schaute ihr tief in die Augen.

»Oh doch, das bist du. Und es wird keine anderen Frauen mehr geben, mit denen ich mich umgebe! Ich schwöre es.«

Und dann küsste er sie.

Kapitel 23

Julia sah sehr blass aus und überängstlich. Sie stocherte lustlos in ihrem Salat herum. Immer wieder wanderte ihr Blick an Thomas vorbei zum Ausgang des Restaurants, als würde sie dort nach einem Fluchtweg suchen. Jetzt, nachdem er die Frage gestellt hatte, die er sich eigentlich für den Abend hatte aufheben wollen, erweckte sie den Eindruck, als würde sie am liebsten vor ihm davonlaufen wollen. Nachdem der Ober den Salat gebracht hatte, hatte er einfach ihre Hand genommen, sie geküsst und gesagt:

»Ich hätte dich lieber in aller Form gefragt, ob du mich heiraten willst, aber nun ist die Presse dazwischengekommen und ich musste Nägel mit Köpfen machen. Nimm mir diesen unkonventionellen Heiratsantrag nicht übel und sag einfach: Ja.«

Sie schwieg und starrte zur Tür.

Und er hatte mit einem Mal Angst. Angst, sie würde nein sagen. Sie würde einfach aufstehen und weggehen und er würde sie verlieren. Er merkte gar nicht, wie fest er ihre Hand drückte, bis sie das Gesicht vor Schmerz verzog.

»Sag doch was!«, hörte er sich leise bitten und als sie den Kopf schüttelte, wurde ihm beinahe schlecht.

»Sieh mal, Thomas, du bist doch noch verheiratet und vor fünf Wochen habe ich dich noch nicht einmal gekannt. Ich liebe dich! Oh Gott, ja, ich liebe dich wirklich, mehr als du ahnst, aber können wir das Ganze nicht etwas langsamer angehen?«

»Heute in einem Monat bin ich geschieden und außerdem kann ich nichts, was dich betrifft, langsam angehen. Das war schon beim ersten Mal so, wenn du dich erinnerst. Ich will dich für mich alleine und das für immer und das weiß ich im Grunde schon, seit ich dich bei diesem schäbigen Italiener gesehen habe. Außerdem wird mein Kind meinen Namen tragen und nichts anderes.«

Er rang um Fassung, weil er merkte, wie er immer aufbrausender wurde, dabei hatte er sich doch geschworen, ganz ruhig zu bleiben, wenn es um Julia ging, auf keinen Fall auszurasten und sie nicht durch einen Wutanfall zu erschrecken. Aber sie durfte nicht nein sagen, das war einfach keine Option.

»Ich weiß erst seit Samstag, dass ich schwanger bin«, murmelte sie und schaute schon wieder zur Tür.

Verdammt noch mal, warum schaute sie andauernd so ängstlich zur Tür? Die Vorstellung, dass er endlich die richtige Frau gefunden hatte, die aber anscheinend nach der erstbesten Möglichkeit zur Flucht spähte, versetzte ihn in helle Panik.

»Ich bin gerade mal seit sechs Tagen über die Zeit. Was denkst du, wie viele Frauen nach sechs Tagen ihre Blutungen bekommen und gar nicht wissen, dass sie schwanger waren?«

»Du wirst das Baby nicht verlieren!«, regte er sich auf. Er hatte Conni schon beauftragt, im November seine Termine auf ein absolutes Minimum zu beschränken.

»Es ist doch noch viel zu früh, um sich Hoffnungen zu machen, Thomas. Ich habe noch nicht einmal Zeit gehabt darüber nachzudenken, wie meine Zukunft mit einem Baby aussehen wird und ganz bestimmt erwarte ich nicht, dass du mich deswegen heiratest.«

»Aber ich erwarte, dass du mich deswegen heiratest«, sagte er so laut, dass sich einige Köpfe in ihre Richtung umwandten.

»Unser Kind gehört mir genauso, wie es dir gehört. Und du, du gehörst mir auch. Schon von Anfang an. Und selbst wenn ... oh Gott, ich mag es mir nicht vorstellen, aber selbst wenn wir das Baby verlieren sollten, dann wirst du mich trotzdem heiraten. Verstehst du? Du bist mein! Dann werde ich ein neues Baby in deinen Bauch pflanzen und du glaubst gar nicht, wie geil mich die Vorstellung macht.«

Gott sei Dank, jetzt lächelte sie.

Sie lächelte übers ganze Gesicht und ihm war, als würde mitten in dieser abgelegenen Ecke des Restaurants die Sonne aufgehen, und sein Herz ging auch auf und füllte sich mit Wärme und Glück und mit einem Gefühl, das er bisher nicht gekannt hatte, das so unendlich war und so wehtat und gleichzeitig so schön war, dass es nichts anderes als Liebe sein konnte.

»Gut, dann ist das also besprochen!«, sagte er heiser und hoffte, dass seine Stimme nicht verriet, wie es in seinem Herzen aussah. »Wir werden scharenweise Kinder haben.«

Sofern er diese Woche überlebt, dachte Julia, während sich ihr Magen in einen steinernen Klumpen verwandelte. *Wir haben so wenig Zeit und ich habe so viel Liebe.*

»Können wir nicht irgendwohin gehen und uns lieben?« Sie sah ihn mit flehentlichem Blick an und Thomas fiel vor Schreck die Gabel aus der Hand, während der bislang ziemlich entspannte Zustand in seiner Hose schlagartig zum akuten Krisenherd wurde und anstatt das Naheliegende und Vernünftigste zu sagen, nämlich solche Dinge wie etwa *»Wir hatten heute schon Sex«* oder *»Du hast nur eine halbe Stunde Mittagspause«* oder *»Wir holen das heute Abend in aller Ruhe und mit viel mehr Romantik nach«*, war sein verrücktes Gehirn nur zu einem einzigen Gedanken in der Lage: *»Wo?«*

Und schon hob er den Arm und bestellte die Rechnung – noch bevor sie überhaupt die Vorspeise geschafft hatten.

Das Auto hatte immerhin getönte Scheiben, auch wenn sie nicht ganz abgedunkelt waren und Brockmann stand an der Zufahrt zum Parkplatz und ließ niemanden mehr auf den Hof des Restaurants fahren. Er befand sich in einer gefährlichen Stimmung zwischen mächtig angepisst und ziemlich amüsiert.

Dass Julia mit ihren schlappen dreiundzwanzig Jahren wild und spontan war und sich auf so ein verrücktes Abenteuer einließ, das konnte er ja noch verstehen, aber dass ein prominenter Konzernchef, der mit beiden Beinen im Leben stand, es auf dem Rücksitz seines Autos treiben musste, weil er keine Zeit oder keine Lust hatte, bis zum Abend zu warten oder wenigstens ein Hotel aufzusuchen, das wollte Eric beim besten Willen nicht einleuchten.

Es war ja nicht so, dass der Mann nicht auch eine Wohnung und ein paar geräumige Betten in der Nähe gehabt hätte.

»Geschlossene Gesellschaft!«, brüllte er einen Taxifahrer an, der nur auf dem Hof wenden wollte und beim Anblick von Erics Unwettermiene lieber wieder rückwärts auf die vierspurige Fahrbahn zurücksetzte. Der Mercedes parkte zum Glück ziemlich sichtgeschützt hinter einem Strauch, auch wenn der um diese Jahreszeit natürlich kahl war. Wenn man genau hinschaute, konnte man durchaus mitverfolgen, welche Stellung wie lange dauerte und wie viele Küsse und sonstige Zärtlichkeiten die beiden dabei austauschten.

Wenn man allerdings nicht wusste, dass der Chef die Hose runtergezogen und seine Angebetete den Rock hochgeschoben hatte und dass er vermutlich tief in ihr steckte, während sie es sich auf seinem Schoß bequem gemacht hatte, könnte man als Außenstehender meinen, da säße ein sittsam gekleidetes Pärchen, das sich gelegentlich küsste. Sie hatte ihren Kopf in den Nacken gelegt und er hatte seine Lippen an ihrem Hals und seine Hände irgendwo unterhalb des Autofensters, so dass man nicht sah, was er damit trieb. Aber Eric wusste genau, wo er seine Hände jetzt hätte, wenn er an der Stelle des Chefs wäre.

Ach gottverdammte Scheiße. Er verschränkte die Arme und wandte diesem Schauspiel den Rücken zu. Das war zwar absolut unprofessionell, denn damit ließ er die Person, die er bewachen sollte, gefährlich unbewacht, aber er war schließlich auch nur ein Mann und wenn er noch ein paar Minuten länger zuschauen musste, wie sich Julias Körper hinter der Scheibe auf und ab bewegte, würde der Rest seiner Aufmerksamkeit entweder ganz den Bach runtergehen, weil er nur noch an seinen eigenen Schwanz und an Isabel denken konnte, oder er würde für ein paar Minuten nach drinnen auf die Toilette verschwinden müssen, was die Risikolage für den Chef auch nicht verbessert hätte.

»Verpiss dich!«

Ein Gast des Restaurants, der gerade die Abkürzung über den Parkplatz zum Wintergarten nehmen wollte, machte vor Schreck einen Sprung rückwärts, als Brockmann ihn anbrüllte. Und aus dem Auto, das, verflucht noch mal, für so viel Geld absolut schalldicht sein sollte, kam ein langgezogenes Stöhnen.

***

Er war tief in ihr und seine Hand tastete dabei nach ihrer feuchten Klitoris und spielte mit ihr, während er ihr Inneres ausfüllte und ausdehnte und mit ihr zu etwas verschmolz, was weit mehr war als nur zwei Körper, die kopulierten. Sie war ein Teil von ihm, für immer.

Sie wurde unruhig, seufzte und stöhnte und wiegte ihre Hüften. Sie wollte sich auf ihm bewegen und ihn reiten, aber er nötigte sie mit festem Griff zum Stillhalten. Denn zuerst würde er ihre Klitoris zum Kochen bringen, bevor er dem brennenden Instinkt nachgab und ihren Ritt zuließ. Und danach wollte er sie unter sich haben, tief und hart in sie hineinstoßen. Sie kam schnell und laut und er spürte, wie eine Gänsehaut über seinen gesamten Körper rieselte, eine Gänsehaut von Lust und Glück und Stolz.

Dabei hatte er sie doch nur zu einem harmlosen Mittagessen ausführen wollen, stattdessen hatte er ihr einen überstürzten Heiratsantrag gemacht und sich von ihr verführen lassen. Wobei von »Verführen« im landläufigen Sinne wohl kaum die Rede sein konnte. Sie hatte nur eine einfache, leise Frage gestellt: »Können wir nicht irgendwohin gehen und uns lieben?«

Und er liebte sie.

»Ich will dich von hinten!«, flüsterte er heiser in ihr Ohr. »Seit unserem ersten Mal in Lugano stelle ich mir das immer wieder vor: Du vor mir auf den Knien und ich stoße in dich. Ah, du glaubst nicht, wie mich dieses Bild verfolgt.«

»Weißt du, welches Bild mich verfolgt?«

»Welches?«

»Als du deine Hose ausgezogen hast und ich dich zum ersten Mal nackt sah, als ich deinen Penis sah, wie groß er war und wie aufrecht er in die Höhe stand.«

»Hast du Angst gehabt?«

»Ganz im Gegenteil! Es hat mir den Atem geraubt, dass du so groß und männlich bist. Und ich konnte nur denken: *Was für ein Mann!* Und dann warst du schon in mir.«

»Du hast dich also zuerst in meinen Schwanz verliebt, hm?«

Sie lachte leise, und er spürte, wie ihr Scheidenmuskel sich beim Lachen enger um seinen Penis zog.

»Dreh dich um, aber so, dass ich nicht aus dir heraus muss.«

Sie schafften es zu zweit mit ein paar sportlichen Verrenkungen und viel Gelächter. Er war nur froh, dass er heute den Mercedes genommen hatte, der hinten sehr geräumig war. Und als er endlich den Knopf auf der Fernbedienung gefunden hatte, der die Armlehne in der Mitte und den ganzen Multimedia-Schnickschnack in den Vordersitzen versenkte, stand ihnen hinten beinahe eine Art gemütliches Sofa zur freien Verfügung.

Julia stellte fest, dass sie seiner Lieblingsstellung von hinten sehr viel abgewinnen konnte. Irgendwie reizte diese Stellung einen besonderen Punkt in ihrem Innern, wo sie die Berührung durch seinen Penis schier verrückt machte und sie unheimlich heftig und lange kommen ließ und gleichzeitig war er dabei so tief in ihr, dass sie nicht sagen konnte, wo er aufhörte und wo sie anfing.

Ganz eindeutig liebte er es, beim Sex zu dominieren, und ganz eindeutig hatte sie überhaupt kein Problem damit. Sie hatte wirklich nicht viel Ahnung von all den Finessen, die der Sex für erfahrene Paare zu bieten hatte, aber sie stellte fest, dass sie es liebte, wenn er sie festhielt, während er mit ihr tat, was er wollte, wenn er sie härter anfasste und härter an ihr saugte und vor allem härter in sie stieß. Aber am meisten liebte sie den Moment, wenn er seinen Triumph feierte, wenn er komplett die Kontrolle über sich verlor. Dann wurde er zum Urmenschen oder zum Gott, je nachdem aus wessen Perspektive man es sah.

»Wenn unsere Tochter erwachsen ist, werde ich sie vor solchen Mistkerlen, wie ich einer bin, unbedingt beschützen müssen«, brummte er und zog seine Hose wieder hoch.

Selbst wenn er noch gekonnt hätte ... jetzt war Schluss. Es wurde ihm langsam unheimlich, was sie mit ihm anstellte. Er hatte keine Ahnung, wie sie es machte, aber sie weckte etwas in ihm, das ihn durchdrehen ließ. Er wurde einfach zum Tier und wenn er nicht aufpasste, würde er in seinem Ungestüm ihr oder dem Baby noch Schaden zufügen.

»Oh Gott, da gibt es ganz andere Mistkerle!«, sagte sie mit zitternder Stimme und mit einer Inbrunst, die ihn erschreckte. Dann drängte sie sich an ihn und umklammerte ihn ganz fest, als hätte sie ihn seit Jahren nicht mehr im Arm gehalten.

»Ich dachte, ich bin der einzige Mistkerl, den du kennst. Aber um dich vor mir zu schützen, müsste ich mir den Schwanz abhacken.«

»Sag so was nicht.« Sie drückte ihn noch fester an sich.

Ihr Rock war noch bis über ihre Hüften hochgeschoben und ihre Feinstrumpfhose lag irgendwo im Fußraum des Autos neben diesen hochhackigen Pumps und ihrem Höschen. Er streichelte sanft über ihr Haar, während er versuchte, mit seinem Taschentuch seinen Samen zwischen ihren Beinen abzuwischen. Auf den hellen Ledersitzen waren auch Flecken und Brockmann würde fluchen, aber Brockmann würde sich daran gewöhnen müssen. Julia war eindeutig unersättlich und er war mehr als willig, ihren Hunger zu stillen, sooft er es vermochte, und zwar ohne Kondome. Ja!

»Ich habe doch nur gescherzt, Kleines.«

»Ich weiß! Kann ich dich mal was fragen?«

»Ich nehme an, du willst weder ein Auto noch einen Brillantring noch eine Villa in Potsdam oder einen Pelz ...«

Sie legte ihren Zeigefinger auf seine Lippen und der schmeckte noch nach ihr und nach ihm und nach Sex – nein, nach Liebe. Er leckte über ihre Fingerkuppe und dann nahm er ihre Hand und küsste ihre Handfläche.

»Frag mich. Was immer du wünschst, die Antwort ist ja.«

»Ich will nichts ...«

»Ich hatte es befürchtet.« Er bückte sich nach ihrem Höschen und reichte es ihr.

»Wusstest du, dass die Nachrichtendienste einflussreiche Leute im eigenen Land überwachen?«

»Es ist nicht unüblich!«, sagte er relativ desinteressiert.

Er beobachtete mit großen Augen, wie sie in diesen verteufelten Stringtanga schlüpfte und die durchsichtige Spitze eigentlich rein gar nichts verdeckte. Er fragte sich, ob er sie zum Frauenarzt begleiten könnte, wenn sie diese Woche noch dahin ging. Erstens wollte er nicht, dass irgendein Kerl die Vagina seiner Frau anschaute und wenn sich das aus medizinischen Gründen nicht vermeiden ließ, dann würde er danebenstehen und aufpassen. Und zweitens war das schließlich sein Kind und er musste wissen, ob alles in Ordnung war. Obwohl er sich über Ines' Schwangerschaft damals sehr gefreut hatte, konnte er sich nicht erinnern, so besessen davon gewesen zu sein. Oh Gott, vielleicht hatte Julia recht und es war viel zu früh, sich Hoffnungen zu machen und der Frauenarzt würde zu ihm sagen: *»Wenn Sie Ihre Frau weiterhin so hart ficken, dann wird sie das Kind verlieren. Sie Vollidiot!«*

»Also überwacht der BND auch solche Leute wie dich?«, hörte er Julias Stimme und musste sich erst mal konzentrieren. Wovon hatte sie überhaupt geredet? Ach ja, Nachrichtendienste, die ihn überwachten. Gott, hatte die Frau keine anderen Sorgen?

»Aber sicher doch. Die wären dumm, es nicht zu versuchen.«

»Und es macht dir nichts aus? Ich meine, dass jemand dich vielleicht ausspioniert und Geheimnisse von dir weitergibt.«

»Die Frage ist falsch gestellt, Julia. Es ist für mich nicht entscheidend, ob ich ausspioniert werde, sondern wer mich ausspioniert. Ich weiß zum Beispiel, dass du mich nicht ausspionierst. Eric hat dich überprüft, noch bevor wir das erste Mal miteinander geredet haben.«

Sie hatte ihre Strumpfhose nun auch angezogen und den Rock wieder bis über die Knie herabgelassen. Sie schlüpfte in ihre Pumps und steckte ein paar verirrte Haarsträhnen wieder zurück in ihre Frisur.

»Also überprüfst du alle Leute, die für dich arbeiten?«

»Wenn möglich. Wenn der Nachrichtendienst unbedingt einen Spion bei mir einschleusen will, dann muss es ja jemand sein, der eng mit mir zusammenarbeitet. Brockmann ist über jeden Zweifel erhaben, aber es kämen durchaus Leute wie Conni, Doktor Nickel, Federer oder meine Haushaltshilfe Frau Grün in Frage.«

»Oder Herr Seidlitz?«

»Den hat Brockmann eingestellt. Der ist sauber.«

»Aber im Grunde misstraust du allen?«

Er zog sie an sich, so dass ihr Rücken an ihn gekuschelt war und sie zwischen seinen gespreizten Beinen saß. Und dann umfasste er mit seinen Händen ihre Brüste und streichelte sie mit seinem Daumen so lange, bis sich unter der Bluse ihre Brustwarzen keck aufrichteten.

»Wirst du unser Baby stillen?«

»Ich ... ich weiß nicht. Ja, ich denke schon. Thomas, hast du zugehört?«

»Gut! Das ist gut. Ich werde so oft wie möglich dabei zusehen.«

Und schwupp, da war er schon wieder hart.

»Thomas?«

»Julia, warum belastest du dich mit so einem lächerlichen Thema? Der BND ist ein erbärmlicher Haufen von Möchtegern-Agenten. Sie können von mir aus zwanzig Leute bei mir einschleusen und richten doch nichts aus. Was denkst du, wer diesen Laden mit seinen Steuergeldern sponsert? Ein Anruf von mir bei deren Präsidenten Freiherr von Was-weiß-ich-wie-der-heißt und die Informationen fließen in die andere Richtung. Die erfahren nichts über mich, das sie nicht wissen dürfen, und ich erfahre genau das von denen, was ich wissen will.«

»Du bist ein ziemlicher Angeber, weißt du das?«

»Nein, mein Herz«, sagte er in ernstem Ton. »Ich bin ein sehr mächtiger Mann. Vergiss das nie. Und mein größtes Geheimnis ist, dass ich nichts über Glück und Zufriedenheit wusste, bis ich dich getroffen habe.«

Sie schmiegte ihre Wange an seine Brust und schloss die Augen, aus denen zwei sentimentale Tränen tropften.

»Verlass mich nicht. Bitte.«

Er? Sie verlassen? Sie hatte keine Ahnung, wie weit er davon entfernt war, sie jemals wieder aus seinen Fängen zu lassen. Diese Frage beunruhigte ihn eher in die umgekehrte Richtung. Er war siebzehn Jahre älter als sie. Wenn er sechzig war, wäre sie gerade erst dreiundvierzig und hatte vielleicht immer noch einen Säugling an der Brust oder sie wollte die ganze Nacht Sex haben. Nicht, dass er etwas dagegen hätte, weder gegen die Säuglinge noch gegen den Sex, aber wäre er dann überhaupt noch fit genug, um ihren Ansprüchen zu genügen?

Wann wäre er zu alt, um dieses unersättliche Geschöpf so gründlich befriedigen zu können, dass sie an keinen anderen Mann dachte? Wann wäre er zu unattraktiv oder zu altmodisch, um ihre Phantasie noch beflügeln zu können? Wann hatte sie genug von seinen spießigen Steinzeitmann-Bedürfnissen und wollte neue erotische Ufer erkunden, auf die er längst keine Lust mehr hatte?

Und sie sagte in der Unbedarftheit ihrer Jugend: *Verlass mich nicht.*

»Nein, Julia, verlass du mich nicht. Verlass mich nie!«

***

Heißer Sex vor dem Frühstück auf dem Marmorwaschbecken, Frau Raschberg bis auf die Knochen blamiert, den allerschönsten Heiratsantrag bekommen, noch heißerer Sex auf dem Rücksitz eines Autos, garniert mit einem bittersüßen Liebesgeständnis, und Iadwiga, die polnische Pflegerin, vom Fleck weg für ihren Vater engagiert!

Das war die überwältigende Bilanz dieses Tages und es hätte der schönste aller Tage ihres Lebens sein können, wenn da nicht kurz vor neun Uhr am Abend Morosow und seine zwei Riesen an der Haustür ihres Elternhauses gestanden hätten.

Sie versuchte, sich nicht anmerken zu lassen, wie groß ihre Angst war. Sie musste die Naive spielen und so tun, als hätte sie keine Ahnung, wer Morosow war und was er ihrer Schwester angetan hatte.

Das war essentiell für das Gelingen dieser Charade. Der Mann war schon von seiner Statur und von seinem finsteren Blick her furchteinflößend genug, und das Wissen, dass er ein skrupelloser Verbrecher war, machte den Umgang mit ihm nicht gerade einfacher. Wenn Silvio wüsste, was für eine schlechte Schauspielerin sie war, hätte er sich womöglich doch eine andere Variante überlegt, um an Morosow heranzukommen.

»Sie haben mich angelogen, Süße!«, sagte Morosow schon zur Begrüßung, bevor er überhaupt das Wohnzimmer betreten hatte.

Seine beiden Riesen gingen zur Begrüßung auch nicht gerade sehr zartfühlend mit ihr um. Der eine hielt sie von hinten fest und der andere tastete sie von oben bis unten ab, als hätte sie irgendwo unter ihrem Rock ein Maschinengewehr versteckt. Ha, ha, wie witzig.

Als die Herren keine Waffen bei ihr finden konnten, oder was auch immer sie sonst gesucht hatten, sagten sie irgendetwas auf Russisch zu Morosow und alle drei brachen in dreckiges Gelächter aus. Man brauchte nicht viel Phantasie, um sich vorzustellen, in welche Richtung die Kommentare gingen.

»Was soll das?«

Julia tat empört, schließlich musste sie die Arglose bis zum Ende spielen. Aber eigentlich brauchte sie die Empörung nicht vorzuspielen. Es war unangenehm, sich von diesen Kerlen angrabschen lassen zu müssen und dieses Abtasten war zudem albern. Als ob sie mit ihren gerade mal einssechzig irgendeine Bedrohung für diese drei bis unter die Zähne bewaffneten Türme darstellen würde.

Apropos Bedrohung, Morosow baute sich riesig und bedrohlich vor ihr auf und starrte mit unfreundlicher Miene auf sie herab. Sie fragte sich in dem Moment, was Marie an diesem Mann wohl gefunden hatte. Hatte sie keine Angst vor ihm gehabt, als sie sich an ihn heranmachen musste? Sie hatte über all seine Verbrechen Bescheid gewusst, Mord, Drogenhandel und Zuhälterei und was sonst noch alles und dennoch hatte sie sich in ihn verliebt.

Hatte das vielleicht etwas mit dem Sex zu tun gehabt?

Inzwischen wusste sie ziemlich genau, dass Sex süchtig machen konnte. Sie dachte seit Tagen kaum noch an etwas anderes als daran, wie Thomas sich in ihr anfühlte, wie er stöhnte in dem Moment, in dem er sich heiß in sie ergoss, wie sein Gesicht aussah, wenn er kam, was er mit seinen Händen anstellte und mit seiner Zunge.

Hatte Marie sich auch so sehr nach Sex mit dem Mann gesehnt, den sie liebte? So sehr, dass der gesunde Menschenverstand einfach ausgesetzt hatte und sie es sogar in einem Auto oder auf einem Waschtisch getrieben hatte?

»Das ist die übliche Vorsichtsmaßnahme, Süße«, kam die Antwort mit tonnenschwerem russischem Akzent vom Ex-Lover ihrer Schwester. »Sie haben mich belogen, das mag ich nicht. Sie sagten, Sie sind nicht die Frau von Mahler. Ich habe Sie aber vorhin im Fernsehen gesehen, als er Sie der ganzen Welt als seine Verlobte vorgestellt hat.«

»Es hat mich selbst überrascht!«, antwortete sie ehrlich. »Aber unser Treffen hier hat nichts mit Thomas Mahler zu tun.«

Sie wünschte sich, sie könnte es selbst glauben. Das hatte alles mit Thomas Mahler zu tun. Fast alles.

»Es geht hier nur um Benni und um Sie. Kommen Sie ins Wohnzimmer und setzen Sie sich.«

Sie drehte ihm den Rücken zu und zeigte auf das Wohnzimmer. Ihren Vater hatte sie mit Hilfe von Iadwiga zu Bett gebracht. Er war nicht wirklich gut drauf gewesen und war auch nicht annähernd so glücklich über die Pflegerin, die ab nächster Woche in Maries Zimmer einziehen würde, wie Julia sich das erhofft hatte.

Ihr Vater wollte nicht rund um die Uhr betreut werden. Er sei »nur« MS-krank, kein Alzheimer-Patient und er könne sein Leben noch weitgehend alleine meistern, behauptete er. Und er machte sich außerdem riesige Sorgen, wo Julia das viele Geld für Iadwigas Gehalt hernehmen wollte. Über diese ganze Aufregung war er völlig erschöpft auf dem Sofa eingeschlafen und Iadwiga hatte ihre Befähigung als Pflegerin gleich unter Beweis stellen können.

Julia war jedenfalls froh, dass ihr Vater schlief und nichts von den obskuren Gästen mitbekam, denn ganz bestimmt würde der Besuch von Morosow ihn noch mehr aufregen. Sie bot den Männern etwas zu trinken an und nachdem sich Morosow an den Esstisch gesetzt hatte, positionierten sich seine beiden Männer – einer an der Tür zum Flur, der andere am Fenster. Und sie selbst setzte sich Morosow gegenüber, weil sie dringend festen Halt brauchte. Ihre Beine drohten nämlich, unter ihr wegzuknicken.

Eine endlos lange Minute herrschte betretenes Schweigen zwischen ihnen, während dieser Zeit musterten die eisblauen Augen des Russen sie mit kalter Intensität. Suchte Morosow in ihrem Gesicht etwa Ähnlichkeiten zu Marie? Oder wollte er nur wissen, wie lange es dauerte, bis sie den Blick senken würde? Hoffte er, sie einzuschüchtern, damit sie sich in ihrer Aufregung verraten würde? Oder konnte er direkt in ihren Kopf schauen und dort die Falle entdecken?

»Sie müssen nur bei der Wahrheit bleiben!«, hatte Silvio zu ihr gesagt. »Geben Sie sich einfach so treuherzig, wie Sie sind, und er hüpft in Ihre Falle wie eine Fliege in das Honigglas.«

Leichter gesagt, als getan, dachte Julia jetzt und kam sich ganz und gar nicht vor wie ein Honigglas und Morosow war ganz bestimmt nicht mit einer Fliege zu vergleichen, eher mit einer Hornisse.

»Sie haben den Jungen also großgezogen?«

Endlich ergriff er das Wort mit seiner rollenden, unfreundlichen Stimme.

»Von großgezogen kann nicht die Rede sein. Benni ist noch nicht mal sieben und ich habe das Sorgerecht erst seit eineinhalb Jahren. Benni ist ein toller Junge. Er ist sehr groß für sein Alter. Er reicht mir schon bis zu den Schultern und er ist sehr hübsch und unglaublich intelligent ...«

Herrje, wie schwer es ihr fiel, diesem Mann, der ihre Schwester auf dem Gewissen hatte, das alles zu erzählen, als hätte er ein Recht darauf, es zu wissen, als hätte er ein Recht darauf, wie ein normaler Vater behandelt zu werden. Sie holte ihr Handy aus der Handtasche und sofort sprang einer der Leibwächter auf sie zu und riss ihr die Tasche mit grober Gewalt aus der Hand. Das Handy schlitterte über den Tisch.

»Ich wollte Ihnen nur ein paar Bilder von Benni zeigen! Die sind auf meinem Handy.«

Morosow sagte etwas in Russisch zu seinem Prätorianer und der gab die Handtasche zögerlich zurück, nicht ohne vorher einen Blick hineinzuwerfen. Er würde dadrin nichts Interessantes finden. Ein paar Taschentücher, einen dauerleeren Geldbeutel, einen nie benutzten Taschenkalender und ein Schächtelchen mit Tampons, die sie in den nächsten Monaten vermutlich nicht mehr benötigen würde.

Als sie die Fotodatei von Benni gefunden hatte, reichte sie das Handy an Morosow, und falls er Angst hatte, sie könnte eine Bombe oder sonst etwas in dem Handy versteckt haben, so ließ er sich die Angst zumindest nicht anmerken. Er klickte sich durch die Fotos, zuerst relativ schnell, als würden sie ihn nicht wirklich interessieren, und dann immer langsamer. Es waren ungefähr dreißig Fotos, die Benni zeigten, und manchmal auch sie beide zusammen. Auf dem Spielplatz, beim Schulfest, im Zoo, beim Eisessen, im Freibad, an seinem Geburtstag – eben all die Highlights, die ein beinahe Siebenjähriger im Laufe eines Jahres erlebt und offenbar ließen diese Highlights den eiskalten Killer doch ein ganz klein wenig auftauen.

Nach einer Weile, während der er stumm und mit verschlossener Miene auf das Handy gestarrt hatte, legte er das Telefon vor sich auf den Tisch und legte seine riesengroße Hand darüber, als wäre es eine kleine Kostbarkeit.

»Der Junge sieht mir ähnlich!«, brummte er.

»Warum haben Sie sich nie nach ihm erkundigt?«

Sie versuchte, vorwurfsvoll zu klingen. Auch wenn sie die Antwort inzwischen kannte, musste sie so tun, als könnte sie das jahrelange Schweigen des leiblichen Vaters nicht verstehen. Sie hatte es bis vor ein paar Tagen auch nicht verstanden.

»Ich habe nichts von ihm gewusst.«

Der Klang seiner Stimme zeigte, dass er das wirklich bedauerte. Wenn alles nach seinen Plänen gegangen wäre, dann würde Benni heute russisch sprechen und eine fremde Frau Mama nennen. Aber so war es nicht gekommen, Marie hatte es nicht so gewollt. Sie hatte sich das Leben genommen, um dieses Szenario zu verhindern, und wie könnte Benni je einen Mann Vater nennen, der seine Mutter auf dem Gewissen hatte und ganz nebenbei noch etliche andere Menschen? In Julias Stimme war nichts von diesen Zweifeln zu hören, als sie antwortete:

»Ich suche schon so lange nach Ihnen. Marie hat nie gesagt, wer Bennis Vater ist, und ich habe bis heute nicht verstanden, warum sie das unbedingt geheim halten wollte. Benni hat ein Recht darauf, Sie kennenzulernen.«

»Und da bin ich!«, antwortete er und all das, was er nicht sagte, machte ihr unsäglich Angst. *Da bin ich, um dir Benni wegzunehmen. Da bin ich, um Thomas Mahler umzubringen.* »Und wie geht es jetzt weiter?«

»Möchten Sie Ihren Sohn denn kennenlernen, ich meine, möchten Sie ihn treffen?«

Er schaute sie verdutzt an und dann schüttelte er den Kopf. »Süße, entweder Sie sind wirklich so naiv oder Sie sind die beste Schauspielerin, die ich kenne.«

Selbstverständlich witterte er eine Falle und sie musste seinen Argwohn zerstreuen, ohne sich anmerken zu lassen, dass sie überhaupt davon wusste.

»Ich verstehe nicht ...«

»Glauben Sie, ich weiß nicht, dass Mahler das Kind bewachen lässt wie einen Gefangenen? Meint er, er kann meinen Sohn als Druckmittel gegen mich verwenden?«

Morosow reagierte genau so, wie Silvio es vorausgesagt hatte und wenn sie jetzt nicht die Nerven verlor, dann würde alles laufen wie geplant.

»Thomas weiß gar nicht, dass ich hier mit Ihnen verabredet bin.«

»Nein, natürlich nicht!« Morosow lachte ein gruseliges Lachen. »Sein Leibwächter hat Sie hierhergefahren. Halten Sie mich für einen Idioten? Ich weiß, was für ein Spiel Mahler spielt. Aber das Spiel geht auf beiden Seiten. Hat er keine Angst, dass ich seine kostbare Verlobte nehme und ihn damit ebenfalls unter Druck setze?«

»Glauben Sie im Ernst, Thomas hätte mich herkommen lassen, wenn er wüsste, dass ich mich mit Ihnen treffe?«

Morosow schwieg und schien ernsthaft über ihr Argument nachzudenken. Ihre einzige Aufgabe war es, Morosows Bedenken zu zerstreuen, ihn in Sicherheit zu wiegen und ihm das Gefühl zu lassen, dass er die Kontrolle hatte.

»Nehmen wir an, ich glaube Ihnen. Mahler weiß also nichts von unserem Treffen.«

»Nein. Das hätte er nie erlaubt. Er hat mir verboten, überhaupt mit Ihnen zu telefonieren.«

»Hat er das?« Morosow beugte sich jetzt über den Tisch und sein gieriger Blick zeigte, dass er den Köder geschluckt hatte.

»Ich habe ihm gesagt, dass ich mich heute mit einer Pflegerin für meinen Vater treffe, was auch stimmt, sonst hätte er mich nie ohne einen Bodyguard gehen lassen. Ich rufe ihn an, sobald ich hier fertig bin. Dann holt er mich wieder ab.«

»Und warum befolgen Sie nicht Mahlers Rat und halten sich von mir fern?«

»Ist das nicht einleuchtend? Benni fragt nach seinem Vater, seit er reden kann. Jedes Kind möchte wissen, woher es kommt und wer seine Eltern sind. Ich weiß nicht, ob es irgendeine Zukunft für Sie und Benni gibt und ob da irgendetwas daraus entstehen kann, so dass Sie sich vielleicht öfter sehen können, aber ich weiß, dass ich Benni auf jeden Fall die Chance einräumen muss, Sie kennenzulernen.«

Das wären genau auch die Worte gewesen, die sie zu Morosow gesagt hätte, hätte sie nie die Wahrheit über ihn erfahren. Das war genau das, was sie bis gestern Mittag noch gedacht hatte. Sie würde die beiden einander vorstellen und abwarten, was oder ob sich etwas aus dieser Beziehung entwickeln würde. Sie hätte sich Morosow auf jeden Fall nicht in den Weg gestellt, wenn er wie jeder normale und vernünftige Vater irgendeine Beziehung zu seinem Sohn hätte aufbauen wollen.

Oh, wie verdammt naiv und dumm sie gewesen war!

»Das ist sehr anständig von Ihnen!« Seine Stimme war nur noch blanker Zynismus. »Fast möchte ich glauben, dass Sie wirklich so ein argloses, unschuldiges Mädchen sind, wie Sie es mir vorspielen und nicht so eine falsche Schlange, wie Marie es war.«

In dem Moment, als er das sagte, rutschte ihr Herz in die Hose. Es wurde ihr schlagartig klar: Morosow wusste Bescheid. Er wusste von ihrer Charade und von der Falle.

»Aber natürlich sind Sie genauso eine verdammte Hure wie Ihre Schwester. Und diese Idioten von Ihrem Nachrichtendienst halten mich wohl für blöd. Denken die wirklich, ich falle noch einmal auf dieses Gesicht mit den Kulleraugen herein. Ich bin euch ein paar Schritte voraus.«

Jetzt nickte er seinem Mann am Fenster zu und der Riese kam sofort an den Tisch herüber. Die beiden redeten Russisch und sie hätten sich ihrem aggressiven Tonfall nach durchaus auch über Julias Hinrichtung unterhalten können.

»Und weil ihr so unglaublich dumm seid, kann ich gleich zwei Probleme auf einmal lösen. Ich bekomme meinen Sohn von euch frei Haus geliefert und kann Mahler in den Arsch ficken und vielleicht auch dich, Süße!«

Jetzt hob Morosow seine große Hand in die Höhe und Julias Handy, das er die ganze Zeit darunter begraben hatte, kam zum Vorschein. Er schnippte es mit einem Finger über den Tisch zu ihr herüber.

»Los, rufen Sie Mahler an! Und sagen Sie ihm, dass er Benni herbringen soll und dass er alleine kommen soll!«

»Das mache ich ganz bestimmt nicht!«

Um Himmels willen! Dieses Szenario! Thomas würde vor lauter Angst um sie womöglich wirklich kommen und Benni herbringen und sie würde beide auf einmal verlieren.

Was hatte sie nur angerichtet?

»Natürlich machst du das, Süße! Schon bald wirst du in das Handy winseln und deinen Thomas anflehen, dich von hier wegzuholen.« Morosow nickte seinem Helfer zu. »Willst du zuerst geschlagen und dann gefickt werden oder lieber andersherum?«

Aber er wartete die Antwort gar nicht ab, der erste Faustschlag von Morosows Folterknecht traf sie mit solcher Wucht ins Gesicht, dass sie regelrecht vom Stuhl gefegt wurde. Und als sie mühsam aufzustehen versuchte, sah sie mit blankem Entsetzen, dass Morosow gerade aufstand und seine Hose herunterließ.

***

Eric saß noch an seinem PC und chattete mit Isabel, als er draußen vor seiner Tür kleine nackte Füße vorbeitappen hörte. Er war sofort auf den Beinen, sein Schreibtischstuhl schnellte auf den Rollen zurück und donnerte mit einem lauten Krachen gegen das große Bett. Mit einem Sprung war er an der Tür und riss sie auf. Da stand Benni im Superman-Schlafanzug, sein Kuschelschäfchen unter den Arm geklemmt, seine Haare standen in alle Richtungen vom Kopf und er steuerte zielstrebig auf das Schlafzimmer seiner verehrten Tante zu.

Shit, allmählich mutierte er vom Bodyguard zum Babysitter.

»Hi Kumpel! Wo soll's denn hingehen?«

»Ich geh zu Jule!«, verkündete Benni.

Er war fest entschlossen, sich nicht von seinem Vorhaben abbringen zu lassen. Er hatte Jule seit dem Frühstück nicht mehr gesehen. Sie war zu Opa gegangen und hatte ihn nicht mitgenommen und sie hatte gesagt, sie würde heute Abend noch mit ihm reden und ihm alles erklären und wenn Eric sie später abholte und nach Hause brachte, dann wollte er auf jeden Fall schon in Jules Bett liegen, damit dieser blöde Bonze merkte, dass da besetzt war.

Da konnte der Mann noch so coole Autos schicken, die ihn zur Schule fuhren und ihn wieder abholten. Und es war ihm auch schnuppe, dass Silvio ein echter Bodyguard war und dass er auf Rektor Kühn heute Morgen einen verdammt krassen Eindruck gemacht hatte. Auch wenn Benni total ausgetickt war, weil das Zimmer, in dem er vergangene Nacht geschlafen hatte, bei seiner Rückkehr von der Schule völlig neu eingerichtet und jetzt ein total abgefahrenes cooles Kinderzimmer mitsamt Spielsachen war. Nein, davon ließ er sich trotzdem nicht bestechen. Er hatte viel ältere Rechte auf Jule und dieser Heini von Kapitalist konnte sich gefälligst hinten anstellen. Ganz weit hinten.

Wobei der Quad Core in seinem Kinderzimmer wirklich der Hammer war.

»Bist du nicht langsam zu alt, um bei deiner Tante im Bett zu schlafen?«

Eric stellte sich ihm mit verschränkten Armen breitbeinig in den Weg. Der Flur war ziemlich breit und Benni konnte links und rechts locker an Eric vorbeiflitzen, aber Benni war sich sicher, dass der Mann ihn schneller wieder einfangen würde, als er laufen konnte, und dann würde er Ärger bekommen. Das sagte ihm zumindest Erics strenger Blick.

Benni konnte Eric gut leiden und er wollte nicht, dass ausgerechnet Eric ihn für einen Feigling hielt, aber Eric hatte keine Ahnung, was wirklich los war. Benni bedachte ihn mit einem Blick voller Trotz und antwortete einfach nicht, sondern blieb vor Eric stehen, wie bei einem Showdown von zwei Revolverhelden.

»Du brauchst keine Angst mehr zu haben. Du bist hier sicher«, sagte Eric, weil er annahm, dass Benni sich wegen des Einbruchs gestern immer noch fürchtete. »Hast du die Wachleute in der Tiefgarage und am Aufzug gesehen? Das ist ein Aufzug, der nur hier herauffährt. Für alle anderen Etagen gibt es einen separaten Aufzug und da draußen auf dem Flur sind noch ein paar Alarmanlagen geschaltet. Außerdem kann niemand an einem Hochhaus hochklettern.«

Benni schaute Eric immer noch schweigend und mit trotzigem Blick an und sagte nichts.

»Du kannst heute nicht in Julias Bett schlafen!«

»Warum nicht?«

Oh, das wusste dieser kleine Bengel ganz genau und er konnte ihn noch so störrisch mit seinen stahlblauen Augen anschauen, Eric würde ihn nicht in Julias Schlafzimmer lassen. Zum Wohle des Jungen ebenso wie zu dem seines Chefs. Mahler war vor einer Viertelstunde heimgekommen und im Augenblick brodelte er vor Wut. Nichts würde seiner schlechten Laune noch mehr Nahrung geben als ein Siebenjähriger, der sich in Julias Bett breitmachte.

Als er nach Hause gekommen war, war Thomas ja noch bestens gelaunt, wenn auch reichlich ungeduldig gewesen.

»Hat sich Julia schon gemeldet?«

Er hatte den Kopf in Erics Zimmer gesteckt und gefragt und dabei nervös auf die Uhr geschaut. »Sie hatte den Termin mit der Pflegerin doch schon um sieben. Wie lange kann das dauern, um so eine verdammte Altenpflegerin einzustellen?«

Thomas hatte die Krawatte bereits hinter sich geworfen. An seinem rechten Zeigefinger ließ er ein kleines, in goldenes Geschenkpapier eingewickeltes Päckchen baumeln. Eric wusste, dass es diese albernen Babyschuhe waren, mit denen kein Mensch etwas anfangen konnte, außer vielleicht ein werdender Vater. Neugeborene brauchten überhaupt keine Schuhe.

»Es ist erst kurz nach acht!«

Eric brauchte dem Boss nicht die Uhr zu erklären, der schaute inzwischen schon zum dritten Mal auf seine Rolex.

»Schläft der Junge schon?«

»Wie ein Murmeltier. Silvio hat sowas wie eine Babyphonleitung zu sich in sein Apartment gestellt!«

»Gut! Gut! Ich zieh mich um!«

Mann, o Mann, der Boss war nervös wie ein frisch verliebter Teenager, dabei lief doch jetzt alles wie geschmiert, bis auf eine klitzekleine Kleinigkeit und die hieß Morosow.

»Herr Mahler, es gibt ein paar extrem wichtige Punkte, die ich über Morosow herausgefunden habe, die Sie unbedingt wissen müssen.«

»Hat das nicht Zeit bis morgen?« Thomas wollte duschen, sich rasieren und sein bestes Eau de Toilette auflegen.

»Es ist wirklich dringend und es geht um Julia.«

Und damit hatte Eric das Ohr und die Aufmerksamkeit des Chefs. Es hatte nicht mal zehn Minuten gedauert, um dem Mann die Geschichte von Julias Schwester und ihrer Arbeit für den BND zu erklären und ihn in deren zweifelhaftes Verhältnis zu Morosow einzuweihen. Er hatte sofort verstanden, dass Benni in größter Gefahr war und mit ihm Julia.

»Wir brauchen zwei weitere Bodyguards. Mindestens einen für den Jungen und einen für Julia. Und ich hab keine Ahnung, wie man der Kleinen das schonend beibringen soll.« Mit diesem Satz beendete Eric seinen erschütternden Bericht.

»Mit Julia rede ich selbst. Ich ... ich weiß es ehrlich gesagt auch nicht, ob man ihr das im Augenblick zumuten kann. Was die Bodyguards angeht, tun Sie, was Sie für richtig halten. Engagieren Sie, wen immer Sie benötigen, um Julias Sicherheit zu gewährleisten«, sagte Thomas und wandte sich schon zum Gehen, da fiel ihm noch etwas ein – nur so ein spontaner Gedanke, eine Eingebung.

»Haben Sie eigentlich mit Seidlitz gesprochen und ihn gefragt, warum er neulich diese Kiste mit Morosows Besuch bei Julias Vater verschwiegen hat?«

Thomas hatte Julias Erkundigungen beim »Mittagessen« nicht wirklich ernst genommen, aber als er dann wieder zurück in seinem Büro war und wieder etwas klarer denken konnte, hatte er das Gespräch noch einmal rekapituliert und sich nachträglich gewundert, warum sie überhaupt danach gefragt hatte. Was hatte sie ihm zu verstehen geben wollen? War das ein verklausulierter Hinweis auf irgendeinen Verräter gewesen, so wie sie ihm klargemacht hatte, dass Federer ihn betrog?

»Er hat behauptet, er hätte Ihnen von den Russen erzählt, aber Sie wären total zerstreut gewesen und hätten gar nicht richtig zugehört.«

»So ein Quatsch! Das haben Sie doch hoffentlich nicht geglaubt?«

»Ehrlich gesagt, doch, Herr Mahler. So wie Sie während dieser Zeit drauf waren, wegen Julia, meine ich, klang das durchaus plausibel für mich.«

»Haben Sie bei Seidlitz einen Background-Check gemacht, bevor Sie ihn engagiert haben?«

»Nein, ich habe ihn aufgrund der Empfehlung eines sehr vertrauenswürdigen Freundes aus meiner Bundeswehrzeit genommen.«

Eric fing an, sich über Mahlers Fragen, aber auch über Silvio zu wundern. Was, wenn er wirklich Morosows Besuch verschwiegen hatte? Dieselben Gedanken schienen auch Mahler durch den Kopf zu gehen, denn sein Gesicht war nun dunkel vor Wut.

»Rufen Sie den Mann an, er soll heraufkommen. Ich will ihn spätestens in einer halben Stunde sprechen. Der hat nur ein Glück, dass er Julia heute hierhergebracht hat, sonst würde ich dem allenfalls noch seine Papiere zusenden.« Und damit trampelte er kochend vor Ärger in sein Badezimmer. Kaum war die Badezimmertür laut hinter Mahler ins Schloss gefallen und Eric wieder an seinen PC zurückgekehrt, da kam auch schon Benni angetapst.

Vielleicht hatte er noch gar nicht geschlafen. Vielleicht hatte ihn auch die laute Unterhaltung geweckt, immerhin lag sein Zimmer direkt neben Erics. Auf jeden Fall stand er jetzt im Flur und wollte sich nicht von seiner Wanderschaft in Julias Bett abbringen lassen. Eric konnte sich noch zu gut an seine eigene Kindheit erinnern, nach dem frühen Krebstod seines Vaters hatte er monatelang nicht alleine schlafen können, weil unbestimmte Ängste vor Krankheit und Tod ihn in der Nacht heimgesucht hatten. Zum Glück war da sein großer Bruder gewesen, bei dem er jede Nacht unter die Decke hatte kriechen können. Ja, manchmal reichte es schon, wenn man unter irgendjemandes Decke kriechen konnte.

»Na los, komm rein!«, knurrte er den Jungen an und zeigte mit dem Kopf auf sein zwei Meter breites Bett. »Du kannst die rechte Seite haben.«

»Kann ich echt?«

»Ja, aber Klappe halten und schlafen!«

Gott, was tat man nicht alles für das erfüllte Liebesleben seines Chefs. Eric wartete, bis Benni es sich in seinem Bett gemütlich gemacht hatte, stopfte links und rechts die Bettdecke unter ihn und wollte gerade Silvio anrufen, um ihn darauf vorzubereiten, dass der Chef überangepisst war, da meldete sich Benni noch einmal.

»Eric? Wenn Julia diesen bösen Mann erledigt hat, müssen wir dann immer noch hier wohnen?«

Eric wandte sich noch einmal zu Benni um.

»Du solltest jetzt echt schlafen, Kumpel. Du musst doch morgen wieder früh aufstehen und zur Schule. Hier gibt es keinen bösen Mann.«

»Doch, der Russe, der hinter dem blöden Kapitalisten Mahler her ist.«

Eric hob nur müde die Augenbrauen, obwohl er innerlich hellhörig geworden war. »Der blöde Kapitalist wird vermutlich schon ziemlich bald deine Tante heiraten und dann kannst du ihn genauso gut Thomas nennen. Du willst doch Julia nicht wehtun, indem du ihren Mann einen Kapitalisten nennst.«

»Aber der blöde Arsch ist schuld, wenn der Russe Julia was tut.«

»Du meinst diese Russen, die neulich bei deinem Opa waren? Du brauchst dich nicht mehr vor ihnen zu fürchten. Silvio und ich passen auf dich und Julia auf, bis sie weg sind.«

»Silvio hat zu Julia gesagt, dass er das nicht alleine schafft und wenn sie ihm nicht hilft, dann bringt der Russe diesen blöden Kapi… Thomas um und mich nimmt er mit nach Russland und sie sieht mich nie wieder. Und jetzt muss Julia ihn erledigen.«

Benni hatte sich inzwischen im Bett wieder aufgesetzt, das Schäfchen vor seine Brust gequetscht und ein paar mühsam zurückgehaltene Tränen schimmerten in seinen Augen und Erics Herz setzte für zwei Schläge komplett aus.

»Silvio? Ich verstehe nicht. Was hat er zu Julia gesagt?«

»Ich hab Durst.«

»Nein, du erzählst mir zuerst, was das mit Silvio zu bedeuten hat.«

»Kann ich eine Cola haben?«

»Nein! Was hat Silvio wann zu Julia gesagt? Sofort heraus mit der Sprache!«

Eric setzte sich neben Benni auf das Bett und packte ihn an beiden Schultern.

»Ich hab schon geschlafen, aber er hat so laut gesprochen und da habe ich mich eben zur Küchentür geschlichen und gelauscht.«

»Wann?«

»In der Nacht.«

»Benni, stell dich nicht dümmer, als du bist. Du brauchst mir nicht den kleinen dummen Jungen vorzuspielen. Du hast gelauscht, als Silvio mit Julia geredet hat. War das am Montag? Gestern, als bei euch eingebrochen wurde?«

Benni nickte. »Zuerst war noch Micha da, der Rektor von meiner Schule, und als ich aufgewacht bin, habe ich gehört, wie Julia in der Küche geweint hat, und ich habe Silvios Stimme erkannt und ich dachte, er tut ihr weh, aber sie haben gestritten und Silvio hat gesagt, wenn sie ihm nicht hilft gegen diesen Russen, dass sie dann selbst schuld ist, wenn er Thomas tötet und mich über die Grenze nach Russland schafft und dass sie mich dann nie wiedersieht.«

»Und Julia sollte ihm dabei helfen, das zu verhindern? Der ist doch nicht ganz dicht.«

»Weil sie die Einzige ist, die an ihn rankommt! Und darum durfte ich heute nicht mit zu Opi!«

»Wie heute? HEUTE? Benni, Scheiße! Du erzählst jetzt sofort wortwörtlich, was Silvio zu Julia gesagt hat, und zwar in Lichtgeschwindigkeit.«

Eric hatte schon seinen Pistolengurt angezogen, bevor Benni überhaupt den Mund aufmachte.

Kapitel 24

Morosow war so wütend, dass er die verdammte Hure am liebsten eigenhändig erwürgt hätte. Und sobald er sie nicht mehr brauchte, würde er das auch tun.

Wer hätte ahnen können, dass sie so einen bescheuerten Kampfsport beherrschte und ihm die Eier zu Brei zertreten würde und das, obwohl sie einen Rock und Stöckelschuhe trug. Sie hätte schon nach dem ersten Fausthieb winselnd und vor Angst zitternd klein beigeben sollen. Das war der Plan gewesen. Dabei hatte er gar nicht wirklich vorgehabt, sie zu ficken. Jedenfalls nicht jetzt und hier, das wäre ja unterstes Straßengangniveau. Hier und jetzt gehörte seine ganze Aufmerksamkeit dem Auftrag und nicht irgendeinem Weiberschlitz, auch wenn sie Marie ziemlich ähnlich sah. Er hatte ihr nur Angst machen wollten, damit sie schneller anfing zu flennen und ihren Thomas um Rettung anflehen würde.

Aber sie war so verdammt schnell gewesen, dass selbst Boris, der hinter ihr stand, sie nicht zurückhalten konnte. Morosow hatte gerade erst den Gürtel seiner Hose aufgemacht, da war ihr Fußtritt schon präzise in seinen Eiern gelandet und jetzt hatte er eine Hodenquetschung und eine Sauwut und die würde sie noch zu spüren bekommen. Inzwischen hatten sie ihre Beine zusammengefesselt und Sascha hielt sie an den Armen fest, nicht ohne hin und wieder mit seiner Hand eine ihrer Titten zu drücken. Das konnte Morosow ihm nachsehen, solange er sonst konzentriert blieb.

Seine Leute hatten alles gecheckt und überwachten das Gebäude schon den ganzen Tag. Der ganze Umkreis war sauber, keine Spur von Polizei oder BND und auch keine Spur von Mahlers Leuten.

Mahlers kleine Schnalle war tatsächlich völlig schutzlos und ohne jede Rückendeckung hier aufgetaucht und wenn er es nicht besser gewusst hätte, hätte er ihr das Theater mit der naiven, liebenden Tante wirklich abgekauft.

Aber ein Mann wie Morosow würde in diesem Geschäft nicht lange überleben, wenn er seinen Gegnern nicht immer ein paar Schritte voraus wäre und in diesem Falle war es die kleine Wanze gewesen, die er in Julias Wohnung platziert hatte. Die Idioten vom BND dachten, er sei hinter den albernen Tagebüchern her gewesen. Als ob dort etwas von Wert stehen würde! Als ob ausgerechnet ein Roman Morosow so sentimental wäre und sich für das Gewäsch interessierte, das diese Frau in ihre Tagebücher gekritzelt hatte. Das war nur die Tarnung gewesen, um von dem Abhör-Gadget abzulenken.

Tja, dumm für den BND und noch dümmer für Mahler, dass die Kleine jetzt in seiner Gewalt war. Es war ja nicht unbedingt so, dass sie selbst bei Mahler anrufen musste. Es wäre einfach nur reizvoller gewesen, sie winseln zu hören, aber das, was er Mahler zu sagen hatte, konnte er ihm auch selbst sagen, und sie würde das Ganze mit ein paar Hintergrundgeräuschen untermalen dürfen.

Er blätterte durch die Nummern auf ihrem Handy und fand den Namen *Thomas.* Es klingelte nur einmal, schon war Mahler am Telefon und brüllte »Julia? Geht es dir gut?« ins Handy. Der Mann war besorgt. Gut so. Er würde sich gleich noch viel mehr Sorgen um sein Herzblatt machen.

»Julia ist gerade etwas unpässlich!«, sagte er und Mahler rastete aus.

»Morosow, du Drecksack, wenn du ihr auch nur ein Haar krümmst, verstümmle ich dich bei lebendigem Leibe, ich schwör es dir ...«

Ja, ja, das sagten sie alle, am Anfang. Der würde schon sehr bald sehr kleine Brötchen backen. Er hielt das Handy an Julias Mund.

»Julia, Süße, sag hallo zu Thomas!«

Sascha hielt sie von hinten fest und Boris rammte ihr die Faust in den Magen. Sie schrie leider nicht, aber das schmerzhafte und laute Keuchen dürfte reichen, um den Kerl gefügig zu machen, ansonsten würde man sie eben ein wenig mit dem Messer kitzeln. Schnittwunden und Blut waren meist bessere Schreiauslöser als stumpfe Schläge.

»Hast du gehört, Mahler? Sie ist nicht sehr kooperativ, aber du vielleicht.«

Mahler war jetzt ganz still und Morosow interpretierte das zu Recht als Verhandlungsbereitschaft.

»Du hast genau eine halbe Stunde Zeit, um den Jungen hierherzubringen, dann schneide ich ihr ein Ohr ab und danach ficke ich sie. Und du kommst alleine, ohne deine Leibwächter und ohne Polizei.«

»Nein, Thomas! Komm nicht. Er wird dich umbringen!«, brüllte Julia, so laut sie konnte, bevor Boris ihr eine so heftige Ohrfeige verpasste, dass sie Lichtblitze hinter ihren Augen sah und schlaff in Saschas Umklammerung hängen blieb. Morosow schnauzte seinen Gehilfen an. Boris, dieser Idiot, musste immer so grob sein. Nicht, dass die Schlampe die Schläge nicht verdient hätte, er würde mindestens zwei Tage lang nicht mehr ficken können, so sehr taten seine Eier weh, und das würde er sie auch büßen lassen. Aber alles zu seiner Zeit.

Mahler brüllte auch irgendetwas aus dem Handy, Flüche, Drohungen, Beleidigungen, den Namen seiner Schlampe ... Gut so, je mehr Angst er um sie hatte, desto genauer würde er sich an Morosows Wünsche halten.

»Mahler, ich an deiner Stelle würde mich beeilen. Falls du die Frau noch lebend hier antreffen willst. Die Zeit läuft jetzt!«

Morosow legte auf und knallte das Handy vor sich auf den Tisch.

Sein Flug nach Taschkent ging in zwei Stunden. Die Papiere waren schon besorgt, auch die für den Jungen, und die entsprechenden Leute beim Bundesgrenzschutz waren bestochen. Wenn er erst in der Maschine saß, konnte ihm nichts mehr passieren. Aber die Sache hier musste reibungslos durchgezogen werden. Wenn alles glatt lief, hatte er in einer guten Dreiviertelstunde seinen Sohn bei sich und Mahler ins Jenseits befördert, mitsamt seiner Frau, wenn sie unbedingt Wert darauf legte.

Und es würde alles glatt laufen, denn ein Roman Morosow war den anderen immer einen Schritt voraus.

***

»Ich gehe da jetzt rein!«

Thomas ließ sein Handy fallen und entsicherte die SIG Sauer.

»Noch eine Minute. Silvio ist gleich drin!«

Eric versuchte, ruhig zu klingen, obwohl er innerlich alles andere als ruhig war. Seit Morosow sich vor ein paar Minuten über Julias Handy gemeldet und ihre schlimmsten Vermutungen damit bestätigt hatte, war Mahler kurz davor durchzudrehen und Eric konnte es verstehen. Deshalb hatte er ja auch nicht gewollt, dass Mahler mitkam.

Für einen Bodyguard war es nicht gerade eine glorreiche Vorstellung, dass er die Person, die er eigentlich schützen sollte, mitten hinein in eine Falle und in ein Gefecht führte. Der Boss konnte durchaus mit einer Waffe umgehen und er war kein schlechter Schütze, wenn auch reichlich aus der Übung. Das und die kugelsicheren Westen, die sie alle drei trugen, waren jetzt sein einziger Schutz.

Aber Eric hätte Mahler schon zusammenschlagen und zu Hause fesseln und knebeln müssen, wenn er hätte verhindern wollen, dass er mit nach Spandau kam. Nichts in der Welt hätte ihn dazu gebracht, in seinem Penthouse zu hocken und abzuwarten, ob seine beiden Leibwächter oder ein Sondereinsatzkommando es schaffen würden, Julia rechtzeitig zu retten.

Hätte Benni doch nur schon früher etwas gesagt!

Wie leicht hätte Thomas dieses Desaster verhindern können. Er hätte Julia ihren verrückten Plan ausreden können. Mit zwei Sätzen hätte er ihr klargemacht, dass weder ihm noch Benni eine Gefahr drohte. Er hätte ihr erklärt, dass, wenn er es gewollt hätte, Morosow schon längst unter der Erde liegen würde. Allerdings hätte er dieses Gespräch mit Julia erst geführt, nachdem er Silvio eigenhändig umgebracht hätte. Warum hatte sich Julia von diesem Schwachkopf nur so einschüchtern lassen? Und jetzt war er auch noch auf die Hilfe dieses Schwachkopfs angewiesen und auf die Hilfe seiner bescheuerten Einsatztruppe, falls die irgendwann hier noch auftauchte, bevor alles zu spät war.

Nachdem Benni Silvios Pläne wortgetreu wiedergegeben hatte und Eric Silvio gründlich die Fresse poliert hatte, hatten sie sofort gehandelt. Silvio hatte sich mehr oder weniger freiwillig bereit erklärt, von seinem ursprünglichen Plan abzuweichen und sofort nach Spandau zu fahren, um Julia da rauszuholen. Zu diesem Zeitpunkt hatten sie noch nicht gewusst, dass der Plan des BND gründlich in die Hosen gegangen war, aber als der Anruf von Morosow, begleitet von Julias Stöhnen im Hintergrund, kam, hatten sie bereits vor Julias Elternhaus Stellung bezogen und Silvio hatte sofort über den BND ein SEK angefordert.

Das konnte noch Stunden dauern, bis die hier auftauchten. Bis dahin wäre Julia tot und Morosow über alle Berge und wie das bei Spezialeinheiten so üblich war, richteten sie dann immer noch den größtmöglichen Schaden an.

In diesem Punkt waren sich Thomas und Eric einig. Sie würden nicht auf ein Einsatzkommando warten, sondern die Sache selbst in die Hand nehmen. Brockmann konnte Julia lebend da rausholen. Das hatte er früher bei der KSK dauernd gemacht. Zudem hatten sie einen zeitlichen Vorsprung, von dem Morosow nichts wusste. Sie warteten bereits bis an die Zähne bewaffnet vor der Tür und Silvio kletterte gerade über das Dachfenster in eines der Kinderzimmer.

Warten zu müssen, wenn es um Leben und Tod ging, das war das beschissenste Gefühl, das Thomas je empfunden hatte. Sein Magen war ein Eisklumpen, während in seinem Kopf heiße Mordgedanken tosten.

Warum machte Julia nur solche Dummheiten? Aus Liebe? Zu ihm? War sie denn des Wahnsinns? Wusste sie denn nicht, dass sein Leben nichts mehr wert war ohne sie? Er hätte es ihr sagen sollen, heute beim Mittagessen. Er hätte ihr sagen sollen, dass er sie liebte, liebte wie verrückt, anstatt dieses Gefühl voller Scham zu verbergen.

Dieser Drecksack von Silvio hatte ihre emotionale Verwundbarkeit schamlos ausgenutzt und ihr erzählt, sie müsse an seinem verdammten, scheißdummen Plan mitwirken, wenn sie Thomas nicht verlieren wolle. Falls der Arsch das heute Abend überleben würde, konnte er trotzdem sein Testament machen. Brockmann legte das Nachtsichtgerät zur Seite und entsicherte seine Waffe nun ebenfalls.

»Silvio ist jetzt drin. Wir warten noch auf sein Signal.«

Silvio kannte das Haus als Einziger von innen und sobald klar war, wie viele Leute Morosow bei sich hatte, wie sie bewaffnet waren und wo er sie positioniert hatte, würden sie zugreifen.

Thomas holte tief Luft. Warten! Schon wieder warten.

Er hatte jahrelang gewartet, auf eine Frau wie Julia, auf eine Frau, die ihn und nicht sein Geld liebte. Aber musste sie es denn gleich so übertreiben und sich vor lauter Liebe selbst opfern?

»Eric?« Thomas griff nach dem Arm seines Bodyguards. Der drehte den Kopf in Mahlers Richtung, sah aber nur die dunklen Umrisse. Sie hockten im Schatten eines Geräteschuppens, der am Nachbargrundstück auf die Grenze gebaut war und nicht nur Sichtschutz, sondern im Falle eines Schusswechsels, auch Deckung bot.

»Wenn mir was passiert, kümmere dich um Julia und mein Kind! Bitte.«

»Das ist ein verdammter Scheißmoment, um mir das Du anzubieten. Wenn dir was passiert, dann bin ich schon vor dir tot. Du bleibst gefälligst in meinem Windschatten und siehst zu, dass du das hier überlebst und dich selbst um dein Kind kümmern kannst«, knurrte Brockmann und hasste es, dass seine Stimme schwächelte.

Er hasste solche Momente. Kurz vor dem Einsatz, wenn man nicht wusste, ob man lebend wieder nach Hause kam, da wurden selbst die abgebrühtesten Kerle noch sentimental. Dann dachte man an seine Familie, falls man eine hatte, an seine Mutter oder an den Sinn seines bisherigen Lebens. Manchmal dachte man auch nur an den Sex, den man neulich gehabt hatte, und dann nahm man sich vor, wenn man das hier wirklich überleben würde, dann würde man künftig alles besser machen.

Wenn das hier alles gut ging, heute Abend, dann würde er ins Taxi steigen und zu Isabel fahren und sie fragen, ob sie ihn heiraten würde, und falls sie sich erdreistete, nein zu sagen, dann würde er sie übers Knie legen.

Silvio meldete sich mit einem Flüstern in Erics Headset: »Es sind nur die drei. Im Wohnzimmer. Südseite. Julia ist auch im Wohnzimmer.«

»Okay!«, antwortete Eric. Es hätte deutlich schlimmer aussehen können. »Deine oberste Priorität ist es, Julia zu schützen. Und wenn dir dabei dein verdammter Arsch weggeschossen wird, ist das dein Problem. Verstanden?«

»Ja!«

»Wir lenken Morosow ab. Der Boss wird auf Julias Handy anrufen und Morosow zutexten. Das ist dein Signal, dass es losgeht. Wenn Julias Handy bimmelt. Verstanden?«

»Ja!«

Damit war das Gespräch beendet und Eric nickte Thomas zu. »Los geht's!«

Thomas klopfte Eric kurz auf die Schulter.

»Bleib am Leben, ich brauche einen Patenonkel für mein Kind.«

Dann stand er auf und tastete nach seinem Handy, das er in seinem Frust ins Gras geworfen hatte. Eric nickte, war mit einem Sprung auf den Beinen und lief mit der Pistole im Anschlag und in geduckter Haltung zum Küchenfenster.

Eine ältere Dame spazierte mit einem Pinscher an der Leine am Gartenzaun vorbei und warf einen skeptischen Blick auf die beiden Männer, doch als sie deren Waffen sah, legte sie einen Zahn zu und zerrte den kleinen Hund hektisch hinter sich her. Falls sie vorhatte, die Polizei zu rufen, sollte sie sich besser beeilen, denn in fünf Minuten war hier entweder alles in Ordnung oder alle waren tot.

***

Julia fühlte überall nur noch Schmerzen. Sie hatte glühende Schmerzen im Magen und ihr Kopf fühlte sich an, als ob er unter einem Amboss zermatscht worden wäre. Eigentlich wollte sie sterben, am besten bevor sie miterleben musste, wie Thomas mit Benni hier ankam.

Wie durch einen Nebel hörte sie die russisch geführte Unterhaltung der Männer. Ab und zu lachten die Männer dreckig, dann fasste irgendeiner sie an. Es war wahrscheinlich der blonde Riese mit den Augenwülsten und den dicken Lippen. Er stand dicht hinter dem Stuhl, auf dem sie saß, und seine Hand strich immer wieder über ihre Schultern hinunter zu ihren Brüsten und über ihr Gesicht, nicht grob, aber auch nicht wirklich zartfühlend, und die Kerle lachten weiter.

Es war eher ein Ritual, um ihr Angst zu machen, als irgendein Versuch, sie zu vergewaltigen, das war ihr klar, auch wenn es sie in dem Moment kein bisschen tröstete. Morosow selbst sprach nicht mehr mit ihr, seit sie ihm mit aller Macht in die Eier getreten hatte. Sie hätte ihm mit ihrem Tritt besser den Kiefer brechen sollen, dann hätte er wenigstens nicht mehr bei Thomas anrufen können.

Jetzt warteten die Russen, bis Thomas kam.

Und Julia zitterte vor Angst und zählte die Minuten. Selbst wenn Thomas sehr schnell wäre, brauchte er länger als eine halbe Stunde, um vom Mahler-Hochhaus bis nach Spandau zu kommen. Und, oh Gott, wenn er wirklich Benni mitbringen würde ... Das würde er doch nicht tun! Er wusste doch sicher, dass es ihr das Herz brechen würde. Oder würde er aus lauter Angst um sein eigenes Baby Benni opfern? Er würde Benni doch nicht wecken und ihn im Schlafanzug hierherschleppen? Hoffentlich verständigte er die Polizei. Garantiert hatte Thomas inzwischen auch Eric und Silvio informiert und Silvio konnte vielleicht jemanden vom BND schicken.

Sie weinte auch leise. Sie konnte leider nichts dagegen tun. Morosow hatte Thomas eine halbe Stunde gegeben, vielleicht, wenn er es nicht rechtzeitig schaffte ... vielleicht würde Morosow aufgeben oder vielleicht auch nicht. Wahrscheinlich würde er zuerst sie töten und dann trotzdem noch auf Thomas und Benni warten.

Warum hatte Silvios einfacher Plan nur nicht funktioniert?

Julia schaute auf die Wohnzimmeruhr, konnte aber nur deren verschwommene Umrisse erkennen. Dann klingelte ihr Handy mit der unwirklichen Geigenmusik von Vanessa-Mae, die sie in einer anderen Welt und zu einer anderen Zeit als schönen Klingelton empfunden hatte.

Morosow meldete sich mit einem ruppigen »Ja?«.

Julia hatte keine Ahnung, wer da anrief, aber es war offensichtlich nicht Thomas.

»Nein, hier ist nicht Julia!«, brüllte Morosow. »Und auch nicht Thomas Mahler.« Er schwieg eine Weile und schien zuzuhören, was am anderen Ende der Verbindung gesagt wurde und dann begann er zu lachen und beendete das Gespräch einfach ohne ein weiteres Wort.

»Das war deine Mutter!«, sagte er ganz nahe an Julias Ohr, begleitet von einem gehässigen Lachen. »Sie hat von deiner Verlobung aus den Nachrichten erfahren und ist empört, dass du ihr nichts davon gesagt hast.«

Und dann brach die Hölle los.

Eric hörte zwei Schüsse aus dem Wohnzimmer, noch bevor Thomas überhaupt die Nummer gewählt hatte. Irgendetwas war schiefgelaufen. Er schlug mit dem Griff seiner Pistole die Küchenscheibe ein und war mit einem Sprung über das Fensterbrett im Haus. Er sah nicht zurück, prüfte nicht, ob Thomas ihm folgte oder nicht. Jetzt gab es nur noch ein Ziel, die drei Russen außer Gefecht zu setzen und zu hoffen, dass Julia noch lebte.

Sie hatten wegen des Aufruhrs im Wohnzimmer nicht gehört, dass jemand über die Küche ins Haus gekommen war, obwohl diese direkt an das Wohnzimmer grenzte und die Tür halb offen stand. Das war der einzige Vorteil, den Eric noch hatte. Mit einem einzigen Blick hatte er die Situation erfasst. Silvio lag auf dem Boden, angeschossen, vielleicht tot. Einer der Russen hatte eine Schusswunde am Arm und Morosow hatte Julia gepackt und hielt sie vor sich wie ein Schutzschild und seine Pistole war an ihre Schläfe gedrückt. Offenbar rechnete er mit einem Sturmkommando der Polizei, denn er brüllte in Richtung Fenster:

»Ich knall sie ab! Ich knall sie ab!«

Eric war klar, je länger er wartete, desto schwieriger würde die Situation werden. Entweder jetzt oder gar nicht. Er könnte Morosow eventuell mit einem Kopfschuss erledigen, denn Julia war so klein, dass sie ihm gerade bis zur Brust reichte. Allerdings hatte er das seit Jahren nicht mehr gemacht und es bestand selbst für einen geübten Scharfschützen immer noch ein großes Risiko, die Geisel zu verletzen. Nur eine unvorhergesehene Bewegung ...

Morosow zerrte Julia aus dem Wohnzimmer in Richtung Flur und sein Ziel war eindeutig die Haustür. Er würde mit seinem Auto nicht von hier wegkommen, dafür hatten sie schon im Vorfeld gesorgt, aber was nützte ihnen Morosow, wenn Julia dabei draufging? In dem Augenblick, als Eric in das Wohnzimmer stürmte, ging die Wohnzimmertür auf und Julias Vater erschien im Schlafanzug mit entsetztem Gesichtsausdruck.

Er hatte gar nicht genug Zeit, um sich zu wundern. Morosows Schlag traf ihn mit brutaler Gewalt gegen den Kopf, im gleichen Moment legte Eric die beiden russischen Prätorianer mit zwei gezielten Schüssen ins Knie um. Einer von ihnen klatschte mit dem Kopf gegen die Tischkante und blieb regungslos liegen. Der andere rappelte sich sofort wieder auf und feuerte auf Eric.

Morosow zerrte Julia über ihren bewusstlosen Vater hinweg hinaus in den Flur. Das war ziemlich schwierig, denn Julias Füße waren gefesselt und deshalb musste er sie tragen. Das hielt ihn auf und machte ihn unbeweglicher. Dennoch war Morosow schon draußen und außer Sicht, als Eric sich mit einem Sprung gerade noch hinter das Sofa retten konnte, um vor den Schüssen des blonden Riesen in Deckung zu gehen. Zig Schüsse knallten nacheinander in die Rückenlehne. Der Russe verausgabte sich, weil er keine Deckung hatte und sich mit seinem angeschossenen Knie auch gar nicht so schnell irgendwohin retten konnte. Die vier Sekunden, die er brauchte, um das Magazin nachzuladen, waren dann sein Ende.

»Ich komm jetzt raus!«, brüllte Morosow im Flur.

Er brauchte kein Megaphon, man konnte ihn durch die geschlossene Haustür bis zur Bushaltestelle am Ende der Straße hören.

»Wenn sich einer rührt, ist die Frau tot.«

Offenbar dachte er, da draußen würde das mobile Einsatzkommando auf der Lauer liegen und schon ein Fluchtfahrzeug für ihn bereithalten. Dann riss er die Haustür auf. Er hielt Julia so vor sich, so dass sie den größten Teil seines Körpers mit ihrem abdeckte. Niemand, der Ahnung von Geiselnahmen hatte, würde es wagen, auf ihn zu schießen. Er konnte Mahler mit ihr unter Druck setzen und sicherstellen, dass er ungehindert bis zum Flughafen kam.

Morosow war allerdings ziemlich irritiert, als er die Haustür öffnete und auf die absolut leere Anwohnerstaße blickte. Kein einziges Einsatzfahrzeug, keine abgesperrte Straße, nicht der geringste Hinweis auf einen Polizeieinsatz. Er hatte nicht lange genug Zeit, sich über das Phänomen zu wundern.

Verwirrt und für eine Sekunde unentschlossen machte er einen unsicheren Schritt rückwärts und wollte die Haustüre gerade wieder zuschlagen, da donnerte ihm ein eisenharter Pistolengriff genau gegen die Schläfe.

»Fuck you!«, brüllte Thomas mit einer Wut, die direkt aus der Steinzeit stammte.

Morosow taumelte zur Seite und ließ Julia für einen Moment los. Thomas griff nach ihr, zerrte sie am Arm zur Seite oder riss sie mehr oder weniger in seinen Arm und dann drückte er ab. Morosow wurde von der Wucht des Schusses gegen den Türrahmen geschleudert. Er starrte ungläubig an sich hinab auf die Schusswunde in seiner Brust. Sein Hemd färbte sich nur ganz langsam rot. Genauso langsam entglitt ihm seine eigene Pistole, als sich sein Griff um die Waffe lockerte. Sie fiel mit einem dumpfen Geräusch auf den Fußabtreter vor der Haustür.

Tja, zu dumm, dass der Mann, der allen immer einen Schritt voraus war, nicht an eine kugelsichere Weste gedacht hatte. Julias Knie wurden weich, aber Thomas hielt sie fest, ganz fest an sich gedrückt, und sie wusste nicht, ob sie es war, die so schrecklich zitterte, oder er.

Er hielt sie auch noch in seinen Armen, als zwanzig Minuten später die Notärzte und zwei SEK-Einheiten auftauchten.

Er hatte Julia ins Haus getragen und redete aufgeregt auf sie ein. Aber sie dämmerte in einem Zustand von Halbbewusstsein, klammerte sich an Thomas fest wie ein kleines Kind und war überglücklich, dass er noch lebte, dass Benni noch lebte und dass sie noch lebte und gleichzeitig hatte sie das Gefühl, die Schmerzen würden immer schlimmer werden, und sie wollte eigentlich nur in Ohnmacht fallen, um das nicht mehr aushalten zu müssen.

»Bleib bei mir! Verlass mich nicht!«, flehte er.

Sie hörte wie Thomas' Stimme in ihren Kopf drang und sie immer wieder davon abhielt, ganz wegzudriften, und dann spürte sie diesen Nadelstich, sah überall grelles Blaulicht und ein fremdes Gesicht, eine Frau, die mit freundlicher Stimme zu ihr sprach und sagte: »Ganz ruhig. Es wird alles gut!«

Und dann waren die Schmerzen endlich weg und sie schlief in Thomas' Armen ein.

***

Als Julia wieder zu sich kam, lag sie in einem schwach erleuchteten Krankenhauszimmer, in dem es roch wie auf einer Blumenwiese im Hochsommer. Eine Kanüle steckte in ihrem Handrücken und sie hatte kaum noch Schmerzen. Nur ein dumpfes Ziehen in ihrem Magen. In dem Besuchersessel, der in der Ecke am Fenster stand, war Thomas. Halb saß er, halb lag er und er schlief. Seine Beine breit ausgestreckt, seine Arme hingen schlaff an seinen Seiten herab und baumelten über die Armlehnen. Seine Haare waren zerzaust und hingen ihm ins Gesicht. Sein Kinn und seine Wangen hatten dunkle Schatten und er sah fix und fertig aus.

Sie selbst lag nicht alleine in dem schmalen Krankenhausbett. An ihre rechte Seite angekuschelt lag Benni und schlief ebenfalls. Mit einer Hand hielt er sein Kuschelschaf fest, die andere umklammerte eine einzelne Rose mit einem dicken blauen Kopf und dann sah sie die anderen Blumen. Das ganze Zimmer war ein blaues Blumenmeer. Große hellblaue Hortensien und Schwertlilien, noch mehr blaue Rosen mit dicken Köpfen, Kornblumen, Lavendel, Vergissmeinnicht, Akeleien, Rittersporn, Lupinen, Flieder … sie kannte nicht einmal die Hälfte davon und sie standen aufgereiht am Boden, an der Wand, auf dem Tisch neben dem Sessel, auf dem Nachttisch, am Fenster in dreißig verschiedenen Blumenvasen. Sie stützte sich auf dem Ellbogen ab, weil sie es einfach nicht glauben konnte, und da fiel ihr Blick auf das kleine Päckchen, das auf ihrem Bauch lag. Eingepackt in goldglänzendes Geschenkpapier und umwickelt mit einer roten Schleife. Der einzige rote Farbton im ganzen Zimmer.

Sie versuchte, das Päckchen mit ungeschickten und zittrigen Fingern zu öffnen, und als ihr schließlich das winzige Pärchen Kätzchenschuhe entgegenfiel, flossen ihre Tränen in hellen Strömen über die Wangen.

»Hey Thomas! Sie ist endlich wach!«, rief Benni laut durch das Zimmer und schreckte Thomas damit aus dem Schlaf. »Und sie heult schon wieder rum. Ich sag doch, sie heult die ganze Zeit rum!«

Thomas sprang auf die Beine und war sofort an ihrer Seite.

»Hast du Schmerzen? Soll ich die Schwester rufen?«

»Nein, du sollst mich küssen!«, sagte sie mit schwacher Stimme.

Benni schrie »Igitt!« und sprang sofort aus dem Bett, als hätte er Angst, das könnte etwas Ansteckendes sein, aber als der Bonze sich auf Jules Bett setzte und sie vorsichtig in seine Arme zog, schaute Benni doch ganz unauffällig zu.

Er wollte nur sehen, ob der das auch mit der Zunge und so machte, wie er das in einem Film schon gesehen hatte. Aber der Bonze hatte offenbar keine Ahnung vom Küssen. Er berührte ihre Lippen nur einmal ganz kurz, dann war das Geknutsche auch schon wieder vorbei und er hielt Julia nur fest und drückte ihren Kopf an seine Brust. Benni würde dem Mann zum Geburtstag mal ein Buch schenken, in dem genau erklärt wurde, wie man richtig küsst.

Aber andererseits, wenn der Bonze keine Ahnung vom Küssen hatte, dann knutschte Julia wenigstens nicht die ganze Zeit mit ihm rum, sondern hatte auch noch etwas Zeit für ihn. Benni hatte ihr schließlich das Leben gerettet. Das behaupteten zumindest Eric und Thomas, der bei genauerer Betrachtung vielleicht doch nicht ganz so blöd war, wie Benni zunächst gedacht hatte. Zumindest hatte er ziemlich cool ausgesehen, als er gestern mit der fetten Knarre in der Hand, der kugelsicheren Weste und mit ganz schwarzen Klamotten losgebrettert war, um Julia zu retten.

Thomas hatte seine Mutter, die nette Oma mit den weißen Haaren, angerufen und die war nach einer Weile zusammen mit Walter gekommen, um auf Benni aufzupassen. Eric und Silvio waren nämlich auch losgezogen, um Julia zu retten. Eigentlich brauchte Benni niemanden, der auf ihn aufpasste. Wenn Julia abends arbeiten ging, war er ja auch immer alleine und kam gut zurecht. Aber als dann Frau Mahler und Walter kamen, war Benni doch ein gewaltiger Stein vom Herzen gefallen und da hatte er erst gemerkt, dass es gar nicht so schlecht war, jemanden zu haben, der auf einen aufpasste, besonders dann, wenn man eine ganz riesengroße und gottverdammte Angst hatte um den einzigen Menschen, der einen wirklich lieb hatte.

Irgendwann hatte sich der Bonze endlich wieder gemeldet und erzählt, dass alles gut sei. Julia sei im Krankenhaus, aber die Ärzte sagten, dass sie schon bald wieder nach Hause dürfe. Was mit dem Baby sei, könne er allerdings noch nicht sagen. Niemand könne ihm darüber Auskunft geben.

Hä? Was denn für ein Baby? Kein Mensch hatte Benni je etwas von einem verflixten Baby erzählt. Auch das noch! Nicht nur, dass Julia seit Neuestem lieber diesen autoritären Bonzen in ihrem Bett haben wollte, jetzt würde da demnächst auch noch ein schreiender und stinkender und sabbernder Säugling herumlungern und keiner hielt es für nötig, ihn über all diese veränderten Lebensumstände aufzuklären. Natürlich hielt es auch niemand für nötig, ihm zu sagen, was mit diesem Morosow passiert war. Aber Benni war ja nicht doof, er hatte auch in den Tagebüchern seiner Mutter gelesen – und nicht nur Julia, auch er hatte sich sehr wohl ausrechnen können, wer dieser Mann war, auch wenn er ihn noch nie gesehen hatte. Und er hoffte nur, dass er tot war und niemals mehr wiederkommen würde.

Nie!

Das Coolste war, dass Benni am anderen Tag nicht in die Schule musste. Frau Mahler, die mit Walter die ganze Nacht bei Benni geblieben war, rief nämlich beim Rektor an, um Benni zu entschuldigen, und der wusste offenbar schon aus dem Fernsehen, dass Oma Mahler jetzt gewissermaßen mit Julia und ihm verwandt war. Auch das hatte ihm wieder mal keiner gesagt, dass Julia im Fernsehen gewesen war.

Benni schlief dann auch ziemlich lange und als er am Mittwoch gegen zehn Uhr aufwachte, hatte Frau Mahler ein tolles Oma-Frühstück für ihn gemacht, so wie seine richtige Oma das früher auch oft für ihn gemacht hatte, bevor sie abgehauen war, weil sie lieber problemlose und dumme Enkelkinder haben wollte. Mit Brötchen und Marmelade und Butter und Nutella und dazu ein Tasse warme Milch mit ganz, ganz viel Instantkakao. Während Benni noch frühstückte, war Eric zusammen mit Isabel aufgetaucht.

Er hatte einen fetten Verband am Oberschenkel und behauptete, das sei keine Schusswunde, sondern er habe sich an einer Scherbe geschnitten, als er durch das Küchenfenster geklettert sei, aber Benni glaubte ihm kein Wort. Das war nämlich wieder typisch Erwachsene, die wirklich coolen und wichtigen Dinge hielten sie vor ihm geheim, weil sie dachten, er wäre zu klein oder zu doof dafür.

Nach dem Frühstück verabschiedeten sich Frau Mahler und Walter von ihm und sagten »Dann bis Freitag!« und Benni hatte echt keine Ahnung, was sie damit meinten.

Ha, toll, oder? Das wurde immer besser, für den Freitag war er von Walter ins Observatorium eingeladen, die ganze Nacht lang, um durch ein oberaffengeiles Teleskop zu schauen und wieder mal war er der Letzte, dem man Bescheid sagte.

Nachdem Walter weg war, kümmerte sich Isabel um Benni, und allmählich fühlte er sich überbehütet. Tatsächlich hätte er lieber mal im Internet nachgeschaut, was in den Nachrichten gesendet wurde – über Julia und auch über das Massaker in Spandau. Benni war sich sicher, dass es ein Massaker gewesen sein musste.

Eric telefonierte die ganze Zeit lautstark mit einer Conni und einem Menschen mit dem ulkigen Namen Nickel und es ging darum, dass die beiden einen Therapieplatz in irgendeiner Spezialklinik in der Schweiz beschaffen mussten, und zwar am besten schon vorgestern und wenn das nicht ging, dann bis Ende der Woche, weil der Boss sonst Köpfe rollen lassen würde.

»Muss Julia in die Schweiz?«, hatte Benni ängstlich gefragt, nachdem Eric eines dieser lautstarken Telefonate beendet hatte. Eric tätschelte seinen Kopf, was Benni auf den Tod nicht leiden konnte, aber er verzieh ihm das, denn Eric war cool und hatte eine Schusswunde.

»Nein, dein Opa. Er hat einen harten Schlag gegen den Kopf bekommen und das hat einen Krankheitsschub bei ihm ausgelöst. Die beste Klinik, die es dafür gibt, ist in der Schweiz und wir kümmern uns jetzt darum, dass er möglichst bald einen Platz dort bekommt.«

»Kann ich ihn dann überhaupt noch besuchen? Wenn er so weit weg ist?«

»Klar! Thomas hat ein Privatflugzeug und damit kannst du deinen Opa besuchen, sooft du willst.«

»Boah, ein Privatflugzeug? In echt jetzt?«

Eric nickte nur und suchte schon nach der nächsten Nummer auf seinem Handy.

»Eigentlich ist der ziemlich cool, der Typ, oder?«

»Ja, ziemlich cool«, gab Eric zu. »Aber nicht so cool wie ich.«

Und über Bennis Kopf hinweg traf sich sein Blick mit dem von Isabel.

Kurz nach elf kam dann auch Thomas, der Bonze, wieder nach Hause. Er trug tatsächlich immer noch die schwarzen Ninja-Klamotten, nur nicht mehr die kugelsichere Weste, und sah ziemlich fertig aus, aber nicht annähernd so fertig wie vor 15 Stunden, als er von hier aufgebrochen war.

Er duschte und schlief ein paar Stunden und dann ging er zu Benni ins Kinderzimmer. Benni checkte gerade im Internet die Nachrichten: Fünf Notarztwagen und zwei SEK-Einheiten waren am vergangenen Abend in Spandau im Einsatz und der komplette Kiez war für weitere zwanzig Stunden abgesperrt. Aber kein einziger Presseheini erwähnte den Namen von Eric, Silvio oder Bonzen-Mahler. Auch fiel nicht ein einziges Mal der Begriff »Massaker«. Es hieß, da habe ein verrückter Geiselnehmer eine Familie überfallen und dank eines beispiellosen Einsatzes des SEK seien der Geiselnehmer und seine beiden Komplizen binnen dreier Minuten außer Gefecht gesetzt worden.

Thomas Mahler, der Oberbonze, sah wieder genauso aus, wie man ihn aus der Presse kannte: Im dunklen Anzug, mit schicker Krawatte, die Haare nach hinten gekämmt und mit spiegelblank polierten Schuhen.

»Mach dich hübsch!«, sagte er zu Benni. »Wir gehen Julia im Krankenhaus besuchen.«

Benni schaute ungläubig an sich hinunter. Er hatte weder Flecken auf dem Sweatshirt noch Löcher in seiner Jeans, außerdem hatte er heute schon die Zähne geputzt und sich schon zweimal die Hände gewaschen.

»Ich bin hübsch genug!«

»Merk dir: Du kannst gar nicht hübsch genug aussehen, für die Frau, die du liebst!«, sagte der Oberbonze und warf Benni einen Stapel mit Klamotten zu, die direkt aus dem Magazin *Was-trägt-der-junge-Prinz-heute* stammen mussten. Eine enge, dunkle Röhrenhose, ein blau kariertes Hemd, dazu einen dunkelblauen Wollpulli und ein Paar braune Schuhe aus Leder mit dicker Sohle, die definitiv keine Turnschuhe waren.

»Das hat meine Mama für dich gekauft. Sie kennt sich mit Kleidergrößen und Jungensklamotten aus«, erklärte der Bonze.

Boah Shit, Benni würde den Mist ausnahmsweise Julia zuliebe anziehen, aber der große Diktator konnte sich den Gedanken gleich abschminken, dass Benni künftig nur noch herumlaufen würde wie ein Schüler aus einem englischen Internat.

»Hey Benni, bist du hübsch!«, sagte Julia jetzt zur Begrüßung und Benni kräuselte die Lippen.

Na gut, vielleicht hatte der Bonze ausnahmsweise recht gehabt. Julia drückte Benni jedenfalls ziemlich doll an sich und weinte (au Mann, wie er es hasste, wenn Mädchen andauernd weinten) und sie küsste ihn. Auf jeden Fall küsste sie ihn deutlich öfter und länger als sie ihren Thomas geküsst hatte, und das war schon mal kein schlechter Schnitt.

»Ich hatte solche Angst, dass er dich mir wegnimmt«, weinte sie und küsste ihn weiter und weiter. Langsam wurde die Küsserei fast ein wenig peinlich, aber nur fast.

»Naja, so schlimm wäre es doch nicht gewesen, mich los zu sein, jetzt wo du bald ein eigenes Baby hast«, sagte Benni und versuchte, so cool wie möglich zu klingen. Er würde sich ganz bestimmt nicht aufdrängen, wenn Julia ihr eigenes Ding machen wollte mit dem Bonzen und ihrem tollen neuen Super-Baby. Benni war es schließlich gewohnt, verlassen zu werden.

»Benni, das meinst du nicht im Ernst, oder?« Jetzt heulte sie noch lauter und der Bonze wurde schon ganz rot im Gesicht vor Ärger. Sie durfte sich nicht aufregen, das hatte er Benni extra vorher aufgetragen, aber was konnte Benni denn dafür, dass sie andauernd weinte? »Benni, du weißt doch, dass wir beide immer zusammenbleiben.«

»Hm!«, sagte er nur und hoffte, sie würde aufhören zu weinen und es ernst meinen.

»Du bist mein Junge und daran wird sich nie etwas ändern, egal, wie viele Babys ich in Zukunft haben werde. Weißt du denn nicht, wie ich beim Jugendamt um dich gekämpft habe? Ich will dich nicht loswerden, ganz im Gegenteil, ich will dich behalten, für immer.«

»In echt, jetzt?«, murmelte Benni und hatte Mühe, seine eigenen Tränen niederzukämpfen, die irgendwo zwischen seinem Rachen und seiner Nase saßen.

»Jedenfalls behalte ich dich so lange, bis du verheiratet bist«, schniefte sie und lächelte ihn mit tränenverschleiertem Blick und roter Heulnase an.

»Igitt!«, kicherte er und drückte sich so fest an Julia, wie es nur ging, und sie schluchzte sofort wieder los und drückte ihn noch fester zurück.

»Ich bin so froh, dass ihr beide am Leben seid!«

Und dann rastete der Oberbonze total aus und Benni konnte den Mann ausnahmsweise ziemlich gut verstehen.

»Dass WIR am Leben sind? Bist du noch zu retten? Dein Leben zu riskieren wegen dem Schwachsinn, den Silvio dir erzählt hat? Ist dir denn gar nicht klar, was das für uns beide bedeutet hätte, wenn dir etwas zugestoßen wäre? Wie kannst du dich so leichtsinnig in Gefahr begeben und dich als Märtyrer aufspielen? Ich bin gestern fast verrückt geworden aus lauter Sorge um dich ...«

Und so ging es ungefähr eine ganze Minute weiter und Benni konnte jedes einzelne Wort doppelt und dreifach unterstreichen, aber leider brach der Bonze in seiner Glaubwürdigkeit dann total ein, als er zum Schluss seiner Strafpredigt keine wirklich harte Strafe verhängte wie zum Beispiel Hausarrest oder Computerverbot, sondern stattdessen doch noch eine richtige Knutscherei anfing mit Zunge und dem ganzen Quatsch – und das ziemlich lange. So lange, bis es für Benni selbst unter wissenschaftlichen Gesichtspunkten nicht mehr wirklich interessant war und Gott sei Dank kam dann endlich mal eine Krankenschwester, die Julias Infusionsflasche wechselte, weil sonst würden die beiden vielleicht bis nächstes Jahr noch knutschen.

Die Schwester begrüßte Julia mit einem sonnigen Lächeln und erzählte, dass wir jetzt aber schon sehr viel besser aussehen würden und dass wir uns gar keine Sorgen machen müssten, der Chefarzt wäre in ein paar Minuten da, so wie Herr Mahler es gewünscht habe.

Julia fragte sich verwundert, seit wann das Pflegepersonal in den Krankenhäusern so freundlich geworden war oder ob das was mit dem besagten »Herrn Mahler« zu tun hatte, der auf ihrer Bettkante saß und sie so fest an sich drückte, dass sie jeden einzelnen Bluterguss an ihrem Gesicht und ihrem Körper spüren konnte.

Sie konnte natürlich nicht ahnen, was für einen Wirbel Thomas im Krankenhaus veranstaltet hatte. Schon gestern, als sie eingeliefert worden war, und seither nonstop.

Abgesehen von mehreren Drohungen, den Laden aufzukaufen und alle zu entlassen, hatte er mindestens fünf Ärzte der Unfähigkeit bezichtigt und ihnen mit Anwalt und Klage gedroht. Letztlich war er einfach nur wahnsinnig vor Angst um Julia gewesen und die Ärzte in der Notaufnahme hatten mit vier schwerverletzten Opfern eines nicht näher definierten Schusswechsels genug zu tun. Julia rangierte eindeutig nicht unter den lebensgefährlich Verletzten.

Thomas sah das freilich anders. Diese Viertelstunde, während der er sie im Arm gehalten hatte und auf den Notarzt gewartet hatte, hatte ihn zehn Jahre seines Lebens gekostet. Er wünschte diese Ängste, die er da ausgestanden hatte, seinem ärgsten Feind nicht.

Beim Personal der Notaufnahme lagen inzwischen die Nerven blank und deswegen hatte man Julia am frühen Morgen auch von der Chirurgie in die Gynäkologie verlegt, in der Hoffnung, dass es den neurotischen werdenden Vater irgendwie beruhigen würde, wenn er feststellte, dass es da Leute gab, die tagein, tagaus nur mit Schwangeren zu tun hatten.

Das hatte ihn tatsächlich beruhigt oder genauer gesagt war es der Chefarzt der Gynäkologie gewesen, der gegen zehn Uhr endlich zur Arbeit kam, der es geschafft hatte, Thomas zu beruhigen. Der Mann hatte ihn wenigstens ernst genommen. Er hatte ihn in sein Büro gebeten, ihm Cognac aus seinen Geheimvorräten angeboten und nachdem Thomas den ersten Schluck getrunken hatte, war es ihm schon um Längen besser gegangen.

Kein Mensch hatte daran gedacht, ihm nach diesem traumatischen Abend irgendetwas zu trinken oder einen Schnaps anzubieten. Eric war verschwunden, sobald die Notärzte und die beiden SEK-Einheiten das Haus geräumt hatten, und Thomas war dem Krankenwagen hinterhergefahren. Im Krankenhaus hatten Dr. Nickel und dessen Sekretärin auf Thomas gewartet und den nötigen Schriftkram erledigt und ihm noch ein paar Ratschläge erteilt, wie man mit eventuellen Pressereaktionen umzugehen habe. Aber die Angelegenheit mit der Presse hatte der BND schon selbst geklärt. Der Name Mahler würde in dem gesamten Vorfall genauso wenig erwähnt werden wie die Beteiligung des BND.

Wenn Thomas sich noch recht erinnerte, dann hatte Nickels Sekretärin ihm irgendwoher eine Tasse Kaffee organisiert, während Julia in der Unfallchirurgie war. Die Schwestern und Ärzte hatten ihm versichert, dass Julia sediert worden sei und mindestens zwölf Stunden schlafen würde und er deshalb getrost nach Hause gehen könne und ebenfalls schlafen solle. Was er selbstverständlich nicht getan hatte. Er hatte die ganze Nacht in Julias Krankenzimmer verbracht. Dann war sie schließlich verlegt worden und als der Chefgynäkologe um zehn Uhr endlich aufgetaucht war, hatte Thomas bereits einen vierstündigen Arbeitstag hinter sich und alle seine Mitarbeiter und Präsidenten und Aufsichtsratsmitglieder mehrfach in die Verzweiflung gestürzt.

Der Chefarzt der Gynäkologie mit dem vertrauenerweckenden Namen Dr. Schweizer war etwa in Thomas' Alter, vielleicht ein oder zwei Jahre älter, und nachdem er an seinem PC die kurze und nichtssagende Krankenakte von Julia gecheckt hatte, fragte er lächelnd:

»Ihr erstes Kind?«

»Ja!«

»Ich hab drei! Und es war jedes Mal das Schönste und gleichzeitig das Schrecklichste für mich.«

Thomas nickte dankbar. Endlich ein Mann, der ihn verstand.

»In welcher Schwangerschaftswoche ist Frau Dietrich?«

Thomas schaute den Mann verdutzt an. »Ich, äh, weiß nicht. Julia ist seit dem 22. Februar schwanger. Wird sie das Kind verlieren?«

»Das ist wohl ein Wunschkind?«

»Absolut!«

Der Chefarzt schaute noch mal auf die Patientendatei in seinem PC. Die junge Frau war misshandelt worden, hatte aber keine Verletzungen, die nicht bald schon verschwinden würden. Die paar Blutwerte, die man in der Nacht noch gemacht hatte, waren geradezu bilderbuchmäßig. Er hatte keine Ahnung, warum man sie überhaupt auf die Gynäkologie verlegt hatte. Es hatten weder Blutungen eingesetzt noch gab es sonstige Hinweise auf eine bevorstehende Fehlgeburt. Kurz und gut, der jungen Dame ging es den Umständen entsprechend sehr gut, was man von dem angehenden Vater wirklich nicht behaupten konnte.

Der Chefarzt schenkte noch einmal kräftig Cognac in Thomas' Glas und beobachtete den Mann, wie er sich langsam entspannte. Er kannte den berühmten Thomas Mahler natürlich, aus dem Fernsehen und aus der Zeitung. Das war der Mann, der mit einem einzigen Fingerschnippen Finanzmärkte und Regierungen zum Erbeben bringen konnte und hier saß er wie ein Häuflein Elend, ein ganz normaler, verletzlicher Mann, der vor Müdigkeit kaum die Augen offen halten konnte und der vor Sorge fast umkam.

»Frau Dietrich ist immer noch sediert und sie bekommt noch ein paar Infusionen. Das heißt, sie wird noch ein paar Stunden schlafen. Im Augenblick sieht alles bestens aus. Sie ist eine kerngesunde junge Frau und es besteht überhaupt kein Anlass, sich um das Kind Sorgen zu machen. Sie gehen jetzt nach Hause und schlafen ein paar Stunden und essen irgendetwas, und ich verspreche Ihnen, wenn Sie heute Nachmittag wiederkommen, machen wir einen Ultraschall und dann können Sie selbst nachsehen, wie es Ihrem Kind geht.«

Thomas nickte eifrig und war dem Mann unsäglich dankbar. Er reichte ihm seine Super-Privat-Visitenkarte und sagte: »Sie rufen mich aber an, falls Julia schon früher aufwacht.«

»Ich schwöre es.«

Thomas leerte das Cognacglas in einem Zug und stand dann auf. Mann, jetzt war er wirklich groggy ... und erleichtert. Er wandte sich zum Gehen und der Doktor hielt ihm bereits die Tür des Zimmers auf, da blieb er noch mal stehen.

»Noch eine Frage.«

»Ja?«

»Was ist mit Sex in der Schwangerschaft?«

»Was ist damit?«, fragte Dr. Schweizer leicht verwirrt.

»Ist das irgendwie, ähm schädlich oder ein Risiko, oder so?«

Dr. Schweizer grinste. »Sie scheinen der einzige Mensch zu sein, der kein Internet nutzt. Heutzutage kommen die Patienten zu mir, haben alles schon gegoogelt und erklären mir, was ich über Sex in der Schwangerschaft wissen muss. Letztlich muss das jedes Paar für sich selbst entscheiden. Sex schadet weder dem Kind noch der Mutter und viele Frauen behaupten, der Sex in der Schwangerschaft sei der beste Sex ihres Lebens. Viele Männer wollen dennoch keinen Sex mit ihren schwangeren Frauen haben.«

»Selbst schuld!«, sagte Thomas und schüttelte dem Arzt noch einmal kräftig die Hand. Im Geiste hatte er bereits einen fetten Spendenscheck für die gynäkologische Abteilung dieses Krankenhauses geschrieben.

Die Schwester war mit ihrer Infusionsflasche endlich fertig und sagte noch ein paar überflüssige Nettigkeiten, und Thomas hatte den Eindruck, dass sie extra so lange herumtrödelte, nur um den berühmten Thomas Mahler so lange wie möglich sehen zu können. Leider passierte ihm das häufig, besonders wenn er ohne Leibwächter unterwegs war. Wenn jetzt Eric hier wäre, hätte der die Schwester schon längst mit seinem finsteren Blick hinausgegruselt. Als sie dann endlich draußen war, setzte sich Julia im Bett wieder auf und warf einen vorsichtigen Blick auf Benni und fragte dann:

»Wie geht es meinem Vater und Eric? Und was ist mit Silvio? Der lag ...«, und jetzt war ihre Stimme nur noch ein Wispern, obwohl Benni trotzdem jedes Wort verstand. »... der lag blutüberströmt auf dem Boden. Und ... oh Gott, ist ... ist Morosow tot?«

Thomas streichelte vorsichtig über ihre unversehrte Wange, die andere hatte dunkelrote Blutergüsse.

»Mach dir keine Sorgen, es ist alles gut. Wir reden nachher in aller Ruhe unter vier Augen, sobald der Chefarzt hier war und Kaylin eingetroffen ist, um Benni nach Hause zu bringen.«

»Boah, ist das fies! Ich darf wieder nichts davon hören. Nie sagt mir einer irgendwas«, rief Benni. »Und wer ist überhaupt dieser Kaylin?«

»Ein neuer Bodyguard. Silvio wird nicht mehr für mich arbeiten und Kaylin wird künftig auf Julia und dich aufpassen.«

»Ich gehe nicht nach Hause!«, protestierte Benni und verschränkte die Arme als Zeichen, dass ihn keine zehn Pferde aus diesem Zimmer bringen würden. »Ich will keinen Scheißbabysitter.«

Als der Scheißbabysitter eine Stunde später das Krankenzimmer betrat, fiel Benni aus allen Wolken, denn Kaylin war eine junge, zierliche Asiatin, kaum größer als Julia und auch kaum älter als sie, aber verdammt überhübsch und verdammt viel gefährlicher als Jet Li und Jackie Chan zusammen. Das merkte man erst, wenn man sich mit ihr anlegte, das behauptete jedenfalls der Bonze Thomas, der immer cooler wurde, je näher man ihn kannte. Besonders, wenn man berücksichtigte, dass er sogar eine echte Kung-Fu-Kämpferin engagieren konnte. Kaylin hatte jedenfalls mindestens tausend Gürtel in mindestens fünfhundert verschiedenen Kampfsportarten und unter ihrem unscheinbaren schwarzen Anzugjackett trug sie eine echte Pistole und die zeigte sie Benni, auch wenn er sie nicht anfassen durfte. Außerdem fuhr sie jetzt Silvios Porsche und als sie zu Benni sagte, sie würde ihn nach Hause fahren, wagte er nicht den leisesten Widerspruch.

»Wenn du sie nicht magst, kannst du auch eine andere Leibwächterin haben«, sagte Thomas entschuldigend, nachdem Kaylin mit Benni gegangen war.

»Du willst wohl keinen männlichen Leibwächter für mich engagieren?«

»Nur wenn er schwul ist!«

»Hast du eigentlich vor, ein sehr eifersüchtiger Ehemann zu sein, falls ich dich doch heiraten sollte?«

»Was heißt hier *falls?* Du hast doch schon Ja gesagt. Jedenfalls war dein Lächeln gestern Mittag rein juristisch ein eindeutiges Ja. Willst du das etwa bestreiten?«

»Willst du das etwa einklagen?«

»Für wie viel würdest du mir dein Ja verkaufen?«

»Für drei Worte.«

***

Thomas lag neben Julia auf dem schmalen Krankenhausbett. Seine Schuhe hatte er ausgezogen und das Jackett ebenfalls und Julia hatte ihren Kopf auf seinen Arm gelegt und die unverletzte Seite ihres Gesichts fest an seine Brust geschmiegt. Er spielte mit ihrem Haar, während sie sich gegenseitig alles erzählten, was der andere noch nicht wusste.

Thomas war jetzt ruhig und entspannt. Julia weitaus weniger.

Die Tatsache, dass Silvio im Koma lag und es nicht klar war, ob er die nächsten vierundzwanzig Stunden überleben würde, schockierte sie mehr, als es Thomas gefiel. Der Mann hatte sich das selbst eingebrockt und Julia wollte das einfach nicht einsehen, dass er leichtsinnig und dumm mit ihrem Leben gespielt hatte.

»Es ist mir scheißegal, dass er mich vier Jahre lang hintergangen hat«, versuchte Thomas zum dritten Mal zu erklären. »Er wusste, dass du schwanger bist, und er hat dich trotzdem Morosow zum Fraß vorgeworfen. Wenn er nicht schon im Sterben läge, würde ich ihn eigenhändig umbringen.«

»Ich habe das doch freiwillig gemacht.«

»Erzähl mir nichts! Ich weiß von Benni, dem besten Lauscher aller Zeiten, ganz genau, dass der Drecksack dich emotional unter Druck gesetzt hat. Du warst durch den Einbruch völlig fertig mit den Nerven und ich habe mich am Tag zuvor wie ein Idiot verhalten und dich angegriffen, anstatt dich zu beschützen. Du warst hilflos und dieser Arsch hat genau gewusst, dass er dich zu allem überreden kann, wenn er dir nur genügend Angst einjagt. Und ich bin mitschuldig daran. Das ärgert mich am meisten.«

Sie streichelte über sein Gesicht, das nun so finster aussah, als würde er gleich wieder einen seiner berühmten Wutanfälle bekommen.

»Ich bin erwachsen und passe schon seit Jahren auf mich selbst auf. Lange bevor du in mein Leben getreten bist und gemeint hast, ich würde eine chinesische Kung-Fu-Kämpferin zu meinem Schutz brauchen, habe ich schon für mich selbst Entscheidungen getroffen. Silvio hätte mich zu nichts zwingen können, wenn ich nicht davon überzeugt gewesen wäre, dass es ein guter Plan ist und dass ich damit dich und Benni beschützen kann.«

»Julia, verstehst du denn nicht? Morosow hätte mir nie gefährlich werden können. Weder mir noch Benni. Silvio hat dich nur benutzt, weil der BND sonst nie an Morosow rangekommen wäre.«

Julia schwieg eine Weile und dann schüttelte sie den Kopf.

»Aber Morosow lebt noch und sobald er transportfähig ist, wird er ausgeliefert und irgendwann kommt er bestimmt wieder, um sich Benni zu holen oder sich an dir zu rächen. Warum hast du ihn nicht getötet?«

»Weil ich in der Aufregung nicht besser getroffen habe!«, knurrte Thomas. »Aber ich bin froh drüber. Stell dir vor, ich muss eines Tages Benni in die Augen schauen und ihm sagen, dass ich es war, der seinen Vater erschossen hat.«

Sie seufzte aus tiefstem Herzen. »Ehrlich, Thomas, ich weiß nicht, ob ich das aushalten kann, immer Angst um dein Leben haben zu müssen. Warum kannst du nicht ein einfacher Nerd in der IT-Abteilung sein?«

»Weil du dann niemals mit mir geschlafen hättest.«

Sie lachte leise. »Ja, das stimmt.«

»Du magst es, dass ich mächtig bin. Das hast du selbst in einer deiner Mails geschrieben. Und gib es zu, so schlimm ist es auch wieder nicht, dass ich reich bin.«

»Es ist ziemlich cool, dass du reich bist, und deine Macht turnt mich tierisch an und dein finsterer Blick auch, wenn du immer so schaust ...« Sie beugte sich über ihn und schaute ihn mit zusammengekniffenen Augen und einem zusammengekniffenen Mund an. »... das turnt mich noch mehr an und deine dunkle Stimme, wenn du andere herumkommandierst, das turnt mich auch an, und dein harter Penis, wenn er beinahe deine Hose zum Platzen bringt und wenn du deine Hand bei mir ...«

»Wenn du mit deiner Aufzählung nicht aufhörst, muss ich sofort eiskalt duschen.«

»Wir setzen das Gespräch ein anderes Mal fort.«

»Gut! Denn es gibt noch ein paar wirklich wichtige Dinge, die ich dringend mit dir besprechen muss.

»Hm, ich bin ganz Ohr.«

»Deine Mutter hat heute schon sechsmal auf deinem Handy angerufen und sie beschwert sich, dass du ihr keinen Ton über uns beide erzählt hast und dass sie aus den Nachrichten von uns erfahren musste. Sie möchte wissen, wann wir heiraten, und sie möchte mit ihren, ähm, angeheirateten Enkelkindern sehr gerne zu Besuch kommen. Dann hat deine Tante Heike angerufen und mir gesagt, ich solle dir ausrichten, dass sie dich ja von Anfang an vor diesen Russen gewarnt hat und dass du besser auf sie hättest hören sollen und dass sie sich riesig für dich freut. Dann ist eine gewisse Debby stinksauer auf dich, weil du sie ebenfalls nicht in dein Liebesleben eingeweiht hast, obwohl sie dich über ihres immer ganz detailliert auf dem Laufenden gehalten hat.

Dann hattest du noch einen Anruf vom Jugendamt auf deinem Handy. Die haben dich zu einem Gespräch für morgen Nachmittag einbestellt, weil die Polizei sie über einen seltsamen Vorfall am 22. Februar informiert hat. Ich habe, deine Erlaubnis vorausgesetzt, Dr. Nickel gebeten, den Fall direkt mit der Direktorin des Jugendamtes zu klären und dieser Sachbearbeiter-Schnepfe am Telefon klargemacht, dass sie sich demnächst in der Registratur wiederfindet, wenn sie noch einmal dermaßen unfreundlich mit dir spricht.

Ach ja, und morgen gegen zehn Uhr wird jemand vom BKA kommen und dir ein paar Fragen stellen, nur pro forma, weil der ganze Vorfall sowieso wieder aus den Akten verschwindet, aber Dr. Nickel wird dabei sein und dir zur Seite stehen. Und Eric lädt uns Ende Mai zu seiner Hochzeit ein und ich … ich liebe dich wie verrückt.«

Epilog

Oktober.

Eine junge Frau öffnete die Tür und beäugte Julia mit einem misstrauischen Blick.

»Ja?«, fragte sie Kaugummi kauend.

Julia lächelte so freundlich wie möglich. Die Frau passte nicht so richtig hierher, fand Julia. Die Wohnung und das Haus lagen in einer der teuersten Wohnlagen in Berlin. Es gab sogar einen Portier am Haupteingang, der sie zuerst gar nicht hereinlassen wollte. Erst nachdem sie ihn ein wenig angeflirtet und mit ihrem dicken, schwangeren Bauch kokettiert hatte, hatte er ihr schließlich verraten, wo Silvio wohnte.

Aber die junge Frau war alles andere als vornehm oder teuer. Sie war, wenn Julia das richtig sah, eine Prostituierte und wenn man ihr Make-up und ihre extrem nuttige Bekleidung als Maßstab nahm, war sie sogar noch eine ziemlich billige.

»Ich möchte bitte zu Herrn Seidlitz.«

Die Frau wandte den Kopf in das Wohnungsinnere und brüllte mit schriller Stimme:

»Silvio, da is' so 'ne Etepetete-Tussi, die will zu dir!«

Von drinnen kam irgendeine Antwort, die Julia nicht verstand, und dann sagte die Frau: »Er hat keine Zeit!«

Julia lächelte immer noch. Die Frau war komplett bekleidet, sie trug sogar noch ihre hochhackigen Schuhe im Leopardendekor, eine Netzstrumpfhose, die allerdings schon ein oder zwei Löcher hatte, und sie hatte noch einen breiten goldenen Gürtel umgeschnallt. Der Rock war ziemlich kurz, aber das lag am Schnitt und nicht an der Tatsache, dass er eventuell gerade für die Arbeit hochgezogen worden war. Also war es eher unwahrscheinlich, dass sie Silvio beim Sex gestört hatte. Es sei denn, da hielten sich noch ein paar mehr Damen des horizontalen Gewerbes in seiner Wohnung auf. Wäre ja alles denkbar bei Silvio.

»Ich brauche nur zehn Minuten«, sagte Julia und drängte sich an der Frau vorbei. Die meisten Leute hatten Hemmungen, sich einer Hochschwangeren in den Weg zu stellen, das war Julia in den letzten Wochen aufgefallen, auch wenn sie nur noch selten in die Verlegenheit kam, dass sich ihr überhaupt irgendjemand in den Weg stellte. Erstaunlicherweise hatten die Leute vor Kaylin mehr Respekt als vor Eric oder vor den beiden neuen Bodyguards, die Thomas beschützten und die beide fast einen halben Meter größer waren als Kaylin und doppelt so breit.

Aber heute hatte Julia Kaylin zu Hause gelassen, das hoffte sie jedenfalls. Sie hatte Kaylin zum Einkaufen geschickt und dann war sie verschwunden. Kaylin nahm ihre Beschützeraufgabe viel zu ernst für Julias Geschmack. Was manchmal wirklich lästig war, besonders wenn Julia etwas vorhatte, von dem Thomas besser erst mal nichts erfahren sollte – so wie jetzt gerade.

Nachdem Silvio im Mai aus dem Krankenhaus in die Reha gekommen war, hatte sie ihn dort einmal besucht, aber Silvio hatte sich geweigert, sie zu sehen, und Thomas hatte getobt, weil sie es überhaupt versucht hatte.

»Hey, hey! Er hat gesagt, dass er keine Zeit hat«, rief die junge Frau Julia hinterher, aber die war schon den Flur hinuntergelaufen und durch die offenstehende Tür in das Wohnzimmer hineinspaziert.

Und da saß Silvio, in einem Rollstuhl.

Im ersten Moment war Julia starr vor Schreck.

Sie hatten ihr gesagt, dass Silvio einen Schuss in den Rücken bekommen hatte. Sie hatten ihr auch gesagt, dass er nicht mehr arbeiten würde. Aber warum hatte ihr niemand die Wahrheit gesagt? Sie hörte sich selbst nach Luft schnappen, aber Silvio lachte nur.

»Sieh an, Ihre Königliche Hoheit persönlich! Was ist so schwer daran zu verstehen, wenn ich sage, ich hab keine Zeit?«

»Ich ... ich ... Herr Seidlitz ... Silvio, mein Gott, das wusste ich nicht.«

Silvio drehte den Rollstuhl jetzt um 90 Grad und fuhr ein wenig auf sie zu. Kurz vor ihr hielt er an und obwohl er saß, war er doch beinahe auf Augenhöhe mit ihr.

»Hören Sie, Frau Mahler oder Julia oder wie immer ich Sie nennen soll, meine Freundin war gerade dabei, mir einen zu blasen und ich wäre Ihnen sehr verbunden, wenn Sie uns jetzt nicht weiter stören würden.«

Julias entsetzter Blick fiel auf seine ziemlich tote Hose. »Oh, das tut mir leid!«

Er brach in schallendes Gelächter aus.

»Verdammte Scheiße, Sie sind ja immer noch so naiv.«

Und schöner denn je. Konnte sie nicht wenigstens in ihrer Schwangerschaft fett und hässlich und aufgedunsen sein wie jede normale Schwangere? Er blickte zur Zimmerdecke, um sich zu sammeln, und dann nickte er seiner Freundin zu, die gerade ins Zimmer kam.

»Cindy, hol mal was zu trinken für Ihre Königliche Hoheit. Was wollen Sie?«

»Silvio ... ich ... keiner hat mir gesagt, dass Sie im Rollstuhl sitzen.« Julia ließ sich auf den erstbesten Stuhl fallen und das war auch der einzige Stuhl in dem beinahe möbelfreien Wohnzimmer. Es hatte eine große kahle Fensterfront, hohe kahle Wände, einen einsamen Tisch mitten im Zimmer und diesen einen einzigen Stuhl. Ansonsten war der Raum leer und trist, so als wäre Silvio gerade erst eingezogen, aber Julia wusste inzwischen, dass er schon seit August hier wohnte, seit er aus der Reha entlassen worden war.

»Das war die Absicht! Und Mahler hätte seine Klappe halten sollen. Er hat es versprochen, dass er Sie fernhält. Was trinken Sie?«

»Aber warum?«

»Was trinken Sie?«

»Wasser oder Saft oder Tee, egal! Silvio, bitte, ich verstehe das nicht. Sie haben versucht, mich zu retten, und ich wollte mich schon so lange bei Ihnen bedanken, aber Sie wollen mich nicht sehen und ich darf nicht einmal wissen, wie schlecht es Ihnen geht? Warum? Es war nicht meine Schuld, dass Ihr Plan schiefgelaufen ist, ehrlich. Ich habe alles so gemacht, wie Sie es gesagt haben, aber Morosow hat es irgendwie von Anfang an gewusst.«

»Sind Sie nur gekommen, um Ihr Gewissen reinzuwaschen, oder was? Ich weiß selbst, dass es nicht Ihre Schuld war. Morosow hat unser Gespräch abgehört. Es war meine Schuld. Ich hätte Ihre Wohnung nach dem Einbruch unbedingt noch mal checken müssen, anstatt mit steifem Schwanz auf Ihre Titten zu starren.«

»Aber warum wollten Sie mich dann nicht sehen, als ich Sie in der Reha besuchen wollte? Ich dachte, Sie sind sauer auf mich, weil ich alles vermasselt habe.«

»Cindy, bring für Ihre Majestät Pfefferminztee und für mich einen Kaffee.«

»Können Sie nicht Julia zu mir sagen? Warum nennen Sie mich so?«

Er fuhr mit seinem Rollstuhl ganz nahe an sie heran, so dass sein Reifen ihr Stuhlbein berührte und sein Gesicht nur ein paar Zentimeter von ihrem entfernt war.

»Weil du das bist.«

»Was? Ein selbstgerechtes Miststück? Ich bin gar nicht so eingebildet, wie Sie immer tun, ich bin ...«

»Eine Königin!«

Julia schüttelte den Kopf. Sie brauchte dem Mann wohl kaum zu erklären, wo sie herstammte und dass sie im Februar noch Herrentoiletten geputzt hatte. Aber sie wollte mit Silvio nicht über sich reden, sondern über ihn. Sie wollte wissen, wie es mit ihm weiterging, was er mit seinem Leben anfing, jetzt wo er nicht mehr für Thomas arbeitete. Wenn sie auch nur geahnt hätte, dass er im Rollstuhl saß ...

»Doch Verehrteste, das bist du. Wie findest du Cindy?«

Julia zuckte die Schultern und wunderte sich über die Gedankensprünge, die er machte. Was sollte sie schon sagen? Dass er was Besseres verdient hatte?

»Ich bezahle sie dafür, dass sie mich abends zu Bett bringt und mich morgens wieder herausholt, dass sie mir den Arsch wäscht und natürlich auch den Schwanz lutscht. Und weißt du was, Küken? Er wird noch ziemlich steif, erstaunlicherweise. Aber ich spüre nichts. Nur in meinem Kopf passiert etwas, jedes Mal wieder. Das ist geil. Ich schaue zu, wie er sich aufrichtet, wenn sie ihn in ihren Mund nimmt und wenn sie daran saugt, stelle ich mir vor, du wärst es. Weißt du jetzt, warum ich dich nicht sehen will?«

Julia wurde rot bis zu den Haarwurzeln und Silvio lachte nur noch lauter und dann hob er seine Hand und streichelte mit dem Handrücken zärtlich über ihre Wange. Sie ließ es zu, obwohl sie sich dabei unbehaglich fühlte, erst recht nach diesem Satz. Es war ja nicht so, dass sie solche Anmachsprüche nicht schon zur Genüge gehört hätte in ihrem Leben, aber bei Silvio war sie sich nicht sicher, wie ernst er es wirklich meinte.

»Was sagen die Ärzte? Gibt es gar keine Hoffnung für dich?«

Sie konnte ihn nicht mehr länger siezen. Nicht, wenn er sie dauernd duzte und zudem noch seine Seele so vor ihr bloßlegte. Er ließ seine Hand wieder in seinen Schoß sinken und zuckte die Schultern. Sein zynisches Grinsen war allerdings aus seinem Gesicht verschwunden.

»Ich habe dreimal die Woche Physiotherapie und manchmal bilde ich mir wirklich ein, ich würde irgendwas spüren, an den Zehen oder so. Es gibt eine Klinik in St. Louis, die arbeiten erfolgreich mit Nerventransplantationen beziehungsweise mit der Neuverknüpfung von Nervenbahnen.«

»Aber das ist doch gut!«, rief Julia und klammerte sich an diesen Strohhalm der Hoffnung, als wäre sie selbst betroffen. »Wenn du Geld für diese OP brauchst, ich habe noch eine Million auf meinem Konto, mit der ich nichts anfangen kann.«

»Bah! Scheiße, Frau! Du machst mich wahnsinnig! Du kannst nicht einfach einem wildfremden Mann Geld anbieten, aus beschissenem Mitleid heraus. Wenn du wenigstens geil auf mich wärst.«

»Und was ist, wenn ich das Geld aus Freundschaft anbiete?«

»Funktioniert nicht bei uns beiden, Chica. Nicht solange ich noch Augen im Kopf habe und auf deinen heißen Arsch und deine bombastischen Titten schauen kann. Außerdem hat dein angebeteter Ehemann mir schon Geld für die OP angeboten. Er sagte, er würde das nur dir zuliebe tun, weil du sonst auf ihn sauer wärst.«

Ja, natürlich. Eigentlich hätte sie es wissen müssen. Thomas hatte Silvio zwar den Tod an den Hals gewünscht, aber in Wahrheit würde er ihn niemals in so einer schrecklichen Lebenslage im Stich lassen. Das hatte gar nichts mit ihr zu tun, denn in Wahrheit war Thomas ein guter Mann. Gott, wie sie ihn liebte. Jeden Tag ein wenig mehr. Sie schloss unwillkürlich die Augen, um dieses warme Gefühl von Stolz und Liebe und Glück für einen kurzen Moment in sich wirken zu lassen.

»Eigentlich sollte ich ihn hassen, diesen Hundesohn. Weil er alles hat, die Macht, den Reichtum und obendrein auch noch dich. Aber ich kann es nicht. Irgendwie nötigt er mir Respekt ab. Leider«, brummte Silvio.

»Also wirst du die OP machen lassen?«

»Nächstes Jahr im April.«

»Und dann?«

»Was? Und dann? Dann noch ein Vierteljahr Reha, ein Jahr Physiotherapie und wenn alles gut geht, dann kann ich vielleicht übernächstes Jahr um diese Zeit wieder vögeln?«

»Silvio!«

»Majestät!«

»Was hast du außer vögeln noch vor, wenn du wieder auf die Beine kommst?«

Jetzt kam Cindy und brachte Tee und Kaffee und Silvio bedankte sich mit einem herzhaften Klaps auf ihren Hintern.

»Dein Mann hat mir eine großzügige Abfindung bezahlt und ich könnte für den Rest meines Lebens gut davon leben, ohne je arbeiten zu müssen. Auf jeden Fall werde ich nie wieder als Bodyguard arbeiten.«

»Eric hat eine eigene Firma gegründet. Einen Security Service, der ziemlich boomt. Du hast doch gesagt, dass du viel Ahnung von Sicherheitssystemen hast. Kannst du nicht auch so etwas in der Art machen?«

»Ich weiß, dass Eric eine eigene Firma hat, er hat mir einen Job bei sich angeboten. Eric besucht mich ab und zu und erzählt mir von dir.«

»Quatsch, der erzählt doch nicht von mir.«

»Und ob. Ich weiß alles über dich. Dass du die ersten drei Monate in deiner Schwangerschaft nur gekotzt hast, dass du dabei fünf Kilo abgenommen hast, dass du sehr häufig Panikattacken wegen Morosow hast, dass du jeden Tag schöner wirst, dass du ein Mädchen bekommen wirst, dass du es Marie nennen willst und dass es in vier Wochen so weit ist, dass Eric der Patenonkel sein wird, dass diese Kung-Fu-Lady dich verehrt, als wärest du ihr Buddha, und dass dein gottverfluchter Ehemann dich noch viel mehr verehrt, dass du ihn abgöttisch liebst und dass du ihn nie verlassen wirst, selbst wenn er vor lauter Altersschwäche seinen Schwanz nicht mehr hochkriegt.«

»Hast du vielleicht noch was vergessen?«

»Höchstens noch ein paar Kleinigkeiten. Dass du seit August mit deinem Referendariat begonnen hast, dass du endlich den Führerschein gemacht hast und einen lächerlichen Mini Cooper zum 24. Geburtstag bekommen hast statt ein richtiges Auto. Ach ja, und ich habe das Gerücht gehört, dass der große Mahler immer noch denkt, er hätte die Hosen an, obwohl jeder Blinde sehen kann, dass du ihn völlig unter deiner Kontrolle hast.«

Jetzt lachte sie. »Wow, da ist aber der Geheimdienstler mit dir durchgegangen!«

»Ich habe durchaus meine Methoden, um mir Informationen zu beschaffen.«

Sie nippte an ihrem Pfefferminztee und sah ihn über den Tassenrand an. »Ich frage mich, ob du diese Begabung nicht auf jemand anderen konzentrieren könntest.«

Er hob die Augenbrauen und grinste. »Ich kenne sonst keine Frau, die es zu überwachen lohnt.«

»Ich dachte auch nicht an eine Frau, sondern an Morosow.«

Silvio, der gerade nach seiner Kaffeetasse gegriffen hatte, stellte sie mit einem lauten Klirren wieder auf die Untertasse zurück.

»Woha! Halt! Halt! Jetzt mal ganz langsam. Weiß dein geliebter Thomas überhaupt von deinem Besuch hier?«

Sie schüttelte den Kopf. »Er ist für zwei Tage nach Frankfurt. Ich ... Silvio, ich weiß nicht, wie es dir nach diesem Trauma geht, aber ich wache jede Nacht schreiend auf und sehe Morosow mit heruntergelassener Hose und durchgeladener Waffe vor mir. Und ich fürchte, ich werde diese Angst nie verlieren, solange der Mann noch lebt. Ich verstehe auch nicht, warum der BND ihn überhaupt ausgeliefert hat, nachdem sie sich solche Mühe gegeben haben, ihn auf meine und deine Kosten einzufangen. Eric sagte, man hätte ihn wohl im Austausch gegen zwei eigene Leute ziehen lassen.«

Silvio nickte. »Ich bin nicht mehr im Geschäft, Küken, aber das scheint tatsächlich die naheliegendste Erklärung zu sein.«

»Und wenn er wieder in Deutschland auftaucht, fängt der BND das gleiche Spiel wieder von vorne an?«

Silvio wiegte den Kopf hin und her und griff nun doch nach dem Kaffee.

»Er wird sich so schnell nicht mehr hier zeigen. Zunächst mal ist er selbst ziemlich schwer verletzt worden und braucht Zeit, um wieder auf die Beine zu kommen, und zum anderen muss er sich für eine gewisse Zeit bedeckt halten. Wir nennen das in der Fachsprache ein Low Profile.«

»Ich will wissen, wo er ist, und ich will es wissen, sobald er seinen Fuß über die deutsche Grenze setzt.«

Silvio schüttelte lachend den Kopf: »Ich schwöre dir, genau diesen Satz hat dein Ehemann schon am Tag von Morosows Auslieferung zu Eric und zu seinen beiden neuen Bodyguards gesagt. Unterschätze niemals Thomas Mahler. Morosow tut keinen Schritt, von dem Mahler nicht erfährt.«

»Er sagt immer nur, ich soll mir keine Sorgen machen.«

»Dann mach dir keine! Denk an die Prinzessin dadrin in deinem Bauch und vergiss Morosow.« Er konnte nichts dagegen tun, plötzlich lagen seine beiden Hände auf ihrem kugelrunden, harten Bauch. »Au Mann, die tritt ja nach mir!«

Sein Gesicht leuchtete selig. Julia kannte den Gesichtsausdruck von Thomas, wenn er sie in den Armen hielt und seine Hände manchmal einen ganzen Abend lang nicht mehr von ihrem Bauch nahm.

Plötzlich schien sogar Silvio die Intimität der Geste zu peinlich oder zu heftig zu sein und er riss seine Hände hoch und rollte einen halben Meter mit seinem Rollstuhl zurück. Er verschränkte seine Arme vor der Brust und schaute wieder zur kahlen Zimmerdecke hinauf.

»Okay, ich kann ja mal ein bisschen recherchieren, wo Morosow abgeblieben ist!«, sagte er schließlich mit heiserer Stimme. »Ich habe sowieso nichts Besseres zu tun. Du willst mich nicht zufällig in Zungenküssen bezahlen?«

»Nein!« Sie grinste aber übers ganze Gesicht.

»Ich musste es versuchen.«

»Eines Tages wirst du der richtigen Frau begegnen.«

In dem Moment klingelte es an der Wohnungstür Sturm und Cindy schlürfte meckernd aus der Küche in den Flur.

»Silvio!«, rief sie mit schriller Stimme. »Da is' schon wieder so 'ne Etepetete-Tussi ... autsch! He! Hackt's oder was?«

Drei Sekunden später stürmte Kaylin ins Zimmer und blieb wie angewurzelt stehen, während sie die Szene in sich aufnahm. Extrem attraktiver Rollstuhlfahrer mit Kaffeetasse in der Hand und völlig unversehrte und lächelnde Frau Mahler mit Teetasse in der Hand.

»Frau Mahler!«, japste Kaylin, ohne ihren entsetzten Blick von Silvio abzuwenden. »Sie können nicht einfach wegfahren und niemandem Bescheid sagen, wo Sie sind! Zum Glück hat Benni gelauscht.«

Julia lächelte und schlürfte an ihrem Tee und blickte fasziniert zwischen Silvio und Kaylin hin und her.

»Kaylin, darf ich vorstellen? Das ist Silvio Seidlitz, ehemaliger Mitarbeiter der Familie Mahler und ein guter Freund von mir, auch wenn er's selbst nicht glaubt, und Silvio, das ist Kaylin Rohwasser, meine Kung-Fu-Lady. Ihre Mama stammt aus Shenzhen und ihr Vater aus Berlin und sie wohnt bei uns, in Erics ehemaligem Zimmer, und kann kochen wie Bocuse und sie liebt American Football.«

Silvio sagte gar nichts und starrte Kaylin mit großen Augen an und Kaylin sagte noch weniger und starrte mit noch größeren Augen zurück.

Irgendwann schließlich richtete sich Silvio mit einem verlegenen Räuspern in seinem Rollstuhl auf und war dadurch gleich noch mal zehn Zentimeter größer und dann streckte er die Hand zum Gruß aus und grummelte ein halblautes »Hi!«.

Kaylin ergriff seine Hand und sagte auch »Hi!«.

Und die beiden hielten endlos lange ihre Hände fest und starrten sich gegenseitig an und Julia legte die Hände auf ihren Bauch und schmun-zelte.

ENDE

7411659R00269

Printed in Germany
by Amazon Distribution
GmbH, Leipzig